BIBLIOTECA POLIROM

PROZĂ XXI

Colecţia BIBLIOTECA POLIROM este coordonată de
Bogdan-Alexandru Stănescu.

Irvine Welsh, *Porno*
Copyright © Irvine Welsh 2002
All rights reserved
First published in Great Britain in 2002 by Jonathan Cape
© 2008 by Editura POLIROM, pentru prezenta traducere

www.polirom.ro

Editura POLIROM
Iaşi, B-dul Carol I nr. 4, P.O. Box 266, 700506
Bucureşti, B-dul I.C. Brătianu nr. 6, et. 7, ap. 33, O.P. 37,
P.O. Box 1-728, 030174

Descrierea CIP a Bibliotecii Naţionale a României:

WELSH, IRVINE

Porno/ Irvine Welsh ; trad. şi note de Andra Matzal. – Iaşi :
Polirom, 2008

ISBN 978-973-46-0802-7

I. Matzal, Andra (trad.)

821.111-31=135.1

Printed in ROMANIA

Irvine Welsh

Porno

Traducere din limba engleză
și note de Andra Matzal

POLIROM
2008

Irvine Welsh s-a născut în 1958 în Leith, o suburbie a orașului Edinburgh. După ce a renunțat la școală la vârsta de 16 ani, a participat la mișcarea punk din anii '70, a schimbat mai multe slujbe și a cântat în câteva trupe rock. În 1993, odată cu publicarea romanului *Trainspotting* (Polirom, 2006), se impune ca unul dintre cei mai de succes autori scoțieni. Încă înaintea realizării filmului cu același nume (în 1996), cartea fusese reeditată deja de 14 ori. I-au urmat *The Acid House*, *Jeg* (Polirom, 2007) și *Porno*, cu același iz de satiră socială și succes masiv la public. Deși refuză să se afilieze oricărui tip instituționalizat de avangardă, Welsh experimentează necontenit cu formele și stilurile literare, construind o viziune întunecată și suprarealistă, a cărei sursă este însă viața, nu tradiția literară.

La zece ani după evenimentele din *Trainspotting*, Simon „Sick Boy" Williamson se întoarce în Edinburgh după o lungă perioadă petrecută la Londra. Eșuând spectaculos ca escroc, pește, soț, tată și om de afaceri, Sick Boy profită de ceea ce i se pare a fi ultima lui șansă: pornografia. Pe de altă parte, pentru a-și înfăptui visul de a produce și regiza un film porno, Sick Boy trebuie să facă echipă cu vechiul lui prieten, Mark Renton, exilat în ultimii ani la Amsterdam, și cu o gașcă pestriță care îi include pe unul dintre cei mai mari obsedați sexual, fiul favorit al orașului, „Juice" Terry Lawson, un tip amuzant și plin de inițiativă, și pe domnișoara Nikki Fuller-Smith, o studentă superbă cu spirit de aventură. În lumea din *Porno*, însă, nimic nu este simplu – Sick Boy și Renton află că există anumite chestiuni încă nerezolvate de care trebuie să se ocupe, cu tot mai instabilul Frank Begbie, cu Spud cel plin de probleme și zăpăcit de droguri și, mai ales, unul cu celălalt.

Pentru:
Johny Brown
Janet Hay
Stan Keiltyka
John McCartney
Helen McCartney
Paul Reekie
Rosie Savin
Franck Sauzee

Şi în amintirea lui:
John Boyle

„Fără cruzime, nu există nici un festival..."

Nietzsche
Genealogia moralei, Eseul 2, Secţiunea 6

I
Porno de amatori

1
Şmenu' # 18 732

Croxy, pentru prima oară-n viaţă scăldat în sudoare din cauza efortului şi nu din cauza abuzului de droguri, se chinuie să urce scările cu ultima cutie de discuri, în timp ce eu mă prăbuşesc pe pat, căscând ochii tâmp la placajul de lemn crem care acoperă pereţii. *Asta* este noua mea casă. O chichineaţă, patru pe patru, cu hol, bucătărie şi baie. În cameră se află un dulap construit în perete, fără uşi, un pat, şi nu mai rămâne loc decât pentru două scaune şi o masă. N-aş putea sta aici: ar fi mai bine-n puşcărie. Mai bine m-aş întoarce la Edinburgh şi l-aş îmbrobodi pe Begbie să-mi dea celula lui în schimbul hrubei ăsteia.

În spaţiul ăsta restrâns, duhoarea de ţigări stătute de la Croxy e sufocantă. Am stat trei săptămâni fără să fumez, dar fiind în preajma lui am fumat pasiv vreo treizeci de ţigări pe zi.

— Munc-asta cere ceva de băut, nu-i aşa, Simon? Vii la Pepys, să luăm una mică? mă întreabă el cu un entuziasm de copil tâmpit, ce aduce mai degrabă cu un rânjet calculat în faţa posibilităţilor reduse de care dispune Simon David Williamson.

Într-un fel, ar fi curată nebunie să merg la Pepys, pe Mare Street, ca să-mi râdă toţi în faţă – „Ce-i, Simon, te-ai întors la Hackney?" –, dar nah, se impune ceva companie. Trebuie să las coada jos. Să mă mai dezumflu puţin. Iar Croxy trebuie să se-aerisească.

Să te laşi de fumat în preajma lui e ca şi când ai încerca să te laşi de dava într-un *squat* de junkişti.

— Ai noroc c-ai găsit locu-ăsta, îmi zice Croxy, ajutându-mă să descarc cutiile.

Noroc, o pulă. Mă întind în pat şi toată şandramaua se clatină, începe să vibreze în timp ce trenul spre Liverpool Street trece prin staţia Hackney Downs, care e la nici un metru de fereastra bucătăriei mele.

Şi să rămân în starea asta e chiar mai puţin dezirabil decât să ies, aşa că o luăm atenţi în jos pe scările vechi, cu un covor aşa de jerpelit că e la fel de nesigur ca marginea unei banchize. Afară cade lapoviţă şi peste tot pluteşte un aer anost de mahmureală festivă, iar noi o luăm spre Mare Street, înspre primărie. Croxy, fără nici cea mai mică intenţie ironică, îmi spune că „Oricum Hackney e un loc mai bun decât Islington. Islington s-a futut de tot de vreo câţiva ani".

Aşa se întâmplă când eşti un punkist nespălat prea multă vreme. Mai bine s-ar ocupa de nişte website-uri în Clerckenwell sau Soho decât s-o ardă prin Hackney, organizând squaturi şi petreceri. Îl pun pe muist la curent cu felul în care merg lucrurile, nu pentru c-aş vrea să-i fac un bine, ci pentru că nu mai vreau să văd tâmpenii dintr-astea cum se infiltrează nestingherite în cultură.

— Nu, e un pas înapoi, spun eu, suflând ca să-mi încălzesc degetele rozalii ca nişte cârnaţi cruzi. Pentru un punkist nespălat de douăşcinci de ani, Hackney e bun. Pentru un întreprinzător de mare viitor, dinamic, de trei'şase, spun arătând spre mine, trebuie să fie Izzy. Cum să-i dai clasă unei pizdulici dintr-un bar din Soho atâta vreme cât locuieşti în E8? Ce-i spui când te-ntreabă unde-i cel mai apropiat metrou?

— Că şi cu metroul de suprafaţă e bine, spune el, arătând spre podul de cale ferată, ce se întinde sub cerul întunecat.

Trece un 38, pufăind şi împroşcând peste tot carbon toxic. Muiştii-ăştia de la Regia de Transport din Londra, pula mea, se văicăresc tot timpul în pamfletele lor costisitoare că maşinile poluează mediul, asta-n timp ce ei pompează lejer în sistemul tău respirator.

— Pula mea, nu-i bine deloc, izbucnesc eu, e de căcat. Locu-ăsta o să fie ultimul din partea de nord a Londrei în care-or să bage ăştia metrou. Pula mea, până şi la Bermondsey e metrou acuma. La circu-ăla căcăcios la care ş-aşa nu vrea nimeni să meargă po' să bage, da' aici nu, asta-i culmea, ce pana mea.

Cu faţa-ngustă, schimonosită într-un fel de zâmbet, Croxy mă priveşte cu ochii lui mari, adânciţi în orbite.

— Da' barem ştiu că azi eşti cu capsa pusă, îmi spune el.

Şi aşa e. Aşa că fac ceea ce fac întotdeauna, îmi înec durerile-n băutură, le spun tuturor celor strânşi la pub – Bernie, Mona, Billy, Candy, Stevie şi Dee – că Hackney e doar o chestie temporară, să nu se-aştepte să fac prea mulţi purici pe moşia asta. Nu, domnule. Am planuri mai mari, frăţie. Şi da, vizitez des toaleta, dar invariabil pentru a priza, nu pentru excreţie.

În timp ce trag pe nas, îmi dau seama de crudul adevăr. Coca mă plictiseşte, de fapt, pe noi toţi ne plictiseşte. Nu suntem decât nişte muişti terminaţi, vai de mama noastră, într-o scenă pe care-o urâm, dintr-un oraş pe care-l urâm, prefăcându-ne că suntem centrul universului, îndopându-ne cu droguri de căcat, ca să atenuăm sentimentul că adevărata viaţă se desfăşoară-n altă parte, conştienţi că nu facem nimic altceva decât să alimentăm toată paranoia şi deziluzia asta, şi totuşi prea apatici ca să-i punem punct. Pentru că, din nefericire, nu mai există nimic altceva interesant pentru care să pui punct. Apropo, circulă o mulţime de zvonuri cum că Breeny ar avea marfă căcălău şi se pare că o parte din ea a intrat deja în circulaţie.

Dintr-odată se face mâine, noi suntem undeva într-un apartament, încălzind bongul, iar Stevie o tot ţine una şi bună cu cât a costat toată marf-asta, care se duce acum pe apa sâmbetei, şi câteva note şifonate se propagă în aer sfârâind cu ciudă, în timp ce camera se umple cu un miros greu de amoniac. De fiecare dată când bongu-ăsta infect îmi loveşte şi-mi biciuieşte buzele, mă simt învins şi îngreţoşat, asta până când mă ia valul şi mă duce-n celălalt colţ al camerei : rece, îngheţat, mulţumit, plin de mine însumi, debitând numai căcaturi, punând la cale planuri pentru a cuceri lumea.

Apoi mă trezesc în stradă. Nu mi-am dat seama că m-am întors în Islington, mergând aiurea pe străzi, până când n-am văzut-o pe tipa aia care se lupta cu o hartă, în faţă la Green, încercând s-o desfacă fără să-şi scoată mănuşile, scenă la care am reacţionat cu replica libidinoasă : „Te-ai rătăcit, drăguţă ?". Dar vocea mea plângăreaţă, încărcată de emoţie, de aşteptări, chiar şi de un sentiment al pierzaniei, m-a lovit din plin. Mă cutremur tot, şocat, şi scap din mână cutia purpurie pe care o aveam. Ce pula mea-i cu asta ? Cine mi-a pus-o-n mână ? Cum pula mea am ajuns aici ? Unde-s toţi ceilalţi ? Au fost câteva gemete, apoi câţiva au plecat, iar eu am ieşit afară-n ploaie şi acum...

Fata s-a-nfoiat toată, la fel ca tacul de biliard din pantalonii mei, şi-a spus pe un ton răstit :

— Mai du-te-n pizda mă-tii... Nu mă lua pe mine cu drăguţă...

14

— Îmi pare rău, păpuşă, îmi cer eu scuze, foarte înţepat.

— Şi nici cu păpuşă, îmi aduce ea la cunoştinţă.

— Asta depinde din ce punct de vedere priveşti lucrurile, dulceaţă. Încearcă să te pui în locul meu, mă aud spunând, ca şi când ar fi fost altcineva, şi mă văd prin ochii ei : un beţivan împuţit şi jegos, cu o cutie purpurie în mână.

Dar am o slujbă, am o mulţime de pizde-n agendă, am şi ceva bani la bancă, am chiar şi haine mai bune decât zdreanţ-asta-mputită, căciuloiu-ăsta de lână şi mănuşile-astea, aşa că ce pula mea se-ntâmplă aici, Simon?

— Hai, cară-te d-aici, japiţă! spune ea, întorcându-mi spatele.

— Cred că n-am început cu dreptul. În orice caz, nu poţi să mergi decât înainte, nu?

— Hai, valea, îmi strigă ea peste umăr.

Gagicile-astea, tare îndărătnice pot fi. Îmi blestem lipsa de experienţă în ceea ce priveşte femeile. Am cunoscut vreo câteva, dar pula mea a intervenit întotdeauna între mine, ele şi ceva mai profund.

Încep să fac o reconstituire, încercând să-mi reiau în stăpânire mintea contorsionată şi supraîncălzită, s-o desfăşor şi s-o împart în unităţi de perspectivă. Mi-am amintit că, de fapt, chiar mersesem acasă, mă întorsesem dimineaţă la noua locuinţă şi, foarte deprimat, am tras şi ultima doză de coca pe care-o mai aveam, după care am început să transpir tot şi să mă masturbez în faţa unei poze pe care am găsit-o într-un ziar, în care Hillary Clinton, candidând ca senator de New York, poartă un costum foarte elegant. Îi tot dădeam înainte cu replic-aia obosită, cu dă-i încolo de evrei, e încă o femeie frumoasă, iar Monica nu era deloc de teapa ei. Ce mai, Bill ar avea nevoie de un consult psihiatric. Apoi am făcut dragoste. După aceea, Hillary a adormit mulţumită, iar eu am mers în camera de alături, unde aştepta Monica. Leithul a întâlnit Beverly Hillsul într-un rafinat futai de postalienare. Apoi le-am convins pe Hillary şi pe Monica să şi-o tragă amândouă, în timp ce eu priveam. La început s-au împotrivit, dar, evident, le-am convins. Stând pe scaunul jerpelit pe care mi l-a dat Croxy, m-am relaxat savurând spectacolul şi trăgând dintr-un trabuc, mă rog, dintr-o ţigară de foi suplă şi rafinată.

În timp ce revin la realitate, pe Upper Street se aude o maşină de poliţie, pornită în căutarea unui civil împleticit, pe care să-l cotonogească.

Caracterul insipid şi sordid al acestei fantezii mă face să mă deprim puţin, dar asta, raţionez eu, e din pricina faptului că încetează efectul drogului, lucru care te face să ai tot felul de gânduri neplăcute – care ar trebui să fie trecătoare, dar care te chinuie, împotmolindu-se în mintea ta şi forţându-te să le dai atenţie. Asta chiar că mă face să-mi iau gândul de la coca, nu că-n următoarea perioadă mi-aş mai putea-o permite, în orice caz. Lucru care oricum nu are nici o importanţă când eşti încă sub efectul ei.

Acum sunt pe pilot automat, dar îmi revin treptat, dându-mi seama că merg dinspre Angel spre King's Cross, semn esenţial de disperare. Dau o tură la pariuri, pe Pentonville Road, să văd dacă e vreo faţă cunoscută, dar nu recunosc pe nimeni. Rândurile neisprăviţilor s-au îngroşat zilele-astea în zona Cross, cu poliţişti vigilenţi la fiecare colţ. Se ivesc de peste tot, ca nişte şalupe care traversează o mlaştină de scursuri, doar împrăştiindu-le de colo-colo şi amestecându-le, fără a eradica sau a neutraliza mareea de deşeuri toxice.

Apoi o văd intrând pe Tanya, care pare dusă bine pe dava. Are faţa stafidită, albă ca varul, dar ochii încep să-i ardă, recunoscându-mă.

— Iubi... şi-şi pune braţele-n jurul meu.

E şi-un fătălău cu ea, care, după câte-mi dau seama, e, de fapt, o pizdă.

— Ea e Val, spune ea pe tonul nazal arhetipal al davaiştilor de Londra. Nu te-am mai văzut la faţă de-o mie de ani.

Mă-ntreb de ce.

— Da, m-am întors în Hackney. Temporar, gen. Weekendu-ăsta am cam băgat iarbă, îi explic eu în timp ce o gaşcă de cioroi heroinomani dau buzna înăuntru; tensionaţi, agitaţi şi agresivi.

Mă-ntreb dacă mai vine pe aici şi câte un muist care chiar să parieze. Nu-mi place starea de spirit, aşa că ieşim, vac-aia ciudată şi anemică, Val, sau cum o cheamă, se ia în gură cu una dintre ciori, după care ne-ndreptăm spre staţia King's Cross. Tanya bolboroseşte ceva de ţigări şi, da, chiar încerc să mă las, dar nici vorbă, ce ţi-e şi cu nevoile-astea, şi-ncep să mă caut în buzunare după ceva mărunţiş. Cumpăr nişte ţigări, după care mi-aprind una la metrou. Şi muistu-ăsta umflat cu pompa, un tupeist albinos, îmbrăcat într-o uniformă de poponar nazist, cum au toţi de la Regia de Transport din Londra, îmi zice s-o sting. Îmi arată o plăcuţă pe perete, făcută în memoria celor care au murit într-un incendiu provocat de unul care-a aruncat un chiştoc aiurea.

— Chiar eşti prost? Nu-ţi pasă de toate astea?

Dar cine pula mea se crede măscăriciu-ăsta, de-mi vorbeşte mie-aşa?

— Nu, frate, pula mea, ce să-mi pese, toţi muiştii-ăia şi-au meritat soarta. Când iei metrou', pula mea, ţi-asumi riscu-ăsta, mă răstesc eu la el.

— Bă nemernicule, io am pierdut un prieten bun în incendiu-ăla! strigă plin de spume dobitocul.

— Eh, un labagiu mai puţin, dacă zici că era tovarăş cu un împuţit ca tine, urlu io, stingând în acelaşi timp ţigara şi urcând pe scara rulantă.

Tanya râde, iar pizd-asta de Val e complet isterică, tot face pe nebuna.

Luăm metroul până în Camden şi acasă la Bernie.

— Voi, fetelor, n-ar prea trebui s-o ardeţi pe la King's Cross, zâmbesc eu, ştiind exact de ce se află ele acolo – şi, cu siguranţă, nu cu nişte cioroi infecţi, le spun. Ăştia nu vor decât să pună mâna p-o bucăţică albă şi arătoasă, ca s-o scoată la produs.

Auzind asta, capr-aia de Val zâmbeşte, dar Tanya se inflamează toată :

— Cum po' să spui aşa ceva ? Mergem la Bernie acuma. E unu' din cei mai buni tovarăşi ai noştri şi e negru.

— Bine'nţeles că e. Io nu zic de-ai *mei,* ăştia-s fraţii mei, sunt oamenii mei. Practic, toţi tovarăşii mei sunt negri. Io zic de-ai *tăi.* Nu *pe mine* vor să mă scoată la produs. Fără supărare, dar cred că şi Bernie-ar face-o dac-ar şti că iese basma curată.

Val, femeia-bărbat, micuţa de ea, începe din nou să se hlizească într-un mod ciudat atrăgător, în timp ce Tanya răspunde arogantă şi acră.

Ajungem acasă la Bernie, asta după ce am uitat iniţial în care bloc stă, toate fiind la fel de mizerabile, şi oricum, e un lucru tare neobişnuit să venim aici pe lumină. Urcând, îl deranjăm pe un beţiv singuratic, zăcând în propriu-i pişat la intrarea în scară.

— 'Mneaţa! strig eu voios şi binevoitor, la care beţivul răspunde cu un zgomot între geamăt şi urlet. Da, păi ţie ţi-e uşor să spui, zic eu, făcând pe spiritualul, în timp ce gagicile se-amuză de remarca mea.

Bernie e încă treaz, tocmai ce s-a întors şi el de la Stevie. E-mpopoţonat ca dracu', e tot un amestec negru-auriu de lanţuri, dinţi şi ghiuluri. Simt miros de amoniac şi sunt sigur că undeva în bucătărie e pus în funcţiune un bong, din care-o să-mi dea şi mie să trag măcar o dată. Trag adânc în piept, lung, şi ochii lui mari mă privesc încurajator, cu o strălucire de nebun, în timp ce arde drogurile cu bricheta. Ţin în mine şi apoi expir încet, şi îmi simt pieptul îmbibat de fum, cuprins tot de arsur-aia-mpuţită, iar picioarele mi se-nmoaie, dar mă prind cu mâinile de masă şi savurez *highu*-ăla epuizant, care-mi îngheaţă oasele. Mă uit atent la fiecare firimitură de pâine, la fiecare picătură de apă de pe chiuveta de aluminiu, analizez totul până la cel mai mic detaliu, lucru care ar trebui să mă-ngreţoşeze, dar nu se-ntâmpl-aşa, în schimb, mă cuprinde un fior rece, care-mi trimite sufletul într-un colţ îngheţat al camerei. Bernie nu pierde timpul, a mai pregătit o grămăjoară în lingura lui soioasă, iar acum, pe folia de aluminiu, deasupra unui strat de cenuşă, pune cristalele de coca cu atâta tandreţe şi blândeţe, ca şi când ar fi un părinte care-şi aşază copilul în leagăn. Îmi pregătesc bricheta şi aprind, minunându-mă de violenţa controlată cu care trage-n piept. Odată, Bernie mi-a spus că a exersat ţinându-şi respiraţia sub apă, în cadă, ca să-şi mărească şi mai mult capacitatea pulmonară. Mă uit la lingură, apoi la arsenalul lui şi mă gândesc puţin îngrijorat, dar detaşat, că prea seamănă totul cu vremurile-apuse când băgam în venă. Dar ce pula mea; acum sunt mai bătrân şi mai înţelept, iar davaua e dava, în timp ce *crack*-ul e *crack*[1].

Vorbim numai căcaturi, declamând unul în faţa celuilalt, între noi nu sunt decât câţiva centimetri şi ne ţinem amândoi de masă, ca şi când am fi doi membri ai echipajului *Star Trek*, aflaţi pe punte în timp ce laserele duşmane ne scutură nava.

---

1. Amestec de cocaină şi bicarbonat alimentar, care formează cristale ce pot fi prizate, dar, de cele mai multe ori, sunt fumate şi inhalate direct în plămâni.

Bernie o tot ține una și bună cu femeile, niște curve care l-au făcut pe la spate, care i-au distrus viața bietului muist, și la fel fac și eu. Apoi trecem la pizdele (masculine) care ne-au tras-o și la cum or să și-o ia și ei. Bernie și cu mine avem o antipatie în comun, un tip pe nume Clayton, care ne-a fost odată cumva prieten, dar care acum îi scoate pe toți din sărite. Clayton e întotdeauna o țintă bună în caz că discuția se lasă pe tânjală. Dacă n-ar exista asemenea adversari, ar trebui inventați, ca să dea vieții un pic de acțiune, o structură, un sens.

— Pe zi ce trece e din ce în ce mai bolnav, spune Bernie, cu o îngrijorare pseudosinceră, pe zi ce trece, mai bolnav, repetă el, dând din cap.

— Mda... Carmel aia încă i-o mai trage? întreb. Mereu am vrut să-i dau una mică.

— Nu, frate, nu, s-a-ntors în pizda mă-sii de unde-a venit, la Nottingham sau dracu' s-o pieptene... se câcâie el să spună, luându-i ca din Jamaica până la Londra, cu oprire în Brooklyn.

După care își dezvelește dinții-ăia ca niște lopeți și spune:

— Așa sunteți voi, scoțienii, de felul vostru, vedeți o prospătură pe stradă și gata, vreți să știți ce-i cu ea, cu cine e. Chiar și-atunci când aveți acasă o nevastă drăguță, copii și bani. Pur și simplu nu vă puteți abține.

— Asta înseamnă să ai spirit civic. Eu nu încerc decât să-mi păstrez interesul pentru comunitate, spun eu zâmbind, aruncând o privire în camera de alături, unde gagicile stau așezate pe canapea.

— Comunitatea... repetă Bernie râzând, e bine să-ți păstrezi interesul pentru comunitate...

Și se-ntoarce din nou să prepare una mică.

— Bagă cărbuni pentru lumea liberă, zic eu râzând pe înfundate și îndreptându-mă spre cealaltă cameră.

Intrând, observ că Tanya se scarpină pe brațe, intrând cu siguranță într-o criză de abstinență și, ca printr-o molipsire fantomatică, încep să-mi licărească și mie ochii. Mă gândesc la un futai, ca să mai transpir ceva din toxinele-astea, da' nu-mi place să fut junkiști, pentru că nu se mișcă. Pula mea știe ce-i de capul lu' Val asta, pizda-bărbat, dar o apuc de braț și aproape c-o târăsc după mine-n baie.

— Ce 'aci? întreabă ea, fără să-și exprime acordul, dar nici împotrivirea.

— Îți dau o muie, îi spun, făcându-i cu ochiul, iar ea mă privește fără teamă, zâmbind abia perceptibil.

Îmi dau seama că vrea să-mi facă pe plac pentru că e chiar genu-ăla de gagicuță. Genul defect, care vrea întotdeauna să facă pe plac, dar n-o va face niciodată. Rolul ei în teatrul vieții: fața-n care se oprește pumnul oricărui muist la fel de defect.

Așa că trecem la treabă, îmi desfac șlițul și iese la iveală toată pădurea. Ea stă-n genunchi, iar eu o țin de capu-ăla slinos, fix în dreptu' pulii, ea suge și e ca și când... nu e nimic, de fapt... E bine, dar îmi displace total felu-n care-și ridică ochișorii, ca să m-analizeze, să se-asigure dacă-mi place sau nu, lucru care acum mi se pare un concept complet ridicol. Dar cel mai mult îmi doresc să-mi fi adus berea cu mine.

Mă uit în jos spre craniul ăla cenușiu, la ochii-ăia pieriți care mă fixează și, mai ales, la dinții ăia mari, înfipți în gingii care s-au retras vizibil din cauza consumului de droguri, malnutriției și igienei dentare inexistente. Mă simt ca Bruce Campbell, într-o scenă din *The Evil Dead 3, Armata întunericului,* când și-o-ncasează de la Deadite. Bruce ar face praf craniul ăla fragil, iar eu trebe să ies rapid de-aici, înainte să fiu tentat să fac același lucru și înainte ca pula mea bleagă să se facă franjuri între dinții-ăia stricați.

Aud uşa de la intrare şi, îngrozit, îmi dau seama că una dintre voci este, fără îndoială, a lui Croxy, care s-a-ntors la runda a doua. E posibil să fie şi Breeny. Mă gândesc la berea aia şi pur şi simplu nu suport gândul ca vreun muist s-o ia din întâmplare şi s-o dea peste cap. E faz-aia că, pentru ei, n-ar însemna absolut nimic, în timp ce pentru mine, acum, înseamnă tot. Dacă e cine cred eu că e, s-a dus berea mea dacă nu fac nici o mişcare acum. O-mping pe Val sau cum o cheamă şi dau să ies, îndesându-mi-o la loc şi încheindu-mi şliţul.

E tot acolo. M-a lăsat efectul, dar acum mă roade stomacul din nou. Mă prăbuşesc pe canapea. Chiar e Croxy, care arată ca o pulă, mai e şi Breeny, care arată *fresh*, dar mă-ntreb cum de-a ratat el o tură şi cum de-au cumpărat chiar alte beri. Ciudat, dar asta nu-mi produce nici o satisfacţie. Nu face decât ca berea *aia* la care ţineam cu tot dinadinsul să-mi pară acum stătută, clocită şi imposibil de băut.

Dar mai sunt altele!

Aşa că se beau alte beri, se fac alte afaceri dubioase, apar alţi cărbuni, Croxy face un bong dintr-o sticlă veche de limonadă, ca să-l complimenteze pe Bernie pentru activităţile lui, şi foarte curând suntem iar blană cu toţii. Val, cum o cheamă, s-a-ntors în cameră şi arată ca un refugiat care tocmai ce-a fost poştit într-un lagăr de futai. Ceea ce bănuiesc că şi este. Îi face semn lui Tanya, iar ea se ridică şi pleacă amândouă fără să scoată o vorbă.

Sunt conştient că cearta dintre Bernie şi Breeny mocneşte, gata să explodeze. Rămânem fără amoniac şi trebuie să trecem pe bicarbonat, ca s-o diluăm, lucru care necesită ceva mai multă pricepere, iar Breeny îl tot fute la cap pe Bernie cum că prăpădeşte marfa.

— Morţii mă-tii de pulifrici, strici tot, spune el, cu gura pe jumătate plină de dinţi galbeni şi negri.

Bernie îi răspunde ceva, iar eu mă gândesc că mai târziu trebuie să lucrez și c-ar trebui să bag un pic de somn. În timp ce mă ridic și deschid ușa să ies pe hol, aud pe cineva strigând și sunetul inconfundabil de sticlă spartă. Pentru o secundă, mă gândesc să mă întorc, dar hotărăsc că prezența mea n-ar face altceva decât să complice o situație și așa destul de împuțită. Mă strecor ușor pe ușa de la intrare și o închid în urma mea, lăsând în spate strigătele și amenințările. După care ies în stradă și dus am fost.

Când mă întorc la cloaca din Hackney, pe care acum trebuie s-o numesc acasă, transpir tot, tremurând și înjurând prostia și slăbiciunea, iar trenul Great Eastern de la Liverpool spre Norwich zguduie din nou clădirea.

2

„... prelungirile...“

Colin se trezește și se ridică din pat. Stând lângă pervazul ferestrei, ia forma unei siluete. Privirea îmi cade pe penisul lui, care atârnă bleg. Are un aer aproape vinovat, în triunghiul luminos al lunii care îl înconjoară în timp ce deschide obloanele.

— Nu pot să înțeleg.

Se întoarce cu spatele, dar îi înregistrez grimasa spășită, de om care e dus la spânzurătoare, în timp ce lumina îi scaldă buclele negre în argintiu.

De asemenea, îi pune în evidență și pungile de sub ochi, precum și pielea care-i atârnă dizgrațios sub bărbie.

Despre Colin: un rahat cu ochi, între două vârste, căruia acum trebuie să-i adăugăm, pe lângă scăderea interesului social şi intelectual, şi declinul performanţelor sexuale.

Şi a venit momentul. Dumnezeule, chiar e momentul.

Mă întind în pat, simţindu-mi picioarele reci, şi mă ghemuiesc, pentru a alunga ultimul spasm al frustrării. Îndepărtându-mă de el, îmi aduc genunchii la piept.

— Ştiu că poate părea un clişeu, dar asta chiar nu mi s-a mai întâmplat niciodată, sincer îţi spun. E ca şi când... anul ăsta, nenorociţii ăştia mi-au dat patru ore de seminar în plus şi două de cursuri. Noaptea trecută n-am închis un ochi, am corectat lucrări. Miranda îmi face şi ea o mulţime de figuri, iar copiii sunt aşa de obositori, mama mă-sii de treabă... nu mai am timp să fiu *eu*. Nu mai am timp să fiu Colin Addison. Dar oricum, cui îi pasă? Cui pana mea îi pasă de Colin Addison?

Abia dacă mai aud văicărelile-astea despre pierderea erecţiei, fiindcă am început să alunec uşor în jos pe scara conştienţei, îndreptându-mă spre somn.

— Nikki? M-auzi?

— Mmm...

— Mă gândesc că avem nevoie să normalizăm cumva relaţia asta. Şi asta nu e aşa, un lucru de moment. Miranda şi cu mine: ne-a expirat timpul. A, da, ştiu ce-o să spui şi da, au mai fost şi alte fete, alte studente, cu siguranţă c-au mai fost, spune el pe un ton în care se simte acum un aer satisfăcut.

Egoul masculin poate părea fragil, dar din experienţa mea, nu-i ia foarte mult timp să se regenereze.

— ...Dar au fost toate nişte adolescente şi n-au însemnat nimic mai mult decât o distracţie trecătoare. Dar faza e că tu eşti mult mai matură, ai douăzeci şi cinci de ani, nu e o diferenţă de vârstă *aşa* de mare între noi, iar cu tine lucrurile stau

24

altfel. Nu e doar o... ce vreau să spun e că asta e o relație adevărată, Nikki, iar eu vreau să fie *adevărată*, cum ar veni. Înțelegi ce spun? Nikki? Nikki!

Alăturându-mă ansamblului de studente-întrufutai al lui Colin Addison, bănuiesc că ar trebui să-mi facă plăcere faptul de a fi ridicată la rangul de iubită *bona fide*. Dar iată că nu.

— Nikki!

— Ce e? mormăi eu întorcându-mă, apoi mă ridic și-mi dau părul la o parte de pe față. Ce tot bați apa-n piuă acolo? Dacă tot nu poți să mi-o tragi, măcar lasă-mă să dorm. Am cursuri dimineață, iar mâine-noapte trebuie să merg din nou la saun-aia infectă să lucrez.

Colin stă acum așezat pe marginea patului, respirând ușor. Urmărindu-i umerii cum se mișcă în sus și-n jos, mi se pare că, în întuneric, seamănă cu un animal ciudat, rănit, nesigur dacă să contraatace sau să bată în retragere.

— Nu-mi place că lucrezi acolo, expiră el pe un ton iritat și posesiv, care, în ultima vreme, a devenit caracteristic pentru el.

Și în momentul ăsta mă gândesc, asta e, acum e momentul. După toate săptămânile-astea de respect și admirație, s-a ajuns la punctul critic de mă-doare-n-fund, în care ai în sfârșit puterea să-i spui să se ducă-n pizda mă-sii.

— Probabil că în acest moment sauna asta reprezintă singura mea șansă să am parte de-un futai ca lumea, îi explic cu răceală.

Liniștea rece din jur, precum și conturul întunecat, nemișcat al lui Colin îmi spun că am atins cota critică și că, în sfârșit, am pus punctul pe i. Se ridică brusc, îndreptându-se agitat și încordat spre fotoliul unde îi sunt hainele. Începe să scotocească printre ele. Bâjbâind pe întuneric, aud că a călcat pe ceva, după care urmează un „futu-ți" șuierat. *Chiar* că se grăbește, pentru că, de obicei, face mai întâi un duş, pentru Miranda, dar de data asta n-a avut loc un schimb de fluide, aşa că poate sta liniştit. Măcar a avut bunul-simţ să n-aprindă lumina, lucru pentru care-i sunt recunoscătoare. În timp ce-şi trage blugii pe el, îi admir curul, pentru ultima oară, probabil. Impotenţa e un lucru rău, iar caracterul posesiv e îngrozitor, dar amândouă deodată pur şi simplu nu pot fi tolerate. Ideea de a deveni infirmiera boşorogului ăstuia scrântit îmi face greaţă. Păcat de curul lui, o să-mi lipsească. Întotdeauna mi-a plăcut un cur bun, zdravăn, la un bărbat.

— N-are nici un sens să mă cert cu tine când eşti în starea asta. Te sun mai târziu, pufneşte el, punându-şi haina.

— Nu te deranja, spun eu pe un ton glacial, trăgându-mi pledul peste ţâţe.

Mă tot gândesc de ce simt nevoia asta când oricum mi le-a supt, şi-a băgat scula-ntre ele, le-a pipăit, dezmierdat şi frământat cu tot acordul meu şi, uneori, chiar la îndemnul meu. Şi atunci de ce o privire fugară în întuneric mi se pare aşa de indiscretă? Răspunsul constă, probabil, în faptul că esenţa mea îmi spune că am terminat-o, Colin şi cu mine. Da, *chiar* că e momentul.

— Ce?

— Am spus să nu te deranjezi. Cu sunatul. Să nu cumva să te deranjezi, îi spun, dorindu-mi atât de tare o ţigară.

Îmi vine să-i cer lui una, dar mi se pare cam nepotrivit cumva.

Se întoarce spre mine, să mă privească, şi îi văd mustaţa aia ridicolă pe care l-am implorat mereu s-o radă, şi îi văd gura, din nou luminată de o rază argintie care pătrunde prin obloane, şi deasupra, ochii ascunşi în întuneric. Gura îmi spune:

— Să te duci în pizda mă-tii-atunci! Eşti o gâs-culiţă proastă, Nikki, o vacă arogantă. Acuma te-oi crede tu tare, fato, dar ascultă tu la mine, o să ai, în pizda mă-sii, mari probleme-n viață dacă nu te maturizezi și nu intri-n rândul oamenilor.

În sufletul meu se duce-o luptă între furie și umor, dar nici una dintre ele nu e pregătită să aibă supremație asupra celeilalte. În starea asta disonantă, nu pot decât să scot:

— Ca tine? Hai, nu mă face să râd...

Dar Colin a ieșit, iar ușa dormitorului se trântește, urmată de ușa de la intrare. Corpul începe să mi se destindă, ușurat, până-mi aduc aminte, enervată, că ușa trebuie încuiată de două ori. Lauren e foarte atentă la probleme legate de siguranță și, oricum, nu va fi foarte încântată, dat fiind că probabil am trezit-o din somn cu cearta noastră. Simt sub picioare dușumeaua lăcuită din hol, care e rece și, bucuroasă că-mi pot continua somnul, mă întorc în dormitor. Mă gândesc să mă duc la fereastră, să văd dacă-l pot vedea pe Colin ieșind din clădire pe strada pustie, dar cred că amândoi am spus ce-aveam de spus, iar acum legătura dintre noi s-a deteriorat. Cuvântul ăsta mi se pare foarte satisfăcător. Mă gândesc, în glumă, bineînțeles, cum ar fi să-i trimit Mirandei prin poștă penisul lui, în exact acea stare. Și cum ea nu l-ar recunoaște. Sunt toate la fel, pe bune, asta, bineînțeles, dacă nu ești o vacă de-alea bătrâne, șleampete și lăbărțate. Dacă ai niște pereți buni, poți să fuți orice, mă rog, aproape orice. Nu penisurile sunt problema, ci prelungirile lor; astea vin cu diferite mărimi, da, diferite mărimi și grade de antipatie.

Lauren intră îmbrăcată în cămașa ei de noapte de culoarea cerului, cu ochii cârpiți de somn, părul ciufulit, ștergându-și ochelarii și punându-și-i la ochi.

— S-a-ntâmplat ceva? Am auzit țipete...

— Doar strigătele jalnice ale unui bărbat impotent în pragul andropauzei. Credeam că, pentru urechile tale feministe, o să fie o adevărată muzică, zâmbesc eu veselă.

Apropiindu-se încet de mine, întinde brațele și mă cuprinde cu ele. Dumnezeule, ce femeie esențial bună este; e mereu gata să mă trateze cu mult mai multă compasiune decât merit. Crede că folosesc umorul pentru a masca durerea, sarcasmul pentru a ascunde vulnerabilitatea și mă privește întotdeauna atentă și sinceră, ca și când ar vrea s-o găsească pe adevărata Nikki din spatele fațadei. Lauren crede că sunt ca ea, dar în ciuda tuturor manifestărilor ei de afecțiune, eu sunt o vacă mai cinică decât va putea ea să fie vreodată. În ciuda politicii stridente pe care a adoptat-o, e un copilaș tare dulce, care miroase minunat, a prospețime și săpun de lavandă.

— Îmi pare rău... Știu că ți-am spus că ești nebună să ai o relație cu un profesor, dar am spus asta doar fiindcă știam că o să suferi...

Tremur toată, la propriu tremur în brațele ei, iar ea începe:

— Gata, gata... e OK... o să fie bine... dar nu-și dă seama că eu tremur de *râs*, auzind-o cum presupune că mi-ar păsa.

Ridic puțin capul și râd, lucru pe care îl regret instantaneu, pentru că ea *chiar* e o dulce, iar eu am cam umilit-o. Uneori, cruzimea vine din instinct. Nu poți fi mândru de asta, dar măcar poți încerca să fii conștient.

O mângâi împăciuitoare pe gâtul subțire, dar tot nu mă pot opri din râs.

— Ha ha ha ha... n-ai înțeles bine, scumpo. El e cel care a luat țeapă, el e cel care suferă. „Să ai o relație cu un profesor...“ ha ha ha... vorbești exact ca el.

— Păi şi ce altceva să cred? El *e* însurat. Iar voi doi aveţi o legătură...

Scutur încet din cap.

— N-avem nici o legătură! Mi-o trag cu el. Sau măcar mi-o trăgeam. Dar gata. Textele alea dramatice pe care le-ai auzit crezi că erau ale unuia care *nu mai vrea* el să mi-o tragă?

Lauren afişează un zâmbeţel fericit, dar uşor umbrit de vinovăţie. Fata asta are prea mult bun-simţ, e prea bine-crescută, prea dedicată nefericirii altora, chiar şi a ălora pe care nu-i place. Şi faptul că nici Colin n-o plăcea, că vedea în ea numai imaginea superficială pe care i-o oferea ea, e una din trăsăturile lui cel mai puţin atrăgătoare. Dar aşa e el, nu-i deloc perspicace.

Dau la o parte pledul.

— Acum hai, vino-aici şi-mbrăţişează-mă ca lumea, spun.

Lauren mă priveşte, ferindu-şi ochii de trupul meu gol.

— Încetează, Nikki, spune ea ruşinată.

— Nu vreau decât o îmbrăţişare, mă pisicesc eu, apropiindu-mă de ea.

Simte că între trupurile noastre goale se află cămaşa ei de noapte groasă, simte şi că nu va fi violată, aşa că mă îmbrăţişează rigidă şi reticentă, dar eu nu-i dau drumul şi trag pledul deasupra noastră.

— Oh, Nikki, spune ea, dar foarte curând o simt că se linişteşte, iar eu mă afund într-un somn plăcut, cu mirosul de lavandă în nări.

Dimineaţă mă trezesc singură-n pat şi aud zgomote în bucătărie. Lauren. Toate femeile ar trebui să aibă câte-o nevestică drăguţă. Mă ridic, îmi pun halatul şi mă îndrept spre bucătărie. Cafeaua şuieră şi picură în filtru. Acum o aud la duş. În camera de zi, beculeţul roşu al robotului telefonic îmi spune că trebuie să-mi verific mesajele.

Pe Colin ori l-am supraestimat, ori l-am subestimat. A lăsat ceva mesaje pe robot.

Bip.

— Nikki, sună-mă. E o prostie.

— Aa, bună, prostie, spun eu în direcția telefonului, eu sunt Nikki.

Dă telefoane bune, la Colin mă refer, dar numai în sensul comic.

Bip.

— Nikki, îmi pare rău. Mi-am pierdut capul. Chiar țin la tine, sincer vorbesc. Asta e tot ce încercam să spun. Vino mâine la mine la birou. Hai, Nik.

Bip.

— Nikki, hai să nu punem punct în felul ăsta. Lasă-mă să te invit la prânz la clubul administrativ. Îți plăcea acolo. Hai. Sună-mă la birou.

Vârsta le transformă pe cele mai multe fete în femei, dar bărbații rămân pentru totdeauna băieți. Asta invidiez eu la ei, abilitatea lor de a se bălăci în naivitate și imaturitate, lucru pe care întotdeauna m-am străduit să-l imit. Totuși, uneori poate fi obositor, dacă ești întotdeauna de partea celui care primește.

3
Șmenu' # 18 733

E cea mai janghinoasă parte din Soho; îngustă și slinoasă, din cauza duhorii de parfum ieftin, amestecat cu prăjeală, alcool și gunoiul de pe trotuar, căzut din tomberoanele negre și ciuruite. Tuburile enervante de neon licăresc încet, aproape sfidător, ca un semn de viață placidă prin burnița rară, amintind de vechile și serbedele jurăminte.

Din când în când, îi vezi cu coada ochiului pe agenții acestor sublime plăceri, pe prostălăii ăia fălcoși, chelioși și înțoliți de la intrare sau pe curvele cu creierii zob de la droguri, care atârnă pe scări, ale căror fețe lucesc bolnăvicios în lumina gălbejită a becurilor, sub ochii tuturor terminaților, ai turiștilor nervoși și ai tinerilor beți, cu rânjetul cât casa.

Totuși, eu nu m-am simțit niciodată mai acasă decât aici. Trecând cu coada sus pe lângă tipul doi pe doi de la intrare, o cunoștință a mea de la club, cu haina lui scumpă fluturând în vânt, simt că pentru mine reprezintă un semn că am evoluat mult de când lucram la saună, cu toți ratații din Leith, scoțând la produs gagici cu creierii ferfeniță de la droguri, care se futeau pentr-o doză.

Și Henry Măgăoaia dădea din cap.

— Hai noroc, Si, frate, iar eu îi zâmbesc și încerc să nu-mi umflu ușor nările, cum fac de fiecare dată, involuntar, când sunt pus față-n față cu un pachet de mușchi, cu creier de găină – asta pentru că ai nevoie de d-ăștia, iar băieții-ăștia își dau întotdeauna seama când îi iei peste picior.

Așa că pe față-mi înflorește un zâmbet chinuit.

— Noroc, Henry! Acuma-s un pic lovit în aripă, frate. Mi-am băgat pula-n prea multe găuri greșite.

Henry scutură scârbit din cap, după care, în timp ce facem puțină conversație, analizez cum ochii ăia fără expresie, de pe fățău-ăla de gorilă, mai aruncă din cînd în cînd câte-o privire pe după umărul meu, ca nu cumva să se-ntâmple ceva în spatele meu. Trage câte-o uitătură de pasăre de pradă, ca să stingă micile flăcări înainte de a se transforma în incendii.

— Colville e pe-aici azi?

— Nu, pula mea, din fericire, nu, îmi spune Henry.

Slavă cerului pentru asta; amândoi ne urâm şeful cu îndârjire. În timp ce intru şi-mi iau la revedere de la Henry, mă gândesc la nevasta lu' Matt Colville. Când pisica nu-i acasă... Ar trebui s-o aduc aici pe Tanya, să-nceapă să facă ceva bani. O sun pe mobil, dar, surpriza surprizelor, al ei a fost deconectat, îmi spune o voce. E greu să te ţii şi de dava şi de coca, iar apoi să-ţi aduci aminte că trebuie să-ţi plăteşti factura la mobil. Asta-nseamnă că am ratat o mică şansă şi sufletul începe să-mi îngheţe uşor, aşa cum are tendinţa de fiecare dată când sunt indirect încurcat de acţiunile neglijente ale altora.

Dar fără Colville, şi cu Dewry în birou, sunt bazat. Şi cum azi sunt de serviciu Marco şi Lenny, amândoi escroci de mâna-ntâia, asta înseamnă că rolul meu este pur social. În mare, stau jos undeva în partea dreaptă a barului şi frec menta, şi nu mă ridic să servesc pe cineva sau să îmi manifest respectul decât dacă intră vreun fotbalist, vreun barosan sau pentru vreo duduie foarte sexy (pentru fiecare dintre ele). La sfârşitul turei, mă opresc la Randolph la magazin şi-mi fac provizii de nişte pornoace gay, pe care le voi trimite în dar, anonim, unui tovarăş al meu. Apoi mă duc la o bere într-un café-bar oarecare. Întotdeauna-mi place să mă car, în pula mea, din clubu-ăsta când termin lucrul, e echivalentul social al unei băi bune. Şi barul în care intru e fix ce-mi trebuie, un monument complet şters, de tipul Ikea, în onoarea lipsei noastre de imaginaţie. E în Soho, dar ar fi putut să fie în oricare alt loc care şi-a pierdut personalitatea.

Sunt cam terminat şi prin urmare surprins că, după câte se pare, mi-au ieşit ceva bani, destul de uşor. Credeam că mi-a trecut timpul. Aproape că începusem să mă simt din nou prost şi slab. Slab încât să-mi distrug creierii alături de Croxy, ca și când faptul că i-am folosit muistului duba, casa și mușchii ca să-mi mut lucrurile îi dă dreptul să mă otrăvească cu chimicale. E complet inutil, pula mea, cu toții sunt inutili. Curv-aia proastă de Tanya atârnă la King's Cross tocmai când i-am aranjat să meargă la club să-i stoarcă pe băieți de ceva mălai. Slab. Și, pe măsură ce îmbătrânești, slăbiciunea asta devine un lux din ce în ce mai scump.

Dar gata cu autocompătimirea, că am ieșit bine din tură, iar acum sunt într-un bar din Soho, cu o gagicuță mișto și entuziastă, la costum, pe care-o cheamă Rachel, care lucrează-n publicitate și care tocmai a făcut o prezentare importantă și, pentru că a mers bine, acum e un pic cam pilită și spune foarte des „Dumnezeule". Am ochit-o la bar și a urmat schimbul de zâmbete și amabilități de rigoare, așa că am luat-o din mijlocul grupului ei, în care erau cu toții beți. Bineînțeles, casa mea din Islington e în renovare, așa că sunt nevoit să stau în garsoniera paradită a unui prieten. Slavă Domnului pentru costumul Armani, face toți banii. Iar când îi sugerez să mergem la ea în Camden, spune:

— Dumnezeule, colega mea de apartament are musafiri.

Așa că acum trebuie să mușc din pâinea umilinței și să-i scuip șoferului de minitaxi adresa din E8. Măcar el are, în pula mea, bunul-simț să ne ducă acolo. Labagiii-ăia de la companiile fițoase nu te duc sau, dacă acceptă, te tratează ca și când ar fi asistenți sociali – toate astea pentru privilegiul de a-ți scoate din buzunar douăj' de lire pentru câțiva kilometri prăpădiți. Până și-arabu-ăsta sau turc, ce-o fi, are cinșpe lire pe kilometru.

Privind-o pe furiș pe Rachel asta, așa, cu coada ochiului, când conversația se lasă pe tânjală, îmi dau seama că aşteptările ei scad cu fiecare semafor. Totuşi, e plină de aluzii porcoase şi, dacă pun la socoteală şi ferocitatea mahmurelii de weekend, mi-e tare greu să-mi păstrez concentrarea. De asemenea, când ai pus botul şi ţi-ai dat seama de asta, apare senzaţi-aia de anticlimax. Atâta vreme cât a venit cu tine, asta-nseamnă că eşti pe felie, nu mai trebuie să te caci pe tine-atâta, dar tot ritualul ăsta devine-aşa de deprimant. Începi să vorbeşti mărun-ţişuri, după care treci la chestii gen Benny Hill. Iar acum, cel mai greu lucru pentru mine e s-ascult, dar, totodată, e şi cel mai important. E important pentru că îmi dau seama că ea are mai mare nevoie decât mine să se prefacă că toată povestea asta are o mască socială şi că este (sau cel puţin e posibil să fie) ceva mai mult decât un futai, ceva mai mult decât o dorinţă animalică. Dar din partea mea, nu-mi vine să spun decât taci în pula mea odată şi scoate-ţi chiloţii, n-o să ne mai vedem niciodată şi, chiar dacă drumurile noastre se vor mai intersecta vreodată, o să ne mascăm jena cu stoicism şi indiferenţă mimată, iar eu mă voi gândi, plin de ură, la zgomotele pe care le scoţi când te fuţi şi la regretul pe care-l ai pe faţă a doua zi. Cum se face că numai chestiile negative rămân, numai ele sunt memorabile de fiecare dată.

Dar n-am să fac asta, pentru că acum urcăm scările şi intrăm în casă, eu îmi cer scuze pentru „dezastru" şi îi spun că-mi pare rău că nu-i pot oferi decât coniac şi, în timp ce ea mormăie ceva, eu îi răspund:

— Da, Rachel, unul original, de Edinburgh, şi aduc băuturile.

Sunt foarte încântat să găsesc un set de pahare adevărate pentru coniac, care nu-s împachetate.

— Oh, dar e aşa de drăguţ acolo. Am fost acolo la un festival, cu câţiva ani în urmă. Ne-am distrat de minune, mă pune ea la curent, uitându-se prin niște cutii cu discuri.

Pentru niște urechi sensibile, asta ar fi putut fi o chestie grosolană și urâcioasă, dar pentru mine a sunat atât de plăcut, în timp ce-mi vânturam coniacul în pahar. Îi admir grația, pielea netedă și zâmbetul ăla plin pe care-l afișează spunând:

— ... Barry White... Prince... ai gusturi bune la muzică... sunt o grămadă de chestii *soul* și *garage* aici...

Și nu e numai din cauza coniacului, pentru că în momentul în care-și ia paharul de coniac de pe măsuța pătată de cafea, simt cum mi se deschide fermoarul imaginar al stomacului și îmi zic, ACUM. Acum e momentul să mă-ndrăgostesc. Nu trebuie decât să deschizi fermoarul ăla și să lași măruntaiele iubirii să vă cuprindă pe-amândoi într-o euforie totală, în timp ce taurul ăsta furios și vac-asta nebună se îmbarcă împreună pe corabia iubirii. Să ne privim prostește ochi în ochi, să vorbim tot felu' de căcaturi, să ne-ngrășăm. Dar nu. Fac ceea ce fac întotdeauna, folosesc sexul ca pe un mijloc de a submina iubirea și o trag spre mine, savurând uimirea ei disimulată de dragul spectacolului, apoi ne sărutăm, ne dezbrăcăm, ne frecăm, ne lingem, ne întărâtăm și ne futem.

Totuși, înainte de asta, mă asigur că salariul ei, statutul ei în organizație și trecutul ei social nu sunt la fel de impresionante pe cât am crezut la început. Nu e decât un futai, atâta tot. Uneori trebuie să te lupți din greu ca să nu ajungi să cunoști pe cineva.

După un pui de somn, dimineața o luăm de la capăt. Cum mi s-a sculat, am luat-o pe la spate, iar acum ne zgâlțâim și ne-o tragem la greu, în timp ce expresul de 7:21 spre Norwich intră hurducăind în gara Hackney Downs, ca și când e gata-gata să ne zboare pe toți și să ne ducă în Anglia de Est cu el, iar ea începe:

— Oh, Doamne... Simon... Si-mhnnnn...

Rachel adoarme, iar eu mă ridic, lăsând un bilet, în care o anunț că trebuie să lucrez de dimineață și c-o s-o sun. Merg la cafeneaua de peste drum și îmi iau un ceai, așteptând-o să coboare. Mi se umezesc un pic ochii gândindu-mă la mutrița ei dulce. Îmi imaginez că mă-ntorc la ea, poate cu niște flori, ceva, că-mi deschid inima, jurându-i dragoste eternă, promițându-i că-i voi face viața deosebită, că eu sunt prințul călare pe-un cal alb. Asta e o fantezie atât a bărbaților, cât și a femeilor. Dar doar atât. Un sentiment chinuitor de lipsă planează deasupra mea. E ușor să iubești sau să urăști pe cineva în lipsa lui, pe cineva pe care nu-l cunoști cu adevărat, iar eu sunt un expert la capitolu-ăsta. Problema cea mai mare e cu cealaltă parte.

Apoi, ca un polițist în misiune de recunoaștere, o văd ieșind din clădire. Mișcările ei sunt dezordonate și crispate, încercând să se orienteze, arătând ca un pui care a căzut din cuib: urâtă, șleampătă și complet lipsită de grație, o persoană complet diferită de bunoac-aia cu care, noaptea trecută, sub influența alcoolului, mi-am împărțit patul și, pentru o clipă, viața. Mă-ntorc la paginile sportive din *Sun*.

— Cred că Anglia ar trebui să aibă un antrenor scoțian, îi strig lui Ivan, proprietarul turc. Ronnie pula mea Corbett sau așa ceva.

— Ronnie Corbett, repetă Ivan zâmbind.

— Un muist de Jambo, îi spun, ducându-mi ceaiul fierbinte și dulce spre buze.

Când mă întorc acasă, îmi dau seama că Rachel a lăsat în urmă o dâră din parfumul ei în debarau-asta păduchioasă, lucru care e ca un bun venit, și un bilet, care nu e la fel.

Simon,

Îmi pare rău că nu te-am prins azi-dimineață.

Mi-ar plăcea să te mai văd.

Sună-mă.

Rachel. X

Oo. E-ntotdeauna o plăcere să părăsești pe cineva
când îți spune că i-ar plăcea să te mai vadă, pentru
că, inevitabil, va veni o vreme când o vei părăsi
pentru că *nu mai* vrea să te vadă. Așa e mult mai
plăcut. Mototolesc biletul și-l arunc la gunoi.

Chiar nu-i pot face loc lui Rachel în matricea
mea. Când am început cu squatul Forest Gate din
Londra, am hotărât s-ajung în vest: de la Fete din
Essex și Ovreice din Londra de Nord, la minunatele
domnișoare[1] din Londra de Vest. Da' ele știu cum merg
lucrurile. În timp ce primele vor sex în schimbul unor
tinichele, cele din mijloc îți dau la schimb nevroze,
iar ultimele te fut până vin vacile de la păscut, dar
inelu' de logodnă nu-i pentru tine, e promis lui Chuckie
Bărbie-dublă. Pula mea, pizdele-astea feudale, cor-
cituri între bogătani și țărănoi, întotdeauna au căsă-
torii aranjate. Așa că am încetat să mai caut în
Debrett's și m-am întors la Hampstead.

Acum, Tanya, care nu trece nici de primul nivel
din sistemul meu de cerințe, mă sună pe mobilu'
roșu, să-mi spună că vine la mine. Mă gândesc la
faț-aia albă ca ceara, care-a văzut în ultimii ani la

---

1. *Sloane Rangers*, în original – expresie derivată de la
   Sloane Square (o piață din centrul Londrei) și *Lone
   Rangers* (celebrii cowboy din Vestul sălbatic). Ter-
   menul se referă la o categorie de tinere din clasele
   de mijloc și superioare, care își petrec timpul în zonele
   aristocratice ale Londrei, de obicei sunt prezențe cuce-
   ritoare și au o atitudine ușor snoabă. (Arhetipul dom-
   nișoarelor *Sloane Rangers* este Lady Diana, înainte
   de mariajul cu prințul Charles.)

fel de mult soare ca Nosferatu, la buzele ei groase şi băşicate, ca şi când cineva i-a greşit implanturile, la apariţia ei şleampătă şi la ochii-ăia de insectă. Curvele davaiste – astea unde pula mea se încadrează?

Lipesc un mersul trenurilor de la Great Eastern Railway de birou şi, până ajunge ea aici, totul e pus la punct. Îmi povesteşte cum căcăciosu-ăla de Matt Colville a dat-o afară din bar noaptea trecută. Ochii ei mari tânjesc după dava, nu după pulă. Îi spun că e o paraşută nerecunoscătoare, că i-am aranjat tot şi că ea preferă să-şi pună curul la bătaie pentru nişte praf sau o bilă decât să-şi exercite talentele în domeniul industriei de divertisment, undeva în Soho.

— Mă chinui atât de tare pentru tine, dar degeaba, spun eu, întrebându-mă de câte ori a mai auzit asta înainte de la părinţi, de la asistenţii sociali şi de la consilieri.

Ea ia drept bune peroraţiile mele, prăvălindu-se pe canapea, cu braţele pe lângă corp, uitându-se la mine ca şi când maxilarul i s-ar fi desprins de craniu, atârnându-i sub piele.

— Da' m-a dat afară, mormăie ea, Colville. Futu-i, chiar m-a dat afar'.

— Nu-i de mirare, uită-te şi tu la tine. Pula mea, arăţi ca un *Weedgie*[1]. Aici suntem la Londra, tre' să ai şi tu, pula mea, nişte standarde. Să fiu io singuru' care crede-n standarde...?

— Îmi pare rău, Simon...

— E-n regulă, păpuşă, ciripesc eu, ridicând-o de pe canapea şi luând-o în braţe, minunându-mă de cât e de uşoară. Azi sunt un pic cu capsa pusă pentru c-am avut o săptămână tare-a dracului. Hai, vino şi-ntinde-te lângă mine...

---

1. Termen de argou scoţian, care desemnează o persoană din Glasgow.

O duc spre pat şi mă uit la ceasul de pe dulap: 12:15. O mângâi, privind cum spasmul îi cuprinde buzele, după care hainele cad una după alta, iar eu sunt pe ea şi în ea. Pula mea, pe faţa ei se citeşte disconfortul, iar io mă tot gândesc unde pula mea-i trenu-ăla?

12:21.

Futu-i să-i fut de tren, îmi bag pula în Căile Ferate Engleze sau cum i-o zice la căcatu-ăla privatizat... 12:22, futu-le să le fut de muişti... ar cam trebui să fi ajuns deja...

— Eşti bestială, să ştii, chiar eşti mortală, o mint eu încurajator.

— Uhhhh... mormăie ea.

Pula mea, dacă asta-i tot ce poate să dea, mai bine ne-apucăm de făcut sendvişuri, că n-are nici un viitor în meseri-asta.

Scrâşnesc din dinţi şi mai rezist încă cinci minute nenorocite, până la 12:27, când infectu-ăla de tren intră într-un sfârşit în gară, zgâlţâind din încheieturi toată şandramaua, iar ea începe să-mi strige dragoste eternă.

— Un final în forţă, îi explic eu.

Încerc să fac cu ea puţin antrenament în maniera Terry Venables[1]; să mă rezum la chestii elementare, să le-aduc aminte care sunt punctele lor forte. Stimulare pozitivă, fără strigăte şi fără să-mi pierd cumpătul.

— Dar avem nevoie de ceva mai multă dăruire. Îţi spun asta spre binele tău.

— Mersi, Simon, zâmbeşte ea, arătându-şi dinţii-ăia ciobiţi şi stricaţi.

— Acum trebuie să te trimit la plimbare, că am ceva afaceri.

---

1. Manager britanic de fotbal şi fost jucător.

Îi cam cade un pic faţa, dar îşi trage hainele pe ea, aproape dintr-o singură mişcare. Îi dau o bancnotă de zece pentru autobuz şi ţigări, iar ea-mi zice pa şi se cară.

După ce-a plecat, adun mormanul de pornoace gay pe care le-am luat ieri din Soho. Le îndes într-un plic pe care scriu adresa :

FRANCIS BEGBIE
PRIZONIERUL NR. 6892BK
HMP SAUGHTON
CORPUL PRINCIPAL SAUGHTON
EDINBURGH
SCOŢIA

De fiecare dată iau vreo câteva pentru vechiul meu tovarăş Begbie şi i le trimit prin poştă, de fiecare dată când mă întorc în Scoţia, ca să vadă ştampila poştală. Mă-ntreb pe cine pula mea dă vina, probabil că pe toţi cei din regiunea Lothian. Asta face parte din micul meu război împotriva oraşului natal.

Aplicând generos Gibbs SR, mă spăl pe dinţi, ca să-mi înlătur resturile soioase de Tanya din gură, apoi intru la duş, frecându-mă bine în zona genitală, ca să scap de rămăşiţele bolnave din găleata în care-am amestecat. Şi, culmea, telefonul începe să sune, şi, slăbiciunea mea e că nu pot niciodată să-l las să sune, iar robotul nu e pornit. Îmi pun un prosop pe mine şi răspund.

— Bună, Simon, băiete...

Îmi ia o secundă sau două să depistez posesorul vocii. E mătuşa Paula din Edinburgh.

4
„... lucru manual prost executat...“

De fiecare dată când îmi schimb cursurile mă simt din ce în ce mai ratată. Dar pentru mine, cursurile universitare sunt asemenea bărbaților; chiar și cele mai fascinante nu fac decât să-mi dea impresia că nu vor dura prea multă vreme. Dar schimbarea unui curs nu e ca atunci când îți schimbi instituția de învățământ sau orașul. Iar eu mă mulțumesc cu faptul că acum sunt deja de un an la Universitatea din Edinburgh sau, mă rog, de aproape un an. Lauren a fost cea care m-a convins să mă mut de la literatură, la studii media și cinematografice. Noua literatură este filmul, a spus ea, citând din vreo revistă stupidă. Bineînțeles, i-am spus că acum oamenii nu mai învață despre narațiune nici din cărți și nici din filme, ci din jocurile video. Narațiunea fracționată. Dac-am vrea cu adevărat să fim tari, radicali și pe val, acum am fi la Parcul de distracții Johnny's Amusements din South Side, încăierându-ne cu niște chiulangii anemici pentru locurile la aparate.

Oricum, acum trebuie să rămân la modulul de literatură și am ales să rămân la literatură scoțiană, dat fiind faptul că eu sunt englezoaică, iar încăpățânarea este întotdeauna un motiv suficient pentru a face ceva.

McClymont ține cursuri în fața unei adunături de patrioți și de scoțieni aspiranți. (Dumnezeule, și eu am fost printre ei anul trecut, invocând o străstrăbunică pe care nu am cunoscut-o niciodată și care a mers în vacanță la Kilmarnock sau la Dumbarton... Dar, din fericire, trecem repede mai departe...) Aproape că poți s-auzi un fundal sonor cu cimpoaie în timp ce debitează-ntruna un discurs propagandist naționalist. De ce oare rămân la asta? Din nou, una dintre ideile lui Lauren, poți să iei ușor niște note bune, spune ea.

Guma din gură are un gust metalic, iar efortul de a mesteca îmi amorțește falca. Aș putea s-o scuip și s-o lipesc sub bancă. *Chiar* îmi e foame. Azi-noapte m-am făcut de două sute de lire, pentru niște lucru manual prost executat. Să masturbezi bărbați pe sub prosoape. Fețele-alea grase, roșii, care te fixează cu intenția de a te face să te uiți prin ei și să afișezi expresii pentru ceea ce crezi că vor de la tine: o scorpie rece și neîndurătoare, o fetiță cu ochii umeziți și gura deschisă; orice. Totul e așa de departe, de distant, mi-aduc aminte de când eu și cu frate-meu făceam laba câinelui Monty și ne uitam la el cum încerca să se frece singur de canapea.

Mă gândesc cât de nenatural ar fi să ai mână bună la labă, mă gândesc la sculele bărbaților și, în curând, McClymont termină și el de vorbit. Lauren are pagini întregi de notițe despre diaspora scoțiană. Ross, „Drogatul American" din fața noastră, probabil că are ditamai erecția-n blugii lui Levi's, în timp ce scrie mecanic, umplând pagini întregi cu povești despre cruzimea și nedreptatea englezilor. Ne închidem cu toții mapele la unison și ne ridicăm. În drum spre ieșire, McClymont îmi prinde privirea. Faț-aia de bufniță. Stupidă. Nu știu ce spun ornitologii, dar experții în păsări de pradă – specialiștii în șoimi – îți vor spune cu toții că bufnița nu este deloc înțeleaptă, ci că, dintre toate păsările de pradă, este cea mai grasă.

— Domnișoară Fuller-Smith, pot vorbi un minut cu dumneavoastră? îmi spune el apretat.

Mă întorc spre el, dându-mi părul după ureche. Sunt mulți bărbați care nu se pot abține când văd asta: ofrandele virginale. Gestul de a da la o parte vălul de mireasă, gestul deschiderii. McClymont e un alcoolic cinic şi stafidit, perfect programat să reacţioneze. Stau puţin cam aproape de el. Întotdeauna e o idee bună să faci asta cu bărbaţii esenţialmente timizi, dar şi cu cei care sunt prădători. Şi chiar a funcţionat bine, futu-i.

Ochii întunecaţi, care-i tresar în permanenţă în spatele ochelarilor, bat mai departe. Părul rărit, electrocutat, pare că i s-a ridicat de un centimetru. Costumul ridicol peticit la umeri se înfoaie în timp ce el se scapă fără să vrea.

— Mi-e teamă că încă nu am primit eseul dumneavoastră pe-al doilea semestru, spune el, cu o uşoară satisfacţie în voce.

— Asta pentru că nu l-am făcut. A trebuit să muncesc noaptea, zâmbesc eu.

McClymont, care fie că e prea experimentat (după cum te-ar face să crezi), fie că o duce prea prost cu hormonii, ca să fie prea mult timp dus de nas, dă din cap serios:

— Lunea viitoare, domnişoară Fuller-Smith.

— Nikki, te rog, rânjesc eu, aplecându-mi capul într-o parte.

— Lunea viitoare, exclamă McClymont, începând să-şi strângă lucrurile: mâinile lui osoase, noduroase, încep să strângă cu mişcări rigide hârtiile, îndesându-le în servietă.

Pentru a câştiga ceva în general, ai nevoie de perseverenţă. Iar eu perseverez.

— Chiar mi-a plăcut cursul, mult, mult de tot! îi spun.

Îşi ridică privirea şi zâmbeşte viclean.

— Bine, îmi răspunde scurt.

În drum spre cantină, mă dau mare în faţa lui Lauren cu această mică victorie.

— Grupul de seminar de la studii cinematografice? Şi, cine-i talentul numărul unu?

Lauren se întunecă la față, bosumflându-se la gândul tuturor necazurilor ce ar putea urma, la toți posibilii vizitatori ai apartamentului; la cei care s-ar putea să fie cam nespălați, la cei care-ar putea să fac-acolo și ceva proxenetism, la cei greu de controlat.

— Unul sau doi sunt OK. De obicei, eu m-așez lângă tipu-ăsta, Rab. E puțin mai în vârstă, în jur de treizeci de ani, poate, dar e de treabă.

— Futabil?

— Nikki, ești îngrozitoare, spune ea scuturând din cap.

— Sunt liberă de contract! protestez eu, în timp ce punem jos ceștile de cafea și ne îndreptăm spre curs.

Seminaristul este un tip cu privirea pătrunzătoare și mâini lungi. Silueta alungită și umerii rotunzi îl aduc într-o poziție perfectă pentru a te holba la buricul lui. Vorbește cu un accent sud-irlandez, pe un ton molcom și jos. Cursul este în plină desfășurare și ne uităm la un scurtmetraj rusesc pe casetă video, cu un titlu imposibil de pronunțat. O aiureală. La jumătatea lui, intră un tip într-o geacă albastră, cu o etichetă italienească, dă scurt din cap, cerându-i scuze seminaristului. Îi zâmbește lui Lauren și ridică din sprâncene, apoi se așază pe locul de lângă ea.

Îi arunc o privire, la care el îmi răspunde fugitiv.

După curs, Lauren mi-l prezintă drept Rab. E prietenos, fără să fie exagerat, lucru care chiar îmi place. Înalt cam de unu optzeci, nu-i supraponderal, păr șaten deschis, ochi căprui. Ieșim împreună să bem ceva și să vorbim despre curs. Rab ăsta nu e genul de tip care se remarcă din prima, lucru tare ciudat, pentru că e chiar foarte arătos. Oricum, e arătos în sensul convențional, genul cu care ți-o tragi între două relații serioase. După prima bere, merge la toaletă.

— Are cur mişto, îi spun. Îţi place de el?

Lauren dă din cap, negând afectată.

— Are o iubită care aşteaptă un copil.

— Nu ţi-am cerut CV-ul lui, îi spun, te-am întrebat doar dacă-ţi place.

Lauren mă înghionteşte destul de tare şi-mi spune că-s proastă. E puritană din multe puncte de vedere şi e puţin cam în afara timpului, demodată, cum ar veni. Îmi place la nebunie pielea ei aproape translucidă, iar părul dat pe spate, ca şi ochelarii ei, sunt foarte sexy. Are nouăsprezece ani şi e suplă, graţioasă şi autosuficientă, dar uneori mă-ntreb dacă a avut vreodată o relaţie serioasă. Prin asta se-nţelege că mă-ntreb dacă şi-a tras-o vreodată. Bineînţeles, ţin prea mult la ea ca să-i spun că ştiu de ce a adoptat ea toată politica feministă, şi anume pentru că este o snoabă de provincie, care are nevoie de-un futai ca lumea.

De obicei, iese cu tipu-ăsta Rab să bea ceva, să vorbească despre film şi să bălmăjească despre curs. Ei bine, acum e un *ménage à trois*. Rab are expresia unuia trecut prin viaţă, genul le-am-făcut-pe-toate. Cred că îi plac maturitatea şi inteligenţa lui Lauren. Mă-ntreb dacă are fantezii cu ea, pentru că ea-l place, îţi dai seama de asta de la o poştă. Păi, dacă ceea ce caută e maturitatea, eu am douăşcinci de ani.

Rab se întoarce şi mai cere un rând. Îmi spune că lucrează în barul fratelui său, ca să câştige un ban în plus. Eu îi spun că uneori lucrez la saună, după-masa sau seara. Îl intrigă chesti-asta, la fel ca pe majoritatea oamenilor. Aplecându-şi puţin într-o parte capul, îmi aruncă o privire iscoditoare, lucru care îi schimbă complet trăsăturile.

— Nu cumva... hmm, ştii tu...

Lauren se strâmbă dezgustată.

— Dacă mă culc cu clienţii? Nu, doar le fac frecţie, îi explic, făcând o mişcare de masaj cu mâinile.

Evident, sunt unii care-ţi propun asta, dar nu concordă cu politica oficială a agenţiei, mint eu, ca să le stric tot cheful. Odată am... mă opresc o clipă.

Amândoi rămăseseră cu gura deschisă, aşteptând, mă simt ca o bunicuţă care spune o poveste de noapte bună unor copilaşi orfani nevinovaţi şi aproape că am ajuns la partea în care lupul cel mare şi rău e gata să-şi facă apariţia.

— ... i-am făcut laba unui bătrânel drăguţ, după ce-a-nceput să vorbească de cât de dor îi e de soţia lui moartă. N-am vrut să iau cele două sute de lire pe care mi le-a oferit, dar el a insistat. Apoi a spus că a văzut că sunt o fată drăguţă şi şi-a cerut nenumărate scuze că m-a pus în situaţi-aia. A fost aşa de drăguţ.

— Cum ai putut, Nikki? behăie Lauren.

— Pentru tine, iubi, e totul OK, tu eşti scoţiană, ţi se plătesc toate taxele, îi spun.

Lauren ştie că nu prea are ce să-mi spună despre asta, lucru care-mi convine de minune. Crudul adevăr este că fac o mulţime de labe, dar n-o fac decât pentru un singur motiv, banii.

5

Şmenu' # 18 734

Eram pregătit pentru Colville, graţie lui Tanya, care m-a pus la curent cu comportamentul muistului. Aşteptase de mult timp momentul ca să scape de mine, iar acum labagiul avea ocazia. Bineînţeles, n-aveam de gând să cedez fără luptă şi în ultimul an m-am pus bine la curent cu dedesubturile *chez* Colville de la Holloway.

O s-aştepte până ce termin tura, bineînțeles. Fusese o noapte liniștită. Apoi au venit Henry și Ghengis cu alți câțiva, și toți erau cam muci. Avuseseră un scandal cu altă gașcă și s-au cherchelit sărbătorind victoria, împărtășindu-și unul altuia poveștile. Umbla vorba că Aberdeen și Tottenham se uniseră.

— Nu mi-ar plăcea să fiu în grupu-ăla, cine pula mea ar plăti băuturile? Probabil că pârlitu' de barman, pula mea, râd io, iar alți câțiva mi se-alătură.

Cam ard gazul de pomană și m-apuc să torn câteva pahare bune din partea casei, fiindcă simt că se-apropie sfârșitul domniei mele aici.

Într-un fel e trist, pentru mine a fost o a doua casă, o intrare, un loc unde să cunosc oameni pe care se pare că-i cunosc de fiecare dată, dar e o chestie limitată. E timpul să merg mai departe. Nu câștigi niciodată lucrând în locuri ca ăsta, trebuie să-ți faci unul al tău. O văd în treacăt pe Lynsey care îmi face ochiul și se pregătește să iasă pe scenă.

Da, totul e numai plastic, numai mobilier curat și dezinfectat, dar, în toată boemia asta, tot simți mirosul de chiștoace stătute și de sloboz din hainele bărbaților și parfumul ieftin al gagicuțelor și mirosul de bere îndoită cu apă și de disperare grețoasă.

Cu toate astea, Lynsey a prins ideea, e mereu mult prea circumspectă ca să cadă victima unui loc ca ăsta, după ce-și termină numărul. E mereu atentă să nu le arate mușteriilor disprețul pe care o tânără deșteaptă și cultivată ca ea trebuie să-l simtă față de ei și mă gândesc că, deși tuturor ne place să jonglăm cu ideea că suntem diferiți, avem cu toții o atitudine unică în această privință, o ironie specială care ne izbăvește. Dar ea *chiar* e diferită și a prins ideea. A făcut vreo câteva filmulețe porno de amatori, are propriul website, ca să-și popularizeze numele și acum nu face decât să-și conserve curu' într-un club de dansuri orientale. Nici un iubit-peşte la orizont, iar zâmbetul ei implicat se transformă întotdeauna într-unul detaşat şi glacial de fiecare dată când întreci limitele. Nu face niciodată jocul nimănui şi, prin urmare, nu e bună pentru mine.

Păcat. Privind-o acolo sus, cum îşi ondulează atletic pelvisul, mişcare care ar trimite-o pe curv-aia drogată de Tanya direct la reanimare, îi analizez coapsele bronzate la solar, de sus, de la minijupa argintie, până jos, la fel ca toţi muşteriii şi mă gândesc că trebuie să trec pe lista de priorităţi procurarea unei casete cu Lynsey.

Cum era aproape singur, la sfârşitul turei Dewry vine la mine cu un rânjet de idiot scos de la şcoala de corecţie.

— Colville vrea să te vadă la el în birou, zice infectu-ăsta, aproape cântând, pula mea.

Ştiu despre ce e vorba şi intrând la el în birou, mă aşez fără invitaţie pe scaunul din faţa lui. Ochii alungiţi ai lui Colville se rotesc pe faţ-aia gălbejită şi prefăcută, privindu-mă ca şi când aş fi o târâtură. Aruncă un plic peste masă. Are o pată pe pieptul hainei ăleia cenuşii, stupide, pe care-o poartă. Nu-i de mirare că ea...

— Aici sunt P45-ul[1] tău şi plata din urmă, explică el, cu voce-aia lui leşinată. Şi cum mai ai încă două săptămâni de lucru din cele 104 prevăzute în contract, nu trebuie să-ţi facem nici o plată compensatorie pentru concediere. O să vezi că e totul pe faţă. Asta-i legea, rânjeşte el.

M-am uitat foarte cinstit la el.

— De ce, Matt? întreb eu, simulând suferinţa, ne cunoaştem de-atâta vreme!

---

1. Numele unui formular care i se dă angajatului la încheierea unui contract de muncă.

Nu, privirea nu funcționează; fața lui Matty-mânca-l-ar-mama rămâne impasibilă, în timp ce se reazemă de spătarul scaunului și scutură ușor din cap.

— Te-am avertizat în legătură cu programul de lucru. Am nevoie de un barman-șef care să fie-aici. Mai mult, te-am avertizat și în legătură cu târfuliț-aia de prietena ta, care vine pe-aici și se dă la clienți. Săptămâna trecută, chiar a-ncercat-o cu unul din Old Bill[1], începe el din nou să dea din cap dezgustat, iar eu îl aud pe Dewry cum râde-nfundat, distrându-se la fel de copios ca și Colville.

— Da' și ei au pule sau măcar așa am auzit, îi zâmbesc eu.

Aud din nou un chicotit înfundat venind din spatele meu.

Colville stă îndreptat spre mine, cu mutra setată pe modu' serios. Acesta e un spectacol pe care nu vrea să-l cedeze nimănui.

— Hai nu-ncepe să faci pe deșteptu', Williamson. Știu că așa te crezi, dar, după mine, nu ești decât un căcăcios de scoțian din Hackney, pe care n-aș da doi bani.

— Islington, spun eu repede.

De astă dată l-am rănit puțin.

— Ce-o fi. Eu aștept ca barmanul-șef să-și facă datoria, nu să folosească locul ăsta ca un front de desfășurare pentru propriile mici activități sordide. Acum, atârnă pe-aici tot felu' de gunoaie: curve, găinari, huligani, comercianți de pornografie, traficanți de droguri, și știi ce? Asta numai de doi ani încoace, de când ai început *tu* să lucrezi aici!

— Pula mea, e un club de dansuri din buric, un club de striptease. Bine'nțeles c-o să te pricopsești cu tot felu' de d-ăstia. Suntem într-o afacere nu

---

1. Poreclă dată unui membru al poliției metropolitane.

tocma' curată! protestez eu furios. Iar eu am adus aici niște clienți fideli, care plătesc mereu! Oameni care fac consumație!

— Hai, pleacă și gata, arată el spre ușă.

— Asta-i tot, gata, sunt concediat?

Zâmbetul lui Matt Colville se lărgește vizibil.

— Da, și, deși e total lipsit de profesionalism din partea mea să recunosc asta, îmi face mare plăcere.

Îl aud încă o dată pe Dewry chițăind în spatele meu. E timpul. Îmi ridic privirea și îl fixez direct în ochi.

— Păi atunci, cred că e momentul să dăm cărțile pe față. Mi-am tras-o regulat cu nevastă-ta de aproximativ opt luni.

— Cee... Colville se uită spre mine, iar eu îl simt pe Dewry înțepenind în spatele meu, după care iese grăbit, scuipând nu ș' ce scuză.

Pentru o secundă sau două, Colviele rămâne mut, dar, după acest șoc, un zâmbet palid și neîncrezător începe să-i înflorească pe buze. După care dă din cap, dezgustat și disprețuitor.

— Chiar că ești un caz trist, Williamson.

Un alt fior de teamă îi strălucește în ochi, dar îi ia locul o furie batjocoritoare.

— Vai de curu' tău trist, de nemernic. Tu chiar te-aștepți să mă las dus de aiurelile tale? E ruși...

În timp ce mă ridic de pe scaun, scot din buzunarul interior al hainei pozele Polaroid și i le-arunc pe birou.

— Poate că te lași dus de astea. Le păstram pentru zile negre. Fac cât o mie de vorbe, nu? îi fac eu cu ochiul, întorcându-mă și ieșind rapid, mândru, din biroul lui și din bar.

Un val de neliniște mă face s-o iau la goană când ajung în stradă, dar nu mă urmărea nimeni, iar acum râd de unu' singur pe străzile lăturalnice din Soho.

Mergând în sus pe Charing Cross Road, mă trezesc la realitate şi îmi dau seama că mi-am pierdut cea mai constantă sursă de venit. Încerc să echilibrez asta cu faptul că nu mai am nici un stres, făcând o listă de argumente pro şi contra, gândindu-mă la şansele şi ameninţările pe care le presupunea noua situaţie. Mă întorc traversând Liverpool Street de pe Central Line şi iau metroul de suprafaţă până la Hackney Downs. În staţie la Downs cobor, uitându-mă peste zidul de la gară direct la fereastra mea. Aproape că pot să ating geamul slinos. E atâta jeg, atâta grăsime şi mizerie pe ea, încât e imposibil să vezi înăuntru. Muiştii-ăia de la Căile Ferate Great Eastern ar trebui-n pula mea să plătească pe cineva să le cureţe, futu-le trenurile lor diesel de căcat, care fac toată mizeri-asta. Ieşind din gară, iau un alt mersul trenurilor G.E.R., nou-nouţ.

Ajuns înapoi în garsoniera jegoasă, pe care agenţilor imobiliari le place s-o numească apartament-studio, privesc pe fereastra din faţă. Ăstia-s englezii: ridicol de pomposi, de la primul la ultimul. Cine altcineva ar putea avea aşa o manie a grandorii, încât să numească „imobiliare" o şmecherie ca asta? Îl vânez, pescuiesc şi împuşc pe Simon David Williamson de la Agenţia Imobiliară Banana Flats din Leith. Uitându-mă-n jos, spionez o tânără mămică cu un cărucior, care stă în faţa farmaciei. Pungile de sub ochii ei îmi spun că ar fi putut fi manechin, pentru Samsonite, vreau să spun. Îmi mai spun şi că m-am mutat cu 800 de kilometri mai la sud, ca să locuiesc, în pula mea, pe Great Junction Street. Dintr-odată, clădirea începe să vibreze şi să se mişte din toate mădularele, în timp ce trenul expres trece huruind prin faţa ferestrei din spate, în drum spre Norwich. Verific ora – 6 : 40 sau, cum spun labagiii-ăia de la căile ferate, 18 : 40. La timp.

Ori de câte ori poţi, faci investiţii, pula mea. Asta încercam să-i spun deunăzi lui Bernie, deşi eram prea scurtcircuitat ca să mă exprim cum trebuie. Ăsta e secretul; asta-i diferenţiază pe câştigători de rataţi, asta face diferenţa dintre adevăratele capete făcute pentru afaceri şi un tarabagiu fătălău cu gura mare, care te freacă la creieri prin ziare şi la televizor, spunându-ţi cum au fost ei dintotdeauna nişte vânători şi nişte scufundători în tot rahatu-ăla. Auzi întotdeauna poveştile despre succes trâmbiţate de mass-media, dar în lumea reală ştim că ele sunt numai vârful aisbergului, pentru că se pot vedea şi eşecurile. Împotmolit într-un bar, stai lângă nu ş' ce gaura-curului, care-ţi debitează-ntruna cum ar putea fi pe felie dacă n-ar fi toţi d-alde muiştii-ăia, curv-aia, toate găoazele-alea şi care dau vina pe oricine alt-cineva în afară de ei pentru că au pus botul la vrăjeala că nu trebuie decât să-ţi croieşti singur drumul până-n vârf. Bernie ar face bine să fie atent, pentru că şi el începe să vorbească exact ca toţi labagiii-ăia. Pentru că rahatu-ăla durează atât de mult, după care trebuie să-ţi evaluezi agoniseala şi s-o investeşti (asta dacă eşti suficient de norocos încât să ai ceva agonisit) înainte să se ducă totul pe apa sâmbetei. Şi după aia înapoi la bodega amără-ciunii, apăsat de tot-ce-ai-fi-putut-fi sau, mai rău, înapoi la bongul cu coca sau la vechea cutie purpurie.

Am nevoie de ceva ca să fac o investiţie, iar acum trebuie să merg să o văd pe Amanda, vac-aia lipsită de suflet, care are căcălău de investit, dar care, pula mea, tot pe mine mă usucă de bani.

Propunerea mătuşii Paula, care, când am auzit-o la telefon, m-a făcut să râd – aproape c-am început să mă hlizesc în urechea sărmanei băbuţe – ei bine, nu face decât să evolueze în bine.

Cu toate astea, mă cheamă datoria, iar eu tre-buie să fac o călătorie de calvar cu trenul şi apoi cu autobuzul până acasă la Amanda-eu-am-venit-și-tu-m-ai stors-de-bani în Highgate, ca să-l iau pe-ăla mic și să-i dau ei cele patruzeci de lire săptămânale care dispar fără urmă în gaura de pe fața băiatului. Pentru că, fără nici o-ndoială, copilu-ăla e gras. Ultima oară când l-am luat cu mine în Scoția, ca s-o vadă pe maică-mea, ea a spus cu accentu-ăla italo-scoțian: „Ie-eh la fel cum-ah era-hi și tu la vârsta lui". Ca mine, când eram de vârsta lui; un puști umflat care se-nvinețește ușor și care mai are și șoricul gros – o pradă cu șoric gros pentru șerpii-ăia supli și răi de pe terenul de joacă și de pe stradă. Mulțumesc cerului pentru pubertate și pentru hormoni și pentru că m-au eliberat din infernul grăsimii. Probabil că ambivalența mea față de el se datorează faptului că prăpăditu-ăsta, piticania asta nenorocită, îmi aduce aminte de mine pe când eram mai tânăr și mai puțin șmecher. Dar nu-mi vine să cred că am fost vreodată așa. E mult mai probabil să fie o moștenire din partea lu' evreu-ăla grăsan de bunică-su: din partea ei, bineînțeles.

Acum înaintăm cu greu în zona West End, în drum spre Hamley's, ca să-și aleagă cadoul de Crăciun. Bineînțeles, sărbătorile s-au dus de mult; acum suntem în plină frenezie a reducerilor de ianuarie. I-am dat vouchere, pornind de la faptul că acest concept, al libertății de alegere, ar trebui învățat cât mai repede posibil. Amanda le-a luat, insistând să-l însoțesc. N-am mai mers atât de mult pe jos de când am fost la Oxford Circus, chiar dacă e destul de frig, dar muistu-ăsta mic se tot văicărește, se smucește, își freacă picioarele. E o putoare dependentă de jocuri video, iar acum ar prefera să fie undeva la adăpost, în fața PlayStation-ului. Chiar și în acest moment festiv al anului, pentru el sunt o pacoste la fel de mare cum e el pentru mine. Ajunși la intrare, îmi continui șirul de încercări leşinate de a face conversaţie, sperând să găsesc înăuntru nişte pizdulici la care să le fac ochi dulci.

Asta e problema principală iarna: gagicile sunt prea înfofolite. Nu ştii ce-ai nimerit până n-ajungi acasă şi desfaci pachetul, când e prea târziu să-l duci înapoi. Crăciunul. Mai întâi verific mesajele de pe telefonul alb. Întotdeauna le dau numărul ăla femeilor pe care nu le-am futut. Apoi mobilul roşu, pentru mărfurile de mâna a doua, apoi pe cel verde pentru afaceri. Nimic.

Magazinele şi gloata încărcată cu tot felu' de căcaturi încep să mă deprime. Iar în ceea ce-l priveşte pe puşti... nu se face nici o legătură. Încerc. Nu mă dau peste cap, fac şi eu ce-mi stă în putere. Mă gândesc că necesită efort din partea amândurora. Şi la final, sunt balonat şi plin de grăsime de la tot *junk food*-u' ăla şi total lefter, şi la ce bun? Datoria de părinte? Interacţiune socială?

Face cuiva vreun bine?

Mă uit spre pizdulicea de Amanda şi-mi amintesc cu amărăciune de acum două săptămâni când l-am dus pe Ben (numele a fost ideea ei) la Madame Tussaud's. N-am putut decât să mă gândesc la ea, cum se umflă-n pene că şi-o trage cu *yuppie*[1]-ul ăla muist, bărbatul vieţii ei şi cum îmi spune că am făcut tare bine să-l iau cu mine pe Ben, pentru că aşa s-au simţit minunaaaaat să fie singuri pentru câteva ore. Patruzeci de lire pe săptămână şi îl mai scot şi pe Ben la plimbare, ca să se futem ea în linişte. Ar trebui să-mi tatuez pe frunte: F-R-A-I-E-R.

---

1. Termenul *yuppies* (prescurtare de la Young Urban Professionals – în traducere, „Tineri salariaţi din mediul urban") se referă la un segment de consumatori cu venit sigur, angrenaţi în sistem (de obicei, ţinta ofertelor şi a reclamelor la cel mai mare număr de produse).

Când îl duc înapoi acasă, trebuie să recunosc că Mand arată mult mai bine. Anul ăsta e prima oară când o văd în formă de când l-a născut pe Ben. Credeam c-o să pună pe ea osânză cât cuprinde, ca alţi membri ai familiei ei de căcat, dar nu, arată chiar binişor. Dacă ar fi făcut gimnastică şi ar fi ţinut diete în ritmul ăsta şi cât timp eram împreună, poate că nu mi s-ar mai fi părut necesar s-o umilesc. Sunt un bărbat ambiţios şi nici unuia cu un pic de respect de sine nu-i place să fie văzut la braţ c-o pizdă grasă.

Dar şi pizdele grase-şi au rolul lor: ca mătuşici. Ca mătuşici dolofane şi blânde. Mătuşa Paula a fost mereu mătuşica mea preferată. În orice caz, nu avea mare concurenţă. Săraca şi bătrâna Paula a moştenit un pub, dar a fost suficient de toantă cât să se mărite c-un dobitoc care-aproape că i-a băut şi casa, înainte să fie dat afară. E cumva reconfortant să ştii că şi vacile puternice şi încăpăţânate ca Paula îşi au slăbiciunile lor. Aşa rămân ăştia ca mine în lumea afacerilor. Acuma îmi oferea mie pubul pentru douăzeci de mii de lire.

Prima mare problemă era că eu nu aveam banii ăia. A două problemă era că pubul e în Leith.

6

„... secrete perverse ...“

În ochii lui Rab se vede sclipirea, calitate care te duce cu gândul spre altceva. Îşi măsoară cuvintele la fel cum măsoară flăcăii tomnatici băuturile prin puburile din zonă, care-şi mănâncă din cur. Rab a înconjurat-o mental pe Lauren, fiindcă ea e zburlită toată, ca o pisică maidaneză, gata să scuipe sau să şuiere şi, prin urmare, el trebuie să joace foarte atent. Ea vrea să justifice anxietatea pe care i-o dă prezenţa lui aici, gândindu-se că ar trebui să fim numai noi, fetele sau poate doar el. Dar eu locuiesc în aceeaşi casă cu ea, aşa că ştiu că Rab are parte de momentul de vârf al sindromului ei premenstrual. La fel ca surorile adevărate, ne-am sincronizat menstruaţia, iar ea nu face decât să aştepte motivul care să-i transforme anxietatea în neplăcere.

Săracul Rab, s-a pricopsit cu două vaci nebune. Am o ameţeală apăsătoare şi simt cum îmi iese un coş în bărbie. Lauren şi cu mine suntem puţin cam crispate, pentru că mâine se mută o tipă nouă cu noi. O cheamă Dianne şi pare OK, masterandă în psihologie. Atâta vreme cât nu încearcă să ne intre în minte. Am căzut pe jumătate de acord să mergem acasă şi să facem curăţenie înainte de sosirea ei, dar cele două pahare îmi spun că nu se va întâmpla aşa. Locul începe să se umple, dar încă nu se bea pe bune, tragem cu toţii de ce-avem în pahare. Roger de la bar fumează degajat. Cei doi tipi care joacă biliard mă privesc, unul îl înghionteşte pe celălalt şi-mi zâmbeşte. Cam de doi lei, dar încep să mă gândesc activ că ar fi bine să flirtez puţin cu ei, doar pentru că nu-mi place încotro se îndreaptă conversaţia noastră.

— Cred că dac-aş fi tipă, aş fi o feministă şi d-astea, concluzionează Rab, dezamorsând atacurile ascuţite şi bine ţintite ale lui Lauren.

Astă-seară sunt destul de multe lesbiene la barul de la facultate, iar prezenţa lor se pare că scoate la iveală ce are Lauren mai rău, încurajând-o să fie şi mai pornită. Faza e că majoritatea dintre ele nici măcar nu vor mai simţi că se deconectează când se întorc în oraşele lor natale, în timpul vacanţei. Se bat cu pumnu-n piept aici, în mediul ăsta sigur, în laboratorul ăsta care simulează viaţa reală. Deplângând lipsa de atmosferă, hotărâm să mergem într-un pub din Cowgate. E o seară plăcută, deși în timp ce ne îndreptăm spre măruntaiele întunecate ale orașului, soarele este aproape complet ascuns și singurul lucru care depune mărturie pentru frumusețea zilei e fâșia de cer albastru și senin. Ne îndreptăm spre un bar care era considerat cel mai tare, deși asta se poate să fi fost acum vreo două săptămâni. Mare greșeală, deoarece iubitul meu sau fostul meu iubit, Colin Addison, MA (Hon), MPhil, Drd., e și el aici.

Colin are o geacă de lână, lucru care-l face să semene cu studenții lui, iar eu mă simt destul de puternică, deoarece înainte să fie cu mine nu purta așa ceva. Bineînțeles, pe el arată puțin ridicol. De-abia ne-am luat ceva de băut și ne-am așezat, că vine spre mine.

— Trebuie să vorbim, spune.

— Nu sunt de acord cu tine, îi spun uitându-mă la urma de ruj de pe paharul meu.

— Nu putem lăsa lucrurile așa. Vreau o explicație. Măcar atâta merit și eu.

Scutur din cap și mă strâmb. *Măcar atâta merit și eu.* Ce labă tristă. Și plictisitor, și ușor jenant, două stări care, cu siguranță, ar trebui să fie distincte.

— Hai, mă lași?

Colin e îmbufnat tot și-și îndreaptă degetul spre mine, punctând în aer cuvintele pline de furie.

— Chiar că mai ai de crescut, pula mea de curviștină, dacă ai impresia că te poți pur...

— Uite care-i treaba, prietene, mai bine pleci, se ridică Rab.

Văd cum ochii lui Colin încep să sclipească, recunoscându-l și gândindu-se că e numai unul dintre studenții lui și că, dacă Rab încearcă să facă pe durul, îl poate amenința cu exmatricularea și cu senatul universitar. Dar nu te supăra, el ar trebui să fie cel îngrijorat de ce i-ar face *lui* senatul: pentru că și-a tras-o sau a încercat să și-o tragă cu o studentă. Se pare că, de când i-am dat papucii, Colin s-a blocat la faza asta, că mai am de crescut. Ce s-o fi întâmplat cu relaţia matură, de care ne bucuram amândoi în vremurile bune de, mă rog, săptămâna trecută?

Sunt gata să ies la înaintare cu asta, când Lauren se hotărăşte să intervină şi ea. Faţa ei e aspră şi plină de pete roşii, care mă fac să văd o latură mai dură, dar pe care ea o maschează uşor spunând:

— Suntem aici la o întâlnire privată, lucru care mă face să chicotesc într-un mod prostesc, având şi ceva la bord, pentru că mă gândesc cum e o întâlnire privată într-un spaţiu public.

Dar eu n-am nevoie de ajutorul lor. Când vine vorba să-l pun pe Colin la pământ, fac echipă de una singură.

— Uite cum stă treaba, *chiar* m-am săturat de tine până peste cap, Colin. M-am săturat de pula ta fleşcăită, de alcoolic între două vârste. M-am săturat să-ţi tot plângi de milă pentru că viaţa a trecut pe lângă tine. Am supt din tine tot ce-am putut. Acum aleg să mă descotorosesc de cochilia seacă ce a rămas din tine. Acum sunt cu nişte oameni aici, aşa că fă-ne tuturor un bine şi cară-te-odată. Te rog!

— Curviştina dracu'... spune încă o dată, cu faţa roşie ca racul, uitându-se jenat în jur.

— Curviştina dracu'... îi imit eu văicărelile. Chiar nu poţi ceva mai mult de-atât?

Rab începe să spună ceva, dar eu vorbesc peste el, adresându-mă încă o dată direct lui Colin.

— Chiar nu te ridici la standardele unei polemici? Nici măcar la masa asta? Pleacă, te rog.

— Nikki... eu... începe el binevoitor, uitându-se din nou să vadă dacă sunt de faţă studenţi de-ai lui, eu nu vreau decât să vorbim. Dacă s-a terminat, bine. Doar că nu văd de ce am lăsa lucrurile aşa.

— Hai nu-ncepe să te smiorcăi acuma, înlo-
cuiește-mă cu altcineva, cu una destul de naivă cât
să se lase impresionată. Asta dacă rezişti până la
următoarea săptămână a bobocilor. Mi-e teamă că
nu mă urăsc suficient cât să ies cu tine.

— Eşti o vacă, izbucneşte el. Futu-te să te fut de
pizdă!

Şi iese grăbit. În timp ce uşa se trânteşte puter-
nic în urma lui, mă aprind un pic pentru o clipă,
dar îmi trece repede şi începem cu toţii să râdem.
Barmaniţa mă priveşte, iar eu scutur din umeri.

— Tu n-ai pic de ruşine, Nikki, oftează Lauren.

— Aşa e, Lauren, spun eu uitându-mă fix la Rab,
relaţiile cu profesorii... nu sunt prea distractive.
Asta e a doua pe care-am avut-o. Prima oară a fost
cu un profesor de literatură engleză, pe vremea
când eram la Londra. Era un tip destul de OK,
culmea, asta chiar ar putea suna extrem de ciudat.

— O, nu... începe Lauren.

A mai auzit povestea asta.

Dar nu, eu m-apuc să spun povestea cu Miles,
lucru care o pune-ntr-o postură a dracului de jenantă.

— Era un adevărat personaj literar. Ca Bloom,
din *Ulise*, îi plăcea gustul de urină din rinichi. Cum-
păra rinichi proaspeţi şi mă punea să fac pipi într-un
castronel. După care punea rinichii în castronul
unde mă pişasem şi-i lăsa acolo să se-mbibe peste
noapte, înainte să-i gătească pentru micul dejun.
Era un pervers foarte civilizat. Mă ducea la cumpă-
rături prin tot felul de buticuri. Îi plăcea la nebunie
să-mi aleagă el hainele. Mai ales dacă vânzătoarea
era tânără şi *trendy*. Spunea că îi plăcea ideea ca o
femeie să o îmbrace pe alta, dar numai într-un
context comercial. Avea o erecţie întotdeauna vizi-
bilă şi uneori îşi dădea drumul în pantaloni.

Lauren e adorabilă când e furioasă, când ajunge
la o minunată incandescenţă, lucru care o pune în

valoare. Obrajii i se aprind uşor, ochii încep să-i strălucească. Probabil că din cauza asta oamenilor le place să o vadă furioasă, e imaginea cea mai apropiată de cum ar arăta când se fute.

Rab râde, ridicându-şi sprâncenele, iar Lauren are faţa plină de cute.

— Rab, nu ţi se pare că Lauren e frumoasă? îl întreb.

Pe Lauren o deranjează. Faţa i se aprinde şi mai mult, iar ochii i se umezesc uşor.

— Hai, Nikki, termină, nu te mai prosti, spune ea. Te faci de râs. Nu mai încerca să ne pui în posturi jenante pe mine şi pe Rab.

Dar pe Rab nu-l deranjează deloc, pentru că după aceea ne surprinde un pic pe-amândouă, pe Lauren, evident, dar pe mine mult mai mult decât arăt. Punându-şi un braţ în jurul lui Lauren şi celălalt în jurul meu, ne sărută pe rând pe-amândouă, uşor, pe obraz. O văd pe Lauren cum înlemneşte şi cum roşeşte până în vârful urechilor, iar eu simt în acelaşi timp cum mi se întăresc sfârcurile sub impulsul dorinţei.

— Amândouă sunteţi frumoase, spune el cu diplomaţie – sau chiar să fi simţit asta?

Orice-ar fi, nu greşeşte arătându-mi răceala, profunzimea şi capacitatea de expresie pentru care nu m-am târguit. După care gata. Îşi retrage braţele şi adaugă distant:

— Vedeţi, dacă n-aţi fi fost voi, mi-aş fi băgat picioarele-n cursu-ăsta. Pula mea, vorbim de critică cinematografică la fel ca nişte critici infecţi, iar noi n-am ţinut niciodată în mână o cameră de luat vederi. Şi nici muiştii-ăia care ne predau. Nu ne-nvaţă decât cum să ne lamentăm şi să-i pupăm în cur p-ăia care au tupeu să iasă din găoace şi să facă ceva. Asta fac toate şcolile de artă, dau roiuri întregi de trântori paraziţi.

Simt cum mă apucă descurajarea. Cu sau fără intenţie, băiatu-ăsta e o provocare, futu-i. Pentru o clipă ne-a făcut să vedem ceva frumos, iar acum ne-a trimis înapoi în lumea studenţilor.

— Dacă spui asta, răspunde Lauren enervată, deşi uşurată că Rab nu a mers mai departe cu manifestarea afecţiunii, asta-nseamnă că eşti de acord cu toată paradigma thatcheriană de a desfiinţa artele şi de a face totul vocaţional. Dacă elimini ideea cunoaşterii de dragul cunoaşterii, înseamnă că elimini orice analiză critică faţă de tot ce se-ntâmplă în soci...

— Nu... nu... protestează Rab, ce vreau să zic e că...

Şi continuă amândoi pe linia asta, mergând mai departe cu disputa, cenzurându-se şi spunându-şi unul altuia că nu sunt fundamental în dezacord atunci când între poziţiile lor apare o prăpastie sau, invers, certându-se sălbatic, emfatic, în legătură cu diferenţe minore, pedante. Cu alte cuvinte, se comportă exact ca nişte studenţi, futu-i.

Urăsc tipul ăsta de dispute, mai ales pe cele dintre un bărbat şi o femeie şi în special când unul dintre ei a ridicat atât de tare miza. Îmi vine să le strig în faţă: NU MAI CĂUTAŢI MOTIVE PENTRU CARE SĂ NU VĂ FUTEŢI.

Barul începe să devină din ce în ce mai acceptabil, în sensul în care după câteva pahare nu mai focusezi aşa bine, lucrurile încep să se deruleze mai încet, iar oamenii sunt destul de fericiţi că se află în compania celorlalţi, moment în care e plăcut să vorbeşti tot felul de rahaturi. Iar acum m-am decis că mie chiar îmi place Rab. Nu a fost ceva instantaneu, ci mai degrabă ceva de genul unei dezvoltări în timp. Are ceva curat şi caledonian, ceva nobil şi celtic. Aproape un stoicism puritan pe care nu-l găseşti aşa de uşor la bărbaţii de vârsta lui din Anglia şi cu siguranţă nu din Reading. Dar ei nu se opresc, scoțienii-ăștia : se contrazic, discută și polemizează într-un mod în care numai clasele de mijloc din Anglia, tihnite și metropolitane, au tendința s-o facă.

— Dați-le-n pizda mă-sii de dispute, le spun eu cu măreție. Mai devreme v-am spus amândurora un secret pervers. Lauren, tu n-ai nici un secret pervers ?

— Nu, spune ea, îmbujorându-se din nou și plecându-și capul.

Îl văd pe Rab ridicând din sprâncene, ca și când m-ar fi rugat s-o las baltă, ca și când ar empatiza într-un fel cu durerea lui Lauren, lucru care mi-ar fi plăcut să mi se-ntâmple și mie.

— Dar tu, Rab ?

Rânjește și scutură din cap. Pentru prima oară se vede-n ochii lui răutatea.

— Nu, tovarășu' meu Terry, el e cu d-astea.

— Terry, ha. Mi-ar plăcea să-l cunosc. Tu l-ai cunoscut, Lauren ?

— Nu, spune ea scurt, tot încordată, dar înmuindu-se puțin.

Rab ridică din nou din sprâncene, ca și când ar fi sugerat că nu e o idee tocmai bună, iar asta mă intrigă puțin. Da, cred că ar fi foarte bine să-l cunosc pe acest Terry și-mi place felul în care Rab crede că n-ar fi.

— Și el cam ce face ? îl chestionez eu.

— Păi, începe Rab precaut, are un club de futai. Fac filme porno și d-astea. Adică nu e chiar domeniu' meu, ci al lu' Terry.

— Mai zi-mi !

— Păi, Terry mergea într-o vreme la pubu-ăsta pentru petrecerile private. Acolo erau câteva gagici pe care le cunoștea și poate un turist, doi. Într-o noapte s-au cam îmbătat cu toții și, amețiți fiind, au început s-o facă, mă-nțelegi. A devenit ceva obișnuit. Odată s-a-nregistrat totul pe camera de supraveghere, el a zis c-a fost un accident, continuă Rab rotindu-şi ochii suspicios, dar asta i-a făcut să se-apuce de toată faza cu filmele de amatori. Ei fac filmele-astea cu futaiuri şi pun pe net clipuri din ele, după care le trimit prin poştă celor care le-au comandat sau le dau la schimb altora care fac acelaşi lucru. Fac un fel de spectacol, de obicei pentru fătălăii de la pub, asta pentru cinci lire de persoană. Ăă... în fiecare joi noaptea.

Lauren pare foarte dezgustată de toată faza şi-ţi dai seama că Rab a cam scăzut în evaluarea ei, lucru de care el e foarte conştient. În orice caz, mie mi se pare foarte incitant. Şi mâine e joi.

— Fac şi mâine proiecţie? mă interesez eu.

— Probabil că da.

— Putem veni şi noi?

Rab nu e foarte sigur de asta.

— Păi, ăăă... Ar trebui să garantez eu pentru voi. E o chestie privată şi-aşa. Şi Terry... ăăă... s-ar putea să-ncerce să vă convingă să participaţi, aşa că dacă mergem, ignoraţi tot ce vă spune. E plin de căcaturi.

Îmi dau părul pe spate, exclamând cu măreţie:

— Eu s-ar putea să vreau! Şi Lauren, adaug eu. Futaiu' e un bun mijloc de a cunoaşte oameni.

Lauren îmi aruncă o privire care ar putea răpune până şi un taur fioros.

— Eu n-am de gând să văd filme pornografice într-un pub slinos cu nişte bătrânei nespălaţi şi cu atât mai puţin să particip la ele.

— Hai. O să fie distractiv.

— Nu, n-o să fie. O să fie ceva jegos, dezgustător şi trist. Evident, avem concepţii diferite despre ce înseamnă distractiv, ripostează ea vehement.

Ştiu că e cam încordată şi nu vreau să-mi stric relaţia cu ea, dar am ceva de spus. Scutur din cap.

— Dar noi n-ar trebui să studiem filmul? Să studiem cultura? Rab ne spune că sub nasul nostru se desfășoară o întreagă cultură cinematografică *underground*. Trebuie să profităm de asta. Din motive educaționale. Și, pe deasupra, avem și ocazia să ne-o tragem!

— Vorbește mai încet! Ești beată! țipă ea la mine, uitându-se pe furiș în jur.

Rab râde de neplăcerea lui Lauren sau poate că nu e decât un mod de a-și masca propriul disconfort.

— Îți place să șochezi, nu-i așa? îmi spune el.

— Doar pe mine însămi, îi spun eu. Dar tu? Ai participat vreodată?

— Ăă, nu, nu e chiar genu' meu, accentuează el din nou, dar pe un ton aproape vinovat.

Acum mă tot gândesc la Terry ăsta, căruia îi *place* să participe și mă tot întreb cum e. Îmi doresc ca Rab și Lauren să aibă mai mult spirit de aventură, pentru că ar putea fi foarte tare în trei.

7

Șmenu' # 18 735

M-am întors (în sfârșit) în orașul meu natal. O călătorie cu trenul care odată dura patru ore și jumătate, acum durează șapte. Progres, un cur. Modernizarea, o gaură. Iar prețurile cresc direct proporțional cu timpul călătoriei, pula mea. Pun pachetul adresat lui Begbie în cutia poștală de la gară. Ia-o și p-asta, șmechere. Iau taxiul până jos la Walk, marele și vechiul bulevard arătând la fel ca întotdeauna. Walk este ca un covor Axminster vechi și foarte scump. O fi el cam întunecos și cam șters, dar își păstrează calitățile care absorb rămășițele inevitabile ale societății. Ajungând la coșmelia lui Paula, îi plătesc bufonului de taximetrist tariful de-a dreptul hoțesc și trec de interfonul stricat, strecurându-mă înăuntru, în scara cu putoare de pișălău.

Paula mă îmbrățișează, mă invită înăuntru și îmi oferă un loc în salonul ei confortabil, cu ceai și digestive. E în formă, se poate spune asta, deși arată în continuare precum cineva care a suferit un accident de circulație și acum merge cam greu. Dar nu rămânem prea mult aici și nici nu mergem la barul lui Paula, faimosul Port Sunshine Tavern. Pentru ea, prea e locul unde merge la serviciu. Nu, o luăm spre Spey Lounge, iar eu sunt în același timp exaltat și dezamăgit constatând absența fețelor cunoscute.

Paula se joacă cu paharul, iar eu nu-mi pot reprima un zâmbet mulțumit, care-i scaldă fățăul fleșcăit.

— Da, am petrecut prea mult timp în locu-ăla. Acuma am și eu o viață, băiete, îmi spune ea. Vezi tu, l-am cunoscut pe omu-ăsta.

Mă uit fix în ochii lui Paula și știu că sprânceana mi se curbează involuntar, în genul Leslie Phillips, dar nu pot face nimic să mă opresc. În orice caz, abia dacă e nevoie să-i dau un impuls cât de nesemnificativ, pentru ca ea să treacă la subiect. Paula a fost dintotdeauna o mâncătoare de bărbați. Una dintre cele mai chinuitoare amintiri din adolescență este de la nunta soră-mii, când am dansat lent cu Paula, iar ea și-a înfipt mâna-n curu' meu, în timp ce Bryan Ferry cânta *Slave to Love*.

— E spaniol, un om de toată ispravă, are casa lui în Alicante. Am fo' s-o văd. Vrea să mă ia cu el acolo. Să stau și io puțin la soare, să-i mai facă și lui cineva curat în casă, zice strângându-și coapsele și alungindu-și buza de jos ca pe un covor roșu, despre asta-i vorba, Simon. Toți îmi zic, toți de pe-aici, râde ea sforăind și înghițind cel puțin întregul port din Leith în râsul ei: „Paula, tu trăiești în paradisu' fraierilor, n-o să țină". Să nu mă-nțelegi greşit, n-am nici o iluzie, dacă nu ţine, nu ţine şi cu asta, basta. Da' ce ţine? Acuma orice paradis îmi convine, spune ea, dând pe spate ultimul strop şi luând felia de lămâie din pahar, pe care o molfăie între dinţii falşi, storcând-o până la ultima picătură, după care-o scuipă înapoi în paharul gol.

Nu-ţi trebe prea multă imaginaţie ca să vezi în coaj-aia pricăjită de lămâie o pulică îngrozită de conchistador.

Paula a anticipat toate obiecţiile, nu că eu aş fi atâta de bulangiu cât să-i stric cheful ridicând vreuna. Încrederea ei în mine e emoţionantă: minciunile mele despre succesul meu în industria divertismentului londonez au impresionat-o. Vrea să preiau eu Port Sunshine. Problema celor douăzeci de mii de lire pe care le vrea pentru spelunc-aia se rezolvă extrem de uşor, pentru că ea-mi sugerează să-i plătesc pe măsură ce scot profit cu barul. Pân-atunci, va fi colega mea de apartament.

Locu-ăsta e o potenţială mină de aur, care nu aşteaptă decât un tratament de înfrumuseţare. Se simte deja cum se ridică nivelu' dinspre Shore, cum cresc preţurile la imobiliare, încep deja să simt mirosul banului, şi pentru asta nu trebe decât o spoială, care să schimbe aerul de birt al gării de la Port Sunshine într-unul de cafenea New Leith.

Trebuie să fac cerere pentru autorizaţie, aşa că, imediat după ce plec de la Paula, mă duc direct la primărie, să iau formularele. După aceea, mă tratez cu un *cappuccino* (surprinzător de bine făcut pentru Scoţia) şi cu un biscuit de orz, de la patiseria din colţ. Analizez hârţogăraia ce trebuie făcută şi, gândindu-mă la cocina din Hackney, încep să lucrez la documentaţie. Leith e pe drumul cel bun. O să aibă metrou înainte de Hackney.

Mai târziu, mă îndrept spre casa părinţilor mei, din South Side. Maică-mea e încântată să mă vadă, mă îmbrățișează gata-gata să-mi rupă coastele, după care izbucnește printre sughițuri :

— Uite, Davie, îi zice lu' ăla bătrân, care abia dacă se poate desprinde de televizor, s-a-ntors băiețașu' lu' mama! Oh, băiete, cât te iubesc!

— Hai, ma... Mamă, spun eu, puțin jenat.

— Stai să te vadă Carlotta! Și Louisa!

— Faza e că tre' să mă-ntorc repede...

— O, băiete, băiete, băiete... nu...

— Da, da' faza e că o să mă-ntorc aici curând. De tot!

Maică-mea începe să plângă.

— Davie! Ai auzit? O să-mi vină băiatu-acasă!

— Da, Paula a zis că pot să preiau eu Port Sunshine!

Taică-miu se întoarce pe scaun și mă privește suspicios.

— Ce-i cu faț-asta? spune maică-mea.

— Port Sunshine? Nu pun picioru-acolo nici mort! E plin de curve și de muzicanți de comedie, spune taică-miu batjocoritor.

Nemernicu-ăsta bătrân pare cam obosit, cu pielea bătută de vânt. E ca și cum ar fi recunoscut că nu mai poate s-o ducă cu preșul pe maică-mea pentru că o să-l dea afară din casă, semibețivan ce e, iar el acuma e prea slăbit să găseasc-o altă vacă proastă care să se țină după curul lui, mai ales una care să gătească paste ca ea.

Cedând dorințelor ei de a avea o reuniune de familie, mă hotărăsc să rămân încă o noapte. Carlotta, soră-mea mai mică, intră și începe să guițe de bucurie, ștampilându-mă pe ambii obraji cu câte-o pupătură apăsată, după care o sună pe Louisa pe mobil. Stau aici, cu surorile mele de-o parte și de alta, care mă sufocă cu drăgălășenii, și cu ăla bătrân, care bombăne și aruncă priviri amare. Din când în când, mama le dă la o parte de pe canapea pe Carlotta şi pe Louisa şi strigă:

— Gata, valea! Vreau şi io o-mbrăţişare ca lumea de la băieţelu' meu. Nu-mi vine-a crede, băieţelu' lu' mama s-a-ntors! Şi s-a-ntors de tot!

Mulţumit de mersul lucrurilor, o iau în jos spre Sun City. Mă plimb legănându-mă pe Walk, trăgând în piept aerul marin, în timp ce Edinburghul puturos înaintează spre frumosul meu port natal. După care mă duc până la barul lui Paula şi mă apucă o deziluzie instantanee. Barul în sine este destul de dărăpănat: duşumea veche, roşie, mese de plastic, pereţi şi tavan pătaţi de nicotină, dar, cu toate astea, muşteriii m-au terminat. E ca o gaşcă de zombie dintr-un film de George A. Romero, care se descompun încet sub raza meschină de lumină, ce face să crească marea păcatelor. Pula mea, în Hackney şi Islington am văzut nişte văgăuni pline de junkişti care erau adevărate palate pe lângă căcăstoare-asta.

Leith? Am petrecut prea mulţi ani încercând să ies de-aici. Cum să mai pun vreodată piciorul aici? Acum că aia bătrână s-a mutat în South Side, chiar că nu mai e nevoie. Stau la bar şi beau un scotch, privindu-le pe Paula şi pe tovarăşa ei Morag, o clonă perfectă a lui Paula, care le aduce de mâncare tuturor boşorogilor ălora ştirbi şi plângăcioşi, ca şi când ar fi cu toţii la împinge-tava. De cealaltă parte a barului, muzica *dance*, incredibil de tare, răsună din tonomat şi mai mulţi tineri scheletici trag pe nas, dârdâie şi privesc în gol. Deja mă simt nerăbdător să plec cât mai repede din pub, din Leith, de lângă Paula. Mă cheamă trenul spre Londra.

Găsesc o scuză şi plec, mergând şi mai în jos, spre partea nouă a Leithului: Royal Yacht Britannia, Scottish Office, docuri renovate, baruri, restaurante, locuinţe de *yuppies*. Acesta este viitorul şi e numai la două străzi distanță. La anul sau poate peste doi ani, la doar o stradă distanță. După care, bingo!

Nu trebuie decât să-mi țin mândria în frâu și să m-așez și eu frumușel pentr-o vreme. În timpul ăsta, se vor pune la cale niște șmenuri de top; băștinașii sunt prea sălbatici ca să fie-n stare să țină pasul cu un fanfaron metropolitan precum Simon David Williamson.

8

„... doar un obiectiv solitar..."

Rab pare agitat. Își rupe pielițele de la degete. Când încerc să-l descos, spune c-ar vrea să se lase de fumat, bălmăjind ceva despre copilul care urmează să se nască. E primul indiciu pe care mi-l dă despre viața lui din afara lumii studențești, în afară de misteriosul Terry. E greu să crezi că unii chiar au așa ceva: parcele întregi, autonome, atent compartimentate. Ca și mine. Iar acum facem cunoștință direct cu o părticică din această lume ascunsă.

Taxiul nostru țăcăne și bâjbâie de la un semafor la altul, în timp ce taxatorul se învârte ca o nesfârșită vară scoțiană. Oprește în fața unui mic pub și, deși lumina gălbuie se revarsă pe trotuarul gri-albăstrui și se aud râsete ce țâșnesc din gâtlejuri de fumători, nu intrăm. Nu, coborâm pe o alee laterală, îmbibată de pișălău și ajungem la o ușă vopsită în negru, în care Rab bate un cod. Di-di, di-di-di, di-di-di-di, di-di.

Se aude un zgomot, cineva care se năpustește în jos, pe scări. După care, liniște.

— Sunt io, Rab, mormăie el, bătând din nou ritmul de imn fotbalistic.

Se trage un zăvor, zornăie un lanț și din spatele ușii se ivește un cap cârliontat, ca jucăriile alea cu clovni care ies din cutiuțe. O pereche de ochi înfometați, scânteietori îl recunosc imediat pe Rab, după care îmi scanează corpul cu o intensitate atât de naturală, încât aproape că-mi vine să chem poliția. După care orice urmă de amenințare sau de disconfort se evaporă în căldura zâmbetului arzător, care pare că-mi atinge fața ca mâna unui sculptor, modelând-o în chipul ei propriu. Rânjetul lui e uimitor, îl transformă dintr-un dement ostil și beligerant într-un fel de geniu malefic, la picioarele căruia stau toate secretele lumii. Capul se întoarce într-o parte, apoi în cealaltă, scanând aleea, pentru a lua pulsul.

— Ea e Nikki, explică Rab.

— Intrați, intrați, dă el din cap.

Rab îmi aruncă în treacăt o privire gen „ești sigură?" și-mi explică :

— El e Terry, iar eu îi răspund trecând pragul.

— Juice Terry, îmi zâmbește tipul ăsta masiv, cu părul creț, dându-se la o parte pentru a-mi face loc pe scara îngustă.

Apoi mă urmează în liniște, ca să-mi poată privi fundul, mă gândesc. Nu mă grăbesc, arătându-i că nu mă deranjează atâta lucru. Mai bine să fie *el deranjat*.

— Ai un cur bestial, Nikki, ascultă-mă pe mine, spune el entuziast și binedispus.

Deja începe să-mi placă. Asta e slăbiciunea mea ; mă las prea ușor impresionată de persoane nepotrivite. Mereu mi s-a spus asta ; părinții, profesorii, antrenorii, chiar și prietenii.

— Mersi, Terry, spun eu detașată, întorcându-mă spre el când ajung la capătul scărilor.

Ochii îi strălucesc, iar eu îl privesc fix, aținându-i privirea. Rânjetul i se lărgește și-mi face semn spre ușă, iar eu o deschid și intru.

Uneori, chiar te şochează alteritatea unui spaţiu. Când se sfârşeşte vara şi începe un nou trimestru, iar totul devine cenuşiu, albastru şi purpuriu. Aerul care-ţi curăţă plămânii, cu toată puritatea lui, după care se face din ce în ce mai frig, până când ne strângem cu toţii, să ne-ncălzim, prin barurile slab luminate, departe de toate locurile anoste ce-ar-fi-putut-fi-oriunde, gen Witherspoons/Falcon & Firkin/ All Bar One/O'Neill's-land, ăsta-i punctul social central, corporatist şi colonizat din toate centrele urbane din Marea Britanie. Dacă ieşi puţin din spaţiile asta, le găseşti pe cele reale. Nu-ţi ia niciodată prea mult, de obicei nu trebuie decât să faci o plimbare scurtă, poate câteva staţii de autobuz. Acesta este fix unul dintre acele locuri, atât de copleşitor, încât e asemenea unui pas înapoi, într-o epocă a cărei stridenţă te orbeşte. Mă duc la toaletă, să-mi fac o scurtă revizie. Toaleta doamnelor e ca un sicriu aşezat pe verticală, ca acelea egiptene, abia dacă te poţi aşeza, cu un closet defect, fără hârtie igienică, cu faianţa ciobită, o chiuvetă fără apă caldă, deasupra căreia e o oglindă crăpată. Mă uit în ea, bucurându-mă că acel coş de care mi-era teamă că va erupe pare să fi intrat în remisie. Pe obraz am o pată, dar se duce. Vinul roşu. A se evita vinul roşu. Asta n-ar trebui să fie prea dificil aici. Îmi fac conturul ochilor cu dermatograful, după care îmi mai dau cu puţin ruj roşu-purpuriu şi mă piaptăn rapid. După aceea, inspir adânc şi ies, pregătită pentru această lume nouă.

Mulţi ochi se aţintesc asupra mea; ochi de a căror prezenţă eram vag conştientă, dar de care uitasem cu desăvârşire în drumul spre toaletă. O tipă cu părul negru, tuns scurt, care arată destul de dur, mă priveşte cu ostilitate evidentă. În câmpul vizual periferic, îl văd pe Terry cum îşi ridică ochii, făcându-i semn femeii din spatele barului. Locul e pe jumătate gol, dar nu-l pierd din ochi pe Terry.

— Atunci lasă-i să intre, Birrel, mare muist mai eşti, îi spune el lui Rab, fără să-şi ia ochii de la mine. Deci, Nikki, eşti la aceeaşi facultate cu Rab. Asta tre' să fie...

Terry caută un cuvânt, pare să fi ales, după care scuipă unul, apoi un altul, înainte de a concluziona:

— Nu, la unele lucruri e mai bine să nu te gândeşti.

Mă apucă râsul în faţa acestei demonstraţii. E amuzant. Nu-i nevoie să-i rup coaiele chiar acuma, asta se poate face şi mai încolo.

— Da, 's la facultate. Mergem la acelaşi curs de studii cinematografice.

— Las' că-ţi arăt io azi un film, să-l studiezi ca lumea! Hai, stai lângă mine, spune el, indicându-mi un loc în colţ, ca un elev de şcoală primară, agitat şi nerăbdător să-ţi arate ce-a făcut la şcoală. Şi mai sunt de-astea ca tine-aşa la facultate? întreabă el, deşi mi se pare c-a făcut-o pentru binele lui Rab.

Am descoperit deja că şi mie şi lui Terry ne place să-l facem pe Rab să se simtă prost. Avem ceva în comun.

Ne aşezăm în colţ, lângă două femei tinerele, un cuplu şi o barmaniţă.

Terry poartă o geacă veche, neagră, cu fermoar, marca Paul and Shark, peste un tricou cu guler în V. Are o pereche de Levi's şi tenişi Adidas. Are un inel de aur pe deget şi la gât îi atârnă un lanţ.

— Aşadar tu eşti faimosul Terry, îl descos eu, sperând să îi provoc o reacţie.

— Da, spune Terry, ca şi când această confirmare plină de entuziasm este deopotrivă bine cunoscută şi indiscutabilă. Juice Terry, repetă el. Tocma' ce-o să-ţi pun să vezi ce-am făcut noi asear'.

O gaşcă de bătrânei şi de unii nu foarte bătrâni intră şi s-aşază, mulţi dintre ei pe scaune aliniate în faţa ecranului. E o atmosferă ca la un meci de fotbal. Oamenii fac cunoştinţă unii cu alţii, se fac glume, se bea, iar tip-aia cu înfăţişare ostilă strânge bani de la ei. Terry îi strigă ceva creaturii ăsteia îndesate, vag ameninţătoare.

— Gina, du-te şi trage perdelele, păsărică!

Îi aruncă o privire destul de acră, începe să spună ceva, după care se gândeşte mai bine.

Începe show-ul şi mi-e evident că filmu' a fost făcut cu o cameră digitală ieftină; o singură cameră, fără montaj, doar un obiectiv solitar care înainta şi se depărta. E făcut cu un trepied, deoarece imaginea e stabilă, dar totul e, mai degrabă, o amestecătură de oameni care şi-o trag, decât o încercare reală de a realiza un film. Calitatea filmului e OK, îţi dai seama că Terry o fute pe Gina pe barul de la care acuma se servesc băuturile.

— Da, anu' ăsta am mai dat jos ceva kile, îmi şopteşte el, evident satisfăcut, mângâindu-se, pentru a arăta care sunt acuma noile mânere ale dragostei.

Mă întorc să mă uit, dar nu prea îmi pot desprinde ochii de ecran, în timp ce o tânără – Melanie, îmi şopteşte Terry – îşi face apariţia în film. Îmi face semn spre bar şi o recunosc, era aceeaşi care stătea acolo mai devreme. Pe ecran arată altfel, e chiar sexy. Acum Gina îi face un cunnilingus. Cineva face un comentariu care stârneşte puţin râsul, la care tipa asta, Melanie, zâmbeşte modestă şi ruşinată, dar se face imediat linişte. Abia dacă se poate vorbi de calitatea sunetului, nu desluşesc decât câteva gemete şi comentarii şi vocea sfârşită a lui Terry, care spune ceva de genul „hai", „da", şi „asta e, păpuşe". În film apare o blondă, el începe s-o călărească, iar ea i-o suge. După care el o întoarce cu spatele, o propteşte de o canapea şi începe să i-o tragă pe la spate. Ea priveşte fix camera de luat vederi, în timp ce sânii i se leagănă. După care, de după umărul ei, apare capul lui Terry, care se uită fix spre obiectiv, făcându-ne cu ochiul şi spunând ceva de genul „sarea şi piperul vieţii".

— Ursula, o gagicuţă suedeză, îmi exlică el şoptind dramatic, sau e daneză... oricum, o fată de calitate, o arde pe la Grassmarket. Jocu' ca futai, îmi explică el...

În timp ce alţi protagonişti intră în scenă, comentariile ocazionale ale lui Terry mi se infiltrează în minte :

— ... Craig... bon tovarăş, de-ai mei. Un futăcios de top. Nu-i foarte bine dotat, da' are şcoala sexului. Şi i se scoală aşa la comandă... Ronnie... băiatu-ăst-ar putea să presteze pentru Scoţia...

Show-ul se transformă-ntr-o orgie generală, iar calitatea filmării se deteriorează. Uneori, nu vezi decât ceva roz, incert. După care obiectivul se retrage şi în fundal se vede Gina, care face nişte linii de coca, ca şi când s-ar fi plictisit de sex. Are mare nevoie de montaj şi mă tentează ideea de a-i împărtăşi acest gând lui Terry, dar el simte că audienţa începe să se plictisească şi opreşte filmul de la telecomandă.

— Ast-a fost, băieţi, zâmbeşte el.

După show, fac puţină conversaţie cu Rab la bar, întrebându-l de cât timp durează toată poveste-asta. Tocmai când e gata să-mi răspundă, Terry se strecoară lângă mine şi întreabă :

— Ce părere ţi-ai făcut, păsărico ?

— Amatori, răspund eu, trecându-mi mâna prin păr, dar totul a sunat mult mai tare şi mai pompos, din cauza băuturii.

Pentru un moment, mi se opreşte sângele, pentru că am impresia că Gina m-a auzit şi că am surprins în ochii ei o strălucire tăioasă, rece.

— Şi ce, tu te-ai descurca mai bine ? întreabă el, bulbucându-şi ochii şi ridicându-şi sprâncenele.

Îl privesc fix în ochi.

— Da, îi spun eu.

Roteşte ochii şi, plin de nerăbdare, scrijeleşte un număr de telefon pe un suport pentru pahare.

— Oricând, păpuşe. Oricând, spune el încet.

— Aşa am să fac, spun eu, spre dezgustul lui Rab. Pentru prima oară, îi remarc pe cei doi tipi din film, pe Craig şi pe Ronnie. Craig e un fumător înrăit, slab, aparent agitat, cu un smoc de păr şaten deschis, după ultima modă, iar Ronnie e un tip relaxat, cu păr rar, blond şi cu acelaşi rânjet idiot ca şi pe ecran, numai că în carne şi oase pare şi mai îndesat.

În scurt timp, intră tipa aia scandinavă, Ursula, iar Terry ne face cunoştinţă. Prima privire pe care mi-o aruncă este una glacială, chiar dacă mă salută cu o căldură debordantă. Ursula nu arată aşa de bine în carne şi oase cum arată pe ecran; e durdulie, parcă seamănă cu un trol. Îmi oferă ceva de băut şi se pare că petrecerea va continua, numai că eu găsesc o scuză şi o iau spre casă. Se prea poate să urmeze ceva interesant, dar privirea lui Terry îmi spune că nu e bine să-mi joc toate cărţile din prima. O să aştepte. S-aştepte cu toţii. Şi, oricum, am şi un eseu de terminat.

Când ajung acasă, o găsesc pe Lauren trează, e cu Dianne, care şi-a adus lucrurile. Lauren pare să fie foarte ciufută pentru că eu am ieşit în oraş şi nu am rămas s-o ajut sau s-o primesc pe Dianne sau cine ştie. Oricum, faza e că, deşi e furioasă pentru că m-am dus la show-ul ăsta cu filme porno, moare de nerăbdare să mă-ntrebe cum a fost.

— Bună, Dianne! Scuze, a trebuit să ies, îi spun.

Pe Dianne nu pare s-o deranjeze. E o tipă foarte mişto, drăguţă, care pare de aceeaşi vârstă cu mine; are păr negru, bogat, luxuriant, până la umeri, prins cu o bentiţă albastră. Are ochi jucăuşi, plini de viaţă şi buze subţiri, viclene, care se deschid pentru a scoate la iveală un şir de dinţi mari şi albi, care-i schimbă complet expresia feţei. Poartă un tricou albastru, blugi şi tenişi.

— Ai fost într-un loc mișto? întreabă cu un accent local.

— Am fost la un show cu filme porno într-un pub, îi spun.

O văd pe Lauren cum se înroșește toată de rușine.

— Nu avem nevoie de atâtea detalii, Nikki, zice pe un ton patetic, ca un adolescent care încearcă să se maturizeze, dar care nu reușește decât să pară și mai copil.

— Ceva de calitate? întreabă Dianne complet degajată, spre groaza lui Lauren.

— N-a fost rău. Am fost cu prietenul lui Lauren, îi spun.

— Nu e prietenul meu! E și al tău! spune ea, dar prea tare și când își dă seama, o lasă mai moale. E doar un tip de la curs.

— Foarte interesant, spune Dianne, pentru că eu îmi fac disertația pentru masteratul în psihologie despre cei care lucrează în industria sexului. Știi, prostituate, dansatoare din buric, stripteuze, operatori de la linia fierbinte, cei de la saloanele de masaj, escorte, toate astea.

— Și cum merge?

— E greu să găsești oameni care vor să vorbească despre asta, îmi spune ea.

Îi zâmbesc.

— Poate reușesc să te-ajut.

— Genial, spune și planificăm să avem o discuție despre slujba mea de la saună, la care sunt mâine de serviciu.

Mă duc la mine în cameră, pe jumătate beată, și încerc să-mi citesc eseul pentru McClymont de pe calculator. După vreo două pagini, mi se-nchid ochii și mă pufnește râsul când găsesc o frază stupidă: „Este imposibil să evităm polemica privitoare la faptul că emigranții scoțieni au îmbogățit toate societățile cu care au intrat în contact". Asta e pentru binele lui

McClymont. Evident, n-am să menţionez rolul lor în sclavagism, rasism şi formarea mişcării Ku Klux Klan. După un timp, mi se-ngreunează pleoapele.

Şi mă trezesc înaintând spre pat, după care, încet, încet, spre o caravană nomadă, încinsă, după care mă trezesc în altă parte...

...el se ţine de mine... mirosul ăla... şi faţa ei în fundal, zâmbetele ei distorsionate şi lacome, în timp ce el mă întoarce şi mă propteşte de bar ca şi când aş fi din cauciuc... vocea aia autoritară, care dă ordine... şi în mulţime îi văd pe mama, pe tata şi pe fratele meu, Will, şi încerc să ţip... vă rog, încetaţi... vă rog... dar e ca şi când ei nu mă pot auzi, iar pe mine mă pipăie şi mă gâdilă...

Un somn alcoolic, nesatisfăcător, neodihnitor. Mă ridic şi am capul greu şi o senzaţie de vomă care trece, lăsându-mă cu palpitaţii şi cu o transpiraţie toxică pe faţă şi la subraţ.

Computerul fusese lăsat în *stand by* şi, când mişc mouse-ul, îmi apare pe ecran eseul pentru McClymont, ca şi când m-ar fi provocat. Trebuie să-l predau. Observând că Dianne şi Lauren au plecat, îmi fac rapid o cafea, apoi citesc eseul, îl perii puţin, verific numărul de cuvinte, îi corectez ortografia şi-l scot la imprimantă. Trebuie să duc eseul ăsta la facultate înainte de prânz ; în timp ce se tipăresc cele trei mii de caractere obligatorii, merg la baie şi fac un duş, pentru a înlătura alcoolul de ieri, transpiraţia şi fumul puturos de ţigară, spălându-mă bine pe cap.

Îmi dau cu cremă pe faţă, puţin machiaj şi îmi pun ceva pe mine, iar lucrurile pentru saună mi le îndes într-o geantă. Mă îndrept în grabă spre Meadows, simţind din când în când vântul rece şi înţepător, care-mi îndoaie foile de pe care-ncerc să-mi citesc eseul. Corectorul american al programului de editare, bag de seamă, a făcut corectura în engleză americană : „z-uri" peste tot şi nici un „ou", lucru care îl enevează extrem de tare pe McClymont, care probabil va nega toate meritele comentariilor linguşitoare. Dacă mă trece cu eseul ăsta, înseamnă că m-a trecut pe bune.

I-l predau la biroul secretariatului de departament la 11 : 47 şi, după o cafea şi un sendviş, mă duc la bibliotecă, unde-mi petrec toată după-amiaza citind texte despre film, după care, în jurul orei ceaiului, plec spre saună.

Sauna se află pe un drum principal mizerabil, îngust şi întunecos, pe care se face intrarea în oraş. Mirosul de hamei de la berăria din apropiere e de-a dreptul greţos dacă ai băut, e ca şi când ţi s-ar arunca în faţă resturile de noaptea trecută. Fumul autobuzelor şi al camioanelor înnegreşte pentru totdeauna aproape toate faţadele magazinelor, iar „Saună şi salon de masaj Miss Argentina" nu face excepţie. Oricum, înăuntru totul e imaculat.

— Ai grijă şi şterge-te pe picioare, spune întotdeauna Bobby Keats, patronul, insistent.

Sunt mai multe soluţii de curăţat decât uleiuri de masaj şi cu toatele suntem îndemnate să le folosim cu generozitate. Cred că nota de plată pentru prosoape curate trebuie să fie astronomică.

În aer e întotdeauna un miros sintetic. Partea ciudată este că toate acestea, săpunurile, apa de gură, loţiunile, uleiurile, pudrele şi parfumurile, folosite din plin ca să acopere urmele de spermă stătută şi transpiraţie, completează perfect atmosfera de mare clasă de afară.

Trebuie să arătăm şi să ne comportăm ca nişte stewardese. Pentru a păstra specificul saunei, Bobby angajează fete despre care crede că au trăsături latine. Cuvântul de bază este profesionalismul. Primul meu client este un bărbat mărunţel, cărunt, pe nume Alfred. După ce îi fac un masaj *aromatherapy*, folosind ulei de lavandă din belşug pentru spatele lui încordat şi cocârjat, îmi cere foarte agitat ceva „extra", iar eu îi ofer un „masaj special".

Îi apuc penisul pe sub prosop şi încep să i-l mângâi uşor, conştientă de abilităţile mele deficitare la făcut laba. Mi-am păstrat slujba asta doar pentru că Bobby mă place. Mă gândesc la operele lui Sade în care tinerele răpite erau iniţiate în arta masturbatului bărbaţilor de către bătrâni. Dar apoi mă gândesc la experienţele mele, iar eu nu i-am masturbat decât pe primii mei doi prieteni, pe Jon şi Richard, cu care nu mi-am tras-o. De atunci, am făcut asocierea asta între a face laba unui băiat şi a nu mi-o trage cu el, aşa că a ieşit cumva din meniul meu sexual înainte de a intra propriu-zis în el.

Uneori, clienţii chiar se plâng, iar eu primesc o ameninţare de concediere. Dar după o vreme, am descoperit că e numai gura de Bobby în ce priveşte chestiunea asta. Mă invită cu regularitate la tot felul de evenimente: petreceri, cazinouri, meciuri importante de fotbal, premiere cinematografice, meciuri de box, curse, întreceri de câini sau pur şi simplu „să bem ceva" sau „să mâncăm ceva" la „un restaurant elegant al unui prieten". Întotdeauna găsesc o scuză sau îl refuz politicos.

Din fericire, Alfred e în extaz, aşa că nu bagă de seamă, nu mai zic să facă plângere. Orice contact sexual îl trimite în al nouălea cer şi ejaculează într-o clipă, plătindu-mă recunoscător. Multe din celelalte fete, care fac şi muie şi sex complet, nu scot la fel de mulţi bani ca mine, o labagioaică de mân-a doua, de asta sunt sigură. Prietena mea Jayne, care e aici de mai mult timp decât mine, îmi spune arogantă că n-o să treacă mult şi o să fac şi eu meniul complet. Îi răspund mereu „n-ai să vezi asta", dar sunt zile în care simt că are dreptate, că e un lucru inevitabil şi că e doar o chestiune de timp.

Când îmi termin tura, îmi verific mesajele de pe mobil. Lauren îmi spune că au ieșit să bea ceva, așa că o sun și ne întâlnim într-un pub din Cowgate. Lauren e cu Dianne și cu alte două tipe de la facultate, Lynda și Coral. Sticlele de Bacardi Breezer se golesc una după alta și, în scurt timp, suntem din nou muci. La ora închiderii, Dianne, Lauren și cu mine ne întoarcem la apartamentul nostru din Tollcross.

— Dianne, tu ai prieten? întreb în timp ce mergem în sus pe Chambers Street.

— Nu, vreau să-mi termin disertația înainte să mă bag în așa ceva, spune ea conștiincioasă, iar Lauren dă din cap aprobator, pentru ca imediat să-și piardă entuziasmul, când Dianne adaugă: După care-o să mi-o trag cu orice ființă dotată cu cocoșel, pentru că mă omoară celibatu-ăsta, futu-i!

Eu încep să mustăcesc, iar ea-și dă capul pe spate, râzând.

— Cocoșei! Cocoșei mari, cocoșei mici, cocoșei groși, cocoșei subțiri. Circumciși, necircumciși! Albi, negri, galbeni, roșii. După ce-o să-mi predau disertația, va începe o altă viață, sub semnul CUCURIGUUUU!

Își pune mâinile la gură și începe să cucurigească în plină noapte, în fața muzeului, în timp ce Lauren își pierde ultima fărâmă de curaj, iar eu râd. O să-mi placă la nebunie să stau cu fat-asta.

Dimineața mă trezesc cu fața la cearșaf, iar la cursuri sunt cam ciufută și acră, enervată pe tipu-ăsta, Dave, care-ncearcă stângaci să facă conversație. Lauren nu e prin zonă, trebuie să fi fost mai beată decât am crezut. Mă întâlnesc cu Rab, care freca menta în Square cu tipu-ăla, Dave și cu un altul, Chris. În timp ce traversăm George Square, mergând spre bibliotecă, razele de soare îi conturează profilul lui Rab.

— Eu nu merg la bibliotecă, mă duc pe-acasă, îi spun.

Pare puţin dezamăgit. Chiar abandonat.

— Bine... spune.

— Mă duc să fumez ceva. Vii? îi propun eu.

Ştiu că Dianne a spus că va fi plecată toată ziua şi sper că nu va fi nici Lauren.

— Da, bine, spune el.

Lui Rab îi cam place haşul.

Ajungem la apartament, iar eu mă schimb şi pun un CD cu Macy Gray. Rab a aprins televizorul, fără sonor. Se pare că are nevoie de cât mai multe puncte de referinţă. Diseară o să fie ceva la pubul Grassmarket, fiindcă e ziua lui Chris. Lui Rab nu-i prea place să iasă la băută cu ceilalţi studenţi. E sociabil şi politicos cu ei, dar îţi dai seama că îi consideră nişte labagii. Sunt de acord cu asta. Nu vreau atât de mult să intru în pantalonii lui Rab, cât în lumea lui. Ştiu că a văzut şi-a făcut mult mai multe decât povesteşte. Mă fascinează gândul la lumea în care trăieşte, despre care ştiu atât de puţine lucruri. Oameni ca Juice Terry deschid un alt loc ciudat.

— Merge toată lumea imediat după atelier? îl întreb.

Atelierul e o glumă, singura noastră concesie de la adevăratul curs de cinematografie. Şi e opţional. Dar nu vreau să-l fac pe Rab să vorbească despre asta.

— Da, din câte zice Dave, îmi spune, trăgând un fum lung şi ţinându-l în plămâni incredibil de mult.

— Mai bine mă duc să mă schimb, anunţ eu, mergând în dormitor şi scoţându-mi blugii.

Mă privesc în oglindă şi mă hotărăsc să merg în bucătărie. După care mă duc în camera de zi şi stau în spatele lui. Are părul zburlit, mă rog, un smoc. Toată ziua m-a deranjat. După ce facem dragoste, după ce-mi câştig dreptul la asemenea intimitate, o să-i dau cu puţină apă şi o să-l aranjez. Mă aşez lângă el pe canapea, purtând numai un maiou roşu şi chiloţi albi de bumbac. El se uită la televizor. La crichet, fără sonor.

— Dar mai întâi trag un fum, îi spun eu, dându-mi părul pe spate.

Rab se uită în continuare la căcatu-ăla de crichet fără sonor.

— Tovarăşu-ăl-al tău, Terry, e un monstru, spun eu râzând.

Sună puţin cam forţat.

Rab scutură din umeri. Se pare că face des asta. Se scutură. De ce se scutură? De jenă? Disconfort? Acum îmi pasează jointul, încercând să nu se holbeze la picioarele mele, la chiloţii mei albi de bumbac, şi se pare că-i reuşeşte. Futu-i, chiar se pare că reuşeşte de minune să fie al dracu' de detaşat. Şi nu e ca şi cum ar fi gay; are o iubită şi pe mine mă ignoră...

Simt cum vocea mi se subţiază puţin, căpătând o notă disperată.

— Tu crezi că noi suntem nişte curve, nu? Cei ca Terry şi ca mine... Ca mine, care m-am dus acolo, ca să intru-n joc? Dar ştii că n-am făcut nimic, mă rog, nu de dat-asta, chicotesc eu.

— Nu... adică, depinde de tine, spune Rab. Io ţi-am spus cu ce s-ocupă. Ţi-am spus că nu vrei să te-amesteci. Da' de tine depinde acuma dacă vrei să continui şi ce vrei să faci.

— Dar tu nu eşti de acord, la fel ca Lauren. Ştii, mă evită acuma, spun eu, trăgând un fum.

— Io-l cunosc pe Terry. E tovarăşu' meu de-o veşnicie. Da, ştiu cum e, da' dacă n-aş fi fost de acord, nu ţi-aş fi făcut cunoştinţă cu el, spune Rab foarte simplu, demonstrând o maturitate firească, ce mă face să mă simt tânără şi prostuţă.

— Ştii că e vorba doar de futai, doar de distracţie. N-aş putea niciodată să mă-ndrăgostesc de el, explic eu, simţindu-mă şi mai proastă şi mai slabă.

— Aşa eşti tu... începe el, după care se opreşte şi se întoarce spre mine, fără să-şi ridice capul de pe spătarul canapelei. Adică, numai de tine depinde cu cine te fuţi şi cu cine nu.

Îl privesc direct în ochi, în timp ce pun jointul în scrumieră.

— Aş vrea eu, îi spun.

Dar Rab rămâne tăcut, întorcându-şi capul şi uitându-se fix la ecran. La crichetu-ăla stupid de la televizor, futu-i. Scoţienii ar trebui să urască crichetul, dintotdeauna asta mi s-a părut una dintre marile lor virtuţi.

Dar nu scapă el aşa uşor.

— Am spus că aş vrea eu.

— Şi ce vrei să spui cu asta? întreabă el, cu o voce uşor tremurată.

Îmi frec piciorul de piciorul lui.

— Stau aici în chiloţi, vreau să mi-i scoţi şi să mi-o tragi.

Îl simt încordându-se la atingerea mea. Mă priveşte, după care, cu o mişcare bruscă şi violentă, mă trage spre el şi-ncepe să mă sărute, dar e crispat şi brutal şi plin de ură, numai furie, fără urmă de pasiune, o furie care în curând se spulberă, iar el se desprinde.

Mă uit pe fereastră. Îi văd pe cei din apartamentul de vizavi, care stau de vorbă. Bineînţeles. Mă ridic şi trag obloanele.

— E din cauza obloanelor?

— Nu e din cauza obloanelor, răbufneşte el. Am o prietenă. O să am un copil cu ea.

Tace pentru o clipă, după care adaugă:

— Pentru tine, asta s-ar putea să nu-nsemne nimic, dar pentru mine înseamnă ceva.

Simt că mă inundă furia, îmi vine să-i spun aşa, ai dreptate. Chiar nu-nseamnă „nimic". Dar nici măcar atât.

— Vreau să ţi-o trag, asta-i tot. Nu vreau să te iau de bărbat. Dar dacă tu vrei să te uiţi la crichet, bine.

Rab nu spune nimic, însă pe faţa lui se citeşte încordarea, iar ochii îi strălucesc pentru un moment. Mă ridic, experimentând durerea refuzului, simţind-o chiar în adâncul meu.

— Nu-i vorba că nu-mi placi, Nikki, spune el. Futu-i, aş fi chiar nebun. Doar că...

— Mă duc să mă schimb, îi spun eu ascuţit, îndreptându-mă spre dormitor.

Aud uşa, trebuie să fie Lauren.

9

Şmenu' # 18 736

Mergând să ridic poşta din faţa uşii, simt mirosul de pişat de pisică din hol, dar vestea bună mă binedispune într-o oarecare măsură. E oficial! Sunt legal. Pula mea, după atâta vreme, Simon David Williamson, om de afaceri local, se întoarce la rădăcinile lui din Leith, prin bunăvoinţa Primăriei din Edinburgh. Dintotdeauna am spus că Leith e locul perfect şi că SDW poate juca un rol semnificativ în regenerarea zonei portuare.

Deja văd ediţia din *Evening News*: Williamson, reprezentant al noii şi dinamicei clase de tineri antreprenori din Edinburgh, stă de vorbă cu John Gibson, concetăţean al său, din partea ziarului *News*:

JG: Simon, ce anume vă face pe voi, cei ca tine sau ca Terence Conran, legende arhetipale din lumea succeselor londoneze, să investiţi masiv în regiunea Leithului?

SDW: Păi, John, uite, o chestie destul de amuzantă, de curând am vorbit cu Terry despre asta, eram amândoi la un prânz caritabil, şi am ajuns la aceeaşi concluzie: Leith se află în ascensiune, iar noi vrem să fim parte din povestea succesului său. Pentru mine este cu atât mai incitant, cu cât sunt din partea locului. Ţelul meu este să menţin Port Sunshine ca pub tradiţional, dar, în acelaşi timp, să fie pus la punct astfel încât să poată fi transformat într-un restaurant, atunci când întreaga zonă îşi va lua avânt. Nu se va întâmpla peste noapte, dar văd în acţiunile mele un act de credinţă în Leith. Şi asta nu e o simplă hiperbolă: iubesc portul acesta vechi. Îmi place să cred că Leithul a fost bun cu mine, iar eu am fost bun cu el.

JG: Deci acesta este viitorul oraşului Leith?

SDW: John, Leithul a fost pentru prea multă vreme o bătrână doamnă. Da, o iubim, e caldă şi maternă; sânul moale şi greoi la care să te poţi alina în nopţile negre şi geroase de iarnă. Dar eu vreau s-o reinventez, s-o fac o curviştină tânără şi sexy, pe care s-o scot la produs, ca s-arate tot ce poate. Într-un cuvânt: afaceri. Vreau ca Leith să fie un loc pentru afaceri. Vreau ca atunci când cineva aude cuvântul „Leith", să îi vină în minte „afaceri". Portul Leith, Portul Afacerilor.

Analizez amănunţit scrisoarea de la consilierul Tom Mason, directorul departamentului de autorizaţii din cadrul primăriei.

17 ianuarie

Dragă D-le Williamson,

Am plăcerea de a vă informa că cererea dumnea-
voastră de a obţine autorizaţia pentru comer-
cializarea băuturilor alcoolice la sediul localului
Port Sunshine Arms, din 56 Murray Street,
Edinburgh EH6 7ED, a fost aprobată. Autori-
zaţia este condiţionată de acceptarea termenilor
şi condiţiilor detaliate în contractul anexat.

Vă rugăm, semnaţi ambele copii ale contractului
şi returnaţi-ni-le până luni, 8 februarie.
Al dumneavoastră,

Cons. T.J.Mason
Director, Comisia de Autorizări

Tom şi cu mine ar trebui şă ne vedem curând, şă
facem o partidă de golf la Gleneagles, poate şi cu
Sean, când vine şi el în oraş. Poate o mai lungim şi
frecăm puţin menta pe la 19th, unde o şă-i fac capul
calendar lui Tom, cu planurile mele de deşchiderea
unei alte cafenele, puţin mai şuş, pe Walk. Poate îl
conving şi pe Sean să facă o investiţie pentru a ajuta
la scoaterea oraşului său din mediocritatea de căcat
în care se zbate de decenii.

*Da, Şimon, cu şiguranţă că aceşt loc are un poten-
ţial şerioş de inveştiţii. Dar mai întâi trebuie şă ne
deberaşăm de şubclaşa care alcătuieşte momentan
clientela acestui pub.*

Ecşact, Sean. Oamenii-aceştia nu au ce căuta în
noul Leiş.

10
Consiliere

E ca atunci când tip-asta, Avril, ne spune ce ne
deprimă, iar eu zic, păi, cei de la Hibs şi ploaia,
gen. După care mă gândesc, păi stai, nu-i chiar
aşa, că ş-atunci când Hibs o duc foarte bine-n clasa-
ment se-ntâmplă să fiu uneori deprimat, aşa că nu
merge întotdeauna. Evident, da' cum să zic, e mai
bine să-i văd pe motanii-ăia verzi ca smaraldu' că-şi
fac bine treaba, gen. Da' de fapt e o scuză, bine, poate
că ploaia nu e, pen' că ploaia mă-ntristează mereu.
Când eram mai tânăr, mai mergea să pun câte-o
melodie, da' acuma nu mai ţine, că s-au dus majori-
tatea vinilurilor, frate, au fost vândute la magazinele
cu viniluri la mân-a doua, de la Walk pân' la Vinyl
Villains, ăsta era procedeu' ca să fac rost de dava şi
s-o prăjesc şi să mi-o bag în vene. S-a dus până şi
Zappa, frate, Frank Zappa adică, nu Zappa, motanu'
meu, gen. Încerc din greu să mă las de dava, da-mi
place *speedu*-ăsta şi cam circulă acuma căcălău, da'
vezi tu, când se duce efectu', chiar îţi curg balele
dup-o bucăţică de dava, ca să te mai calmezi, gen.

Gagic-asta, Avril, de la grup, zice că toţi motanii
de-aicea avem nevoie d-un proiect, frate, ceva care
s-omoare plictiseala, ca să dea o direcţie ş-o struc-
tură la vieţile-astea dezordonate. Nu prea po' să-i
dai în cap la conceptu-ăsta, frate; cu toţii-avem
nevoie, pur şi simplu tre' să ai una.

— Data viitoare când veniţi, vreau să vă gândiţi
la ceva ce puteţi face, spune ea, trecându-şi creionu'
peste dinţii-ăia albi ca nişte perle.

Uah, frate, incisivii-ăia îmi dau numa' gânduri
negre, da' n-ar trebui să mă gândesc aşa la Av,
fi'ncă-i o gagică mişto, gen.

Totuşi e bine să te gândeşti la ceva mai optimist, aşa, pen' că-n ultima vreme am avut numa' gânduri negre, negre ca dracu', gen. Faza e că la ce m-am gândit din ce în ce mai mult e să plec, gen, de tot din oraşu-ăsta, cum a zis motanu-ăla de Vic Godard de Johnny Thunders. Acuma-i o obsesie, frate, mai ales când se instalează tristeţea. Prima oară mi-a venit în minte când eram la bulău şi citeam carte-asta. N-am fost niciodat-unu d-ăia cu cititu', da' citeam carte-asta, *Crimă şi pedeapsă*, scrisă d-un gagiu, un rus.

Da, frate, faza e că mi-a luat super mult timp ca să mă prind. Că toţi ruşii-ăştia se pare că au două nume, aşa că, cum să-ţi zic, m-a ameţit al dracu' de tare. E ciudat, că aici, de când cu votu' cenzitar, mulţi n-au avut *deloc* nume, aşa că erau cam toţi la fel.

Aşa că stăteam io singur în celulă, doar io şi cu buturug-aia veche, moartă, da' pân la urmă i-am dat de cap. Faza e că, într-un fel, m-a făcut să mă gândesc la un şmen, gen. O şmecherie care să rezolve toate problemele, toate pe care le-am creat, gen, fiind eu însumi. Da, lumea modernă are un soi de selecţie naturală şi nu e exact genu' de loc în care să-mi găsesc io locu'. Motanii ca mine au dispărut. Nu se pot adapta, deci nu pot supravieţui. Cam la fel ca tigrii cu dinţi-spadă. Faza ciudată e că nu m-am prins niciodată cum dispar speciile, din moment ce au supravieţuit motani mai puţin rezistenţi. Adică ceva gen, într-o luptă unu la unu, gen, dac-ar fi să pariezi, ţi-ai pune mălaiu' pe-unu de-ăia cu dinţi-spadă, ca să-i facă felu' unei mâţe normale de ulucă sau chiar unui tigru normal. Răspunsurile să fie puse pe o carte poştală, frate, chiar pe lini-aia punctată.

Faza e că, cu cât îmbătrâneşti, treab-asta cu deficienţa de caracter te seacă din ce în ce mai tare. Într-o vreme, aşa le spuneam tuturor profesorilor, şefilor, gagiilor de la şomaj, tipilor de la impozite, magistraţilor care-mi spuneau că sunt deficient: „Hai, frate, las-o mai uşor, aşa-s io, ce vrei, suntem din filme diferite, gen?!". Da' acuma trebe să recunosc că poate ştiau ei ce ştiau. Cu cât îmbătrâneşti, cu atât ţi-o iei mai nasol. O-ncasezi mai din plin. Cum s-a-ntâmplat şi-n box cu Mike Tyson, ştii? De fiecare dată când te-aduni ca să ieşi din nou la înaintare, vezi că s-a subţiat puţin câte puţin. Aşa c-o dai iar în bară. Da, asta e, io nu-s făcut pentru viaţa modernă şi cu asta basta, frate. Uneori merge bine treaba, lejer, da' după aia mă panichez, frate, ş-o iau de la capăt. Io ce po' să fac?

Majoritatea dintre noi au defecte, frate. Al meu e drogu', drogu' şi iar drogu'. Da' e cam păcat aşa, gen, să plătească cineva de-atâtea ori pentru acelaşi defect. Bine'nţeles, am şi treburile mele, da' dacă m-aş lăsa pe bune de droguri, atunci poate că s-ar opri şi m-aş apuca şi eu ca lumea de treabă sau măcar ar lăsa-o mai moale.

Faz-asta cu terapia e ceva care nu credeam că-mi face prea bine. Adică, de fiecare dată când stau de vorbă cu ăştia, simt cum m-apucă iar chefu' de băgat ceva, frate. Asta nu trece niciodată. Putem, vorb-aia, să raţionalizăm consumu' şi să ne uităm la marfă, da' de cum ai ieşit din camer-aia, nu-ţi stă mintea decât la cum să faci rost de ceva. O dată, când am ieşit de la întâlnire, mergeam aşa prin ceaţă şi pân' să-mi dau seama unde eram, băteam deja la uşa lu' Seeker. Deodată m-am trezit aşa, brusc, la realitate şi iată-mă, că tot bocăneam la uş-aia albastră. Şi-am şters-o imediat d-acolo, înainte s-apuce motanu' să răspundă.

Da' cu toate astea, chiar îmi place grupu-ăsta. E aşa, cum să zic, e bine s-ai pe cineva amabil care să te-asculte. Şi Avril aia e o gagicuţă tare mişto, gen. Şi nu e d-aia cu fiţe ş-aşa. Te-ntrebi dac-a trecut şi ea prin toată asta sau dacă nu e decât o chestie de-aia de te-nvaţă la facultate. Nu c-aş avea ceva cu ăştia cu facultate, că nah, dac-aş fi avut şi io educaţie, poate că n-aş mai fi-n rahatu-ăsta-n care sunt acuma. Da' orice tip şi orice tipă trebe să treacă la un moment dat în viaţa lor printr-o chestie d-asta mare şi nasoală; e o boală terminală de care nu poţi scăpa. Nimeni nu poate, frate.

Motanii de-aicea sunt de la de-ăia sălbatici şi ostili până la de-ăia timizi şi ruşinoşi, sunt şi de-ăia care torc. Şi e o gagicuţă, Judy o cheamă, care e tare ciudată. Nu sufl-o vorbă cu sutele de ani, da' vezi tu, când se porneşte, nu mai poţi să-i închizi gura. Şi e aşa, gen, totu-i aşa super personal şi-aşa, lucruri de care io n-aş putea niciodată să vorbesc în public, gen.

Ca şi-acuma, frate. Mi se pare al dracu' de jenant şi-aş vrea să-mi acopăr faţa cu mâinile, cum fac ţâncii când se ruşinează ş-aşa.

— Şi io eram virgină şi după ce-am făcut pentru prima oară dragoste, el mi-a dat prima doză de dava, să-mi bag în venă. Aşa a fost prima oară... spune păsăric-asta, Judy, foarte serioasă.

— Mie mi se pare că-i un muist, începe Joey Parke.

Micuţu' Parkie, cel mai bun tovarăş al meu de-aicea, da' ce băiat bun. N-are frâne, frate, e mai rău ca mine. Te-ajută să te menţii curat, da' el nu-şi permite nici măcar o-nghiţitură, aşa cum facem cu toţii din când în când. Adică, un păhărel de vin acolo, cu gagic-aia lui, la o cină romantică-n doi, de fapt, doar o *guriţă* de vin şi-n două săptămâni îl găseşti varză, cu acu-n venă.

Gagicuţ-asta, Judy, s-a super ofticat pe amă-râtu-ăsta.

— Nu-l cunoşti! Nici măcar nu ştii ce persoană incredibilă este! Să nu cumva să zici ceva despre el!

Judy n-arată rău şi-aşa, da-ţi dai seama că drogurile au cam stafidit-o înainte de vreme. Folosim prafu' ca să-ţi facem o vrajă malefică, păpuşe. Îmi pare rău.

Nu-i ca Avril, păsăric-aia care organizează spectacolu'. E subţirică, cu păru blond platinat, tuns scurt şi cu ochii aşa intenşi, da' nu aşa injectaţi, gen, e ca şi când ar fi plini de energie, da' netulburaţi, nu ş' dacă mă-nţelegi. Şi lu' Av nu-i place să ridici vocea. Conflictul, zice ea mereu, poate fi rezolvat într-o manieră pozitivă. Şi-are dreptate şi-aşa dacă stai să te gândeşti, da' mă gândesc că nu ţine la toţi motanii, gen. Adică, n-ai să-i auzi pe unii ca Frank Begbie sau Nelly Hunter sau Alec Doyle sau Lexo Setterington sau ca alţi băieţi pe care i-am cunoscut io la pârnaie, ca Chizzie Animalu' sau Slăninuţă sau Craigy Praştie, c-o să zică „Hai, frate, să rezolvăm această chestiune conflictuală într-o manieră pozitivă". N-ar merge, frate, pur şi simplu n-ar merge. Şi fără supărare, da' genu-ăsta de băieţi îşi au ei mijloacele lor, gen. Da' cu toate astea, Av e destul de tare ca să se descurce cu d-ăştia ca Joey şi Judy.

— Cred c-ar trebui să punem punct aici, spune ea. Ceilalţi ce părere au despre asta?

Judy dă tristă din cap, iar micul Joey Parke scutură din umeri. O tipă-ndesată, Monica o cheamă, nu zice nimica, stă şi-şi suge o şuviţă de păr şi-şi muşcă degetu'. Are braţele mari, ca două jamboane, ştii, nu c-ar fi ceva ruşinos sau ceva de genu-ăsta. Îi zâmbesc lui Av şi îi spun:

— Pentru mine e perfect. Mi-ar prinde bine-o cafea şi ceva de tras pe nas, gen. Injecţia cu cafeină, frate, e ob-bli-ga-to-rie sau ce?

Av îmi zâmbeşte şi ea, iar io simt aşa cum mi se face un gol în stomac, că deh, e tare drăguţ când îţi zâmbeşte-o gagică. Da' sentimentu-ăsta de exaltare nu durează foarte mult, iar io-mi dau seama că a

trecut mult timp de când n-am mai făcut-o pe
Alison a mea să zâmbeasc-așa.

11

„... urâtă...“

— La dracu, ești un film de groază, îi rânjesc eu
imaginii mele din oglindă.

Îmi privesc corpul gol în oglindă, apoi privesc
fotomodelul din revistă, al cărei corp încerc să-l
ridic în minte la scara dimensiunilor mele, com-
parându-le forma și curbele. Sub nici o formă al
meu nu-i perfect ca al ei. Am sânii prea mici. Eu
n-o să apar niciodată într-o revistă, pentru că nu
sunt bună de revistă, nu arăt ca ea.

PIZDA MĂ-SII, NICI PE DEPARTE NU SUNT
CA EA.

Cel mai îngrozitor lucru pe care mi-l poate spune
un bărbat este că am un corp minunat. Pentru că
eu nu vreau un corp bun, frumos, adorabil, minunat.
Eu vreau un corp destul de bun ca să apară în reviste
și dac-aș avea unul, aș fi acolo, dar cum nu-l am,
nu sunt. Îmi curg lacrimile, cu rimel cu tot, dar de
ce plâng? Pentru că nu ajung nicăieri, de-asta.

EU NU APAR ÎN REVISTE.

Și cu toții-mi spun că am un corp bun pentru că
vor să mi-o tragă, pentru că îi excit. Dar dacă vreuna
din tipele din reviste ar vrea să-i fută, nici nu s-ar
mai uita la mine. Așa că iată-mă aici, iar eu știu ce
fac, *știu* că încerc în permanență să combat imaginile
negative ale perfecțiunii pe care mi le tot livrează
mass-media și de care sunt complet obsedată. Și
știu că, cu cât excit mai mult bărbații, cu atât mai
mult trebuie să mă compar cu altele.

Rup pagina din revistă și o mototolesc.

Ar trebui să fiu la bibliotecă, să învăț sau să lucrez la eseuri, în loc să-mi petrec jumătate din timp la W.H. Smith, scotocind fără rușine prin rafturi: *Elle, Cosmopolitan, New Woman, Vanity Fair*, la toate mă uit; chiar și la cele pentru bărbați, *GQ, Loaded, Maxim,* holbându-mă la toate corpurile alea; le analizez înrăită perfecțiunea retușată milimetric, până când unul dintre ele, unul singur, îmi induce un sentiment plin de ură, de autodesconsiderare, pentru că eu nu voi fi niciodată așa, nu voi arăta niciodată așa. A, da, a ști, la nivel cognitiv, intelectual, că toate acele imagini sunt compoziții, sunt falsificate, sunt retușate milimetric, că o fotografie bună este rezultatul unui fotograf care a folosit machiaj, o mulțime de lumini ajutătoare și role întregi de film. Și a ști că fotomodelul, actrița, starleta pop e o cățea nevrotică distrusă, la fel ca mine, care se cacă și se spârcâie toată-n chiloți, care se umple toată de coșuri pline de puroi din cauza stresului, care are halitoză cronică, dat fiind faptul că și-a vărsat mațele de-atâtea și-atâtea ori, care nu mai are sept de câtă cocaină a tras pe nas ca să meargă mai departe și care are, lunar, o scurgere neagră și puturoasă. Da. Dar a ști din punct de vedere intelectual nu e de-ajuns, pentru că „real" nu mai înseamnă „factual". Adevărata cunoaștere este emoțională și se află în *sentimente*, iar adevăratele sentimente se nasc din imaginea retușată milimetric, din sloganul și din spotul publicitar.

NU SUNT O RATATĂ.

S-a scurs aproape un sfert de secol, sfertul cel mai bun, iar eu n-am făcut nimic, nimic, nimic...

NU SUNT O RATATĂ, PIZDA MĂ-SII.

Eu sunt frumoasa Nicola Fuller-Smith, cu care orice bărbat întreg la minte ar vrea să se culce, pentru că frumusețea mea i-ar complimenta și cea mai înaltă imagine de sine pe care și-ar putea-o crea.

Iar acum mă gândesc la Rab, la discul acela căprui-auriu din ochii lui, la faptul că, de fiecare dată când zâmbeşte, îl vreau şi la cum el nu mă vrea, futu-i, dar cine se crede, ar trebui să fie mulţumit că o fată superbă, mai tânără decât el, vrea să... nu, o FATĂ URÂTĂ, URÂTĂ, URÂTĂ, O CURVĂ DEZGUSTĂTOARE...

Uşa. Îmi trag pe mine halatul şi mă-ndrept spre eseul meu, abandonat pe masa din camera de zi, în timp ce cheile se răsucesc în broască.

E Lauren.

Micuţa, prostuţa, delicata şi frumoasa Lauren, care este cu ŞASE ANI mai mică decât mine şi care, dincolo de hainele ei stupide şi de ochelarii-ăia, pizda mă-sii, e o mică zeiţă a prospăturilor, fără ca ea să-şi dea măcar seama de asta, asemenea celor mai mulţi dintre bărbaţii orbi şi proşti din jurul ei.

Toţi acei şase ani. Ce n-ar da bătrâna şi urâta Nicola Fuller-Smith pentru unul sau măcar doi din aceşti şase ani pe care micuţa şi prostuţa Lauren Futetot i-ar irosi fără măcar să-şi dea seama că i-a avut vreodată.

Ah-ah-A-N-I-L-O-R, staţi în pizda mă-sii departe de mine.

— Bună, Nikki, spune ea plină de entuziasm, am găsit un text minunat la bibliotecă şi... mă priveşte pentru prima oară. Ce-i cu tine?

— Nu pot s-o scot la capăt cu nenorocitu-ăsta de eseu pentru McClymont, îi spun.

Se poate vedea că toate hârtiile şi cărţile sunt exact în acelaşi loc în care stau de mai bine de o săptămână. Şi se mai pot vedea şi revistele de pe masă.

— E un super site nou despre film, au nişte cronici geniale, sunt pe bune analitice fără să se umfle-n pene, dacă mă-nţelegi... se bâlbâie ea, dar ştie că nu mă interesează.

— Ai văzut-o pe Dianne? o întreb.

Lauren mă privește suspicioasă.

— Ultima oară când am văzut-o, era la bibliotecă, lucra la disertație. Era foarte concentrată, spune ea pe un ton admirativ.

Deci acum și-a găsit o altă soră mai mare, iar eu m-am pricopsit cu două tocilare. Începe să vorbească, ezită, dar continuă oricum.

— Deci care-i marea problemă cu eseul pentru McClymont? Într-o vreme îl dădeai pe spate imediat.

Așa că-i spun exact care este problema.

— Marea problemă nu ține de înțelegere sau de intelect. E vorba de direcție; fac un rahat pe care nu vreau să-l fac. Singurul mod în care se vor aranja pentru mine lucrurile este să fiu acolo, pe coperta revistelor, îi spun eu, trântind *Elle*-ul pe măsuța de cafea și dărâmând niște foițe și niște tutun pe podea.

— Dar asta-nseamnă capitulare, mormăie Lauren. Presupunând că ai fi pe coperta revis...

Spune asta cu atâta spontaneitate, iar eu nu mă gândesc decât: când, când, când, când, când?

— Chiar crezi că aș putea fi?

Dar ea nu-mi răspunde, nu-mi dă răspunsul pe care-l vreau și de care am nevoie. În schimb, îmi spune o grămadă de rahaturi care nu-mi vor cauza niciodată nimic altceva decât durere, nefericire și plictiseală, pentru că mă pune față-n față cu adevărurile pe care trebuie cu orice preț să le evităm, pentru a putea supraviețui în această lume...

— ... te-ai simți bine pentru puțin timp, iar săptămâna următoare ai îmbătrâni și o gagicuță mai tânără ți-ar lua locul. Atunci cum te-ai simți?

Privind-o, cu o răceală de insectă curgându-mi prin vene, vreau să strig:

EU NU APAR ÎN REVISTE ȘI NICI LA TELEVIZOR. ȘI NICI N-O SĂ APAR PÂNĂ CÂND N-O S-AJUNG O RATATĂ INFECTĂ ȘI GRASĂ, UMILITĂ

DE SOȚUL GRAS LA CINE ȘTIE CE *REALITY SHOW*, SPRE AMUZAMENTUL STUPID AL ALTOR GRĂSANI RATAȚI, LA FEL CA MINE. ĂSTA E „FEMINISMUL" TĂU? ĂSTA E? PENTRU CĂ ĂSTA E CEL MAI BUN SCENARIU PENTRU MINE ȘI NENUMĂRATE ALTELE, DACĂ NU PRELUĂM ADEVĂRATUL CONTROL.

Dar în schimb mă adun și îi spun:

— M-aș simți minunat pentru că am fost acolo măcar. Măcar aș realiza ceva. Despre asta e vorba. Vreau să fiu acolo sus. Vreau să joc în filme, să cânt și să dansez. Eu. Vreau să se vadă că am trăit. Că, pizda mă-sii, Nikki Fuller-Smith a trăit.

Lauren mă privește îngrijorată, ca o mamă care-și aude copilul că spune „Nu vreau să merg la școală azi..."

— Dar tu trăiești...

Dar acum m-am pornit, vorbesc tare, debitând numai aberații, dar aberații de felul acelora printre care trebuie întotdeauna să se afle adevărul.

— Și după ce fac filme porno amatoare, vreau să fac filme porno pe bune, după care vreau să fac producție sau regie. Să fiu cea care controlează. Eu. O femeie. Și ascultă ce-ți spun acum, singura industrie din lume în care poți avea un asemenea control într-o măsură semnificativă este pornografia.

— Prostii, scutură Lauren din cap.

— Nu-s prostii deloc, îi spun eu hotărâtă.

Ce știe ea despre pornografie? N-a văzut nici un film, n-a studiat niciodată producția vreunuia, n-a lucrat niciodată în industria sexului și nici n-a vizitat vreodată un site porno.

— Vorbești ca și când ai fi altcineva. Probabil tovarășul lui Rab, spune ea.

— Nu fi proastă. Și dacă de Terry vorbești, nici măcar nu l-am futut încă, îi spun eu, regretând că i-am dezvăluit acest lucru.

— *Încă* fiind cuvântul de bază.

— Nu știu dac-am s-o fac. Nici măcar nu-mi place, izbucnesc eu iritată.

Vorbesc prea mult. Lauren știe totul despre mine, aproape totul despre mine, iar eu nu știu nimic despre ea. Pentru că are secrete și sper, de dragul ei, că sunt interesante. Mă privește îndurerată, iar tonu' vocii i se schimbă:

— Nu știu de ce ai o părere atât de proastă despre tine, Nikki. Ești cea mai frumoasă fată... femeie pe care-am cunoscut-o vreodată.

— Ha, încearcă să-i spui asta tipului cu care tocmai m-am făcut de râs, scuip eu, dar simțindu-mă imediat mai bine pe dinăuntru.

Răspunsul meu la lucrurile care mă flatează: rânjesc, dar simt cum, involuntar, fața îmi este cuprinsă de un spasm care-mi dă o vagă senzație de greață, după care simt un val în stomac, ce se întinde până la extremitățile mâinilor și picioarelor. Sunt un vampir cu lucrurile-astea.

— Cine-a fost, spune Lauren pe un ton ascuțit, îngrijorată, atingându-și ramele ochelarilor.

— A, un tip oarecare, știi și tu cum e, zâmbesc eu știind foarte bine că nu știe, iar când vrea să spună altceva, auzim cheia lui Dianne răsucindu-se-n broască.

12

Țari și huni

Grupul a devenit supa, frate. Acum este principala hrană socială pe care-o primește băiețașu' Murphy. Întins alături de Ali, simțind-o cum se retrage la atingerea mea, e rău, frate, rău pur. Nu te supăra, cre' că i-a venit şi ei rândul, pentru toate momentele când am stat acolo întins, prea prăjit ca să mai fac dragoste, holbându-mă-n tavan sau încovrigat ca un fetus, îmbibând salteaua cu transpiraţie, în timp ce groaza abstinenţei îşi făcea loc. Acum, de obicei eu sunt cel care stă întins ca o placă de surf; capul îmi vâjâie şi, până nu duce copilul la şcoală, nu prea po' să dorm.

În ultimele săptămâni, am dus vieţi diferite, frate. Când a-nceput totu'? La chefu' lu' Monny? Ciudat, întotdeauna-ncepe ca o sesiune scurtă, care se lungeşte, se face-o săptămână, după care-ţi dai seama că vieţile tale sunt, gen, acelaşi spaţiu, da' cumva universuri paralele, cam de când lumea, gen. Aşa că pentru mine e grupu-ăsta, să fac un efort, gen, de dragu' lui Ali ş-al lu' ăla micu', ştii?

După cafea, Avril ne aduce din nou împreună. Nu prea-mi place camer-asta, e-n clădirea unei vechi şcoli şi are scaune d-alea incomode: roşii, de plastic, cu rame negre. Tre' să stai drept; asta chiar n-ar fi posibil când ai spasme de la droguri sau când ţi-e rău. Av stă lângă tabla albă, sprijinită pe trei picioare de aluminiu. Scrie cu un marker Magic albastru:

VISURI

După care spune că visurile sunt importante, doar că noi renunţăm prea repede la ele. Cân' te gândeşti la asta: da. Dar p-ormă-i faz-aia cu astronautu'; chesti-aia cu primii care-au ajuns pe Marte, de care vorbeam cu vechiu' meu tovarăş Rents când eram de-o şchioapă: n-a fost niciodată un alergător pe bune, frate. Spaţiul interior e un şmen mai bun: îţi trebe mai puţin antrenament.

Da' Rents... Ce băiat era. Ce mi-o-ncasam de la el.

Avril ne spune că ar trebui să fim pregătiţi pentru a fi mai îngăduitori cu fanteziile noastre. Joey Parke revine cu o chestie de genu':

— O să ne-nchidă dacă facem asta. Pula mea!
Se-ntoarce spre mine:

— Să fim mai îngăduitori cu fanteziile noastre, auzi tu, Spud!

Încep să râd, iar tip-asta, Monica, aia care-şi muşcă încheietura mâinii, îşi înfige şi mai tare dinţii.

Şi atunci Av ne întreabă pe toţi din grup ce meserie ne-ar plăcea într-o lume ideală, gen, dac-am putea face absolut orice. Faza e că eram cam lovit în ziu-aia. De obicei nu-s aşa când merg la-ntâlni-rea de grup, doar c-avusesem parte de-un şoc acasă c-o zi-nainte şi mă tot gândeam la asta. Pur şi simplu aveam nevoie să bag ceva. Da' din respect am făcut un *speedbomb*[1], în care-am băgat ceva coca, ca să nu pic aşa de necooperant, de dragu' grupului, gen. Da' acuma, că nu deschide nici unu' gura, îmi vine să mă bag io, să zic că mi-ar plăcea să devin impresar.

— Ca de exemplu, impresarul unui fotbalist? Aceştia sunt foarte bine plătiţi, spune Avril.

Joey Prake scutură din cap.

— Nişte paraziţi. Scot bani din joc.

— Nu, nu, nu, explic eu. Io mă gândeam mai degrabă la impresar pentru toate bunăciunile-alea blonde de-apar la teve; gen Ulrika Jonsson, Zoë Ball, Denise Van Outen, Gail Porter ş-aşa.

După care m-am gândit un pic ş-am zis:

— Da' acolo-ajung înaintea mea d-ăştia ca Sick Boy ş-aşa, ăsta-i un vechi tovarăş al meu. Ăsta-i tipu' de slujbă pe care-o dau la motani d-ăştia, asta fără supărare, gen.

Sick Boy. Ce mai motan.

Avril ascultă destul de răbdătoare, gen, da-ţi dai seama că n-o prea impresionează. Parkie începe cu

---

1. Amestec de *speed* (amfetamine) şi cocaină, rulat într-o foiţă de ţigară, care se înghite.

d-alea că vrea să facă pe Țaru' Drogurilor. Asta-i face pe câțiva dintre ei să-njure și meseri-asta și p-ăla care-o face și nah, după mine e cam deplasat.

Așa că-i sar în ajutor, gen.

— Nu, frate, io cre' că-i o idee tare, că-n ziua de azi calitatea mărfii e super de căcat. Ar cam fi timpu' ca guvernu' să facă ceva-n sensu-ăsta-n loc să tot bage oameni la pușcărie ș-așa. Asta-i părerea lu' *moi, ma petite chats*, părerea lu' *moi*[1].

Un băiat pe care-l cheamă Alfie afișeaz-un rânjet tâmp, da' imediat întoarce capu'. După care-l văd pe Parkie cum râde și scutură din cap. Și-ncepe:

— Nu, Spud, nu te-ai prins, frate. Ce zicea băiatu' era să *te oprească* de la droguri.

Asta mă face să mă gândesc și-ncepe să-mi pară rău pentru el, că nah, e unu' care-a rămas fără servici. Adică, io știu ce greu e să mă abțin io de la droguri, lasă-i încolo pe restu'. Ce sarcină ingrată pentru el, săracu'. Io nu-mi dau seama, da' cum să-i dea slujb-asta unui rusnac, când în Scoția-s o grămadă care-ar putea s-o facă.

Așa că au tot ținut-o una și bună cu asta. Faza ciudată la grupu-ăsta e că mai mult vorbim despre droguri decât să le luăm. Uneori, când ești curat, chiar te face să ți le dorești, ceva gen că îți intră-n minte chiar și când nu te gândești la ele, știi? Da' băiatu-ăsta, Țaru' Rus al Drogurilor, mi-a băgat din nou în cap carte-aia lu' Dostoievski și poliț-aia mea de asigurare. Ne-am luat-o când a venit pe lume ăla mic și io eram curat și lucram la pavaj. Da' după aia au terminat ăia cu pavaju' și ne-au dat pe toți în șomaj. Da' când am spart cas-aia și m-au băgat la răcoare, mi-aduc aminte de băiatu-ăsta

1. În original, un joc de cuvinte ce combină engleza și franceza: „*Moi's opinion, ma petite chats* (pisicuțele mele), *moi's opinion*".

din Perth, care mi-a dat cartea lu' rusu-ăsta, *Crimă și pedeapsă*. Mereu circulă câte-un exemplar în pârnaie, da' pân-atunci nu m-a interesat pe mine, că nu mă omor așa cu cititu', gen. Da' asta chiar mi-a plăcut așa și m-a făcut să mă gândesc la poliț-aia.

În carte, tipu-o omoară pe mamaia-cămătar pe care-o urau toți. Acuma, dac-ar fi să mă omor, ast-ar însemna sinucidere curată, și n-ar da bani pentru asta. Da' dac-ar fi să mă omoare, să mă ucidă altu', gen? Da, faz-asta cu asigurarea trebe făcută; pentru Ali și pentru-ăla micu'. Ăsta-i drumu-nainte. Io-s cronic, frate, așa că dacă stai să te gândești, nu-i absurd să-ți bagi picioarele-n toată jmecheria. Io-i iubesc de mor pe pisoii-ăștia, da' hai să fim serioși, frate, io-s o mare povară. Nu po' să fac bani, nu po' să stau curat, aduc mereu câte-un necaz în sânu' familiei. Și-o omor încet, cu zile pe fat-aia, frate, în scurt timp o să-nceapă și ea să bage din nou, după care-o să ni-l ia p-ăla micu', pe Andy. Nu, io n-am de gând s-accept așa ceva. Așa că am asigurarea, frate. Pac. Îmi bag picioarele-n tot și-așa știu că Ali-mâța și Andy-mâțu' au ceva asigurat. E ca la *Family Fortunes*[1], unde-i întreabă pe-ăia ce vor, gen o asigurare de 20 000 £ sau un junkist distrus și lefter, fără nici o abilitate, și pe deasupra cu obiceiu' de-a băga-n venă, de care nu scapă. Dacă ești întreg la cap, nu prea stai în cumpănă, frate. Așa că e timpu' s-o șterg de-aici, da' trebe făcut bine totu'.

Marele șoc nasol care-mi stătea pe creier l-am avut ieri cân' scotoceam prin casă, îi căutam geanta ca să iau ceva mălai și, din greșeală, i-am găsit jurnalu'. Păi nah, n-am putut să m-abțin, frate, trebuia s-arunc un ochi. Adică io știu c-a fost greșit ș-așa, al dracu' de greșit, da' fi'ncă nu mai vorbiserăm

---

1. Concurs televizat, la care participă familii concurente și la care se pot câștiga sume foarte mari.

așa-n ultima vreme, trebuia să văd în ce ape se mai
scaldă. Da' mare greșeală, frate, ignoranța e bine-
făcătoare. Da' ce m-a lovit era ce scria acolo : era ca
și cum vorbea cu Andy.

Nu știu unde este tăticul tău. Iar ne-a aban-
donat, amice, din nou eu sunt cea care trebuie
să fie puternică. Tatăl tău poate s-o dea-n bară,
dar eu nu. Asta doar pentru că cineva trebuie să
fie puternic, iar eu sunt puțin mai bine decât
prostuțul de tati, care mai e și slab. Mi-aș dori
să fie un nenorocit, pentru că mi-ar fi mai ușor.
Mi-e foarte greu, fiindcă e cel mai drăguț om pe
care-l poți cunoaște și să nu lași pe nimeni să-ți
spună altceva. Dar eu nu pot să fiu în același
timp și mămica ta și mămica lui. Nu pot, pentru
că nu sunt suficient de puternică. Dac-aș fi destul
de puternică, aș face-o, chiar dacă știu că m-ar
lua de fraieră. Dar chiar și-așa aș face-o, dac-aș
fi destul de puternică. Dar nu sunt, așa că trebuie
să te pun pe tine pe primul plan. Asta pentru că
ești atât de mic.

M-a lovit din plin, frate. Am citit-o o dată, de două
ori și trebe să recunosc că mi-au dat lacrimile, nu
doar pentru mine, ci pentru mâța-autoare. Toată
dragoste-aia irosită. Mi-aduc aminte când eram mai
tânăr și eram nebun, nebun de legat după tip-aia, da'
mă gândeam, hai, frate, că nu prea-i de nasu' tău.
O păsărică din topul primelor șase din SPL[1] n-o să se
combine niciodată c-un băgător de seamă din Liga
Scoției de Est. Dar Campionatul Junkiștilor poa' să
fie-un nivelator important și mai e și-o chestie de
bulan. Da' odată mergeam amândoi acasă dup-o
partidă, cu creierii futuți ș-așa, și pur și simplu

---

1. *Scottish Premiere League*, Liga Scoțiană de Fotbal.

s-a-ntâmplat. Mă gândesc ce i-au făcut ăştia opt ani petrecuţi cu mine. Nu, tre' să-i dau drumu', tre' să-mi bag picioarele şi să-i las o compensaţie ca lumea.

Aşa trebe, frate.

Aşa că după terapie, abia-mi târăsc picioarele-n sus pe Walk, încercând să-mi găsesc un ritm de mers înainte să-nceapă vechile dureri şi năduşeli şi-nainte s-o iau de tot pe arătură. Încerc să mă-nveselesc, gândindu-mă la blonde şi la cărţi ş-o contemplu' pe blond-aia inteligentă, aia cu voce-aia profundă, care-ar trebui să fie pufăitu' bărbatului gânditor. Chiar ai putea să discuţi cu ea despre romane ruseşti, pe bune, zău. Şi dacă tot eram la capitolu-ăsta, găsesc o mică librărie deschisă şi dau o tură înăuntru, s-arunc un ochi. Problema e că nu-mi aleg foarte bine momentu' ş-aproape că dă peste mine-o motocicletă-n viteză, care claxona de-mi lua auzu-n timp ce trecea fix pe lângă mine. Mă zguduie frica, e ca şi când ţi-ar sări scheletu' din corp şi-ar face-o mică acrobaţie înainte să intre la loc.

Da-s în siguranţă acuma, gata. Magazinu-are mirosu-ăla de vechi şi închis, pe care-l au toate librăriile vechi, da' aici se găsesc şi chestii noi ş-aşa. Înăuntru-i un grăsan bătrân, cu păr argintiu şi ochelari, care-şi ţine telescoapele-aţintite spre Murphy, aici de faţă. Trec în revistă ce-i p-acolo ş-arunc un ochi în istoria Leithului. Sunt numa' chestii vechi ş-aşa, da' mă gândesc că, nah, despre ast-ar trebui să fie istoria! Mă uit la ultima secţiune despre Leithul contemporan şi e tot numa' despre *Royal Yacht Britannias* ş-aşa, nici măcar nu zice nimica despre YLT[1]. Ar trebui să se scrie istoria *adevărată* a bătrânului port, să vorbească cu băieţii din zonă; cum ar fi motanii-ăia bătrâni care-au

---

1. *Young Leith Team*, Echipa Tineretului din Leith.

lucrat la docuri, pe şantiere, care-au băut prin
cârciumi, au ars-o cu Teds, cu YLT, cu CCS, până-n
prezent, cu toţi prăpădiţii-ăia cu ghiul pe deget,
toţi puştii-ăia rapperi şi hip-hoperi, cum e tovarăşu'
meu Curtis, ăla bâlbâit.

Pun cartea la loc şi ies din nou în stradă, conti-
nuându-mi drumu' spre Edina. După care, vizavi,
la bancomatu' de pe colţ, văd un băiat care-mi părea
cunoscut, şi e văru' Dode, băieţaş de Glasgow, gen.
Traversez imediat, de data asta atent la trafic.

— Dode...

— Salutare, Spud, spune el, iar ochii îi scânteiau
cumva dezaprobator, după care i se aprind brusc.
Să-nţeleg c-ai vrea un împrumut?

Uite-aşa, ca din senin, a zis-o băiatu-ăsta, frate,
iar mie nu-mi venea să cred! Fără să-l întreb io,
uite-aşa! Dumnezeu să-i binecuvânteze pe aceşti
motani, pe hunii din Glasgow[1]. Mare băiat, Dode ăsta.
Un tip aşa scund, cărunţel, care-o tot ţine cu cât de
tare e Glasgow-u', da' nah, el s-a mutat aicea, frate.

— Eh, da' nu ş' când am să ţi-i dau înapoi, motane...

— Hei! Tu cu mine vorbeşti aici! arată Dode
spre sine şi apoi traversăm vizavi, la Old Salt.

— Tocma' ce-am fost înăuntru şi mi-am schimbat
codu' pin. La banca mea ai voie să faci asta, îmi
explică Dode, adică personal, gen, ca să-l ţii minte
mai uşor. Pun pariu că banca ta nu-ţi dă voie să
faci asta, zise el cu o atitudine superioară.

Şi io mă gândesc aşa un pic la asta.

— Eh, io nu prea mi-am bătut niciodată capu' cu
băncile, frate. Odată ce mi-au făcut lipeal-asta cu
pavaju', gen, m-au pus să-mi fac un cont. Io am
început cu d-alea că, nu, motane, nu-s io genu-ăla,
nu le am cu băncile, mie daţi-mi *cash*, da' ei tot

---

1. În argoul scoţian, *hun* denumeşte suporterii echipei
   FC Rangers.

pe-a lor o ţineau: îmi pare rău, frate, da' e ceva modern, nu aşa, ştii?

— Da' ştiu că eşti o figură, bă, Spud, zâmbeşte văru' Dode, punându-mi o mână pe umăr. *Interdum stultus bene loquitur*[1], nu-i aşa, tovarăşe?!

Dode e destul de deştept pentr-un nespălat de Glasgow, gen, ştie-o grăma' de latină ş-aşa.

— Prea adevărat, vere Dode... ăăă... da' ce-nseamnă?

— Înseamnă că ai mare dreptate, Spud, spune el.

Păi nah, asta-i bine s-auzi mereu, genu-ăsta de cuvinte de mulţumire pentru bătrânu' tău ego ş-aşa, şi iată-mă pe mine, tare mulţumit. Şi mai sunt ş-alea douăj' de lire pe care super vericanu' mi le-a strecurat în buzunar, de care mă bucur, cum să nu mă bucur.

13

Curvele din Amsterdam Pct. 1

DJ-u' e bun; îţi dai seama după număru' de *trainspotter*-i care se-nghiontesc în juru' pupitrului ca să-l vadă, şi cât e de relaxat în faţa unei audienţe atât de gânditoare, care aşteaptă să se întâmple ceva, puţini dintre ştiind că deja se întâmplă.

Lucru' sigur e că, la un moment dat, trece în *acea* stare de spirit, iar ei explodează şi el, şocat de ferocitatea reacţiei lor, îşi dă seama că s-a jucat cu ei, i-a aţâţat pentru mai bine de jumătate de oră. Încep aclamaţiile, iar el afişează un zâmbet şmecher, viclean, care scânteiază pe ringul de dans.

Pe ringul din clubul *meu*, aici pe Herengracht, „canalul gentlemenilor" din bătrânul Amsterdam.

---

1. Uneori nebunul adevăr grăieşte (în lat. în orig.).

Îmi sorb vodca cu Cola din locul meu privilegiat din umbră, din spatele casei, conștient că ar trebui să am grijă de tipu-ăsta, să-i întind mâna prieteniei și ospitalității așa cum fac cu toți DJ-ii invitați, chiar și cu cei pe care-i consider niște găozari. Dar Martin poate să aibă și singur grijă de băiatu' ăsta, eu mă țin deoparte, dat fiind faptul că e din același oraș cu mine și mi-e cunoscut. Nu am nimic împotriva oamenilor din orașul meu natal, doar că nu-mi place să dau peste ei aici.

O văd pe Katrin, cu spatele la mine, poartă rochi-aia scurtă bleumarin, închisă până-n gât, mulată pe corpul ei suplu, cu părul blond, tuns periuță, abia crescut; stă cu Miz și cu alți adolescenți porno, futabili, pe care el i-a agățat. Nu-mi dau seama în ce stare e Katrin, sper că a luat o pastilă. Îmi pun mâna pe după talia ei, dar mă pleoștesc imediat, simțind-o cum se încordează la atingerea mea. Oricum, fac un efort.

— O seară mișto, nu? îi strig eu în ureche.

Își întoarce capul spre mine și-mi spune pe-o voce nemțească sumbră:

— Vreau să merg acasă...

Îmi intersectez privirea cu Miz, care se uită la mine înțelegător.

Plec de lângă ei, mă-ndrept spre birou, și-i găsesc acolo pe Martin și pe Sian cu tip-asta din Birmingham, care-a-nceput s-o ardă cu ei. Fac linii de coca, pe care le dozează și le împart pe biroul din lemn de pin. Martin îmi întinde o bancnotă rulată de cincizeci de guldeni, în timp ce contemplu ochii fetelor, lacomi, ieșiți din orbite.

— Nu, eu nu vreau, îi spun eu.

Martin, făcându-le semn din cap fetelor, aruncă o învelitoare pe masă și mă trage după el în mica anticameră unde ne ținem copiatorul și conversațiile clandestine.

— Eşti OK?

— Da... doar Katrin... ştii şi tu cum merg lucrurile.

Faţa lui Martin se încreţeşte toată sub părul şaten încărunţit, iar dinţii mari îi sclipesc, semnalizând alerta de „creier prăjit".

— Prietene, ştii care-i sfatu' meu...

— Da...

— Îmi pare rău, Mark, da' ea e o vacă nefericită, care te face la fel şi pe tine, îmi spune el încă o dată, după care-mi face semn spre uşa biroului. Ar trebui să te distrezi de minune. Băutură, gagici, droguri. Adică nah, uită-te la Miz, scutură el din cap. E mai bătrân decât noi. O viaţă ai, prietene.

Martin şi cu mine suntem parteneri la club, ne asemănăm din multe puncte de vedere, numai că eu nu voi putea fi niciodată la fel de fluşturatic ca el. Eu, când sunt cu cineva, cred că e bine să mergi până la capăt. Chiar şi atunci când nu mai rămâne nimic care să meargă. Dar el are dreptate şi-l las să mă convingă puţin, înainte de a mă-ntoarce pe ring.

Mă trezesc căutând-o pe Katrin, rătăcind de bezmetic până prin faţa casei. Dintr-un motiv sau altul, ridic ochii, iar DJ-ul, tipu' din Edinburgh, îmi prinde privirea pentru o secundă, ne aruncăm unul altuia un zâmbet subţire, de recunoaştere, şi simt cum mi se trezeşte ceva neliniştitor în piept. Apoi mă întorc şi o zăresc pe Katrin la bar.

14

Şmenu' # 18 737

Toţi aceia care nu au ce căuta în noul Leith sunt prezenţi aici, în prima mea zi de cârmuire. O şleahtă de bătrâni împuţiţi şi puturoşi şi toţi muiştii-ăştia ecosez, cu techno-ul și hip-hop-ul lor, cu ghiul pe fiecare deget, pula mea. Unul dintre infecții-ăștia prăpădiți, un tupeist, îmi zice Sick Boy! Ei bine, singurele droguri ce vor fi tranzacționate aici vor purta sigiliul aprobării lui Simon Williamson, labagii insolenți ce sunteți. Mai ales că ieri am avut marea șansă de a da peste un vechi asociat pe nume Seeker și acum am buzunarele ticsite de pastile și doze de coca.

Până și bătrâna Morag va trebui să plece; o mamaie grasă cu tot felul de faze retro cu Sănătatea Națională prea e de Leith școala-veche pentru tipul de regim pe care vreau să-l institui. Prea anii '70, Mo. Stilul polițienesc: nii noo nii noo nii noo... Acum îl servește pe unul dintre muiștii-ăia prăpădiți sau măcar încearcă.

— P-p-p-patru h-h-h-halbe de l-l-l... spune băiatul spre amuzamentul tovarășilor lui, contorsionându-și fața, imitând victima unui infarct, în timp ce Morag stă în fața lui, cu gura căscată de jenă.

S-ar putea să fie nevoie de ceva schimbări. Alex McLeish?

Ei bine, cred că ai dreptate, Simon. Când am ajuns eu aici la club, totul era în paragină. Imediat am văzut potențialul, dar înainte de toate, a trebuit să tăiem toate uscăturile, abia după aceea am fost gata pentru investiții.

Acesta este procesul, Alex.

Morag se specializează în partea de catering a întreprinderii. Facem mâncare aici, câte trei feluri pentru ceva de genul nouăzeci și nouă de *pence* de căciulă, pentru pensionari. Mă enervează faptul că asta *nu* sporește cu nimic profitul: dacă aș fi vrut să servesc mese sociale, m-aș fi înscris la programul mese pe patru roți. Da, pula mea, prânzu-ăsta de la bar e scandalos de ieftin: fac muncă de caritate ca să-i țin în viață pe paraziții-ăia bătrâni.

Un urs bătrân se târâie spre mine, are ochi albaştri, înfundaţi în cristalinul galben cu roşu, cumva ameninţători, se ţine tare bine pentru un boşorog. Muistu' pute aşa de tare a pişat, de zici că a fost într-un videoclip cu duşuri aurii. Poate că labagiii-ăştia bătrâni practică sporturi de apă la centrul la care merg.

— Peşte sau plăcintă ciobănească, peşte sau plăcintă ciobănească, se screme el. Aţi bătut bine peştele pentru azi?

— Nu, doar l-am pocnit şi i-am zis să se poarte frumos, spun eu sarcastic, zâmbind şi făcându-i cu ochiul.

Încercările mele de a face pe gazda pusă pe glume sunt în mod evident sortite eşecului în această criptă tristă de rataţi bătrâni şi râncezi. Mă priveşte, cu faţa aia de terier scoţian pitic, desfigurată toată de arţag.

— Asta înseamnă cu pesmet sau bătut?

— Bătut, îl informez eu obosit şi resemnat pe labagiul ăsta bătrân şi enervant.

— Mie-mi place mai mult cu pesmet, începe el, cu faţ-aia umflată, contorsionată toată într-o grimasă, uitându-se în colţ. Şi Tam şi Alec şi Mabel şi Ginty o să-ţi zic-acelaşi lucru, nu-i aşa? strigă el spre cealaltă parte a barului, solicitând câteva aprobări entuziaste din cap de la nişte rămăşiţe umane similare.

— Cu umilinţă-mi cer iertare, spun eu, muşcându-mi limba, încercând să păstrez atitudinea unei bonomii superficiale.

— Dar ăla bătut e crocant? Adică nu-i d-ăla fleşcăit aşa, nu?

Pula mea, fac un efort suprem aici, muist infect şi rablagit.

— Crocant ca o bancnotă nouă de douăzeci de lire, îi spun eu.

— He, a trecut multă vreme de când n-am mai avut *io* o bancnotă nouă de douăj' de lire, mormăie japiț-asta bătrână. Mazărea e d-aia congelată sau proaspătă?

— Dacă nu-i proaspătă, atunci fără mazăre! strigă această mamaie Mabel, victima foametei.

Soția căpitanului era Mabel, după Hristos, iar ea putea... să dea echipajului gaura zilnic-a forajului... pe masa din bucătărie, numai ea.

Congelată sau proaspătă. Acum a devenit subiect de reflecție pentru un întreprinzător. Dacă m-ar vedea acum Matt Colville, umilirea mea ar valora cam cinci futaiuri cu nevastă-sa. Cheștiunile arzătoare ale zilei, vorb-aia. Congelată sau proaspătă. Nu știu. Nu-mi pasă. Îmi vine să le strig: singura mazăre stătută de-aici e aia din chiloții tăi obosiți și jegoși, păsărico.

Mă întorc spre Morag Toerag[1] și o las pe ea să rezolve. La bar se face o coadă numai unu și-unu. *Futu-i.* O singură figură recognoscibilă, care tremură și dârdâie, iar eu încep să spăl cu îndârjire paharele, încercând să-i evit ochii mari, ca niște reflectoare, dar senzorii aceia pentru lumină mă fixează asiduu. Știu cum se simt gagicile atunci când spun „el mă dezbrăca din priviri", pentru că de această dată pot spune „el îmi lichida contul bancar din priviri".

Până la urmă, nu pot să *nu* mă uit.

— Spud, îi zâmbesc eu. De mult nu te-am mai văzut. Cum merge? Au trecut ceva ani.

— Bine, ăă... în regulă, se bâlbâie el.

Domnul Murphy este acum o versiune veștejită, sleită a celui pe care mi-l aminteam eu, dacă așa ceva e posibil. De fapt, arată ca un motan costeliv

---

1. Joc de cuvinte – *toerag* înseamnă, la bază, o cârpă pe care o poartă uneori cerșetorii în jurul labelor picioarelor în chip de șosetă; figurativ, termenul se referă la vagabonzi, cerșetori sau scursuri ale societății.

decedat de curând și care a fost dezgropat din locul său de veci din grădină de către o vulpe urbană. Ochii lui au acel aer tulbure al unuia complet sărit de pe fix, care a avut parte de prea multe suișuri și coborâșuri, pentru ca diversele părți constitutive ale creierului său să mai poată ajunge la un acord despre ce parte a zilei este. Pula mea, e o cochilie umană, râncezită și făcută ferfeniță, propulsat de droguri dintr-un apartament împuțit sau din vreun pub cavernos într-un bârlog al pierzaniei similar, în căutarea următoarei sale ingestii toxice.

— Excelent. Ali ce mai face? întreb eu, curios să văd dacă mai sunt în continuare combinați.

Din când în când, mă mai gândesc la ea. Ciudat, dar simțeam că într-un fel sau altul vom sfârși împreună, odată ce vom fi depășit fiecare perioada de futut creierii. Ea a fost dintotdeauna femeia mea, dar probabil că asta simt în legătură cu toate. Dar ea și el împreună... asta nu e corect, nu e corect deloc.

Dacă ar fi avut ceva minte, i-ar fi dat papucii cu ani în urmă, dar oricum, în ceea ce-l privește, nu are curtoazia de a-mi răspunde. Nici măcar un „Ce faci aici, în Leith, muncind la bar, Simon?". Mutra lui rablagită și egoistă nu poate împărtăși nici măcar această curiozitate rudimentară, ce să mai zic de o întâmpinare autentică, pula mea.

— Uite care-i treaba, știi ce vreau să-ți cer, motane, tușește el.

— Până nu-mi ceri, nu, zâmbesc eu, cât pot de arogant și de glacial, dar, mai ales în cazul de față, mi se pare insuficient.

Murphy are obrazul să-mi afișeze o expresie afectată, ca și când s-ar simți trădat: o privire de genul deci-așa-stau-lucrurile. După care inspiră adânc și un sunet ciudat, încet, se aude când aerul se chinuie să-i umfle plămânii prăpădiți, stafidiți, a căror eficiență a fost atât de redusă de ce? Bronşită, pneumonie, tuberculoză, ţigări, cocaină-*crack*, SIDA?

— Nu ţi-aş cere, da' chiar mi-e rău.

Nu există cineva pe pământ căruia să-i fie mai rău.

Îl privesc şi decid că nu se înşală. După care ridic paharul curat în lumină. Îl informez scurt, în timp ce inspectez paharul de pete:

— La jumate de milă mai sus. Pe cealaltă parte a străzii.

— Ce? începe el, cu gura căscată, semănând cu un peşte de acvariu dintr-un parc de distracţii, din cauza luminilor galbene dinăuntru care-l încadrează.

— La Departamentul de Muncă Socială al primăriei din Edinburgh, îl informez. Pe de altă parte, acesta este un spaţiu public. Cred că n-ai nimerit la locul potrivit. Aici avem autorizaţie numai pentru comercializarea băuturilor alcoolice.

Îi comunic aceste informaţii cu tot caracterul oficios de rigoare, ridicând un alt pahar.

Aproape că mi-am regretat cuvintele, dat fiind felul în care Spud m-a privit neîncrezător pentru o clipă, lăsând durerea să pătrundă între noi şi să se insinueze într-o tăcere sfâşiată. Din fericire, valul de ruşine a fost instantaneu înlocuit de o undă de mândrie şi uşurare, pentru că alt papagal vai de soarta lui iese şchiopătând din viaţa mea.

Da, am străbătut împreună un drum lung, dar acelea erau alte vremuri.

Intră un grup, apoi, spre oroarea mea, văd nişte costumaţi de la Oficiul Scoţian, care-şi vâră capetele pe uşă şi strâmbă din nas înainte de a bate urgent în retragere. Potenţiali nou-veniţi, cu portofele doldora, alungaţi de nişte boşorogi vai-mama-lor, nişte ramoliţi cu câţiva firfirei în buzunar şi de nişte muişti tinerei, care par să consume în cantităţi excesive orice drog – în afara alcoolului pe care eu îl vând aici la bar, încercând să-mi câştig traiul. O să fie foarte lungă această primă tură. Continui cu deznădejde crescândă, gândindu-mă la confortabilul paradis al proştilor în care crede bătrâna Paula.

Într-un sfârşit, detectez o faţă prietenoasă care intră în pub, sub o claie de păr ondulat, tuns mai scurt decât eram eu obişnuit şi aparţinând unui model mult mai suplu decât mi-aş fi putut imagina. Ultima oară când l-am văzut pe acest om, eram convins că se îndrepta spre Infernul Obezilor. E ca şi când ar fi văzut semnele şi ar fi găsit la timp calea spre şoseaua de centură, iar acum s-a întors din nou pe autostrada Paradisul Supleţii. Nimeni altul decât cel mai celebru fost comerciant al apelor gazoase pe care l-a produs vreodată această mândreţe de oraş, „Suculeţ" Terry Lawson, dintre Puţinii Aleşi de la Saughton[1]. Terry nu prea e pe teritoriul lui aici, dar oricum e o figură bine-venită. Mă salută din toată inima şi observ că şi hainele lui s-au schimbat în bine; o geacă de piele care pare scumpă, un top Lacoste, cu cercuri alb-negru, în stilul FC Queen's Park[2], deşi efectul e cam compromis de ceea ce par a fi o pereche de pantaloni Calvin Klein şi pantofi Timberland. Îmi notez în minte să îi zic câte ceva. Îi dau ceva de băut şi stăm puţin de vorbă despre vremurile de demult. Terry îmi povesteşte ce-a mai pus la cale şi trebuie să recunosc că sună interesant...

— ... Bune ceva de speriat, gagicile. Nici n-o să-ţi vină să crezi; înregistrăm scenele şi o punem aşa d-un show. Am început să mai trimitem aşa pe mail pe la reviste d-astea porno. La-nceput erau cam brute-aşa, mai nasoale, da' acuma suntem pe drumu' bun, mergem înainte, gen, că nah, tovarăşu-ăsta e

---

1. Una dintre principalele închisori ale Scoţiei.
2. Cea mai veche echipă de fotbal a Scoţiei.

prieten bun cu grupu-ăsta din Niddrie[1], care au ei tot ce trebuie ca să facă editare pentru digital. Şi ăsta-i doar începutu'; unu' dintre băieţi vrea să facă un website, după care să punem la punct partea cu cărţile de credit şi să-i lăsăm pe d-alde muie să downloadeze ce vor de-acolo. În pula mea cu toate-afacerile ş-aşa, pornoşagurile au făcut Internetu'.

— Sună excelent, dau eu din cap, umplându-i paharul. Eşti la înălţime, frate Terry.

— Da' apar şi io-n ele. Mă ştii, mi-a plăcut dintotdeauna pizda şi-ntotdeauna mi-am zis că-i mai bine să fac un ban fără prea multă bătaie de cap. Şi-acuma-s o grămadă de tinere talente şi-aşa, asta-i sarea şi piperu' vieţii, rânjeşte el foarte entuziasmat.

— Pentru tine e ideal, Terry, zic eu, gândindu-mă că probabil a fost doar o chestiune de timp până ce Terry a intrat în industrie, chiar şi aşa, în felul său obscen.

Terry mai bea una mică, iar eu decid că Mo se poate descurca şi singură, aşa că mă mut în partea mai confortabilă a barului, pentru început asigurându-mă că avem fiecare câte-un coniac mare şi o Cola. Terry începe foarte repede să-mi spună cât de tare e că m-am întors şi că, la relaţiile mele din această industrie, ar trebui să începem ceva împreună. Bineînţeles, simt momeala de la o sută de metri.

— Da' vezi tu, prietene, îşi cască el ochii, faza e că io cre' c-o să ne cam dea afară din apartamentu' ăla, aşa că probabil c-o să-mi caut şi io un loc cu program prelungit pentru-o vreme.

Asta s-ar putea să fie interesant. Mă gândesc la camera mare de deasupra. Are şi bar, dar acuma nu foloseşte la nimic.

---

1. Suburbie din Edinburgh, cu reputaţia de zonă rău famată, dar totodată vestită pentru găzduirea unui important festival de artă contemporană.

— Nu-i rău deloc să sugi şi să vezi ce sugi, eh, Terry, zâmbesc.

— Ei, ce zici de-o probă mică la noapte? întreabă el nesigur.

Stau o clipă pe gânduri, după care dau încet din cap.

— Clipa e cea mai importantă, zâmbesc eu.

Terry mă bate pe umăr.

— Sick Boy, pula mea dacă nu mă bucur să te am alături. Prietene, tu eşti un impuls bine-venit de energie pozitivă. Prea sunt multe feţe lungi pe-aici prin oraş care te deprimă, n-ar face nici unu' nimic, da' după aia, când s-apucă altu' să facă ceva, se trezesc toţi, pula mea, să se vaite. Da' tu nu eşti aşa, frate, tu eşti tocma' bun!

Şi-ncepe să danseze pe ring, apoi îşi scoate mobilul şi se apucă să dea telefoane.

La ora închiderii, încerc din răsputeri să-i conving pe muiştii-ăia prăpădiţi care s-au adunat în jurul tonomatului de lângă uşă.

— DOAMNELOR ŞI DOMNILOR, V-AŞ RUGA SĂ VĂ TERMINAŢI BĂUTURILE! strig eu de la bar, dându-i afară pe nişte labagii ramoliţi, să dispară în noapte.

Terry o ţine tot cu vrăjeli la mobil. Dar au mai rămas muiştii-ăia tineri. Tupeistu-ăla căcăcios, Philip îl cheamă, un nenorocit infect şi prăpădit, tot numai ghiuluri, a ochit el că punem ceva la cale. Şi băiatul ăla, Curtis, tovarăşul lui, ăla cu moac-aia de idiot, care se bâlbâie, l-am văzut pe Murphy că vorbea cu el când a ieşit. Cine se-aseamănă, s-adună, vorb-aia.

Deschid uşa laterală şi le fac semn. Când dau să plece, băieţaşul ăsta, Philip, mă întreabă:

— Da' nu-i nici o prelungire, Sick Boy, zice el, iar ochii înguşti îi ard şi dintele de aur îi sclipeşte. Nu de alta, dar te-am auzit că vorbeai cu Terry

Suculeţ despre asta, rânjeşte el, cu tupeu şi umflat tot în pene.

— Nu, pula mea, e o reuniune a masonilor liberi, tovarăşe, îi spun eu, împingându-l pe slăbănog în stradă, în timp ce amicul lui idiot se face nevăzut în spatele lui, devenind escorta lui tăcută.

— Credeam c-avem şi noi parte d-o prelungire, ceva, îmi zâmbeşte un alt mucos insolent.

Îl ignor pe fraier, dar îi fac cu ochiul pizdulicei drăguţe care îl urmează. Îmi răspunde cu o privire goală, dar înainte să iasă îmi aruncă un zâmbet slab. Totuşi, puţin cam tânără pentru mine. Îi fac semn lui Mo, care opreşte tonomatul, iar eu închid uşa şi mă îndrept spre bar, să mai pun două pahare de coniac pentru mine şi Terry. Câteva minute mai târziu aud o bubuitură, pe care o ignor, după care se aude ovaţia standard de fotbal di-di, di-di-di, di-di-di-di, di-di.

Terry a închis brusc mobilul.

— Asta-i echipa noastră, spune el.

Deschid uşa şi văd un băiat pe care îl recunosc vag şi simt cum mă aprind puţin, fiindcă sunt sigur că e unul din bătrânii suporteri Hibs, dar, vorb-aia, cam toţi între douăşcinci şi treişcinci de ani din Edinburgh sunt vechi suporteri Hibs. Mai sunt vreo doi pe care-i ştiu de undeva, dar nu ştiu de unde să-i iau. Mult mai impresionante sunt gagicile : trei păpuşi adevărate, o pizdă mai îndesată, care pare cam slinoasă şi o fetişoară tare drăguţă, o ochela-ristă care clar nu are ce căuta aici. Una dintre păpuşi este deosebit de ispititoare. Păr şaten des-chis, ochi aproape orientali, cu sprâncene subţiri, bine îngrijite şi o gură mică, dar cu buze foarte pline. Să-mi fut una, că bine i se unduieşte corpul dedesubtul hainelor ăstora care par scumpe. Păpuşa *Numero Duo* e ceva mai tânără şi, deşi nu e la fel de bine înţolită, e departe de a fi considerată nefutabilă.

A treia e o blondă futabilă. Muiştii-ăia doi, Philip şi
Curtis, sunt tot acolo, o ard aiurea, sunt cu ochiul
pe musafiri, la fel ca şi mine, mai ales pe păpuşa
Numero Uno, cu rotunjimile ei spectaculoase, părul
acela castaniu şi lung şi graţia ei arogantă, cople-
şitoare. Asta clar pare mult peste clasa lui Terry.

— Ea ce fel de mason liber e? se bagă tupeistu-ăla
amărât de Philip.

— Din loja 69, le şoptesc eu, închizându-le încă
o dată uşa-n nas, în timp ce Terry îi primeşte pe
toţi cu mare entuziasm.

Mă întorc spre noii mei oaspeţi.

— Aşa, băieţi, acuma trebuie să mergem sus, aşa
că vă rog, intraţi pe uşa din stânga voastră, explic
eu. Mo, te las pe tine să închizi când pleci, păpuşe.

Morag îşi ridică scurt privirea, încercând să-şi
dea seama ce se petrece, după care se duce în birou
şi-şi ia haina. Eu urmez gaşca. Da, s-ar putea să fie
interesant.

15

Curvele din Amsterdam Pct. 2

Katrin era prietena mea, o nemţoaică din Hanovra.
Am cunoscut-o într-o noapte la Luxury, clubul meu,
cu vreo cinci ani în urmă. Nu-mi amintesc prea
bine detaliile. Memoria mea e fututa, prea multe
droguri. M-am lăsat de dava când m-am stabilit la
Amsterdam. Dar chiar şi Ex-ul şi cocaina, după
câţiva ani, îţi găuresc creierul, te jefuiesc de amin-
tiri, de trecut. Lucru care nu e tocmai rău, e chiar
convenabil.

Învăţasem să respect drogurile astea şi le folo-
seam cu măsură. Când ai douăzeci, treizeci de ani,

puteai să nu faci discriminări între droguri, dat fiind faptul că nu aveai o concepție prea clară despre condiția ta de muritor. Bineînțeles, asta nu vrea să spună că ai reușit să supraviețuiești acelei perioade. Dar la treizeci de ani deja era altă discuție. Dintr-odată, ai știut că la un moment dat vei muri și ai simțit cum toate mahmurelile și momentele-alea de după ce ți-ai prăjit creierii participă la acest proces; epuizând resursele spirituale, mentale și fizice, alimentând blazarea la fel de des ca și entuziasmul. A devenit o problemă matematică în care te jucai cu variabilele: unitățile de drog consumate, vârsta, constituția și dorința de a-ți fute mințile. Unii au ales să se lase. Câțiva au ținut-o tot așa până la capătul drumului, acceptându-și viața ca pe o mare tentativă de sinucidere de la bun început. Eu am decis să păstrez același stil de viață, să ies, să iau, dar în condiții controlate. Apoi, după o săptămână nasoală, le-am lăsat, am început să merg la sală și să fac karate.

În dimineața asta a trebuit să ies din apartament. Atmosfera cu Katrin e tensionată. Certurile pot să le suport, dar tăcerile mă distrug, iar comentariile ei tăioase mă lovesc ca pumnii unui boxer. Așa că mi-am luat geanta de sport și m-am dus unde mă duc de fiecare dată când mă simt așa.

Acum țin brațele pe mânerele extensorului, perfect întinse înainte. Inspir lung și adânc, depărtându-le într-o cruce rigidă. Am mărit greutatea și simt cum mă ard mușchii, care erau odată atât de pricăjiți și care astăzi sunt bucăți de stâncă... punctulețe roșii dansează în fața ochilor mei, la fel ca atunci când am orgasm... *și nouășpe*... sângele îmi năvălește și-mi vâjâie-n urechi... plămânii-mi explodează ca o pană de cauciuc la viteză mare, pe autostradă... *și douăzeci*...

... și după încă treizeci mă opresc și simt cum transpirația de pe frunte îmi înțeapă ochii, după care scot limba şi-mi ling buzele, să simt gustul sărat. Şi repet performanţa, aplicând acelaşi tratament aparatului. Apoi banda rulantă primeşte treizeci de minute, de la 10 km/h, până la 14 km/h.

La vestiar îmi scot vechiul tricou cenuşiu, şortul şi chiloţii şi intru sub duş, începând de la fierbinte, apoi cald şi după aceea răcind apa până e congelată, iar eu stau acolo, simţind cum sistemul mi se încarcă tot pe dinăuntru şi când ies aproape că mă prăbuşesc, deoarece am un şoc respirator, dar după aia e minunat, sunt din nou întreg şi cald, relaxat şi în formă, şi încep să mă îmbrac.

Îi văd pe alţi doi tipi care vin aici cu regularitate. Nu conversăm niciodată, doar dăm din cap, într-o confirmare reciprocă şi seacă a prezenţei. Bărbaţii sunt mult prea ocupaţi, prea concentraţi, pentru a-şi pierde timpul discutând fleacuri. Bărbaţi cu o anumită misiune. Bărbaţi de neînlocuit; unici şi mereu în miezul lucrurilor.

Sau aşa ne place să credem.

16

"... las-o baltă cu fabrica
de ace a lui Adam Smith..."

Am avut o zi plină la saună. Am făcut vreo două masaje care s-au transformat în labe, dar când tipul ăsta sinistru, care semăna cu Arthur Scargill[1], mi-a spus să-i sug pula, i-am spus să se ducă-n mă-sa (politicos).

---

1. Preşedintele Uniunii Naţionale a Minerilor din Marea Britanie, actualmente preşedinte al Partidului Socialist Laburist.

119

Bobby mă scoate afară şi se proţăpeşte în faţa mea cu jerseul ăla Pringle incredibil de mulat pe burta lui uriaşă:

— Ascultă, Nikki, eşti popular-aici cu toţi muş... clienţii şi-aşa. Faza e că uneori tre' să faci puţin mai mult. Adică, uite, tipu' cu care-ai avut altercaţia, ăla era Gordon Johnson. E un bărbat bine-cunoscut în oraş, un client special, dacă vrei, îmi explică el, în timp ce eu sunt complet paralizată de părul care-i iese din nas şi de modul acela ridicol de şcolăresc în care-şi ţine ţigara.

— Ce vrei să-mi spui, Bobby?

— Nu mi-ar plăcea pentru nimic în lume să te pierd, păsărico, dar dacă nu-ţi faci treaba, nu-mi serveşti la nimic.

Simt un val de greaţă şi iau prosoapele, pe care le îndes în coşul cu rufe.

— M-auzi?

Întorc capul spre el.

— Te aud.

— Bine.

Merg cu Jayne să-mi iau haina, apoi ne îndreptăm amândouă spre oraş. Mă gândesc la cât de mult am nevoie de slujba asta şi la cât de departe voi merge ca s-o păstrez. Asta e faza cu munca sexuală, întotdeauna se reduce la formulele cele mai elementare. Dacă vrei într-adevăr să vezi cum funcţionează capitalismul, las-o baltă cu fabrica de ace a lui Adam Smith, ăsta e locul unde trebuie studiat. Jayne vrea să-şi cumpere o pereche nouă de pantofi de lângă Waverly Market, dar eu trebuie să plec şi să mă văd cu ceilalţi la pubul din South Side.

Sunt cu toţii acolo şi sunt suprinsă de faptul că Lauren e cu Rab. Asta e un mare şoc. Am crezut că-i va surâde o noapte acasă cu Dianne, c-ar fi vrut să profite de ocazia de a sta la un pahar de vin şi de a face un festin la miezul nopţii cu uscăturile din frigider, alături de noua ei soră preferată. Credeam că eu am fost surghiunită să joc rolul mătușicii țicnite, promiscue și jenante. Am impresia că Lauren se află aici pentru că și-a asumat misiunea de a mă „salva" de la o viață de desfrâu. Ce plictisitor. Tipul de la bar a spus că n-avem nici o șansă de program prelungit, așa că Terry a luat-o înainte să cerceteze locul. După care ne sună pe mobil, iar noi ne suim în două taxiuri și plecăm. Sunt uimită că Lauren a ales să ne însoțească, dar o asigurase Rab că nu se va dezbrăca și că futaiul nu era obligatoriu.

Noul loc de întâlnire e un bar și mai slinos din Leith. Când intrăm, și de data asta prin ușa laterală, tocmai pleca un grup de tineri cam ciuruiți, care fac niște comentarii. Lauren se zburlește toată, înfuriată. Înăuntru, ne este prezentat tipul ăsta cu bronz de solar și părul gelat tot pe spate. Cu sprâncenele negre și piezișe și gura haină, care i se schimonosește tot timpul, arată ca un Steven Seagal puțin mai crud. Ne conduce pe scări, într-o altă cameră, în care se află un bar pe toată lungimea unui perete, câteva mese și scaune. Miroase a mucegai și a umezeală, ca și când n-ar fi fost folosită de ceva timp.

— Îngerașu' ăsta e Nikki, spune Terry, plimbându-și mâinile pe spatele meu.

Când mă opresc și îl privesc, protestează:

— Te controlam și io de aripi, păpușe, nu-mi vine să cred că n-ai...

Apoi se întoarce spre Lauren și spune:

— ... și dulceaț-asta mică e Lauren. Vechiu' meu prieten, Simon, spune Terry, bătându-l entuziast pe spate pe Steven Seagal ăla.

Îl prezintă pe Simon ăsta și lui Rab, Gina, Mel, Ursula, Craig și Ronnie.

Simon ăsta trage obloanele de la bar și dă mâna cu noi, pe rând. Strângerea lui de mână e puternică și caldă, iar el arată atât de dureros de sincer, încât trebuie să joace teatru. Aşa ceva n-am mai văzut niciodată.

— Mersi mult c-aţi venit, spune el. Îmi pare tare bine să vă văd. Eu beau whisky de malţ. Un viciu al meu. Aş fi încântat dacă-mi ţineţi companie, spune el, turnând în pahare câte un Glenmorangie. Scuzele mele pentru mizeria de-aici, explică el, eu am preluat de curând locul ăsta, iar camera asta era folosită pe post de depozit... ei, mai bine nu intru în detalii despre ce lucruri erau depozitate, chicoteşte el spre Terry, care îi răspunde cu un rânjet complice, dar tot e bine că le-am evacuat.

— Eu nu vreau, mulţumesc, spune Lauren.

— Hai, păpuşe, o guriţă, o îndeamnă Terry.

— Terry, spune Simon serios, pula mea, nu suntem în armată. În general, „nu" înseamnă „nu", asta doar dacă nu s-a modificat limba engleză.

Iar pe Lauren o întreabă pe un ton solemn:

— Pot să-ţi ofer altceva?

Apoi îşi loveşte palmele şi şi le pune pe piept, cu coatele înainte. Are ochii deschişi; atent şi dureros de sincer.

— Nu, nimic, mersi, spune Lauren înţepată, ţinând-o pe-a ei, dar sunt sigură că-i joacă un zâmbet pe buze.

Băuturile curg şi, în scurt timp, suntem cu toţii absorbiţi în conversaţie. Gina e în continuare puţin sceptică în privinţa mea, deşi probabil că s-a obişnuit cu prezenţa mea, dat fiind faptul că privirile ranchiunoase au cam încetat. Restul sunt cu toţii prietenoşi, mai ales Melanie. Îmi povesteşte despre fiul ei şi apoi o poveste de groază despre datoriile pe care i le-a lăsat tipul ăsta cu care a fost. Începem să ascultăm o conversaţie pe care Simon (sau Sick Boy, cum i se adresează Terry adesea, la care el reacţionează ca şi când ar zgâria cineva cu unghiile pe tablă) o poartă cu Rab. Se îmbată amândoi cu whisky şi vorbesc despre realizarea unui film porno.

— Dacă ai nevoie de un producător, eu sunt omul tău. Am lucrat în industrie la Londra, explică Simon ăsta. Clipuri, la cluburi de dans oriental. Se scot ceva bani.

Rab dă din cap afirmativ, spre neliniştea crescândă a lui Lauren. S-a răzgândit în privinţa băuturii, iar acum dă gata una după alta vodci duble şi poşteşte diblurile care circulă.

— Da, pornoşagurile dau mereu bine pe video, afirmă Rab, sau, mă rog, alea *hard-core*. Se pierde vălul ăla artistic. E ca înregistrările video şi ca filmele pe peliculă.

— Da, spune Simon. Mi-ar plăcea la nebunie să fac un film porno ca lumea. Unu' ca pe vremuri, pe peliculă, cu tot preludiul erotic, dar şi cu scene *hard-core* de futai filmate pe video şi inserate. Filmu-ăla, *Trafic uman*, la ăla s-a folosit video digital, de-ăla super de 16 şi de 32 mm, din câte ştiu eu.

Rab e ameţit tot de la whisky şi de la această idee.

— Da, păi po' să faci orice la editare, când faci montaju'. Da' ce vrei tu să faci nu-i doar un filmuleţ ieftin, d-ăla pixelat pentru toţi labagiii, ci un film pornografic cum trebe, cu un scenariu tare, un buget decent şi cu valori de producţie serioase. Unul care va intra în canoanele marilor filme de gen.

Lauren îl priveşte aspru pe Rab, faţa ei e cuprinsă toată de furie.

— Marile filme de gen! Ce mari filme? Nu-s decât gunoaie abuzive, care se adresează instinctelor animalice din... se uită în jur şi întâlneşte privirea lascivă a lui Terry... oameni.

Terry scutură din cap şi spune ceva despre Spice Girls sau aşa ceva, nu-nţeleg prea bine pentru că-s cam beată, iar iarb-asta e mortală. Oamenii par să se învârtă toţi în jurul meu şi doar printr-un efort chinuitor de voinţă îi pot readuce în focus.

Rab se ţine bine pe poziţii cu Lauren, continuând să declame:

— Sunt o mulţime de filme mari în domeniul pornografiei. *Deep Throat, The Devil in Miss Jones...* nişte chestii ale lu' Russ Meyer, toate astea sunt clasice şi sunt mai inovatoare şi mai feministe decât toate băşinile-alea artistice gen... gen... *Pianul*!

Ultima remarcă a fost sub centură şi chiar şi-aşa, cu privirea-nceţoşată, tot văd că pe Lauren se pare că a rănit-o, fizic chiar. Aproape că se chirceşte şi, pentru o clipă, mă îngrijorez, crezând că va leşina.

— Nu poţi să spui aşa ceva... nu poţi să spui că rahatu-ăla infect şi ieftin... nu poţi... îl priveşte ea pe Rab, aproape implorându-l... pur şi simplu nu poţi...

— Da' las-o-n pula mea cu discuţiile despre filme, hai să facem filme! rânjeşte Rab.

Lauren îl priveşte pe tipu-ăsta-mbibat de whisky ca şi când s-ar fi transformat într-un monstru care a trădat-o.

— Doi ani de zile n-am făcut nimic altceva decât s-ascult abureli d-astea, adaugă el. Prietena mea o să aibă un copil. Io ce-am făcut? Vreau să fac ceva!

Mă trezesc dând din cap, în toată ceaţa din jur, vrând să strig „Da!", dar Terry îmi taie tot avântul, urlând:

— Ăsta-i spiritu-n pula mea, Birrel, şi-l bate pe spate pe Rab. Tre' să-i dai bătaie!

Apoi ne priveşte pe toţi şi spune măreţ:

— Întrebarea nu e de ce-ar trebui s-o facem, ci ce pula mea *altceva* să facem?

În timp ce Craig dă din cap încordat, iar Ursula şi Ronnie rânjesc, Simon începe să cânte, spunând:

— Prea corect, Terry!

Arătând spre prietenul său, continuă, susţinându-l:

— Omu-ăsta-i un geniu, pula mea. Aşa a fost mereu şi aşa va rămâne. Până la capăt, ne cântă el.

Apoi se întoarce spre Terry şi spune, cu sinceră admiraţie:

— Asemenea unui zeu, Tel, asemenea unui zeu.

E beat, bineînţeles, cu toţii suntem. Dar nu e vorba numai de intoxicaţia cu alcool şi cu dibluri; e întreaga discuţie, anturajul, ideea filmului. Îmi place la nebunie, vreau să particip la el, indiferent ce cred ceilalţi. Mă cuprinde un val de exaltare: acesta este *adevăratul* motiv pentru care am ajuns la Edinburgh. Asta este *karma*, destinul.

— Vreau să fiu star porno. Vreau ca bărbaţii să se masturbeze în faţa imaginilor cu mine, peste tot în lume, bărbaţi de care nici nu ştiu că există! spun eu scoţând un şuierat chiar în faţa bietei Lauren, care apoi se transformă într-o bolboroseală ca de vrăjitoare, terminată de la atâta fumat.

— Dar te transformi într-o marfă, un obiect, nu poţi face asta, Nikki, nu poţi! ţipă ea ascuţit.

— Nu-i adevărat, îi spune Simon. Actorii serioşi sunt nişte curve mai mari decât starurile porno, insistă el. Nu faci altceva decât să-i laşi pe ceilalţi să-ţi folosească corpul sau imaginea pe care tu i-o creezi, nimic mai mult. Atunci când îi laşi să-ţi folosească sentimentele; asta-i adevărata curvăsăreală. Pe-astea nu le poţi niciodată prostitua, niciodată! spune el cu o impresionantă grandilocvenţă.

Lauren se pare că va începe să strige, e ca şi când ar încerca să-şi ţină respiraţia. Îşi duce mâna la piept, iar faţa i se încreţeşte toată, chinuită.

— Nu, nu, pentru că...

— Calmează-te, Lauren, ce pula mea... E doar puţin cam multă iarbă şi whisky, spune Rab, apucând-o uşor de braţ. Facem un film. E porno, şi ce mare scofală?! Toată faza e să-l facem, să arătăm lumii că putem.

O privesc şi-i spun:

— Eu sunt cea care controlează producţia imaginii mele. Paraşuta pe care şi-o imaginează ei şi constructul din mintea lor, rolul pe care îl joc pe ecran, acea persoană va fi creația mea și nu se va asemăna deloc cu eul meu real, îi spun.

— Nu poți... suspină ea, gata să izbucnească în lacrimi.

— Ba da, pot.

— Dar...

— Lauren, ești atât de încrezută și ai o viziune așa de învechită.

Exasperată și furioasă, se ridică, șovăind, și se îndreaptă direct spre fereastră, se sprijină de pervaz și rămâne așa, privind spre stradă. Vreo câțiva se miră de mișcarea ei bruscă, dar majoritatea dintre noi suntem prea prinși de băutură și de conversație ca să băgăm de seamă sau ca să ne batem capul. Rab se duce la ea și începe să-i vorbească. Dă din cap împăciuitor, după care vine spre mine și îmi spune:

— Merg s-o duc acasă cu taxiul. Tu vrei să vii?

— Nu, mai rămân puțin pe-aici, spun, privindu-i pe Terry și pe Simon, schimbând cu ei un zâmbet ambiguu.

— E tristă și iarb-aia a cam terminat-o și-ar trebui să stea cineva cu ea în caz că-i vine să dea la boboci, spune Rab.

Terry îl bate din nou pe spate pe Rab, de data asta suficient de tare ca să simțim cu toții cum forța punitivă se insinuează în camaraderie.

— Ce pula mea, Birrel, dă-i și tu una mică la curvuliț-aia, până-și varsă mațele.

Rab îl privește pe Terry cu o răceală metalică.

— Eu trebuie să merg acasă la Charlene.

Terry scutură din umeri, ca și când ar vrea să spună: tu pierzi.

— Se pare că tot eu trebe să intervin, zâmbește el. Terapeutul sexual Lawson. Absolut ca un profesionist în cazuri de genu-ăsta, gen. Și îți zic io cum facem, Rab, o duci tu în pătuț și merg io la ea mai târziu, râde el.

Rab îmi mai aruncă o privire, dar eu n-am de gând să merg acasă şi să mă justific în faţa micuţei moraliste frigide, domnişoara lesbiană de sertar. Eu vreau puţină acţiune. Toată viaţa mea am căutat asta, iar anul ăsta împlinesc un sfert de secol, cât timp mai am la dispoziţie înainte să mă ofilesc? Toţi o ţin una şi bună cu Madonna, dar ea e excepţia de la regulă. Astea contează acuma, Britney, Step, Billy, Atomic Kitten şi S-Club Seven, iar astea-s nişte copile toate faţă de mine. Eu acuma o vreau, pentru că mâine nu există. Dacă eşti femeie şi ai ce arăta, te afli în posesia singurei resurse pe care merită să o ai, singura pe care o vei avea vreodată, asta ţi se spune peste tot în reviste, la teve, pe ecranele de cinema. PESTE TOT, FUTU-I : FRU-MUSEŢE EGAL TINEREŢE, FĂ-O ACUM!

— Las-o pe Dianne să stea cu ea, îi spun lui Rab.

Apoi mă întorc spre ceilalţi.

— Io vreau ceva acţiune, ce pizda mă-sii, strig eu.

— Pula mea, eşti super tare! mă îmbrăţişează Terry cu o bucurie sinceră, delirantă.

A început să mi se învârtă capul acum, când Simon coboară alături de un Rab tensionat şi de o Lauren instabilă, ca să le deschidă uşa.

Craig pregăteşte camera de luat vederi, un DVC simplu pe un trepied, în timp ce Terry şi Mel încep să se lingă. Ursula a căzut în genunchi la picioarele lui Ronnie şi-i deschide şliţul. Văzându-l pe Simon că se întoarce, mă gândesc că ar trebui să fac ceva chiar în acest moment, dar ridicându-mă, simt ceva în coşul pieptului şi încep să icnesc. Simt pe cineva, cred că e Gina, care mă ajută să merg la toaletă, şi totul se învârte cu mine, aud râsete şi gemete şi pe Terry spunând :

— Amatoare, iar eu vreau să mă pun pe picioare, dar o aud pe Gina strigând :

— Termină-n pizda mă-tii, Terry, îi e rău, iar eu tremur şi am frisoane, şi ultimul lucru pe care-l aud este vocea lui Simon, care face un toast în gura mare:

— Pentru succes, băieţi! Se va întâmpla. *Clar* se va întâmpla! Avem echipa, avem mălaiu'. Dar nu se pot prevedea mereu toate accidentele!

17

Afară

Să mor io dac-am închis un ochi az' noapte. Da' nici n-am vrut, pula mea. Am stat aşa şi mi-am belit ochii la pereţi, zicându-mi: gata, mâine-dimineaţă m-am cărat d-aici. L-am ţinut toată noaptea treaz pe muistu-ăla de Donald cu poveştile mele. Ultima şansă pe care-o s-o mai aibă vreodat' muistu-ăsta s-audă ceva de doamne-ajută, pen' că probabil o să-i aducă-n celulă cine ştie ce muist d-ăla retard, pula mea. Zero conversaţie. I-am spus io la muist, bucură-te cât mai poţi, bă, muie, c-o să-ţi bage-aici un muist d-ăla trist ş-o să te plictiseşti ca dracu', pula mea.

— Da, Franco, atâta zice el.

Pula mea, i-am zis de toate: de toate pizdele pe care-o să le-ncalec şi de toţi muiştii-ăia care-o să şi-o-ncaseze. O să fiu aşa liniştit, pula mea, că n-am de gând să mă mai întorc aicea, asta-i sigur, păi ce pizda mă-sii, da' o să fie vro câţiva care-o să cam aibă insomnii când o să afle că m-am întors în ring.

Faza ciudată e că, nah, io credeam că noapte-aia o să fie lungă, c-o să trag de ea, da' nu, pula mea, a trecut aşa, imediat. A trebuit să-l plesnesc de vro două ori pe Donald, când al dracu' muist nesimţit trăgea la aghioase. A avut noroc muie că eram io aşa cu chef c-o să ies, că altfel n-ar fi scăpat aşa ieftin, pula mea, dacă-ţi zic. Obosit, neobosit, pula mea, manierele nu costă nimica. Dacă nu le ai, în schimb, da, asta i-a costat pe vro câţiva d-alde muie, pula mea, asta po' să-ţi zic io sigur.

Gardianu' intră cu micu' dejun. Io-i zic:

— P-al meu po' să-l iei înapoi. În două ore, o să fiu la cafeneaua de vizavi.

— M-am gândit că poate vrei totuşi ceva, Frank, zice el.

Io mă uit aşa la muist:

— Nu, nu vreau ni'ica.

Muistu' de gardian, McKecknie, dă ca bou' din umeri şi se cară, lăsând doar un mic dejun pentru Donald.

— Hai, Franco, frate, zice Donald, trebuia să-i zici că-l vrei, ca să le iau io p-amândouă!

— Hai, gura, de muist obez ce eşti, spun io, oricum ar trebui să slăbeşti.

Faza ciudată e că, nah, vezi tu, cum a-nceput muie să halească, cum mi s-a făcut o foame de muream.

— Ia dă-mi atuncea un pic din cârnatu-ăla, bă muie, zic io.

Muistu' se uită la mine ca şi când n-avea de gând să-mi dea. E ultima mea zi ş-aşa. Io mă ridic şi i-l iau de pe tavă şi-ncep să bag la ghiozdan.

— Hai, Franco, frate! Ce pula mea!

— Taci în pula mea, bă muie, zic io, punând şi ălalalt cârnat, cu ou cu tot, p-o chiflă. Pula mea, dacă nu po' să faci nimic cu dragă inimă, trebe să te oblige cineva, pân' la urmă.

Aşa merg lucrurile, şi aici la fel ca şi afară. Cooperezi, bine; nu cooperezi, ai pus-o. Acuma muie stă acolo lângă mine, cu o faţă de cur belit.

Îi zic la muistu-ăsta cu mutra acră vro câteva poveşti d-alea cu futaiuri şi beţii, ce-o să se-ntâmple-n Sunny Leith, pen' c-amărâtu' să ştie tot despre asta când o să plec io. N-are ce-i trebe ca să supra-vieţuiască-n puşcărie; pula mea, muistu-a avut două încercări de sinucidere, şi asta doar de când a-mpărţit celula cu mine, cine pula mea ştie cum era înainte.

McIlhone, gardianu' care mă conduce-afară, vine după mine. Îi zic noroc lu' Donald şi McIlhone trân-teşte uşa-n urma noastră, lăsându-l acolo pe amă-rât. E ultima oară când aud zgomotu-ăla infect. Îmi dă înapoi lucrurile şi mă scoate p-o uşă, apoi pe alta. Îmi bate inima ca dracu' şi, în capu' holului, prin două uşi, între care sunt vizitatori ş-aşa, văd lumea d-afară. Intrăm în holu' în care se află sala de aşteptare şi recepţia. Trag aer adânc în piept şi o mamaie îmi deschide uşa, lăsând să pătrundă aeru-ăla proaspăt. Semnez că mi-am primit lucru-rile şi ies pe uş-aia, 'n pula mea. McIlhone mă urmăreşte la fiecare pas, ca şi când aş încerca să mă furişez înapoi în bulău-ăla-mpuţit. Zice :

— Gata, Franco. Eşti pe cont propriu.

Io mă uit fix înainte.

— O să-ţi păstrăm locu' cald în celulă. Ne vedem curând.

Gardienii zic mereu asta şi puşcăriaşii scutură mereu din umeri şi pleacă, io n-o să mă-ntorc nici-odată, şi gardienii rânjesc şi-ţi arunc-o privire d-aia care zice, ba da, o să te-ntorci tu, bă fraiere.

Da' nu io. Io am repetat mult la asta. Şi speram că mă va conduce muistu' de McIlhone. Mă-ntorc spre muie şi-i zic încet, ca să nu m-audă nimeni :

— Acuma-s afară. La fel ca nevasta matale. Poate c-o să mă-ntorc aicea după ce i-am tăiat capu', ce zici ? Beecham Crescent 12. Şi doi copii, ha.

Văd cum se-nroşeşte tot la faţă şi cum i se ume-zesc ochii. Vrea să vorbească, da' i-au amorţit de tot buzele-alea de cauciuc.

Io mă-ntorc şi plec.

Afară.

II

Porno

Porno de poponari

Primul lucru pe care-o să-l fac, 'n pula mea, e să-l
găsesc pe muistu-ăla bolnav care mi-a trimis toate
jegurile-alea de pornoace cu poponari când eram la
răcoare. Mi-a lungit cu şase luni sentinţa când l-am
aranjat pe muistu-ăla prăpădit care-a râs când am
zis io „Lexo şi cu mine suntem parteneri".

Pula mea, io vorbeam de magazinu' pe care-l
aveam.

Aşa că ăsta-i primu' punct pe ordinea de zi. Ceva
s-a-ntâmplat, pen' că muistu-ăla n-a mai venit să
mă vadă la puşcărie d-o mie de ani. Aşa, pur şi
simplu. Fără nici o explicaţie-n pula mea. Aşa că
mă sui în autobuz spre Leith, da' când cobor văd că
magazinu' nici nu mai e acolo, să-mi fut una! Adică,
e *acolo*, da' e tot schimbat, pula mea. S-a făcut nu
ş' ce cafenea de doi bani.

Da-l văd, totuşi, stă-n spatele tejghelei, citind
ziaru'. N-ai cum să-l ratezi pe muist, la ce dihanie
e. Locu e gol-goluţ; o mamaie şi doi muişti amărâţi
care mănâncă micu' dejun. Lexo, servind mânca-
re-ntr-o cafenea, ca o ditamai gagica. Ridică ochii
şi mă zăreşte, aproape că face atac de cord.

— Noroc, Frank!

— Mda, zic io.

Mă uit în jur prin magherniţ-asta, cu măsuţe
ş-aşa, cu nu ş' ce scrisuri chinezeşti pe pereţi şi,
pula mea, dragoni d-ăia ş-aşa.

— Ce-i asta?

— L-am transformat în cafenea. Cu mobila veche nu faci bani. Noaptea se face cafenea Thai. Populară printre noii şmecheri din Leith şi studenţi, rânjeşte el, plin de sine.

Ce cafenea tai? Ce pula mea tot zice muistu-ăsta?

— Ăă?

— Prietena mea, Tina, ea o administrează de fapt. Are un HNC în catering. A crezut ea c-ar da mai bine o cafenea aici.

— Deci n-o duci chiar aşa de rău, îi zic io lu' muie, cam acuzator aşa, uitându-mă-n jur şi lăsându-l să vadă că nu-s prea bucuros.

Îţi dai seama că muistu-i deja gata să pună toate cărţile pe masă. I se-nmoaie de tot vocea şi-mi face semn să merg în spate. Acum mă priveşte-n ochi.

— Da, a trebuit să mă pun şi io pe picioare. Gata cu *deal*-ul. Pula mea, prea multă bătaie de cap cu curcanii. Asta-i a lu' Tina acuma, spune el din nou, după care zice: Bineînţeles, o să am grijă de tine, frate.

Io mă uit în continuare la el, sprijinindu-mă de perete şi aruncând apoi un ochi în bucătărie. Îl simt cum se încordează un pic, ca şi când s-ar îngrijora că-ncep acuma să fac scandal. Lu' băiatu-ăsta-i cam place de el, da' mâinile cât lopata nu-nseamnă nimic-atunci când ia sula-n coaste. Da, vezi cum îşi îndreaptă privirea spre bucătărie, urmărind-o pe-a mea. Aşa că-l pun pe muist la curent cum stau lucrurile.

— Ştii, n-ai mai venit să mă vezi la-nchisoare de-o bucată bună de vreme, îi zic eu.

El mă priveşte cu zâmbetu-ăl-al lui prăpădit. Îţi dai seama că n-are timp de mine, pula mea, în fond nu vrea decât să mă ţină-n şuturi pân' la capătu' lu' Leith Walk.

Pula mea, să-l lăsăm să-ncerce.

— Şi să-ţi mai zic o chestie, pula mea, juma' din magazinu' vechi era al meu, îi zic io lu' muie, aruncând un ochi prin cafenea, analizându-mi noua investiţie.

Şi-ţi dai seama c-a-nceput să-i fiarbă sângele, da' el continuă să-mi bage toate căcaturile din meniu' zilei.

— Nu prea po' să mi te imaginez servind ceai şi chifle, Frank, da' ajungem noi la o-nţelegere. Am io grijă de tine-aşa cum trebe, bătrâne, ştii asta.

— Da, zic io, acuma chiar am nevoie de ceva mălai, îi zic io lu' muie.

— Nu-ţi face probleme, amice, zice el, şi-ncepe să numere vro câteva de douăzeci.

Îmi vâjâie capu', nu ştiu dacă mi-e mai bine sau mai rău. Îmi întinde ceva mălai, da-n acelaşi timp începe cu rahaturi :

— Ascultă, Franco, uite, am auzit că Larry Willie ăla o arde-n continuare cu Donny Laing, spune el.

Ridic capu' şi-i întâlnesc privirea.

— Da?

— Da. Nu tu le-ai făcut lipeala? spune Lexo-n felu' lui inocent şi zâmbitor, pula mea, după care-mi arunc-o privire serioasă şi dă din cap, ca şi când ar încerca să-mi spună c-ăştia doi iau băutura.

Şi io-ncerc să-mi dau seama ce pula mea vrea să zică şi care pula mea e toată faza şi cine pula mea ia de la cine băutura şi el zice :

— Şi n-o să ghiceşti niciodată cine-a luat Port Sunshine. Tovarăşu-ăl-al tău. Sick Boy, îi zicea.

Pula mea, acuma chiar că m-apucă migrena, una d-alea de m-apucau când eram la-nchisoare... simt c-o să-mi explodeze capu-n pula mea. S-a schimbat totu' p-aicea... Lexo cu cafenea... Sick Boy cu pub... Larry Wylie lucrează pentru Donny... tre' să ies la aer, să stau un pic să mă gândesc, pula mea...

Şi muie-ăsta continuă.

— După mas-asta merg la bancă, Frank, ca să-ţi dau o sumă frumuşică să te pui pe picioare. Asta pân-om putea să stabilim ceva pe termen mai lung, gen. Tu stai la maică-ta, nu?

— Da... zic io, cu capu' greu, neştiind bine-ncotro mă duc, pula mea, aşa cred...

— Păi io o să mă-ntorc pe seară. Stăm de vorbă ca lumea atuncea. Bine? zice el, iar io dau din cap ca un fraier, iar tâmplele-mi duduie-n timp ce intră un boşorog muist care vrea o chiflă cu bacon şi o ceaşcă de ceai ş-acuma vine-n spatele lui pizd-asta-n salopetă şi Lexo-i face semn să-l servească pe boşorog. Lexo are-un pix ş-un carnet pe care scrie-un număr. Îmi flutură-n faţă un telefon d-alea noi, fără fir, gen.

— Ăsta-i număru' meu de mobil, Frank.

— Da, zic io, acuma toţi muiştii-au d-astea. Pula mea, şi io o s-am nevoie de unu'. Ia-mi şi mie unu', zic io.

— O să văd ce po' să fac, Frank. Oricum, spune el, uitându-se la gagic-asta, o să-ţi las să-ţi iei unu'.

— Da... ne vedem mai încolo, zic io, bucuros să ies la aer curat.

Mirosu' de grăsime dinăuntru-mi întorcea maţele pe dos, pula mea. Tot nu-mi vine să cred cum s-au schimbat lucrurile cu magazinu' nostru de mobilă. Merg la farmacia de lângă şi gagic-asta-mi dă nişte pastile de Nurofen Plus. Iau două din astea cu o sticlă de apă şi-o iau puţin în sus pe Leith Walk. Sunt bune-aşa, pula mea, fi'ncă după douăj' de minute-mi trece durerea de cap. Adică, e ciudat, că io încă po' s-o simt, pula mea, numa' că nu mai e acolo. Mă-ntorc de două ori să mai arunc un ochi în cafenea, ca să-l văd pe Lexo certându-se cu pizd-aia a lui, da' de dat-asta nu mai era aşa plin de el. Da, juma' din magazinu' ăla infect e-al meu, şi dacă el vrea să-mi dea juma' din bani, ar face bine să-mi dea ceva cât să merite efortu'.

Da, po' să-l văd pe muist cum stă acuma la o masă de la fereastră şi unelteşte. Ei bine, pe mine nu mă ignori, pula mea, bă, muie. O iau în sus pe Walk, scanând mutrele pasagerilor, încercând să găsesc vreun muist cunoscut. Da' ce-avem noi aici? Doi muişti împuţiţi cu *dread*-uri în cap, albi ei, curăţei ş-aşa, mergând ca şi când aici le-ar fi locu', după care un fraier cu un căţeluş iese dintr-un magazin şi se suie pe un super motor pizdos. Cine pula mea-s muie ăştia? Ăştia nu-s din Leith. Da' unde-or fi toţi adevăraţii? Mă uit în agendă şi mă opresc la o cabină, unde formez număru' lu' Larry Wylie. Se pare că ar fi de la unu' din telefoanele-alea pizdoase portabile. Lexo-ar face bine să-mi cumpere şi mie unu' d-ăla.

— Franco, zice Larry, super calm, ca şi când s-ar fi aşteptat să sun. Mă suni de la-nchisoare?

— Nu, bă, te sun de pe Walk, pula mea, îi spun eu.

După care tace pentru o clipă, şi-l aud întrebând:

— Când ai ieşit?

— Las-o p-asta. Unde eşti?

— Lucrez în Wester Hailes, Frank, zice Larry.

Încep să mă gândesc la asta. Încă nu po' să dau faţă-n faţă cu aia bătrână, să mă fută la creieri.

— Bine, ne vedem în juma' de oră la Hotel Hailes. Mă urc acuma-ntr-un taxi.

— Îi... acuma lucrez pentru Donny, Frank. El ar putea...

— Bă, păi pula mea, io am fost ăla care ţi-a făcut prima oară lipeala cu Donny, îi spun io muistului. Ne vedem la Hailes într-o oră, doar tre' să-mi duc boarfele la maică-mea-n pula mea, după care mă sui într-un taxi.

— Ei, bine. Ne vedem atunci.

Trântesc telefonu', gândindu-mă, fraieru-ăla o să meargă direct la Donny Laing, ud tot de bucurie c-o să fie mesageru' veştii celei rele. Da, las' că-l cunosc io pe muistu-ăsta. Aşa că merg la maică-mea şi ea-ncepe cu d-alea, că ce bine că te-ai întors şi căcaturi d-astea.

— Da, zic io.

S-a-ngrăşat bine de tot. Aici, la ea acasă, îţi dai seama mai bine de asta decât la vizitele din închisoare.

— Şi-o să trebuiască să-i zic şi lu' Elspeth şi lu' Joe.

— Mda. Da' ceva de haleală n-ai?

Îşi pune mâinile-n şold.

— Fiule, aşa e, o să cam mori de foame. Ţi-aş face ceva de mâncare, da-n curând îmi începe jocu' de bingo şi, nah, de obicei mă văd înainte cu Maisie şi Daphne la Persevere, la o băuturică... zice ea cu vocea scăzută... da' po' să mergi la cantină. Cre' că d-abia aştepţi o supă de peşte ca lumea!

— Mda, zic io.

Mă gândesc un pic, măcar po' s-o mănânc în drum spre Larry, pula mea.

Aşa că ies, îmi iau supa de peşte şi mă sui într-un taxi. Muistu-mi arunc-o uitătură d-aia ca şi când n-ar fi prea-ncântat că-i mănânc în maşina lui infectă, da-l fixez aşa un pic şi pân' la urm-o lasă baltă.

Aşa că am ajuns la Hailes, şi Larry pregăteşte băuturile. E cu vro doi băieţi, cărora le face semn şi ei se fac nevăzuţi într-un colţ. Aşa că mă aşez la taclale cu Larry, să mă pun şi io la curent. Larry-i un tovarăş de toată isprava, mă doare-n pulă ce zic alţii despre el. Măcar muistu-ăst-a venit să mă vadă-n puşcărie. Da' muie ăsta poa' să fie-al dracu' de şmecher şi io voiam să văd ce pula mea pune la cale cu Donny, pula mea, cum să nu vreau. Da' trebuia să am grijă să nu mă-mbăt prea tare, cu teşcălău' de la Lexo care-mi ardea-n buzunar. Privirea lu' Larry-mi spune că ţoalele mele sunt cam fumate.

Lu' muie-ăsta-i place al dracu' de mult băutura, da' mai întâi vrea să pună la punct niște șmenuri.

Ne dăm pe gât băuturile și ne-ndreptăm spre vechiu' nostru traseu de afaceri, ăla de care ziceau cu toții că va fi, pula mea, noua Princes Street, atunci când au construit-o. Acuma n-a mai rămas din el decât o alee asfaltată, cu gazon pe margine, care duce de la centru' comercial până jos la apartamente. Să construiască o nouă Princes Street în locurile noastre? Ast-ar fi ceva, pula mea.

Larry e plin de vrăjeli ca de obicei. Se uită la gagicuțele-alea care țopăie-n fața blocului.

— Tre' să țin minte să mă-ntorc p-aici în vro câțiva ani, zâmbește el.

Gagicuțele cântă:

— *Meg cea fermecată mi-a șoptit / Cine îmi va fi iubit...*

La care Larry-ăsta-și spune, silabisindu-și numele:

— W-Y-L-I-E.

— Hai dă-te-n pula mea de pervers, zic io.

— Glumeam și io, zâmbește el.

— Nu-mi plac glumele-astea, îi spun io.

Ar face bine să glumească, muistu-ăsta. Larry e mereu așa pus pe panaramă, da' dincolo de asta-i un muist fără inimă. Cel puțin până când vine vorba de pulă. Și-a luat-o bine de la frații Doyle când i-a pus-o lu' sor-sa. D-asta a fost el așa de bucuros să se bage cu mine și cu Donny. Îmi tot zice de gagic-asta cu care-o să ne vedem.

— Muistu-ăsta de Brian Ledgewood s-a cărat. Pula mea, a intrat în pământ, zău. A lăsat-o pe pizd-aia a lui cu tot cu copil și cu datorii. Datorii de la cărți, gen.

— Asta nu-i bine, zic io.

— Mda, spune Larry, îmi pare rău pentru pizd-aia prăpădită. E curățică ș-așa. Da, vorb-aia, afacerile-s afaceri. Ce po' să faci? Și nu te supăra, am auzit că nu-i deloc timidă. Melanie, spune el pe tonu' lui afectat, lingușitor. Terry Lawson ăla-i făcut să și-o ia-n bot. Îl mai ții minte pe muist?

— Mda, zic io, da-n timp ce Larry bubuie-n ușă mă chinui să asociez o față la numel-ăla.

Răspunde gagic-asta, Melanie, care-i chiar bună de pulă. Pe Larry chiar l-a impresionat. Stătea acolo, cu păru' ud, ca și când tocmai s-ar fi spălat pe cap, tot numa' bucle revărsându-i-se pe umeri. Are-un pulover verde, cu *encoeur* și-o pereche de blugi și, pula mea, parc-abia și le-a tras pe ea-nainte să răspundă la ușă. N-are sutien și-ți dai seama că Larry-a ochit asta și-acuma probabil că se-ntreabă dacă n-are nici chiloți.

— Uite, io ți-am zis. Io n-am nici o treabă cu datoriile lu' Brian.

— Po' să intru, să vorbim ca lumea despre treab-asta? zice el.

Acuma mi-a picat fisa, da, îl țin minte pe Terry Lawson, am ars-o-mpreună cu mulți ani în urmă, când eram mici, gen. La fotbal.

Melanie își încrucișează mâinile.

— N-avem despre ce să vorbim. Cu Brian tre' să te vezi.

— Păi noi l-am vedea, dac-am ști unde e, zice Larry, afișând un zâmbet.

— Io nu ș' unde e, îi spune ea.

Chiar atunci vine-o altă gagicuță, cam de-aceeași vârstă, destul de mică, brunetă, care plimbă un copil într-un cărucior. Ne vede și se oprește:

— Ce s-a-ntâmplat, Mel? întreabă ea.

— Au venit recuperatorii să ia banii pe care li-i datorează Bri, zice ea.

Gagicuț-asta brunetă se-ntoarce spre mine:

— Bri a lăsat-o cu datoriile-astea și i-a luat și o parte din banii ei. Și ea nu l-a mai văzut, asta-i pe bune. N-are nici o legătură cu ea.

Io scutur din umeri şi-i zic la pizdulice-asta că io *nu-s* recuperator, în pula mea, io am venit aici cu Larry fi'nc-am dat nas în nas cu el pe stradă. Observ că are o vânătaie-ngălbenită sub ochi. Io o-ntreb cum pula mea o cheamă şi ea zice Kate, la care-ncepem să pălăvrăgim aşa, numa' că Larry-ncepe să-i bage-un alt discurs celeilalte.

— Astea-s regulile jocului, păpuşe. Ţi s-a mai spus asta. Contractu' zice că, la fel ca în cazul impozitului comunitar, familiei, şi nu individului, îi revin datoriile din împrumuturi.

Melanie e cam căcată pe ea, da-ncearcă să n-o arate. Gagic-asta, Kate, mă priveşte rugătoare, ca şi când ar vrea să-l opresc. Iese şi plodu' lu' Melanie, care-şi scapă pe jos o jucărie şi când ea s-apleacă s-o ia, îl surprinde pe muistu-ăsta-mputit cum se holbează la curu' ei. Dar, bravo ei, îl fixează şi ea pe el.

— Hi, hi! De ce mă priveşti aşa? zice Larry. Io-s de partea ta, păpuşe.

— Mda. Nu-i nimic, zice ea, da' i se simte tremuru' din voce.

Kate asta se uită-n continuare la mine, şi io-mi zic, da, aş putea să mă bag acuma pentru bucăţic-asta, pula mea, a trecut atâta timp... şi Larry-ăsta, e cam terorist aşa şi, pula mea, 'ncepe să mă cam calce pe bătături.

— Uite, zic io, nu aşa se rezolvă lucrurile-astea, Larry.

— E nasol, ştiu, spune Larry cu blândeţe, temperându-şi vocea, ca şi când ar fi întrezărit ocazia. Uite, io nu promit nimica, da' o să-l iau pe om la o discuţie, să văd dacă-ţi mai acordă ceva timp, zâmbeşte el.

Melanie-l priveşte pe muist şi se screme de-un zâmbet forţat şi d-un mersi plin de ură.

— Ştiu că nu tu eşti, şi că-ţi faci doar meseria...

Larry o priveşte o clipă, după care zice:

— Da' uite ce zic io, n-am putea ieşi noi să bem ceva şi să discutăm toate astea-ntr-un mod mai civilizat, ca de exemplu astă-seară?

— Nu, mersi, îi spune ea.

Mă bag şi io imediat:

— Da' tu, Kate, ce zici? Îţi găseşti un babysitter pentru copil!

— Nu pot, zâmbeşte ea, sunt lefteră.

Io-i fac cu ochiu' şi-i zic:

— Şi io-s de modă veche. Nu-mi place să las femeia să plătească. La opt e bine?

— Păi da... da'...

— Tu unde stai?

— Aici, jos, în casa de lângă...

— Vin io să te iau la opt, zic io.

După care mă-ntorc spre Larry:

— Bine, haide... şi-l iau de mânecă şi-l împing.

În timp ce coborâm scările, începe să bombăne:

— Pula mea, Franco, ar fi ieşit dacă nu m-ai fi luat tu d-acolo!

La care io i-o zic pe şleau:

— Pula mea, gagica n-are nici o treabă cu tine, muist infect ce eşti. Da' ce zici de mine, cu aia mică, Kate?

— Da, pizdele-s pradă uşoară, mereu leftere, gata să se bage cu unu' cu bani.

— Da, da' pula mea, cu tine nu s-ar băga, bă muie, îi zic io.

Muistu' nu-i prea mulţumit de asta, da' pula mea, io n-am ce să-i zic. Îţi dai seama c-a belit pula şi-acuma e tot căcat pe el ce-o să-i spună lu' Donny.

Pula mea, asta-i problema *lui*. Am ieşit de la bulău de vro câteva ore şi deja m-am pus pe treabă. Şi-ncă c-o pizdă curăţică ş-aşa! Bă muie, ăsta-i chiar record mondial, pula mea, o să recuperez tot timpu' pierdut!

19

Tovarăşi

Sick Boy îşi tot trage nasul, motanu-ăsta e mai
mucos ca mine, gen. E ca un râu, frate, cum îi
şerpuieşte-aşa pân' la buza de sus. Din când în când
mai scoate câte-un Kleenex, da' degeaba, are bârna
tot ca un râu. Şi ce mai fac bârnele? Bolborosesc,
frate, pur şi simplu bolborosesc, gen. Lucru care nu
mă deranjează sau, mă rog, în mod normal nu mă
deranjează, da' acuma da, că Alice tre' s-asculte tot
rahatu' ăsta. La fiecare cuvânt, frate. Da' a fost
ideea ei să venim la Port Sunshine să-l vedem, n-am
zis io, gen. Poate c-am fost cam fraier să vin aici
zilele trecute şi poate c-am fost cam la obiect aşa cu
motanu', da' aveam nervii ferfeniţă, frate, şi el a
trecut prin asta destul cât să-şi dea seama şi s-arate
ceva compasiune pentr-un vechi tovarăş. Da' nu,
băiatu-a fost numa' pentru el. E aşa de plin de el,
că mă mir că mai ai loc s-arunci un ac aicea, gen.
Acuma tot bolboroseşte ceva de filme şi de industrie
şi numa' căcaturi d-astea. Da' faza e că, nah, fi'ncă
ea-i impresionată şi fi'nc-a fost ceva-ntre ei, mă simt...
... Gelos... Inutil... Amândouă, frate, amândouă.
Şi Sick Boy nu prea se schimbă, frate; nu, nu,
nu, e clar că motanu' nu se schimbă, c-a-nceput din
nou cu subiectu' lui preferat, el, el şi iar el, cu toate
şmenurile şi planurile lui.
Ne mai liniştim un pic când se aglomerează baru'
ş-amărât-aia bătrână, care se chinuia să facă ea
singură faţă, începe să strige:
— Simon!
După ce-a ignorat-o de vro două ori, se ridică-ntr-un
final şi merge şovăitor să-i dea o mână de ajutor. Şi
când ajunge el la bar, Alison îmi zice:

— Ce bine-mi pare că-l văd din nou pe Simon, după care-ncepe cu d-alea, cu vechea gașcă, cu Kelly și Mark și Tommy, săracu' Tommy, frate.

— Da, Ali, chiar mi-e dor de Tommy, îi zic io și chiar vreau să vorbesc despre Tommy, că uneori e ca și când l-ar fi uitat cu toții, și asta nu-i corect.

Vezi tu, uneori când încerc să vorbesc despre el, se oftică toți și m-acuză că-s morbid, da' nu-i așa, io doar vreau să-mi aduc aminte de el, știi?

Ali-a fost la coafor în ziu-aia și și-a mai tuns puțin păru', da' bretonu' tot lung îl are. Dac-ar fi să fiu sincer, mie-mi plăcea mai mult înainte, da' nu vreau să-i zic nimic. E greu cu fetele astea, dacă ai pus ochii pe funduleţele lor tremurătoare, să faci un comentariu ca ăsta îți poate ruina șansele pentru, cum s-ar zice, totdeauna.

— Da, spune ea, aprinzându-și o țigară. Tommy era un tip a-ntâia.

Apoi se întoarce spre mine și expiră și-n ochii iubitei mele văd numa' răceală:

— Da' era un davaist.

Și io rămân aici așa, frate, nici măcar nu-s în stare să zic Asociația Scoțiană de Fotbal, gen. Ar fi trebuit să zic că Tommy n-a fost de fapt așa pe dava, a avut ghinion numa', fi'ncă noi, restu', de fapt, cu toții, noi băgam mai mult, da' nu po' să zic fi'nc-a venit *el* din nou lângă noi, gen, a mai adus ceva de băut și din nou, totu-i numai despre el. Numa' Sick Boy.

Și din nou nu mai aud decât: LONDRA... FILME... INDUSTRIA... DIVERTISMENT... AFACERI... OCAZII...

Da' io nu mai po' să rezist, frate, să stau aici, terminat, și să-i ascult toate căcaturile, și m-apuc-așa o răutate d-aia pură și-i zic:

— Și deci, nu ți-au prea ieșit cărțile la Londra, gen?

144

Sick Boy îşi îndreaptă spatele, ca şi când i-ar fi intrat un băţ în cur, stă aşa şi mă priveşte, iar io-mi spun că mă-s-aia italiancă suge pula la poliţişti. O, da, i se citeşte o răutate pură-n ochi, da' nu zice nimica, numa' mă priveşte-aşa cu răceală, gen.

I se crispează faţa. Sick Boy şi cu mine: mereu ne dădeam unu' altuia la coaie, da' eram apropiaţi. Acuma doar ne dăm unu' altuia la coaie.

— Hai să lămurim ceva, Spu... Daniel. M-am întors ca să profit de ocazii: să fac filme, să am baru' meu... şi ăsta, îşi flutură el sictirit mâna, ăsta e numai începutul.

— Frate, io n-aş prea zice că e cine ştie ce ocazie cu spelunc-asta din Leith şi cu nişte pornoace de mân-a doua.

— Pula mea, hai nu începe tocma' *tu*.

Scutură din cap.

— Tu eşti un ratat, frate. Uită-te la tine!

Se-ntoarce spre Ali.

— Uită-te la el! Îmi pare rău, Ali, da' tre' s-o zic.

Ali îl priveşte grav.

— Simon, voi trebuia să fiţi toţi prieteni.

Acum băiatu-ncepe să facă ce ştie el mai bine, să dea vina pe alţii, să se justifice şi să-i facă pe alţii de căcat.

— Uite, Ali, io mă-ntorc aici şi ce găsesc, numa' energii negative de la toţi rataţii, ne spune el, iar io nu mai pot să lucrez aşa. Orice zic, primesc numa' duşuri reci. Prieteni? De la aşa-zişii prieteni io aştept încurajări, pufneşte el.

După care arată spre mine acuzator:

— Ţi-a zis c-a trecut p-aici zilele trecute? Prima oară când l-am văzut dup-o mie de ani?

Ali scutură din cap şi mă priveşte fix.

— Io voiam să... încerc io să-i explic, da' Sick Boy mă-ntrerupe.

— Şi de ce-am avut parte? Nici un „Salut, Simon, cum o mai duci, nu ne-am văzut de mult", îi spune el, dându-se victimă. Nu, nu vezi asta de la el. A-ncercat imediat să mă facă de bani, nici măcar un „Salut, ce mai faci" înainte!

Alison îţi dă bretonu' pe spate şi mă priveşte:

— Aşa e, Danny?

Ei bine, e una din fazele-alea oribile când eşti spart şi ţi-e rău şi poţi să vezi dinainte ce se va-ntâmpla. E exact aşa, frate. E ca şi când m-aş *vedea* ridicându-mă, tremurând tot, convulsionat, ca-ntr-unu' din filmele-alea vechi alb-negru, făcute la vitez-aia-amuzantă şi-n care cadrele sunt toate prost montate. Mă văd căscându-mi gura şi îndreptându-mi degetu' spre el cu o secundă înainte să fac toate astea. Şi da, mă ridic şi arăt spre dement, zicându-i:

— Nu mi-ai fost niciodată tovarăş, tovarăş adevărat, cum era Rents!

Faţa lu' Sick Boy se face toată un rânjet şi-i cade falca, de parcă ar fi fost sertarul de la casa de marcat din vreun supermarket d-ăsta Kwik Save.

— Ce tot pula mea zici acolo? Muistu-ăla ne-a jecmănit pe toţi!

— Pe mine nu m-a furat niciodată! îi strig io, arătând spre mine.

Sick Boy tace, o tăcere d-aia mortuară, gen, frate, da' nu mă slăbeşte din priviri. O, nu, am făcut-o. M-am gafat. Şi se uită şi Alison la mine ş-aşa. Amândoi, frate, două perechi de ochi care-mi strigă-n faţă trădare.

— Deci, spune el aspru, şi tu ai fost băgat cu el, priveşte el spre Ali, care-şi lasă capul în jos, uitându-se-n pământ.

Ali se pricepe să ţină secrete, da' nu să şi mintă. Nu voiam s-o ia pe ea la bani mărunţi, aşa că i-am zis tot.

— Nu, io n-am ştiut nimic, şi jur pe viaţa lu' Ali ş-a lu' Andy.

Privirea lu' motanu' Sick Boy e mai intensă ca niciodată, da' ştie că nu mint. Ştie că mai e ceva pe lângă asta.

Scuip tot, scrijelind cu unghiile suportu-ăla de bere, ud fleaşcă.

— Da' mai târziu am primit nişte bani, prin poştă. Doar partea mea, nimic mai mult.

Ochii mari ai lu' Sick Boy continuă să mă sfredelească şi ştiu că nici măcar n-ar avea sens să-ncerc să mint, fi'ncă s-ar prinde.

— Aveau timbru de Londra şi au venit cam la trei săptămâni după ce m-am întors io aici. Nu era nici un bilet. Nu l-am mai văzut şi nici n-am mai vorbit cu el d-atunci, da' ştiu că el mi-a trimis banii, n-avea cine altcineva să fie, i-am zis io.

După care-i zic, lăudându-mă un pic, gen:

— Mark a avut grijă de mine!

— Toată partea? întreabă el, holbându-se.

— Până la ultimu' bănuţ, frate, îi spun io cumva bucuros, după care mă aşez la loc pe scaun, pentru că-s complet terminat.

Ali mă priveşte acuzator, iar io nu po' decât să scutur din umeri şi ea lasă din nou capu-n pământ.

Se vede cum începe să i se-nvârtă capu' lu' Sick Boy. Mă gândesc că-n căpăţâna motanului tre' să fie ca la chestiile-alea cu mingiuţe, pe care le-nvârt ăia de la loterie sau la tragerile la sorţi din Cupa Scoţiei. Chiar pare rănit, nu doar aşa, prefăcut, dar apoi zâmbeşte dintr-odată, scoate un rânjet care imită logou' de pe tricoul lui albastru de la Lacoste.

— Da? Păi, nah, pula mea, ţi-a făcut un bine ş-aşa. Chiar te-ai pus pe picioare, ha. Chiar ţi-ai investit bine banii.

Ali îşi ridică iar capu', uitându-se la mine.

— Banii-ăia, când ai cumpărat chestiile-alea pentru copil, erau toţi de la Mark Renton?

Nu zic nimic.

Privindu-şi paharu' de whisky, Sick Boy îl ia şi-l dă gata dintr-o-nghiţitură, după care-ncepe să bată cu paharu' gol în masă.

— Da, aşa e, zice el complet stupefiat şi-mi rânjeşte. N-ai făcut nimic şi nici n-o să faci vrodată, îmi spune el.

Şi io nu mă pot abţine, aşa că dau totu' pe faţă; îi spun că fac ceva, că scriu o istorie a Leithului.

Sick Boy începe să chicotească.

— Asta chiar c-ar fi tare, zbiară el în tot baru', făcând să se întoarcă vro câteva capete.

Acum Alice mă priveşte de parc-aş fi prost ş-aşa.

— Ce tot zici acolo, Danny? întreabă ea.

Nu vreau decât să plec de-aici, să ies. Mă ridic şi plec.

— Energii negative, nu, o s-o ţin minte p-asta. Bine, ne vedem noi.

Sick Boy îşi ridică sprâncenele, dar Alice mă urmează şi ieşim amândoi.

— Un' te duci? întreabă ea, strângându-şi mâinile pe lângă corp.

— Am o întâlnire, îi spun io.

Burniţează şi ei i-e frig, tremură toată, chiar dacă are pe ea un pulover bleumarin.

— Danny... începe ea, jucându-se cu fermoaru' de la geaca mea, io mă-ntorc să vorbesc cu Simon.

Io mă uit la ea, complet neîncrezător.

— E supărat, Danny. Dacă spune ceva de banii-ăia şi-ajunge asta la Premiu' Doi... ezită ea puţin... sau la Frank Begbie...

— A, da, bine, du-te să-l vezi pe Simon. Nu putem să-l supărăm, nu, gen? răbufnesc io, da' pula mea, cam are dreptate.

La Londra am fost cu toţii, io, Rents, Sick Boy, Premiu' Doi şi cu Begbie, şi Rents ne-a tras clapa la toţi. E clar că lu' Sick Boy nu i-a mai dat banii, da' nu ş' nimic despre ăilalţi. Probabil că nici lu' Begbie, care-a turbat tot şi l-a omorât pe băiatu-ăla Donnelly şi-a intrat la bulău, deşi nu mi-era ruşine nici cu Donnelly-ăla, dacă e s-o spunem p-aia dreaptă.

— Vezi să nu-ntârzii, spune ea, sărutându-mă pe frunte, după care se-ntoarce şi intră.

A plecat.

Deci asta i-a pus capac, gen, eram tot super încântat şi-ngrijorat, cum mergeam la-ntâlnire, că le-am spus la toţi de treab-asta cu istoria Leithului. Da, frate, faza e că gagic-asta, Avril, era toat-aşa fericită, ştii, pula mea, chiar se bucura. A meritat tot efortu', gen, doar ca să-i văd zâmbetu-ăla. Aşa că acum-am făcut-o, m-am gafat şi mi-am creat imagine-asta de literat în faţa tuturor. Unu' care s-a pus pe treabă, un distins istoric local, un militant, un revoluţionar.

Da' nu-s io ăla, gen. Tipu-ăsta de la teve, ăla care-o tot ţine p-a lui cu civilizaţiile antice ş-aşa, parcă-l vezi că zice : Frate, mai bine mă uit la tipu-ăsta din Leith, care e o nouă speranţă. Dacă n-am grijă, ăsta o să stea mereu la pândă pe lângă Piramidele mele, ca s-o ţină una şi bună cu egiptenii ăia-i lui ş-aşa. Nu, nu prea cred io.

Da' tot tre' să-mi încerc norocu', ştii, tre' să-ncerc, poate-aşa-i arăt lu' Ali că-s mai mult decât crede ea. Poate c-o să le-arăt tuturor asta.

Când am cunoscut-o pe Alison, era genu-ăla de tipă, ciudată şi minunată, cu piele d-aia bronzată mişto, cu păru' negru, lung şi ondulat şi cu nişte incisivi albi, ca perlele. Era genu-ăla de gagică mega puternică ş-aşa, numa' că uneori parcă venea un vampir invizibil şi i se-nfigea-n gât, sugându-i toată energia.

Nu prea mă băga ea-n seamă, gen. Era mereu după curu' lui. După care-mi amintesc că-ntr-o zi mi-a zâmbit, de mi-a explodat inima-n piept. Când ne-am combinat, credeam că e o chestie-așa, că eram amândoi distruși, gen, și că odată ce ne lăsăm, o să vrea să meargă mai departe. Da' după aia a venit copilu' și ea a rămas. Poate că asta e, frate, e vorba de ăla micu', cel mai probabil singuru' motiv pentru care-a rămas cu mine-atâta vreme.

Da' acuma s-a-ntors Ali aia vampirizată, și ghici cine-i vampiru'? Io sunt, frate. Io.

După-ntâlnirea de grup, mă-ntreb dacă Ali e încă la Port Sunshine. Da' nu, nu-s în stare să-l mai văd înc-o dată pe Sick Boy. În schimb, fac cale-ntoarsă și-o iau spre oraș, unde dau nas în nas cu văru' Dode, care ieșea de la Old Salt, și facem o tură la apartamentu' lui de pe Montgomery Street, să fumăm ceva. E chiar mișto apartamentu-ăsta; e puțin mai mic așa, de camere zic, nu e unu' d-alea mari, de lux. Și l-a făcut așa cum trebe, cu tot, frate, exceptând posteru' cu hunii, unu' din epoca Souness, înrămat și pus pe perete deasupra șemineului. E și o super canapea de piele pe care mă prăbușesc imediat.

Chiar îmi place-așa de văru Dode, chiar dacă e el așa cam dus cu pluta, și după vro două jointuri ș-o bere, 'ncep să-i zic de problemele mele cu femeile.

— Las-o baltă, frate, *Omnia vincit amor*, dragostea învinge tot. Dacă vă iubiți, o să se rezolve pân' la urmă, dacă nu, e timpu' să mergi mai departe. Kaput, zice Dode.

Io-i zic că nu e chiar așa ușor.

— Vezi tu, e așa, gen, tipu-ăsta cu care io eram bun tovarăș, și cu care a cam fost combinată, el s-a-ntors acuma-n oraș, e din nou în peisaj, gen, frate, știi ce zic? Tipu' era cam plin de el, așa că i-am zis vro câteva, i-am cam zis ceva ce nu trebuia, știi?

— *Veritas odium parit,* spune Dode așa, ca un înțelept. Adevăru' naște ură, adaugă el spre binele meu.

E nebunie curată din partea mea să-ncerc să scriu o carte, io nici nu știu să mă iscălesc ca lumea, și uite-l pe văru' Dode, care e așa, ca un înțelept d-ăla latin și mai e și din Glasgow ș-așa. Nu te-ai gândi că la Glasgow au școli, da' trebe să aibă și tre' să fie și mai bune c-ale noastre. Așa că-i zic bunului Dode:

— Frate, da' cum se face că știi atâtea chestii, gen latină și d-astea?

Și el îmi explică tot, în timp ce io mai rulez un diblu.

— Io-s un autodidact, Spud. Tu vii dintr-o altă tradiție decât noi, protestanții. Nu zic că nu po' să fii la fel ca mine, pentru că poți. Doar că ăstora ca tine vă ia mai mult, pentru că nu face parte din cultura voastră. Vezi tu, Spud, noi facem parte din tradiția knoxiană a clasei de mijloc scoțiene protestante. D-asta am și devenit io inginer.

Aicea nu prea m-am prins io ce zicea motanu'.

— Da' tu lucrezi ca paznic de noapte, gen?

Dode scutură din cap sictirit, ca și când n-ar fi decât un detaliu minor.

— Da' e o chestie temporară; până mă-ntorc la mine, în est, să-mi fac un contract nou. Vezi tu, treab-asta cu paznicu', îmi mănânc timpu' cu ea. Nu-ncerc să te jignesc sau așa, prietene, asta ți-o zic io așa, că potențial ai. *Otia dant vintia.* Asta-i diferența dintre un protestant întreprinzător și un catolic ineficient. Noi am face orice ca să rămânem pe felie, ca să ne păstrăm disciplina, până vine următoarea chestie serioasă. Sub nici o formă n-aș sta cu cracii-n sus, să se ducă pe apa sâmbetei toți banii ăia din Oman.

Și io-ncep să mă-ntreb oare cât și-o fi-ndesat motanu-ăsta-n coșu-ăla al lui de la Clydesdale Bank.

20

Şmenu' # 18 738

Mi-a părut bine s-o revăd pe fat-asta minunată, pe Alison, chiar dacă m-a cam supărat altercaţia cu junkistu-ăla ratat şi distrus cu care-o arde acuma. S-a făcut cam al dracu', slăbănogu', muist davaist ce e. Pula mea, ar fi trebuit să-l arunc direct în stradă, la un loc cu gunoiul, să vină gunoierii să-l ridice şi să-l incinereze.

Lucrurile ori se ameliorează, ori se deteriorează, iar eu mă gândesc la Spud, zicându-mi că tot ce-a fost mai rău a trecut. Dar nu, se fute totu' mult mai rău. Pentru că *iată* cine apare.

— Sick Boy! Pula mea, te-ai făcut cârciumar! Tu, patron de bar în Leith! Pula mea, ştiam io că n-o să poţi să stai departe de locurile-astea!

Tipu' poartă o geacă de piele umflată, maro, demodată, tenişi Nike vechi, o pereche de Levi's şi ceea ce pare-a fi un tricou dungat, dintr-o colecţie revoltător de veche de la Paul and Shark. Bineînţeles, efectul de ansamblu strigă de la o poştă „Puşcăriaş". Pe la tâmple pare puţin grizonat şi parcă mai împlinit la faţă, da' muistu' e-ntr-o formă excelentă. Pare numa' c-o zi mai bătrân, de parc-ar fi fost la o clinică de sănătate, nu la-nchisoare. Probabil c-a ridicat gantere douăşpatru din douăşpatru. Chiar şi şuviţele-ale grizonate par ireale, ca şi când i l-ar fi pus cineva de la machiaj pe platoul de filmare, vrând să-l îmbătrânească. Pula mea, sunt literalmente mut.

— N-am crezut c-o s-apuc ziu-asta, pula mea! Ţi-am zis io, bă muie, c-o să te-ntorci! spune el din nou, demonstrându-mi că obsesia lui pentru repetiţiile plictisitoare a rămas intactă sau poate că s-a şi dezvoltat, fiind incubată pentru atâta timp la răcoare. Imaginează-ţi cum e să-mparţi celula cu ăsta! Pula mea, io mi-aş încerca mai întâi norocu' la aripa cu animale.

Fălcile mi se recompun şi-ncep să mestece uşor. Nu mi-a ajuns idiotu-ăla de Tuti, mai trebuia să vină şi Mandi. Mă forţez să zâmbesc şi-mi găsesc limba.

— Franco. Cum merge?

După vechiul său obicei, muistu' nu răspunde niciodată la o întrebare când are şi el la rândul lui vreo câteva.

— Unde pula mea stai?

— După colţ, mormăi eu.

Mă fixează cu privirea lui corozivă, dar nu primeşte el, muistu', nici o altă informaţie. După care îşi îndreaptă ochii spre dozator, apoi din nou spre mine.

— Lager, Franco? mă strâmb eu.

— Pula mea, credeam că n-o să mai întrebi odată, spune el, întorcându-se spre un alt ratat, care stătea lângă el.

Pe dementu-ăsta nu-l cunosc.

— Muistu-ăsta-şi permite să aibă un pub, da' nu-şi poate permite să-i ofere ceva de băut vechiului său tovarăş, Franco. Asta chiar că mă surprinde şi, vorb-aia, muistu-ăsta pe vremuri nu făcea decât să-şi îndese pe gât pastile d-alea, nu-i aşa, Sick Boy?

— Da... mă chinui eu să zâmbesc, ridicând paharul la robinet, încercând să calculez cam câte băuturi gratis o să-şi tragă săptămânal şi ce efect va avea acest lucru asupra profitului pe care-l scoate spelunc-asta, care e şi-aşa la limita subzistenţei.

Încep să vorbesc cu Franco, aruncând întâmplător informaţii şi nume care o să-i fută creieru' bolnav. Vezi cum se învârt rotiţele şi cum devine din ce în ce mai abătut. Nume şi şmenuri puse la punct, care pe jumătate se luptă să ajungă pe ruta bună, întocmai ca traficul de pe autostradă, ameninţat de iminența unui filtru de urgență. Bineînțeles, las la o parte pe cineva anume. Îmi dau seama că sunt în același timp deranjat și, foarte ciudat, entuziasmat de apariția lui Franco și încerc să încropesc în minte un bilanț brut de oportunități și amenințări. Încerc cu tot dinadinsul să rămân neutru, ascultându-i aberațiile într-o liniște caustică, nemiloasă. Multe suflete vor fi mai puțin ambivalente în privința revenirii lui Begbie.

Celălalt muist idiot îmi aruncă priviri scânteietoare. Pare o versiune puțin mai subțire și sănătoasă a lui Franco; un corp umflat de la ganterele de la-nchisoare, dar dezumflat apoi de droguri și alcool. Are ochi sălbatici, două fante psihotice care-ți sfredelesc sufletul în căutare de lucruri bune pe care să le distrugă sau de elemente rele cu care să se identifice. Părul tuns scurt încadrează craniul cu forme ascuțite, pe care l-ai putea pocni toată ziua, fără să pățească ceva.

— Deci tu ești Sick Boy, nu?

În timp ce torn berea, îi privesc tăcut. Sper ca expresia mea să fie una nesinceră, stimulativă, care să lase-n aer un „și ce-i cu asta?", și-n această bătălie a voințelor vreau ca acest idiot să mai spună ceva. Dar îmi pierd controlul, tot ce primesc înapoi e un zâmbet ticălos, și-n același timp se duce și tot efectu' de la coca și-ncep să mă gândesc la pachețelul din buzunarul hainei atârnate în birou.

Din fericire, calcă pe bec:

— Io-s Larry, tovarășe. Larry Wylie, îmi spune el pe un ton ocupat, plin de importanță.

Scutur mâna pe care mi-o întinde cu oarecare reținere. Văd deja cum se duce de râpă autorizația, cu aurolaci d-ăștia.

— Am auzit că ne-am băgat pula-n aceeași gaură, spune el, cu un rânjet malefic decupându-i-se pe mutra dubioasă.

154

Ce pula mea tot zice ăst-aici?

Acest personaj, Larry, probabil că s-a prins de uimirea mea, deoarece mă pune imediat în temă:

— Louise, îmi spune el. Louise Malcolmson. Mi-a zis c-ai încercat s-o scoţi la produs, muist pervers ce eşti.

Hmm. O umbră din trecut.

— Zău? dau eu din cap, uitându-mă mai întâi la robinet, după care la el.

Urăsc munca la bar. Nu am răbdare să umplu halbele. E bine că ţăranii-ăştia labagii n-au cerut Guinness. Da, până la urmă parcă îi recunosc faţa, ca aparţinând uneia dintre prezenţele-alea vag răută-cioase din ungherele vreunei case pe care o vizitezi ca să faci rost de ceva sau ca să rămâi la *chill*.

— Noroc, to'arăşe, zâmbeşte el.

— Io ştiu, pen' c-am încercat ş-aşa.

Begbie îşi întoarce privirea dinspre mine spre Larry ăsta, după care din nou spre mine.

— Muişti perverşi, spune el, pe bune dezgustat.

Şi pentru prima oară de când a intrat aici, mă cuprinde o veche spaimă. Suntem mai bătrâni, iar eu nu l-am mai văzut pe muist de-o mie de ani, dar Franco rămâne Franco. Te uiţi la capu-ăsta pătrat şi îţi dai seama că nu se va schimba niciodată; opţiunea căsătoriei şi a vieţii domestice pur şi simplu nu sunt pentru unu'ca ăsta. Pentru Micuţu' Cerşetor, ori moartea, ori închisoarea pe viaţă, cu condiţia să ia cu el cât mai mulţi posibil. Da, omu-ăsta pur şi simplu are o mentalitate de cerşetor.

Protestând moderat, Larry îşi deschide palmele defensiv.

— Da' ăsta-s io, Franco, zâmbeşte el, după care îşi întoarce privirea spre mine. Aşa merg lucrurile, nu-i aşa, tovarăşe? Odată ce-ai futut o pizdă, fie ea cum o fi, da' nu lăbărţată, singura chestie pe care po' s-o faci e să-ţi recuperezi banii de Bacardi şi s-o scoți la produs. Uite, îți zice și băiatu-ăsta, nu-i așa, to'arășe?

Muistu-ăsta crede că eu sunt la fel ca el. Dar nu-i așa. Eu: Simon David Williamson, om de afaceri, întreprinzător. Tu: un cuțitar umflat, pus pe găinării, fără viitor. Dau din cap, dar îmi păstrez zâmbetul pentru mine, dat fiind că infectu-ăsta arată ca unu' cu care n-ar fi bine să intri în conflict. Un bun tovarăș pentru Franco, sunt făcuți din același aluat. Ar trebui să se *însoare acum* unul cu altul, deoarece nu vor găsi niciodată pe cineva mai potrivit. La fel ca și Begbie, nu-i mare deșteptăciune, dar emană prin toți porii viclenia de maidan a unei hiene și se prinde de la o poștă când este privit cu condescendență. Așa că mă uit la Franco și-i fac semn spre cocalarii împodobiți cu treninguri și ghiuluri care stau la masa de lângă tonomat.

— Care-i treab-acolo, Franco?

Ochii lui înfometați iau în vizor tânăra echipă, absorbind instantaneu tot oxigenul din aer.

— Prăpădiții-ăstia-și au cuibu-aicea. O grămadă de *deal*-uri ș-așa. P-aicea s-au propășit mulți proști, explică. Da' să-mi zici dacă face vrunu' pe deșteptu' cu tine. Unii dintre noi nu-și uită vechii to'arăși, adaugă el cu îngâmfare.

Tovarăși, un cur.

Mă gândesc la Spud, cum l-a finanțat pe el hoțu-ăla roșcat de Renton. Nenorociții. *Mă-ntreb dacă François e la curent cu acest frumușel aranjament, domnule Murphy?* Oh, Danny, băiete, cimpoaiele, cimpoaiele ar putea să-nceapă curând să cânte. Să sune al dracului de tare. Da, încep deja să le-aud. Și melodia pe care o interpretează se aseamănă foarte tare cu un bocet funerar pentru unul din junkiștii Leithului. Oh, da, cu siguranță că asta va urma.

Chiar acum, n-are nici un sens să mai pun pe masă mai multe cărți decât e nevoie.

— Apreciez acest lucru, Frank. Ştii, eu am cam ieşit de pe scena Leithului, am stat atâta timp la Londra ş-aşa, explic eu, în timp ce-mi pică ochii pe un al membru al grupului de tineri muişti, care tocmai intră în bar.

Le atrag atenţia înainte ca Morag, care citeşte un Mills & Boon[1], să se ridice, scârţâind toată din balamale.

— Pula mea de clienţi. Las' că vorbim ca lumea mai încolo, îi spun lui Begbie, pe jumătate implorându-l.

— Bine, zice Franco, după care se aşază cu Larry ăsta în colţ, lângă automatul de fructe.

Tinerii muişti comandă şi dau gata câteva beri la bar. Aud tot ce vorbesc, cum fac toate aranjamentele, cum îl cheamă pe cutare şi pe nu ştiu cine. Observ că Franco şi Larry pleacă, lucru care îi mai relaxează pe băieţi şi-i face să vorbească mai tare. Muistu-ăla de Begbie nici măcar nu mi-a adus paharul gol la bar. Ce pula mea, crede că eu sunt aici ca să-i servesc p-ăştia ca el?

Mă duc să iau paharele, gândindu-mă la bunătăţile pe care le-am luat de la Seeker şi care sunt acuma puse bine în cutia cu bani din sertarul din birou. Evident, o să ţin tot praful numai pentru mine. În timp ce stivuiesc paharele ca o menajeră, mă apropii de ăla cu gura cea mai mare dintre toţii, Philip ăla.

— Totu' bine, to'arăşe?

— Da, spune el suspicios.

Tovarăşul lui mai înalt, mai solid, Bill Hicks[2], cum îl cheamă, Curtis, ăla care pare să fie ţinta tuturor miştourilor, se apropie. La fel ca şi ceilalţi,

---

1. Colecţie britanică de *Romance*-uri, departament al renumitei edituri Harlequin Mills & Boon Limited.
2. William Melvin „Bill" Hicks (1961-1994) a fost un artist american, renumit pentru numerele sale de *stand-up comedy*.

are o grămadă de ghiuluri pe mână. Mă concentrez la cantitatea serioasă de alcool.

— Super ghiuluri, băieți, punctez eu.

Tipu-ăla umflatoid zice:

— Da, io am ci-ci-cinci și mai vreau încă tr-r-r-ei, ca să am câte unu' la fiecare de-ge-ge-ge...

Stă acolo cu gura căscată, clipind des, încercând să termine cuvântul, iar eu mă gândesc să mă întorc la bar, ca să spăl niște pahare și să pun *Bohemian Rhapsody* la tonomat, înainte să scuipe el ce-are de spus.

— ... De-get, gen.

— Asta cred că te-ajută mult când te plimbi pe Walk. Nu care cumva să-ți belești falangele când te aduni de pe trotuar, zâmbesc eu.

Creierașu-ăsta găunos se uită la mine cu gura căscată.

— Eh... io... zice el, complet confuz, în timp ce tovarășii lui se scurg pe jos de râs.

— Da' uite tu aicea, începe să se dea mare Philip ăla, arătându-mi un set complet.

Mai mult de-atât nu vreau să am de-a face cu ei. Muistu-ăsta prăpădit e-ncrezut ca o pulă și-n privire are o scânteie, genu-ăla de băiat rău. Stă aproape de mine, inconfortabil chiar, aș zice, mai să-mi scoată ochii cu cozorocul de la șapca lui de baseball. E-nveșmântat tot într-un trening mega scump, dar de un mare prost gust, așa cum le place tuturor hip-hop-erilor.

Îi fac semn să se mute puțin înspre tonomatul din colț.

— Sper că voi nu faceți *deal*-uri cu pastile, îi șoptesc eu cretinului.

— Nu, zice el, scuturând beligerant din cap.

Spun cu voce scăzută:

— Da' nu te-ar interesa vro câteva?

— Glumești? zice el, subțiindu-și buzele și fixându-mă cu ochii întredeschiși.

— Nu.

— Păi... da...

— Am nişte porumbei, cinci lire bucata.

— Tare.

Muistu-şi adună banii şi io-i dau douăj' de porumbei. După aia, e ca la talcioc. Trebuie să-l sun pe Seeker să-mi mai aducă. Bineînţeles, nu ne poate onora cu prezenţa, trimiţând în schimb un curier cu moacă de dihor. Mai iau 140, cu o oră înainte de închidere. După care muiştii se cară-n pizda mamii lor, să facă *clubbing*, lăsând barul aproape gol, cu excepţia câtorva beţivani hodorogiţi, care-şi vedeau de treabă cu dominoul lor undeva-ntr-un colţ. Număr şi văd că mai am şase pastile, pe care le pun într-o pungă de plastic.

Îi arunc o privire lu' Morag, care-a spălat vasele şi acuma s-a-ntors la romanu' ei siropos.

— Mo, ai tu grijă vro juma' de oră? Că io tre' să ies un pic.

— Da, stai liniştit, băiete, mormăie amabil hoaşca, abia ridicându-şi nasul din carte.

Fac o tură până la Poliţia din Leith. Gândindu-mă la măreaţa replică, că poliţia din Leith te trimite la plimbare, mă apropii de un poliţist îndesat şi demodat de la ghişeu. Mirosul rânced al gurii te loveşte ca pasa fulgerătoare a unui apărător central cu două picioare stângi. Tipu-ăsta parc-a intrat în putrefacţie, are pielea de pe gât plină de eczeme, toată numai arşice, îmbibate-ntr-o sudoare uleioasă, toxică. Da, e tare bine să vezi un poliţist *adevărat*. Don' Căpitan Kebab mă-ntreabă-n silă cu ce mă poate ajuta.

Îi trântesc pe birou cele şase pastile.

Brusc, în ochii lui mici, afundaţi în orbite, se citeşte o undă de atenţie.

— Ce-i asta? De unde le-ai luat?

— Tocmai am preluat gestiunea la Port Sunshine. Şi-acolo vin la băută o grămadă de tinerei. Bine, pe mine nu mă deranjează asta, că ei vin să-şi cheltuiască banu'. Dar i-am văzut pe vreo doi dintre ei că se comportau dubios şi i-am urmărit la baie. Erau amândoi în aceeaşi cabină. Am împins uşa, încuietoarea era stricată, trebuie s-o repar, cum v-am spus, abia am preluat gestiunea. Mă rog, le-am luat pastilele şi i-am dat afară.

— Înţeleg... înţeleg... spune Don' Kebab, uitându-se când la pastile, când la mine.

— Acuma, io nu mă prea pricep aşa la lucruri de-astea, da' or fi pastile de-alea fantastice de care se scrie-n ziare.

— Ecstasy...

Tipu' ştie bine cum e cu Ecstasy-ul, de la eczema lui, lucru care merge la fel de bine.

— În orice caz, spun eu nerăbdător, ca un om de afaceri, plătitor de impozite. Faza e că nu vreau să-i dau afară o dată pentru totdeauna, dacă sunt nevinovaţi, dar sub nici o formă nu vreau ca la mine-n bar să se facă trafic de droguri. Ce aş vrea eu să faceţi e să le testaţi şi să-mi spuneţi dacă sunt droguri ilegale. Dacă e aşa, când o să mai pună picioru-n barul meu vreunul din nenorociţii-ăia, vă sun imediat.

Don' Kebab pare impresionat de vigilenţa mea, dar în acelaşi timp, cam enervat de tot deranjul pe care i-l va aduce. E ca şi când cele două forţe îl împing în direcţii opuse, iar el ar sta la mijloc, ezitând, neştiind încotro s-o apuce, timp în care mai pierde un rând de piele.

— E-n regulă, domnule, dacă îmi lăsaţi datele dumneavoastră, eu o să le trimit la laborator pentru teste. Mie-mi par tablete de Ecstasy. Din păcate, mulţi dintre tinerii din ziua de azi le consumă.

Scutur intransigent din cap, simţindu-mă ca un detectiv veteran din *The Bill*[1].

---

1. Serial poliţist britanic, început în 1983, care continuă până în ziua de azi.

— Nu şi la mine-n bar, domnule ofiţer.

— Port Sunshine a cam avut o asemenea repu-taţie, zice poliţistul.

— Asta explică probabil de ce l-am luat la preţul ăsta. Ei bine, prietenii noştri traficanţi vor afla în curând că această reputaţie e pe cale să se schimbe! îi spun eu.

Poliţistul încearcă să pară încurajator, dar pro-babil că şi eu am cam exagerat, astfel încât acuma crede că sunt unul din ăia care se dau eroi, un membru al comisiei pentru vigilenţa publică, care-o să-i dea şi mai multă bătaie de cap.

— Mmm, spune el, pentru orice problemă, veniţi direct la noi. Pentru asta ne aflăm aici.

Dau din cap încruntat, în semn de mulţumire, după care mă duc direct la pub.

Când mă-ntorc, îl găsesc pe Juice Terry proptit de bar, vrăjind-o pe bătrâna Mo cu nu ştiu ce poveste, iar ea se hlizeşte toată, mai-mai să se scape-n pan-taloni. Răgetele ei răsună atât de tare, că pentru o clipă mă fac să mă gândesc la poliţa de asigurare a clădirii.

To'arăşu' Juice e bine-sănătos, parc-a-nflorit. Se apropie de mine.

— Ei, Sick Boy, tocma' mă gândeam, ar trebui să vii cu noi la Dam în weekend, că face Rab un por-noşag. Vedem şi noi ce mai e de vânzare în cartierul felinarelor roşii[1].

În nici un caz, păi ce pula mea.

— Mi-ar plăcea, Terry, dar nu pot să mă mişc de-aici, îi spun eu, în timp ce strig ultima comandă mortăciunilor din colţ.

Nici unu' din boşorogii-ăia infecţi nu mai vrea o bere, în schimb se ridică şi se afundă în noapte ca nişte fantome, cum de altfel vor şi deveni în curând.

---

1. *Red-light District*, cartier din Amsterdam, celebru pentru prostituţie.

Nu merg la Amsterdam cu o legiune de demenţi. Regula numărul unu': înconjoară-te de pizdulici, evitând cu orice preţ grupurile de „tovarăşi". După ce închid barul, Terry mă tot bate la cap să merg cu el la un club în oraş, unde pune muzică un DJ, amic de-ai lui, unu', N-Sign. Până una-alta, N-Sign e destul de cunoscut şi tre' să fie blindat bine, aşa că după ce tăcem amândoi din gură, până la urmă-mi prinde bine că m-am băgat pe fir. Ne suim într-un taxi, după care trecem pe lângă masele de oameni înşiraţi la coadă în faţa unei spelunci de pe Cowgate[1], iar Terry le face cu ochiul băieţilor de la pază. Unul dintre ei, Dexy, e o veche cunoştinţă, aşa că mai schimb două-trei băşini cu el.

Dat fiind faptul că e Edinburgh, şi nu Londra elitistă, nu există nici un bar pentru VIP-uri, aşa că trebuie să ne bulucim la un loc cu plebea. Tipu-ăsta, N-Sign, stă la bar şi-n jurul lui se foiesc ceva pizde tinerele şi vreo câteva puştoaice. Ne face semn mie şi lui Terry, după care mergem cu alţi câţiva în biroul clubului, unde facem câteva linii bune. Mai sunt şi vreo câteva chestii de protocol, nişte beri. Terry a făcut toate prezentările, iar eu oricum îl cunosc vag pe N-Sign, tovarăş vechi de-ai lui Juice, acum mult timp. Ceilalţi sunt din Longstone, Broomhouse sau Stenhouse sau ceva de genu-ăsta. Dintr-un loc predominant *Jambo*. E ciudat, că acuma nu prea-mi mai pasă de Hibs[2] şi treburi de-astea, dar dezgustul meu faţă de Hearts nu slăbeşte o clipă.

---

1. Stradă din Edinburgh, de-a lungul căreia se află o mulţime de baruri şi cluburi de noapte, de unde şi o proastă reputaţie a zonei.
2. Hiberian Football Club (*Hibs*) şi F.C. Heart of Midlothian (*Hearts*) sunt două echipe de fotbal rivale din Edinburgh.

Terry le povestește tuturor despre ce noapte am petrecut noi.

— Am făcut o partidă bună la Sick Boy. Mamă, era gagic-asta, o studentă, colegă cu Rab Birrell, își țuguie el buzele și se-ntoarce spre mine, zi tu, cum era?

Faptul că e gură spartă, mai ales când e pe cocaină, e îngrijorător, dar entuziasmul lui e într-adevăr molipsitor.

— Ca lumea, recunosc eu.

— Da' s-au rupt de la iarbă. Mai întâi, ochelarist-aia mică a dat la boboci, după care și bucățic-aia super futabilă, Nikki, trage pe dreapta ș-așa. Și muistu-ăsta pervers a dus-o acasă și-a futut-o, spune el, arătând spre mine.

— Am futut-o, o pulă. Gina a dus-o la budă, după care am adus-o la mine și-am pus-o la culcare. Am fost un gentleman perfect, m-am comportat exemplar, mă rog, cel puțin cu Nikki. Că pe Gina am futut-o după aia, la ea acasă.

— Da, sigur, pun pariu că după aia te-ai întors și i-ai dat-o un pic și lu' Nikki, bă, muie!

— Nuuu... Trebuia să mă trezesc devreme pentru un comision, așa că m-am dus direct la pub în dimineaț-aia. Când m-am întors la apartament, Nikki plecase deja. Și chiar dac-o mai găseam acolo, aș fi fost un gentleman perfect.

— Și tu vrei să te cred?

— Tel, așa s-au derulat lucrurile, zâmbesc eu. Cu anumite gagici trebuie să stai mai mult la fileu. Nu mă interesează să fut un cadavru borâtor.

— Da, pula mea, mare păcat, începe Terry să-njure, pen' c-asta mică o cam cerea, îi spune el lui N-Sign ăsta, sau Carl, cum i se adresează el. Da, Carl, ar trebui să faci și tu o vizită la pub, aduci vreo câteva pizdulici de la tine de la club ș-așa. Că de prospături avem mereu nevoie, îl provoacă Terry.

Una peste alta, DJ-u-ăsta-i un tip de treabă. Ne cam vărzuim, făcând o doză pe din două, după care îmi spune o chestie care m-a făcut să-mi bată inima mai tare decât de la megalinia pe care tocmai am tras-o.

— Săptămâna trecută am fost la Dam. L-am văzut pe tipu-ăla care și-a deschis acolo un club. Era tovarăș cu tine. Renton. Am auzit că ați cam rupt-o. N-ați mai luat legătura?

Ce tot zice ăst-aici?

Renton? RENTON? RENTON?

Ei bine, poate că totuși, pula mea, o să fac și io o tură la Amsterdam. Să mai arunc un ochi în lumea pornografiei. De ce nu? Puțin R&R. Și aș putea să scot și niște bani care, pula mea, mi se cuvin!

Renton.

— Ba da, acuma suntem pe bune, îl mint eu. Cum ai zis că se cheamă clubu-ăsta? întreb eu așa, ca din întâmplare.

— Luxury, îmi spune cu nevinovăție acest Carl N-Sign Ewart, în timp ce inima stă să-mi sară din piept.

— Așa-i, ai dreptate, ăsta e. Luxury.

Îi arăt io lux lu' pistruiatu-ăla, muist trădător ce e.

21

Curvele din Amsterdam Pct. 3

Canalul are o nuanță verzuie azi; nu-mi dau seama dacă e reflexia copacilor pe suprafața apei sau niște reziduuri plutitoare. Muistu-ăla umflat și bărbos de pe o barjă ancorată mai jos stă și-și fumează mulțumit pipa, la bustul gol. O bună reclamă la tutun. Dac-ar fi la Londra, și-ar face tot timpul griji şi s-ar căca tot pe el, că dacă vine cineva şi-ncearcă să-i ia tot. În schimb, aici îl doare fix undeva. La un moment dat, de-a lungul timpului, britanicii au încetat să mai fie ăia care le-o dădeau la toţi s-o sugă, devenind cei mai mari labagii ai Europei.

Mă întorc în cameră, unde Katrin, îmbrăcată într-un capoţel albastru, scurt, dintr-o imitaţie de mătase, stă pe canapeaua de piele maronie, pilindu-şi unghiile. Buza inferioară uşor răsfrântă şi fruntea încruntată, de la concentrare. Odată eram în stare s-o privesc ore-n şir în timp ce făcea lucrurile-astea. Eram mulţumit de simpla ei prezenţă. Acum nu facem decât să ne enervăm unul pe altul. Acum mi se pare totul al dracului de stupid.

— Deci, până la urmă, ai ăia şapte sute de guldeni pentru chirie?

Katrin îmi face un semn leneş, arătând spre masă.

— În geanta mea, îmi spune ea, după care se ridică şi-şi scoate halatul cu un gest uşor teatral, îndreptându-se spre duş.

Pentru un moment am o ezitare, privind-o cum pleacă, subţire şi albă, în toată goliciunea, deopotrivă excitantă şi uşor stranie.

Mă uit la geanta ei, aşezată pe masa mare de stejar. La încheietoarea ei care-mi face cu ochiul, ca o provocare. Ţine de simplul fapt de a umbla prin genţile femeilor. Pe vremea când o ardeam tot timpul pe droguri, jefuiam case, magazine, furam de la oameni ca să-mi fac rost de ceea ce aveam nevoie, dar cel mai puternic tabu, pe care mi-era cel mai greu să-l încalc, era geanta maică-mii. E mai uşor să-ţi vâri degetele în pizda unei femei străine decât în geanta uneia cunoscute.

Cu toate astea, un acoperiş deasupra capului îmi trebuie cu siguranţă, aşa că o deschid şi scot banii. O aud pe Katrin cântând sub duş sau măcar încercând. Nemţii nu-s în stare să cânte nici măcar două note, la fel ca olandezii, la fel ca toţi europenii, de fapt. Tot ceea ce *poate* e să mă futǎ la cap. Da, înţepături nemiloase, scandaluri îngrozitoare, isterii furtunoase; Katrin poate face toate astea la marea artă. Dar asul ei din mânecă sunt intervenţiile veninoase care îi străpung uneori tăcerile de gheaţă. Micul nostru apartament cu vedere spre canal a dezvoltat o atmosferă puternic conductoare de paranoia.

Are dreptate Martin. Trebuie să merg mai departe.

22

Apartamente al dracu' de mari

Te uiţi la copacii-ăştia d-aicea, la ăia care se chinuie în umbra apartamentelor ăstora al dracu' de mari. Subnutriţi, asta sunt, ăsta-i cuvântu-n pula mea, ca şi copiii, ca muiştii-ăia bătrâni, cu felu' lor de-a fi nesimţit şi slugarnic, căcându-se pe ei de fiecare dată când trec pe lângă vrun grup de tineri în faţa mallului.

Da' io tocma' ce-am trecut pe lângă ei acuma şi, pula mea, mă uit fix la ei, la muiştii-ăştia tineri care-au lăsat-o mai moale cu papagalu', pula mea, fi'ncă io... io le-arunc o uitătură ca lume-aşa. Da' un rechin n-o să-şi bată capu' la vânătoare de plevuşcă, fi'ncă, vorb-aia, nu-i dă nici o satisfacţie, pula mea. Da' mucoşii-ăştia simt ei miros de frică-n aer şi par foarte şocaţi că-i vorba de frica lor.

Cineva şi-o-ncasează azi... şi-mi vâjâie capu' de mor... pula mea, nici Nurofenu' nu-şi mai face efectu'...

Şi-ncep să mă gândesc când a-nceput, azi-dimineaţă, chiar dis-de-dimineaţă, înainte să mă duc la maică-mea. La Kate a-nceput totu', când eram amândoi în pat. Era al dracu' de drăguță când m-am trezit cu ea. Ultimele două dăți îi tot băgasem scuze, că eram beat ș-așa. Da' acuma, după atâta vreme, se uita la mine ca și când ar fi fost ceva-n neregulă cu mine, păi ce pula mea. Ca și când aș fi fost unu' din muiștii-ăia damblagii din chestiile-alea pe care mi le trimitea nenorocitu-ăla când eram la bulău.

Da' sunt pizde care-mi plac și pizde pe care le vreau, în pula mea. Când eram la răcoare, făceam laba tot timpu' gândindu-mă la pizde ș-acuma c-am ieșit ș-am și io o pizdă să-mi placă, nici măcar nu po' să...

FUTU-L SĂ-L FUT PE MUISTU-ĂLA CARE-MI TRIMITEA TOATE CHESTIILE-ALEA

Pula mea, io nu-s un poponar damblagiu...

NU MI SE MAI SCOALĂ, FUTU-I.

Și să vezi dacă mi-ar zice ceva, dac-ar zice „Ce dracu-i cu tine?", m-ar durea-n pix. Da', pula mea, ea-ncepe cu d-alea: „Eu sunt de vină? Nu te atrag?". Așa că m-apuc și-i povestesc tot, despre pușcărie și despre cum primu' lucru pe care l-am vrut când am ieșit era un futai și despre cum acuma nu mi se mai scoală, futu-i.

Iar ea se cuibărește lângă mine, io-ncordat tot, pula mea, și-ncepe să-mi zică iar de muistu-ăla cu care era, băiatu-ăla care-o lua la bâte, ăla care-i învinețise ochiu' când am întâlnit-o. Iar io mă tot gândesc, pula mea, tre' s-o șterg d-aici, fi'ncă-mi plesnește capu', futu-i să-i fut. Așa că i-am spus că mă duc la maică-mea.

Intrând la mall, simt cum mi se accelerează respirația, da' la modu' nasol de tot. Pula mea, mă simt ca un prizonier aici; atras în capcană de nevoia de-a i-o da cuiva la moacă. E ca o dependență, pula mea.

Poate e doar de la faptu' de a fi aicea, afară, în libertate. E ca și când nu mi-ar fi locu-aicea, ca și când nu m-aș potrivi deloc. Maică-mea, frate-miu

Joe, sor-mea Elspeth. To'arăşii mei: Lexo, Larry, Sick Boy, Malky. A, da, sunt toţi bucuroşi să mă vadă, pula mea, da' e ca şi când toţi muiştii-ăştia n-ar face altceva decât să-ţi tolereze un pic prezenţa. După care-o şterg cu toţii, futu-i să-i fut. A, da, toţi sunt amabili, de treabă, da' cu toţii au ceva de făcut, pula mea, mereu au ceva de făcut. Şi ce au, mă rog, mereu de făcut? Orice, mai puţin ceea ce făceam odată cu toţii, împreună, asta au ei de făcut. *Hai că stăm noi ca lumea de vorbă, da' mai încolo.* Ş-asta mă face să fierb tot de furie, mă face să simt cum dependenţ-aia-mputită e din ce în ce mai puternică, nevoi-aia de-a răni pe cineva. *Şi ce pula mea înseamnă mai târziu?*

Şi Lexo. Ce pula mea are muistu-ăsta de gând, cu pizd-aia a lui şi cu faimosu' lui restaurant chinezesc-cu-cafenea?! Asta-i tare, un restaurant chinezesc în Leith! Pula mea, sunt o tonă de d-astea în Leith! Un restaurant elegant, zice el. Ei bine, n-ai să vezi tu vrunu' din Leith că-şi pune cravata ca să meargă să mănânce la chinezi, pula mea, mai ales când în timpu' zilei nu-i decât o cafenea prăpădită.

Da, Lexo, acasă la maică-mea, după aia cum mi-a-ndesat el plicu-ăla-n mână. Două miare. Şi da, i-am luat fi'ncă, pula mea, aveam nevoie de bani, da-nseamnă că Lexo-a gândit cu curu' dac-a crezut că el şi cu curviştin-aia a lui po' să mă scoat-aşa uşor din schemă. O să şi-o-ncaseze el.

Da' e unu' anume, o singură mutră care-mi străluceşte-n minte mai mult ca oricare alta.

Renton.

Renton îmi fusese to'arăş. Cel mai bun to'arăş. Asta din şcoală. Şi, pula mea, el a luat mălaiu'. E numa' vina lu' Renton. Toată furi-asta. Şi n-o să dispară până când n-o să i-o plătesc lu' muie. E vina lui că io am intrat la puşcărie, futu-i să-i fut. Donnelly-ăla a făcut el pe deşteptu', da' nu l-aş fi aranjat în halu-ăla dacă n-ar fi-nceput, în pula mea, să fac-atâta pe nebunu' c-a fost jefuit. L-am lăsat acolo-n parcare-aia, într-o baltă de sânge, era pe moarte, şi mi-am înfipt şurubelniţ-aia ascuţită-n mână. După care m-am dus acasă şi m-am înjunghiat de două ori, o dată-n burtă ş-o dată-n coaste, cu o altă şurubelniţă. După care m-am bandajat şi m-am dus fix la A&E. Asta m-a scos cu omor prin imprudenţă în loc de crimă. Dacă n-aş fi avut cazier şi încă alte două acuzaţii de vătămare corporală gravă în închisoare, aş fi ieşit acu' doi ani. Pula mea, asta-i o glumă proastă, şi de vină-i numa' hoţu-ăla muist de Renton.

Da, a trebuit să ies din casă, să plec de lângă Kate, pentru că altfel nu mi-aş fi putut lua răspunderea pentru ceea ce aş fi fost în stare să fac. Fostu' ei prieten era un muist, o bătea cu bâta de baseball, iar asta nu era-n regulă. Unele vaci merită o bătută zdravănă, muieri care nu se mulţumesc până nu le-astupă vrunu' gura cu pumnu'. Nu-i cazu' cu Kate, ea nu-i aşa, a fost un privilegiu să tratezi aşa o femeie ca ea. Da-mi vâjâia capu-n pula mea, era ca şi când aş fi fost gata să cedez, aşa că m-am cărat în pula mea d-acolo.

Da' după aia, când am ajuns la maică-mea, m-am uitat prin nişte vechituri; vro câteva bunuri personale. Am găsit ş-o fotografie veche; io şi cu muistu' de Renton la Liverpool, la Cupa Naţională. M-am uitat aşa mult la ea, că aveam impresia că văd cum i se lărgeşte rânjetu' pe faţă şi da, chiar *am văzut* cum îmi ieşeau din creştetu' capului două urechi de măgar ca-n desenele-alea animate. Cică să ai încredere-ntr-un muist ca ăla...

Maţele mele au început să producă acid, pula mea, capu-mi vâjâia tot, era ca şi când începeam să am spasme-n tot corpu', futu-i. Ştiam că aş fi fost în stare să mă holbez la poz-aia, c-aş fi putut să mă sinucid în felu-ăsta, continuând să mă holbez la ea până îmi săreau creierii pe pereţi. Da, sângele clocotind şi venele plesnindu-mi din cauza presiunii, şi eu cu totul, încordat de-mi ieşeau ochii; sânge care-mi ţâşneşte din urechi şi din nări. Da' am continuat s-o fixez cu privirea, ca să demonstrez că eram mai puternic decât muistu-ăla, numa' că era mai-mai să leşin, aşa că am aruncat-o şi am rămas pe canapea respirând greu de tot, pula mea, în timp ce inima-mi bătea ca dracu'.

Maică-mea a intrat şi m-a văzut aşa, agitat tot. Zice:

— Ce s-a-ntâmplat, fiule?

Io n-am zis nimica.

După care zice:

— Când treci pe la June, ca să vezi copiii?

— O să trec zilele-astea. Da' mai întâi am nişte afaceri de rezolvat.

Am auzit-o vorbind în fundal, bolborosea ceva de una singură, aşa cum face ea când nu vrea şi nici măcar nu aşteaptă să i se răspundă, ca şi când ar cânta un cântec sau ceva de genu-ăsta. Pomeneşte câteva nume noi, ca şi când io ar fi trebuit să ştiu despre cine pula mea vorbeşte.

Aşa că acuma m-am întors la Wester Hailes ca s-o scot pe Kate în oraş. Luăm un taxi până-n centru. Când ajungem în faţă la clubu-ăsta, îi dau nişte bani ca să-i plătească omului, fi'ncă io-l recunosc pe-un vechi tovarăş de fotbal, Mark, care stă la intrare, aşa că mă duc până la el, să schimbăm două vorbe.

Şi cum stau io afară la discuţii cu Mark, mă uit în urmă, o văd cum coboară, după care văd cum pleacă taxiu'. Şi după asta, muistu-ăsta care vine la ea şi-i zice:

— Ai ieşit la produs, pula mea de curvă-mpuţită ce eşti, îi şuieră el, ca o viperă, ridicându-şi mâna în timp ce ea se face mică, tremurând.

— Nu-i adevărat, Davie, zice ea rugător, scoțând un sunet ascuțit și din privirea lui satisfăcută îți dai seama că nu era prima oară când îl auzea.

Mi-am dat imediat seama cine era. Namila de Mark iese la înaintare, da-l opresc. După care mă-ndrept încet spre muist, fi'ncă savurez fiecare pas din această călătorie. Acuma nenorocitu-o apucă pe Kate de încheietură, văzând că mă îndreptam spre el.

— Tu ce pula mea vrei? Vrei și tu o tură, nu, futu-te să te fut de muist! Pula mea, ai face... țipă el la mine, dar e din ce în ce mai disperat.

Își dă imediat seama că sunetu-ăsta are efect doar asupra amatorilor, iar eu văd deja cum se scurge din el tot curaju'. Muie își dă imediat seama că e futut; vlaga l-a părăsit cu mult înainte ca io s-ajung la câțiva pași de el! I se umflă venele pe gâtu-ăla subțire ca hârtia, se umple tot de pete, ca de la o alergie. Iar eu, eu sunt atât de relaxat!

I-am surâs mai întâi încet, l-am fixat cu privirea *aia* și l-am lăsat un pic să fiarbă înainte să-i curm suferința, rupându-i pliscu' cu o singură mișcare din cap. Un singur pumn îl răpune, făcându-l una cu asfaltul, după care l-am căsăpit cu vreo alte trei lovituri în cap, în față și în spate. Mă aplec și îi șoptesc amărâtului, căcat tot pe el:

— Data viitoare ești mort, bă pulă.

El scoate un sunet, ceva între rugăminte și scâncet.

Îi spun lu' Kate că băiatu-ăla n-o s-o mai deranjeze niciodată. La club n-am stat mult, fi'ncă io voiam s-ajung devreme-acasă. Ne băgăm în pat și-o fut în draci toată noaptea. Îmi zice că n-a mai văzut niciodată așa ceva! Stăm amândoi întinși în pat, iar gândurile mi se precipită, după care mă blochez, mă uit la ea cât e de drăguță și-mi zic că femei-asta ar putea să mă salveze, pula mea.

23

Şmenu' # 18 739

Suntem pe muchia unui mare rahat: eu şi el, Simon şi Mark, Sick Boy şi Rent Boy, aici la Amsterdam. Departe de toate celelalte. Am luat adresa clubu-lui Luxury de la N-Sign, după care el şi cu mine, împreună cu Terry, Rab Birrell şi cu frate-su, fostul boxer, ne-am despărţit foarte repede de restul. Nişte feţe de bătrâni fotbalişti alături de noi ar fi cam aiurea. Lexo, de exemplu, e un vechi tovarăş de-ai lui Begbie; asta chiar că face lucrurile mult mai interesante. Terry este principalul om de lângă mine, dat fiind că un bărbat monomaniac în ceea ce priveşte femeile, cum e el, e mereu bine-venit în anturaj. Metodele lui de agăţat nu sunt sofisticate, dar e perseverent şi are întotdeauna rezultate.

Ajungem la clubul lui Renton şi-l întreb pe băiatul de la intrare dacă e prin zonă. Par foarte dezamăgit auzind că a plecat cu vreo jumătate de oră în urmă, aşa că tipul îmi spune, cu un accent *cockney*, că sigur face un tur al cluburilor, să-ncerc la Trance Buddah. A spus asta pe tonul ăla exasperant de afectuos, ceva de genul „Bunul şi bătrânul Mark, doar ştii cum e". *Îl ştiu, chiar foarte bine, pula mea de labagiu ce eşti, da' mi-e clar că tu nu.* E evident că muistu' nu şi-a pierdut credibilitatea, că-i îmbro-bodeşte în continuare pe ceilalţi. Dar lucrul ăsta rezumă josnicia lui Renton: are un club de noapte, dar merge să se pişe în altul.

Rahat.

Schimb direcţia echipajului, înapoi spre cartierul felinarelor roşii. Juice Man bombăne:

— Da' ce, locu-ăla nu merge, Sicky?

Tembelul ăla, cap sec ce e, nu s-a mulțumit să-mi spună „Sick Boy" în loc de Simon de față cu străinii, și-a permis luxul de a-l abrevia cu Sicky, chestie care e și mai iritantă. Dar nu spun nimic despre faptul că mă dezgustă acest lucru, sperând că îmi va trece. Arată-le ălora de teapa lui Lawson puțină slăbiciune și ei o vor exploata fără milă; cred că asta-mi place la nebunie la tipu-ăsta.

Renton. Aici la Amsterdam. Mă-ntreb cum pula mea e acuma. Cum s-a schimbat de-a lungul anilor. Trebuie să-ncerci să-ți dai seama ce ești și ce nu ești. Asta-i marea aventură a vieții. Sunt lucrurile pe care le lași în urmă și lucrurile pe care le iei mereu cu tine. Iar eu aproape că m-am intoxicat, încercând să-mi dau seama ce iau cu mine, oriunde m-aș duce, în orice stare aș fi. Intrăm în clubul ăsta, Trance Buddha, din cartierul felinarelor roșii. Un ring de dans standard, un loc de relaxare și un bar la care stau localnici, turiști și expatriați britanici. Bineînțeles, obiectivul meu e Renton, dar mie și lui Terry ni s-a activat instinctiv alarma de pizdă, așa că ne despărțim de grup. Pe Ewart l-au interceptat două gagici, așa că își deschide repertoriul de vrăjeli, iar Big Birrel, boxerul și cu Rab o ard pe lângă el. Cumpăr vreo două pastile de la un olandez, care-mi dă cuvântul că sunt marfă bună. Mi se rupe. Nici coca nu prea am chef să bag, pentru că ar însemna să stau toată noaptea la budă. Vreau să mă combin cu o olandeză, una cu piele frumoasă și tot ce trebuie, numai că Terry a intrat în vorbă cu două englezoaice, așa că le cumpăr câte ceva de băut și ne așezăm cu toții într-un colț mai liniștit. Muzica-ncepe să mă calce pe bătături; e un *tehno* de-ăla olandez, un fel de disco de bâlci, care mă scoate din sărite. Un alt motiv pentru care-l urăsc pe Renton: că trebuie să suport tot căcatu-ăsta.

Stau cu tip-asta, Catherine, una din Rochdale (păr blond, nespălat, până la umeri şi o aluniţă proeminentă pe bărbie), iar ea-mi spune că nu-i place muzica *tehno*, e prea dură pentru gusturile ei. Mă uit la ochii ei, acoperiţi de un machiaj întunecat şi-mi tot zic „Rochdale", iar gândurile mele o iau razna, rău de tot, cam aşa : Gracie Fields din Rochdale, cântând „Sally, Salleee, mândria străzii", apoi eu trăgându-i-o lui Catherine pe stradă. După care, întorcându-mă la tema Rochdale, Mike Harding cântând *The Rochdale Cowboy*, iar eu mă gândesc la Catherine ca la Rochdale *Cowgirl*, mă-ntreb cum i-ar sta în poziţia asta, ca-n şa, dar inversată, un cadru porno clasic, inventat pentru a putea reda în faţa camerei penetraţia. Cu toate astea, cu voce tare zic altceva :

— Deci, Catherine, Rochdale, eh.

Terry, care-i flancat bine de tipa astălaltă, prietenă cu Catherine, înregistrează această replică şi-mi aruncă o privire telepatică, e ca şi când mi-ar fi citit gândurile şi da, chiar că nu-s rele pastilele-astea.

Mă bucur că pot să stau aici liniştit, dat fiind că nu pot să dansez pe un *tehno* monoton. E ca şi când ai alerga la Maratonul Londrei, un căcat. Bum-bum-bum. Unde e *funk*-ul, unde e *soul*-ul ? Unde pula mea sunt toate hainele alea fiţoase ? Muzica *Jambo*. Cu toate astea, olandezilor ăstora stupizi şi turiştilor se pare că le place la nebunie ; fiecare-n filmul lui. Unul dintre ei e dus rău de tot, are o schemă de dans cu paşi mici, alături de două tipe şi un alt tip, dar muistul ăsta îmi spune ceva. Mi-e cunoscut. Are o pălărie stupidă, care-i acoperă ochii, dar recunosc modul în care se mişcă : e prins tot de mixul DJ-ului, dar din când în când se uită de jur împrejur, ridicându-şi braţele de fiecare dată când recunoaşte pe cineva. E vorba de energia aia detaşată, de mişcările

lipsite de vlagă, dar şi de afirmaţiile lui înţepătoare.
Chiar dacă pare detaşat, îi rămâne mereu o parte
în exterior, care acaparează totul.

Nu-i scapă nimic.

Era un tip cu care în trecut vorbeam o grămadă
de căcaturi. De exemplu, că noi vom fi altfel. Ca şi
când el n-ar fi fost un heroinoman din Fort, care
s-a lăsat de facultate, iar eu n-aş fi fost un muist
şmecher, care ejaculează cu bulbuci în mintea tuturor
paraşutelor amărâte cu o copilărie nasoală, suficient
de fraiere cât să-nghită o poveste despre compasiune
şi o pulă transpirată.

Era vechiul meu tovarăş Mark.

Era Rents.

Era muistul care mă jefuise, muistul care *mi-era
dator.*

Şi nu pot, nu, nu vreau să-l scap din ochi. Stând
aici în umbră, într-un mic alcov, alături de gaşca
mea, Catherine, Terry şi cum o cheamă p-ailaltă?
Nu contează, stau aici şi-l privesc pe ringul de dans.
După un timp, observ că se pregăteşte să plece
cu unii. Iar eu îl urmez, târând-o după mine pe
Catherine, care-o tot ţine una şi bună cu prietena
ei, dar îi închid gura cu un sărut, uitându-mă în
continuare la Renton, cum se îndepărtează. Mă
întorc spre Terry şi schiţez un semn libidinos din
cap, la care el îmi răspunde cu un zâmbet carnal,
făcându-mă să-mi pară rău pentru fata cu care stă,
cu tot cu *pierce*-ul ei. Mergând să ne luăm hainele
de la garderobă, mă ling un pic cu Catherine şi-mi
dau seama că, deşi e tânără şi chiar drăguţă, e
ditamai animalu'. Hainele-alea negre ar fi trebuit
să mascheze asta, dar pulpele-alea dolofane...

Nu-i motiv de-ngrijorare.

Afară, îl văd pe Renton puţin mai înainte, e cu
o pizdă slăbănoagă, blondă, tunsă scurt, şi cu un
alt cuplu. Fată-băiat, fată-băiat, cum spune Danny

Kaye în *White Horse*. Ce comod. Ce civilizat, ca un papagal de Islington, unul din ăia fără pic de minte, din clasa de mijloc. Le oferi un pahar de vin şi aprinzi focul, la care ei spun: „Cât de civilizat". De fiecare dată când taie cu cuţitul o bucată de *ciabatta*, întreabă: „Nu-i aşa că e civilizat?".

Iar ţie-ţi vine să le zici: nu, bă muie proastă, nu-i deloc aşa, pentru că civilizaţia e mai mult decât turnatul vinului şi tăiatul pâinii, iar tu nu vorbeşti decât despre plăcere şi relaxare.

În timp ce-l urmărim pe Renton pe străzile pietruite dintre canale, îi vine rândul lui Catherine. Îmi tot spune cât e de ci-vi-li-zaaat locul ăsta, agăţându-se de braţul meu. Civilizează-mă pe mine, *bambino*, educă-l tu pe sălbaticul caledonian-italian din Leith. Se prea poate ca ea să caşte ochii la lămpile cu gaz care încălzesc străzile şi se reflectă în pavajul ud şi în apele nemişcate ale canalelor, dar eu nu-l scap din ochi pe hoţ, şi dac-aş fi avut un al treilea ochi, tot spre el ar fi aţintit.

Aproape că-l aud şi mă-ntreb ce spune. Aici, Rent Boy e liber să-şi cultive toate pretenţiile, fiindcă nu e nici un Begbie care să vină şi să spună „Hei, ăsta-i un junkist din Fort, pula mea!" şi să-l porţioneze ca la măcelar: în bucăţele mici, mici. Da, aproape că empatizez cu hoţu-ăsta, văd ce nevoie avea să facă toate astea, ca să nu fie obligat să înoate într-o baltă de energie negativă până când te dor braţele şi te duci la fund, la fel ca toţi futuţii-ăia trişti. Dar să-mi facă mie una ca asta, *mie*, şi să-l ajute pe ratatu-ăla de Murphy, ei bine, asta distruge orice argument.

Bolboroselile lui Catherine se transformă într-o ciudată coloană sonoră pentru gândurile mele, care devin din ce în ce mai negre. E ca şi cum cineva ar fi pus în capul afişului de la *Taxi Driver* distribuţia de la *Sunetul muzicii*.

Traversează cu toții unul dintre canale, pe un pod îngust, îndreptându-se spre o stradă, Brouwersgracht se cheamă, și la numărul 178, intră într-o scară. În apartamentul de la etajul doi se aprind luminile, iar eu o mân pe Caherine peste pod, ca să am o perspectivă de pe cealaltă parte a canalului. Ea îi dă înainte cu „li-be-ra-li-za-rea", cum „creează ea o atitudine diferită". Stau cu ochii pe ei, îi văd cum dansează la fereastră, la căldură, iar eu stau aici, afară, într-un frig înțepător și mă gândesc, de ce nu urc să sun pur și simplu la sonerie, ca să i se-nmoaie genunchii lu' domnu' muie? Dar nu, pentru că acum am prins gustul acestei urmăriri, iată de ce. Sentimentul puterii de a ști unde e, fără ca el să aibă nici cea mai vagă idee. Niciodată să nu acționezi în grabă, ci doar cumpătat și bine pus la punct. Și, cel mai important, când voi da ochii cu muie, n-am să fiu pe pastile pacifiste, ci pe coca de calibru industrial.

E nevoie de cineva care să-l pună la punct; și asta se va întâmpla. Acum știu unde locuiește hoțul: Brouwersgracht 178. Dar mai întâi de toate, Catherine are nevoie de experiența numită SDW.

— Ești atât de frumoasă, Catherine, îi spun eu dintr-odată, așa, din senin, întrerupându-i șirul gândurilor.

Cu asta am dat-o pe spate.

— Nu... spune ea timidă.

— Vreau să fac dragoste cu tine, îi spun călduros, dar în același timp într-un mod care mie mi se pare cu adevărat profund.

Ochii lui Catherine s-au transformat în izvoare întunecate, sclipitoare de dragoste, în care vrei, în care tânjești cu disperare să te afunzi.

— Ești așa de dulce, Simon, râde ea. Știi, pentru un moment am crezut că te plictiseam, era ca și când nici măcar nu m-ai fi ascultat.

— Nu, era de la pastilă, de la felul în care arăți...
pur și simplu mă făceau să mă simt... știi tu... ca și
când aș fi fost într-un fel de transă. Dar îți auzeam
tot timpul vocea, îți simțeam lângă mine căldura, iar
inima îmi plutea ca un fluture purtat de briza caldă
și proaspătă a primăverii... știu că sună pretențios...

— Nu, nu, sună superb...

— ... Am vrut pur și simplu să prelungesc puțin
momentul, pentru că era perfect, dar apoi m-am
gândit, nu, Simon, e un gest așa de egoist. Împăr-
tășește-l. Împărtășește-l cu fata care l-a făcut posibil.

— Ești adorabil...

Îi strâng mâna și o conduc înapoi la hotelul unde
stă, verificând mai întâi dacă era mai scump decât
cel la care stăteam eu.

Să vezi acuma ce ți-o dau, umflato.

Dimineața, primul gând care îmi vine în cap
este să scap cât mai repede de acolo. Când îmbă-
trânești, aproape că devine la fel de important ca
arta seducției în sine. Trecute sunt zilele de amară
încordare când pur și simplu te îmbrăcai și o luai
la goană sau măcar nu ți se părea cine știe ce.
Catherine e lângă mine, dormind ca un elefant care
a fost anesteziat de o săgeată Safari. De parcă era
în comă. E bine să ai o femeie care doarme sănătos.
În felul ăsta, ai mult mai multe ore pe zi pentru a
fi tu însuți. Îi scriu un bilet.

Catherine,

Pentru mine, noaptea trecută a fost minunată.
Ne putem întâlni diseară la Stone's Café, la nouă?
Vino, te rog!
Cu dragoste, Simon
XXXXX

P.S. Erai așa de frumoasă dormind, că nu m-a
lăsat inima să te trezesc.

Mă întorc la hotel. Nici o urmă de Terry, dar Rab Birrell și câțiva tovarăși ai lui sunt treji. Îmi place într-un fel de Birrell ăsta. E prea șmecher ca să mă întrebe unde am fost. Când jumătate din viață ai fost înconjurat de tembeli băgăreți, ajungi să apreciezi această calitate la un bărbat, discreția.

Îmi iau de la bufet niște chifle, brânză și șuncă, o cafea, și mă așez lângă ei.

— Cum sunt băieții? Bine, sănătoși?

— Da, spune Rab, la fel ca și tovarășul lui, Lexo Setterington.

Trebuie să am mare grijă la ce spun în preajma muistului ăstuia, dat fiind că e tovarăș cu Begbie. Dar ăsta e ceva mai zdravăn decât dementul ăla. Știe care-i treaba, știe mersul lucrurilor. O cafenea Thai, în mijlocul Leithului!

E bine de știut, totuși, că între așa-zișii prieteni la cataramă nu e mare iubire.

— M-a lăsat în căcat, cu facturi de plată și cu ceva bunuri, numai vechituri și mobil-aia mizerabilă, în valoare de vro câteva sute. Pula mea, ar trebui să-l omor pe muistu-ăla arogant... râde el.

În acest punct mă abțin, rezumându-mă la un răspuns neutru.

— Mmm... pentru că muistu-ăsta, în felul lui, e la fel de al dracu' ca și Begbie.

— Faza cu Franco e că ăsta nu uită niciodată, spune Lexo. Dacă te pui împotriva lui, tre' să-l și trimiți la culcare pentru totdeauna. Că altfel, o să te tot bântuie. Da' faza e că pân' la urmă o să și-o ia și el, nu tre' decât să-și facă damblaua pentr-o vreme. Pân' la urmă i s-o lua cuiva de el ș-atunci o să-i pună capac lu' Begbie pentru totdeauna, scutindu-i pe alții să plătească vro două mii de lire, rânjește el.

Îmi dau seama că Lexo a stat treaz toată noaptea și că e încă beat, pentru că mă apucă bine de umăr și-mi șoptește-n ureche, duhnind tot a alcool:

— Nu. Tre' să ai destul sânge rece ca să-ţi permiţi plăcerea violenţei doar de dragu' ei. Lasă asta pe seama unor rataţi ca Begbie.

Îmi dă drumul zâmbind, continuând să mă privească atent în ochi. Încă o dată, încerc să răspund cu interjecţiile potrivite, la care el spune:

— Bine'nţeles, din când în când mai poa' să ţi se pună puţin pata...

Şi cu asta, conversaţia se îndreaptă spre replicile previzibile şi deprimante despre meritele relative ale microbiştilor Feyenoord şi Utrecht. Billy Birrell, fratele boxer al lui Rab, şi N-Sign Ewart se pare ca au zis pas şi nu mai au chef de excursie. Înţelept. Nu pot sta aici, ascultându-i pe toţi demenţii plini de cocaină cum aberează, pe cine aveau ei de gând să mai omoare; o să am tot timpul parte de asta când ne întoarcem în Leith. Beau cafeaua dintr-o-nghiţitură şi ies din nou în stradă.

Până la urmă, găsesc un magazin de biciclete şi mă fac cu un velociped ameninţător, după care dau o tură pe la apartamentul hoţului. De partea cealaltă a canalului, vizavi de casa lui, e o cafenea cu ferestre uriaşe, pe care am observat-o azi-noapte. Îmi leg bicicleta, mă aşez la fereastră în barul ăsta spaţios, aerisit, cu podele de lemn maroniu şi pereţi galbeni, şi-mi sorb cafeaua *verkerd*. Copacii îmi taie vederea spre fereastra lui, dar pot vedea uşa de la intrare şi pot monitoriza toate intrările şi ieşirile.

Am furat, jefuit, şterpelit toate obiectele care erau lăsate aşa, fără să fie păzite, şi la fel au făcut şi majoritatea tovarăşilor mei din Londra. Dar asta nu ne face hoţi, după părerea mea. Hoţ este cineva care fură de la sine. Eu nu aş face asta şi nici Terry n-ar face-o. Nici măcar jegosu-ăla de Murphy n-ar face-o... Bine... asta nu-i tocmai adevărat. Trebuie să ne gândim la Coventry City însă. Dar ideea e că Renton va plăti cu dobândă.

24

Curvele din Amsterdam Pct. 4

Iată-mă ieşind de la duş, rămânând pe loc şi privind-o pe Katrin cum priveşte lumea. A deschis larg uşile uriaşe de sticlă ce domină camera noastră de zi şi stă sprijinită de balustradă, privind dincolo de canal. Îmi dau seama în ce direcţie se uită, urmăreşte străduţa îngustă de vizavi care coboară, traversând alte câteva canale Jordaan. Mă apropii de ea încet, nevrând să o deranjez, aproape fermecat de nemişcarea ei. Peste umărul ei văd un ciclist singuratic, pierzându-se în josul străduţei, silueta lui hopăie trecând peste nişte denivelări. Îmi pare cunoscut, poate că trece de multe ori pe-aici. Văd corzile lăsate la ferestre, alea păstrate în afară pentru a se putea transporta mobila în casele înguste; se izbesc unele de altele ca şi când ar fi două şiruri rivale de infanterie proptindu-se piept în piept ca la rugby.

Aerul răcoros probabil că-i îngheaţă picioarele goale. Oare ce vrea? Orice ar fi, eu nu pot continua aşa. Simt cum razele soarelui îmi bat în faţă, în feţele noastre, de fapt, şi mă gândesc că, probabil, aşa trebuie să fie.

Încercăm să stăm de vorbă, dar a ne găsi cuvintele e ca şi când am căuta apă, săpând în deşert. De fiecare dată durează din ce în ce mai mult să ne întoarcem relaxaţi la umanitate după ce ne-am târât după noi relaţia pe drumul morţii. Acum, singurul lucru pe care îl mai împărtăşim sunt certurile despre nimic. O sărut pe ceafă, plin de compasiune şi vină dureroasă, plin de o furie tandră. Nici o reacţie. Plec de lângă ea, mă duc în dormitor să mă îmbrac.

Când mă întorc, o găsesc exact în același punct. Îi spun că ies puțin, dar întâmpin aceeași tăcere. Mă îndrept spre Herengracht, după care o iau spre Leidseplein și apoi fac o plimbare prin Vondelpark, cu nervii întinși, deși nu am luat nimic. În orice caz, mă simt chiar para. Martin spune întotdeauna că logica drogurilor este că și atunci când ești perfect treaz, tot te simți distrus și paranoic timp de câteva săptămâni; cât timp o ții pe alcool și droguri, măcar ai un motiv să te simți așa, e mai bine decât să te convingi pe tine însuți că ești bolnav mintal. Paranoia din Amsterdam, oraș relaxat, nici nu se compară cu cea din Edinburgh, dar chiar și așa am impresia că mă urmăresc toți, e ca și când chiar m-ar urmări la propriu vreun dement.

După puțin timp mă îndrept spre club, ca să deschid biroul. Să verifici e-mailurile duminica, doar pentru că nu poți sta în aceeași încăpere cu iubita ta – chiar că nu are cum să fie mai trist de atât. Mi-e la fel de bine și la Londra.

Încep să fac alte chestii; rezolv niște hârțoage, niște facturi, dau câteva telefoane și rahaturi de genul ăsta. După care am un șoc, un șoc mare, mare, al dracu' de mare. Stau și mă uit în registrul fiscal, prin niște extrase de cont de la ABN-AMRO. Încă mai am probleme cu cititul în olandeză. Oricât de mult ți-ai îmbunătăți vorbitul, recunoașterea vizuală a lucrurilor tipărite îți poate da bătăi de cap. *To ken, to know.* Adică cine știe, cunoaște, pe scotlandeză. Una zici și alta iese.

„*Rekening nummer*".

Reckoning[1].

Se aude o bătaie în ușă, iar eu mă uit agitat în jur, să mă asigur că Martin nu a lăsat cumva la vedere vreun pachețel de coca, pe sub teancurile de

---

1. A număra, calcula; fig. a socoate (engl.)

hârtii, dar nu, sunt toate în seiful din spatele meu. Mă ridic și deschid ușa, gândindu-mă că trebuie să fie Nils sau Martin, când mă-mpinge unul înăuntru. Primul lucru care îmi vine-n minte și care îmi convulsionează tot corpul e PULA MEA, TOCMAI SUNT JEFUIT... înainte să se evapore și să văd dinaintea mea o figură, în același timp cunoscută și străină.

Îmi ia o secundă ca să-mi dau seama de-a binelea ce se petrece. E ca și când creierul meu nu poate procesa datele senzoriale pe care i le transmit ochii mei.

Pentru că înaintea mea stă Sick Boy. Simon David Williamson.

Sick Boy.

— Rents, spune el pe un ton rece, acuzator.

— Si... Simon... ce pula mea... nu pot să cre...

— Renton. Avem ceva afaceri de făcut. Îmi vreau banii, latră el, inspectând biroul și bulbucându-și ochii ca niște coaie de terier Jack Russell la vederea unei cățele în călduri.

— Unde pula mea sunt banii mei?

Eu stau și mă uit la el zombificat, fără să știu ce pula mea să-i spun. Nu-mi vine în minte nimic, în afară de faptul că s-a cam îngrășat, dar că, foarte ciudat, îi stă bine așa.

— Banii mei, Renton, îmi mârâie el în față, apropiindu-se de mine, astfel încât îi simt căldura și mirosul salivei.

— Sick... ăăă, Simon, o să ți-i dau, îi spun. Se pare că nu pot spune nimic altceva.

— Cinci mii, în pula mea, Renton, spune el apucându-mă de piept.

— Ce? întreb, cam moale, uitându-mă la mâna pe care și-o înfipsese în tricoul meu ca și când ar fi fost rahat de câine.

Drept răspuns, se îndură să mai slăbească puțin strânsoarea.

— Am făcut eu calculele. Dobândă, plus compensația pentru stresul pe care mi l-ai cauzat.

La asta scutur neîncrezător din umeri, cumva sfidător, de parcă m-ar durea în cur. La vremea aia a fost o afacere bună, dar acuma mi se pare o nimica toată, câțiva cretini băgați într-o căcănărie de junkiști. Dar iată că mă lovește din plin, după câțiva ani de stat cu ochii-n patru, am devenit indiferent, chiar blazat, în legătură cu toată afacerea. La gândul unei vizite în Scoția, ca să-mi văd pe ascuns familia, paranoia iese din nou la suprafață, chiar dacă îmi fac probleme numai din cauza lui Begbie. Din câte știu, execută în continuare sentința pentru omucidere. În momentul ăla, nu m-am gândit decât în treacăt la modul în care îl va afecta pe Sick Boy toată treaba. Faza ciudată e că am intenționat să mă răscumpăr față de el și de Premiu' Doi și poate chiar de Begbie, așa cum am făcut cu Spud, dar, într-un fel sau altul, nu am mai apucat să o fac. Nu, nu m-am gândit niciodată la ce efect a avut asupra lui, dar am impresia că-mi va spune acum.

Sick Boy îmi dă drumul și se trage câțiva pași înapoi, învârtindu-se prin birou, dându-și palme peste frunte, făcând ture de colo-colo.

— A trebuit să mă descurc cu Begbie după toată faza! Credea că eram și io băgat cu tine! Pula mea, am pierdut un dinte, scuipă el, oprindu-se brusc și arătându-mi acuzator dintele de aur din gura de culoarea fildeșului.

— Ce s-a-ntâmplat cu Begbie... Spud... Premiu'...?

Sick Boy se răstește sălbatic la mine, întorcându-se pe călcâie:

— Las-o baltă cu muiștii-ăia! Acuma vorbim despre *mine*! Despre mine!

Se bate cu pumnul încleștat în piept. După care deschide larg ochii, iar vocea i se transformă într-un scâncet ușor.

— Parcă io trebuia să-ți fiu cel mai bun tovarăș. De ce, Mark? spune el rugător. De ce?

Trebuie să zâmbesc în fața acestei reprezentații. Nu mă pot abține, muistu-ăsta nu s-a schimbat deloc, dar asta-l scoate din minți și sare pe mine, după care ne prăbușim amândoi pe podea, el deasupra mea.

— PULA MEA, RENTON, TU NU RÂZI DE MINE! îmi strigă el în față.

Asta a fost al dracu' de nasol. M-am lovit la spate, dar încerc să-mi controlez respirația, cu grăsanu-ăsta muist deasupra mea. Chiar că a pus ceva kile pe el, aproape că mă strivește. Ochii lui Sick Boy sunt plini de furie și ridică pumnul asupra mea. Gândul la Sick Boy, care mă bate măr pentru bani, mi se pare puțin tâmpit. Nu imposibil, dar ridicol. N-a fost niciodată adeptul violenței. Dar oamenii se schimbă. Uneori, pe măsură ce îmbătrânesc, devin din ce în ce mai disperați, mai ales dacă au sentimentul că li s-au înecat corăbiile. Iar ăsta s-ar putea să nu fie Sick Boy pe care îl știam eu. Opt, nouă ani înseamnă mult. Gustul pentru violență trebuie să fie ca gustul pentru orice altceva: unii îl pot căpăta mai târziu în viață. Și eu l-am căpătat, dar într-un mod controlat, timp de patru ani de antrenament de karate.

Dar chiar și fără asta am crezut dintotdeauna că-l pot bate pe Sick Boy. Mi-aduc aminte cum i-o mai dădeam din când în când la școală, în spatele depozitului Fyfe's de la Water of Leith. Nu era o luptă pe bune, doar așa, un antrenament între doi non-luptători, dar eu rezistam mai mult și eram mai al dracu'. Eu am câștigat bătălia, dar el a câștigat războiul, ca de obicei, prin șantajul emoțional care a urmat în toți acei ani. A folosit aceeași schemă cu cei mai buni prieteni: a întors reflectoarele spre mine și m-a făcut să mă simt ca un bețivan care-și bate nevasta. Acum, cu abilitățile mele de karate shotokan, știu că-l pot imobiliza ușor. Dar eu sunt cel care nu face nimic şi mă tot gândesc, ce forţă paralizantă poate fi vina şi ce energizantă este indignarea justificată. Nu vreau decât să scap de toate astea fără să-l rănesc.

Acum e pe punctul de a mă pocni în faţă, iar eu mă gândesc la asta şi râd. La fel şi Sick Boy.

— De ce râzi? spune el, evident enervat, dar continuând să rânjească.

Îl privesc în faţă. E puţin mai vesel, dar în mare formă, în continuare. Şi pe deasupra şi pus la patru ace.

— Te-ai îngrăşat, îi spun.

— Şi tu, spune el cu un aer jignit, rănit. Tu, mai mult decât mine.

— La mine e numai muşchi. Dar nu te-am considerat niciodată un grăsan, zâmbesc eu.

Îşi priveşte stomacul, trăgându-şi burta.

— Pula mea, şi la mine tot muşchi e, spune el.

Sper că acum vede şi el cât de ridicol e totul. Şi chiar este. Putem să rezolvăm cumva, să ajungem la o înţelegere. Sunt încă şocat, dar nu surprins, într-un anume fel chiar îmi pare bine să-l văd. Am simţit mereu că ne vom mai întâlni.

— Simon, hai să ne ridicăm. Ştim amândoi că n-ai de gând să mă loveşti, îi spun eu.

Mă priveşte, rânjeşte, ridică din nou pumnul şi mă pocneşte în faţă, de văd numai stele verzi.

25

Sălile de lectură din Edinburgh

Frate, cum sunt Sălile de Lectură din Edinburgh de la Biblioteca Centrală, sunt toate pline de o grămadă de chestii despre Edinburgh, ce altceva?!

Adică, vorb-aia, nu că m-așteptam să găsesc la Sălile Edinburgh chestii despre Hamburg, gen sau nah... Boston. Da', frate, faza e că aicea-s o grămadă de chestii despre Leith ș-așa, da' multe, nu așa, care-ar trebui, de drept, să stea la Biblioteca Publică din Leith, aia de pe Ferry Road. Pe bună dreptate, ce vreau să zic e că Leith, după aia de la primărie, dacă nu după mai toți motanii din bătrânu' port, e tot o parte din Edinburgh. Da' pe parte-ailaltă, io mi-aduc bine-aminte de vremurile-alea-n care circulau tot felu' de fluturași despre toată poveste-aia cu descentralizarea-n care se pare că aia de la primărie chiar credeau. Așa că de ce-ar trebui un motan de Leith ca mine să facă tot drumu' pân' la Edina, ca să găsească niște chestii despre Leith? De ce tot marșu-ăsta, drum lung, nu alta, pân' la Podu' George al IV-lea când ai putea bine-mersi să mergi peste drum, pe Ferry Road, mă-nțelegi?

Nah, vorb-aia, nu-i rău să faci o plimbărică pe vreme-asta, cu soarele-ăsta căcăcios de martie. Da' chiar ș-așa, bulevardu-i cam plouat. N-am mai fost p-aici de la festival și chiar că mi-e dor de toate gagicuțele-alea care-ți zâmbeau și-ți dădeau fluturași cu spectacolele lor. Da', frate, e de speriat cum transformă ele afirmațiile-n întrebări. O iau cu d-astea: „Avem un spectacol în cadrul festivalului?", „Va avea loc la Pleasance?", „Nu-i așa că toate cronicile au fost favorabile?". Și-ți vine să le zici, ia stai așa, pisicuțo, că dacă vrei să transformi o afirmație-ntr-o-ntrebare, nu tre' decât s-adaugi „știi" la sfârșit. Știi?

Da' nu-i vorbă, că io tot primesc fluturașii oricum, că nah, nu-i de nasu' meu să le zic ceva la gagicile-astea fițoase care-au facultate ș-așa și care-au studiat tragedia greacă din străfunduri, știi?

Da' ast-a fost problema mea dintotdeauna, frate, încrederea. Marea dilemă, frate, e că, de cele mai multe ori, lipsa de droguri înseamnă și lipsă de-ncredere. Acuma nu stau chiar prost la capitolu-ncredere, da' e, ce cuvânt folosesc motanii-ăia?! Precară, frate, precară. Și prima chestie pe care-am observat-o când am ajuns aicea a fost pubu-ăsta de vizavi de Biblioteca Centrală, Scruffy Murphy's[1] îi zice. Un pub d-ăla irlandez standard, care n-are nici în clin, nici în mânecă cu puburile-adevărate din Irlanda, gen. 'S numa' pentru motănași afaceriști, *yuppies* și studenți bogătani. Da' uitându-mă la el m-am simțit tot crispat și-n sinea mea m-am rușinat. Într-o lume dreaptă, ăștia, patronii barului, ar trebui să plătească ăstora ca mine-așa compensații pentru daunele emoționale provocate, frate. Adică nah, când eram la școală n-aveam parte decât de asta, Scruffy Murphy-n sus, Scruffy Murphy-n jos. Asta doar din cauza numelui meu irlandez, a zdrențelor împuțite pe care mi le permiteau condițiile economice nefaste și a sărăciei endemice din gospodăria familiei Murphy de pe Tennent Strasser cu Prince Regent Strasser. Așa că-i cam opusu' lu' bine, frate, fix opusu'.

Și, nah, văzând firm-asta de la bar, m-a pus imediat în dezavantaj maxim, chiar înainte să-mi iau startul, știi? Așa că-s terminat tot când ajung la Bibliotecă, și mă tot gândesc: „Cum ar putea vreodată Murphy Jegosu' să scrie o carte?. Apoi, când am intrat acolo, era ciudat rău de tot. C-I-U-D-A-T pe toate părțile, frate. Da, intru pe ușile-alea mari de lemn și deodată începe să-mi facă inima bang bang bang. Am simțit c-o să crăp acolo, frate, era ca și cum m-ar fi-ndopat unu' cu prea mult nitrat de amil. Eram vraiște tot, ca și când eram gata să leșin, gen, eram gata-gata să mă prăbușesc pe punte la punct fix. E senzați-aia, știi, ca și când ai

---

1. „La Murphy Jegosu'", în trad. aproximativă

înota pe sub apă la piscină sau ca şi când ai zbura cu avionu', ştii cum e zgomotu-ăla-nfundat care-l simţi în urechi. Aşa că tremuram tot, frate, tot. După aia, când s-a apropiat de mine ăla de la pază, îmbrăcat în uniformă, m-am panicat rău. Şi mă gândesc că am pus-o; hai, frate, nu, deja am pus-o şi nici măcar n-am făcut nimica, nici măcar n-aveam de gând să fac ceva, voiam doar să mă uit peste nişte cărţi, gen...

— Vă pot ajuta cu ceva? întreabă tipu'.

Aşa că-mi zic: n-am făcut nimica nasol, sunt perfect în regulă. Nici măcar n-am făcut nimica, zău, nimica. Da' nu i-am zis decât:

— Ăăă... ăăă... ăăă... mă-ntrebam, gen... dac-ar fi-n regulă, dac-aş putea, gen... ăăă... să arunc o privire-n sala unde-s toate chestiile despre Edinburgh... să mă uit la cărţi ş-aşa.

Şi mi-am dat imediat seama că tipu-ăsta ştia cu cine are de-a face: combinator, junkist, şmenar, a treia generaţie de gunoieri, ţigan; pur şi simplu a ştiut, frate, fi'ncă tipu-ăsta-i un d-ăla care ţine cu Hearts, unu' din ăia de la Rotary Club, adică-ţi dai seama, după uniformă ş-aşa... nasturi lustruiţi, tot, frate...

— Jos, spune tipu' şi mă lasă să intru, aşa, pur şi simplu.

Uite-aşa! Şi tipu' chiar m-a lăsat să intru! În Sălile Edinburgh. La Biblioteca Centrală. Pe Podu' George al IV-lea, gen!

Tare!

Aşa că o iau în jos pe scările de marmură şi văd semnu-ăsta: „Sălile Edinburgh". Frate, ş-acuma-ncep tot să mă simt cu nasu' pe sus, ca un adevărat învăţat. Da' să vezi când am intrat: era uriaşă, frate, uriaşă, şi la toate pupitrele-alea mici, o grămadă de oameni care citeau, ca şi cum ar fi fost din nou la şcoala primară. Era la fel de linişte ca la Falkirk şi parcă se uitau toţi la mine, frate.

Ce-or vedea toți ăștia? Un drogat care poate-o să șterpelească vreo câteva cărți pe care să le vândă ca să-și bage-n venă.

Așa că-mi zic, nu, nu, nu, frate, stai calm. Nevinovat, până la proba contrarie. Fă așa cum zice Av de la grupu' de terapie și-ncearcă să te calmezi, să ai grijă cu faz-aia de autosabotaj. Și când te-apucă stresu', numără pân' la cinci. Unu, doi, trei... la ce s-o uita mamai-aia ochelaristă...? patru, cinci. Și-a fost mai bine, frate, că după aia și-a văzut fiecare de treaba lui, gen.

Și nici nu prea merită să șmanglești ceva d-aicea. Adică nah, se prea poate să fie cărți valoroase ș-așa, da' pentru colecționari, nu d-alea pe care să le poți schimba la Vine Bar, toate numa' niște strațe vechi, că așa le zice, frate, strațe, și toate microfilmele-alea ș-așa, știi?

În orice caz, m-apuc s-arunc un ochi prin cărțile-alea, unde zice că Leith și Edinburgh s-au unit în 1920, după un fel de referendum. Ast-ar fi cam ca votu' ăla „Da pentru Descentralizare", pentru Parlament ș-așa, când au luat cuvântu' oamenii și ast-a fost tot. Mi-aduc aminte că i-am văzut p-ăia de la *Scotsman* și pe toți ăia care ziceau „Nu, frate, votează împotrivă", da' motanii ce-au făcut, au zis „Îmi pare rău, frate, da' noi nu suntem d-acord cu ce ziceți voi la ziar, așa că noi vrem un mare da". Democrație, frate, democrație. Nu po' să convingi o mâță să mănânce Felix, când e Whiskas la promoție.

Faza e că locuitorii Leithului au refuzat unificarea cu o majoritate de patru la unu. Patru la unu, frate, da' pân' la urmă tot s-a făcut șmecheria! Io-mi aduc așa, vag, aminte cum toți ăia bătrâni vorbeau despre asta când eram noi mici, în cărucior. Acuma toți boșorogii-ăia sunt de mult în groapă, așa că cine-o să mai povestească oamenilor ce-au făcut ei atuncea împotriva poporului, împotriva democrației, frate? Da' tânărul Murphy e la datorie!

Aşa că voi, felinelor care zăceţi bine-mersi în Cimitiru'
Animalelor al lu' Stephen King, dormiţi în pace,
pentru că sunt eu pe fază! Aşa că ăsta mi se pare
un bun început: 1920, marea trădare, frate.

Da, acuma-ncepe să se lege totu'. Problema e că
am uitat că, pentru a scrie o carte, ai nevoie de chestii
cum ar fi creion şi hârtie. Aşa că dau o tură alături
la Bauermeister's, de unde-mi iau un blocnotes şi
ceva de scris. Ard tot de nerăbdare, abia aştept să
mă-ntorc la pupitru' unde stăteam şi să-ncep serios să
iau ceva notiţe. Asta e, frate, o istorie a Leithului,
de la unificare până în prezent. Încep din 1920,
poate merg şi puţin mai înapoi, după care din nou
înainte, ca toate biografiile-alea de fotbalişti.
Ştii?

Gen, *Capitolul Unu*: „Frate, nu mi-a venit să
cred când am ridicat Cupa Europeană spre ceruri.
Tipu-ăla, Alex Ferguson, a venit direct la mine şi mi-a
spus «Noroc, frate, asta te face nemuritor, gen!».
Nu că mi-aş aduce aminte prea multe despre golu'
câştigător sau despre meci, în general, fi'ncă luasem
ceva *crack* în noapte-aia, după care, cam cu juma' de
oră-nainte să-şi facă efectu' ca lumea, m-am suit în
taxi ca să mă duc la...“ Ştii tu, frate, cum stă treaba.

După care următoru' capitol e: „Da' poves-
tea-ncepe de fapt cu mult timp înainte de Stadionu'
San Siro de la Milano. De fapt, trebe să ne-ntoarcem
într-o umilă locuinţă de pe Rat Street, Gorbals,
Glasgow, unde mi-am făcut debutul ca al şaptespelea
fiu al lu' Jimmy şi Senga McWeedgie. Era o comu-
nitate foarte unită, iar io nu voiam nimic... bla bla
bla...“ Ştii care-i textu'.

Asta e, începi d-acolo, după care mergi un pic în
urmă. Au, ce le fumez, amice, le fumez de nu se văd!

După care văd că sunt şi ziarele din vreme-aia,
Scotsman şi *Evening News* şi toate alea. Acuma
nah, chiar dacă astea erau scrise de toţi bogătanii-ăia

de Tory, tot tre' să aibă ele ceva, gen ştiri locale ş-aşa, că mie asta mi-ar fi de folos. Faza e că toate-s pe microfilm ş-aşa şi trebe să completez un formular ca să le văd. După care-ai ditamai maşinări-asta, ca un fel de televizor vechi şi tre' să le pui cumva prin ea, ştii? Da, nu prea-s încântat de toată faz-asta, gen. O bibliotecă, frate, ar trebuie să fie numa' cu cărţi ş-aşa, mie nu mi-a zis nimeni nimica de maşinării şi d-astea, gen.

Aşa că iau microfilmu' de la tipu-ăsta şi acuma-s gata, motane, gata de start, da' când văd chesti-aia, televizor, ce-o fi, am zis nu, frate, nu, nu, nu, fi'ncă io nu prea le am cu tehnologia ş-aşa şi mi-e cam frică să n-o stric. L-aş întreba pe vrunu' din ăia de la personal, da' după aia ştiu c-o să creadă că-s un fraier ş-aşa, gen?

Nu, io nu po' să umblu la asta, nu, sub nici o formă, aşa că las toate chestiile-acolo pe birou şi ies frumos pe uşă, urc scările, şi aşa mă bucuram că ies d-acolo, că-mi făcea inima bum bum bum. Da' când ies, încep s-aud toate vocile-alea; cum râd cu toţii, zicând că-s un nimic, un zero barat, după care văd firm-aia cu Scruffy Murphy şi doare, frate, doare-aşa de nasol, că pur şi simplu tre' să scap cumva de durere. Aşa că o iau spre casa lu' Seeker, unde ştiu c-o să găsesc ceva, ceva care ştiu bine că n-o să mă facă să mă simt ca Scruffy Murphy.

26

„... monştri sexuali..."

În noaptea aceea m-a dus la el acasă şi m-a băgat în pat. M-am trezit complet îmbrăcată sub pilotă. M-a cuprins un scurt acces de paranoia, gândindu-mă la cum mă făcusem de râs, apoi la ce fel de lucruri ar fi putut Terry să surprindă cu camera aceea de luat vederi. Dar simt că nu s-a întâmplat nimic, pentru că a avut grijă Gina de mine. Gina și Simon. Când m-am trezit, apartamentul era gol. Era o mică locuință de închiriat, cu o cameră de zi în care domnea o canapea de piele, cu podele de lemn și covoare ce păreau destul de scumpe. Pe unul dintre pereți, un fototapet cu o cascadă de crini portocalii siniștri. Deasupra șemineului se afla un poster cu o femeie goală, deasupra căreia e imprimat profilul lui Freud, iar dedesubt stă scris „Ce gândește un bărbat". Sunt surprinsă cât de ordonat și imaculat este acest loc.

M-am dus până în bucătărioara perfect dotată, unde am găsit un bilet pe unul dintre blaturi.

N,
Aseară nu te-ai simțit tocmai bine, așa că Gina și cu mine te-am adus aici. Acum mă duc la ea, după care, direct la lucru. Servește-te cu ceai, cafea, pâine prăjită, cereale, ouă sau altceva. Sună-mă la 07779 441 007 (mobil) și poate ne vedem.
Toate cele bune,

Simon Williamson

L-am sunat ca să-i mulțumesc, dar nu a răspuns, dat fiind faptul că era în drum spre Amsterdam, cu Rab și Terry. Am vrut să iau legătura cu Gina, ca să-i mulțumesc ei, dar se pare că nu-i știe nimeni numărul.

Iar acum mi-e dor de noii mei prieteni: Rab, Terry și, da, și de Simon. Mai ales de Simon. Aproape că-mi doresc să fi mers cu ei la Amsterdam. Dar chiar și-așa, mă distrez de minune cu fetele mele, cu Lauren, care e mult mai relaxată în absența acestor monştri sexuali din Leith, care nu vor decât să corupă, şi cu Dianne, care, deşi e destul de ocupată cu disertaţia, ni se alătură la un pahar şi câteva chicoteli.

Despre tema monştrilor sexului: marţi seară chiar am întâlnit unul, şi-ncă unul adevărat. Era o zi surprinzător de plăcută şi ne aflam toate trei în faţă la Pear Tree, la o bere, când un ciudat slinos se apropie de noi, aşezându-se la masa noastră.

— Bună ziua, fetelor, a spus, punându-şi halba la capătul băncii.

Asta e problema la Pear Tree: terasa se umple foarte repede, iar băncile sunt lungi, aşa că de multe ori ajungi să stai lângă cineva de care n-ai chef.

— Nu vă supăraţi că m-am aşezat aici, nu? a întrebat el aspru şi arogant.

Avea o faţă dură, ca un dihor, părul rar, blond-roş-cat şi purta o vestă care îi scotea la iveală braţele pline de tatuaje. Şi nu era doar faptul că, în lumina acestei zile călduroase, avea pielea albă ca varul; după mine, avea o chestie la care Rab s-a referit odată, indicând spre o cunoştinţă de-ale lui de la bar, ca fiind „duhoarea puşcăriei".

— E o ţară liberă, a spus Dianne leneşă, arun-cându-i o privire circulară şi întorcându-se spre mine. Acum am ajuns la opt mii de cuvinte.

— Foarte tare, de câte ziceai că ai nevoie?

— Douăzeci. Dacă reuşesc să-mi aranjez bine capitolele, o să fie-n regulă. Pentru că nu vreau să scriu frunză de cuvinte, după care să-mi dau seama că trebuie să le ciopârţesc, pentru că am luat-o prin bălării. Trebuie mai întâi să-mi clarific structura, explică ea, ridicându-şi paharul şi luând o-nghiţitură.

Am auzit o voce hârşâită lângă noi.

— Deci sunteţi la facultate?

M-am întors cu o mască plouată, fiind cea mai apropiată de el.

— Da, i-am spus.

Lauren, care stătea în faţa noastră, se înroşea din ce în ce mai tare, de parcă o strângea faţa. Dianne bătea nerăbdătoare cu degetele-n masă.

— Şi ce studiaţi, mă rog? a întrebat tipul pe un ton răstit, cu ochii-nceţoşaţi şi faţa buhăită de la băutură.

— Păi, studiem lucruri diferite, i-am spus eu, sperând că se va mulţumi cu răspunsul ăsta.

Dar nu a fost aşa, evident. Şi imediat a-nceput să se lege de accentul meu.

— Atunci tu de unde eşti? a întrebat, arătând spre mine.

— Din Reading.

Tipul scoase un grohăit, după care zâmbi şi se întoarse spre celelalte. Am început să mă simt foarte neplăcut.

— Şi voi două, tot cu englezii, cu d-astea?

— Nu, spuse Dianne.

Lauren nu răspunse nimic.

— Io sunt Chizzie, apropo, spuse el, întinzându-şi mâna butucănoasă şi transpirată.

Eu am dat reticentă mâna cu el, neimpresionată de forţa strânsorii lui, la fel a făcut şi Lauren, dar Dianne a refuzat.

— Oh, deci aşa stau lucrurile? spuse acest Chizzie. Nu contează, zâmbi el, două din trei nu-i rău deloc, nu-i aşa, fetelor? Azi e ziua mea norocoasă, în compania unor domnişoare aşa de simpatice.

— Nu eşti deloc în compania noastră, îi spuse Dianne. *Noi* suntem în compania noastră.

După cum a reacţionat ciudatul ăsta, ar fi putut la fel de bine să nu spună nimic. El îşi vedea de treaba lui şi-şi strâmba lasciv gura-n timp ce ne trecea pe toate trei în revistă.

— Şi toate-aveţi un iubit? Pun pariu că tu ai. Da' voi două, şi voi?

— Nu cred că asta e treaba ta, spuse Lauren, pe un ton hotărât, dar cu o voce ascuţită.

Mă uit la bătăuşul ăsta şi la ea, la diferenţa de greutate dintre ei, şi-ncep să mă-nfurii.

— A, deci asta-nseamnă că n-ai!

Dianne s-a întors spre el şi l-a privit drept în ochi.

— Nu contează dacă avem sau nu. Chiar dac-am avea o mie de pule la rând, poţi fi sigur că a ta nu s-ar afla printre ele. Şi chiar dac-ar fi o criză cronică, tot să nu te-aştepţi să te sunăm.

În ochii tipului s-a aprins o scânteie ameninţătoare. Era complet dement. Mi-am zis: Dianne ar trebui să se oprească aici.

— Cu o gură ca asta, ai putea să dai de belea, păpuşă, spuse el, după care adăugă încet, de mare belea.

— Du-te dracu', s-a răstit Dianne la el. Ia cară-te-n pizda mă-tii de-aici şi aşază-te-n altă parte!

Tipul s-a uitat fix la ea, la figura ei drăguţă, hotărâtă, cu mutra aia de labagiu prost, urât şi alcoolic.

— Pula mea de lesbiene ce sunteţi, a-nceput el să-njure.

Şi eu i-aş fi spus acelaşi lucru ca Dianne dac-ar fi fost un tip cum e Colin, dar tipul ăsta părea periculos, un dement cu acte-n regulă. Mi-am dat seama că Lauren era speriată bine şi probabil că şi eu eram.

Dianne nu era, pentru că s-a ridicat şi s-a repezit dintr-odată la el.

— Gata, cară-te imediat d-aici, acum, îţi zic! Dispari, hai!

S-a ridicat, dar ea i-a susţinut privirea, cu ochii arzând, şi pentru o clipă am crezut că avea de gând să o lovească, dar nişte tipi de la o altă masă au început să strige ceva, la care o tipă de la bar, care aduna paharele prin apropiere, a-ntrebat care era problema.

Tipul a afişat un zâmbet rece.

— Nici o problemă, spuse el, luându-şi halba şi plecând.

— Futu-vă să vă fut de lesbiane! a strigat el spre noi.

— Nu, suntem nimfomane şi suntem nebune după sex, dar până şi noi avem standarde! i-a răspuns Dianne. CÂTĂ VREME SUNT CÂINI VAGABONZI PE STRADĂ ŞI PORCI LA FERME, N-AVEM NEVOIE DE PULA TA PRĂPĂDITĂ, INFECTĂ ŞI FLEŞCĂITĂ! OBIŞNUIEŞTE-TE CU IDEEA!

Nebunul s-a întors imediat şi părea că fierbe de furie, după care şi-a văzut de drum, umilit de râsetele care răsunau de la mesele din jurul nostru.

Am rămas absolut înlemnită, plină de admiraţie pentru reprezentaţia lui Dianne. Lauren încă tremura, gata să izbucnească în lacrimi.

— Era un maniac, un violator, de ce trebuie să fie aşa, de ce bărbaţii trebuie să fie aşa?

— Avea şi el nevoie de un futai, amărâtul, spuse Dianne, aprinzându-şi o ţigară, dar, după cum i-am spus, n-a nimerit bine. Pe bune, unii ar trebui să facă mai întâi o labă înainte să iasă pe stradă, rânji ea, îmbrăţişând-o înţelegătoare pe Lauren. Nu-ţi face probleme pentru ratatu-ăla, iubito, spuse ea. Mă duc să mai iau ceva de băut.

Ne-am făcut mangă, după care am plecat acasă. Trebuie să recunosc că am fost cam agitată tot drumul, în caz că dădeam nas în nas din nou cu dementul. Cred că şi Lauren era la fel, dar am impresia că Dianne ar fi fost chiar încântată. În aceeaşi noapte, mai târziu, după ce Lauren a cedat, am lăsat-o să-mi ia primul interviu, pe care l-a înregistrat pe reportofon.

— Bărbați agresivi ca ăla pe care l-am întâlnit astăzi, spuse ea, ai întâlnit mulți din ăștia? La saună, mă refer.

— Dacă sauna e un loc de muncă unde ești în siguranță? i-am spus. Este, adică nu se întâmplă prea multe prostii de-astea acolo. Ce vreau să spun e că... am scuturat eu din umeri și m-am hotărât să-i spun adevărul... eu mă limitez la făcut laba. N-aș lucra niciodată pe străzi. Clienții de la saună au bani. Dacă nu vrei să faci ce vor ei, găsesc pe altcineva în loc. Bineînțeles, există și ciudați, ăia obsedați, care vor să-și demonstreze puterea asupra ta și care nu acceptă un răspuns negativ...

Dianne își ținea creionul în gură, după care și-a pus pe nas ochelarii ei minusculi pentru citit.

— Și ce faci în cazurile-astea?

Și i-am spus, prima persoană căreia i-am spus asta vreodată, despre ceea ce se-ntâmplase cu un an în urmă. Această mărturisire a fost în același timp răvășitoare și cathartică.

— Odată m-a așteptat un tip, a început să mă urmărească acasă. N-a făcut nimic altceva, pur și simplu a început să mă urmărească. De fiecare dată când venea la saună, întreba de mine. Spunea că noi eram făcuți unul pentru celălalt și o grămadă de chestii d-astea înspăimântătoare. I-am spus lui Bobby, care l-a dat afară și i-a interzis să mai vină. Dar el a continuat să mă urmărească în afara saunei. De-asta am început să ies cu Colin, probabil, căutam un aliat, i-am spus, dându-mi seama că pentru prima oară îmi explicam mie însămi aceste lucruri. Surprinzător, a funcționat. A văzut că aveam un iubit, așa că m-a lăsat în pace.

În ziua următoare am stat în pat până târziu, după care am lucrat un pic și am făcut mici cumpărături, apoi am gătit ceva de mâncare pentru fete. După aceea, i-am sunat pe ai mei. A răspuns maică-mea, care a susurat cu o voce de șoricel câteva chestii, pe care cu greu le-am deslușit, după care am auzit un clic, semn că cineva a ridicat receptorul de la telefonul de sus.

— Prințeso! a răsunat o voce, după care un alt clic, semn că mama închisese telefonul. Cum e vremea la tine, e răcoare?

— Nu, tată, e chiar cald. Poți să mi-o dai puțin pe mama la telefon?

— Nu! Sub nici o formă nu pot! E la bucătărie. Îmi gătește cina ca o soție conștiincioasă, ha ha ha... o știi cum e, ciripi el, în regatul ei, e fericită. Mai bine zi-mi cum merge facultatea aia a ta extrem de costisitoare? Tot te mai zbați să fii prima, ha ha ha!

— Da, merge bine.

— Și când vii să ne vezi, de Paști nu ajungi?

— Nu, pentru că sunt pe tură la restaurant. Dar poate pentru un weekend... Îmi pare rău că e costisitoare facultatea, dar îmi place foarte mult și mă descurc bine.

— Ha ha ha... Nu contează prețul, iepuraș, pentru tine, orice, doar știi asta. Când o să ajungi o celebră producătoare sau regizoare la Hollywood, atunci poți să mi-i restitui. Sau o să-mi dai un rol într-un film, iubitul lui Michelle Pfeiffer, asta da, chiar că m-ar interesa. Și ce altceva ai mai făcut? Laba... boșorogilor de la saună...

— Nimic deosebit.

— Pariez că ai băut toți banii mei munciți! Știu eu cum sunt studenții!

— E, puțin de tot, poate! Will ce face?

Vocea tatălui meu a devenit brusc mai rece și mai agitată.

— Bine, bine. *Cred*. Mi-aș dori...

— Ce?

— Mi-aş dori să fi avut şi el nişte prieteni normali, în locul tuturor cauzelor pierdute de care se pare că se înconjoară. Acum e fătălăul ăla cu care stă tot timpul; eu i-am spus că dacă nu e atent se prea poate să capete aceleaşi năravuri...

Ritualul conversaţiei telefonice săptămânale cu taică-miu, pe care eu l-am iniţiat. Asta arată cât de disperată sunt după puţină companie. Lauren a plecat acasă la Stirling, pentru un weekend prelungit. Dianne stă în continuare mai tot timpul la bibliotecă, lucrând zi şi noapte la disertaţie. Aseară m-a luat cu ea acasă la ai ei, într-o parte a oraşului pe care nu o cunoşteam, unde am băut un pahar cu mama şi cu tatăl ei, care sunt nişte persoane foarte liniştite şi foarte mişto. Am fumat chiar şi puţină iarbă.

Aşa că azi frec menta la universitate, plictisită şi aşteptând cu nerăbdare să se întoarcă băieţii de la Amsterdam. Chris îmi spune că lucrează la producţia unei drame pentru festival şi mă-ntreabă dacă nu vreau să mă implic şi eu. Dar eu ştiu ce vrea de fapt să spună. E destul de drăguţ, însă am futut atâţia ca el în trecut; sexul e bun pentru o lună, dar se transformă rapid într-o monotonie, dacă nu devine o poartă pentru altceva; ce anume: statut, câştig economic, dragoste, intrigi, sado-maso, orgii? Aşa că îi spun că nu mă interesează, sunt prea ocupată. Ocupată să frec menta cu băştinaşii-ăştia dubioşi, dintre care unii sunt cam dărâmaţi acuma. Rab, nenorocitul care m-a refuzat, Simon, care se pare că vrea ca toată lumea să fie la picioarele lui şi care, după câte mi-am dat seama, îşi imaginează că nu e decât o chestiune de timp să obţină asta. Şi Juice Terry, mulţumit de felul în care merg lucrurile. Şi de ce nu? Fute tot şi are destui bani, cât să-i arunce pe băutură. Asta îi dă o putere formidabilă, dat fiind faptul că îşi trăieşte deja visul pentru care s-a pregătit toată viața. Nu-i nevoie să faci lucrurile să pară mai puțin sordide decât sunt, și nici să ai aspirații mai mari, nu, tot ce vrea e să fută, să bea și s-o ardă aiurea.

Terry mergea așa de des în vechiul port din Leith, că am început să fac glume pe seama lui cu Dianne și Lauren, spunând că e la fel ca domnul Price din *Mansfield Park*, „odată ajuns pe șantierul naval, a început să se gândească la niște raporturi fericite cu Păsărica". La concluzia asta am ajuns după ce mi-am dat seama că Terry se referea mereu la femei cu „Păsărică". Așa că am început să ne adresăm una alteia prin casă cu „Păsărică" și am început să dăm mereu citate din carte.

Acum sunt singură, îmi pilesc unghiile, când sună telefonul. Am crezut că era mama, care mă suna să mai stăm de vorbă cât tata era la serviciu, dar surpriza deloc neplăcută a fost să-l aud pe Rab, care era la Amsterdam. La început, credeam nu numai că-i e dor de mine, dar și că regretă faptul că nu m-a futut când a avut ocazia. De când a intrat în chestia asta cu filmele porno, i s-au trezit hormonii și se plânge că nu are parte de acțiune. La fel ca și mine, dar eu voi avea. Acum nu vrea decât să fie Terry sau Simon pentru câteva săptămâni, ore, minute, înainte să i se nască plodul sau înainte de a se elibera.

Eu fac pe dura, întrebând despre Simon și Terry.

Pentru câteva momente se lasă o tăcere de gheață, după care spune:

— Nu prea ne-am văzut așa des. Terry-o curvă-rește toată ziua, iar noaptea umblă după fuste prin cluburi. Probabil că și Sick Boy face la fel. În plus, încearcă să facă niște șmecherii. O tot ține una și bună cu stabilit contacte în industria porno și-așa, și după o vreme te cam ia durerea de cap.

Sick Boy: îngâmfat, egoist şi crud. Iar asta este partea lui pozitivă. Dar cred că Wilde a fost cel care a spus că femeile apreciază mai mult decât orice cruzimea adevărată şi uneori înclin să-l cred. Am impresia că şi Rab crede acelaşi lucru.

— Sick Boy ăsta... pe mine mă fascinează. Avea dreptate Lauren când zicea că îţi intră-n cap fără să-ţi dai seama, spun eu nostalgic, fără să uit că stau de vorbă cu Rab, dar încercând să simulez opusul.

— Deci îţi place şi, din câte-mi dau seama, chiar într-un mod căpos şi răuvoitor, ca să zic aşa.

Simt cum mi se încleştează maxilarul. Nimic nu e mai rău decât un bărbat care nu te fute când are ocazia şi care, atunci când vine vorba să ţi-o tragi cu altul, începe să facă pe şmecherul.

— Nu am spus că îmi place. Am spus că mă fascinează.

— E un gunoi. E un peşte. Terry e pur şi simplu idiot, dar Sick Boy e un muist pus pe învârteli, spune Rab dintr-o răsuflare, pe un ton amar, cum nu-l mai auzisem niciodată.

Abia în acel moment mi-am dat seama că era cam beat sau drogat sau amândouă.

Şi era foarte ciudat. Pentru că se înţelegeau foarte bine.

— Nu uita că lucrezi cu el la un film.

— Cum aş putea să uit, pufneşte el.

Rab pare să se fi transformat în Colin: posesiv, dominator, ostil şi mereu în dezacord, *şi nici măcar nu ne-am tras-o încă.* De ce oare am acest efect asupra bărbaţilor, de ce scot la iveală tot ce au ei mai rău? Ei bine, eu nu am de gând să accept asta.

— Iar voi vă faceţi mica voastră serată porno la Amsterdam, ca între băieţi. Găseşte-ţi şi tu o târfă, Rab, intră şi tu în atmosferă, dacă vrei să mai fuţi ceva înainte să te căsătoreşti. Cu mine ai avut ocazia.

Rab tace pentru câteva secunde, după care spune:

— Eşti nebună, încercând să simuleze nonşalanţa, dar te prinzi după ton că şi-a dat seama că nu s-a comportat cum se cuvine, că nu şi-a păstrat demnitatea, iar pentru cineva aşa de mândru ca el, asta e ceva îngrozitor.

Nu păcăleşte pe nimeni, ştiu că mă vrea, doar că v-aţi trezit al dracului de târziu, domnule Birrell.

— Hei, spune el, rupând tăcerea, astăzi eşti într-o stare foarte ciudată. Oricum, sunasem ca să vorbesc cu Lauren. E pe-acolo?

Simt că-mi plesneşte ceva în piept. Lauren. Cum?

— Nu, simt cum îmi tremură vocea, a plecat la Stirling. Dar ce voiai să vorbeşti cu ea?

— A, e-n regulă, pot să o sun la ai ei. I-am spus că o să verific dacă are taică-miu software-ul ăsta, ca să transfere chestiile pe care le face ea acasă pe AppleMac, în Windows. În orice caz, ideea e că îl are şi că i-ar părea bine să i-l instaleze. Doar că ea a spus că era destul de urgent, pentru că avea nevoie de chestiile de pe Mac... Nikki?

— Sunt aici. Distracţie plăcută în continuare, Rab!

— Salutare, ne vedem, spune el, închizând.

Acum ştiu de ce Terry se simte uneori ofensat. La început nu ştiam, dar acum da.

27

Tensiune la cap

Pula mea, cum îmi mai plesneşte capul. A dracu' migrenă. Gândesc prea mult, asta-i problema mea, nu c-ar pricepe vrunu' din retardaţii-ăştia ceva. Am prea multe pe cap. Asta se-ntâmplă dacă ai creier; gândeşti prea mult, în pula mea, te gândeşti la toţi muiştii-ăia proşti, pula mea, la care tre' să le spargi faţa. Şi-s mulţi d-ăştia. Nişte nenorociţi, oameni de căcat, ce mai, care râd de tine pe la spate, lasă că ştiu io, îmi dau io seama. Şi au impresia că tu nu vezi, da' cum nu, vezi al dracu' de bine. Ştii. Întot-deauna ştii, pula mea, ştii bine de tot.

Am nevoie d-un Nurofen, futu-i mama mă-sii. Sper să se întoarcă şi Kate mai repede de la mă-sa, cu copilu-ăla cu moacă binevoitoare şi tălâmbă, că un futai e-nto'deauna de ajutor, îţi mai ia din ten-siune-aia din cap. Da, da, când te fuţi e ca şi când ţi-ai face masaj la creier, pula mea. Io nu-i înţeleg pe toţi fraierii-ăia care zic ca ăia din filme: „Nu acum, mă doare capul". Fi'ncă io chiar atuncea *am* nevoie d-un futai, păi cum pula mea. Dacă toţi fraierii-ar băga un futai când îi doare capu', n-ar mai fi atâtea belele-n lume.

S-aude un zgomot la uşă; ea tre' să fie.

Da' ia stai aşa un pic. Nu, pula mea, nu-i ea.

Cineva-ncearcă să spargă casa... fi'ncă io stau cu lumina stinsă, că-mi plesneşte capu'. Şi ei cred că nu-i nimeni acasă! Ce mai, cineva o să şi-o-nca-seze, şi-ncă bine de tot.

Să-nceapă distracţia!

Mă rostogolesc de pe canapea pe podea, cum fac ăia gen Bruce Willis sau Schwarzenegger, şi mă târăsc pe podea, după care mă ridic, lipindu-mă de peretele din spatele uşii de la sufragerie. Dacă e ceva de capu' lor, pula mea, o să vină mai întâi aicea, în loc să urce la etaj. Uşa se deschide, pula mea, ăştia chiar au forţat uşa. Au intrat. Nu ştiam câţi erau, da' după zgomot nu erau mulţi. Da' pula mea că nu contează câţi sunt, fi'ncă n-o să mai iasă nici unu'.

Tare... pula mea, chiar că-i tare... Stau în spatele uşii, aşteptând să intre fraierii. Şi intră unu' cu bâta de baseball, vai de curu' lui. Pentru mine e o mare dezamăgire. Închid uşa-n urma lui.

— Căutai ceva, bă, muie?

Şi muie, vai de steaua lui, începe să s-agite tot, să-mi vânture-n faţă bâta de baseball, da' n-are nici o scăpare.

— La o parte! Lasă-mă să ies! strigă.

Da-l cunosc de undeva pe fraier! De la pub, de la pubu' lu' Sick Boy! Şi el mă cunoaşte ş-aşa, şi se uită la mine cu ochii ieşiţi din orbite.

— N-am ştiut că e casa ta, frate, plec acuma...

Pula mea, sigur că n-a ştiut, fraieru'.

— Hai, marş, îi zâmbesc.

Îi arăt uşa.

— Uite-o. Ce pula mea mai aştepţi?

— Da' lasă-mă să trec... io nu vreau scandal ş-aşa...

Devin serios.

— Păi pula mea, de scandal oricum ai parte, fie c-oi vrea sau nu, îi zic. Aşa că ia dă-mi tu bât-aia acuma. Nu mă face pe mine să ţi-o iau. Zău aşa, pentru binele tău, nu mă face.

Şi fraieru' stă acolo, se bâţâie tot, pula mea, şi-i dau lacrimile. Să-mi bag pula, ce fătălău. Lasă bâta în jos, io-l apuc de-ncheietură şi i-o iau şi cu mân-ailaltă-l apuc de gât.

— De ce pula mea nu mi-o dai, coaie? Ha? 'Tu-ţi să-ţi fut de fraier căcăcios!

— N-am ştiut... n-am ştiut că...

Îl las s-apuce bâta cu ambele mâini.

— Ast-ar fi trebuit să faci, 'n pula mea, şi-l plesnesc pe muist cu ea.

El ridică mâna şi bâta-l loveşte fix la-ncheietură, la care-ncepe să urle ca un câine călcat de maşină, după care mă pun şi-i car câteva, gândindu-mă la ce-ar fi făcut dac-ar fi găsit-o pe Kate şi p-ăla mic.

Mă opresc când văd că a curs sânge pe covoru' lu' Kate. Fraieru' stă chircit tot şi urlă ca un plod, în pula mea.

— TACI! strig io la el, păi ce pula mea. Pereții-ăştia-s subţiri şi te-aude vrunu' care cheamă poliţia.

Găsesc o faţă de masă veche pe care i-o pun pe cap lu' muie, acolo unde i s-a crăpat, după care-i pun la loc şapca de baseball, ca să-i mai oprească un pic sângele lu' măscăriciu' ăsta de Roy Hudd. După care-l pun să-şi golească buzunarele şi-i dau nişte chestii de prin bucătărie, ca să cureţe covoru' cu ele. Da' n-are nimica, ceva mărunţiş, o pereche de chei şi o punguţă cu pastile.

— Ecstasy?

— Da... şi continuă să frece, privind îngrijorat în jur.

— Nici un *ching*[1], nimica?

— ... Nu...

Verific încuietoarele de la uşă. Au fost forţate, le-a zgâlţâit cât a-ncăput, dar n-a plesnit tocul, spre bafta lui. Le pun la loc. Sunt şubrede ca dracu', trebuie să fie-nlocuite.

Mă-ntorc la fraier, care-i dădea-nainte la frecat.

— Tu ai grij-acolo să iasă petele-alea de sânge-n pula mea. Dacă vine şi-mi face scandal că i-am pătat covoru' de sânge, o luăm de la capăt şi ţi-arăt io sânge, măcar să merite, ce pula mea.

— Da... da... las' că ies... zice el.

Aflu că pe muie-l cheamă Philip Muir şi că e din Lochend. Mă uit la covor. Nu-i rău.

— Bine, gata, tu vii acuma cu mine, îi spun eu.

Prăpăditu' e terminat tot de frică, aşa că nu mai zice nimic şi coborâm amândoi la dubiţă. Îi deschid portiera din faţă, ca să intre. Eu mă-ntorc pân' la locu' meu şi mă sui, ştiind că e căcat tot pe el şi că n-o să facă nici o prostie.

— Tu stai la cârmă, prietene, ştii unde mergem.

— Eh...

— Mergem la tine-acasă.

---

1. O altă denumire pentru cocaină.

Dau drumu' la radio ş-o luăm spre Lochend. Dubiţ-asta-i fututa rău, abia dacă se mai ţine. A-nceput pies-aia tare de la Slade, aia, *Mama Weer Aw Crazee Now*... şi io-ncep s-o fredonez.

— Ăştia de la Slade sunt super tari, îi spun io lu' muie.

Oprim în faţa casei lui.

— E-a alor tăi?

— Da.

— Nu-i nimeni acas'?

— Nu... da' tre' să se-ntoarcă.

— Păi atunce-ar trebui să ne grăbim, haide.

Aşa că intrăm şi io m-apuc să inspectez, să văd ce-i p-acolo. Un televizor tare, meserie, e d-ăla cu ecran plat, are şi video, e model d-ăla nou, cu CD, da' d-ăla cu imagini aşa, gen, cu VDV d-ăla, cum pula mea-i zice. E ş-o combină nou-nouţă ş-aşa, una d-aia c-o mie de boxe.

— Bun! Hai, bă, spaima curului, pune mâna şi strânge, ce pula mea, îi spun io la fraier.

În timp ce băiatu-şi face treaba, căcat tot pe el, io stau cu ochii-n patru, să nu fie vrunu' mai băgăreţ pe stradă. Dacă suflă vrunu' vro vorbă, s-a zis cu el, şi el ştie bine asta. Ne suim în dubiţă şi ducem toate chestiile înapoi la Kate acasă. Faza tare e că-ntre ele-i ş-un CD cu Rod Stewart, şi are toate hiturile pe el. L-am subtilizat imediat.

La întoarcere, o găsim acasă, cu copilu'.

— Frank... Încuietoarea... şi-mi arată şuruburile împrăştiate pe podea. Am băgat cheia şi-au căzut aşa, pur şi simplu...

Îl vede pe fraieru-ăla amărât, care stătea-n spatele meu. Se scapă pe el de frică pentru-ncuietoare-aia, şi bine face.

— Bun, zic io, după care ieşim şi ne-ntoarcem cărând amândoi televizoru'.

Ea ţine copilu-n braţe.

— Încuietoarea... Frank, ce se-ntâmplă? Ce-i asta? întreabă ea, uitându-se la toat-aparatur-aia.

— Păi uite, to'arăşu-ăst-al meu aicea, îi spun io, explicându-i povestea pe care-o inventasem când am coborât... e bunu' samaritean, nu-i aşa, frate? A făcut rost de ceva chestii şi io ce m-am gândit, să le-aduc-aicea. Sunt mai bune decât astea vechi ale tale.

— Dar încuietoarea...

— Da, Kate, nu ţi-am zis io? Nu-ţi aduci aminte c-am zis: încuietoare-aia trebe reparată. O să-l chem pe tovarăşu' meu, Stevo, e lăcătuş, o rezolvă el. Da' ce zici de asta?! DVD nou ş-aşa, pula mea! Acuma tre' să merg să schimb toate casetele-alea vechi.

— Foarte drăguţ, spune ea. Îţi mulţumesc, Frank...

— Nu mie ar trebui să-mi mulţumeşti, ci lu' Philip, nu-i aşa, frate?!

Kate se uită la fraier, care era tot căcat pe el. I s-a umflat ochiu' bine de tot.

— Îţi mulţumesc, Philip... dar ce-ai păţit la faţă? Intervin eu.

— E-o poveste lungă, îi spun io. Faza e că Philip mi-era cam dator aşa şi când şi-a luat el combină şi televizor noi, m-a sunat şi-a zis: „Ia-le tu p-alea vechi, dacă vrei". Io m-am gândit că, pula mea, or fi nişte jafuri, ştii, da-mi zice fraieru' că n-au decât un an jumate vechime!

— Eşti sigur, Philip? Mie mi se pare foarte...

— Ei, ştii tu cum sunt ăştia tineri, tre' să fie mereu la modă-n pula mea. Pentru d-ăştia ca ei, astea-s deja din epoca de piatră! Da! Şi Philip s-a gândit la mine primu', da' după aia s-a trezit un nenorocit, că i s-ar cuveni lui astea, aşa c-a-ncercat să-i facă felu' lu' fraieru-ăsta. Aşa că, spun io ridicând bâta de baseball, am făcut o plimbărică, să punem nişte chestii la punct cu muistu-ăla. L-am aranjat bine, nu-i aşa, Philip?

Fraieru' rânjeşte ca prostu'.

Kate bagă televizoru-n priză şi-l reglează.

— Ce imagine frumoasă!

E ca o fetiţă care-a primit cadouri de Crăciun.

— Ia uite! îi spune ea copilului. *Bob the Builder*[1]!
Putem s-o reparăm? Da, putem!

— Pentru tine, numa' ce-i mai bun, păsărico.

Fraieru' nu zice-un cuvânt, are noroc că e încă
viu. Mă gândesc că s-ar putea chiar să am nevoie
d-un maimuţoi ca ăsta. Aşa că-l iau puţin afară, la
o vorbă.

— Bun! Poţi să pleci acuma, da' mâine-dimi-
neaţă la unşpe vii să ne vedem la Café del Sol, aia
de jos, de pe Leith Walk.

— Pentru ce? întreabă el şi văd că iar l-a luat cu
tremurat.

— Pentr-o slujbă. Fraierii-ăştia ca tine intră-n
căcaturi prea mari, dacă nu lucrează. Că dracu' îşi
face de lucru cu ăştia leneşi. Ţine minte, la Leith,
la unşpe. Dacă-ntârzii io, întreabă de Lexo. Şi nu
mai intra-n căcaturi, ca de-acuma lucrezi pentru
mine. Nu uita, mâine-dimineaţă, la cafenea.

Nu mai bâţâie fraieru', da' tot arată ca şi când
ar fi văzut pe dracu'.

— Salariu primesc?

— Da. Rămâi în viaţă. Ăsta-i salariu' tău, îi şoptesc
io. Da' să-ţi zic io ceva, spun io, văzând că are
ghiuluri la toate degetele, frumoase inele, frate. Ia
scoate-ţi-le.

— Hai, frate, nu ghiulurile, te rog io, frate...

— Scoate-le, spun io.

---

1. „Bob Constructorul", personajul unui serial televizat
   pentru copii, care, alături de prietenii săi, participă
   în fiecare episod la diverse lucrări de reparaţii, reno-
   vări etc. Replica sa celebră este „Putem s-o reparăm?",
   urmată de răspunsul „Da, putem!".

Şi fraieru-ncepe să şi le dea jos.

— Da' uite că nu ies...

Îmi scot cuţitu'.

— Bun! Las' că te scap io de ele, îi spun.

Ciudată faza, da' după aia au ieşit fără nici o problemă.

Fraieru' mi le dă pe toate, plouat rău, io le bag în buzunar, da' unu-l păstrez şi i-l dau înapoi.

— Azi te-ai descurcat bine. Ţine-o tot aşa şi ţi le iei înapoi. Dacă faci pe şmecheru' sau o dai în bară, ai mierlit-o. Mâine-dimineaţă la cafenea, îi spun, după care intru şi-nchid uşa după mine.

Îl sun pe Stevo pe mobil şi-i zic că-i urgenţă.

Kate zice:

— E minunată combina, Frank! Nu-mi vine să cred! Foarte frumos din partea băiatului ăluia.

— Da, e de treabă muistu-ăla. O să lucreze cu mine. De fraieri d-ăştia ca el, prăpădiţi aşa, tre' să ai grijă. Dacă n-au nimica de făcut, intră-n căcat. Io ar trebui să ştiu, îi spun io.

— Foarte frumos din partea ta să-l ajuţi pe băiatu-ăsta. Tu, de fapt, ai un suflet mare, nu-i aşa?

Mă simt aşa ciudat când aud asta, e plăcut cumva, da-n acelaşi timp îmi zic, nu-i de mirare că ultimu' tip cu care-a stat era mai rapid de mână, dacă ea numai aşa vorbeşte. Da' cu toate astea, e bine că e fericită.

— Păi aşa e, cum zice muistu-ăla de politician, dacă ai o afacere, pula mea, tre' să-i ajuţi p-ăilalţi. 'Nţelegi ce vreau să zic? Pune-ţi haina pe tine, hai să ieşim. Bem ceva, mâncăm ceva la chinezi, vorb-aia.

— Copilul...

— Păi lasă-l în pana mea la maică-ta. Hai, gră-beşte-te. Pula mea, azi am muncit pe rupte. Deci aşa rămâne, un pahar şi după aia, restaurantu' chinezesc. Am şi io dreptu' la o bere, să mă relaxez. Cât timp te duci tu pân' la maică-ta s-o laşi p-aia mică, io-l aştept pe Stevo, să repare uşa. N-o să-i ia mult şi, chiar dacă-i ia, îi las cheile de rezervă şi poa' să le lase el după aia în cutia poştală. Hai, ne vedem după aia la maică-ta.

Kate se schimbă şi se pregăteşte, după care pune copilu-n cărucior.

Io scot televizoru-ăla vechi pe holu' blocului şi pun cablu' la ăsta nou, ca să mă uit la *Inside Scottish Fitba*[1], pe Sky. Ciudată faza, da' mi-a trecut durerea de cap şi nici măcar n-am avut nevoie de futai.

28

Şmenu' # 18 740

Este foarte ciudat cum evoluează lucrurile. Begbie, Spud şi acum Renton, toţi înapoi în viaţa mea, toţi înapoi pe scena principală a fascinantei drame intitulate Simon David Williamson. Pe primii doi nu-i pot numi nici măcar rataţi patetici, ar fi o insultă cronică pentru specie. În schimb, Renton are un club în Dam. N-aş fi crezut niciodată că ar avea puterea să reziste.

Bineînţeles că hoţul infam nu se amuza nici pe departe de glumele mele. I-am spus fraierului onanist că nu-l voi scăpa din ochi până când nu-mi primesc banii, care acum se află în portofelul meu. Acum ne aflăm pe terasa unei cafenele de pe Prinsengracht, iar el îşi pipăie atent nasul umflat.

— Nu-mi vine să cred că m-ai pocnit, se smiorcăie el. Spuneai mereu că violenţa e doar pentru rataţi.

Mă uit la el şi dau din cap. Iar îmi vine să-l pocnesc.

---

1. Emisiune TV – „În culisele fotbalului scoţian".

— Pentru că nu mă jefuise niciodată un prieten, îi spun eu, şi nici măcar nu ştiu cum ai impertinenţa, tupeul neobrăzat de a-ncerca să mă bagi în filmul ăsta cu vinovăţia. Nu numai că m-ai jefuit, spun eu printre dinţi, mârâind ameninţător şi simţind cum îmi creşte furia, în aşa fel încât dau cu pumnul în masă, ridic vocea, atrăgând privirile a doi grăsani americani de lângă noi, dar l-ai şi despăgubit pe Spud! Muistu-ăla drogat n-a suflat nici măcar un cuvânt, în atâţia ani! Am aflat atunci când s-a scăpat fiindcă era terminat!

Renton îşi duce cafeaua espresso la buze. Suflă, ia o înghiţitură.

— Am spus că-mi pare rău. Chiar am regretat ce-am făcut, dacă asta te-ajută cu ceva. M-am gândit să te rezolv şi chiar am avut intenţia s-o fac, dar ştii şi tu cum e cu banii, se duc imediat. Probabil am crezut c-o să uiţi...

Îl privesc cu ură. Cu cine pula mea crede cretinu-ăsta că stă de vorbă? De pe ce planetă vine muistu'? Pun pariu că de pe planeta Leith, din anii '80.

— ... Mă rog, poate nu c-o să uiţi, da' ştii tu...

După care scutură din umeri.

— ... A *fost* un pic cam egoist din partea mea. Dar trebuia să mă car dracu' de-acolo, Simon, din Leith, din tot rahatu-ăla cu drogurile.

— Să-nţeleg că eu nu? Da, da, prietene, îţi spun eu că ai fost egoist, şi-ncă cum, lovesc eu din nou cu pumnul în masă.

— Puţin cam egoist, spune el.

Eufemismul secolului, pula mea.

Îi aud pe americani vorbind într-o limbă care sună a ceva scandinav, după care îmi dau seama că, de fapt, sunt suedezi sau danezi. Ciudat, păreau prea graşi şi prea proşti în hainele-alea apretate, ca să nu fie nişte labagii americani între două vârste.

Renton îşi trage şapca de baseball pe ochi, ca să nu-l mai deranjeze soarele. Pare puţin cam obosit. Odată ce-ai luat-o pe droguri... asta în cazul în care nu eşti Simon David Williamson şi, în virtutea acestui fapt, reuşeşti instantaneu să depăşeşti tot rahatul ăla.

— Într-un fel, m-am gândit să-l despăgubesc pe Spud mai întâi, spune el, jucându-se cu ceaşca de cafea. M-am gândit că Sick B... Simon e descurcăreţ, e genul întreprinzător. O să se descurce el, o să cadă-n picioare.

Nu spun nimic, doar întorc ostentativ capul şi privesc o barcă ce înainta pe canal. Un muist hipiot de pe barcă ne vede, trage un claxon şi-ncepe să facă cu mâna.

— Hei, Mark! Ce mai faci?

— Bine, Ricardo, mă bucur de soare, frate, strigă Renton, făcându-i semn.

Al dracu' Renton Boy, stâlpul comunităţii de olandezi. Uită că am avut grijă de el când avea crize de abstinenţă şi scheuna tot, de nevoie; când sfâşia câte un portofel furat aşa cum un animal de pradă înfometat devorează un mic mamifer, care nu-i satisface foamea.

Acum îmi spune povestea lui, pe care o consider interesantă, deşi încerc să simulez indiferenţa.

— Am venit aici la început, pentru că era singurul loc pe care-l ştiam... începe el.

Îmi dau ochii peste cap, iar el spune:

— ... Mă rog, în afară de Londra şi de Essex, unde am lucrat împreună pe feriboturile de pe Canal. Dar aşa mi-a trecut prin minte să vin aici... cum făceam după ce terminam tura pe feribot, ţi-aduci aminte?

— Da... dau eu din cap, aducându-mi vag aminte.

Nu-mi dau seama dacă locul s-a schimbat sau nu. E greu să-ţi aminteşti cum pula mea era înainte, cu toate drogurile pe care le-am luat.

— E ciudat, pentru că o parte din mine a crezut că-ți va fi ușor să mă găsești aici. Am crezut c-o să dau peste cineva venit în vacanță, am crezut c-ar fi primul loc unde m-ai căuta, zâmbește el.

Îmi blestem propria prostie. Nici unul dintre noi nu s-a gândit la Amsterdam. Dracu' știe de ce. Am crezut mereu că eu sau vreo cunoștință vom da peste el la Londra sau poate la Glasgow.

— A fost primul loc la care ne-am gândit, îl mint eu, și am și venit de vreo câteva ori. Doar că până acum ai avut noroc, îi spun eu.

— Presupun că acuma o să le spui și celorlalți despre mine, zice el.

— O pulă, mârâi eu mulțumit. Crezi că-mi pasă de d-ăștia ca Begbie? Muistu-ăla poate să-și recupereze el și singur banii; eu n-am nimic de-a face cu psihopatu-ăla.

Renton stă și se gândește puțin la asta, după care își continuă povestea.

— E ciudat, pentru că la început, când am ajuns aici, am stat la un hotel mai jos de canalul ăla, spune el, arătând spre Prinsengracht. După care am găsit o cameră la Pijp, care e un fel de Brixton al Amsterdamului, explică el, în sudul părții turistice. M-am lăsat de dava, am început s-o ard cu niște tipi. Tipu-ăsta, Martin, cu care m-am împrietenit, lucrase cu niște DJ la Nottingham. Am început să organizăm petreceri prin cluburi, așa, să ne distrăm. Noi eram amândoi cu *house*, iar aicea era numai *tehno*. Am vrut să dăm năvală peste toată ortodoxi-asta europeană. Lux, i-am spus noi. Și petrecerile noastre au devenit chiar celebre; după care, tipu-ăsta, Nils, ne-a cerut să organizăm câte o petrecere pe lună în clubul ăsta al lui, unul mic, după care de două ori pe lună, apoi săptămânal. După aia a trebuit să ne deschidem orizonturile.

Renton își dă seama că începe să sune cam îngâmfat și încearcă într-un fel să-și ceară scuze.

— Vreau să zic că o duc bine, dar suntem mereu la un pas de dezastru. Da' ne doare-n pulă : când s-o termina, s-o termina. Nu vreau să am un club doar de dragu' de-a avea un club.

— Deci, până la urmă, spun eu simțind cum îmi crește-n piept mulțumirea, să-nțeleg că tu te scalzi în bani, dar că datoriile nu ți le plătești. Pula mea, câteva mii căcăcioase.

Renton protestează fără vlagă, lucru care nu face decât să-i accentueze vina.

— Ți-am spus cum a fost. Trăsesem un fel de linie mentală sub viața pe care am dus-o acasă. Și nu mă scald în bani, pentru că după ce facem toate plățile după o noapte de club, îi împărțim pe din două. Nici măcar n-am avut o firmă de contabilitate până acum vreo doi ani. Am angajat una abia după ce ne-au ars unii-ntr-o noapte. În fiecare sâmbătă, mergeam de colo-colo, cu mii de lire-n buzunare. Mi-am luat apartamentu-ăla de-aici din Brouwersgracht, spune el, de data asta plin de el, fără cea mai mică îndoială.

Ce s-o fi întâmplat cu toată neliniștea ? Trebuie să fie super plictisitor să te ocupi pentru atâta timp de un club de noapte.

— Deci tu, de opt ani de zile, te ocupi de același club, spun eu acuzator.

— Nu se poate spune că e același club, s-a schimbat mult. Acum facem festivaluri importante, cum ar fi Dance Valley sau Queen's Day, aicea, sau Love Parade, la Berlin. Mergem în toată Europa și în State, în Ibiza, la festivalul *dance* de la Miami. Martin este imaginea publică a clubului, pentru toți ăia de la presa muzicală și-așa, io rămân în umbră... din motive evidente.

— Da, cum am fi eu, Begbie, Premiu' Doi și Spu... oh, nu, bineînțeles că nu Spud, nu, că pe muistu-ăla l-ai rezolvat, spun eu, pe acelaşi ton acuzator. Tot nu-mi vine să cred că l-ai rezolvat pe Murphy şi nu pe mine.

— Ce mai face Spud? întreabă Agentul Portocaliu. Dau din cap, ca şi când l-aş cântări, lăsându-mi o rază de mulţumire să-mi inunde mutra.

— E terminat, îi spun eu. Oh, până să-i ajungă mălaiul de la tine, era curat. După care i-a spart pe toţi pe droguri. Acum e pe drumul ălora ca Tommy, Matty şi toată gaşca, îi spun eu glorios.

Ia suge tu puţină vinovăţie, trădătorule.

Pielea palidă a lui Renton nu se înroşeşte nici de data asta, dar ochii i se mai înmoaie puţin.

— E seropozitiv?

— Da, îi spun eu, iar tu ai jucat cu siguranţă un rol important în povestea asta. Bună treabă, îl felicit eu.

— Eşti sigur?

N-am nici cea mai vagă idee despre starea în care se află sistemul imunitar al domnului janghină. Chiar dacă nu e seropozitiv, tot şi-o merită.

— Răspuns cam la fel de pozitiv ca şi el.

Rents stă puţin pe gânduri, după care spune:

— Păcat.

Nu pot să mă abţin, aşa că îi spun, îngroşând gluma:

— Şi Ali e. Ştii că ei doi au fost împreună. Au un băieţel ş-aşa. Contribuabilul britanic ar trebui să-ţi mulţumească, remarc eu sarcastic, pentru eliminarea scursurilor societăţii.

La faza asta, Renton pare că se cutremură. Minciuni sfruntate, bineînţeles, deşi nu, chiar nu m-ar mira să aflu că Murphy e cu-n picior în groapă, în ce stare e muistu-ăla. Dar asta nu e decât o nimica toată faţă de suferinţa de care va avea parte Renton. Şi-a mai revenit puţin, iar acum chiar încearcă să pară nepăsător.

— Ce deprimant. Ce bine că sunt aici, zâmbeşte el, privind împrejur la clădirile înguste, aplecate, ca nişte beţivani care se sprijină unul de altul. Dă-l în pula mea de Leith. Hai să mergem în cartierul felinarelor roşii, să bem o bere, sugerează el.

Mergem acolo şi ne distrăm până la urmă, după câteva beri. După ce plecăm de acolo, ne stabilim din nou pe terasa unei cafenele. Îmi dau seama că minciunile mele şi-au atins scopul, chiar dacă Rents s-a mai binedispus acuma de la bere.

— Io-ncerc să-mi câştig traiu' şi să fut cât mai puţini oameni cu treaba mea, spune el cu măreţie, în timp ce privim un grup de tineri englezi scandalagii care făceau pe şmecherii.

Asta chiar c-o să fie o zi de pomină.

— Da, recunosc eu, e greu. Aceştia *sunt* cu adevărat resursa noastră cea mai importantă, spun eu, iar el mă priveşte sincer debusolat, aşa că îi explic mai pe larg. Noi suntem oameni ambiţioşi, adică singurii care contează acum.

Renton vrea să protesteze, dar se gândeşte mai bine, începe să râdă şi mă bate pe spate, iar eu îmi dau seama că, într-un mod pervers, am redevenit prieteni cumva.

Noaptea decid să trag un pui de somn la Renton pe canapea, în loc să mă întorc la demenţa de la hotel. După câte se pare, vechii tovarăşi de afaceri ai lui Rab au avut de gând să-i caftească pe toţi aseară ; ca şi când şi-au dat dintr-odată seama că se apropia momentul întoarcerii acasă şi că, nefăcând altceva decât să fumeze iarbă şi să fută, uitaseră să administreze câteva bâte. Pentru astăzi s-a planificat un drum până la Utrecht, pentru un scandal cu nişte olandezi retarzi. Las-o baltă, eu rămân aici cu Renton.

Renton locuieşte cu gagica asta, Katrin, o nemţoaică ursuză, o nazistă slăbănoagă fără pic de ţâţe, la urma urmei, exact genul de gagici care i-au plăcut mereu lui Renton. Băieţoase. Am avut dintotdeauna convingerea că el era, de fapt, poponar, dar că nu avea tupeu' să meargă până la capăt, aşa că fute gagici care arată ca nişte băieţei. În cur, probabil, permiţându-şi luxul unei găuri strâmte, de care se bucură un bărbat cu pula mică. Oricum, Katrin asta parcă ar merge o dată. Poate. De obicei, gagicile-astea şnur, fără ţâţe, fără cur, sunt destul de perverse, asta ca să compenseze faptul că nu sunt deloc capitonate unde le place atât de mult bărbaţilor. Vaca asta teutonă e rece ca gheaţa, abia dacă scoate o vorbă şi nici măcar nu-mi răspunde la tentativele de flirt politicos. Cum pula mea şi-o fi băgat italianul *il magnifico* degetele-n pizdele-astea pseudo-saxone, în timpul celui de-al Doilea Scandal Mondial? Dar ei aş putea să i-o trag o dată, măcar aşa, să-l enervez pe Rents. E ciudat să-l văd în asemenea formă, pare aproape european. E tot slab, dar nu mai e aşa dezgustător. Părul i s-a mai subţiat şi a-nceput să i se mai rărească; chelia e blestemul multora ca el, sluţi şi roşcaţi.

Cel mai bun lucru de făcut e să-l duc de nas pe muist, ca să-i câştig încrederea. După care şi-o ia el. Şi ştiu eu de la cine. Pentru că nu banii sunt problema, ci trădarea. În timp ce ne pregătim să ieşim din nou la o bere, începe să-mi placă din ce în ce mai mult această idee.

— Cât despre Begbie, ştii că ai fost un erou pentru tot Leithul când l-ai jefuit pe muist, îi spun.

Bineînţeles, asta e o minciună sfruntată. O fi Begbie un nenorocit, dar nimănui nu-i plac hoţii.

Dar Renton ştie asta. Nu e prost, asta este, de fapt, problema, că acest Iuda infect şi roşcovan numai prost nu e. Şi-a păstrat obiceiul de a-şi pleca cinic pleoapele de fiecare dată când nu crede sau nu este de acord cu lucrurile care-i ajung la ureche.

— N-aş fi prea sigur de asta, spune el. Begbie avea o grămadă de tovarăşi duşi cu pluta. Genu' de băieţi care-ar aranja pe oricine doar aşa, la mişto. Iar eu le-am dat un motiv.

Prea adevărat, hoţomanule. Mă întreb cum ar reacţiona marele Lexo Setterington, fostul „partener" al lui Begbie, domiciliat la hotelul meu, la nici jumătate de milă de aici, dacă ar şti că Rents e aici. Ar fi oare tentat să facă puţină dreptate în numele ticălosului amic? Da, l-a vorbit de rău pe Begbie, dar bineînţeles că asta nu-nseamnă nimic pentru reduşii mintal ca el. În cel mai bun caz s-ar duce direct la vorbitor, să-i dea de veste amicului François, care s-ar sui în primul avion. Oh, da, emană ceva răutate nătărău-ăsta. I-ar face o deosebită plăcere să-l anunţe pe Begbie că a aflat adresa lui Renton.

Tentant, dar nu. Vreau să fiu *eu* cel care-i aduce la cunoştinţă *această* veste specială. Renton are un club, un apartament, o iubită. N-are unde să se grăbească, mai ales dacă aici se simte-n siguranţă.

— Poate, spun eu irascibil, dar ar trebui să te-ntorci la Edinburgh, să-i vezi pe-ai tăi, adaug, schimbând tonul şi amintindu-mi că eu abia i-am văzut pe-ai mei de când m-am întors.

Renton dă din umeri.

— Am fost de vreo câteva ori. Aşa, pe ascuns.

— Pula mea, şi io n-am aflat nimic... spun eu, ofticat că muistu-ăsta s-a fâţâit de colo-colo fără ca eu să aflu.

La faza asta, muistu' roşcovan se pune pe râs.

— M-am gândit că n-ai fi vrut să mă vezi.

— Oho, şi-ncă cum aş fi vrut să te văd, îl asigur eu pe ticălos.

— Asta voiam şi io să spun, zice el, după care adaugă, ridicându-şi plin de speranţă ochii, am auzit că Begbie e tot la răcoare.

— Da. În câţiva ani, tot acolo o să fie, spun eu, încercând să găsesc cea mai ambiguă şi mai neutră formulă. Şi-mi place să cred că mi-a şi reuşit.

— Păi atunci s-ar putea să fac un drum, zâmbeşte Renton.

Bun. Lasă-l pe muist să-şi încerce norocul. Acum încep să mă distrez.

Ceva mai târziu, vorbesc cu Terry şi Rab şi stabilesc să ne întâlnim cu toţii, gândindu-mă pe de-o parte că Renton ne-ar putea fi de folos cu muzica şi contactele lui din Amsterdam. Când îi spun ce punem la cale, pare să fie chiar interesat. Aşa că iată-mă pe mine, alături de Rab, Terry şi Rents, la Hill Street Blues Café de pe Warmoestraat, vorbind verzi şi uscate, fiecare cu berea-n faţă. Rab pare să fie puţin ofuscat pe Terry şi pe mine, nu ştiu pentru care motiv, probabil pentru că l-am lăsat mai tot timpul singur cu tovarăşii lui de fotbal şi cred că ei aveau chef de o reuniune mai bătrânească, aşa, în timp ce el voia ceva mai liniştit. Una peste alta, Birrell ăsta ştie o grămadă de chestii şi-a venit cu o propunere la care Terry cam are îndoieli.

— Tot nu-mi dau seama de ce-ar trebui să-l filmăm aicea, îi spune el lui Rab.

Rab mă priveşte, încordat şi serios.

— Tu ai uitat de poliţie. Genu-ăsta de film... ezită el, primind un zâmbet subţire din jur, în timp ce Terry îşi ţuguia buzele şi-şi trosnea încheieturile... bine, Terry, genu-ăsta de film pe care-ncercăm noi să-l facem e ilegal conform APO.

— Bine, Domnu' Muie Şcolită, îl întrerupe Juice Terry, ia spune-ne şi nouă ce e APO ăsta.

Rab tuşeşte şi se uită spre Billy, spoi spre Rents, ca şi când ar fi cerut ajutor.

— Este Actul Publicaţiilor Obscene, parte-aia de legislaţie care se ocupă de ce-ncercăm noi să facem.

Renton nu spune nimic, își păstrează aerul impenetrabil. Renton. Cine e el? Ce este el? E un trădător, unu' care dă țepe, un muist, un jeg, un individualist egoist, e tot ceea ce trebuie să fii pentru a putea trece din clasa muncitoare în noua ordine globală capitalistă. Iar eu îl invidiez. Chiar îl invidiez sincer pe ticălos, pentru că pe bune nu-l doare nici în cot de nimeni altcineva în afară de sine. Încerc să fiu ca el, dar impulsul, impulsul sălbatic, pasional, al italo-scoțianului, arde prea puternic în mine. Îl privesc cum stă acolo, urmărind totul cu atenție de pe marginea scenei și simt cum încep să strâng brațele scaunului, atât de furios că mi se albesc încheieturile.

— Da, chiar tre' s-avem mare-atenție cu poliția, concluzionează Rab agitat.

Îl privesc și scutur vehement din cap.

— Sunt moduri și moduri în care o putem rezolva cu poliția. Uitați un singur lucru: că polițiștii nu-s decât niște escroci întârziați.

Rab pare să aibă îndoieli în privința asta. Intervine Renton:

— Sick Boy... ăă, Simon are dreptate. Oamenii se apucă de delicte pentru că trăiesc într-o cultură a delictelor. Majoritatea polițiștilor încep ca fiind antidelict, așa că le ia mai mult până îi ajung din urmă pe ceilalți. Dar datorită faptului că sunt cu toții afundați în această cultură a crimei, prin intermediul muncii lor, în scurt timp se pun la curent cu ultimele noutăți. Astăzi, cel mai bun loc pentru un răufăcător e de partea poliției. Așa află ce merge și ce nu.

Îl văd pe Birrell cum începe să fiarbă auzind toate astea, e ca și când ar fi dat peste un spirit înrudit. Terry are dreptate în legătură cu muistu-ăla. Dacă i-ai da ocazia, ar putea-n pula mea să dezbată și dacă luna e făcută sau nu din brânză verde. Așa că intervin eu înainte ca el şi cu Rents să pornească o dispută de genu-ăsta.

— Io nu vreau să pornim o dezbatere-aicea. Io nu vă spun decât să lăsaţi poliţia pe mâna mea. Asta e sub control. Aştept zilele-astea un rezultat. De fapt, chiar acum mă duc să dau un telefon.

Aşa că ies din bar şi încerc să prind semnal pe mobilul verde. Ăsta ar trebui să funcţioneze în Europa, dar merge *fix o pulă* în Europa. Îmi vine să arunc în canal jucăria asta pentru retardaţi. O pun în buzunar şi merg până la tutungerie, de unde cumpăr o cartelă telefonică şi apoi dau un telefon acasă de la o cabină publică. Mă simt tulburat într-un mod plăcut, dorinţa sexuală mă invadează fără nici un motiv, aşa că sun la Interflora şi îi trimit o duzină de trandafiri roşii lui Nikki şi tot la fel prietenei ei ochelariste Lauren, şi de fapt mă excită mai tare gândul la cum va reacţiona ea.

— Nici un mesaj, îi spun femeii de la telefon.

După care sun la cei mai tari din Leith.

— Bună ziua. Numele meu este Simon Williamson, sunt proprietarul de la Port Sunshine. Vreau să aflu rezultatele testelor pentru pastilele confiscate, explic eu, scoţând din buzunar un petic de hârtie pe care mi l-a dat Don Poliţist Kebab. Numărul meu de ordine este zero şapte şase doi...

După o lungă aşteptare, la celălalt capăt se aude o voce plângăreaţă.

— Îmi pare rău, domnule, în acest moment laboratorul este foarte aglomerat...

— Bine, pufnesc eu nerăbdător, în stilul acela al contribuabilului nesatisfăcut, închizând telefonul.

Când mă întorc, primul lucru pe care-l voi face va fi să-i scriu inspectorului-şef, ca să mă plâng despre asta.

„... o duzină de trandafiri...“

Lauren şi cu mine am primit o livrare şocantă; fiecare câte o duzină de trandafiri roşii ca sângele, cu tulpini verde închis, care ne-au fost trimişi anonim, doar cu două bileţele pe care erau scrise numele noastre. Lauren s-a panicat de tot, crede că e cineva de la facultate. Suntem cam mahmure, am ieşit la băută ieri-noapte, dat fiind că ea tocmai se întorsese din sânul familiei, de la Sterling.

Dianne intră şi rămâne foarte impresionată de buchetele noastre.

— Norocoaselor, spuse ea, făcând o faţă de copil şi prefăcându-se că plânge, după care începe să suspine: Al meu unde e?! Unde dracu' e prinţul meu?

Co-destinatara mea, care s-a umplut toată de pete roşii pe faţă, analizează cu gura deschisă florile, ca şi când printre ele ar fi fost ascuns vreun exploziv.

— Cei de la magazin trebuie să ştie cine le-a trimis! Am să-i sun ca să aflu, spune Lauren pe un ton plângăreţ. Asta este hărţuire!

— Fugi de-aici, spune Dianne, dementu-ăla de la Pear Tree de săptămâna trecută, aia da hărţuire. Asta este o poveste de dragoste! Gândeşte-te cât eşti de norocoasă, păsărico.

Toată povestea asta îmi umple ziua de mister, lucru care m-a ajutat să trec peste vreo două cursuri plictisitoare, după care am mers acasă şi m-am schimbat din nou pentru tura de la saună. Vreau să fac schimb de tură cu Jayne, iar ea a fost de acord, numai că nu-l găsesc pe Bobby, ca să-mi confirme. E fără-ndoială într-una dintre sălile cu abur, transpirând alături de prietenii lui. E joi seară, care, nu ştiu din ce motiv, e noaptea gangsterilor.

De pe toate corpurile acelea solide, ușor supraponderale, se prelinge la fel de mult aur ca și sudoare. E ciudat, dar nopțile de luni până miercuri tind să fie ale oamenilor de afaceri, vinerea e în principal a tipilor care vor să se cinstească și sâmbăta a fotbaliștilor, dar astă-seară e rândul sectorului delincvent.

La sfârșitul turei observ că nu mai am prosoape și intru în salonul de masaj de alături. Jayne frământă din greu o masă uriașă de carne aflată pe masă, are o culoare roz, ca a homarului, din cauza excesului de abur, pe care luminile din podeaua de pin o transformă într-un verde aprins. Fața lui Jayne e luminată de jos în sus și îi văd zâmbetul de pe buze, dar nu și ochii atunci când îi fac semn spre teancul de prosoape albe, mereu de un alb virgin, înainte de a lua câteva și de a mă retrage în timp ce masa gelatinoasă geme sub atacul masacrant. Ieșind, aud ceva de genul: „Heather... nu-ți fie frică s-o iei mai tare... *niciodată* să nu-ți fie frică s-o iei mai tare...” Asta mă cam enervează cumva, pentru că îmi dau seama că era un tip care de obicei mă cere pe mine. Dar nu-i motiv de îngrijorare. Până la urmă îl văd pe Bobby și îmi fac schimbul de tură. Bobby e cu un tip pe care-l cheamă Jimmy, un client al cărui nume complet nu îl știu și care mă întreabă dacă nu m-am gândit niciodată să fac servicii de escortă. Eu sunt cam nesigură, dar el spune:

— Nu, doar că ai fi excelentă pentru un coleg de-ai mei. E vorba de bani buni, în plus cina și vinul sunt asigurate... zâmbește el.

— Pe mine partea de după mă îngrijorează, îi rânjesc eu, partea aia cu 69.

Jimmy scutură hotărât din cap.

— Nu, nu-i ceva de genu-ăla. Tipului ăstuia îi place pur și simplu compania, atâta tot, îi place să iasă la braț cu o fată frumoasă. Asta-i afacerea.

Ceea ce negociezi cu el separat... mă rog, asta rămâne între voi doi. E politician, străin.

— Și de ce mă-ntrebi pe mine?

Își afișează toți dinții într-un zâmbet entuziast.

— Păi, unu, pentru că ești genul lui și doi, pentru că ești mereu pusă la punct, bine îmbrăcată. Pun pariu că ești genul de femeie care are în garderoba ei vreo câteva rochii mortale, spune el, de data asta cu un rânjet de măgar. Gândește-te.

— OK, o să mă gândesc, îi spun, și o iau spre casă, pentru prima oară după mult timp, fără să mă opresc mai întâi să beau un pahar. Mă duc la mine în cameră și fac vreo câteva fandări și întinderi și apoi câteva exerciții de respirație. După aceea mă duc la culcare și am cel mai bun somn de câteva luni încoace.

Dimineața mă trezesc plină de nerăbdare, făcând duș, în mod excepțional, înaintea lui Lauren și a lui Dianne, după care petrec o veșnicie pentru a mă hotărî cu ce să mă îmbrac. De unde tot acest entuziasm? Păi plec spre Leith și sunt mai mult decât mulțumită pentru că s-au întors băieții. E ciudat, dar în ultimele câteva zile am simțit că-mi lipsea ceva. Când ajung la pub, îmi dau seama despre ce e vorba. Sick Boy sau Simon, cum ar trebui să-i spun, în scurta perioadă ce a urmat plecării lui la Amsterdam, a trecut de la statutul de distracție la felul principal. Inițial credeam că eram nerăbdătoare să-l revăd pe Rab, dar când l-am văzut pe Simon, cu pantofii negri lustruiți, pantaloni negri și un tricou verde, nu mi-am zis decât: stai așa, avem o surpriză. Își etala barba nerasă de câteva zile, renunțase și la frizura aia de Steven Seagal, cu părul lins pe spate, căreia îi luase locul o pieptănătură lejeră, aproape umflată, care-l făcea să pară mai blând. Ochii îi scânteiau, iar privirea îi zburda de la un membru al grupului reunit la altul, părând totuşi să zăbovească asupra mea.

Arăta aşa de mişto, că am început imediat să am îndoieli asupra aspectului meu. După o lungă dezbatere cu mine însămi, mă hotărâsem asupra unor pantaloni largi de bumbac alb, tenişi alb-negru şi o geacă scurtă albastră, care, încheiată, îmi accentua decolteul în V al bluzei de culoare albastru deschis.

Acum îl privesc pe Rab şi nu văd decât un bărbat arătos, dar într-un mod convenţional, complet lipsit de charismă. Pe Simon, dimpotrivă, îl învăluie. Modul în care îşi sprijină cotul de barul lung şi vechi şi cum îşi ţine bărbia în palmă, exact lângă încheietură, după care îşi coboară încet degetele pe gât, mângâindu-şi barba. Aş vrea ca degetele mele să facă acelaşi lucru cu ale lui, mă gândesc eu.

Se pune ceva la cale. Simon îi priveşte pe toţi de sus, Terry se amuză, iar Rab pare gânditor. Au mai rămas vreo două luni până la nunta lui, dar a decis să înceapă din vreme lucrul la filmul porno, în caz că îl droghează ceilalţi şi-l trimit cu un marfar spre Varşovia sau vreun alt oraş de genul ăla. Eu stau cu ochii pe Simon, dar nu-mi dă nici un semn că el ar fi trimis trandafirii.

Melanie soseşte puţin mai târziu şi se aşază lângă mine. Îl surprind pe Simon uitându-se ursuz la ceas. Se pare că Rab şi cu el se contrazic în permanenţă în legătură cu filmul. În discuţiile lor a apărut un nume nou, acest misterios personaj, numit Rents de la Amsterdam.

Simon îşi întinde braţele spre Rab, mimând capitularea.

— OK, OK, filmul trebuie făcut la Amsterdam, din motive legale, sau măcar să pară că a fost făcut acolo. Dar totuşi scenele de interior le putem face în pub, susţine el. Adică n-avem nevoie decât de vreo câteva cadre externe, cu nişte tramvaie, canale şi rahaturi de-astea, pentru referinţă. N-o să-şi dea nimeni seama.

— Da, probabil că nu, recunoaşte Rab învins, părând constipat de teamă.

— Bun, acum hai s-o ducem la culcare pe ea, spune Simon pompos, după care mă priveşte fix, iar eu îmi simt pieptul deschizându-se şi maţele făcându-se nod, drept răspuns la zâmbetul lui luminos ca un far.

Reuşesc să-i surâd crispată. Simon îşi mângâie din nou încet barba nerasă. Hotărât lucru, vreau să-l săpunesc pe faţă, să-l bărbieresc cu briciul şi să-l privesc în ochii mari, întunecaţi, să-i văd toate sentimentele în timp ce-i trec uşor lama peste faţă...

Gândurile mi se risipesc, fiindu-mi foarte greu să nu mă concentrez exclusiv la Simon, dar acum îl aud spunând:

— Terry, tu trebuia să scrii scenariul, cum merge?

Nu-mi trece nimic prin minte în afară de cât de mult mi-ar plăcea să ţi-o trag, domnule Simon Sick Boy Williamson, să intri în mine şi să te storc, picătură cu picătură, înăuntrul meu, să te folosec, să te las fără suflare, să te epuizez, până când nu-ţi vei mai dori nici o altă femeie, niciodată...

— E genial, pula mea, da' deocamdată n-am scris nimica. Totu-i aici, spune Terry surâzând larg, făcându-şi semn spre cap şi zâmbindu-mi, ca şi când eu aş fi pus întrebarea, ca şi cum n-ar mai exista nimeni în jur.

Terry. Nu e genul de tip care să-ţi trezească fantezia, dar e genul cu care te-ai fute doar pentru că e atât de entuziast. Poate că *el* e florarul fantomă.

— Terry, ştim că în mintea ta e numai sex. Dar noi avem nevoie de un scenariu.

— Ştiu ce spui, dulceaţă, zâmbeşte el, trecându-şi mâna prin părul creţ, da' io nu-s genu' care să scrie chestii. Ce-aş putea să fac ar fi să iau un reportofon şi să mă-nregistreze cineva, adaugă el, privindu-mă plin de speranţă.

— Deci tu încerci să spui că n-ai făcut nici un căcat pân-acuma, îl provoacă Rab, rotindu-şi privirea.

Trag cu ochiul spre Melanie, care scutură din umeri, indiferentă. Ronnie rânjeşte, Ursula mănâncă nişte Pot Noodle, iar Craig arată ca şi când ar avea ulcer la stomac. Apoi, Terry scoate timid la iveală câteva foi A4. Cel mai potrivit mod de a-i descrie scrisul ar fi „de-o şchioapă".

— Da' atunci de ce-ai spus că n-ai făcut nimic? întreabă Rab, luând hârtiile şi analizându-le.

— Io nu le am cu scrisu', Birrell, scutură Terry din umeri, jenat.

Rab dă din cap, pasându-mi mie hârtiile.

Citesc puţin şi este atât de inept, hilar chiar, că trebuie să-mi spun părerea.

— Dar, Terry, astea sunt nişte prostii! Ascultă puţin: „Tipu o fute-n cur pe gagică. Gagica îi dă limbi lu' ailaltă". E groaznic!

Terry ridică din umeri şi îşi trece din nou mâna prin smocul de păr creţ.

— Un tip minimalist, domnul Lawson, mormăie Rab, luându-mi înapoi hârtiile şi fluturându-i-le în faţă. E un rahat, Terry. Nu un scenariu. Nu-i nici o poveste-aici. E numai futai, râde el, dându-i-le lui Simon, care le studiază impasibil.

— Da' noi asta vrem, Birrell; e un film porno, spune Terry defensiv.

Rab se strâmbă şi se aşază la loc pe scaun.

— Da, asta vor toţi ăia la care le-arăţi tu clipurile tale porno. Io credeam c-avem de gând să facem un film pe bune. Nici măcar nu e scris ca un scenariu de film, asta vreau să zic, spune el fluturând din mână.

— Poate că acum nu pare aşa, Birrell, da' avem actori care-o să dea viaţă filmului... cum făcea tipu-ăla la televizor, Jason King, spune Terry, care şi-a găsit dintr-odată inspiraţia. Cu multe aluzii şi d-alea. Acuma a revenit moda anilor '60, lasă-te pătruns de spirit.

În timpul acestui schimb, ceilalţi, care păreau plictisiţi şi absenţi, n-au avut absolut nimic de spus. Simon pune hârtiile lui Terry pe masa din faţa lui, se reazemă de spătar şi începe să bată cu degetele în braţele scaunului.

— Permiteţi-mi să intervin, ca persoană cu experienţă în domeniu', spune el în modul lui caracteristic, pretenţios, de nu-ţi dai seama dacă e chiar pompos sau vrea să fie ironic. Rab, de ce nu iei tu scenariul lui Terry, să-i împleteşti o poveste?

— Pula mea, chiar i-ar servi una, spune Rab.

— Bine, da' nu tre' să fie o disertaţie academică, Birrell, spune Terry în gura mare.

— Corect, spune Simon, căscând şi întinzându-se ca un motan, cu ochii licărindu-i în lumina slabă – cred că ţi-ar prinde bine puţin ajutor, Terry. Cred că cea mai bună mişcare ar fi dacă Rab şi Nikki ar putea să preia ideile lui Terry şi să le pună într-un format de scenariu, propune el, întorcându-se spre ceilalţi. Unul foarte simplu, să-l structureze în scene, locaţii... de ce vă spun vouă asta, pentru că voi sunteţi studenţi la film, aţi văzut cum arată un scenariu, ne zâmbeşte el copleşitor, încât cred că până şi Rab se simte flatat.

Dar eu nu cu Rab vreau să lucrez, ci cu *tine,* Simon.

În acest moment, intervine Terry.

— Noi, ăăă... nu prea vrem să-şi bage nasu'... fără supărare... prea mulţi studenţi. Ce-ai zice dac-aş lucra io cu tine, Nikki? spune el optimist, după care adaugă: Adică am putea încerca şi nişte poziţii ş-aşa. Să ne-asigurăm că merg toate.

— Oh, cred că la noapte o să ne fie bine, Terry, îi spun eu repede.

Îl privesc pe Simon, gândindu-mă că am putea *noi* să încercăm câteva poziții, dar el îi spune ceva la ureche lui Mel, iar ea surâde. Dacă s-ar fi uitat măcar spre mine.

— Cred c-ar fi mai simplu s-o facem eu şi Nikki, pentru că noi oricum ne vedem la universitate şi-aşa, spune Rab, privindu-mă.

Chiar aş prefera să fie Simon şi mă tentează ideea de a mă juca puţin, dar dau din cap afirmativ, pentru că mă gândesc : *oare* Rab să fi trimis până la urmă florile ?

30

Pachete

Am cam exagerat din nou un pic cu davaua, pe care-am luat-o de la Seeker. Ali mi-a spus, dacă te mai prăjeşti vreodată, nu mai calci pe-aici, nu vreau aşa ceva în preajma lu' Andy. Ceea ce-i destul de corect, gen, aşa că nu mai calc. Aşa că aproape toată săptămâna n-a fost decât un şir de canapele : a lu' Monny, a lu' maică-mea ş-a lu' Parkie, săracu', care nu e tocma-n regulă, fi'ncă-ncearcă şi el să-şi vină-n fire. Amărâtu', numa' de mine n-avea nevoie, cu bâţâielile şi frisoanele mele. Asta-i cea mai naşpa chestie acuma, pentru o abatere mică tre' să plăteşti cu vârf şi-ndesat. Acuma-ţi dai seama ce-nseamnă abstinenţa, după o prăpădită de doză. E ca şi când vechiu' sistem îţi aduce-aminte de tot ce-ai făcut în trecut şi-ncepe să-ţi zică : „Îmi pare rău, frăţioare, da' tre' să suporţi toate astea".

Aşa că mă târăsc spre casă pentru prima oară după atâta timp. Andy e la şcoală şi sper să fi ieşit şi Ali prin oraş. Da, nu e nimeni acasă, aşa că mă aşez pe fotoliu-ăla mare, uzat şi, cântând, îmi pun caseta cu Alabama 3. Îl văd pe tovarăşu' meu Zappa, singuru' care nu m-a judecat niciodată. Mă uit peste nişte chestii pe care le-am luat zilele trecute când am fost la biblioteca din Leith şi mi-am făcut ceva notiţe. Am intrat acolo doar aşa, ca să nu mă plouă şi m-am trezit că luam notiţe despre istorie. Mă gândeam că mottoul Leithului este „perseverează", iar eu tocma' asta tre' să fac. Dau drumu' la tele-vizor, cu sonoru' dat încet şi pun nişte apă la plante, sperând că Zappa n-a mai scormonit încă o dată pământul de la yucc-aia mare.

Da' mi-a fost scris să am o zi nasoală şi nebu-nească. Fi'ncă sună cineva la uşă şi când o deschid, rămân ca la dentist, frate. Mă trezesc că-n faţa mea stă nimeni altu' decât dementu' demenţilor în persoană. Şi mă-ntreb când o fi ieşit, după care-ncep să simt cum mi se scufundă inima-n piept şi face uh-aa, ce pula mea i-o fi zis Sick Boy lu' ăsta. Pentru un moment, nu reuşesc nici să leg două vorbe, da' după aia-mi zâmbeşte şi aşa-mi găsesc şi io cuvintele.

— Franco, ăăă... Ce bine-mi pare să te văd, frate. Când ai ieşit?

— Păi acu' vro două săptămâni, pula mea, zice el, trecând pe lângă mine şi intrând în apartament, iar io mă uit atent să văd dacă nu cumva zgârie vopseaua de pe podea cu încălţările lui.

Ar înnebuni Ali, fi'ncă proprietaru' e unu' d-ăla apretat.

— Da' văd că nu pierzi vremea degeaba, te-ai aranjat c-o gagică d-a noastră. Te fuţi pentru Scoţia, muie, îmi spune el. Ce pula mea mai învârţi? în-treabă el, afişând o faţă acră. Doar nu te-oi fi apucat iar de dava?

Păi, frate, când vezi cum te fixează ochii tigrului,
cel mai bine e să nu mănânci prea mult rahat.

— Eh, nu tocmai, frate, e... ăă... aşa, din când în
când, Doamne Dumnezeule, ştii tu. Nu m-am mai
atins de ea de când lumea, gen.

— Atâta ţi-ar trebui, că mie, gata, mi s-a luat de
junkişti. Vrei o linie de coca?

— Ăă... ăă... Nu ş' ce să zic, frate. Da' vorb-aia,
niciodată n-am ştiut.

Begbie ia asta ca pe un da, aşa că scoate un
pacheţel. Varsă din el o doză ca lumea şi, deşi io nu
prea le am cu coca, cre' că tre' să trag şi io, măcar
aşa, din politeţe, frate. Da' tre' să am grijă. Oricum,
o liniuţă nu strică.

Franco începe s-o pizeze.

— Am auzit că ai fost închis o vreme la Perth,
spune. Super căcăcioasă puşcări-aia. Mi-a fost dor
de tine, bă, fraiere, zice el, zâmbind, iar io mă
gândesc că asta vrea să-nsemne că i-a fost dor de
mine, nu că i-a fost dor de mine *în puşcărie*.

Ce po' să-i zici?

— Da, şi mie mi-a fost dor de tine, frate, da'
arăţi bine-aşa, tre' să recunosc, eşti în formă.

Se mângâie pe abdomenul tot numa' pătrăţele.

— Da, păi am tras de fiare la greu cât am stat la
puşcărie, nu ca alţii.

Păi cum altfel, acuma a-nceput să-şi dea-n petic
şi s-apleacă să tragă o ditamai linia.

— Am ş-o gagică tânără, stăm acolo la Wester
Hailes, da' ne luăm un apartament pe Lorne Street.
Da' e ca lumea ş-aşa, spune el, desenând în aer o
pisicuţă. Da, da' are copil, gen. Înainte-a fost c-un
muist care-a făcut pe deşteptu', aşa că i-am spart
faţa la prost. A avut noroc muie că s-a ales doar
cu-atâta. Stăteam la maică-mea, da' mai las-o-n
pula mea de treabă, nu face altceva decât s-o ţină
una şi bună cu Elspeth a noastră şi cu muistu-ăsta

cu care-o arde aia, spune Franco, cocainizat bine, scuipând silabele ca o rafală de AK-47, frate.

Trag o linie. Mă ridic, frecându-mi nasu'.

— Da... copiii ce mai fac?

— Am fost să-i văd zilele trecute. Sunt bine, da' pizd-aia de June mă calcă pe nervi. Ce pula mea m-o fi apucat să mă combin cu ea? Nici măcar nu era cine știe ce la pat, cre' c-ar fi trebuit să-mi fac un control la cap.

— Și gata, ți-ai revenit după pușcărie?

Motanu' Begbie e-ncordat tot de la coca și mă privește ca și când ar vrea să mă decapiteze.

— Ce pula mea vrei să spui cu asta, ha?

— Ăă, doar că mie mi-a luat mult pân' să mă reobișnuiesc cu mersu' lucrurilor, iar io am stat acolo cinci minute în comparație cu tine, frate, îi spun io.

Dar Cerșetoru' e-n plin avânt acuma și-a-nceput să turuie despre pușcărie și e super, super deranjant, frate, fi'ncă io am început să mă tot gândesc la Rent Boy acuma și la banii pe care mi i-a dat și la cum m-am dat de gol la Sick Boy și la ce pula mea fac dacă-i spune lu' Begbie?

Franco mai pisează niște cocaină, da' eu abia mai activez de la prima. Zice ceva despre toți muiștii-ăia demenți din închisoare, după care-ncepe să mă fixeze cu niște ochi răi, da' răi de tot și zice:

— Hei, Spud, știi tu... când eram în închisoare... am primit un pachet.

Renton tre' să-i fi dat și lui banii!

— Da, frate. Și io am primit unu'! De la Mark...

Begbie rămâne ca trăsnit și mă fixează drept în suflet, frate.

— Ai primit un pachet de la Renton, adresat ție?

Îmi vâjâie capu' și nu ș' ce să spun, așa că o dau la-ntors.

— Păi, Franco, faza e că nu ş' sigur dacă de la Mark era, gen. Adică, l-am primit aşa, la uşă, anonim, gen. Da', ăă... m-am gândit că de la el tre' să fie, gen.

Fierbând de furie, Franco îşi încleştează pumnul şi se plesneşte cu el peste mână, începând să facă ture de colo-colo. Acuma chiar c-a-nceput să-mi sune alarma de pericol, frate. Da' de ce să fie-aşa dacă şi-a primit banii?

— Aşa e, Spud! Aşa m-am gândit şi io, pula mea! Numa' muistu-ăla drogat şi bolnav, hoţu-ăla ar putea să-mi trimită pachete cu reviste porno pentru poponari, d-alea cu fătălăi care se fut între ei! Ăsta-şi bate joc de noi, pula mea, Spud! MUISTU'! răcneşte Franco şi dă cu pumnu-n masă, dărâmând o scrumieră de sticlă, care, din fericire, nu se sparge.

Porno gay... ce pula mea...

— Da... astea tre' să fie mâna lu' Rent Boy, spun io, încercând să dreg lucrurile, bucuros că nu m-am dat de gol cu banii.

— Toţi muiştii pe care i-am aranjat în puşcărie, îmi imaginam că erau Renton, pula mea, scuipă motanu' ăsta dement.

Apoi mai face două linii. Trage una, după care zice:

— L-am văzut pe Sick Boy, la nou' lui pub, Port Sunshine, în pula mea! Da, muistu-ăsta chiar c-a tras lozu' cel mare. Bineînţeles, nu po' să stai de vorbă cu el, n-are altceva-n cap decât marile lui şmenuri de pe viitor.

— Parcă io nu ştiu, frate, dau io din cap, prizând ş-a doua linie, deşi inima-mi bubuie-n continuare şi-ncă mai transpir de la prima.

— Da, şi l-am văzut şi pe Premiu' Doi, la Scrubbers Close, cu toţi boschetarii-ăia.

— Am auzit că motanu' s-a lăsat de Christopher Reeve, gen, gâfâi io, în timp ce prafu' mă loveşte ca un tren.

Begbie se lasă pe spate în fotoliu.

— Da, păi așa a fost, până nu i-am dat io o lecție lu' muie. L-am târât după mine până la EH1 de la Mile. Nici nu voia să s-atingă de băutură, așa că i-am turnat io vro două vodci în limonadă, spune el, hlizindu-se ușor, melancolic. Ș-acuma s-a apucat din nou, zice el. Are nevoie de ceva distracție și el. Să cânte toată ziua imnuri pentru toți irlandezii ăia, futu-i să-i fut, să citească Biblia? Pula mea, ăia te spală pe creier la asociați-aia. Las că le dau io creștinism...

Stau și mă gândesc puțin la toate astea, la cum Premiu' Doi făcuse foarte bine să se redreseze.

— Da', Franco, doctorii i-au zis că n-are voie să bea, spun io, punându-mi mâna pe gât și tușind, altfel s-a zis cu el.

— A venit și m-a luat cu toate căcaturile-alea ș-așa: „Doctoru' mi-a zis asta, doctoru' mi-a zis aia", da' io i-am spus-o-n față la muist, calitatea vieții contează. Mai bine un an în care, pula mea, ești în stare să faci ce vrei, decât cincizeci de ani nefericiți. Ce pula mea, vrei s-ajungi ca toți hodorogii-ăia de la Port Sunshine? I-am spus să-și facă-n pula mea transplant de ficat. Unu' nou-nouț și curat.

Și io tre' să-i suport toate astea, parcă nu mai termină odată, frate, și când Cerșetoru' pleacă, mă simt ușurat, fi'ncă e plictiseală mare să stai să-i asculți toate fazele-astea cu violența. Stai întotdeauna cu grijă că poate dai din cap când n-ar trebui și d-astea. Și, deși sunt băgat tot în priză de la coca, mă abțin și-i las timp motanului să se-ndepărteze, după care ies pe afară, unde burnița, și-mi fixez direcția spre Biblioteca centrală de pe Podu' George al IV-lea. Perseverează.

Când ajung la Sălile Edinburgh și-o văd pe tip-aia care scoate microfișa, capu' continuă să-mi vâjâie.

— Ăă... scuze, m-aţi putea ajuta cu asta? N-am mai făcut-o niciodată, gen, spun io, arătând spre o maşinărie liberă.

Stă şi mă priveşte o secundă.

— Sigur, spune ea, arătându-mi ce trebuie făcut.

Faza e că era aşa de simplu, frate, că m-am simţit complet retard. Da, sunt dus! În scurt timp m-apuc să citesc despre marea trădare din 1920, când Leithul a fost inclus în Edinburgh împotriva voinţei oamenilor. Atunci au început toate problemele, frate! Patru la unu' împotrivă, frate, patru la unu' împotrivă.

Când mă întorc în oraş, luând-o spre port, vremea s-a schimbat şi-ncepe să plouă ca lumea. N-am bani de bilet de autobuz, aşa că nu-mi rămâne decât să-mi ridic guleru' şi s-o iau repede la picior. La St James's Centre, nişte motani tineri stau şi-o ard pe-acolo, printre care şi tovarăşu' meu Curtis.

— Salut, spun io calm, acum că m-a lăsat efectu' de la coca.

— Salut, Sp-Sp-Spud, spune el.

Săracu' băiat e doar puţin agitat din cauza bâlbâielii, da' dacă stai în banca ta şi nu-l stresezi, îşi intră-n ritm şi vechea comunicare curge lin ca izvoru', frate. Schimbăm câteva replici, după care o pornesc din loc şi o iau pe John Lewis până la Picardy Place, după care ies pe Walk şi continui să merg pe trotuar, încercând să găsesc un loc să mă adăpostesc de ploaie.

Traversând zona Pilrig spre Sunny Leith, care azi nu e chiar aşa însorită[1], îl văd pe Sick Boy pe stradă, care pare să fie într-o stare mai bună. Am crezut c-o să mă ignore, da' nu, frate, motanu' aproape că-şi cere scuze, mă rog, pe-aproape.

---

1. Joc de cuvinte: în engleză, *sunny* înseamnă „însorit".

— Spud. Hai să...ăăă... să uităm ce s-a-ntâmplat zilele trecute, frate, spune el.

E clar că nu m-a turnat lu' Franco, chiar dacă Generalissimul a trecut pe la el pe la pub, aşa că nu-i mai port pică.

— Da, îmi pare rău, aşa, de faz-aia, Simon. Mersi că...ăăă... nu i-ai zis nimic lu' Franco, gen.

— Dă-l în pula mea de muist, spune el, scuturând din cap. Cred că am prea multe lucruri la care să mă gândesc, ca să-mi mai bat capul şi cu de-ăştia ca el.

După care mă invită să intru în pub, la Shrub Bar.

— Hai să bem o bere până se opreşte ploai-asta, spune el.

— Ar fi tare, da'... ăă... va trebui să-mi împrumuţi nişte bani, frate, sunt lefter, îi spun io, nu mai am nimic.

Sick Boy expiră adânc, dar până la urmă tot intră, aşa că îl urmez. Primu' tip pe care-l văd e văru' Dode, care stătea la bar şi intrăm în vorbă cu el. Dode ia atitudine-aia de ţăran la Edinburgh: echipe de fotbal mai bune, sistem de transport mai bun, puburi, cluburi, taxiuri mai ieftine, oameni mai calzi, toate fazele clasice de *Weedgie*, frate. Şi probabil chiar are dreptate, da' motanu' *chiar* e la Edinburgh.

Când merge la budă, Sick Boy îl priveşte aspru de la spate şi spune:

— Cine pula mea e fraieru-ăsta?

Aşa că-i povestesc totu' despre văru' Felly şi-i mai spun şi că aş fi vrut să-i ştiu codu' pin al lu' Dode, pentru că, dacă l-aş fi ştiut, l-aş fi buzunărit pe muist ca să-i fur cardu', fi'ncă are mălai serios în cont.

— Da, tot zice el că la Clydesdale Bank po' să-ţi alegi singur pinu' ş-aşa.

Văru' Dode se întoarce, se aşază cu noi şi mai luăm o bere. Şi după aia se-ntâmplă o chestie complet dementă! Tipu-şi scoate geaca, la care Sick Boy şi

237

cu mine ne privim unu' pe altu'. E chiar acolo, frate, chiar în faţa noastră! Lu' Dode i se vede tatuat un leu, sub care scrie „*Aye Ready*", pe un braţ şi p-ălălalt avea alt tatuaj, cu Regele Billy călare pe cal. Şi, fix sub cal, pe o bandă, era codu' lui PIN, tatuat, ca să nu-l uite niciodată: 1960.

31
„... să ţi se taie o bucă..."

Apartamentul nostru din Tollcross aproape că a devenit o făbricuţă. Jointurile cu haşiş şi cănile de cafea circulă dintr-o parte în alta. Rab şi cu mine stăm şi lucrăm la scenariu. Dianne stă lângă noi, cu nasul în notiţele ei pentru disertaţie, distrându-se de modul în care ne hlizim, bătându-ne cot la cot pe calculator. Trăgând din când în când cu ochiul la monitor, toarce aprobator şi uneori ne face sugestii foarte bune. În colţ, Lauren, care şi ea lucrează la o temă, încearcă să ne facă să ne simţim ruşinaţi de faptul că suntem împreună cu ea la acelaşi curs. Evident intrigată, refuză sub orice formă să se uite pe scenariul nostru. Rab şi cu mine o tot tachinăm, şoptindu-ne chestii cum ar fi „muie" sau „în cur" şi hlizindu-ne, lucru care o face pe Lauren să roşească şi să mormăie „Fellini" sau „Powell şi Pressburger". Până la urmă, Dianne cedează şi îşi strânge lucrurile.

— Eu am terminat, nu mai suport, spune ea.

Lauren ne priveşte iscoditor.

— Şi pe tine te deranjează?

— Nu, spune Dianne tristă, doar că de fiecare dată când mai arunc un ochi, mă excit. Dacă auziţi zgomote ca de motor şi gâfâieli venind din camera mea, ştiţi ce fac.

Lauren pufăie amărâtă, mușcându-și buza de jos. Dar dacă o deranjează atât de tare, atunci de ce nu merge și ea în camera *ei*? După ce terminăm de scris o ciornă de vreo șaizeci de pagini pe care o printăm, învinsă de curiozitate, vine la noi. Se uită la titlu, după care mută cursorul în josul paginii, citind cu o neîncredere și un dezgust din ce în ce mai mari.

— E îngrozitor... e dezgustător... e obscen... și nici măcar într-un sens bun. N-are nici o calitate. E un gunoi! Nu-mi vine să cred că ați putut să scrieți o mizerie atât de degradantă, de exploatatoare... bolborosește ea. Și mai aveți de gând să faceți lucrurile astea și cu oameni, cu necunoscuți, îi veți lăsa să vă facă toate lucrurile astea!

Mă simt aproape obligată să-i spun, orice, exceptând analul, dar în schimb îi răspund înțepată toată cu un citat pe care l-am memorat pentru o astfel de ocazie.

— Mi-ar plăcea să știu ce e mai rău: să fii atacat de pirați, să ți se taie o bucă, să te atace o hoardă de bulgari, să fii biciuit și spânzurat la un *auto-da-fé*, să fii disecat, să tragi la rame într-o galeră... și, pe scurt, să experimentezi toate nefericirile prin care a trecut fiecare dintre noi, spun, privindu-l pe Rab, care mi se alătură – sau să rămâi aici, fără să faci nimic?

Lauren scutură din cap.

— Ce prostii tot spui acolo?

Intervine Rab.

— E Voltaire, un fragment din *Candide*, explică el. Sunt surprins că nu știi asta, Lauren, îi spune el fetei noastre, care tremură nervoasă și își aprinde o țigară. Și ce a răspuns Candide?

Rab ridică un deget spre mine și amândoi declarăm la unison:

— Aceasta este o mare întrebare!

Lauren continuă să se foiască pe locul ei, părând furioasă, ca şi când amândoi am vrea să-i facem în necaz, când, de fapt, scenariul ne face pur şi simplu să vibrăm.

— Frumoase flori, spune Rab, uitându-se spre trandafiri, ca şi când ar fi încercat să mai destindă atmosfera. Am mai văzut un buchet în găleată, zâmbeşte el obraznic. Care-i faza?

Lauren îl săgetează cu privirea, dar eu simt caracterul inofensiv al remarcii, lucru care mă face imediat să mă gândesc că, până la urmă, chiar a fost Sick Boy... Simon. Pe Rab putem cu siguranţă să-l eliminăm din lista anchetei noastre.

Stăm treji până se deschid magazinele, tot citind ciorna şi aducându-i îmbunătăţiri. Apoi, obosiţi şi agitaţi, pentru că trebuia să mergem cu ea în Leith, ca s-o arătăm celorlalţi, Rab şi cu mine am plecat de acasă încurajaţi de remarcile lui Lauren. Am mers la un centru de printat şi am fotocopiat mai multe exemplare, pe care le-am îndosariat. Abia când ne-am aşezat într-o cafenea să luăm micul dejun, m-a izbit, în ciuda exaltării şi a epuizării, cât de supărată era Lauren. Invadată de un brusc val de vinovăţie, întreb:

— Crezi că ar trebui să ne-ntoarcem, să vedem cum se simte?

— Nu, asta n-ar face decât să înrăutăţească lucrurile. Dă-i puţin timp, e de părere Rab.

Lucru care îmi convine; chiar nu am chef să mă întorc acasă. Pentru că mă simt bine aici cu Rab. Mă bucur de cafeaua tare şi neagră, de sucul de portocale şi de covrigi[1], mă bucur de faptul că stăm aici, având pe masă un scenariu. Un scenariu de film pe care *l-am făcut noi*, fericită că am realizat *ceva*. Rab şi cu mine – pur şi simplu ne-am aşezat la

_____

1. *Bagels*, în original – covrigi din făină de grâu dospită.

lucru și am reușit. Și simt că ne leagă o mare intimitate și cred că poate aș mai vrea să avem momente din astea. Dar acum nu este vorba doar de faza cu sexul, ca în cazul obsesiei mele crescânde cu Simon – de fapt, într-un fel foarte ciudat, e ceva asexual. Nu e vorba doar de futai, ci de momente ca acesta.

— Crezi că prietena ta ar fi de acord dacă ar ști că ți-ai petrecut toată noaptea scriind scenarii porno cu altă femeie?

Rab își dă seama ce vrea să însemne asta. Se îndepărtează de mine, emoțional vorbind, scutură din umeri și își mai toarnă puțină cafea din cafetieră. Pentru un moment se lasă tăcerea, după care începe să spună ceva, se răzgândește, apoi ne ridicăm și ieșim din cafenea, sărind în autobuzul spre Leith.

Tot drumul spre Leith am imaginea lui în minte, apoi ajungem la pub și iată-l: Simon Williamson. Sosesc și ceilalți, care se împrăștie prin cameră. Ursula, într-un trening care, în mod normal, ar arăta îngrozitor pe o fată din Marea Britanie, dar care pe ea arată bine cumva. Craig și Ronnie, gemenii siamezi, iar mie mi se luminează fața văzând-o pe Gina pentru prima oară de când m-a ajutat. Mă duc spre ea și îi pun mâna pe umăr.

— Îți mulțumesc foarte mult pentru că m-ai ajutat atunci, spun eu aproape fredonând.

— Ai vomitat pe bluza mea, spune ea țâfnoasă și, pentru un moment, mă sperii puțin, dar îmi zâmbește, semn că agresiunea ei e superficială. Doar puțin. Tuturor ni se-ntâmplă.

Apoi intră Melanie, veselă și prietenoasă, care mă îmbrățișează ca și când am fi fost două prietene ce nu s-au mai văzut de mult. În momentul când le dăm fiecăruia câte o copie, mi se ridică moralul.

— Țineți minte, le explic eu, aceasta este doar o ciornă în lucru. Orice *feedback* este bine-venit.

Cel puţin titlul le place. Citind pagina cu titlul, încep cu toţii să mustăcească:

ŞAPTE FUTESE PENTRU ŞAPTE FRAŢI

Le explic rapid acţiunea.

— În mare, povestea este aceasta: şapte bărbaţi se află pe o ambarcaţiune petrolieră. Unul dintre ei, Joe, a pariat cu un altul, Tommy, care susţine că fiecare dintre cei şapte „fraţi" trebuie să şi-o tragă în permisia de un weekend pe uscat. Dar nu numai că trebuie să se futa, ci şi să-şi satisfacă bine cunoscutele predilecţii sexuale. Din păcate, sunt doi dintre ei care vor să facă alte lucruri, de natură culturală şi sportivă, şi un al treilea, care este virgin fără speranţă. Aşa că şansele înclină în favoarea lui Tommy. Dar Joe are aliaţi; Melinda şi Suzy, care au un bordel de clasă şi care se dau peste cap să găsească şapte partenere care să-i rezolve o dată pentru totdeauna pe aceşti nefericiţi fraţi.

Simon dă din cap entuziasmat, lovindu-se cu mâna pe coapsă.

— Asta sună bine. Asta chiar sună al dracu' de bine.

În timp ce toţi se apucă să citească, eu şi cu Rab hotărâm să coborâm în barul pustiu, închis, ca să bem ceva. Flecărim vreo jumătate de oră despre scenariu şi despre universitate, după care ne întoarcem. Când deschidem uşa, îi găsim pe toţi într-o tăcere de piatră. Îmi zic, oh, nu, după care îmi dau seama că ne priveau uimiţi.

În scurt timp, râsul colorat al lui Melanie soarbe tot aerul din încăpere. Aruncă manuscrisul pe birou, nemaiputându-se controla.

— Asta e demenţă curată, îmi rânjeşte ea, ducându-şi mâna la gură. Voi chiar sunteţi duşi cu pluta.

Apoi intervine Terry, uitându-se spre Rab.

— Da, e-n regulă, dar ascultă la mine, Birrell, ăsta nu-i un proiect pentru facultate, pula mea. Tre' să fii-n stare să-ți faci o labă și să-ți dai drumu', nu să-ți freci bărbia și să torni verzi și uscate. Așa e-n lumea reală, frate.

Rab îl privește nerăbdător.

— Pula mea, Lawson, citește și tu ce scrie-acolo. Ăștia sunt șapte frați care vor să-și facă de cap, în pizda mă-sii, și-ăștia au permisie și tre' să-și găsească șapte gagici.

Simon îl privește ostil pe Terry, apoi se întoarce spre noi, cu ochii lui sticloși și chiar pare sincer emoționat.

— Oameni buni, asta chiar e o operă genială, spune el, ridicându-se și apucându-l pe Rab de umăr, după care mă sărută pe obraz și se apleacă peste bar, ca să mai umple niște pahare cu JD, ochiometric. Chiar ați băgat de toate. Mi-au plăcut la nebunie scenele sado-maso, cu legatul și biciuitul. Savuroase!

— Da, îi explic eu exaltată, dar încercând să-mi păstrez într-un fel detașarea în fața remarcilor lui, în timp ce oboseala soioasă după o noapte albă începe să se instaleze – știi tu cum e cu piața britanică. Nu e un fetiș tipic pentru britanici? Nu-și are originile în cultura școlilor gimnaziale și a dădacelor?

Rab dă entuziasmat din cap.

— Și, de asemenea, scoate la iveală moștenirea noastră de pornografie lejeră, precum și natura represivă a culturii noastre bazate pe cenzură, spune el, iar pretenția noastră crește dintr-odată. După cum ar spune Lauren, nu e nici un fel de artă la mijloc, ci doar o mentalitate de cerșetori. Este de necrezut cum poate Lauren să spună că nu i s-a părut nimic artistic în asta.

— Lasă arta, Birrell, mie mi-a plăcut bucat-aia cu băiatu-ăla care era obsedat de muie, spune Terry, făcând cu ochiul şi mângâindu-şi buza superioară cu cea de jos.

Simon dă încet din cap şi, cu o mulţumire neîndurătoare, spune cu entuziasmul unui comandant al plutonului de execuţie:

— Acum trebuie să facem distribuţia.

— Io vreau să-i joc pe toţi şapte, spune Terry. Acuma po' să faci asta la montaj, cu efecte speciale. Doar vreo câteva peruci, nişte costume, nişte ochelari ş-aşa...

Începem cu toţii să râdem, dar cu oarecare neîncredere, pentru că ştim că Terry vorbeşte foarte serios. Simon scutură din cap.

— Nu, cu toţii trebuie să avem câte un rol – sau măcar să punem mâna ca lumea pe o cameră.

— Cu asta n-avem nici o problemă, spune Terry mângâindu-se satisfăcut între picioare. Da' văd că tu taci din gură, Birrell! spune, întorcându-se spre Rab. Nu ţi-ar face cu ochiu' vrun rol d-ăla mai mic, cu accentul pe mic?

— Dă-te-n pula mea, Terry, spune Rab, cu un zâmbet manierat, e destul de mare, deşi la ce gură ai, ar avea loc berechet în ea vro câteva zdravene.

— Visezi, Birrell, spune Terry zeflemitor.

— Copii, vă rog frumos, spune Simon cu măreţie. Poate că aţi trecut cu vederea acest lucru, dar sunt nişte doamne de faţă. Doar pentru că facem pornogra... ăă... filme de divertisment pentru adulţi, asta nu-nseamnă că şi noi personal trebuie să fim bădărani. Păstraţi-vă răutăţile pentru voi.

Suntem flataţi de pe urma realizării noastre – Rab şi cu mine. Pregătindu-ne să plecăm spre universitate, ca să ne vedem notele de la proiecte, Simon se apropie de mine şi îmi şopteşte:

— Toată viaţa ai fost pentru mine un miraj, acum eşti reală.

Chiar a fost el cel care a trimis florile.

Ne aflăm în autobuz, îndreptându-ne spre oraș, iar Rab vorbește întruna despre filmul nostru și despre filme în general, dar mie-mi stă mintea la altceva. Nu-l mai văd și nici nu-l mai aud, nu mă pot gândi decât la Simon. *Toată viața ai fost pentru mine un miraj, acum ești reală.*

Pentru el, sunt reală. Dar viața noastră nu este. Asta nu este o viață reală. Asta e distracție. Când ajung la universitate, văd că McClymont mi-a dat un cincizeci și cinci. Nu e cine știe ce, dar am trecut. Mai sunt și niște însemnări semiinteligibile.

Un efort susținut, dar a cărui eficiență a fost diminuată de obiceiul enervant de a adopta scrierea pervertită, americană a limbii noastre. *Colour* nu se scrie *color*. În orice caz, aduceți niște argumente bune, dar să nu neglijați influența imigranților scoțieni din știință și medicină – n-a fost vorba numai de politică, filosofie, educație, inginerie și construcții.

O notă de trecere. Acum pot să uit o dată pentru totdeauna acest curs și fața acestui boșorog nenorocit și dubios.

32

Șmenu' # 18 741

Privesc afară, spre curtea din spate, unde o nevestică își întinde rufele pe sârmă. Niște nori grei, întunecați, fac întrecere pe deasupra clădirilor, pătând cerul de un adorabil albastru pal. Nevestica se uită în sus și, cu fruntea încruntată, încrețită, deprimată, își dă seama că va-ncepe să burnițeze și, frustrată, dă un picior coșului.

Distribuţia a fost uşor de făcut; Craig şi Ursula vor face scenele sado-maso, Terry, ca futălău-cheie, o să i-o tragă lui Melanie la căcău. Ronnie va fi boxerul care-şi dă drumul privind cum şi-o trag Nikki cu Melanie (şi nu va fi singurul), iar eu voi fi cel care îşi doreşte orgia. O să-l pun pe Mickey Forrester să facă scena cu muia pe care i-o dă uneia din curvuliţele lui. Nu mai avem nevoie decât de un frate pentru scena de sex normal şi poate-l întreb pe Rab dacă-l interesează sau chiar pe Renton, iar eu voi avea nevoie de o bucăţică mai tânără, pentru partea cu virginul, cireaşa de pe tort.

Problema cu filmul ăsta, ca să-l facem aşa cum vrem, sunt banii. Sunt hotărât să nu las această operaţiune să fie una de mântuială. Am să le-arăt eu ce greşeală au făcut trimiţându-l la plimbare pe SDW, o adevărată forţă, un pion al industriei. Dar nu trebuie să facem o treabă ieftină, pentru că la asta se aşteaptă ei. Eu nu am acces la toţi banii pe care muiştii-ăia răsfăţaţi îi aruncă pe apa sâmbetei. Dar Spud şi amicul lui, starul de telenovele, mi-au dat o idee, iar eu am făcut ceva cercetări. S-ar putea să dea rezultate. Bineînţeles, dincolo de aranjamentul lui meschin, mai am în minte un plan mult mai elaborat, care trebuie, în mod necesar, să-l excludă pe Daniel Murphy.

Alex McLeish?

Totul se rezumă la adâncimea piscinei, Simon, iar eu sunt un mare admirator al echipei pe care ai construit-o, mai ales al tipei ăsteia, Nikki. Foarte talentată. Pe de altă parte, băiatul ăsta, Murphy, a făcut el o treabă destul de bună când s-a ivit în peisaj, dar, vorb-aia, nu cred că dă dovadă de profesionalism cât să facă parte din echipă.

Mersi, Alex. Aceeaşi părere am şi eu: Murphy nu e decât de umplutură. Iau aminte de pontul pe care mi l-a dat chiar omu', şi scotocesc întreg continentul în căutare de oameni noi, după regula lui Bosman[1]. Bineînțeles, s-ar putea să fie greu să-l aduc înapoi la Leith pe vechiul preferat al publicului, Mark Renton. Dar îmi încep misiunea de cercetaș mai aproape de casă. Am primit vreo câteva mesaje la pub din partea unui oarecare Paul Keramalandous, de la Agenția Links, o firmă de publicitate de pe Queen Charlotte Street, la care lucrează numai *yuppies*, despre care se spune că ar fi emblema „noului Leith". Din mesaje aflu că acest Keramalandous este interesat de Forumul de Afaceri din Leith împotriva Drogurilor. Simt că este vorba de îngustimea perspectivei, dar totodată îmi lasă gura apă, lucru care îmi spune că am dat de ceva, așa că îl sun înapoi. Purtăm o conversație rodnică; tipul îmi spune că i-a contactat și pe alți oameni de afaceri și propune o întâlnire inaugurală pentru săptămâna viitoare, la Sala Adunărilor. Mă întreabă dacă mă pot gândi la cineva pe care să-l „aduc la discuții". Mă gândesc la cât de puține contacte am aici. Pe cine pula mea aș putea aduce cu mine? Pe Lexo, cu cafeneaua lui slinoasă? Pe Mickey Forrester, cu sauna și curvele lui jegoase? Nici nu se pune problema. Asta este șmenu' meu și numai al meu. Îi sugerez lui Paul că poate ar fi mai bine ca lucrurile să rămână între noi: eu, el și alte vreo câteva nume pe care mi le menționează el.

— Ai perfectă dreptate, fluieră el detașat în receptor, măcar până ne punem pe picioare. Nu vreau să ajungem ca în poveștile cu prea multe moașe.

Scot sunetele de cuviință, închid și îmi trec în agendă eventuala întâlnire, urmând să fie confirmată.

---

1. Jean-Marc Bosman, cel care, în 1995, prin intermediul Curții Europene de Justiție, a elaborat regula conform căreia jucătorii profesioniști de fotbal din Uniunea Europeană se pot transfera în mod liber la un alt club după terminarea contractului cu actuala echipă.

Sunt încrezător că îl voi face pe fraierul ăsta să îmi mănânce obedient conținutul curului cât ai zice pește. Împăunat cu acest succes, mă hotărăsc să joc mare și să-l chem pe roșcat, Maestrul Păsăricilor.

Îmi încep ofensiva seducției sunându-l din nou pe Renton și spunându-i de acest aranjament sau măcar o parte din el, atât cât vreau să știe. Vorbind la telefon, îmi vine greu să mă descurc cu tăcerea lui, care, la un moment dat, devine de-a dreptul chinuitoare. Vreau să îi văd fața, ochii ăia calculați și vicleni, felul în care își metamorfozează rapid expresia, ca un mielușel, de fiecare dată când crede că vrea să-i dea cineva țeapă.

— Deci ce spui?

Pare destul de impresionat.

— Are potențial, spune ca și când ar fi încercat să-și controleze entuziasmul.

— Poți să fii sigur de asta, or să muște momeala.

— Da, scoțienii sunt cam previzibili, e de părere Renton. Adică, toți ăilalți din Marea Britanie și din Republica Irlandeză speră de câteva decenii ca alea șase provincii să dispară pur și simplu, în timp ce labagiii ăia fac în continuare pantomimă, imitându-i pe cei mai jalnici dintre toți fraierii din părțile astea.

— Da, sunt de acord cu asta, nu au nici un fel de originalitate, mai ales hunii. Își botează galeria după cea de la West Ham, copiază cântecul lui Millwall. Poți să fii sigur că majoritatea sunt la Banca Regală a Scoției, dar trebuie să mai fie vreo câțiva la Clydesdale.

— Tu ce ai de gând mai exact?

— După cum am spus, nu am nevoie decât de vreo câteva conturi în afară. Hai, Mark, bagă-te cu mine-n chestia asta, insist eu.

După care mi se pune un nod în gât.

— Am nevoie de tine. Îmi ești dator. Ce zici?

Doar o urmă de ezitare.

— Da. Ai putea veni într-o zi pe la mine? Ca să ne punem la punct şi să stabilim detaliile, gen.

— M-aş putea întoarce vineri, îi spun, încercând să nu par foarte prins.

— Păi ne vedem atunci, spune el.

Păi să ştii că ne vedem, Renton, tâlhar nenorocit ce eşti.

Nici bine nu închid telefonul, că începe să-mi sune mobilul verde – numărul pe care-l dau numai tipilor – şi e Franco.

— Mi-am luat mobil, he, îmi spune el. Super tare. Diseară băgăm şcoală de cărţi, cu Malky McCarron, Larry şi-ăştia. S-a-ntors şi Nelly de la Manchester ş-aşa, bă, muie.

— Ghinion, lucrez, spun eu mimând dezamăgirea, uşurat că nu va trebui să particip la clubul dementului ăluia, pe care toţi îl numesc Şcoala de cărţi a lui Begbie.

Să stau cu nişte beţivani care să mă jupoaie de bani nu este ceea ce înţeleg eu prin distracţie.

Dar e foarte interesant că Begbie m-a sunat tocmai după ce am vorbit cu Renton. Cred că înseamnă că sunt sortiţi să fie împreună.

33

Spălarea

Ali a mai trecut o singură dată p-aici şi n-am apucat să vorbim. În orice caz, sunt surprinzător de vesel, frate, vesel, vesel de tot, pen' că cercetarea merge bine şi m-am lăsat de pastile. Ali era drăguţă... ăă... sceptică, frate, pen' c-a mai trecut de-atâtea ori prin asta, dar bravo ei, cre' că-ncearcă să m-ajute-n felu-ăsta, cu dubiile ei. O altă chestie bună e că io și cu Sick Boy suntem din nou to'arăşi, gen. Mă văd cu el mai târziu, fi'ncă avem noi un şmen la care lucrăm.

Am fost acasă la sor-me-aia mică, Roisin, care, ca să fiu la fel de direct ca domnu' Begbie-al nostru, nu prea e genu-ăla de gagică cu care m-aş combina vrodată. E cu zece ani mai mică decât mine, în ascensiune, și n-a prea fost niciodată de acord cu stilu' tradiţional de viaţă al clanului Murphy, gen. Da' cu toate astea, prietenu' ei e un motan de treabă, e plecat să lucreze-n Spania și mi-a lăsat mie biletu' lui pentru sezonu' ăsta la Easter Road. N-am mai fost la un meci d-o veşnicie, frate, dar verzişorii ăştia pică de minune. Alex McLeish ăla îmi aminteşte un pic de Renton, da' și de motanu-ăla din *NYPD Blue*, cum ziceam că-l chema pe tipu-ăla? Robinson Crusoe? Nu, da' ceva de genu-ăsta. Nu te supăra, o fi de la culoarea blănii. Da' acuma-l avem pe franţuzu-ăla în spate și pe pisicuţ-aia neagră la mijloc. Aşa că s-ar putea să mă duc la meciu' d-acasă, ăla împotriva lu' Dunfermline, ca să combat plicti-seala, frate, cel mai mare duşman. Plictiseala și anxietatea. Cu prima, plecăm la vânătoare de *speed*. După care devenim cu toţii nerăbdători și aici intră-n scenă Salisbury Crag.

Da' toată faza cu sor-mea a fost cam rece-aşa, frate. Adică, odat-am împărţit amândoi pântecu' pentru nouă luni ş-aşa, da' cre' c-atunci când am pus punct la asta, amândoi am ieşit în timpuri diferite, în epoci diferite, frate. Aşa că după ce mi-am pus biletu-n buzunar, am plecat de la Rosh.

În timp ce coboram, am auzit pe scara blocului strigăte și ţipete. Când ajung la etaju' de mai jos, văd că era June, exa lu' Franco, cu cei doi plozi ai lu' Begbie, și unu' dintre ei tot striga-n gura mare, în timp ce ăla mai mare ş-o-ncasa de la June, care se pare că ş-a cam pierdut controlu', frate, da' rău de tot.

— AM VĂZUT CĂ L-AI LOVIT! SĂ NU-MI ZICI CĂ NU-I AŞA! CE DRACU' ŢI-AM SPUS IO, SEAN?

Plodu lu' Begbie nu făcea nimic, stătea acolo şi-ncasa loviturile, ghemuindu-se ca un papiţoi jerpelit, da' fără să-i pese de curu' lui. Săracu' motănaş e ca un hopa-mitică, e nebun de legat, tremura tot, ca să absoarbă mai bine loviturile. Motănaşu-ăla mai mic părea speriat de moarte ş-acuma tăcuse chitic.

— Heei! strig eu. E totu-n regulă, June!

— Spud, spune ea, începând dintr-odată să fie amabilă şi să scuture din cap, parc-ar fi cedat nervos, gen.

Asta e, cum să zic, genu-ăla de situaţie-n care pici ca din oală. Adică io nici măcar nu ştiam că locuia la scar-asta.

— Eh... bine-atunci... zic eu şi ridic plasele de cumpărături, văzând că uneia i s-a rupt toarta.

— Da... mersi, Spud, ăştia doi... sughiţă ea, arătând spre băieţi.

— Ce mai băieţi, eh, zâmbesc eu.

Cel mai mic îmi zâmbeşte speriat, da' pisoiu-ăla mai mare ieşit din cuibuşoru' lu' Begbie mă priveşte-ntr-un mod foarte ciudat, chiar şi pentru unu' de vârsta lui. Da, tre' să recunosc, ăsta chiar e Fiu' lu' Franco, fără nici un dubiu.

June bagă cheile în uşă şi deschide. Băieţii dau buzna înăuntru, iar unu' din ei strigă ceva de Sky Sports. June se uită la ei, împreună sunt ca o echipă pusă pe demolări. După care se-ntoarce spre mine şi zice:

— Te-aş invita la un ceai, Spud, da' cas-asta-i o cocină.

Da', frate, nu-i deloc cocină. June asta pare genu-ăla de femeie rea, rea ca un câine. După tonu' ei, îmi dau seama c-ar avea nevoie să vorbească cu cineva. Știu c-am aranjat să mă-ntâlnesc cu Sick Boy și cu văru' Dode la pub, da' și mie mi-ar prinde bine să mai schimb vro două vorbe. Și cu Ali nu prea am parte d-asta, cu aia mică, cu Rosh, nu mai zic, abia așteaptă să mă vadă plecând.

— Nu poa' să fie mai rău ca la mine, îi spun.

Și June se uită la mine, ca și când ar sta să analizeze, după care se gândește că am dreptate.

Când intru-n casă, e peste tot o harababură, numa' cărți și jucării de copii. În chiuvetă e un teanc de vase care arată ca și când s-ar afla acolo de ani de zile. Abia dacă găsesc loc pe dulap ca să pun plasele.

June tremură toată și-i ofer o țigară pe care i-o aprind. Pune ceainicu' pe foc, da' nu găsește nici o ceașcă curată. Încearcă să clătească una, încearcă să mai stoarcă o picătură de detergent în ea, da' nu se aude decât un sunet ca o bășină. Ia una dintre plase și scoate din ea o sticlă nouă, da' nu poa' să-i scoată dopu', fi'ncă-i tremură mâinile. Izbucnește-n plâns, de data asta nu mai e doar un simplu sughiț, ci o cascadă ca lumea.

— Îmi pare rău, doar că mă lasă nervii, nu mai merge nimic cum trebuie... uită-te și tu la cas-asta. E din cauza copiilor... sunt așa niște... și nu m-ajută nimeni, adică Frank a ieșit, da' n-a trecut decât o dată să-i vadă, nici măcar nu i-a scos și el în oraș! A ieșit din pușcărie de zece minute și deja se-mbracă cu haine noi, cămăși elegante, bijuterii... ghiulu-rile-alea... nu mă descurc, Spud... nu mă descurc...

Mă uit la teancu' de vase.

— Uite cum facem, te-ajut io cu astea, hai să facem curat în bucătărie, lună o facem. O să te simți mai bine după asta, frate, fi'ncă asta e, când te simți de căcat, ca și când te-ar fi stors cineva de toată energia, și mai vezi și ditamai muntele de vase-n chiuvetă, asta-i cel mai nasol, frate, rău' absolut, e ca şi cum ţi s-ar scurge toată energia, frate, până la ultima picătură. O problemă pe care-o-mparţi cu cineva e pe jumătate rezolvată ş-aşa, June, frate.

— Nu, e OK...

— Hei! Haide! spun eu, punându-mi un şorţ. Lună o facem, frate, lună!

Io mă-ndrept glonţ spre vase, în timp ce June protestează, da' cu juma' de gură, şi s-apucă să mai deretice puţin şi-ncepem să facem progrese şi cât ai bate din palme, nu mai e nimic, frate, nu mai e nici o problemă şi totu' e din nou curat şi posibil. Nu tre' decât să-ţi pui ordine-n cap şi s-o faci, frate, nu tre' decât s-o faci. Ştii? Ca mine cu scrisu', frate, doar du-te-acolo şi fă-o!

Aşa am făcut io o faptă bună, frate, o faptă bună, simplă şi practică. Sunt surescitat tot, frate, surescitat ca şi când aş fi pe cel mai tare *speed* pe care l-a cunoscut vrodată omenirea. Şi mai tre' să spun că şi June asta e-ntr-o stare mai bună decât atunci când am găsit-o, frate, pe bune.

Da' când am ajuns la pub, e prea târziu ca să-l mai prind pe Sick Boy şi tipu cre' că e la vro câţiva kilometri depărtare de parcu' de distracţii. Văru' Dode îşi apleacă urechea şi se uită la mine, arătându-mi ceasu'.

34

Şmenu' # 18 472

Mă aflu într-un pub cavernos de pe Walk, aşteptându-l pe un drogat distrus să vină să mă salveze de *Weedgie*-ul ăsta plictisitor, încărunţit prematur, cu trăsături din topor, cu o privire în permanenţă şocată, arţăgoasă, aşa cum în mod normal nu întâlneşti decât la caprele de la Ferma Georgie. Bun venit înapoi în Scoţia, n-am ce să zic. Laba asta de vărul Dode, pseudo-saxonul, nord-europeanul, filistinul, fund de slănină, un hun, fir-ar să fie de nonentitate ; acest mutant primitiv dintr-o suburbie răpănoasă de pe coasta de vest are impertinenţa de a încerca să dea un citat în latină ; *latină, mie*, un om al Renaşterii, din şcoala mediteraneeană şi iacobină. Cumpără ceva de băut pentru amândoi şi ridică paharul.

— *Urbi et orbi*, spune el.

— Noroc, *similia similibus curantur*, rânjesc eu veninos.

Pupilele vărului Dode se dilată ca două găuri negre care absorb totul din jurul lui.

— Pe-asta n-o ştiu, asta care e, zice el, mai mult decât impresionat, de fapt e chiar excitat bine.

Ei bine, nici eu nu o ştiam pe-a lui, dar să mor dacă aş recunoaşte asta vreodată de faţă cu muistul ăsta şmecher.

— Cui pe cui se scoate, îi fac eu cu ochiul. Zicala potrivită la momentul potrivit.

Vărul Dode întoarce capul şi mă priveşte entuziasmat.

— Eşti un om inteligent, îmi dau seama. E bine să cunosc pe cineva care e pe aceeaşi lungime de undă cu mine, spune el scuturând din cap şi o undă de durere îi brăzdează moaca. Asta-i faza, că n-am cunoscut mulţi oameni pe aceeaşi lungime de undă cu mine.

— Îmi imaginez, spun eu impasibil, lucru care trece fix pe lângă el, cap de fursecuri şi gumă de mestecat.

— Adică, tovarăşul tău Spud, un băiat de nota zece, da' poate nu foarte isteţ. Dar vezi tu, de data asta ai exagerat, spune, bătându-şi capul cu arătătorul. Da, Spud spunea că faci filme ş-aşa.

Ciudat lucru din partea lui Murphy, că a fost așa de mărinimos și mi-a făcut reclamă bună.

Nu filme porno, ci filme, nimic mai puțin. Asta mă face să devin sentimental, gândindu-mă că poate am fost cam aspru cu amicul meu.

— Păi cam asta trebuie să faci, Dode. Cum se spune : *ars longa, vita brevis.*

— Arta e lungă, timpul, scurt, una dintre preferatele mele, dă el din cap, cu un rânjet cât toată fața.

Până la urmă își face apariția și amicul Murphy, care pare și el cam în priză. Când *Weedgie* ăla zoofil pleacă la budă, îmi exprim intensa neplăcere.

— Unde pula mea ai fost ? Aici nu mergem după fusu' orar de la Tipperary. A trebuit să stau să-l ascult pe pizd-aia plictisitoare !

Dar, pula mea, el chiar pare mulțumit.

— N-am putut să m-abțin, frate, m-am întâlnit întâmplător cu June, știi. A trebuit s-o ajut să spele, trebuia s-o facă cineva, știi ?

— Oh, da, punctez eu atotcunoscător. Trebuia să-mi fi dat seama, pula mea. Dar așa e, Spud nu poate rezista nici unei tentații, deși eu ar trebui să fiu chiar disperat ca să trag ceva pe nas cu June. Ciudat, dar nu m-aș fi așteptat la asta din partea ei, mai ales cu copiii-acasă, dar bănuiesc că acuma toată lumea trage și, ca să fiu corect față de ea, are faț-aia obosită și terminată de curvă davaistă. Și ce mai face June ? întreb eu, fără să știu de ce. Nu că m-ar interesa neapărat.

Spud își țuguie buzele și suflă, scoțând un sunet puternic și vulgar, ca o bășină, care ar fi putut provoca un moment jenant dacă ar fi fost produs într-un local cu ștaif.

— Ca s-o zic p-aia dreaptă, mi se pare cam a dracu', frate, spune el, în timp ce acest personaj pe nume vărul Dode își face apariția de la toaletă și mai cumpără un rând de băut.

— Pun pariu că aşa şi e, dau eu din cap, şi ştim cu toţii de ce.

Dode ridică o halbă de bere şi dă noroc cu Spud.

— Noroc, Spud! Suntem puşi pe treabă-n noapte-asta!

Apoi repetă şi cu mine acest exerciţiu stupid, iar eu mă forţez să afişez un surâs de o bonomie superficială.

Devenind din ce în ce mai avid de orice diversificare a companiei mele actuale, îi arunc tinerei barmaniţe un zâmbet cald şi drăguţ, unul dintre acelea care, în tinereţe, ar fi trimis-o involuntar să-şi aranjeze părul. Acum nu mai primesc nimic în schimb, decât un surâs palid şi rece.

Aşa că trecem în revistă mai multe baruri şi până la urmă ajungem în oraş, unde facem o tură la celebra City Café de pe Blair Street, de care mă leagă vechi amintiri. Observ mesele de biliard, o achiziţie nouă de când am fost ultima oară aici. Vor trebui să dispară: încurajează prea mulţi sărăntoci. Apropo de asta, începe să mă enerveze la culme acest văr Dode, cu vorbăria lui necontenită, în asemenea hal, încât sunt chiar încântat văzându-l pe Mikey Forrester intrând, la braţ cu o curvă în mod evident sărită de pe fix, dar sexy.

Voi fi Mister Popularitate la City Café, chiar am ameliorat calitatea clienţilor. Sunt în compania celei mai mari janghine drogate pe care a produs-o vreodată Leithul, a unui suporter hun *Weedgie* şi acum a râiosului de Forrester; îmbrăcat de căcat, ca şi când ar fi fost vreodată altfel. Încep să mă gândesc, eu ce sunt: am devenit, dintr-odată, un magnet pentru toţi nespălaţii? Personalul de la bar va avea nevoie de dezinfectant la închidere.

— E Mikey Forrester, i-l arăt eu lui Dode. E asociat la vreo câteva saloane de saună şi are un stabiliment cu nişte curvuliţe delicioase, care se fut ca să facă rost de păpică. Şmecheria veche de când lumea: le face dependente de hero, după care le pune să lucreze pentru el la departamentul de „vânzări găuri", ca să-şi scoată banii pentru marfă, dacă-nţelegi la ce mă refer.

Dode se întoarce şi dă din cap, examinându-l pe Mikey cu o privire uşor dezaprobatoare, dar şi invidioasă.

— Da, eh, şi Seeker face asta ş-aşa, spune Spud, cu zâmbetul ăla tălâmb, libidinos şi idiot de adolescent cu probleme, care i-a rămas în continuare pe faţă, chiar şi după atâţia ani, ca un rahat lipit de gâtul unei sticle.

Scutur din cap.

— Da' Seeker doar le fute, ăsta e singuru' mod în care o mizerie umblătoare ca el mai poate să-şi aibă partea de Futeanu, explic eu.

Îmi permit slăbiciunea de a mă simţi puţin cu musca pe căciulă pentru că l-am vorbit de rău pe Seeker, când bag mâna în buzunar şi dau de sticla de GBH pe care chiar el mi-o procurase. O altă persoană care îşi are şi ea folosurile ei, dar numai într-un domeniu' strict limitat. Îl trag pe Spud spre mine ca să îi şoptesc ceva şi observ că are un dop de ceară maronie în ureche. Strâmb din nas dezgustat de mirosul rânced, ca de drojdie.

— Mă duc să schimb vreo două vorbe cu Mikey, chestii de afaceri.

Îi strecor o bancnotă de douăzeci de lire.

— Asta ca să-l ţii în formă pe săpunelul de văr-tu. Mă scuzaţi un moment, băieţi, mă duc să-l salut aşa, de dragul vremurilor bune, îi explic lui Dode, îndreptându-mă spre Forrester.

Forrester este genul de om pe care nu-l place nimeni, dar cu care se pare că toţi ajung să facă afaceri la un moment dat. Îmi aruncă un zâmbet, dezvelindu-şi dinţii, care îmi amintesc de districtul

Bingham; totul a fost reconstruit de ultima oară
când l-am văzut. Sunt surprins că Mikey a optat
pentru o dantură de bun-gust, cu o nuanță natu-
rală, și nu a ales aurul. Are pielea bronzată la solar
și și-a ras părul subțire și cenușiu, arătând ca un
bec. Stofa albastru-argintie de pe el pare de cali-
tate. Doar pantofii, din piele scumpă de altfel, dar
cărora le-ar mai prinde bine un lustru și, elementul
crucial, șosetele albe flaușate, cadoul pe care toți
nătărăii îl primeau prin anii '80 de Crăciun de la
mamele lor, care le cumpărau cu duzina, îl mai dau
de gol, arătând că la un moment dat a fost sufletul
pereche al lui Murphy.

— Sal'tare, Simon, cum merge?

Îi sunt recunoscător că a preferat să-mi spună
Simon, și nu Sick Boy, fapt pentru care îi răspund
pe măsură:

— Miraculos, Michael, miraculos.

Mă întorc, zâmbindu-i partenerei sale.

— Ea este adorabila domnișoară despre care îmi
povesteai?

— Una dintre ele, rânjește el, după care adaugă:
Wanda, el e Sick... ăă... Simon Williamson. El este
cel despre care-ți povesteam, tocmai s-a întors de
la Londra.

Gagic-asta e chiar tare; suplă, cu trăsături întu-
necate, așa, *latine*, ea ar trebui să vină cu texte ca
ale vărului Dode. E încă la prima vârstă a curviei
pentru droguri, când toate arată bestial, după care
începe marele declin. După care va trece la băgat
în venă, ca să se poată ține pe picioare și să mun-
cească, și o să se ofilească, iar Mikey sau vreun alt
muist o va repartiza de la saună în stradă sau pe
la vreun adăpost de heroinomani. Ah, Comerțul cu
Dame, o doamnă așa de bătrână și așa de previzibilă.

— Tu ești tipul cu filmele? întreabă ea termi-
nată, afișând atitudinea lugubră, ușor arogantă a

davaiştilor, pe care se pare că o întâlnesc în toate tranzacţiile sociale cam de când aveam şaişpe ani.

— Îmi pare bine să te cunosc, iubito, zâmbesc eu, luându-i mâna şi administrându-i un sărut pe obraz. Eşti bună, păpuşă.

Mikey şi cu mine ajungem repede la partea cu distribuţia. Îmi place de Wanda asta; chiar dacă e total dependentă de Mikey şi, deci, în deplina lui putere. Pare să fie încă în faza în care arată cât de mulţumită e de el. Lucru care lui îi face din ce în ce mai multă plăcere, iar în acelaşi timp forţa lui asupra ei creşte proporţional. Cu toate asta, i-a mai rămas ceva mândrie, dar drogurile îi vor distruge până şi aceste ultime vestigii, înainte chiar de a-i distruge frumuseţea, iar acest lucru nu va face decât să-i bage mai mulţi bani în buzunare lui Mikey.

După ce ne-am înţeles, mă întorc la Spud şi la Dode, acesta din urmă povestindu-i celuilalt, în gura mare, despre femei.

— Ăsta-i singuru' lucru pe care po' să-l faci cu femeile, să le iubeşti, concluzionează el, beat fiind. N-am dreptate, Simon? Ia spune-i tu!

— Aici s-ar putea să cam ai dreptate, George, zâmbesc eu.

— Să le iubeşti şi să fii destul de puternic, să fii destul de tare ca să le iubeşti. *Fortes fortuna adjuvat...* norocul stă de partea celor curajoşi. N-am dreptate, Simon? N-am dreptate?!

Spud încearcă să intervină, scutindu-mă, din fericire, de efortul de a încerca să-i mai trântesc o afirmaţie entuziastă acestui zoofil.

— Da, da' uneori e aşa, gen...

Vărul Dode îl întrerupe cu un gest al mâinii, care aproape că-i dărâmă halba plină a unuia de lângă. Îi fac un semn tipului, cerându-mi oarecum scuze.

— Nici un dar, nici un uneori. Dacă se plâng, dă-le mai multă dragoste. Dacă şi după asta continuă să se plângă, şi mai multă dragoste, declamă el tăios.

— Ai perfectă dreptate, George. Chiar cred că, sincer, capacitatea de a iubi a bărbatului depăşeşte capacitatea de a primi a femeii. De-asta noi conducem lumea, nimic mai simplu, explic eu succint.

Dode mă priveşte cu gura căscată, rotindu-şi ochii ca un automat la care eşti pe cale să câştigi potul cel mare.

— Omu-ăsta, Spud, omu-ăsta-i un geniu, pula mea!

Vărul Dode ăsta este genul tipic de *Weedgie* care se îmbată foarte repede, se fac muci după o bere, două. După care, în loc să facă o chestie decentă şi să leşine, se pare că pot rămâne în acest stadiu o veşnicie ; abia dacă se mai ţin pe picioare şi repetă obsesiv acelaşi mesaj contingent, dar care devine din ce în ce mai iritant.

— Îţi mulţumesc, George, dau eu din cap. Dar eu trebuie să recunosc că mie mi s-a cam luat de baruri. Vezi tu, pentru mine e ca şi când aş fi tot la serviciu, şi e plin de oameni, spun, arătând spre Forrester – pe lângă faptul că nu am un chef deosebit să stau. Hai să ne luăm ceva de băut pentru drum şi să mergem în altă parte.

— Da ! rage Dode, mergem cu toţii înapoi la mine ! Am o casetă absolut înnebunitoare pe care vreau s-o ascultaţi. Un to'arăş al meu are o formaţie... sunt cei mai tari. Cei mai tari, vă zic io !

— Fantastic, surâd eu, scrâşnind din dinţi. E-n regulă dacă mai sun pe cineva să ne ţină companie ? În sensul feminin al termenului, spun fluturându-mi mobilul roşu.

— Dacă e-n regulă ? Dacă e-n regulă, auzi ! Ce om ! Ce om ! exclamă Dode către toţi beţivanii secerați din jurul nostru, în timp ce mie simt că mi se zburleşte părul de pe ceafă, încercând să fugă mai repede din bar de atâta ruşine.

Pe unii i-ar satisface admiraţia asta, dar pe mine nu. Eu cred cu fermitate că o remarcă pozitivă din partea unui dobitoc fără minte dăunează mult mai mult ţinutei cuiva decât o condamnare din partea celor mai sofisticaţi *connaisseur*-i.

Ne îndreptăm spre uşă, eu mergând înainte şi făcându-mi grăbit loc prin mulţime, oprindu-mă doar ca să-i zâmbesc unei fete drăguţe la faţă, cu un costumaş verde mulat, dar dotată cu un permanent de Manchester de proastă calitate. Apoi pun o frână involuntară, încercând să trec pe lângă doi umflaţi de vreo treizeci şi ceva de ani, care au abandonat definitiv dieta şi au hotărât că tot restul vieţii lor va consta din vodcă, Red Bull şi mâncare din belşug. Apoi mai fac o abatere de la drum, pentru a evita un detaşament de tineri cu guri de peşte şi priviri meschine care se-mpingeau spre bar.

Când ieşim în stradă, Dode mă ridică în continuare în slăvi în faţa lui Spud. Tremur. Nu de la frig, nici de la droguri. Ci doar de la faptul că simt înălţimile, adâncimile şi întinderea prefăcătoriei mele, căreia laudele lui Dode îi pun în lumină dimensiunile monstruoase, dar de mare clasă. Să-mi fut una, ce bine e să trăieşti!

35

Banii de pe card

Ne-ntoarcem acasă la motanu' Dode, fiecare cu ceva de băut. Sick Boy a cumpărat o sticlă de absint ş-aşa, chestie care-i cam periculoasă, că noi pe Dode vrem să-l facem muci, nu pe noi. Sick Boy se uită dezgustat la poza cu hunii de pe perete, iar io mă prăbușesc pe canapeau-aia mare de piele. Chiar că am picioarele grele.

Văru' George pare încântat de ideea c-or să vină niște motănițe și, ca să fiu sincer până la capăt, frate, s-ar putea să nu fie chiar cea mai nașpa chestie din lume. Da' cre' că Sick Boy a zis-o doar așa, ca să s-asigure că ne-ntoarcem aici, știi.

Da' nu-i spun asta lu' văru' Dode, fi'nc-astea nu-s vorbe pe care vrea să le-audă un motan de pe coasta de vest.

— Unde-s gagicile-alea, Simon, sunt geme...?

— Și-ncă cum, dă din cap Simon. Niște profesioniste de nota zece. Fac filme porno, la greu, toarce ăl mai bolnav dintre motanii din coșuleț, în timp ce Dode își rotește ochii, țuguindu-și buzele.

Sick Pisi-mi face semn din cap, după care-și pune mâinile la gură și-ncepe să toarne absintu-n pahare.

— Eh, încep io, ca să fac o diversiune, ia spune-ne, Dode, cum de ți se spune „Văru' Dode"?

În timpu-ăsta-l văd pe Sick Boy cum îi picura niște GHB-n pahar lu' Dode. Se zice că dacă pui prea mult, poa' să-ți plesnească inima, frate, uite-așa.

Se pare că totuși Sick Boy știe el ce face, e ca și când ar măsura atent din ochi.

Dode e-n al nouălea cer că tre' să spună povestea și să-mi potolească curiozitatea, gen.

— Povestea din spate este: to'arășu-ăst-al meu, de la Glasgow, Boaby-l cheamă, le zice la toți „Vărule". Sick Boy îi dă paharul.

— Asta-i boala lui, gen, asta de când eram amândoi de-o șchioapă, la Drum, spune el, luând o-nghiți-tură. Și după aia vreo câțiva d-ăstia cu care ieșeam noaptea-n oraș, care nu erau în cunoștință de cauză, îl tot auzeau vorbind de văru' Dode... așa că s-a lipit așa cumva, zice el, tot sorbind din pahar.

În scurt timp, lu' Dode i se-ngreunează pleoapele și nici măcar nu-și dă seama când Sick Pisi scoate caseta cu formați-aia a tovarășilor lui și pune-n loc una cu Chemical Brothers.

— Filme porno... mormăie el și se-afundă-n canapea, închizând ochii, după care gata, i se rupe filmu'.

Io și cu Sick Boy ne-nfigem în buzunarele lui, io, care credeam c-o să mă simt cam nasol pentru faz-asta, fi'ncă Dode chiar e de treabă. Da' nu, frate, mi se trezește imediat gena ciordelii și mă activez tot, făcându-l pe muist de tot ce are, da-ncepe Sick Boy:

— Dă-o-n pula mea de treabă, lasă-i, spune, arătând spre teancu' de bani pe care i l-am luat din buzunare.

Și are dreptate, frate; m-am cam calicit la asta, gândindu-mă că băiatu' doar n-o duce lipsa la vro câteva banconte din teșcălău-ăla. Da' io știu ce vrea Sick Boy, cardu' lui Clydesdale, pe care-l găsim și-l confiscăm.

Coborâm la bancomat la 11: 57 P.M. și tastăm număru', nici unu' din noi surprins că l-am nimerit, retragem 500 £, chestie pe care-o facem și la 12 : 01 A.M.

— *Weedgies*, he, chicotește Sick Boy, după care adaugă afectuos: Muiști fraieri.

— Da, da' și o treabă bună, îi spun io.

— Corect, spune Sick Boy, dându-mi juma' de teanc, da' înainte să mi-i pună-n mână se oprește puțin și zice: Da' fără dava, tovarășe. Un cadouaș drăguț pentru doamna, da?

— Da, corect, îi spun io.

Frate, ăsta a-nceput acuma să-mi spună și cum să-mi cheltuiesc mălaiu' și cine e el, un nimeni. Da' cu toate astea, mă simt bine, ca-n vremurile bune, io și cu Sick Boy, puși pe șmenuri, și-mi aduc aminte de zilele-n care eram buni la asta, frate, cei mai buni. Mă simt foarte nasol față de văru' Dode, pentru că el chiar e de treabă, chiar mi-e un fel de prieten aşa, da' acuma lucrurile-s consumate, ştii. Te dai mare peste tot, când îţi taie cineva craca de sub picioare. Sick Boy ar trebui s-o ţină minte p-asta ş-aşa; da' hai, frate, că-ncep să vorbesc ca Franco!

Da' acuma ne-am întors la Dode la apartament şi îi punem cardu' la loc în portofel, pe care i-l punem în buzunar. Sick Boy face o cafea neagră şi-o pune la răcit, după care-i dă lu' Dode să bea. Cofeina-l trezeşte şi dintr-odată-ncepe să dea din picioare, lovind măsuţa de cafea şi vărsând ceva băutură.

— Ho, motane, ho!

— Ţi s-a rupt filmu', Dode, râde Sick Boy, în timp ce *Weedgie*-ul nostru preferat, ameţit tot, se ridică, frecându-se la ochi.

— Da... spune Dode şi-ncepe să-şi adune lucrurile. Absintu-ăla-i nebunie curată, apropo, murmură el, uitându-se la ceasu' de pe cămin. Futu-i, *tempus fugit*, zău aşa.

— Tipic pentru irlandezii împuţiţi, spune *Felinus Vomitus*, care e noul meu nume latin pentru Sick Boy, nu le mai tace gura, da' când e să treacă la fapte, nu pot ţine pasu' cu băieţii din Leith!

Dode se clatină şi se-ndreaptă sfidător, legănându-se, spre sticlele de băutură.

— Vreţi să v-arăt io băutură? Las' că v-arăt io!

Io şi cu Sick Boy facem un schimb de priviri, sperând că văru' Dode o să leşine din nou înainte să rămână fără bani.

36
Şmenu' # 18 743

Clinchetul butoaielor grele de aluminiu pe podeaua de piatră. Spiritul prietenesc al gălăgioasei echipe de distribuţie a berii, în timp ce rostogolesc câte unul de la camion, pe saltea, apoi pe jgheabul de lemn, tipul de jos care îl lasă să cadă pe o pernă, să amortizeze impactul, înainte de a-l prinde şi a-l pune peste celelalte. Dar bubuiturile alea, vocile alea gălăgioase.

Chiar mă doare capul al dracului de tare. Îmi amintesc terorizat că am acceptat să merg la maică-mea astă-seară, la o masă în familie. Nu-mi dau seama ce m-ar deranja mai tare în starea mea, pisălogeala ei paşnică sau indiferenţa ăluia bătrân, care, din când în când, alunecă în ostilitate deschisă. Crăciunul acela, cu ani în urmă, când m-a luat în bucătărie şi mi-a şoptit cu răutatea pe care ţi-o dă beţia :

— M-am prins io care-i schema ta, bă, muie.

Şi-mi amintesc că mi-era teamă şi eram confuz. Oare ce făcusem ca să-l frustrez în aşa fel ? Bineînţeles, mai târziu mi-am dat seama că nu era un lucru anume, nu făcea altceva decât să-şi proiecteze ura de sine, spunând că mă înţelegea, pe mine, în esenţa mea, pentru că o împărtăşea şi el. Dar diferenţa crucială care i-a scăpat din vedere a fost că el e un ratat, iar eu nu.

Dar îmi pocneşte capul. Toată repriza de azi-noapte : prin ce spectacol a trebuit să trec doar pentru cinci sute de lire din banii unui *Weedgie*. Bineînţeles, domnul Murphy e încântat de partea lui din câştigurile noastre ilicite, dar pentru mine toată faza a fost o simplă încălzire. S-o fi descurcat bine Spud într-un campionat domestic devalorizat de mâna a doua, dar asta nu înseamnă că poate fi considerat calificat la europene. Alex ?

Este la mintea cocoşului, Simon, iar eu aş fi înclinat să-l aduc pe prietenul Renton din Europa. Este un jucător temperamental, care în trecut ne-a dezamăgit, dar uneori, la acest nivel, trebuie să-ţi asumi acest risc. Alex Ferguson a dovedit asta cu

Eric Cantona. Dar chiar cred că Murphy al nostru ar fi depășit de situație. Și în continuare îmi place cum arată această Nicola Fuller-Smith.

Nu te-aș putea contrazice, Alex. Amândoi recunoaștem talentul când îl întâlnim.

Dar mahmureala asta infectă mă termină; tremur tot, în timp ce băieții de la berărie cântă cu toții veseli, iar Morag strigă la mine:

— Avem nevoie de niște Beck's sus!

Asta nu este viața pe care mi-o planificasem. Mă zbat, tremurând tot pe scări cu o navetă în mână, apoi cu două, după care încep metodic să umplu frigiderele. Mai târziu, cedez nervos, aprinzându-mi o țigară în birou. E mai simplu să te lași de hero decât de țigări. Totuși, sosește poșta, aducându-mi vești mai bune sub forma unei scrisori de la biroul comandantului poliției!

Poliția Lothian
Serviciul comunitar

12 martie
Destinatar: SDW
Expeditor: RL/CC

Dragă d-le Williamson,

Re: Afacerea împotriva drogurilor din Leith

Multe mulțumiri pentru scrisoarea dumneavoastră din data de 4 a acestei luni.

De mult timp susțin că războiul împotriva drogurilor nu poate fi câștigat decât cu sprijinul cetățenilor care respectă legea. Dat fiind că o mare parte a traficului de droguri se desfășoară în clădiri publice și cluburi, patronii de bar vigilenți ca dumneavoastră se află în primul rând al acestei bătălii şi sunt încântat să văd cum cineva ia atitudine, o persoană pe care se poate conta şi care îşi declară localul o zonă în care drogurile sunt interzise.

Cu sinceritate,

R.K. Lester
inspector-şef, Poliţia Lothian

Mai e o oră bună până la deschidere şi mă duc până pe Walk cu scrisoarea, la un magazin unde să o înrămez. O pun într-un chenar auriu. Apoi mă întorc şi o atârn în spatele barului, la loc de cinste. În mod efectiv, îmi va servi ca un certificat pentru traficul de droguri, dat fiind că nici un copoi nu mă va aresta, ca să-l facă de râs pe şeful cel mare. *Acum* voi fi lăsat în pace, iar asta e tot ce-ţi poţi dori, pentru asta tânjeşti toată viaţa : să fii lăsat în pace, în timp ce îţi vezi de afacerile tale cu ceilalţi. Cu alte cuvinte, să fii o persoană de *bona fide*, un membru atestat al claselor capitaliste.

Ajunge într-un sfârşit şi patul de solar pe care l-am comandat. Nu vreau să am pe platou piei albe ca brânza. Mă întind pe el pentru jumătate de oră, aşa, de probă.

Aprins, la propriu, merg la o cabină telefonică, de unde sun la *Evening News*, şi în timp ce vorbesc mă ţin de nas.

— E un tip în Leith, ăă, la taverna Port Sunshine, ăă, care încearcă să pună bazele campaniei Afacerea Spune Nu Drogurilor din Leith. Are şi o scrisoare de la Comandantul Poliţiei, drept susţinere.

Cum se entuziasmează toţi când aud numele Şefului ! Într-o oră, trimit un fătălău plin de coşuri şi sărac cu duhul, cu un fotograf după el, în timp ce

primii mei clienți, bătrânul Ed și gașca lui se bulu-
cesc înăuntru, verificând tabla de scris, să vadă
meniul zilei (plăcinta ciobanului). Reporterii fac
niște poze și îmi pun câteva întrebări, în timp ce eu
stăteam în spate, făcând pe deșteptul. Îi spun băiatu-
lui că plitele lui Mo sunt la fel de celebre în Leith
ca și tochitura lui Betty Turpin în Weatherfield.
Micuțul arată stupefiat, dar pare destul de mulțu-
mit cu ce are.

Nu a fost un început de zi prea prost, și sunt și
cu cinci sute de lire mai bogat. Bineînțeles, asta nu
e nimic în comparație cu ce am eu nevoie ca să fac
un film cu futai, cu valoare de producție mare, dar
acum mi se ivește la orizont un șmen mai serios.
Pornografia este genul de film în care am ales să
lucrez, dar nu voi rămâne prea mult timp în acest
domeniu. Am să le-arăt eu celor din familia sioniș-
tilor ce-nseamnă pliscul mare. Triumfător, îmi fac
o linie uriașă de coca, care ajunge fix unde trebuie,
deși trebuie să fug repede după un Kleenex, ca să
stăvilesc un val de muci.

E ciudat că o repriză de băutură cu Spud Murphy
și cu un *Weedgie* hun și prost poate fi așa plină de
inspirație. Prafu-ăsta e marfă de prima clasă, îmi
trece mahmureala cât ai zice pește. Sună telefonul și
răspunde Morag, după care îmi întinde receptorul
de la celălalt capăt al barului. Valorează cât toată
osânza ei în aur, baba. Da, aș putea lua o studentă
tânără și futabilă, poate ca Nikki, pentru o delec-
tare a ochiului și-a pulii, dar sub nici o formă n-ar
fi în stare să administreze locul ca hoașca asta.

— Pentru tine, zice ea.

M-aștept să fie vreo pizdulice de top, chiar sper
că e Nikki, dar nu, e Spud, futu-i, care vrea să iasă
într-un club, să cheltuiască banii amărâtului ăluia
de Dode, asta ca și când noi doi am fi din nou
tovarăși.

— Îmi pare rău, frate, sunt prea ocupat acuma, îl informez eu rapid.

— Eh, da' ce zici de joi?

— Joi nu se poate. Dar ce-ai zice de niciodată? Ar fi bine pentru tine? îl întreb scurt. Excelent! izbucnesc apoi, în timp ce la celălalt capăt al firului se lasă o liniște de piatră, înainte să închidă.

După care ridic eu receptorul și sun pe cineva care ar putea fi de folos, anume pe vechiul meu tovarăș Skreel din Possil, pe care îl rog să-mi verifice pe cineva.

La o vârstă fragedă am decis că oamenii sunt obiecte care se mișcă pe poziții, ca în cazul de față, pentru a obține rezultatul din care eu să deduc satisfacția optimă. Am mai descoperit, de asemenea, că e mai bine să folosești farmecul decât amenințarea și că dragostea și afecțiunea operează mai bine decât violența. Cât despre cea dintâi, nu trebuie decât să o retragi sau să ameninți c-o vei face. Bineînțeles, există oameni care-ți fut planul magistral. De obicei, aceștia sunt prieteni sau iubite. Cel mai bun tovarăș al meu a fugit cu banii mei. Renton. Cea de-a două persoană care m-a distrus a fost tatăl nevesti-mii.

Și am să mă răzbun pe amândoi. Dar în acest moment, cu Skreel vreau să vorbesc, vechiul *meu* prieten *Weedgie*. Da, e timpul să ne întâlnim, acum, că m-am întors definitiv la nord de graniță. Bag toate politețurile, trec la glumițe, după care la afaceri, iar lui Skreel chiar nu-i vine să creadă ce-i cer.

— Vrei să-ți găsesc o pipiță care lucrează *unde*?

— La ghișeul de bilete de la stadionul Ibrox, repet eu răbdător. De preferință, una timidă, vulnerabilă, destul de inocentă, poate care chiar locuiește cu ai ei. Nu contează cum arată.

Această ultimă parte îl face să devină și mai suspicios.

— Ce pula mea ai de gând, Williamson?

— Poți s-o faci?

— Las-o pe mâna mea, râde el empatic. Altceva?

— Un muist ochelarist care să locuiască cu maică-sa...

— Asta-i ușor!

— ... dar care să lucreze la sucursala centrală din Glasgow a Băncii Clydesdale.

Skreel mă roagă din nou să repet cererea și începe să râdă în telefon.

— Vrei să le faci lipeala?

— Se poate spune și-așa, îi spun eu. Poți să-mi spui Cupidon, spun eu sarcastic, înainte să închid și să-mi controlez buzunarul ca să mă asigur că mai am pachețelul de coca.

37

„... un futai corect din punct de vedere politic...“

Lauren chiar s-a ofticat pe mine și nu dau de ea nicăieri. Se poate să se fi întors la Stirling. Partea bună este că așa arată că îi pasă, da, da. Dianne nu își face griji în legătură cu asta, continuând să lucreze la proiectul ei. Lovindu-se cu creionul peste dinți, chibzuiește:

— Lauren e o gagicuță intensă, dar e încă tânără, se va destinde curând.

— Abia aștept ziua aia, îi spun. Mă face să mă simt o curvă infectă...

Abia pronunț cuvântul, că simt cum mă sfâșie-n două: mă gândesc la ce am stabilit ieri cu Bobby și cu prietenul lui, Jimmy. Și la locul în care mă voi duce diseară. La saună e diferit, chiar dacă ți se cere să faci măcar „lucru manual", pentru că mai departe de atât eu nu merg – extensiunile mele stângace, neprofesioniste ale deficitarei mele tehnici de masaj. Am nevoie de slujba asta şi am nevoie de bani, mai ales cu vacanţa asta de Paşti care se apropie. Dar să ies, să merg cu cineva în camera lui de hotel, ar însemna să trec de o linie pe care mi-am spus că n-o voi trece. E vorba doar de o cină şi ceva de băut, a spus Jimmy. *Orice negociezi separat... mă rog, asta rămâne între voi doi.*

Mă îndrept spre uşă, pe tocurile de nouă, cu rochia mea roşie cu negru pe sub haina Versace. Încerc să ies fără să mă vadă Dianne, dar mă vede şi începe să fluiere.

— O-ntâlnire de zile mari, eh?

Zâmbesc cât pot de enigmatic.

— Vacă perversă şi norocoasă, râde Dianne.

Ies în stradă şi, nefiind obişnuită să merg pe tocuri, chem un taxi. Opresc la vreo cincizeci de metri de luxosul hotel din New Town, nu-mi place să ajung aşa direct într-un loc, îmi place să-mi savurez sosirea, să absorb tot. Are o veche faţadă georgiană, dar pe dinăuntru a fost renovat şi totul este ultramodern. În zona recepţiei sunt ferestre uriaşe, aproape până-n pământ. Uşile automate se deschid şi un portar în frac mă salută dând din cap. Ascult cum îmi ţăcăne tocurile pe podeaua de marmură şi mă îndrept spre bar.

Nu vreau să dau de înţeles că sunt în căutarea cuiva, chiar dacă asta fac, ca să nu mă întrebe pe cine caut, pentru că nu ştiu. Cum arată un politician din Ţara Bascilor? Niciodată nu-mi pot păstra controlul în situaţii de felul ăsta. Barmanul din acest hotel m-a mai văzut, ştiu asta, poate la saună, şi mă salută tensionat din cap. Îi răspund cu un surâs cald, simţind cum mă inundă un val de căldură, ca şi când aş fi băut prea repede un scotch dublu. Nu, e mult mai rău de-atât, mă simt complet dezbrăcată sau ca o traseistă care stă la colțul străzii, îmbrăcată într-un mini mulat pe fund, cu o pereche de cizme peste genunchi. Cu toate asta, misiunea de escortă merge bine ; nu vor să-și supere clienții, pe bărbații care stau la acest hotel. Dacă aș fi fost doar o știoarfă liber-profesionistă, aș fi fost dată afară până acum, probabil cu vreo doi polițiști în jurul meu.

Clientul meu este un remarcabil politician naționalist basc, care, chipurile, se află aici să vadă cum funcționează Parlamentul scoțian. Mi s-a spus că va purta un costum albastru. La bar sunt doi bărbați în costum albastru, și amândoi se uită spre mine. Unul are părul alb și e bronzat bine, iar celălalt e brunet, cu piele măslinie. Sper că e cel brunet, care e mai tînăr, dar mă aștept să fie celălalt.

Apoi, dintr-odată, simt că mă bate cineva pe braț. Mă întorc și îl văd pe acest hispanic tipic într-un costum albastru, albastru deschis, care i se asortează cu ochii. Are în jur de cincizeci de ani, dar se ține bine.

— Tu ești Neekey? întreabă plin de speranță.

— Da, spun eu, în timp ce el mă sărută pe ambii obraji. Tu trebuie să fii Severiano.

— Avem un prieten în comun, zâmbește el, dezvelind un șir de dinți falși.

— Și care ar fi numele lui ? întreb, simțindu-mă ca pe platoul de filmare a unui film cu James Bond.

— Jeem, îl cunoști pe Jeem...

— Ah, da, Jim.

Mi-a fost frică să nu mă ducă sus atunci și acolo, dar el comandă de băut și îmi spune în șoaptă :

— Ești foarte frumoasă. O frumoasă fată scoțiană...

— De fapt, sunt englezoaică, îi spun.

— Oh, spune el, evident dezamăgit.

Bineînțeles, doar e basc. Acum trebuie să mai fiu și un futai corect din punct de vedere politic.

— Chiar dacă am ascendenţe scoţiene şi irlandeze.

— Da, ai oase celtice, spune el aprobator.

Cam atât despre Miss Argentina. Facem puţină conversaţie şi ne terminăm băuturile, după care ieşim şi ne îndreptăm spre un taxi care ne aştepta, ca să traversăm scurta distanţă până de cealaltă parte a hotelului, care nu e la mai mult de cinci-sprezece minute pe jos, poate douăzeci, pe tocuri. Îmi păstrez un surâs zaharisit în faţa unui nestăvilit comentariu aprobator.

— Frumoasă Neekey... atât de frumoasă...

Luăm cina la cel mai în vogă restaurant. Pentru început, îmi comand un platou cu fructe de mare, care include calmar, crabi, homar şi creveţi şi e garnisit cu un sos de lămâie aromatizat foarte fantezist. Felul principal este miel la cuptor, în stilul *nouvelle cuisine*, cu spanac şi legume asortate, iar la desert, savurez o portocală caramelizată cu glazură bogată de îngheţată. Toate astea sunt stropite cu o sticlă de Dom Perignon, un Chardonnay fructat, dar destul de greu, şi cu două coniacuri mari. Scuzându-mă, vomit totul în toaletă, după care mă spăl pe dinţi, înghit nişte lapte de magneziu şi fac gargară cu Listerină. Mâncarea a fost excelentă, dar nu mai pot digera nimic după ora şapte. Apoi Severiano cheamă un taxi şi ne îndreptăm înapoi spre hotel.

Sunt puţin agitată şi puţin pilită când ajungem în cameră, aşa că dau drumul la televizor, unde la un program de ştiri sau într-un documentar se transmit scene clişeu cu foametea din Africa. Severiano ia vinul din partea casei din frapieră şi toarnă în două pahare. Îşi scoate pantofii şi se întinde comod în pat, sprijinindu-se de pernele de puf, şi îmi zâmbeşte, un surâs undeva între un băieţel răsfăţat şi un pervers bătrân şi libidinos. În el, poţi vedea ce a fost şi ce va ajunge în scurt timp.

— Aşază-te lângă mine, Neekey, îmi spune, mângâind locul de lângă el.

Pentru o fracţiune de secundă aproape că sunt tentată să-l ascult, dar apăs pe butonul „stare de afaceri".

— Am să-ţi fac un masaj şi o eliberare manuală. Mai mult de atât, nu fac.

Mă priveşte trist, iar ochii lui mari de latin aproape că se umezesc.

— Dacă aşa trebuie să fie... spune el, după care îşi descheie pantalonii.

Mădularul îi ţopăie afară ca un căţeluş entuziast. Şi ce li se întâmplă căţeluşilor entuziaşti?

Încep să i-o mângâi bine, dar intervine aceeaşi veche problemă: pur şi simplu nu mă prea pricep la „lucru manual". Îl devorez din priviri şi-mi place la nebunie puterea pe care o am asupra lui. Ochii lui arzători contrastează cu gheaţa din privirea lui Simon, pe care, aşa cum se spune în reclame, mi-ar plăcea s-o topesc, dar simt că-mi oboseşte încheietura de la atâta efort, iar pentru mine nu e destul de stimulant. Nu, chiar mă plictiseşte al dracului de tare. Asta se transmite, iar el pare frustrat, trist şi chiar iritat. În orice caz, îmi place felul în care ţâşneşte rodul prin prepuţul implauzibil de lung şi mă hotărăsc că vreau să mă ospătez. Îl privesc şi-mi ling buzele, spunându-i:

— În mod normal, nu fac asta, dar...

Pe bascul nostru îl încântă acest bonus.

— Oh, Neekey... Neekey, iubiţel...

Negociez rapid un preţ foarte bun, fructificându-mi chiar în acest moment puterea de negociere la nivel înalt, şi i-o iau în gură, asigurându-mă mai întâi că secret destulă salivă, care să acţioneze ca barieră împotriva oricărui gust înţepător. Chiar are un prepuţ lung, aşa că şansele ca mădularul lui să aibă un gust neplăcut sunt destul de ridicate. În orice caz, la contactul inițial, are un gust proaspăt, aspru, care mă face să mă gândesc la ceapa spaniolă, dar asta s-ar putea să nu fie decât o analogie etnocentrică. Oi fi eu neîndemânatică la „lucru manual", dar la sexul oral mă pricep: chiar de mică am fost genul oral, care bagă în gură tot ce prinde.

Îmi dau seama când e pe cale să erupă, așa că îi îndepărtez de mine scula refractară, iar el geme și imploră și se roagă, dar n-am de gând să-i înghit sperma. E vădit deranjat și simt cum mă cuprinde un spasm de teamă, care-mi îngheață tot corpul, când mă trage spre el și mă gândesc cu detașare pentru câteva secunde că mă va viola, încercând să-mi dau seama ce defensivă violentă aș putea folosi. Apoi observ că nu face decât să se frece de mine ca un câine, mormăindu-mi frenetic în ureche, cu respirația fierbinte, niște chestii în spaniolă, în timp ce-și dă drumul pe rochia mea.

N-a fost viol, dar nici ceva consensual, iar mie mi s-a părut înjositor. Îl împing furioasă și el se prăbușește în pat, cu părere de rău, cerându-și insistent scuze.

— Oh, Neekey, îmi pare-așa de rău... iartă-mă, te rog... spune, întinzându-se după haină, ca să scoată banii și să se asigure că exact asta voi face, în timp ce eu mă îndrept spre baia cu pereți din oglindă, unde găsesc un prosop pe care-l umezesc ca să curăț pata.

După aceea e chiar fermecător, își tot cere scuze și, după ce terminăm vinul, mă calmez și eu. Mă cam pilesc, iar el mă întreabă dacă poate să-mi facă niște poze Polaroid, doar în chiloți și sutien. Îi bag textul cu studenta săracă, iar el mai scoate niște bancnote. Îmi scot rochia și îmi usuc pata cu un uscător de păr, în timp ce el pregătește camera.

Mă pune să pozez și începe să-mi facă vreo câteva poze, iar eu mă bucur că mi-am pus sutienul cu bureţi. Observ că în prima arăt chiar crudă şi dezaprobatoare, aşa că în a doua încerc un zâmbet ieftin. Îmi fac griji despre cum vor arăta în poză genunchii mei ososi şi sunt sigură că am şi un început de burtă. Spre entuziasmul lui şi spre paranoia mea gata să scoată colţii, fac o mică reprezentaţie, cu câteva exerciţii de mobilitate. Mare greşeală, pentru că Severiano devine din nou iubăreţ şi sare din pat, încercând să mă sărute. Acum chiar că sunt îngrijorată, pentru că sunt aproape goală şi, prin urmare, mai vulnerabilă. Retrăgându-mă, ridic mâna şi, afişând şi privirea glacială, se pare că îi mai potolesc ardoarea.

— Iartă-mă, Neekey, se roagă el, sunt un porc...

Îmi pun din nou rochia, îmi bag banii în geantă şi spun un la revedere dulce, dar rece, lăsându-l în cameră.

Merg spre lifturile din hol, experimentând un amestec nebunesc de înjosire şi exaltare, ambele stări părând să lupte pentru supremaţie. Mă forţez în mod conştient să mă gândesc la bani şi la cât de uşoară mi-a fost munca, lucru care mă face să mă simt mai bine.

Soseşte liftul şi înăuntru e un hamal tânăr, cu piele nasoală şi un cărucior de bagaje. Dă din cap scurt, iar eu mă strecor înăuntru, observându-i iritaţia de pe maxilar. Dar cum nu e decât pe o parte a feţei, nu poate fi acnee. Îmi dau seama că e ca şi când s-ar fi bătut cu cineva sau, beat fiind, şi-ar fi julit faţa de un perete sau de trotuar. În timp ce coborâm, mă priveşte cu un zâmbet vinovat, iar eu îi răspund cu un surâs care mi se pare pe măsură. Uşile liftului se deschid şi ies, cu capul vâjâindu-mi în continuare, confuz. Nu vreau decât să ies din hotel, să mă îndepărtez de scena crimei.

Aşa că traversez holul şi disting, prin uşa de sticlă dinaintea mea, trotuarul care scânteiază în luminile străzii, printre stropii de ploaie. Apoi uşa se deschide brusc şi, văzând cine intră în hotel, mă cutremur toată în faţa stânjenitoarei şi groaznicei recunoaşteri. Este profesorul meu, fir-ar să fie, McClymont, care se îndreaptă spre mine şi, recunoscându-mă, îmi zâmbeşte.

Dumnezeule.

Faţa i se şifonează ca un ziar mototolit şi o expresie mulţumită, libidinoasă, îi inundă ochii.

— Domnişoară Fuller-Smith... îmi răsună ca un scârţâit în minte vocea aceea aspră, dar blândă.

Dumnezeule. Simt cum îmi creşte pulsul, iar zgomotul tocurilor pe podea pare asurzitor. Mă cuprinde un sentiment copleşitor de înţelegere; e ca şi când toţi ochii din foaierul hotelului s-au aţintit asupra mea şi a lui McClymont, ca şi când am fi în centrul atenţiei.

— Bună seara, eu... încerc eu să spun ceva, dar el îmi aruncă o privire ciudată, ca şi când mi-ar şti tot ce ascund în suflet.

Mă cântăreşte din cap până-n picioare şi în ochii acestui conferenţiar fără doar şi poate afemeiat se aprinde o scânteie metalică.

— Hai să bem ceva, îmi face semn spre bar, mai mult ca o poruncă, decât ca o cerere.

În acest moment chiar nu ştiu ce să spun.

— Nu pot... Eu...

McClymont scutură încet din cap-

— Aş fi foarte dezamăgit dacă n-ai accepta, Nicola, spune rotindu-şi ochii, iar eu înţeleg mesajul.

Bineînţeles, mi-am predat ultima parte a lucrării, dar mai e în continuare ceva care mă obligă să-l urmez. N-am prea avut prezenţe la curs şi m-ar putea pica pentru asta. Dacă nu-l trec, taică-miu o să-mi taie alocaţia şi s-a zis cu mine. Fac cale-ntoarsă, umilită, şi încep să mă calmez, urmându-l spre bar,

iar când McClymont mă întreabă ce vreau să beau, barmanul mă priveşte cu răceală.

Aşa că iată-mă la bar, cu jigodi-asta bătrână şi perversă şi, înainte ca eu să-l întreb ce face aici, ca să preiau avantajul, mă întreabă el acelaşi lucru.

— Îl aşteptam pe prietenul meu, îi spun, ducându-mi spre buze un pahar cu whisky de malţ.

Aşa procedează Simon, iar McClymont este vădit de acord cu alegerea băuturii.

— Dar m-a sunat pe mobil să-mi spună că întârzie.

— Oh, ce trist, spune McClymont.

— Şi dumneavoastră? Aici veniţi de obicei? întreb eu.

McClymont se crispează puţin, e clar că, după el, sunt fie studenta lui, fie o femeie, fie cineva mai tânăr decât el sau poate toate trei la un loc, şi, prin urmare, el ar trebui să fie cel care pune întrebările.

— Am fost la o întâlnire a Societăţii Caledoniene, spune el pompos, şi m-a prins ploaia în drum spre casă, aşa că m-am hotărât să mă opresc aici să beau ceva. Tu locuieşti în zonă? întreabă.

— Nu, la Tollcross, eu... ăă... mă cutremur văzându-l pe Severiano bascul coborând la bar cu un alt tip în costum.

Mă întorc, dar tipul în costum, nu bascul, vine direct spre noi.

— Angus! strigă el, iar McClymont se întoarce şi zâmbeşte, recunoscându-l.

Apoi, observându-mă, ridică din sprâncene.

— Dar cine este această încântătoare domnişoară?

— Dumneaei este domnişoara Nicola Fuller-Smith, Rory, o studentă de la universitate. Nicola, el este Rory McMaster, MSP[1].

Dau mâna cu acest tip de vreo patruzeci şi ceva de ani, care pare genul de înaintaş la rubgy.

---

1. Membru al parlamentului scoţian.

— De ce nu veniţi să ne ţineţi companie? spune el, arătând spre basc, care mă priveşte cu o grimasă.

Încerc să protestez, dar McClymont a luat deja paharele de la bar şi le duce la masa lor. Încerc să-i arunc bascului o privire tensionată de „îmi pare rău", dar el mă priveşte aspru, ca şi cum ar fi fost tras pe sfoară. Mă aşez în cea mai castă poziţie pe care mi-o permite rochia. Mă simt mai neputincioasă şi mai reificată decât m-am simţit vreodată trăgându-mi-o cu vreun străin în faţa camerii de luat vederi.

— Dumnealui este Señor Enrico de Silva, de la parlamentul regional al bascilor din Bilbao, spune McMaster. Angus McClymont şi Nicola... hmm, Fuller-Smith, am dreptate?

— Da, zâmbesc eu sfioasă, simţind cum mă fac mică de tot pe scaun.

Enrico; mie mi-a spus că îl cheamă Severiano. Îmi aruncă o ocheadă complice şi tristă.

— Domnişoara este partenera dumneavoastră, nu? îl întreabă pe McClymont agitat.

McClymont roşeşte puţin, după care zâmbeşte şi începe să râdă:

— Nu, nu, domnişoara Fuller-Smith este o studentă de-ale mele.

— Şi ce studiază dumneaei? întreabă Enrico sau Severiano sau „bascul".

Simt cum încep să fierb pe dinăuntru. Pizda mă-sii, să ştii că sunt aici. Intervin.

— Specializarea mea este filmul. Dar urmez şi studii scoţiene, opţional. Este foarte interesant, ştiţi, zâmbesc eu îndurerată, gândindu-mă cum numai cu câteva minute în urmă aveam în gură penisul acelui om.

Îmi cer scuze şi mă ridic să merg la toaletă, conştientă fiind că, în timp ce mă îndepărtez, ochii lor sunt aţintiţi la curul meu, dar n-am încotro, trebuie să găsesc un loc în care să mă gândesc. Mă simt neajutorată şi nu ştiu pe cine aş putea să sun pe mobil. Aproape că-mi vine să-l sun pe Colin acasă, atât de disperată şi de iraţională sunt, dar hotărăsc să-l sun pe Simon.

— Sunt într-o încurcătură cam jenantă, Simon, sunt la hotelul Royal Stewart, în New Town. M-ai putea ajuta, te rog?

Simon pare destul de distant şi cu capsa pusă şi pentru un moment se lasă liniştea, dar până la urmă spune:

— Cred că Mo se poate descurca şi singură pentru puţin timp. Mă voi prezenta, spune el, închizând telefonul.

Mă voi prezenta? Ce pizda mă-sii-nseamnă asta? Îmi retuşez machiajul şi îmi perii părul, după care mă întorc.

Când ajung din nou la masă, cei trei bărbaţi stau aşezaţi toţi, într-o tăcere complice şi lascivă. Au vorbit despre mine, ştiu asta. McClymont, în special, este cam beat. Începe să bată câmpii cu un argument dezlânat despre nu ştiu ce, cred că despre preeminenţa Scoţiei în cadrul Uniunii, care se termină cu:

— ... şi asta este exact ceea ce prietenii noştri englezi omit să ia în cosiderare.

Nu mă enervează atât comentariul lui, cât privirea veninoasă pe care mi-o aruncă.

— Nu te urmăresc. Încerci să faci o teorie naţionalistă sau unionistă?

— Doar una generală, spune el, micşorându-şi ochii.

Îmi iau paharul de scotch.

— Ciudat, am crezut mereu că „britanicii nordici" este un termen folosit ironic, sarcastic, de către naţionaliştii din Scoţia. Am fost surprinsă să descopăr că a fost brevetat de către unioniştii care voiau să fie acceptați ca parte a Regatului Unit, spun privind spre bascul meu și spre MSP. Așa că era, mai degrabă, un soi de aspirație, dat fiind că nici un englez nu s-a referit vreodată și nici nu se va referi la el însuși ca la un „britanic sudist". Cam la fel cum s-a întâmplat cu *Rule Britannia*, care a fost scrisă de un scoțian. A fost o pledoarie pentru o integrare pe care n-o poți obține niciodată, scutur eu din cap cu tristețe.

— Exact, spune MSP, tocmai de aceea noi suntem de părere...

Continui să mă uit la McClymont în timp ce vorbesc cu politicianul.

— Dar, de cealaltă parte, este puțin cam trist că Scoția nu a fost în stare până acum să-și obțină libertatea față de Uniune. A trecut mult timp. Adică, uite ce au reușit irlandezii să realizeze.

McClymont pare foarte furios și începe să spună ceva, dar îl zăresc pe Simon intrând în foaierul hotelului și îi fac cu mâna. Arată foarte elegant cu geaca lui *casual* și cu bluza cu guler milităresc, numai că puțin mai bronzat ca înainte. Da, e clar, a fost la solar.

— Ah, Nikki, iubito... îmi pare rău că am întârziat, draga mea, spune el, aplecându-se și sărutându-mă. Ești gata de luminile rampei? întreabă, apoi, pentru prima oară, se uită spre ceilalți bărbați.

Are expresia unei mâțe răsfățate care a primit resturile de mâncare, ranchiunos, dar precis, și dă mâna cu fiecare dintre ei. E plin de o vervă bombastică, dominatoare, e pe deplin stăpân pe situație.

— Simon Williamson, spune el tăios, după care, înmuindu-se puțin, întreabă: Iubita mea a fost pe mâini bune, sper?

Ceilalți îl privesc pe basc, zâmbind agitați și vinovați. Nu se simt în largul lor cu el de față, după ce i-a intimidat fără bătaie de cap. Dar eu mă simt îngrozitor, umilită şi, pentru prima oară după mult timp, pentru prima oară de la primul „lucru manual", mă simt ca o curvă. Simon mă ajută să îmi pun haina şi sunt foarte bucuroasă că plec de aici.

Ne urcăm în maşină şi îmi dau seama că plâng, dar sentimentul acela de femeie uşoară s-a spulberat, a dispărut. Ştiu că lacrimile mele sunt nesincere pentru că vreau ca Simon să mă ducă acasă, să mă ducă în pat. Vreau ca el să creadă că sunt prada lui atunci când îl vreau, şi îl vreau în noaptea asta. Dar Simon nu se lasă impresionat de lacrimogene.

— Ce s-a-ntâmplat? întreabă liniştit în timp ce încetineşte pe Lothian Road.

— M-am băgat într-o chestie care m-a cam speriat, îi spun.

Simon contemplă puţin situaţia, după care spune plictisit:

— Se-ntâmplă, deşi, după tonul vocii, e clar că nu şi lui.

Oprim în faţa casei mele şi privim spre cer. E senin şi sunt foarte multe stele. N-am mai văzut niciodată atât de multe, nu aici în oraş. Colin m-a dus odată pe coasta de est, într-un sătuc de lângă Coldingham, unde tot cerul era împânzit de stele. Simon ridică ochii şi spune:

— Cerul înstelat deasupra mea şi legea morală în mine.

— Kant... spun eu, într-un amestec de admiraţie şi consternare, întrebându-mă ce vrea să insinueze cu legea morală.

Oare ştie ce-am făcut? Dar el se întoarce repede spre mine şi pare uşor jignit. Nu spune nimic, însă în ochi i se citeşte dorinţa.

— Ai folosit citatul meu preferat din filosoful meu preferat, explic eu – Kant.

— Oh... e unul dintre preferatele mele, de asemenea, spune el, zâmbind.

— Ai studiat filosofia? L-ai studiat pe Kant? îl întreb.

— Puţin, dă el din cap. Este vechea tradiţie scoţiană a tânărului sărman de la ţară, explică el. Una care merge de la Smith la Hume la gânditorii europeni, cum ar fi Kant, ştii tu, vechiul drum, de la mână pân' la gară.

Are o aroganţă în voce care-mi aminteşte de McClymont, şi mă fac mică de tot. Chiar *nu vreau* să mă gândesc în felul ăsta la el, aşa că mă aventurez:

— Vino sus la o cafea sau poate bem un vin împreună.

Simon se uită la ceas.

— O cafea ar fi perfectă, spune el.

Urcăm şi îi mulţumesc din nou pentru intervenţie, sperând să mă întrebe despre ce-a fost vorba, dar nu mai zice nimic. Ajungând în hol, mi se opreşte inima-n loc, văzând o rază de lumină pe sub uşa sufrageriei.

— Probabil că sunt Dianne şi Lauren, care ard gazul de pomană în toiul nopţii, explic eu în şoaptă, conducându-l în camera mea.

Se aşază pe un scaun, după care, văzându-mi raftul cu CD-uri, se ridică şi inspectează colecţia, cu o expresie impasibilă.

Merg şi fac nişte cafea şi mă întorc în dormitor cu două căni aburinde. Când mă întorc, îl găsesc aşezat pe pat, citind dintr-o carte de poezie scoţiană modernă, una dintre cărţile pentru cursul lui McClymont. Pun cănile pe covor şi mă aşez lângă el. Lasă cartea şi îmi zâmbeşte.

Vreau să-l devorez, dar în ochii aceia găsesc o răceală de granit, care mă face să bat în retragere. Se uită prin mine, în mine. Apoi, dintr-odată, o căldură incredibilă îi inundă, lucru care, cu doar o secundă în urmă, ar fi fost de neconceput. Strălucirea lor este atât de puternică, încât mă simt hipnotizată, fără formă, fără magnitudine şi fără densitate. Singurul lucru de care sunt conştientă că se află înăuntrul meu este foamea de el. Apoi îl aud spunând ceva, o frază într-o limbă străină, după care îmi ia cu blândeţe faţa în mâini. Se opreşte pentru un moment, sorbindu-mă cu ochii lui de abanos plini de bogăţii, şi apoi mă sărută : pe frunte, pe ambii obraji, fiecare sărut, puternic, dar dulce, explodează de atâta precizie, trimiţând informaţii cutremurătoare către miezul meu nebulos.

Sunt conştientă că mintea şi corpul mi se despart, simt cum forţa acestei rupturi pare că zbârnâie la unison cu caloriferul de lângă noi. În timp ce-mi mângâie spatele, mă gândesc la trandafirii roşii, la cum îşi deschid petalele, şi mă las pe spate. Şi în acest moment simt cum mă pătrunde dintr-odată puterea voinţei şi mă gândesc, el mă schimbă pe mine, trebuie ca şi eu să-l transform pe el, iar braţul îmi alunecă în jurul capului său şi îl trag spre mine, deschizându-mi gura. Îmi încleştez mâna în jurul gâtului lui, sărutându-l atât de apăsat, că ne ciocnim dinţii. Apoi continui să-l sărut, îi ling ochii, nasul ; îi degust fâşia sărată dintre nas şi buza de sus, îl sărut din nou pe gură şi pe obraji. Mâinile mi se desprind de gâtul lui, pentru a se muta pe torsul lui şi îi ridic bluza, dar el nu-şi ridică braţele, ca să mă ajute, ci îmi dezgoleşte umerii. Dar nici eu nu-mi mişc braţele, pentru că mâinile mele se afundă uşor în spatele lui musculos, aşa că suntem într-un impas, pentru că nici el nu-mi poate scoate rochia. Apoi, nu ştiu cum, reuşeşte, ca un maestru hoţ de buzunare, să-mi desfacă prin spate bareta de la sutien. Pe urmă, îmi trage rochiţa şi sutienul cu aşa violenţă, încât îi dau drumul, pentru că altfel mi-ar fi sfâşiat bretelele rochiei. Îmi eliberează sânii şi totul încetineşte, îmi mângâie sânii, mânuindu-i atent şi mirat, ca un copil căruia i s-a încredinţat un animăluţ moale şi pufos.

Mă priveşte din nou în adâncul ochilor şi, cu un aer sincer, aproape trist, dezamăgit, spune:

— Se pare că acum e momentul.

Apoi se ridică şi îşi scoate bluza, în timp ce eu îmi întind picioarele şi-mi scot rochia, după care chiloţii. Simt aşa o căldură vibrantă între picioare, încât am impresia că mi-a luat foc părul pubian. Îmi ridic privirea spre Simon, care s-a dezbrăcat de pantaloni şi de boxerii lui albi Calvin Klein şi, pentru o fracţiune de secundă, sunt şocată pentru că nu are penis. Nici urmă! Pentru un moment aproape că îmi trece prin minte că a fost castrat, gândindu-mă într-o scurtă nebunie că aşa se explică reticenţa lui în a face dragoste, nu are sculă! Apoi îmi dau seama că totuşi are una, în mod clar are, doar că din acest unghi, scula lui e îndreptată, ca o armă încărcată, fix spre mine. Şi o vreau. O vreau acum în mine, nu vreau să fiu în postura în care să-i spun că putem *face dragoste* mai târziu; mai târziu pot să ţi-o sug, tu poţi să mă lingi, să mă ai, să mă explorezi cum vrei, dar, te rog, hai mai întâi să scăpăm de asta, fute-mă acum, în secunda asta, pentru că explodez. Dar el nu face decât să mă privească în ochi şi să dea din cap, futu-i, el chiar se uită la mine dând din cap, ca şi când mi-ar fi citit toate gândurile. Apoi e deasupra mea şi în mine, invadându-mă, întinzându-mă, împingînd spre miezul meu. Eu gem, după care îmi reglez respiraţia, iar el se întăreşte din ce în ce mai tare, dar mă rostogolesc odată cu el şi devenim două corpuri înlănţuite, răsucite, o masă contorsionată şi nu mai ştiu cine încetineşte ritmul, însă începem din nou să ne bucurăm unul de altul, iar apoi viteza dragostei noastre creşte ca o forţă cu un ritm propriu, ne aruncăm reciproc în acest război al futaiului de unu la unu, în care se simte ca şi când ar fi toţi împotriva tuturor. Pentru o clipă simt că am reuşit să mă înving şi pe mine şi pe el, pe amândoi; că vreau mai mult, mai mult decât poate da el vreodată, mai mult decât poate da *oricine*. Apoi izvorăşte forţa ce pare să fie o parte din mine, care a evadat şi care acum a luat-o la fugă uitând să mă ia şi pe mine, să mă târască după ea. Ajung la climax, cu izbucniri explozive şi furioase, conştientă, în timp ce orgasmul slăbeşte în intensitate, că am ţipat destul de tare şi sper ca Lauren şi Dianne să nu fie acasă, pentru că ar părea totul o paradă, un spectacol ridicol. Simon ia asta drept o permisiune de a face ceea ce trebuie să facă, dându-mi părul la o parte şi ţinându-mi faţa în dreptul feţei lui, forţându-mă să-l privesc în ochi în timp ce el ejaculează aşa de intens, încât orgasmul lui îl prelungeşte pe-al meu. Apoi mă ia la pieptul lui şi, privindu-i ochii fugar, sunt aproape sigură că am văzut o lacrimă. Dar, cu toate astea, nu mă lasă să mă mişc, ca să am confirmarea, mă ţine strâns şi, oricum, sunt sfârşită. Stăm întinşi pe rămăşiţele patului înecat în sudoare, iar eu mă gândesc, în timp ce adorm îmbibată în transpiraţia şi parfumul lui, cu mirosul rânced, de ouă prăjite la micul dejun, al sexului nostru în nări, la cât de bine e să te fută cineva cum trebuie.

38

Şmenu' # 18 744

A fost o surpriză plăcută, ca mai toate telefoanele pe care le primesc pe mobilul alb. Fără nici o discuţie, sexul cu Nikki a fost excelent, dar a fost şi sindromul acela al primului futai: nu contează cât de bine e, dar întotdeauna există un element superficial care, oricât te-ai abține, ți se pare dezgustător. Mai târziu, când mă pregăteam de plecare, m-a întrebat dacă mă joc cu mintea oamenilor. Ca și comentariu, a fost mai degrabă jucăuș, decât apăsător sau poate că tocmai această *brevitas* era menită să ascundă ceva mai profund. N-are importanță, pentru că e la fel ca toate celelalte sporturi: cei mai talentați știu că trebuie întotdeauna să te concentrezi asupra jocului tău, nu al adversarului. Așa că am zâmbit enigmatic, fără să răspund. Să mă fut pe toți liberalii care fac pe deștepții cu „sinceritatea" în relații: ce plictiseală colosală ar mai fi. Nu, în relații nu este vorba de nimic mai mult decât de putere, iar acum e momentul să mă calmez cu ea. Ea va ceda înaintea mea, știu asta, iar acela va fi un moment tare drăguț. Îi spun că mi-am schimbat numărul și i-l dau pe cel de pe mobilul roșu. Cel mai bun lucru e să-i șterg numărul din memoria celularului alb și să i-l trec în cel roșu.

A fost o chestie ciudată atunci, în fața casei ei, când m-a prins uitându-mă la stele. I-am dat un citat dintr-o piesă a lui Nick Cave și am crezut că m-a făcut muist[1]. Nu mi-am dat seama că ea se referea la Kant, filosoful. L-am sunat chiar și pe Renton în legătură cu asta. El crede că Nick Cave a copiat fraza asta dintr-o carte a lui Kant. Încotro se-ndreaptă lume-asta, în pula mea, dacă și compozitorii tăi preferați te dezamăgesc cu plagiate ieftine?

Da, sexul a fost excelent. Condiția ei fizică, puterea și suplețea ei sunt impresionante și asta înseamnă că trebuie să stau cu ochii pe cântar și să merg în continuare la sală. Dar energia pe care mi-o dă nu se

---

1. Joc de cuvinte intraductibil: în engleză, cuvântul *cunt* care, printre altele, înseamnă și „muist", este omofon cu numele filosofului german Immanuel Kant.

compară nici pe departe cu cea pe care o am când intru la standul de ziare al lui Barr de la poalele Walkului și îmi iau ediția de dimineață de la *News*. Povestea e la pagina șase, cu o poantă gen „al dumneavoastră pentru totdeauna" și un insert cu inspectorul-șef, Roy Lester, un tip surprinzător de tânăr, cu o mutră cam ca unul de la Village People. Merg alături la Mac's Bar, îmi iau o sticlă de Beck's și încep să citesc nerăbdător:

PATRON DE BAR ÎN CRUCIADA ANTIDROG
Barry Day

Un patron de bar din Edinburgh a declarat război împotriva neîndurătorilor traficanți de droguri ucigașe, cum ar fi Ecstasy, *speed*, marijuana și heroină. Localnicul, Simon Williamson, noul proprietar al tavernei Port Sunshine din Leith, a fost dezgustat în momentul în care i-a prins pe doi tineri care luau pastile în barul său. „Credeam că le-am văzut pe toate, dar am rămas șocat. Ce m-a surprins cel mai tare a fost îndrăzneala lor. Această așa-zisă cultură a drogurilor este pretutindeni. Trebuie oprită. Am văzut că poate distruge viețile oamenilor. Ceea ce propun este mai mult decât o campanie, este o cruciadă morală. A venit timpul ca noi, oamenii de afaceri, să investim bani în cauzele pe care le susținem." Domnul Williamson s-a întors de curând în orașul său natal, Leith, după un timp petrecut la Londra. „Da, îmi pare rău pentru tinerii de azi care nu au nici o șansă în afara unei vieți pline de fărădelegi. La urma urmei, sunt un simplu muritor. Dar vine o vreme când trebuie să pui punct și să renunți la puștisme. Prea mulți oameni stau închiși în camerele lor întunecate, plângându-și de milă..."

Asta chiar este o veste excelentă pentru Simon David Williamson. În poză apare un Williamson serios și aspru, așezat la bar, cu explicația următoare:

Amenințarea drogurilor: Simon Williamson se teme pentru tineretul Edinburghului. Dar partea cea mai tare a editorialului este următoarea:

Leithul poate fi mândru de omul de afaceri local Simon Williamson, un om cu principii, a cărui inițiativă semnalează începutul unei lupte împotriva rădăcinilor acestui flagel care a infectat comunitatea noastră. Deși aceste probleme au un caracter internațional și nu sunt nici pe departe limitate la Edinburgh, localnicii joacă un rol crucial în eradicarea lor. Domnul Williamson reprezintă noul Leith, progresist și de perspectivă, dar în același timp cu simțul responsabilității față de „poporul său", în special față de puștii care cad pradă maleficilor traficanți, al căror singur scop este să distrugă și să spulbere viața tinerilor. Acești eroi negativi ar trebui să-și amintească, totuși, că mottoul Leithului este „perseverează", iar Simon Williamson tocmai asta face. Ziarul nostru susține cu fermitate campania sa.

Minunat. Dau pe gât berea și mă întorc la apartament, unde îmi fac o linie uriașă, pentru a sărbători. Campania mea. Le plac la nebunie perseverenții. Mă gândesc la Malcom McLaren și la cei de la Pistols. Ei bine, Malcolm, vechiul tău manual uzat e pe cale să se demodeze.

Mă hotărăsc să iau un taxi și să merg la maică-mea. Când ajung acolo, e absolut încântată.

— Sunt așa mândră de tine! Simon, băiatul meu! În *Evening News*! După toate prin care am trecut cu tine și cu drogurile!

— E timpul revanșei, mamă, explic eu, știu că n-am fost nici pe departe un înger, dar acum e timpul pentru niște îmbunătățiri.

Schimb priviri încăpățânate și arogante cu ăl bătrân, iar ea începe să citeze din ziar.

— Totul pentru tineri! Știam eu c-o va lua pe calea cea bună! Știam eu! îi cântă ea triumfătoare lui taică-miu, care nu se lasă deloc convins de entuziasmul ei, continuând să urmărească impasibil cursa. Asta face toată ziua, deși acum nu mai pariază.

Așa că mai bine-ar fi să i-o arunc în față.

— Și mai e și o nouă iubită în peisaj, mamă, iar de data asta e una mai specială, îi spun, iar ea mă mai îmbrățișează o dată.

— Oh, fiule... ai auzit, Davie?

— Hmmf, bombăne bătrânul ticălos, privindu-mă sceptic.

Deținătorul unui abonament la sezonul Cad Rovers poate depista întotdeauna o rudă la standul celor de la Bounders. Dar nu contează, *pater*, Simon David Williamson e în continuare în *pole position*. David John Williamson, de cealaltă parte, e terminat, amărât, un expirat care n-a realizat nimic, în afară de iadul în care i-a transformat viața unei femei bune și sfinte, de ani de zile.

Îmi aduc aminte, când eram copil, chiar îl respectam și, ca să fiu sincer, a fost bun cu mine. Mă lua peste tot, chiar și la iubitele lui acasă. Mă mituia ca să nu-i spun mamei. Da, pe-atunci mă trata foarte bine. Ceilalți copii îmi spuneau „Mi-ar plăcea ca tata să semene mai mult cu al tău". După aia, cum am ajuns la pubertate și au început să mă intereseze păsăricile, s-a terminat. Devenisem un concurent, care trebuie evitat și sabotat de fiecare dată. Dar nu i-a prins prea bine, pentru că eu eram deja pe fază.

— Ce faci, tată, iar pariezi pe campioni imaginari? îl întreb.

— Unu sau doi, spune bodogănind, străduindu-se să facă acest efort doar pentru că era ea în cameră.

Dacă am fi fost singuri, ar fi aruncat ziarul pe jos și m-ar fi privit fix, întrebându-mă cu un mârâit:

„Tu ce vrei de la mine?". Și cam asta ar fi fost primirea lui călduroasă.

Mama o ține pe-a ei cu deosebita mea domniță și, dintr-odată, îmi dau seama că nu sunt foarte sigur despre cine vorbeam, ci doar de faptul că aveam nevoie de una în viața mea. Dacă mă refeream la Nikki, după aventurile de noaptea trecută sau la Alison, care va veni să lucreze la bar sau oare mă gândeam la bonoaca asta îndesată *Weedgie*? Probabil. Mai departe de următorul meu șmen nu văd nimic. Dacă-mi ies cărțile cu ăsta, va fi o mișcare genială. Oricine-ar fi noua mea femeie, i-am făcut intrarea la maică-mea.

— Atâta vreme cât are grijă de băiețelu' lu' mama și nu-ncearcă să mi-l ia pe drăguțul meu *bambino*, murmură ea amenințând-o pe târfa invizibilă.

Nu stau mult; până la urmă, trebuie să administrez un bar. Dar nici bine nu ies pe ușă, când începe să-mi sune mobilul verde, mă sună Skreel, care are informații noi.

— Am fost și ți-am aranjat treburile, îmi spune.

Mă reped să-mi exprim eterna gratitudine, apoi, fără să pierd vremea, sun la bar, lăsând-o pe Mo și pe noua noastră angajată, adorabila Ali, să se ocupe de tot, mormăind ceva de o conferință despre autorizații comerciale, de care uitasem. Iau scenariul cu mine și mă uit la ordinea scenelor. Mai întâi o să facem scenele de futai, o să filmăm o grămadă de d-astea. Începem de la orgie, după care ne întoarcem. Când aterizez la Soapsville, am o erecție care se pleoștește imediat (și slavă Domnului), văzându-l pe Skreel care mă aștepta pe peron. Felul în care arată spune exact ce e, un om așa de distrus de droguri, încât va avea întotdeauna fața aia traumatizată, cu privirea sălbăticită. Asta e marea diferență, prăpastia care îi distinge pe foștii dependenți din clasa muncitoare de corespondenții lor din clasa de mijloc. E vorba de heroină plus cultura sărăciei și de totala lipsă de experiență sau de așteptări sau de orice altceva. Nu te supăra, Skreel s-a descurcat mai bine decât ar fi sperat cel mai optimist de pe pământ. Supradoza fatală a tovarășului lui Garbo cu o dava de super calitate chiar l-a pus pe gânduri. Acum nu mai ia, e curat, mă rog, cât de curat poate fi un irlandez împuțit. Întreabă de Renton, lucru care mă enervează, dar și de vechiul și renumitul janghinos de pe coasta de est.

— Zi-mi de Spud, el ce mai face?

Scutur din cap, judecându-l ursuz pe cel care mi-a fost odată prieten, dar care acum poate fi descris drept o cunoștință cu greu tolerată. Nu, nu e corect, e mai degrabă un adversar. Cred că Murphy ar trebui să se mute aici, nu e decât un *Weedgie* transferat.

— Nu prea a evoluat, Skreel. Poți să-l duci pe cal la apă, eh. Adică eu am făcut tot posibilul atâția ani, spun, oprindu-mă puțin și gândindu-mă că asta nu e decât prefăcătorie, dar, bine, probabil că am făcut-o, atât cât mi-a stat în puteri, da, asta am făcut, adaug eu pios.

Skreel are părul lung acum, ca să-și ascundă maxilarale-alea uriașe, care-i flencăne tot timpul. Mărul lui Adam îi atârnă sub barbișonul rar și neîngrijit.

— Păcat, ce băiat bun.

— Spud e Spud, zâmbesc eu, aproape savurând ideea că idiotul va fi trimis la plimbare, gândindu-mă că eu și Alison... nu, anulează asta.

Lesley. Simt cum mă roade ceva în piept și chiar trebuie să-l întreb.

— Lesley... mai e prin zonă?

Skreel mă privește neîncrezător.

— Da, da' nu te duce s-o fuți la melodie.

Sunt surprins că mai trăieşte. Cred că ultima oară am văzut-o la Edinburgh, nu la mult timp după moartea lui Dawn. După care am auzit că ar fi la Glasgow, unde o arde cu Skreel şi Garbo. Apoi am auzit c-a făcut supradoză. Am presupus c-a sfârşit la fel ca Garbo.

— Mai bagă-n venă?

— Nu, las-o-n pace. S-a lăsat, s-a aranjat. Măritată, are şi copil.

— Mi-ar plăcea s-o revăd, de dragul vremurilor bune.

— Nu ştiu unde e. Am văzut-o odată la Centrul Buchanan. Acuma s-a lăsat, s-a aşezat la casa ei, insistă el.

Îmi dau seama că vrea să mă ţină departe de Lesley, dar are şi el dreptate, pentru că sunt lucruri mai mari în spate.

Omul meu a ajuns în sfârşit să-l înţeleagă pe SDW. Intrăm la Clydesdale şi-mi face semn spre băiatul din spatele ghişeului, care arată perfect : o siluetă obeză, cu un aer indolent, cu ochi bovini, aproape tranchilizaţi, în spatele unor ochelari ca ai lui Elvis Costello. Când pupăz-aia mică şi arătoasă o să vină la el, o să i se scurgă tot sângele din cap în vine şi va fi la ordinele ei. Da, Nikki o să-l facă să vorbească-n limbi străine, în timp ce el îi va curăţa recunoscător toaleta cu periuţa de dinţi. Da, e omul meu. Sau, mai bine spus, omul ei.

Îmi datorează asta pentru că am scos-o din rahat aseară cu ăia trei costumaţi de seara trecută. Arătau ca şi când ar fi vrut s-o-ncalece toţi trei în acelaşi timp. Era cam ameţită ; pizdulice şmecheră şi elegantă. Munca asta cere o răsplată şi sper să fie o partidă la fel de bună pe cât credeam eu că e.

Cât despre mine, abia aştept să îmi găsesc fata visurilor mele. Mă simt aşa de Terry-Thomas-pe-puntea-unui-vas-de-croazieră-cu-o-văduvă-bogată,

încât mă pipăi sub nas, nu cumva să am vreun muc
glorios. Şmenu' meu, filmul meu, scena mea.

39

„... o chestiune de ţâţe..."

Lauren s-a întors de la Stirling. Mă întreb ce s-a
întâmplat la casa ei părintească de i-a dat atâta
chef de viaţă. Aproape că-şi cere scuze pentru inter-
venţia ei, bineînţeles, susţinând în continuare că
nu aveam dreptate. Din fericire, sună telefonul şi e
Terry, care ne invită la un prânz lichid. Vreau să
merg pentru că în două zile vom face sex în faţa
camerelor, aşa că s-ar putea să fie o idee bună să-l
cunosc mai bine. Pe Lauren a trebuit s-o conving să
iasă, pentru că ea voia să sărbătorească regăsirea
unităţii noastre la un joint şi o partidă de râs în
faţa televizorului, după care să meargă la seminar.
Am insistat, totuşi, chiar am reuşit s-o conving
să-şi dea cu puţin tuş la ochi şi cu ruj, după care
am plecat în oraş.
   În timp ce mă pregătesc de plecare, sună din
nou telefonul şi de data asta e tata. Mă simt vino-
vată pentru activităţile mele de ieri-noapte de la
hotel, iar el o tot ţine una şi bună cu Will, rămâ-
nând în faza de negare totală, refuzând să creadă
că fiul său s-ar putea să fie pe invers. Care e dife-
renţa dintre cei doi copii ai săi? Amândoi sug pula,
doar că fiica lui o face ca să câştige un ban. Abia
aştept să închid telefonul şi să ies.
   Barul de Afaceri este unul dintre acele locuri
între club şi pub, cu o cabină pentru DJ şi cu un
ring în colţ. A fost montată acolo pentru că umblă
vorba că N-Sign ăla o să pună muzică-ntr-o seară

aici; se pare că e un vechi prieten al lui Billy, fratele lui Rab, şi al lui Juice Terry. Terry mă prezintă lui Billy, care e destul de mişto. De fapt, uitându-mă la Rab, mă izbeşte faptul că Rab nu este decât varianta diluată a fratelui său. Billy zâmbeşte şi dăm mâna, într-un mod care pare destul de cavaleresc, dar cumva demodat, lipsit de imaginaţie. Pare aşa de în formă şi de sănătos, încât mărturisesc că mi-a stârnit o reacţie hormonală instantanee, dar el stă în spatele barului, e prea ocupat ca să flirtez cu el.

Terry îşi încearcă norocul cu Lauren, care se simte foarte stingherită. La un moment dat îi spune să-şi ţină mâinile acasă.

— Scuze, păpuşe, spune Terry, ridicându-şi mîinile, da' io-s genu-ăla tactil, eh.

Ea se strâmbă şi merge la toaletă, să-şi revină. Terry se întoarce spre mine şi îmi spune încet:

— Vorbeşte şi tu cu ea. E nefutută sau ce? Dacă vreodată vreo gagică are nevoie de o lungime ca lumea... Garantat.

— De fapt era foarte relaxată până să-ncepi tu, îl necăjesc eu, deşi mi-e foarte greu să-l contrazic.

Dacă i-ar trage-o cineva lui Lauren, i-aş rămâne datoare, pentru că asta chiar ar relaxa-o. Stă prea mult timp singură şi nu face altceva decât să se frustreze, să se agite şi să-şi facă griji pentru tot felul de rahaturi. Rahaturile altora.

— Ăla nu-i Mattias Jack la mas-aia din colţ? îl întreabă Rab pe Terry.

— Da, chiar da! Billy mi-a zis că i-a adus aici pe Russell Latapy şi pe Dwight Yorke săptămâna trecută. Unde-s fotbalişti, e şi rost de păsărică, rânjeşte Terry. Da' ce zici de pereche-asta, Rab? Nu-i aşa că-s încântătoare?

Şi-a pus un braţ în jurul taliei mele şi l-a întins şi pe celălalt, ca şi când ar fi vrut s-o ademenească şi pe Lauren care se apropia. Cu toate astea, ea păstrează distanţa faţă de el şi se uită la ceas.

— Eu mă duc la seminar.

Rab şi cu mine înţelegem aluzia. Ne terminăm băuturile, lăsându-l pe Terry cu Billy la bar, fericit cu sticla lui. Îndreptându-mă spre ieşire, îi zâmbesc :

— Ne vedem joi.

— Abia aştept, exclamă Terry.

— Îmi pare rău pentru tot rahatu-ăla, spune Rab în timp ce ne îndreptam spre North Bridge, trecând pe lângă noul Hotel Scotsman.

Deşi e o zi însorită, bate un vînt puternic, şuierător, care-mi răvăşeşte părul.

— A fost distractiv, nu-ţi mai cere scuze în numele prietenilor tăi, Rab, ştiu cum e Terry şi cred că e genial, îi spun, aşezându-mi părul şi încercând să mi-l dau după urechi.

O văd pe Lauren care muşcă dintr-un ditamai KitKat-ul şi se strâmbă din cauza vântului, cum înjură şi clipeşte des pentru că i-a intrat nişte nisip în ochi. Mă gândesc la cum va fi seminarul următor despre Bergman şi aproape că sunt tentată să nu mă duc, dat fiind că am făcut incursiuni în această temă. Îmi duc sarcina până la capăt şi mă simt vinovată pentru că m-am plictisit, dat fiind că Rab şi Lauren sunt complet absorbiţi. După aceea, nu mai am chef să rămân în oraş ; Rab pleacă, iar Lauren şi cu mine mergem spre casă, unde Dianne găteşte nişte paste.

Mâncarea e bună, de fapt e excelentă, dar la un moment dat aproape că mă înec, pentru că o văd pe *ea* la televizor. Senzaţia Britaniei medaliată la Olimpiadă, cum îi spune Sue Barker, Carolyn Pavitt. Şi Carolyn are un zâmbet larg şi părul vopsit blond, cu aerul acela subtil de dinamism, care-l trezeşte pe lupul din John Parrott şi dintr-un fotbalist invitat. Sper ca echipa lui Ally McCoist s-o pună cu botul pe labe pe vaca asta grasă şi fără ţâţe şi s-o facă să pară o imbecilă, pentru că asta e. *„O chestiune de sport?"* Ce pizda mă-sii ştie asta de sport? Ar trebui să se numească o chestiune de ţâţe. Şi-atunci ale tale unde sunt, iubito?

După care mă mai uit o dată. Şi chiar *are* ţâţe. Rămân cu gura căscată de groază şi-mi dau seama: şi le-a pus! Vaca gimnastă, fără ţâţe, medaliata olimpică a Britaniei, doamna antiperformanţă are, pe lângă părul blond spălăcit şi dinţii falşi, un set de implanturi numai bune pentru o nouă carieră în mass-media, ăsta da cinism!

Futu-i, eu ştiu că vaca asta ipocrită şi mincinoasă...

Dianne merge la ai ei astă-seară. Lauren şi cu mine rămânem acasă, să ne mai uităm la televizor. O enervează o emisiune artistică unde un grup de intelectuali discută fenomenul tinerelor romanciere japoneze. Prezintă o selecţie de fotografii vechi care înfăţişează nişte tinerele drăguţe în nişte ipostaze aproape soft porno. „Dar oare sunt capabile să scrie?" întreabă un pudic. Un profesor de Cultură Populară, foarte serios, latră nerăbdător: „Nu cred că asta are vreo importanţă".

Iar pe Lauren a înfuriat-o foarte tare acest lucru! Fumăm nişte iarbă şi ronţăim ceva. Eu mai mănânc o farfurie de paste, iar Lauren deschide o sticlă de vin roşu. Am mâncat doar două castronaşe, dar mă gândesc că mi-au picat prea greu la stomac şi îmi amintesc de scena cu pozele Polaroid pe care mi le-a făcut Severiano/Enrico, aşa că mă duc la toaletă şi vomit tot, spălându-mă apoi pe dinţi şi luând câteva înghiţituri de lapte de magneziu, ca să îmi calmez stomacul.

Când mă întorc o privesc invidioasă pe Lauren cum mănâncă; mănâncă foarte mult pentru o fată aşa de mică. Ea este aşa cum ar vrea ele să fie: toate fetele astea din showbiz care pretind că nu sunt anorexice şi, de fapt, mănâncă de sparg. Ştim cu toţii că sunt numai minciuni, dar nu e şi cazul lui Lauren. Ea mestecă tot timpul ceva. În curând se termină vinul şi mai deschidem o sticlă de vin alb. E o noapte relaxantă şi e ca în vremurile bune, eu şi cu ea, singure, o noapte între fete. Apoi se aude un ciocănit în uşă, iar Lauren sare speriată, după care aruncă o uitătură furioasă.

— Nu răspunde, se roagă ea.

Eu ridic din umeri, dar bătăile în uşă continuă. Mă ridic.

— Oh, Nikki, nu... mă roagă Lauren.

— E posibil să fie Dianne, poate şi-a pierdut cheile sau ceva.

Deschid uşa şi bineînţeles că nu e Dianne, ci Simon, care are un zâmbet cât toată faţa. Arată aşa de orbitor, aşa de comestibil, încât trebuie să-l las să intre, chiar dacă se joacă cu mine. Când intră în camera de zi, lui Lauren îi pică faţa.

— Simt miros de paste, zâmbeşte el iar, uitându-se la farfuria ei aproape goală. Italianul din mine, spune el surâzând.

— Vrei şi tu? Au mai rămas o grămadă, îi spun, în timp ce Lauren se uită-n altă parte.

— Mersi, dar am mâncat deja, se bate el pe stomac, iar privirea îi alunecă spre Lauren. Frumoasă bluză, îi spune. De unde ţi-ai luat-o?

Ea se uită la el şi, pentru un moment, cred că o să-i spună „Da' de ce dracu' te interesează pe tine?", dar în schimb mormăie:

— De la Next.

Se ridică şi-şi duce farfuria la bucătărie, apoi o aud mergând direct spre dormitorul ei, iar eu mă întreb ce reacţie intenţiona Simon să provoace cu remarca lui.

Ca o confirmare, îşi arcuieşte sprâncenele şi îmi spune mai încet:

— Gagic-asta are nevoie urgentă de sex, zice el pe un ton complice, blând și nerăbdător. Deși e o fată foarte drăguță. Îți dai seama de asta chiar și cu toate căcaturile cu care se-mbracă. Nu e lesbiană, nu?

— Nu cred, îi spun, aproape râzând.

— Păcat, spune el meditativ, cu o nuanță aproape palpabilă de regret.

Atunci chiar mă pufnește râsul, dar el rămâne impasibil, așa că speculez:

— De fiecare dată când o văd pe Lauren, îmi aduc aminte de primul capitol din *Middlemarch,* al lui George Eliot.

— Împrospătează-mi memoria, îmi cere Simon, adăugând: eu sunt un tip citit, dar nu mă pricep așa de bine la referințe.

— „Domnișoara Brodie avea un fel de frumusețe care părea să fie umbrită de rochia sărăcăcioasă și să capete mai multă demnitate din simplele accesorii", citez eu.

Simon pare să se gândească la asta, după care se hotărăște că nu l-a impresionat. Îmi pare rău pentru asta și mă urăsc pentru ce simt Ar trebui să-i spun să se care dracului. De ce a devenit dintr-odată așa de importantă pentru mine aprobarea acestui om cu un caracter îndoielnic?

— Ascultă, Nikki, am o propunere pentru tine, spune el grav.

Începe să mi se-nvârtă capul. Ce vrea să spună cu asta? Reacționez ca și când ar fi fost o chestie neînsemnată.

— Am aflat tot despre genul ăla de propuneri, îl informez eu. M-am întâlnit cu Terry să bem ceva, înainte de cină. Cred că abia așteaptă ziua de joi.

— Da, e o zi mare, spune el gânditor, dar nu, nu e nimic de genul ăla. Aș vrea să m-ajuți la... ăă... la partea cu strângerea de fonduri pentru toată povestea. Este strict legat de afaceri.

Strict legat de afaceri? După noaptea trecută? Ce tot zice? După care începe să-mi spună despre planul ăsta ciudat al lui, care pare foarte palpitant, foarte provocator, încât nu pot să nu fiu de acord.

E bolnav[1], în mod clar.

Știu că-ncearcă să se joace cu mintea mea, cu florile și toate cele, dar exact asta încerc și eu să fac cu el. Toată intimitatea, toată tandrețea de noaptea trecută au dispărut. Acum sunt doar un partener de afaceri, o starletă porno. Merg pe un teren minat și știu asta, dar nu mă pot abține. Mi se pare corect, Sick Boy, o să-ți fac jocul ăsta câtă vreme te ține.

— Azi l-am cunoscut pe fratele lui Rab, Billy. Pare drăguț, îi spun, așteptând să-i văd reacția.

Simon ridică o sprânceană.

— Birrell afaceristul, spune el. Ciudat, dar până la faza cu filmul, nu știam că Rab are un frate. Îți dai seama de asemănarea dintre ei. Da, am cam avut o problemă cu el cu ani în urmă, când tocmai își deschisese Barul de Afaceri. Eram acolo cu Terry, care avea pe el salopeta de la muncă. Ne-am cam cherchelit. Și i-am spus afaceristului: „Boxul, un sport cam burghez, nu ți se pare?". Eram ironic, dar cred că i s-a pus pata. Oricum, ne-a dat afară, chicotește el, părând mai degrabă disprețuitor față de fratele lui Rab și nicidecum gelos.

— E mișto barul lui, afirm eu.

— Da, dar el nu e decât de fațadă acolo. Barul de Afaceri e al oamenilor cu bani din spatele lui Birrell, spune el enervat și acru. El nu e decât un barman glorificat. Întreabă-l pe Terry dacă nu mă crezi.

Dacă Simon nu e gelos pe Billy, atunci cu siguranță e gelos pe barul lui. Trebuie să recunosc că e mai cu ștaif decât Port Sunshine.

---

1. Joc de cuvinte intraductibil: în engleză, *sick*, porecla lui Simon, înseamnă și „bolnav".

— Ascultă, Nikki... începe Simon, în legătură cu noaptea trecută... Mi-ar plăcea să te scot o dată în oraş aşa cum trebuie. Vineri plec la Amsterdam să-l văd pe vechiul meu prieten Renton, ca să ne ocupăm de rahatul ăsta cu strângerea de fonduri. Joi filmăm, aşa că după aia o să fim terminaţi cu toţii. Mâine ce faci?

— Nimic, mă grăbesc eu să spun, gândindu-mă să adaug „mă fut cu tine", dar mă abţin.

Trebuie să mă ţin tare.

— Mă gândeam să mă duc la piscina publică. Asta după ce ies din tură de la saună.

— Genial! Îmi place la nebunie să merg acolo, eu mă duc şi la fitness acolo. Ne putem întâlni şi după aia te scot la masă. E bine-aşa?

E mai mult decât bine. Începe să-mi bubuie inima, pentru că de data asta l-am prins. Al meu e, iar asta înseamnă, deci, ce înseamnă? Înseamnă că e filmul meu, gaşca mea, banii mei: înseamnă totul.

După asta nu mai rămâne mult, Lauren se întoarce, vizibil uşurată de plecarea lui.

— Ce voia? mă întreabă.

— Ah, doar să-mi mai dea nişte detalii despre film, spun, văzând-o cum se strâmbă.

— Tipul ăsta chiar se iubeşte foarte mult pe sine, nu?

— Da, cu siguranţă. Când vrea să facă labă, îşi închiriază mai întâi cameră la hotel, îi spun.

Pentru prima oară după mult timp, râdem amândouă cu poftă.

Bine, deocamdată nu-l cunosc *atât* de bine, dar bănuiesc că respectul de sine n-a prea fost niciodată o mare problemă pentru Simon. Dar acum e vorba de mine şi de el; inevitabil, inexorabil.

40

Şmenu' # 18 745

A fost o masă pe cinste la Sweet Melindas, în Marchmont. Ne-am întâlnit la piscină, Nikki arăta devastator într-un costum de baie roşu din două piese, încât am crezut c-o să fac un atac de apoplexie. Temându-mă că sunt pe cale să-mi pierd controlul, m-am dedicat înotului, iar ea, entuziasmată, m-a egalat la cele şaisprezece lungimi, care, într-o piscină normală, înseamnă vreo treizeci. După care am luat un taxi până la restaurant. Era mai mult decât frumoasă, aproape eterică, strălucind toată după antrenament, iar eu nu am putut să fac nimic, decât să stau cu ochiul pe contorul taxiului. Cred că Nikki s-a cam ofensat că am dus-o la un restaurant de cartier şi nu la unul din centru, dar şi-a schimbat rapid atitudinea când a văzut ambianţa, serviciul şi, mai ales, fructele de mare din meniu. Eu m-am delectat cu un calmar prăjit cu Pernod şi maioneză de arpagic, iar Nikki a fost încântată de scoicile regale prăjite cu sos dulce de *chilli* şi *crème fraîche*. Am ales un Chablis de calitate ca să ne stingem setea, însoţit de bucăţelele-alea dumne-zeieşti de pâine de casă.

Nu mă pot gândi la altceva decât să o duc la mine acasă, pentru că imaginea aceea a corpului perfect tonifiat în costumul roşu din două piese mi-a rămas aşa puternic impregnată în creier, că îmi vine greu să vorbesc şi chiar să mă gândesc la învârtelile mele. Iar ea nu se sfieşte deloc să-mi facă avansuri. Pe bancheta din spate a taxiului îmi deschide şliţul şi-şi strecoară mâna înăuntru, apoi mă sărută devorându-mi faţa cu o ferocitate neome-nească. La un anumit punct, mă doare atât de tare când îmi muşcă buza de jos, încât aproape că scot un ţipăt şi o împing.

Oprim şi plătim taxiul, iar eu am în continuare şliţul deschis şi, în timp ce intrăm în scară, îmi desface cureaua. Îi scot puloverul şi-i ridic bluza, smulgându-i sutienul. Ne sfâşiem unul pe altul în scară, iar uşa de vizavi se deschide şi iese un tip, genul pedofil, care locuieşte cu maică-sa, ne priveşte dinăuntru şi trânteşte uşa la loc. Scot cheia din buzunar şi deschid uşa apartamentului, în timp ce Nikki îşi dă jos pantalonii negri de reiat, mie îmi cad pantalonii-n vine, după care trântesc uşa de la intrare. Îi scot pantalonii şi chiloţii albi de dantelă şi-ncep să-i sorb pizdulicea, care are un vag gust de clor din apa de la piscină, savurez explorările limbii, după care îi sug puternic clitorisul. Simt cum îşi înfige unghiile în gâtul meu, apoi în obraz şi mi-e greu să respir, dar ea mă forţează să rămân acolo, întorcându-se ca să-mi ajungă la sculă. Limba ei mi-o biciuieşte cu atingeri precise, electrice, pentru ca apoi să mi-o ia în gură. Impasul se curmă când amândoi ne desprindem instinctiv unul de altul, privirile noastre se întâlnesc, iar lucrurile devin dintr-odată năucitoare şi lente, ca într-un catastrofal accident de circulaţie. Ne pipăim peste tot, redând, în oglindă, mângâierile răbdătoare, aproape discursive, ale celuilalt. Sub atingerea pielii ei catifelate îmi simt fiecare muşchi, fiecare tendon şi fiecare ligament, o simt cum mă studiază atent, ca şi când mi-ar desprinde carnea de oase.

Lucrurile se încing, iar ea mă pune la pământ cu teribila forţă a coapselor care, la prima vedere, te înşală, părând firave. Mi-a luat în mână vârful pulii, frecându-şi-l de blăniţă şi apoi introducându-şi-l în vagin. Ne-o tragem lent până când amândoi ajungem la punctul culminant. Apoi ne prăbuşim pe pat şi ne întindem peste cuvertură. Bag mâna în sertar şi scot pacheţelul de coca. La început e reticentă, dar eu fac două linii şi apoi o întorc pe burtă şi îi şterg transpiraţia din gropiţa de la baza coloanei vertebrale cu un colţ de cuvertură. Aproape că mă sufoc la vederea acelei frumuseţi de cur şi imediat presar o linie în căuşul de la baza spinării şi prizez. Îmi cobor degetul între bucile ei, peste găozul ei ieşit puţin în afară, lucru care o tensionează un pic, după care i-l înfig în vaginul ud. Apoi, pe măsură ce adrenalina cocainei mă străbate ca un tren norvegian care trece prin Hackney Downs, o penetrez din nou, ia ea se ridică în genunchi, zvârcolindu-se, împingându-se spre mine.

— Prizeaz-o... gem eu, arătându-i linia de pe noptieră.

— Eu... nu... iau.... căcaturi... d-astea... gâfâie ea, răsucindu-se pe spate ca un şarpe, înfigându-se în pula mea cu o forţă feroce şi un control magnific.

— Trage-o pe nas, strig eu, iar ea îmi aruncă o privire lacomă şi perfidă, spunând:

— Oh, Simon...

După care ia bancnota şi prizează în timp ce i-o trag, încetinind puţin ritmul ca să poată aspira bine, dar apoi intru în ea cât pot de adânc, ţinându-mă cu mâinile de talia ei subţire; şarpele acela unduitor a devenit ţeapăn şi amândoi ne transformăm în două părţi ale unui piston, strigând amândoi în acelaşi timp, ajungând la orgasm.

În noaptea aia ne-am mai futut de vreo două ori. Când a sunat ceasul deşteptător, m-am trezit şi am făcut o omletă spaniolă şi o cafea italiană. După ce am luat micul dejun, ne-am mai tras-o o dată. Nikki a plecat spre universitate, iar eu am mai tras o linie, am mai băgat un espresso dublu, mi-am pus câteva haine şi cosmetice în geantă pentru plecarea la Amsterdam, am luat-o pe umăr şi am plecat la serviciu ameţit şi plin de entuziasm.

Nimic nu te poate deprima mai mult decât locul ăla infect. Am nişte probleme şi-ncerc să-mi dau seama dacă sunt legate de personal sau de ţevărie. Puţin din amândouă, dat fiind că hoaşca e pe cale să explodeze:

— Amsterdam, din nou? Tocmai te-ai întors! Nu merge-aşa, Simon, chiar nu merge-aşa, spune Mo, clătinând aspru din cap, refuzând să mă privească-n ochi în timp ce continuă să lustruiască barul.

— Morag, îmi dau seama că ţi-am cerut cam multe în ultima vreme, dar o ai pe Alison ca să-ţi mai dea o mână de ajutor. E o întâlnire de afaceri *très* crucială, îi spun, lăsând-o pe bătrâna hoaşcă să bombăne de una singură.

Când ajung la aeroport, e un frig cumplit. Zborul meu are întârziere, după cum mă aşteptam, şi când m-am dus să mă întâlnesc cu Renton la el acasă, începuse deja să se-ntunece. Acolo e o atmosferă de genul *chez* Rent, lucrurile sunt foarte tensionate între el şi tip-asta, Katrin, căreia eu nu mă abţin (din fericire) şi-i aduc un parfum Calvin Klein din *duty-free*. E OK pentr-o pizdulice de gradu' trei.

— E pentru tine, Katrin, zâmbesc eu, privind-o, negăsind în ochii ei decât sclipiri de oţel teutonic.

Kraut asta se prea poate să fie femeia dracului. După câteva secunde privirea i se-nmoaie şi pare chiar puţin ruşinoasă.

— Dar mulţumeeeesc... spune ea tărăgănat.

Bineînţeles, am făcut asta doar ca să-l stresez pe Renton, dar, dacă e supărat, n-o să-mi dea satisfacţie arătându-mi asta. Ieşim şi mergem la Café Thysen, iar roşcatul ăsta onanist pune mâna pe mobil, ca să-l sune pe un prieten de-al lui pe care vrea să-l cunosc. Se pare că tipul lucrează ca distribuitor de materiale porno prin zonă şi, în mod clar, neno- rocitul ăsta îşi are utilitatea lui. Ideea pe care am clocit-o este să ne facem două conturi bancare la

Zürich, unul pentru fondul bugetului general al filmului, celălalt pentru producţie. Aranjamentul cu prima bancă este ca, atunci când contul general depăşeşte 5 000 £, orice surplus să fie transferat în contul de producţie *numero duo*.

— Băncile elveţiene nu te-ntreabă nimic, explică Renton, iar dacă foloseşti două, asta înseamnă că se pierde practic urma banilor. Toţi ăştia de pe-aici care fac filme porno procedează aşa, la fel şi unii mai barosani.

— Excelent, Rents. Hai să stabilim, îi spun eu.

Mai pălăvrăgim puţin, dar după un timp pare foarte distrat, iar eu ştiu de ce.

— Drăguţa de Katrin nu vine să bea ceva cu noi, Mark? zâmbesc eu, în timp ce traversăm un pod înclinat spre pubul din colţ.

Drept răspuns, îmi bălmăjeşte ceva când ajungem la bar.

Şi ăsta e un bar frumos, un vechi bar olandez, cu duşumele şi pereţi placaţi cu lemn şi cu ferestre uriaşe prin care pătrunde lumina pală. Mă opresc să admir priveliştea, pentru ca Renton să fie nevoit să plătească. Vechile obişnuinţe dispar greu.

— *Doo beri*, îi spune el barmaniţei zâmbăreţe.

După scurt timp, apare prietenul ăsta al lui, un olandez pe care-l cheamă Peter Muhren, căruia i se spune „Miz". După câte se pare, Miz este distribuitor de ceea ce preferă să numească „materiale erotice pentru adulţi". Tipul ăsta arată ca şi când cuvântul „scârboşenie" pentru el s-ar fi inventat. E slab, cu păr negru, scurt, cu o faţă uscată, ochi pătrunzători de rozător şi o barbă rară, slinoasă. O să stau cu ochii pe muistu-ăsta pervers. În timp ce ne duce spre cartierul felinarelor roşii, îi merge gura ca o moară stricată.

— Am un mic birou în Neuizuids Voorburgwall. De acolo distribui casete video; de la propria casă de producţie, o chestie-ntre prieteni, importuri americane şi europene, de la chestii extravagante, până la filme de amatori, dacă sunt bine făcute. Dacă pizda e tare, imaginea e de calitate şi sexul e inventiv sau destul de entuziast, se acceptă, spune el, achitând nota de plată.

Să-i fut una, de ţăran dezgustător.

O luăm spre cartierul felinarelor roşii şi urcăm pe o scară îngustă, la biroul lui. La capătul scării se află o încăpere compartimentată cu pereţi de sticlă, cu echipament de editare video, vreo două monitoare şi un birou în consolă. Se pare că mare parte din treburile lui Miz aici se desfăşoară. Îmi explică apoi cum importă el o grămadă de DVD-uri americane, pe care le piratează, copiind scene din ele ca să facă filme noi.

— Totul stă în montaj, spune el nonşalant – ăsta şi ambalajul. Eu mă folosesc de programul de editare pe care îl are un prieten al meu.

Miz încearcă să pară mare sculă, dar eu am mai văzut rahaturi de-astea la Londra. E impresionant pentru cât mălai îţi poate aduce, dar nu e prea mare provocare. După un timp, începe să mă plictisească şi le sugerez să mai luăm o pauză, la o bere.

Ieşim, trecând pe lângă vitrinele de sticlă, încadrate cu neoane roşii, în care se află numai curve. Acum încep să-mi aduc aminte de nişte chestii despre locul ăsta.

— Ţi-aduci aminte, Rents, când am venit aici pentru prima oară, când aveam şaişpe ani?

Mă-ntorc spre Miz.

— I-am dat amândoi câte una la paraşut-asta-mpuţită. Am dat cu banul şi Rents a intrat primul; eu am aşteptat afară. Când mi-a venit mie rândul, mi-a zis aia: „Sper că pe tine te ţine mai mult decât pe prietenul tău. A terminat foarte repede, dar după aia m-a întrebat dacă mai poate să stea puţin, aşa că i-am făcut o cafea". Aşa că după ce-am ieşit, după vreo două ore, lăsând-o pe tipă crăcănată, o futusem de parc-ar fi trecut un tren expres japonez prin ea... râd eu, în timp ce pizdă roşcată ăsta mormăie ceva, cum c-am fost şi la fel de rapid ca un expres japonez.

Dar trec peste comentariul lui patetic.

— Şi i-am spus labagiului : „Şi, ţi-a plăcut cafeaua ?".

Mergem într-un club. Rents dă o tură de recunoaştere, salutând pe toată lumea, ca şi când ar avea pula mai mare cu vreo patru centimetri decât fleşcăial-aia palidă care-i atârna-ntre flocii-ăia ridicoli portocalii, ca în pozele pe care le lipeam odată pe spatele autobuzelor. E ciudat să fiu din nou cu el. Mă simt îngrozitor de bine, nu e nici o nostalgie, dar faptul că nu ne-am recăpătat încă încrederea unul în celălalt dă întregii poveşti o doză incredibilă de adrenalină.

Beau vreo câteva *shot*-uri şi vreo două beri, dar o las mai moale. După puţin timp, Renton mă ia deoparte şi, la fel ca-n vremurile bune de demult, slăbiciunea lui a rămas aceeaşi, în ciuda stoicismului cu care analizează lucrurile – când se face turtă, nu-i mai tace gura. Pare mai rău ca niciodată, în timp ce se-apucă să-mi spună că acum bea foarte rar şi că abia din an în Paşti i se mai întâmplă s-o facă şi lată. Din fericire pentru el, de obicei eşti prea muci ca să-ţi aduci aminte ce-a spus. Dar nu şi de data asta, Rent Boy.

— Nu merge deloc cu Katrin, îmi spune el. Da' chiar am de gând să mă-ntorc un pic acasă. Îmi place şmenu-ăsta, şi s-ar putea să şi meargă... ezită el pentru o clipă. Begbie e încă la răcoare, nu ?

— Pentru încă vreo câţiva ani buni, am auzit.

— Doar pentru acuzaţii de omor prin imprudenţă ? Las-o baltă, mă ia Renton la mişto.

Scutur încet din cap.

— Franco n-a fost tocmai deținutul model. Muistu' i-a aranjat pe vreo câțiva din pușcărie. Și-a mai dat-o-n bară de vreo câteva ori. Adio libertate, spun eu, trecând cu mâna prin aer.

— Bun. Atunci mă bag.

Vești bune pentru Simone de Bourgeois[1] sau pentru Simon, în scurt timp, burghez. După aceea, se mai îmbunătățesc lucrurile, dat fiind că Miz face rost de niște coca de la niște poponari marocani, dintre care unul îmi zâmbește tâmp, ca și când m-ar fi interesat curu' lui slăbănog. Dau fuga la toaletă și trag câte o linie pe fiecare nară.

După o discuție despre curse și droguri, în care Renton mă acuză *pe mine* de rasism, mergem la Miz și ne așezăm lângă el.

— Nu-mi băga mie textu' cu antirasismu', Renton, pentru că io am scris scenariu'. Io n-am nici cea mai mică urmă de rasism, îi spun.

Observ că Miz e implicat într-o conversație cu o fată cu nasul supradimensionat. Arată ca și cum ar porni din mijlocul frunții și i s-ar termina în bărbie, unde are o gură mititică. Pare așa de... vreau să fac dragoste cu ea cu atâta *ardoare*, nu să stau de vorbă cu Renton, care acum îmi trăncănește în ureche ceva de cocaină.

Iar gagica aia cu o așa adorabilă bârnă a dispărut pur și simplu, așa că mă întorc spre Miz și îl întreb cine e, la care el îmi spune că e doar o amică, iar eu spun:

— Are prieten? Găsește-o. Spune-i că-mi place de ea. Spune-i că vreau s-o fut.

Pare jignit și îmi spune serios:

---

1. Joc de cuvinte: aluzie la scriitoarea franceză Simone de Beauvoir. *Bourgeois*, în franceză, înseamnă „burghez".

— Hei, ai grijă, frate, că vorbeşti despre o bună amică a mea.

Bag o scuză slabă şi mincinoasă, pe care el, fără nici cel mai mic simţ al ironiei, o acceptă. Mă ridic, plecând la bar în căutarea acestei fete, dar mă trezesc vorbind cu Jill din Bristol. Nu ştiu dacă ştie să citească, să scrie sau să conducă un tractor, dar cred că poate să se fută ca o uşă de hambar larg deschisă pe timpul furtunii. În cele ce urmează, mi se dovedeşte că aveam dreptate, dat fiind faptul că petrecem cea mai mare parte din noapte făcând într-o veselie acest lucru în camera ei de hotel. Îl sun pe Rents pe mobil, care mă întreabă posac:

— Unde-ai ajuns?

Îl informez că am cunoscut o domnişoară drăguţă, în timp ce el poate să se întoarcă acasă la pizda lui ţicnită şi să se bucure de singuru' fel de futai de care are parte, fututu' la creier. Dac-o înlocuieşti pe Katrin cu... oare cum o chema pe gagic-aia nebună cu care era el în vremurile apuse?... Hazel. Da, cu cât se schimbă mai mult lucrurile, cu atât rămân la fel.

Jill asta e turistă, o gagică deloc pretenţioasă, în vacanţă, care face ceea ce fac toate gagicile deloc pretenţioase în vacanţă, slavă Domnului. În dimineaţa următoare trecem prin rutina cordială a schimbului de numere de telefon. Mă cam oftic puţin că nu mai am timp să beneficiez de micul dejun gratuit de la hotel, pentru că trebuie să ajung acasă la Renton, să-mi iau bagajele. Când ajung acolo, aproape că mă aştept să-l găsesc pe Rents la un menaj tihnit în patru, cu Miz şi cu marocanii, dar la uşă îmi răspunde Katrin, în cămaşă de noapte, invitându-mă înăuntru.

— Si-mahmm... spune ea cu accentul ei dramatic şi sumbru.

Renton s-a trezit deja şi stă pe canapea, butonând la telecomandă, ca de obicei, îmbrăcat într-un halat de baie portocaliu. Efectele vizuale de culoarea morcovului sunt copleşitoare.

— Mark, mi-a murit mobilul, pot să-l împrumut pe-al tău? Nu vreau decât să-i trimit un mesaj unei gagici bestiale.

Se ridică şi-şi scoate telefonul din buzunarul gecii. Scriu textul următor:

BUNA, PAPUSHEL. ABIA ASHTEPT SA MA RASFATZ DIN NOU PE POPOUL TAU DULCE. SPER K NU S-A FLESCAIT DE TOT IN INKI-SOARE. IN CURAND VA FI DIN NOU AL MEU. VEKIUL TAU PRIETEN.

Îmi scot agenda şi formez numărul lui Franco. Mesaj expediat. Numele meu e Cupidon.

Îmi iau repede la revedere şi mă duc spre gară, unde mă sui la fix în trenul spre aeroport. În tren mă apucă transpiraţiile, dacă Renton mi-o fi luat ceva de valoare, aşa că verific conţinutul genţii. Minunatul meu tricou Ronald Morteson e încă acolo. Şi mai important de-atât, să fi văzut ceva incriminator? Îi cunosc mentalitatea, cred că a inspectat totul cu lupa. Nu, se pare că totul e la locul lui.

După ce aterizez, mă sui într-un taxi şi merg direct la pub. Rab e acolo cu vreo câţiva colegi de facultate şi cu un munte de scule. Betacamere, DV-uri, camere de 8mm, un monitor, chestii pentru sonorizare şi lumini. Mi-i prezintă pe cei doi studenţi ca fiind Vince şi Grant, cărora le dau drumul sus.

Platoul nostru este unul minimalist: multe saltele aşezate pe podea. În timp ce ei instalează echipamentul, iar tinerele talente încep să-şi facă apariţia, atmosfera devine din ce în ce mai excitantă. Îmi stă inima-n loc când vine şi Nikki, furişându-se pe la spatele meu, murmurând:

— Cum a fost la Amsterdam?

— Excelent, mai ales la final, zâmbesc eu, întorcându-mă să-i fac cu mâna lui Melanie, care tocmai intra.

Cea de-a doua mea protagonistă este o fată foarte sexy – în sensul în care ceea ce vrei să serveşti la cină este un peşte de mare –, dar nu se ridică la aşteptările unei *haute cuisine*. Ar fi putut fi frumoasă, dar circumstanţele sociale şi economice au condus-o pe un drum diferit de al lui Nikki. Când încep să gândesc în felul ăsta, îi mulţumesc Domnului că mama e italiancă.

Distribuţia mea, echipajul meu; numai unul şi-unul. În afară de Mel, Gina şi Nikki, mai sunt Jayne, colega ei prostituată de la saună şi o gagică suedeză (sau o fi norvegiană), Ursula, care nu e atât de arătoasă pe cât s-ar părea, dar e o maşinărie de futut. Mai e şi Wanda, curva lui Mikey, care pare cam sărită de pe fix, cu ochii-ăia injectaţi de davaistă, care stă într-un colţ, picior peste picior. Suntem de faţă şi eu, Terry şi tovarăşii lui de futai, Ronnie şi Craig. Rab şi amicii lui studenţi par cam stingheriţi.

La repetiţii, îmi e clar că o să am probleme cu Terry şi gaşca lui. La partea de sex nu stau foarte prost, au destul antrenament, dar nu înţeleg diferenţa dintre ce-nseamnă să te fuţi în faţa camerei şi ce-nseamnă să faci un film porno. Mai mult, capacităţile lor actoriceşti sunt atroce. Se bâlbâie invariabil, până şi la cele mai rudimentare replici, păi, pula mea, chiar că sunt rudimentare. Ideea mea este să le cultiv încrederea începând de la lucrurile pe care sunt în stare să le facă. Aşa că la început vom filma scenele de sex, pornind de la orgie, care este scena finală, lucru care le va mai insufla curaj şi care ar trebui să participe la crearea unui anume *esprit de corps*.

Sunt atât de multe probleme elementare. Am distribuit-o pe Melanie în rolul unei adolescente, chestie care n-ar fi nici pe departe potrivită pentru vârsta ei. Dar mă uit la brațele ei, pe care are tatuat „Brian" și „Kevin".

— Melanie, tu ar trebui să fii o virgină nevinovată. Trebuie să-ți acoperi tatuajele-alea.

Ridică ochii printr-o ceață demnă de Embassy Regal[1], după care se hlizește cu Nikki. Gina privește în jur ca și când ar vrea să-i fută, să-i sfâșie, după care să-i mănânce pe toți din încăpere. *Très* pradă. Păcat că ea este ogarul.

Bat din palme, ca să atrag atenția.

— Așa, băieți. Haideți, iubițeilor. Ascultați-mă! Astăzi este începutul restului vieților voastre. Ce ați făcut până acum a fost amatorism. Acum facem un film pentru adulți în toată regula. Așa că abilitatea de a trece direct la fapte, de a ne opri și de a începe este crucială. Și-a învățat toată lumea replicile?

— Daaa, spune Nikki tărăgănat.

— Cred, zice Mel, zâmbind pe înfundate.

Terry ridică din umeri, într-un fel care îmi dă de-nțeles că muistu-ăla a-nvățat o pulă. Simt cum încep să-mi rotesc privirea, fixând tavanul, în căutarea inspirației. E bine că începem cu partea de futai.

Melanie și Terry sunt nerăbdători să înceapă. Totul se desfășoară fără nici cea mai mică jenă, iar băieții lui Rab dau zor cu echipamentul. Dar e ciudat să-l văd pe Juice Terry în curul gol, așa cum mi-l arată Rab pe monitorul betacamerei. Pornesc un video recorder digital și îl fixez, ca să-l filmăm din două unghiuri. Grant se agită de colo-colo cu luminile, ca să nu se supraexpună, iar Vince ne anunță că sunetul e gata.

— Motor! Hai, Tez, du-ți bursucul la veveriță, spun eu, nu că ar fi avut nevoie de vreo încurajare în acest sens, pentru că imediat e călare pe ea, repezindu-se cu degetele și cu limba.

---

1. Marcă britanică de țigări.

Mă apropii încet cu camera, cu ochiul meu indiscret ațintit asupra limbii care lingea zgomotos crăpătura umedă. Ea e puțin cam țeapănă, așa că opresc filmarea.

— Pari puțin cam încordată, Melanie, iubito, remarc eu.

— Nu pot să-mi intru-n ritm cu toată lumea de față, se plânge ea. Nu ca atunci la pub, când o făceam toți deodată.

— Ei bine, va trebui s-o faci. Așa e-n lumea afacerilor cu filme porno, draga mea, îi spun.

Mă uit la Nikki cum îi privește impetuoasă și animalică, lingându-și cu limbuța ascuțită sudoarea de pe buzele sălbatice, care îi tremurau ușor, excitate, și simt cum începe să mi se-accelereze respirația. O citesc pe scorpi-asta ca pe o carte deschisă, și-mi dau seama că abia așteaptă ceva acțiune.

— Uitați, o nouă regulă pentru platoul de filmare. Ori vă dezbrăcați, ori vă cărați jos, spun, desfăcându-mi cureaua.

Rab, așezat în spatele trepiedului, pare mortificat. Îi aruncă o privire lui Nikki, apoi lui Gina, care a-nceput deja să-și dea jos bluza. Nikki și-o scoate și ea, iar eu mă opresc o clipă, să-i admir mișcările. Să-mi fut una, gagic-asta e-ntr-o formă de zile mari.

— Haideți, băieți, le spune Nikki celor din echipă, Cu o atitudine foarte sănătoasă și sportivă, de gimnastă, în timp ce-și scoate sutienul și-și arată țâțele-alea bronzate, care par tari ca piatra, trimițându-mi un puternic semnal radar spre șliț. Își descheie nasturii de la fustă și-și scoate chiloții, lăsându-i să cadă pe podea și dezvelind o păsărică proaspăt epilată.

— Ni-kay... spun eu pe un ton care sună involuntar ca Ben Dover în videoclipurile sale, cu punctuați-aia apreciativă absolut esențială.

— Gata de acţiune, spune ea.

Să-mi fut una, asta e gagica pe care ar fi trebuit s-o întâlnesc cu ani în urmă. Împreună am fi dominat lumea. Şi-ncă o vom face.

Concentrează-te, Simon. Mă refugiez în spatele obiectivului, încercând să intru într-o dispoziţie mai tehnică.

Acum bidoanele mari ale Ginei se bălăngăne peste tot, iar lui Terry îi ies ochii din orbite. Uneori mă întristează cu preferinţa asta sordidă a lui pentru cantitate în faţa calităţii.

Sărmanul Rab, îi tremură în continuare genunchii, dar îţi dai seama că vrea să rămână.

— Eu mă ocup doar de partea creativă... logodnica mea va avea un copil... nu vreau să fac asta... eu vreau să fiu producător de film, nu un star porno, ce pula mea!

— Ei bine, cei din echipă pot să facă ce le trece prin cap, dar eu încep să intru-n atmosferă, anunţ eu, scoţându-mi tricoul şi trăgând cu ochiul la oglinda de perete. Burta n-arată prea rău, gimnastica şi dieta îşi fac efectul. De pus pe mine, e uşor, dar de dat jos e mai greu. E nevoie doar de o reglare a regimului; fără prăjeli, băuturi alcoolice mai tari ca berea, gimnastică de trei ori pe săptămână, nu doar o dată, mai multe plimbări pe jos, în loc de mers toată ziua, bună ziua cu maşina, cocaina şi iarba ies din discuţie şi, da, înapoi la ţigări. Rezultatul: kilogramele o să se reducă drastic.

Wanda se ridică şi anunţă pe o voce lălăită de davaistă că cei mai sexy bărbaţi sunt cei îmbrăcaţi, lucru care mă deconcertează, atât pe mine, cât şi pe restul.

— Vezi? Ai succes la curve drogate, Rab, spune Terry, la care Wanda îi arată lejer semnul victoriei.

Tactica mea a funcţionat, totuşi, pentru că în scurt timp Terry şi Melanie se pun bine pe treabă, iar eu mă excit. Apoi Nikki se apropie de mine şi spune :

— Cred că mi-ar plăcea să stau la tine pe genunchi.

Sunt pe pragul de a-i spune „pleacă, acum regizez".

— OK, e tot ce reuşesc să spun, cu răsuflarea tăiată, în timp ce fesele-alea delicioase mi se aşază graţios pe una dintre coapse.

Privindu-i pe Terry şi pe Mel în acţiune, simt cum mi se scoală pula, lipindu-i-se de şira spinării. Trebuie să îmi păstrez focusul, să ţin minte că mă aflu pe scaunul regizorului.

— Întinde-te pe spate, Terry ; aşază-te pe el, Mel... Disciplină.

Mel îi suge pula lui Terry, dezvelindu-i vârful, sorbind cu nesaţ, iar în scurt timp Terry o conduce spre scaunul mare, capitonat... Nikki se foieşte puţin, apropiindu-şi spatele de mine.

Disciplina îmi va potoli foamea.

Mel se sprijină cu coatele de scaun, iar Terry i-a pus-o pe la spate. Lui Nikki i se răsfiră părul pe spate, aroma lui de piersică-mi dansează în nări... ameninţând să-mi inunde simţurile...

Disciplina îmi va potoli setea...

Acum Terry se retrage, iar eu îi adresez câteva cuvinte de încurajare, odihnindu-mi leneş mâna pe coapsa lui Nikki, pe pielea aia netedă, imaculată, mătăsoasă...

Disciplina mă va face mai puternic...

Terry a pătruns-o din nou, iar acum el şi Mel şi-o trag la greu, ea e cea care stabileşte ritmul, înfigându-se în scula lui ca şi când ar fi vrut să i-o devoreze. Terry are expresia aia mulţumită, visătoare, pe care o au bărbaţii când se bucură de sex, ca şi când n-ar fi cine ştie ce. Genu' ăla de exaltare când eşti cu o gagică mişto, care te face să nu-ţi mai sufli mucii sau ca atunci când eşti cu una ca un ogar, doar că atunci o faci ca să te menţii în formă. Deşi, pula mea, în principiu e aceeaşi chestie.

... asta dacă nu mă omoară înainte...

Decid să întrerup filmarea aici.

— Opriți! Stop, Terry! STOP!

— Ce pula mea... geme Terry.

— Bun, Mel, Terry, aș vrea să încercați acum poziția Văcăriției pe la Spate, e un cadru clasic de care avem nevoie într-un film porno.

Terry mă privește și geme:

— Da' așa nici n-ai parte și tu d-un futai ca lumea.

— Terry, aici nu este vorba despre tine, care trebuie să ai parte de futaiuri ca lumea, este vorba despre tine care trebuie *să arăți ca și când* ai parte de un futai ca lumea. Gândiți-vă la monștrii sacri! Gândiți-vă la artă!

Arunc o privire în jur și văd că toți au început să se mozolească, mai puțin Rab și echipa de filmare. Gina mă privește cu un rânjet de prădător și întreabă:

— Noi când intrăm?

— Îți spun eu când, dau eu din cap, vrând să spun prin asta că majoritatea scenelor ei nu vor supraviețui montajului, lucru de care-mi dau seama chiar în acest stadiu.

Melanie e o prezență bună pentru Papa Ioan Paul (așa cum numim noi, cei din industrie, poziția Văcăriției pe la Spate, sau V.S.), e ușoară și suplă, cu un aer ușor dominator. Terry nu face decât să stea pe spate, cu mândrețe de prăjină, pe care Melanie alunecă de sus în jos. O prinde cu mâinile de talie și accelerează ritmul, pătrunzând-o din ce în ce mai adânc, până când ea începe să țipe furioasă.

— Asta e, Terry, câștigă-ți mălaiu'. Fute-o! Mel, încearcă să îți menții privirea spre cameră. Continuă să te uiți la cameră! Fute-o, Terry, dar iubește obiectivul. Terry nu-i decât un stâlp, nu-i decât un instrument al plăcerii tale. Tu ești starul, iubito, tu ești starul...

Nikki şi-a strecurat mâna la spate şi mi-a cuprins penisul.

— ... şi eşti frumoasă, ăsta e show-ul tău...

O împing uşor pe Nikki, apoi, ridicându-mă, o iau de mână, strigând:

— Opriţi!

— Vreau să te văd aici, în pula lu' Terry, îi explic lui Nikki. Terry, te descurci nemaipomenit. Acum dă-i limbi lui Mel, în timp ce Nikki ţi-o suge.

— Pula mea, da' io vreau să-mi dau drumu'! geme el în timp ce Ursula se apropie de el cu prosoape şi, înainte să se-ndrepte spre baie, ca să se spele, face o faţă nemulţumită.

— Hai, Tel, strig eu la el, pula mea, nu fi aşa nerecunoscător, am spus c-o să-i dai limbi lui Mel, în timp ce Nikki ţi-o suge. Da, n-am ce să spun, grea viaţă.

Începem să filmăm scena. Nikki, înfiptă în mădularul lui Terry, îmi dă o senzaţie ciudată, mai ales că pare să-i placă la nebunie. Când se termină, mă simt uşurat, şi toţi coboară să ia prânzul sau, mă rog, restul pleacă. Rab şi cu mine trecem în revistă pe monitor tot ce am filmat. Trebuie să-i sun după aia pe mobil, pentru că au rămas cu toţii jos în pub. Nikki pare că a cam băut, probabil că are nevoie de una mică, pentru curaj. Foarte ciudat, dar încep să mă simt în modul ăla deranjant, posesiv, faţă de ea. Nu mă încântă deloc ideea ca Lawson să i-o tragă în faţa camerei. Şi ce va urma e şi mai rău.

Gina se miorlăie în continuare pe lângă mine.

— Io şi cu Ursula şi Craig n-am făcut nimica pân-acum.

— O să intre fiecare, dar treptat, ca să construim un climax, îi spun din nou. Răbdare!

Îi pun din nou pe Terry şi pe Mel în mişcare.

— Încearcă să i-o tragi în cur, Terry, spun eu, hai, Lawson, ia să vedem nişte acţiune anală...

Capacităţile mele de a încuraja oamenii chiar nu sunt necesare aici: e ca şi când l-ai încuraja pe Dracula să sară la jugulară. Terry o desprinde pe Mel de el, o culcă şi-i îndoaie picioarele pe după umerii lui. Scuipă cu sălbăticie, umezindu-i găozul cu scuipat, după care se afundă uşor. Îi fac semn lui Nikki şi amândoi o prindem pe Mel de câte o fesă, depărtându-i-le, în timp ce Terry împinge. L-am instruit pe Rab să aibă grijă de poziţia camerelor, ca să avem un prim plan cu popoul şi unul cu faţa lui Mel, că le putem tăia la montaj.

Melanie scrâşneşte din dinţi şi se strâmbă (o scenă obligatorie pentru comercianţii de putere misogini, care „vor să vadă cum suferă căţeaua"), dar în momentul în care se relaxează şi începe să-i facă loc înăuntru, afişează aerul ăla visător (scenă obligatorie pentru *yuppies* ăia leneşi, transgresivi şi romantici, care au avut o zi grea la birou şi nu vor decât să se întindă în pat şi să savureze un futai la poponeţ). E foarte important ca expresia să acopere toate variaţiile emoţionale. Asta sunt, în esenţă, filmele porno, un proces social şi emoţional. Toată lumea poate să aibă interacţiune genitală... Nikki mă sărută apăsat pe buze şi coboară spre mădularul meu, şi îi văd pe Rab, care stătea la bar, şi pe Gina, care-l fixa în continuare cu privirea, întorcându-se apoi spre Craig, care-i sugea sfârcurile lui Wanda, privindu-i enervată, şi mă gândesc că nici unul dintre ei nu mă va putea controla niciodată, niciodată... apoi îmi dau seama că lipseşte ceva.

— Opriţi! strig eu, în timp ce Nikki începe să-mi sugă mădularul.

— Ce-i? spune Terry, care-i dădea în continuare. Glumeşti, în pula mea.

Nikki îmi dă drumul la mădular şi ridică ochii spre mine.

— Nu, Terry, nu, haide. Trebuie să facem asta din poziția văcăriței. VAS, Văcărița Anală pe la Spate.

— Futu-i... spune el, retrăgându-se.

Nikki se uită la Terry, apoi la Mel.

— Cum a fost? întreabă.

Mel pare destul de fericită.

— La început doare, dar după aia te obișnuiești. Terry chiar se pricepe, întotdeauna nimerește din prima. Unii nu știu s-o facă, îți lovesc bucățic-aia de piele, perineul, și asta e dureros și foarte sensibil. Terry știe cum să nimerească din prima, spune ea.

Terry ridică mândru din umeri.

— Experiența, asta-i tot.

— Nopțile de la Saughton, eh, Tel, glumesc eu, iar Rab Birrell începe să râdă, la fel și Gina, o gagică pe care scrie mare „Corton Vale Bound".

Ca să fac atmosferă, încep să fredonez *Summer Nights*, piesa din *Grease*.

— *Dar a-ah, acele nopți la Saugh-toooon... mai spune-mi... mai spune-mi...*

Izbucnesc cu toții în râs, chiar și Terry.

Acum, însă, Nikki se pare că e-ntr-o dispoziție profesională, luându-mi locul și preluând cuvântul, nerăbdătoare să continuăm:

— Auzi, Mel, spune Nikki, știi ce mi s-a părut mie foarte frumos, ce m-a excitat cel mai tare? Atunci când ți-a scuipat Terry-n cur. Și când a intrat, gen. Aș putea să-ți fac și eu la fel?

— Da, dacă vrei, zâmbește Mel.

Pe Terry nu-l deranjează, iar eu sunt în extaz. Da, Nikki e starul în poveste-asta. Are clasă madama. Alex McLeish?

Prădătorii vor începe curând să-i dea roată dacă nu o legăm în timp util, Simon. Gândește-te la Agathe, Latapy...

Mă gândesc că asta trebuie să se-ntâmple, Alex. Nu-ți face griji, mă ocup eu de asta. Se-ntâmplă multe în culise.

Dar acum să ne-ntoarcem la antrenament, așa că-i amintesc lui Terry că tot ce facem noi e un joc de echipă, așa că trebuie să ne păstrăm disciplina și condiția fizică.

— Adu-ți aminte, Terry, nu tre' să-ți dai drumu-n Mel. Mai întâi tre' să te retragi, după care-ți dai o labă și dup-aia îi ejaculezi pe față. Ține minte narațiunea pornografiei, etapele călătoriei noastre: muie, băgarea deștului, limbi, futai, poziții diferite, anal, penetrare dublă și, la urmă, faza cu slobozu'. Ține minte rutina vechilor antrenamente.

Terry pare cam sceptic față de toate astea.

— Io nu prea le am cu d-astea, să mă fut c-o pizdă și să nu-mi dau drumu-n ea.

— Terry, ține minte, aici nu e vorba de sex. E vorba de actorie, de spectacol. Nu contează dacă ție-ți place sau nu.

— Da' normal că-mi place, doar asta-i sarea și piperu' vieții, spune el.

— ... pentru că tu și cu mine, noi suntem două pule. Asta suntem. Gagicile-s baza.

În spate, îi văd pe Ronnie și pe Ursula, care se cam plictisesc, și pe Craig, care-o fute pe Wanda, întinsă ca un cadavru. Sunt un simplu decor, în timp ce eu pun la cale acțiunea principală, din scenă.

— Sunt gata, spune Terry, țeapăn, în timp ce privirea lui Rab rămâne impenetrabilă.

Muistu-ăla de Grant tărăgănează lucrurile cu luminile lui, după care suntem gata să-ncepem. Îi face semn lui Rab, iar Vince anunță că a făcut probele de sunet.

— MOTOR!

Și-ncepem să filmăm, în timp ce Nikki îi băloșește la greu găozu' lu' Melanie, lubrifiind-o. Gina i-o suge lu' Terry, iar Mel, aşezată invers, deasupra, e gata să se aplece, ca să fie penetrată. Şi tocmai când e pe punctul de a coborî, se deschide uşa şi intră Morag.

— Simon... oh... spune ea cu gura căscată şi ochii ieşiţi din orbite... e... ăăă... a venit omu' de la *Sunday Mail*. E şi-un fotograf cu el... spune, întorcându-se pe călcâie şi ieşind, trântind uşa-n urma ei.

Sunday pula mea *Mail*... fotograf... ce dra... îmi aduc aminte că astăzi am întâlnirea Afaceriştilor din Leith Împotriva Drogurilor, dar mai e pân-atunci...

Apoi aud în spatele meu un urlet îngrozitor. Mă-ntorc şi-o văd pe Mel, care-a alunecat, prăbuşindu-se cu toată greutatea deasupra lui Terry.

— AAAAAAAH! PIZDĂ PROASTĂ! se văicăreşte el, agonizând.

Melanie se ridică şi spune:

— Oh, Terry, îmi pare foarte rău, s-a deschis uşa şi m-am speriat, aşa că am alunecat...

Problema e scula lui Terry; se pare că şi-a fracturat obiectul futaiului. E-ndoită, neagră, albastră şi roşie. Continuă să urle şi Nikki sună de pe mobil la salvare, iar eu mă gândesc: să-i fut p-ăştia de la *Sunday Mail*... ce pula mea ne facem dacă ăsta şi-a bulit scula? Doar e futantu' meu principal...

— Rab, ocupă-te tu de asta, du-l pe Terry la spital...

— Dar ce...

— Pula mea, a venit presa!

Când cobor, îl găsesc pe tinerelu-ăsta slinos, cu faţă de tabloidist, pe care ţi-l imaginezi şi-n douăj' de ani la acelaşi job, în faţa unui Mac împuţit.

— Tonny Ross, întinde el mâna.

Îi bălmăjesc ceva legat de prezenţa cameramanului şi mă uit la Mo, care-mi face uluită semne.

— E vorba despre Organizaţia Afaceriştilor din Leith Împotriva Drogurilor. Facem un material despre asta.

— Tocmai la țanc. Tocmai mă îndreptam spre prima noastră întâlnire, la Sălile de Adunare. Vino cu mine, îl îndemn eu, nerăbdător să-i scot de-aici.

— Avem nevoie de niște cadre cu barul, spune posac omu' cu obiectivu'.

— Pe-alea le puteți face oricând. Haideți la Sălile de Adunare și așa o să-i puteți cunoaște pe pionii principali, îi explic eu jurnalistului, ieșind pe ușă, forțându-l pe el și pe cameramanul agitat să mă urmeze.

Dar mă urmează și Morag, care-mi face semn cu mâna.

— Simon, șuieră ea, ce se-ntâmplă?

— E o chestie de prim ajutor, Mo. Terry nu se simte prea bine. Ocupă-te tu!

Îndreptându-mă spre Constitution Street, cu știriștii-n urma mea, îmi dau seama că am ajuns prea devreme la întâlnire, dar îi spun portarului de la Sălile de Adunare:

— La dracu', eu credeam că e șapte jumate.

Tony Ross ăsta sugerează să ne întoarcem la Port Sunshine, dar îl conving să mergem la Noble's. Așa am ocazia să-i bag textul cu proiectul antidrog, dar sunt puțin cam distrat, îngrijorat de toată faza cu scula lui Terry și de cât o să ne țină chesti-asta pe loc. Îmi cer scuze și ies afară, ca să-l sun pe Rab de pe mobilul verde. Nu e prea roză treaba.

Apoi îi iau pe Ross și pe fotograf înapoi la Sălile de Adunare, la reuniunea inaugurală a Organizației Afaceriștilor din Leith Împotriva Drogurilor. Paul Keramalindous e principalul om cu care să te bagi pe fir, un publicitar *yuppie*, care furnizează alcool baronilor corporatiști ai medicamentelor, încercând să le mențină locul pe piață pentru produsele lor.

Paul se remarcă. Ceilalți din Organizația Afaceriștilor din Leith Împotriva Drogurilor sunt clasicii cetățeni îngrijorați; adică niște rataţi fără nimic în cap, care n-au avut şi nici n-o să aibă niciodată vreo experienţă cu droguri şi nici nu vor cunoaşte niciodată pe cineva care să aibă. Sunt vreo doi buticari din vechea şcoală a Leithului, dar majoritatea reprezintă industria în ascensiune a chipsurilor cu sânge albastru. E şi un tip de la consiliul local, un alcoolic cu faţa roşie, care-a rămas fără carburant acum vreo douăzeci de ani şi de atunci abia se mai târâie pe la tot felul de şedinţe de cimitir, la care nimeni altcineva nu vrea să meargă.

Ross pune vreo câteva întrebări, amicul lui face câteva poze, dar se plictisesc repede şi pleacă, nu că nu i-aş înţelege. Pe masă *chiar* se află ceva documentare, dar provine toată de la trei capete de-aici, restul sunt mai mult decât idioţi. Măcar au avut bunul-simţ să tacă din gură, lucru care asigură un progres inteligent al discuţiei. Hotărâm să facem o cerere de fonduri de la nu ştiu ce departament guvernamental sau ONG-uri destinate educaţiei locale şi alegem un comitet care să administreze aceşti bani şi să conducă afacerea grupului. Deja m-am băgat pe fir cu tovarăşul meu de origine mediteraneeană, Keramalindous, şi i-am susţinut nominalizarea la preşedinţie, fiind sigur că-mi va mulţumi, susţinându-mă pentru rolul meu preferat. Da, sunt mulţumit să fiu Gordon Brown al acestui Tony Blair şi îmi iau un aer de scoţian sever, prudent în ceea ce priveşte finanţele.

— Este o sarcină care nu-ţi aduce nici o mulţumire, dar pe mine nu m-ar deranja să fiu trezorier, le spun eu adunăturii de feţe crispate de la masă.

Să-mi fut una, dacă ăştia reprezintă crema afacerilor din Leith, atunci portul chiar c-ar trebui să-şi facă griji în ceea ce priveşte presupusa lui regenerare.

— Vreau să spun că eu cred cu fermitate că ar trebui să fie cineva din industria celor care lucrează cu bani *cash*. Cred că este important ca banii publici să stea la vedere, dar să fie și în mod real la vedere.

În jur, multe semne de entuziasm.

— Foarte înțelept. Îl propun pe Simon ca trezorier, spune Paul.

Votat și ales. După o întâlnire interminabilă și plictisitoare, îl iau pe Paul să bem ceva la Noble's, reușind să scap de tipul de la consiliu, care se ținea după noi, sperând să fie și el invitat. Paharele se duc unul după altul și ne cam pilim.

— Jerseul ăla e de la Ronald Morteson? întreabă el.

— Exact, dau eu prompt din cap, cu mândrie, dar bagă de seamă: lână de oaie Shetland, nu Fair Isle.

În spatele barului e o gagică atrăgătoare, căreia îi arunc un zâmbet strălucitor.

— Nu te-am mai văzut pe-aici.

— Nu, am început săptămâna trecută, îmi spune ea.

Începem să schimbăm câteva glumițe, Paul ni se alătură entuziasmat, fără să-și dea seama că eu începusem toată faza spre binele lui. Spre deosebire de cum făceam în adolescență și până la vreo douăzeci și ceva de ani, acum, de regulă, nu mai fac efortul de a mă angaja într-o conversație serioasă decât dacă e la mijloc vreun câștig financiar serios sau sexual.

La Noble's se închide prea devreme, așa că, după ce am stabilit că lui Paul îi place și băutura, și păsărica, îl iau cu mine înapoi la Port Sunshine, unde deschid etajul de sus, ca să mai luăm amândoi câte-un păhărel.

— Super tare gagic-aia de la pub.

— Îți arăt io ceva și mai tare, îi spun.

Paul ridică involuntar din sprâncene, lucru care-l dă de gol ca fiind un mare maniac sexual. Intru în birou şi pornesc sistemul de supraveghere video al barului, asigurându-mă că înăuntru e o casetă goală. Apoi găsesc o casetă pe care am filmat-o mai devreme şi o pun în video-ul de sub televizorul mare de la bar.

Superbul cur al lui Nikki invadează ecranul, iar noi ne dăm puţin în spate, ca s-o privim cum i-o suge lui Terry, care stă întins pe spate şi îi dă limbi lui Mel, care stă pe vine deasupra lui. Părul lui ondulat pare că devine una cu părul ei pubian şi la un anumit punct ea se lasă pe spate, deasupra lui.

— Incredibil... gâfâie Paul, aici faceţi asta?

— Da, facem un lungmetraj, spun eu, în timp ce camera se mută spre Nikki, care îi înghite scula lui Terry, iar ochii ei devorează sufletul privitorului, la fel cum face gura cu scula.

Pana mea, chiar e super profi, un star adevărat. Chiar c-a fost un cadru bun.

— Ca lumea gagica, nu?

Paul soarbe din pahar, iar ochii îi ies din orbite, ca şi când ar fi un fluture pe care-l fute un Rottweiler. Vocea i se subţiază, i se stinge.

— Da... cine e? horcăie el.

— O cheamă Nikki. O s-o cunoşti. E o prietenă bună, o tipă drăguţă şi educată, gen. Studentă la Universitate, la aia ca lumea, Universitatea din Edinburgh, nu la Pizda Îmblănită sau altă facultate de-aia de-mpletit coşuri care s-au făcut în '80.

Îşi beleşte ochii, în timp ce pe faţă îi răsare un rânjet.

— Dar ea... ăă... e... adică, face şi alte chestii?

— Sunt sigur c-aş putea s-o conving, aşa, pentru tine.

— *Chiar* ţi-aş fi recunoscător, spune el, ridicându-şi o sprânceană.

Încep să fac o linie de coca, doar ca să văd cum reacţionează muistu'.

— E timpul de prizat!

Paul mă priveşte în felul ăla uimit, jenat, ca pizdulicile-alea din filmele porno dubioase, în momentul în care-şi dau dintr-odată seama că şi-o iau în cur pentru prima oară şi că, probabil, lumea le priveşte pe camere digitale şi pe Internet, iar asta *chiar* nu este ce aveau ele de gând.

— Crezi c-ar trebui să... ăăă... se poate să nu fie chiar... cum să spun... momentul potrivit...?

Iar eu îi bag textul cu „lasă, că ştiu eu că-ţi place". Dacă muie ăsta nu ia coca, atunci eu sunt consultantul vestimentar al domnului Daniel Murphy.

— Hai, Paul, îi zâmbesc în timp ce pisam cristalele, nu-ncepe să faci pe şmecherul cu mine. Suntem afacerişti, oameni cu educaţie. Nu e ca şi când am fi nişte bişniţari. Ştii tu care-i treaba, ştii când să tragi linie şi, da, era intenţionat jocul de cuvinte, zâmbesc eu.

— Păi... cred că una mică, discretă, rânjeşte el, ridicând gânditor o sprânceană.

— Corect, Paul. Cum îţi spuneam, noi nu suntem nişte rataţi, lasă, băi nene, că-i mai văd eu p-ăştia p-aici. Noi ştim când să spunem pas. Pentru Dumnezeu, nu-i decât aşa, de distracţie.

Trag pe nas o frumuseţe de linie, după care Paul scutură din umeri şi mă urmează. Şi sunt nişte ditamai liniile, mai degrabă pulpe de miel, decât picioare de pudel. Credeam că onanistul va vedea camerele de supraveghere, dar, în mod evident, nu le-a văzut.

— Oh... bună marfă... zice Paul, băgându-şi mâinile peste tot şi debitând întruna – şefu' meu de la agenţie îşi face rost direct de la mama ei. E un tip care zboară de la Botafago la Madrid, după care vine aici. O aduce-n cur, învelită-n ceară. Io n-am mai pomenit ceva ca aia... da' ş-asta e excelentă...

Păi normal că e, bătrâne. Acum, misiune-ndeplinită, hotărăsc să închei distracţia într-o grabă aproape indecentă.

— Păi bine-atunci, Paul, pe mine va trebui să mă scuzi, prietene, spun, arătându-i uşa. Acum trebuie să mă ocup de nişte chestii.

— Mi-ar plăcea să mai stăm puţin... sunt pe val...

— Va trebui să faci asta de unu' singur, Paul, trebuie să mă-ntâlnesc cu o prietenă, zâmbesc eu, iar Paul dă din cap zâmbind, dar neputându-şi ascunde dezamăgirea că a cam fost lăsat de izbelişte.

Îl escortez afară şi-i strâng mâna, săracul de el, e varză. Face semn unui taxi şi o ia din loc. L-aş fi lăsat pe Paul să mai stea, dar şi-a jucat prea repede mâna. Ăla bătrân obişnuia să folosească mereu replic-asta, dintr-un film vechi cu Cagney: „Niciodată să nu-i dai unui fraier atât cât merită", şi s-a dovedit să fie cel mai bun sfat pe care mi l-a dat vreodată. În mod clar ar fi un act de cruzime să faci asta. Dacă-i laşi să scape cu una, cu două, nu se vor învăţa minte. Prin urmare, în viitor şi-o vor lua şi mai rău, de la alţii mai neîndurători. Să fii bun înseamnă să fii crud, cum spunea Shaky. Sau era Nick Lowe?

Paul. Ce fraier. Să i-l prezint p-ăla lui Nikki, lui Nikki *a mea*? Cred că glumeşti. O pizdă ca aia vine la un preţ premium şi oricum e prea mare pentru o labă tristă ca el.

M-am gândit la ea toată ziua. Sunt unele gagici care-ţi intră sub piele tocmai pentru că este atât de greu să-ţi dai seama ce anume te incită la ele. Ea este una dintre ele; frumoasă, da, dar de fiecare dată e capabilă să-ţi arate ceva nou. Lentile de contact sau ochelari de citit. Părul desfăcut, fluturând sau legat în coadă sau împletit sau prins în coc. Haine scumpe de firmă, care-i dau un aer de vampă sau ţinută sport *casual*. Privirea şi limbajul trupului pline de căldură, după care de răceală. Ştie *exact* ce butoane trebuie apăsate la bărbaţi şi face asta fără măcar să se gândească. Da, aşa e fata mea.

41

Leithul n-o să moară niciodată

E sâmbătă dimineaţă, frate, şi Ali încă doarme, aşa că mă duc la bibliotecă. Mi-a fost mai bine cu femeile-astea, fin'ncă-s băgat bine-n filmu' cu cartea, da' lucrurile tot nu-s foarte roz, cu mine şi cu ea, gen. Sunt convins că vro gură rea i-a spus ceva. Nu ş' dacă-i sor'sa ori, mai probabil, Sick Boy, că tot lucrează ea la pub la el acuma. Motanu-ăla şmecher s-a folosit de mine doar ca să facă şmenu' cu văru' Dode. Nu vreau să ştiu ce-o urma. Da' măcar nu i-a mers gura de banii lu' Renton de faţă cu Franco şi probabil nici n-o s-o facă, acuma, c-amândoi ştim chestii despre celălalt.

Faptu' că n-am to'arăşi m-a ajutat măcar să o duc înainte cu cartea despre Leith. Sâmbăta-i o zi nasoală pentru tentaţii, toate străzile-s pline de tot felu' de motani şi de droguri, aşa că o iau spre centru şi mă-ndrept spre Sălile Edinburgh. Chesti-aia cu microfişa e ciudată. Toată informaţi-aia, toată istoria, chiar dacă-i scrisă selectiv, de motanii ăia mai importanţi, chiar ş-aşa, tot o rolă de film e. Da-mi dau seama că mai sunt şi alte poveşti de care să scrii.

Leith, 1926, greva generală. Citeşti de toată chesti-aia şi de tot ce-au zis ăia atuncea şi-ţi dai seama-n ce credea Partidu' Laburist. Libertate pentru mâţa de rând. Acum e ceva de genu' „afară cu *Tories*" sau „ţineţi-i afară pe *Tories*", care nu-i decât un mod amabil de-a spune „pe noi ţineţi-ne înăuntru, frate, ţineţi-ne-aicea, că ne place". Iau tone de notiţe, şi timpu' trece.

Când mă-ntorc pe drumu' spre Port, se-ntâmplă ceva. Intru vesel în casă, cu notiţele mele. Andy e-mbrăcat de ieşit afară, după care mă uit la Ali, care stătea acolo cu două genţi de boarfe. Şi da, chiar se pare că-s pe picior de plecare.

— Unde-ai fost? întreabă ea.

— Eh, la bibliotecă, gen, pentru carte-asta cu Leithu', cercetare, ştii?

Ea se uită la mine ca şi când nu m-ar crede şi io vreau să ne-aşezăm, să-i arăt toate chestiile, gen, da' ea are faţa-ncordată toată şi vinovat-aşa.

— Noi mergem la sor'mea. Lucrurile au cam... îl priveşte pe Andy, care se joacă cu un Luke Skywalker de plastic, făcându-l praf pe Darth Vader, şi coboară vocea... ştii la ce mă refer, Danny. Voiam să-ţi las un bilet. Am nevoie pur şi simplu de spa-ţiu, ca să mă gândesc.

Oh, nu, nu, nu, nu, nu.

— Şi cam pentru cât timp, gen? Cât?

— Nu ştiu. Vreo câteva zile, scutură ea din umeri, trăgând un fum din ţigară.

De obicei, nu fumează în prezenţa lu' Andy. Are nişte cercei, nişte cercuri de aur şi o geacă albă şi arată super bine, frate, super bine.

— Io n-am mai luat nimic, îi spun. N-am nimica-n buzunare, spun io, întorcându-le pe dos, ca să-i demonstrez. Adică, n-am mai luat nimica de mult timp, acuma nu mai fac nimic, decât cartea.

Ea nu face decât să scuture încet din cap şi să ridice geanta. Nu scot nimic de la ea, nu vrea să vorbească.

— La ce tre' să te gândeşti? întreb io. La el tre' să te gândeşti? zic. Asta e, nu?

Cam ridic voce-aşa, da' după aia mă calmez, pentru că nu vreau să fac o scenă de faţă cu ăla mic. Nu merită.

— Nu e nici un *el*, Danny, orice-ai crede tu. Proble-ma e cu noi. Şi nici nu prea mai suntem noi, nu? Tovarăşii tăi, gaşca ta, acum cartea ta.

Acuma-i rându' meu să nu zic nimic. Ăla mic se uită la mine şi io mă strofoc să scot un zâmbet.

— Ştii unde mă găseşti dacă ai nevoie de mine, spune ea, apropiindu-se de mine şi sărutându-mă pe obraz.

Vreau s-o iau în braţe şi să-i spun să nu plece, să-i spun c-o iubesc şi că vreau să rămână aici pentru totdeauna.

Da' nu spun nimic, pur şi simplu nu pot, nu pot şi gata. Cre' că mai degrab-ar îngheţa iadu' înainte să reuşesc io să scot două vorbe, şi atâta de mult aş vrea să i le zic. E ca şi când... ca şi când aş fi fizic incapabil s-o fac, frate.

— Arată-mi că te poţi descurca de unul singur, Danny, îmi şopteşte, strângându-mi mâna, arată-mi că putem să fim iar împreună.

Şi micuţu' Andy mă priveşte şi-mi zâmbeşte şi-mi spune:

— Noroc, tati.

Şi au plecat, frate, pur şi simplu.

Mă uit pe fereastră şi-i văd îndepărtându-se pe stradă, luând-o spre Junction Street. Mă prăbuşesc pe fotoliu. Zappa, motanu', se suie dintr-odată pe braţu' fotoliului şi asta mă termină. Îl mângâi şi-ncep să plâng, cu sughiţuri d-alea seci, uscate, ca şi când aş avea o criză, ceva. La un moment dat abia dacă mai po' să respir. După care mă mai adun un pic.

— Acuma am rămas numa' noi, prietene, îi spun io motanului. Pentru tine-i mai uşor, Zappa, frate, voi, pisicile, nu vă implicaţi emoţional. Vă suiţi pe acoperiş şi asta e, ţac-pac, mersi, cucoană, îi spun io băiatului, privindu-l în ochii-ăia verzi, strălucitori. Voi n-aveţi treabă cu d-astea, frate, spun io şi-ncep să râd – adică, îmi pare rău de ouţele tale ş-aşa, chiar ştiu că nu-i bine, da' e pentru binele tău, frate, ştii. Mie chiar mi-a părut rău, da' doar atunci când te-am dus la castrat.

Mâța deschide gura și miaună, așa că mă ridic să văd ce-i de haleală. Mai nimic, nici pentru *Homo sapiens*, nici pentru feline, dulapu' e cam gol, așa. Tava cu nisip e-mpuțită și nu mai avem nici altu' la schimb.

— Mersi, frate, îi spun lu' Zappa, m-ai ajutat. În loc să stau aicea, plângându-mi de milă, acuma din cauza ta tre' să ies să cumpăr mâncare de pisici și nisip. Să dau față cu lumea ș-așa. O să merg pân' la Kirkgate și poate-ți fac și ție rost de niște droguri pentru pisici, ceva, să te fac și pe tine praf.

Da, începe să mă ia cu furnicături, nu po' să rămân acasă. Ies afară ș-ajung la Kirkgate, îmi fac cumpărăturile la Kwik Save, după care ies la statuia lu' Queen Vic, din josu' Walkului. E plin p-aicea fin'că-i surprinzător de cald pentr-o zi de martie. O ard p-aici tot felu' de puști, care cântă hip-hop la cutii. Mătușici cu copii care molfăie dulciuri. Mulți din motanii-ăia cu politica și-au făcut standuri, rugându-te să cumperi ziare revoluționare ș-așa. Da' e amuzant, frate, că toți tipii-ăștia cu politica arată ca și când ar veni toți din familii d-alea simandicoase, studenți ș-așa. Nu c-aș avea ceva cu ei, da' mă gândesc io, ăștia ca noi ar trebui să ne-agităm pentru schimbare, da' noi avem în cap numa' droguri. Nu-i ca la greva generală ș-așa. Ce s-a-ntâmplat cu noi?

Îl văd pe Joey Parke pe stradă, și-i atrag atenția.

— Toate bune, Spud? Cum merge? Vii luni la grup?

— Da... îi spun io.

Nu știam că ne-ntâlnim luni.

Și-mi spun tot ofu' lu' săracu' Parkie, că a plecat Ali, că l-a luat pe Andy cu ea la sor'sa.

— Păcat, frate. Da' se mai întoarce?

— Ea zice că-i doar pentru câteva zile, că tre' să-și pună ordine-n cap. Vrea să vadă dacă mă descurc de unu' singur. Asta m-a super deprimat, frate, ştii? Ea lucreaz-acuma la pub, la pubu' lu' Sick Boy ş-aşa. Frate, faza e că dacă mă descurc bine de unu' singur, după aia ea o să zică „lasă, că-i e bine" ş-o să mă părăsească. Dac-o dau în bară, atunci o să zică „uite ş-ăsta ce distrus e", ş-o să mă părăsească. E cam nasoală treaba, frate.

Parke are ceva de făcut, aşa că io mă-ntorc acasă la Zappa cu nisipu' şi-l tratez cu ceva potol ş-o căcăstoare curată. Împachetez pişatu' şi rahatu' pisicii-ntr-un ziar şi-l bag într-o pungă veche. Îl aranjez cu nişte marfă specială pentru pisici şi mă uit aşa la el cum zgârie bucat-aia de pe podea, după care-ncepe să dea ture şi să se rostogolească şi mă gândesc că şi mie mi-ar prinde bine, frate, ceva acţiune.

Aşa că iată-mă singur acasă, complet disperat după ceva companie. Încep să mă gândesc că poate arta o să-mi salveze ziua, aşa că scot notiţele pe care le-am luat din cartea de istorie şi le mai citesc o dată. Scrisu' meu nu e chiar cel mai mişto, ştii, aşa că-mi ia ceva timp până reuşesc să citesc tot. După care bate cineva la uşă şi mă gândesc că s-ar putea să fie ea, care s-a-ntors, gândindu-se : „Nu, e o prostie, Danny, băiete, nu po' să fac asta, te iubesc", aşa că deschid uşa nerăbdător şi nu, nu e Ali.

E cât se poate de departe de Ali.

E Franco.

— Toate bune, Spud? Am trecut aşa pe la tine, să mai stăm de vorbă, eh.

Io credeam că aveam chef de companie, orice fel de companie, da' era ceva gen, cum ar veni *aproape* orice fel de companie. Nu prea m-am dat niciodată-n vânt după poveşti de puşcărie, nici când am fost io la răcoare. E coşmar acolo. Aşa că mă străduiesc, şi cu Franco e greu, să rămânem la alte subiecte, cum ar fi cartea mea de istorie despre Leith. Aşa că-i povestesc despre asta. Îi spun c-ar trebui să fac interviuri cu d-ăştia ca el despre Leith. Da' e, cum să zic, nu cre' c-am nimerit-o cu ce i-am zis lu' Franco, pentru că motanu' nu pare deloc mulţumit.

— Ce pula mea vrei să zici acolo? Ce-ncerci, să mă iei la mişto?

Ho, ho, ho, dementule.

— Nu, Franco, frate, nu, doar că io vreau carte-asta să fie despre Leithu' adevărat, gen, despre personaje *reale*. Ca tine, frate. Toată lumea din Leith te ştie.

Franco se-ncordează tot pe scaun, dar mă gândesc fericit că s-a mai binedispus.

Şi-ncerc să-i explic ce vreau să zic, târându-mă ca o pisică pe acoperişu' fierbinte.

— Pentru că totu' se schimbă, frate. La un capăt ai Biroul Scoţian şi la altu' nou' Parlament. Îmburghezire, frate, aşa-i zic motanii-ăia intelectuali. În zece ani, n-o să mai rămână nimeni ca mine şi ca tine p-aicea. Uită-te la Tommy Younger's, frate, acuma e cafenea. Jayne's, îi zice. Ţi-aduci aminte ce nopţi, ce dimineţi am mai avut acolo!

Franco dă din cap şi-mi dau seama că l-am atins la punctu' sensibil, da' doar că sunt agitat aşa, gen, şi când sunt agitat, vorbesc întruna, frate, nu mă pot opri... dacă eşti timid, nu spui nimic, dacă eşti agitat, nu-ţi mai tace gura.

— E ca şi cu tigrii-ăia cu dinţii-spadă, frate. Ăştia nu mai vor decât motani d-ăia cu bani în oraş, adică, uite şi tu ce fac la Dumbiedykes. Vor să ne scoată pe toţi din schemă, să ne ducă la marginea oraşului, Franco, îţi zic io, frate.

— Dă-te-n pula mea d-aicea, io nu mă duc nicăieri la marginea oraşului, îmi spune el. Când m-am combinat cu ea, am mers la Wester Hailes un pic. Nu mai e decât un singur pub, ce pula mea se-ntâmpl-acolo?

— Da, Franco, da' foarte curând Leithu' n-o să mai existe. Uită-te la Tollcross, frate, acuma e centru de finanţe. Uită-te la South Side: un sătuc studenţesc. Stockbridge e de când lumea cartier de *yuppies*, vechiu' Stockeree. Noi şi cu Gorgie-Dalry o să fim în curând singurele locuri din oraş pentru motanii-ăştia proletari, frate, ş-asta numa' din cauza cluburilor de fotbal. Slavă Domnului c-au rămas în oraş.

— Pula mea, io nu-s proletar, spune, arătând spre sine, io-s afacerist, în pula mea, spune, ridicând vocea.

— Da', Franco, ce vreau io să spun...

— Ai înţeles, bă?

Frate, ăsta e un drum pe care-am mai fost d-atâtea ori, gen. Aşa că dac-am învăţat ceva, a fost să bat în retragere în situaţii d-astea.

— Da, frate, sigur, sigur, spun, ridicând lăbuţele, învins.

Cerşetoru' pare că s-a mai împăcat la faz-asta, da' lucru' sigur e că-i ţâfnos, parc-ar avea un băţ în cur.

— Şi să-ţi mai spun io ceva, Leithu' n-o să moară niciodată-n pula mea, zice el.

Da' motanu' tot nu-nţelege ce vreau io să zic.

— Poate nu Leithu', frate, da' Leithu' *aşa cum îl ştim noi*, îi spun io, da' nu mai continui, că ştiu care-i treaba. El zice „nu, n-o să moară", io zic, „ba da, frate, o să moară, deja a-nceput să moară, cum să nu", iar el o să spună „aşa, fin'c-am zis io" ş-asta o să fie.

Face două linii de coca şi io mi-aduc aminte de promisiunea pe care i-am făcut-o lu' Ali, da', vorb-aia, io am zis c-o să mă las şi când zic asta io mă refer la dava, ş-am zis c-o s-o las mai moale, da' nu de prafuri, frate, nu, de prafuri n-a fost vorba. Şi mai e şi Franco, pe el chiar n-ai cum să-l refuzi.

Sunt pe val rău şi ieşim la o bere, da-l manevrez pe Franco să mergem departe de Port Sunshine, lucru care-i simplu de făcut, pen' că el bea mereu la

Nicol's. Şi la un moment dat Franco primeşte un SMS pe mobil. Stă aşa şi-l priveşte şi nu-i vine să creadă.

— Ce-i, Franco, frate?

— NIŞTE MUIŞTI CARE VOR SĂ FACĂ PE DEŞTEPŢII! răcneşte el, la care două gagici cu cărucioare care treceau pe lângă noi s-au căcat pe ele.

— Ce e?

— Pula mea, un SMS... nu scrie de la cine e... motanu' nu s-amuză deloc şi tot butonează ceva la telefon.

Intrăm în pub şi când aduc io băuturile de la Charlie de la bar, îl găsesc jucându-se-n continuare la telefon. Apoi îi sună din nou telefonu' şi el răspunde, de dat-asta rezervat.

— Cine e?

Urmează o pauză, după care se destinde, slavă Domnului.

— Salut, Malky. Tare.

Închide şi-mi spune:

— E şcoală de cărţi la Mikey Forrester. Cu Norrie Hutton, Malky McCarron ş-ăştia. Hai să ne luăm ceva de băut pentru drum.

Io-i spun că-s lefter, lucru care nu-i adevărat, da' o şcoală de cărţi cu Begbie-nseamnă că joci până-ţi ia toţi banii, nu contează cât durează. Aşa că io nu mă bag.

— Hai, bă, muie, măcar vino să bem ceva, zice el.

Vorb-aia, nu po' să refuzi aşa ceva, aşa c-o luăm din loc şi Begbie o tot ţine p-a lui, cu Mark Renton, pe care vrea să-l omoare. Nu prea mă-ncântă starea lui, frate, şi nici nu prea mă dau în vânt după d-ăştia ca Malky şi Norrie şi Mikey Forrester. Stau cu toţii-n juru' mesei ş-au tone de coca, la discreţie, şi sticle de JD şi cutii de bere. Io mă retrag după ce pierd treij' de lire.

— Tu po' să continui să pui nişte muzică, Spud, zice Begbie, da' nu prea po' să pui ce vrei tu, fin'că-ţi spunem noi ce.

— Pune nişte Rod Stewart, bă, muie... *îmi petrec fiecare ziii... bând viiin, simţindu-mă biiinee...*

— Nu cre' c-avem Rod Stewart, zice Mikey. Aveam la un moment dat, da' când s-a mutat ea, mi-a luat o grăma' de discuri.

Franco îl priveşte.

— Păi, bă, muie, ia-ţi-le-napoi! Io nu po' să joc cărţi fără Rod Stewart. Pula mea, asta faci la o şcoală de cărţi: te-mbeţi, cânţi Rod Stewart. Nu-i nimica mai tare ca asta, muie!

— Ai văzut pozele cu Rod Stewart de pe coperta CD-urilor? zice Norrie. Într-una din ele are pantaloni strânşi pe cur, ca o curvă bătrână. Şi mai e una-n care e-mbrăcat ca un poponar!

Şi chiar mi-aduc aminte de pozele-alea; Rod Stewart îşi dăduse părul pe spate, lins, cu mustaţă şi ochelari. Da' nu zic nimica, pen' că-i văd reacţia lu' Franco.

— Ce pula mea tot zici tu acolo, Norrie?

— E pe albumu-ăsta, pe *Greatest Hits*. Într-o poză e-mbrăcat ca o pizdă şi-n ailaltă arată ca un poponar.

Begbie pur şi simplu tremură.

— Ce-nseamnă că-i îmbrăcat ca un poponar? Tu crezi că Rod Stewart e-un poponar infect? Pula mea, Rod Stewart? Asta crezi tu-n pula mea?

— Nu ştiu dacă-i poponar sau nu, râde Norrie. Malky vede semnele ş-aşa.

— Hai, Frank, dă cărţile.

— Rod Stewart nu-i poponar, spune Mikey. I-a tras-o lu' Britt Ekland. Ai văzut-o-n filmu-ăla cu Callan, ăla pe care l-au filmat în Highlands?

Da' Franco nu mai aude nimic. Îi spune lu' Norrie:

— Deci dacă tu crezi că Rod Stewart e poponar, asta-nseamnă că pe toți muiștii la care le place Rod Stewart tu-i consideri poponari.

— Nu, io... io...

Prea târziu, frate, întorc privirea, da' aud o pocnitură și niște strigăte și când mă-ntorc, nu-i mai văd fața lu' Norrie, e ca și când ar avea o mască neagră.

Da' nu-i decât o perdea de sânge, pen' că Franco i-a spart o sticlă de Jack în cap.

— Hai, Franco, frate, mai era ceva-n sticl-aia, geme Mikey, în timp ce Franco se ridică și se-ndreaptă spre ușă.

Malky-l ajută pe Norrie să meargă la baie. Io-l urmez afară pe Franco și cobor după el scările.

— Să-i fut una de muist, face pe deșteptu' cu comentariile lui de doi lei, zice el, fixându-mă cu privirea, da' io nu mă uit la el, nu mă gândesc decât s-ajung la Nicol's, să-mi iau o halbă, să-l potolesc, după care să mă car acasă.

De companie-așa nasoală nu vrei să ai parte niciodată, frate, niciodată, dacă-ți zic.

42

„... și-a fracturat penisul..."

Săracul Terry, chiar a fost foarte nasol ce i s-a-ntâmplat. Am chemat o salvare și l-au dus direct la spital, unde l-au examinat și i-au spus că și-a fracturat penisul. Era grav, din moment ce l-au internat imediat după accident.

— Dacă reacționează bine, a spus doctorul, atunci e în regulă. Va fi din nou pe deplin funcțional. Dar pot apărea complicații, deși în acest stadiu n-ar trebui să ne gândim la o amputație.

— Ce... a spus Terry, absolut terifiat, dându-şi seama că nu te internează în salon decât în caz de urgenţă.

Doctorul l-a privit sever.

— Acesta este cel mai fatalist scenariu, domnule Lawson. Dar nu vă pot spune cât de grav este.

— Ştiu că e grav! Chiar ştiu, ce dracu'! Doar e scula mea!

— Aşa că va trebui să vă odihniţi şi să evitaţi orice fel de efort. Medicaţia pe care v-am prescris-o ar trebui să prevină orice erecţie involuntară şi în timpul ăsta să sperăm că ţesutul se va repara de la sine. Este una dintre cele mai urâte fracturi pe care le-am văzut.

— Da' noi doar...

— Este un lucru mult mai obişnuit decât vă imaginaţi, îi spune doctorul.

Lui Rab îi sună mobilul şi e Simon. Rab spune că este foarte supărat, dar că e vorba mai degrabă de problema pe care o reprezintă pentru film, decât de Terry. Chiar şi mie şi lui Rab ne vine greu să glumim despre asta. Până la urmă, se întoarce spre mine şi spune:

— Întotdeauna am crezut că scula lui Terry o să-l bage-n necaz, toată lumea din grup spunea asta. Dar nu ne-am gândit niciodată că *el* va fi cel care o s-o bage-n necaz!

Dar nu reuşim să vedem partea amuzantă. Gina, Ursula, Craig, Ronnie şi Melanie au rămas mască, nevenindu-le să creadă, iar Mel se simte îngrozitor acum că revine la realitate.

— Nu m-am putut abţine...

— A fost un accident, spun eu, mângâind-o pe spate.

Îi sărut pe toţi şi plec acasă, unde le povestesc lui Lauren şi lui Dianne ce s-a întâmplat. Dianne îşi duce mâna la gură, iar Lauren abia-şi ascunde bucuria. A gătit o lasagna vegetariană şi ne aşezăm toate la masă.

— Şi deci asta a pus punct planurilor voastre cu filmul porno, spune Lauren, turnându-şi un pahar de vin alb.

Aproape că-mi pare rău s-o dezumflu, pare aşa de fericită.

— Ah, nu, dragă, spectacolul trebuie să continue.

— Dar... spune Lauren, pe care această veste pare s-o scoată din minţi.

— Simon e hotărât, o să continuăm filmările. O să găsească el un înlocuitor.

În acest moment Lauren explodează furioasă.

— Te exploatează! Cum poţi face una ca asta! Se folosesc de tine!

Dianne ia un dumicat şi mă priveşte cu o expresie încordată. Înghite cu greu şi scutură liniştită din umeri.

— Lauren, asta n-are nici o legătură cu tine. Calmează-te, te rog.

Lucrul ăsta mă înnebuneşte. Trebuie s-o fac să vadă dincolo de nevroza ei.

— M-am săturat să studiez filmul, când am ocazia să fac unul. De ce te aprinzi atât de tare la toată faza?

— Dar e vorba de pornografie, Nikki! Te folosesc!

Expir uşor.

— Şi ce-ţi pasă ţie? Nu sunt proastă, e alegerea mea, îi spun eu.

Îmi aruncă o privire plină de furie mocnită, liniş-tită.

— Eşti prietena mea. Nu ştiu ce ţi-au făcut, dar n-am să-i las să scape aşa uşor. Ceea ce faci tu este împotriva propriului tău sex. Supui şi oprimi femei de pretutindeni! Şi tu, Dianne, studiezi asta! Spu-ne-i, se roagă ea.

Dianne ia furculiţele de lemn şi îşi mai pune nişte salată în farfurie.

— E puţin mai complex de-atât, Lauren. Aflu o mulţime de lucruri pe măsură ce înaintez. Şi nu cred că pornografia este problema reală. Cred că este vorba de felul în care o consumăm.

— Nu... nu, nu-i aşa, pentru că cei de la vârf sunt întotdeauna bărbaţii!

Dianne încuviinţează dând din cap, ca şi când Lauren ar fi demonstrat exact punctul ei de vedere.

— Da, dar probabil că în industria pornografiei sunt mai puţini decât în altele. Ce zici de filmele numai cu femei, filmate de femei, pentru consumul femeilor? Asta unde se încadrează în paradigma ta? întreabă ea.

— Este o falsă conştiinţă, behăie Lauren.

Sunt prea ocupată ca să mă contrazic, chiar dacă aş fi ştiut despre ce era vorba.

— Nu eşti deloc amuzantă, Lauren, îi spun, ridicându-mă de la masă şi luându-mi geanta. Lăsaţi vasele, fetelor, le spăl eu când mă-ntorc, promit eu. Acum sunt cam în întârziere.

— Unde te duci? întreabă Lauren.

— La prietena mea acasă, ca să mai repetăm nişte replici, îi spun, lăsând-o pe scorpiuţa tristă şi frigidă să-şi bată capul cu problemele ei.

Chiar se ridică de la masă, dar Dianne o apucă de încheietură şi o împinge la loc pe scaun, vorbindu-i ca şi când ar fi fost copilul în care s-a transformat în mod evident.

— Lauren! Ajunge! Stai jos şi mănâncă-ţi mâncarea. Acum.

La plecare, când coboram scările şi ieşeam în frig, am auzit nişte zgomote. Iau autobuzul spre Wester Hailes, unde stă Melanie. Îmi ia o veşnicie să-i găsesc apartamentul. Când ajung acolo, tocmai l-a dus la culcare pe fiul ei. Ne repetăm replicile, după care mai repetăm şi ceva acţiune şi, până la urmă, rămân la ea peste noapte.

A doua zi dimineaţă o aşteptăm pe mama ei să vină, după care luăm autobuzul 32 până în Leith. Afară cade o ploaie plăcută, care ne udă leoarcă până s-ajungem la pub. Futanţii par cam supăraţi şi-mi dau seama că nu e nici o cameră de filmat în preajmă. În schimb, pe scaun e un tip înalt, slab, la vreo treizeci şi cinci de ani, cu păr ondulat, perciuni şi o privire pătrunzătoare.

— El e Derek Connolly, îmi explică Simon. Derek este actor profesionist şi ne va îndruma. Se poate să-l fi văzut în rolul scoţianului şmecher din *The Bill, Casualty, Emmerdale* sau *Taggart*.

— De fapt, în *Taggart* eram avocatul, spune Derek defensiv.

Începem cu nişte exerciţii de rol, după care lucrăm pe scenariu. Dacă îl enervează tentativele noastre de actorie, nu o arată. Mă face să-mi doresc să fi făcut mai mult la cercurile de teatru de la universitate. Dar nimic nu e pierdut.

După aceea, merg cu Simon la el acasă şi îi spun că am exersat cu Mel.

— Ar fi trebuit s-o invităm şi pe ea, spune el.

Dar nu, aşa nu merge. Îl vreau doar pentru mine.

43

Şmenu' # 18 746

Chiar dacă a venit primăvara, e în continuare frig şi nu mi-e uşor să mă desprind de Nikki. În plus, începe să mă înspăimânte gândul de a da ochii cu Mo şi Ali la pub. Renunţ la idee şi merg cu ea să luăm micul dejun, după care la studioul de editare din Niddrie, unde fac vreo câteva copii după caseta cu Paul care se distra de minune.

— Ce-i cu toată chesti-asta?

— Oh, doar o mică activitate extracurriculară, îi spun eu, sunându-l pe tipul cu publicitatea din Leith de pe mobilul meu verde.

Nikki mă anunţă că trebuie să meargă la cursuri şi că mă va suna mai încolo. O privesc cum se pregăteşte de plecare, cum i se mişcă elegant curul sub fusta lungă. Ciudat, dar în cultura noastră scârboasă de băieţoi, din ziua de azi, foarte puţine femei ştiu să poarte graţios o fustă, aşa că le observi pe cele care-o fac. Îşi pune o haină lungă, cu glugă, îşi încheie fermoarul şi, chiar sub gluga ei cu margine îmblănită, îi zăresc zâmbetul orbitor, în timp ce-mi face la revedere cu mîna şi iese.

Îi spun lui Paul să ne întâlnim urgent la douăsprezece la Shore Bar, de lângă Water of Leith. Ajungem amândoi în acelaşi timp. Paul pare agitat, dar nici pe departe la fel de agitat cum o să devină. Îi pun în faţă o factură, un cec şi un pix.

— E-n regulă, Paul, nu trebuie decât să contrasemnezi asta.

— Eşti nerăbdător, spune el, punându-şi ochelarii de miop, după care analizează factura şi cecul. Nu mai poate aştepta... ce... ăştia sunt banii pentru caseta educativă... dar unde se duce? N-am văzut facturile alea. Ce-i asta, Bananazzurri Films?

Privesc în jur, rotindu-mi ochii prin barul înalt, cu pereţii placaţi în lemn masiv şi ferestrele uriaşe.

— Este compania de producţie de film. Numită după apartamentele Banana de după colţ, unde am crescut, cu o subtilă referinţă la rădăcinile mele italieneşti.

— Dar... de ce?

— Păi, îi explic eu, Sean Connery şi-a numit compania de producţie cinematografică Fountainbridge Films, după locul în care a crescut. Iar mie mi s-a părut că e un lucru al dracu' de şic.

— Dar ce legătură are asta cu proiectul video al Afaceriştilor din Leith Împotriva Drogurilor?

— Absolut nici una. Sunt pentru finanţarea parţială a filmului intitulat *Şapte futese pentru şapte fraţi*. Sunt nişte costuri iniţiale. Este un film de divertisment pentru adulţi sau, dacă-ţi place mai mult, un film porno.

— Dar... dar... ce pula mea-i asta? Nu poţi face asta! Sub nici o formă! Paul se ridică, ca şi când ar vrea să mă lovească. Eu nu asta negociasem.

— Uite, am să-ţi dau banii înapoi când am să mă pun la punct cu finanţele, îi explic eu pacificator. E vorba de afaceri. Uneori trebuie să-l jefuieşti pe Peter, ca să-l plăteşti pe Paul sau invers, zâmbesc eu, gândindu-mă la starul porno olandez Peter Muhren, zis şi Miz.

Paul se ridică şi o ia spre ieşire. Se opreşte şi arată spre mine.

— Dacă te aştepţi să semnez chestia aia, eşti nebun. Şi îţi spun chiar acum: mă voi duce la comitet *şi* la poliţie şi le voi spune ce escroc eşti!

Vorbeşte chiar foarte tare. Din fericire, barul e încă gol.

— Ciudat, îi spun eu, credeam că tu eşti unul din ăia care ştiu cum merg lucrurile. M-am înşelat.

Scot o copie a casetei video.

— Poate că pe şeful tău o să-l intereseze chesti-asta, tovarăşe. Distruge-o, dacă vrei, mai am copii. Nu doar pentru el; e una pentru *News* şi una pentru muistu-ăla de la consiliu. E cu tine care tragi o linie de coca, vorbind despre ce marfă ia bossu' tău.

— Glumeşti... spune el încet, privindu-mă fix.

Încep să-i scânteieze ochii.

— Într-un cuvânt, nu, spun eu, întinzându-i caseta. Ia-o cu tine dacă nu mă crezi. De fapt, ia-o oricum. Acum aşază-te.

Pare că stă câteva secunde să se gândească la asta. După care se prăbuşeşte la locul lui zdrobit şi obedient, în timp ce o gagică vine şi ne-aduce două căni de *cappuccino*. Aici la Shore ştiu să facă un *cappuccino*. Am tristul sentiment că al lui Paul se va duce pe apa sâmbetei, dat fiind că mintea lui e în altă parte, de fapt cred că a început deja să-şi reeduce papilele gustative pentru mâncarea din închisoare. Povestea e cam groasă, mult prea groasă, e cel mai urât coşmar al lui. Cu toate astea, nu vreau să-l văd dărâmat, distrus, oamenii vor observa asta şi el s-ar da uşor de gol.

— Nu-ţi bate capul prea tare cu asta. Nu eşti primul fraier care a făcut pe viteazul şi şi-a luat-o-n freză, spun eu, gândindu-mă la Renton – şi nici ultimul. Ia-o ca pe-o experienţă educativă. Să n-ai niciodată-ncredere într-un şmecheraş cu bani, îi fac eu conspirativ cu ochiul, pentru că va ajunge inevitabil să scotocească prin buzunarele vreunui muist dobitoc. Tu eşti muistul dobitoc, îi spun, arătându-l cu degetul. Dar vei renaşte şi mai puternic, îţi garantez.

— Ce-ţi dă ţie dreptul să-mi faci *mie* una ca asta? spune el rugător.

— Tocmai ţi-ai răspuns singur la întrebare, tovarăşe. Gândeşte-te. Şi acum poate ai avea amabilitatea să te cari de-aici, am afaceri de făcut. Adică, bea-ţi mai întâi *cappuccino*-ul, aici fac un *cappuccino* a-ntâia.

Dar nu, el îl lasă acolo, iar eu mă gândesc la cum încerc eu să mă las de drogurile mileniului: cofeina şi cocaina. În timp ce se-ntoarce, rănit, cu maşina lui spre suburbie, cu toată cariera în pericol, îi iau cafeaua şi, privind pescăruşii cu feţe plângăcioase care dau roată deasupra, mă gândesc, da, Leith este locul potrivit. Cum am putut oare să stau așa de mult la Londra, atât de murdară, de mizerabilă?

Derek Connolly, actorul, mai compensează puțin lucrurile. El și gagică-sa, Samantha, vor juca scena cu fratele care vrea sex normal, dar este atras într-o partidă serioasă de călărit. Așa că ne găsim un loc de tot jegul undeva la Links. Rab protestează ceva în legătură cu lucrările lui pentru facultate, dar după puțină lingușeală, l-am convins să vină cu Vince, Grant, tot echipamentul și camerele DV. Facem o ședință scurtă de filmări *guerrilla* pentru scenele de futai normal și partea de seducție, iar rezultatele sunt foarte bune. Dacă pui la socoteală și orgia incompletă, am făcut pân-acum doi frați din șapte.

Mă-ntorc înapoi la pub, ca să văd ce-mi mai fac trupele. E destul de plin. Îi zăresc pe Begbie, cu mutra setată pe atitudinea de vânător-ucigaș, și pe Larry ăla, care intra pe ușa laterală, așa că mă hotărăsc să-i fac o vizită lui Terry înainte să plec cu Nikki la Glasgow. Mo face pe nebuna că iar o las de una singură. Ali intră, cu o expresie dură. Îi spun lui Morag că așa stau pur și simplu lucrurile și că plec la Glasgow, ca să examinez potențialul expansiunii.

— Expansiune? Glasgow? Ce tot zici acolo?

— O rețea de puburi cu specific de Leith. Să duc franciza Port Sunshine în vest, după care în sud.

Mă uit în jur, la maghernița în descompunere.

— Să export brandul, râd eu. La Notting Hill, Islington, Camden Town, în centrul Manchesterului, la Leeds... or să cadă toate ca piesele de domino!

— Da' nu mai e nimeni, Simon, spune ea scuturând din cap, iar eu încerc să mă fac nevăzut înainte să mă ochească Begbie și cu tovarășul lui de scandal.

Dar e prea târziu, mă vede și vine la mine.

— Nu mai stai la o berică? îmi comandă el, mai mult sau mai puțin.

— Mi-ar plăcea, Frank, dar trebuie să-mi vizitez un prieten bolnav la spital înainte să iau trenul spre Glasgow. Sună-mă pe mobil în cursul săptămânii şi ne combinăm la o băută.

— Da... care pula mea ziceai că e numărul tău?

Îi turui numărul de pe mobilul verde, iar Begbie şi-l notează-n telefon, observând, evident, că nu e acelaşi de la care a primit SMS-ul.

— Asta-i singuru' număr pe care-l ai?

— Nu, mai am unu' pentru afaceri. De ce? investighez eu. De fapt, am trei mobile, dar alea pentru fetiţe nu-s treaba nimănui, decât a mea.

— Am primit un SMS de la nu ş' ce muist care-ncerca să facă pe deşteptu'. N-a mers când l-am sunat înapoi.

— A, da? Tot felul de telefoane abuzive, eh? Încă un pic şi-or să înceapă să te şi urmărească, Franco, glumesc eu.

— Ce pula mea vrei să zici? spune Begbie, uitându-se urât.

Simt cum îmi îngheaţă sângele-n mine, aproape că uitasem cît de adâncă şi serioasă e paranoia ăstuia.

— E o glumă, Frank, linişteşte-te, amice, ce pula mea, spun eu glumeţ, încleştându-mi pumnul şi bătându-l pe umăr cu un gest tovărăşesc, dar blând.

Urmează o pauză de vreo două secunde, care pare să dureze vreo zece minute şi văd cum se deschide o gaură neagră în care mi se scurge toată viaţa. Apoi, tocmai când credeam că mi-am forţat prea tare norocul, pare să se calmeze şi face chiar el o glumă.

— Pe mine nu mă urmăreşte nimeni, se pare că se feresc toţi din calea mea. Până ş-aşa-zişii mei to'arăşi ş-aşa, spune el, privindu-mă dur, dar plin de speranţă.

— Cum îţi zic, Frank, ne combinăm săptămâna care vine. În ultima vreme am fost cam ocupat, am învăţat cum se trag sforile pe-aici, da-n curând o să fiu liber, îi spun.

Larry ăla mă priveşte cu un rânjet viclean.

— Io am auzit c-ai fost ocupat cu alte chestii ş-aşa, frate.

Simt un fior rece pe şira spinării şi mă-ntreb cine-a avut gura spartă, dar dau enigmatic din cap şi o iau din loc, zâmbindu-le lui Franco şi lui Larry. În drum, mă întorc spre Morag.

— O bere pentru băieţii, Mo, în contu' meu. Noroc, băieţi! ciripesc eu şi, când ies din raza lor vizuală, încep să ţopăi de-a lungul Walkului, uşor ca un copil, bucuros că m-am sustras din mizeria aia de bar.

44

„... recordmenii...“

Cred că e din cauza anturajului, dar mă surprind începând să gândesc ca un localnic. Viaţa e plăcută ; e o zi caldă de primăvară, aşa că merg legănat şi primesc fluierăturile unor muncitori în construcţii cu o mulţumire arogantă, relaxată, simţindu-mă ca o scorpie obraznică, infatuată şi mişto. Acum, că s-au încheiat cursurile, pot s-o fac din toată inima. Merg pe străzile din ce în ce mai înţesate de turişti spre spital, ca să-l văd pe Terry. Săracul Terry.

Aerul e rece şi proaspăt, dar cu un pulover nu e deloc neplăcut. Îmi dau seama că toată povestea cu filmul mă face să mă simt foarte bine. Surprinzător, nu atât de mult partea cu sexul. Îmi place, dar niciodată nu e la fel de bine cum mă aştept. Seamănă prea mult cu munca, prea e totul ca un spectacol în faţa camerelor, şi tocmai de aceea se-ntâmplă foarte des să fie plictisitor şi incomod. Uneori te simţi ca recordmenii ăia, o sută de oameni într-un minirahat, iar Simon, cu directivele lui, pare că depăşeşte nevoile filmului, e ca un mod de a-şi exercita puterea asupra noastră. Dar partea cea mai importantă este apartenenţa la ceva, implicarea, asta te face să te simţi în viaţă.

Ieri am filmat scena de la castel, una dintre cele mai dificile, din câte se pare, la Tantallon, în North Berwick. Simon l-a pus pe un prieten de-ai lui, tâmplar, să ne facă vreo doi pereţi falşi pentru scena cu liftul. Între timp, i-a luat pe Ronnie, cu ochelarii lui, şi pe Ursula, aranjată din cap până-n picioare, într-o fustiţă scurtă, albă, şi tricou, care îi scoteau în evidenţă părul blond şi bronzul de solar. Dis-de-dimineaţă i-am filmat pe Ronnie, în autobuz, şi pe ea, care-l urmărea. După care ne-am dus la staţia de autobuz. Autobuzul spre North Berwick era aproape gol. L-am filmat pe Ronnie înăuntru, stând jos, care arăta ca un tocilar cu ochelari, caiet şi cameră. Rab era afară, în spatele unei dubiţe conduse de Craig, filma exterioarele.

Înăuntrul autobuzului am filmat-o pe Ursula care-i spunea lui Ronnie:

— Te deranjează dacă m-aşez aici? Eu sunt din Suedia.

Ronnie a avut cel mai mult de câştigat de pe urma lecţiilor de actorie şi Derek recunoaşte că e natural.

— Deloc, explică el. Explorez castele vechi.

După care am făcut scenele cu liftul, în care el o vede, iar ea îi explică cum s-a blocat. Atunci el nu se mai poate abţine şi o ia pe la spate. Şi aşa al treilea frate intră-n rândul lumii.

Când ajung în salon, observ că certurile dintre Rab şi Terry nu s-au sfîrşit doar pentru că Terry e la pat. Cred că Rab se bucură în secret de necazul lui Terry, chiar dacă şi Terry pare în toane mai bune acum. Dulapul de la capul patului său e burduşit de fructe, care-ţi dai seama că nu vor fi mâncate, şi de tot felul de conserve şi mâncăruri la pachet. De sub cearşaf iese în evidenţă un cadru aşezat în jurul şoldurilor, ca să-i protejeze penisul defect.

— Asta e fascinant. E un ghips? Sau o atelă? Sau ce? îl întreb.

— Nu, e un fel de bandaj.

Simon trage aer în piept, inspectând spitalul ca şi când ar fi o proprietate pe care tocmai a achiziţionat-o. Aici înăuntru e cald şi şi-a scos puloverul, pe care nu şi l-a legat în jurul taliei, în modul ăla convenţional, ci şi l-a pus în jurul gâtului, arătând ca un filfizon care joacă cricket. Îmi zâmbeşte, apoi se întoarce spre pacient:

— Deci, Terry, cum te tratează ăştia?

— Sunt vreo câteva asistente drăguţe p-aici, îţi zic io, da' mă omoară cu zile, de fiecare dată când mi se scoală, e agonie curată.

— Credeam că ţi-au dat nişte medicamente ca să nu ţi se mai scoale, speculează Rab.

— Chestiile-alea or funcţiona pentru d-ăştia ca tine, Birrell, da' pe mine nu poa' să mă oprească nimic, când e vorba de erecţie. Şi doctoru' e-ngrijorat ş-aşa, îmi zice, tre' să te opreşti odată cu erecţiile-astea, altfel n-o să se vindece.

Simon îl priveşte ursuz, comunicându-i nişte veşti proaste.

— Terry, acum nu te mai putem pune la filmări. Va trebui să găsim un înlocuitor. Îmi pare rău, frate.

— N-o să găseşti niciodată pe nimeni care să mă-nlocuiască, ne spune Terry ca şi când ăsta ar fi fost un lucru evident, pe un ton mai mult decât arogant, chestie care lui i se părea o apreciere cât se poate de neutră.

— Păi filmările merg foarte bine, spune Simon entuziasmat. Ronnie şi Ursula au fost geniali ieri, iar Derek şi cu prietena lui au fost bestiali în lift.

Terry îl contemplă pe Simon, evident hotărât să-l dezumfle.

— Apropo, Sicky, de ce ți-ai pus puloveru' pe umeri, ca un poponar?

Răspunzându-i cu o privire nervoasă, rece, Simon pipăie lâna cu arătătorul și degetul mare.

— Ăsta e un jerseu Ronald Morteson. Dacă ai vreun habar despre haine, atunci înțelegi ce-nseamnă asta și de ce prefer să-l port în felul ăsta. Oricum, spune el privind spre mine, apoi din nou spre Terry, mă bucur că ești OK și că lucrurile-s pe calea cea bună. Nikki, noi avem niște afaceri de făcut.

— Ai dreptate, zâmbesc eu.

Rab îl fulgeră din priviri pe Simon, murind de curiozitate să știe unde mergem, dar a pierdut ocazia, pentru că noi plecăm împreună și ne îndreptăm spre centru, la gară, să luăm trenul de Glasgow.

În tren, Simon mă pune la curent în legătură cu victima noastră și totul pare foarte incitant, dar în același timp îngrijorător într-un fel, dat fiind că investim atâta efort să-l găsim pe tipul ăsta. În timp ce îl descrie, mi-l imaginez deja. Simon, în relatarea lui succintă, fără pic de ironie, mă face să mă simt ca și când am fi agenți MI5.

— Genu' fără prieteni, care stă acasă, un entuziast al machetelor de căi ferate, ușor supraponderal. Există o specie de oameni ai căror părinți încearcă să-i țină acasă, în mod conștient sau inconștient, forțându-i să mănânce incredibil de mult și dezgustător de des, ca să-i facă neatrăgători pentru sexul opus. În acest caz, subiectul nostru are și o piele mai degrabă nasoală, din pricina acneei atât de răspândite în anii '70, pe care dieta și produsele moderne de-ngrijire a pielii nu le-au eradicat nici pe departe. Îi mai vezi pe vreo câțiva fotbaliști est-europeni, la televizor și-așa, care au genul ăla de paloare, dar aici, în Vest, se-ntâlnește foarte rar, chiar şi la Glasgow. Băiatul nostru trebuie să fie un tradiţionalist. De la el avem nevoie de o listă de clienţi: nume, adrese şi numere de cont. Doar o listă printată sau, mai bine, pe dischetă.

— Şi dacă n-o să-i placă de mine? îl întreb.

— Dacă nu-i place de tine, înseamnă că e homo, e simplu. Şi dacă se dovedeşte că aşa este, atunci îl preiau eu, îmi spune zâmbind. Dacă trebuie, fac şi pe regina, rânjeşte el cu toată fiinţa – asta la partea de flirt, nu la sex, adaugă, strâmbându-se dezgustat.

— Dar spui prostii, nu tuturor bărbaţilor hetero le place de mine, scutur eu din cap.

— Ba cum să nu, altfel sunt fie gay, fie în stadiul de negare, fie...

— Fie ce?

Pe faţă îi înfloreşte un zâmbet şi mai larg. Îi văd laba gâştei de sub ochi. Dar chiar că arată a italian, şi chipul lui are atâta personalitate.

— Nu mai face pe neştiutoarea!

— Fie ce? îl îndemn eu.

— Fie nu vor s-amestece afacerile cu plăcerea.

— Pe tine nu te-a oprit asta, zâmbesc eu.

Simon afişează o expresie exagerat de tristă.

— Tocmai asta vreau să spun. Eu nu am forţa să-ţi rezist şi nici el n-o să aibă, ţine minte ce-ţi zic. Eu am încredere în tine, Nikki, spune el blând.

Ştiu ce intenţiona să spună cu asta şi chiar a avut efectul scontat. Abia aştept s-ajungem. Şi coborâm din tren, găsim locul şi-l văd singur la bar, bărbatul din coşmarurile mele cu persecuţii, care mă făceau să transpir leoarcă. Simon dă din cap, după care dispare, iar eu îmi înghit mândria şi fac prima mişcare.

45

Easy Rider

Am creieru' varză, gen; asta pen' că am activat pe
Lou Reed ş-am luat câteva bombonele[1] ca să-mi revin,
aşa c-atunci când m-a sunat Chizzie Animalu' nu
prea gândeam cum trebe. Nu prea m-am gândit io
niciodat-aşa la motanu-ăsta, care de fapt e un indi-
vid cam al dracu', da' a cam avut grij-aşa de mine-n
închisoare. Nu ştiam c-a ieşit. Faza e că eram
terminat după ceva companie, iar Chizzie ştia de
calu-ăsta, un pont ce i-l dăduse un to'arăş al lui,
unu', Marcel, care nu pariază niciodată pe pier-
zători. Aşa că punem banii de pariu la Benny de la
Slateford şi ne-ntoarcem să luăm ceva la bord, ca
să ne uităm la băiatu' nostru, 8-1 outsider, Zăpadă
Neagră, câştigător la Haydock, cota 2.45.
    Nu-mi venea să cred, frate. Băiatu' nostru por-
neşte primu'. Şi pe la jumatea cursei e deja detaşat
în faţă. Alţi vro doi cai se mai apropie un pic de el
pe ultimele două sute de metri, da' băiatu' nostru e ca
vântu'. De fapt, e cea mai strânsă cursă pe care-am
văzut-o vreodată. Nu că ne-am văita de asta, frate,
nu, nu ne plângem nici pe departe. Începem amândoi:
    — DAAAAAAAA!!!
    Şi ne-mbrăţişăm amândoi sub televizoru' de la
bar şi pentr-o secund-am cam îngheţat aşa, gân-
dindu-mă cine-a mai stat vreodată-n braţele lu'
Chizzie şi cum s-o fi simţit. Mă retrag, sub pre-
textu' că mă duc la bar să mai iau ceva de băut, ca
să sărbătorim. În buzunar, cum căutam io banii,
mai dau de nişte bombonele.

---

1. În original, *jellies*, care înseamnă jeleuri, dar, în argou,
    înseamnă şi cocaină.

Când ne-ntoarcem, Benny are o faţă dusă de tot.

— Tare pontu-ăsta, mormăie el.

— Prea adevărat, motane, zâmbesc io.

— Tre' să fii mereu pe fază, eh, rânjeşte Chizzie. După cum ţi-o fi norocu', nene. Mai câştigi, mai pierzi.

Ş-ăsta-i cel mai tare sentiment, frate, pen' c-am pus mâna pe patru miare, frate, şi Chizzie, opt juma'. Patru miare! O s-o duc pe Ali-n vacanţă, la Disneyland, la Gay Parade! Tare Marcel ăsta şi, da, şi Chizzie-i tare, fi'ncă mi-a zis şi mie, da' chiar trebuia să-mi zică!

Ne-ntoarcem la bodegă şi mai băgăm câteva beri, ca să sărbătorim, după care ne hotărâm să batem oraşul. Io m-aş cam debarasa de *don* Chizzie cât mai repede posibil, da' el se ţine bine de mine, iar io-i sunt dator, aşa c-ar cam trebui să mai stau un pic cu el. Aşteptăm un taxi sau măcar autobuzu', da' nimic; scoţieni, frate, mai scoţieni şi decât Asociaţia Naţională de Fotbal în ceea ce priveşte vehiculele noastre terestre pentru transportul pasagerilor. După care Chizzie dispare-n parcarea de la Berăriile S&N. Credeam că s-a dus să se pişe, da-n scurt timp opreşte-n faţa mea o Sierra albastră şi cine-i la volan, nimeni altu' decât motanu' nostru, acest animal care răspunde la numele de Gary Chisholm.

— Te-aşteaptă trăsura, prietene, spune Chizzie, şi dintele de aur îi luceşte ca un colţ de tigru.

— Eh, da... zic io, urcându-mă... şi ce mă gândesc io, frate, că politicienii-ăia zic că e o societate fără diviziunea claselor, aşa că nu contează maşina cui o iei. Totu' pentru toată lumea, ştii?

— Tre' s-ajung în oraş, să-i mai tragem una mică înainte să ne-apuce miezu' nopţii, bă muie, zice el, izbucnind în râsu-ăla ciudat şi ascuţit, care-ar putea să-ţi jupoaie pielea de pe tine.

Lăsăm maşina la Johnston Terrace ş-o luăm pe lângă Mile, după care urcăm la Deacon's. Salut vro câteva feţe care tocma' au ieşit de la răcoare. După puţin timp, mie mi-a ajuns berea, pur şi simplu nu mai pot, io mereu am fost mai mult genu-ăla cu drogurile.

Chizzie-ncepe să vorbească cu vechi cunoştinţe; puşcăriaşi, fraieri şi d-ăştia. Nu-i genu' de conversaţie care-mi place mie, frate, pen' că mereu mi-aduce-aminte numa' de motani defecţi, gen. Mă duc la baie şi mă gândesc la banii-ăştia din buzunar, frate, cu banii-ăştia chiar aş putea să-mi iau o femeie, şi nu ş' de ce, da-mi cumpăr o cutie de prezervative de la automat şi mi-o bag în buzunar, frate, şi parcă simt cum bombonelele-alea-mi fac o gaură-n pantaloni, aşa tare mă ard. Las că-n curând o să fie ele-nghiţite.

Când mă-ntorc, văd că Chizzie se gândeşte cam la ce mă gândesc şi io, ş-asta mă agită.

— Ar cam merge-un futai acuma, eh, îmi spune el, după care-mi explică: Asta-i vremea bună de păsărică, între patru şi şase. Găseşti numa' curve d-alea distruse, care-au tras la măsea toată după-masa şi nu mai ştiu unde sunt. Ei bine, Chizzie stă la pândă.

Şi-n momentu-ăsta nu tre' să cauţi prea departe. La bar e o tipă cu păru' roşu. Are nişte colanţi albi, care-s cam lăbărţaţi, de parcă s-a dus toată elasti-citatea din ei ş-arată ca şi când s-ar fi căcat pe ea. E varză, frate, aşa de varză, că nu te-ai apropia de ea, da' pula mea, Chizzie se duce glonţ la ea. Îi cumpără ceva de băut, îi spune câteva cuvinte şi ea vine şi s-aşază cu noi.

— Eşti bine, amice? mă-ntreabă ea. Io sunt Cass, spune.

La dracu', gagic-asta-i jumate irlandeză. Râde zgomotos şi-şi apropie faţa d-a mea, mâinile i se opresc pentru câteva clipe pe boaşele mele, după care mi se-nfig în coapsă. Faţ-asta roşie, mare, umflată toată şi terminată de alcool se află chiar lâng-a mea şi are dinţii galbeni şi cariaţi. Nu te

supăra, da' io am dinții albi și, gândindu-mă la
asta, cre' că mi se face și mie fața la fel ca a ei, pen'
că Chizzie bagă privire-aia de girofar belit. Da' mie
nu mi se-nroșește fața când beau, mie parcă mi se
duce toată culoarea și mă fac alb ca varu'. Femeia
a făcut ceva efort, pen' c-are tone de tuș de ochi și
ruj, și ne-ntreabă ce zodii suntem și numa' chestii
d-astea de muieri.

Da' pute înfiorător, frate ; chiar că s-a căcat pe ea.

Vorb-aia, acuma văd cam tulbure-așa, pen' că
nu, io nu prea mai sunt genu-ăla, cu alcoolu' ș-așa.
Bere-aia tare, noroioasă, frate. Da' Chizzie preia
controlu', ne scoate din pub și ajungem înapoi la
Johnston Terrace, la mașina șutită. Chizzie-aproape
că se răstoarnă cu mașina, da-și revine și o luăm în
jos pe o stradă cu piatră cubică, până la Holyrood
Park, în timp ce s-așterne întunericu'.

Gagic-asta-i cam rablagită, gen. După ce-a băl-
măjit niște înjurături pe rusește, acuma-și expune
păru' pubian roșcat și escaladează bancheta din spate,
încercând să se strecoare între noi. Chizzie-njură
că s-a așezat pe schimbătoru' de viteze și acuma nu
mai ajunge la el și când o luăm la vale suntem ca
o rachetă.

— Ia uitați-vă voi la asta, bă, muie! Deci, cine
vrea o găurică ? urlă ea la noi.

Adică, io nu mi-am mai pus-o cu Ali d-o veșnicie,
da' tre' să fii nebun să te-apropii de femei-asta.

Chizzie râde ș-aproape că intră cu mașina-n por-
țile-alea mari și negre de la Holyrood Park, da'
virează la timp și intrăm ca lumea. Oprește mașina
și ieșim cu toții. Mă uit în jur, la dealu-ăla mare de
la Arthur's Seat. În spatele nostru se construiește
o grămadă. Nu ș' ce chestie a guvernului, pentru
votare și Parlament și toate alea, gen. S-a cam
întunecat, acuma, că a apus soarele.

— Unde mergem, bombăne ea din când în când, în timp ce-l urmăm pe Chizzie care o ia înspre fundul parcului.

Ajungem în spatele gardului ăstuia mare, departe de drum și cu fața spre deal. Nu e nimeni în preajmă, deși dincolo de zid se aud muncitorii care lucrează peste program, da' ei nu ne văd.

— Să găsim un loc mișto, să petrecem, eh, zice Chizzie, făcând cu ochiu'.

Acuma chiar se face-ntuneric. Găsesc o bombonică în buzunar și-o înghit, de la nervi, frate, de la nervi.

— Ar cam fi timpu' să pricepi despre ce-i vorba, dragă, râde Chizzie, după care dementu-și deschide șlițu' și și-o scoate, de pulă zic, gen, o chestie groasă, ca de cauciuc.

Frate, unii chiar au pula urâtă rău.

— Haide-odată, îi spune el gagicii, pe un ton amenințător, ia fă ceva.

Dement-aia îl privește cam încurcată; parc-acum și-ar fi dat seama pentru prima oară despre ce-i vorba. Da' după aia ridică din umeri și începe să-i sugă pula lu' Chizzie. Chizzie nu face nimic, stă așa, cu o față plictisită. După un minut sau așa, zice:

— E de căcat. Nici măcar nu știi cum se face, spune el.

Apoi mă privește și spune rânjind:

— Spud, va trebui s-o-nvăț pe curv-asta proastă cum se suge pula.

Se oprește ș-o apucă de păr, împingând-o spre o grămadă de cărămizi.

— Stai că... vin acuma... acușica, strigă ea, încercând să-l lovească peste mână.

Ăsta chiar a luat-o razna.

— Ușor, Chizzie! La dracu', strig io, da' bombonica pocnește-n mine și vocea mi se tărăgănează.

— Taci în pula mea, se repede Chizzie la ea, ignorându-mă, iar ea-l privește-așa, cam irascibilă.

O forțează să se-ntoarcă cu spatele, punând-o-n genunchi, cu fața spre cărămizi.

— Suie-te pe astea, Spud, spune el.

Io acuma-s vărzuit rău, așa că mă sui pe mormanu' de cărămizi.

— Așa, zice Chizzie, acuma scoate-ți-o.

— Da, da! Dă-te-n... pu... bombăn io, în timp ce planeta noastră tridimensională îmi dispare din câmpu' vizual... după care-ncep să râd ca nebunu'.

— Bă, nenorocit infect ce ești, strigă nebuna la mine, cu faț-aia furioasă, frate, ca și când io eram ăla care-o trăgea de păr, da' io nu-i făceam nimic.

— Nu... nu-i așa, gen, zic io... io nu vreau decât să fim prieteni, gen...

Chizzie râde și strigă:

— Hai, bă muie! Io-ncerc să-i dau o lecție la parașut-asta...

Gagica e pierdută rău și-ncep și io să mă pierd.

— Raymond, îmi spune, o să po' să-ți iei înapoi copilu', mormăie ea, beată, într-o lume-a ei, la fel ca mine...

— Hai, bă muie! zice Chizzie și io mă uit la fața lui dubioasă și-ncep să chicotesc ca un mucos d-ăla fraier, iar el îmi desface șlițu' și-mi scoate pula.

Chizzie! Însă el se uită-n jos la gagică.

— Vezi? Femei și muie! îmi spune el. N-am întâlnit nici una care s-o fac-așa cum trebe.

După care-i spune ei:

— Pula mea, ai face bine să fii atent-aici, pen' că-i cea mai bună educație pe care-o să ți-o dea vreodată cineva, zice el, întorcându-se spre mine. Așa-s femeile. Mereu ai impresia că femeile pot să gătească, asta din cauza maică-tii, da' deși se descurcă bine la mâncăruri simple, nu le lași niciodată să facă ceva la care trebe imaginație sau... subtilitate. Cum se face că cei mai buni bucătari sunt bărbați, ca ăia de la televizor ș-așa? La fel și cu muia.

Majoritatea şi-o-ndeasă-n gură şi sug, jos-sus, ca şi când ar vrea să-şi transforme gura-n pizdă. Când eram de partea bestiilor, mi-a arătat mie un băiat cum se face... mai întâi îţi plimbi limba de-a lungul ei... şi mi-apucă pula şi-ncepe s-o lingă... în cazu' lu' Spud nu-ţi ia mult... ha ha ha...

Planeta noastră, văzută din spaţiu... tre' să fie mişto acolo...

— Obrăznicătură, gâfâi io în timp ce limba lui rece se plimbă uşor pe pielea mea atât de sensibilă...

Chizzie are o voce ca de prezentator de la *Blue Peter* sau ca Fanny Craddock sau ceva... se-nvârte totu' cu mine şi se face-ntuneric...

— Fă-o, curvă! şuieră Chizzie, şi pentru o clipă cred că la mine se referă, da' femeii-i zice, iar ea a-nceput să-i urmeze indicaţiile, luându-i vârfu' pulii-n gură.

— Mai bine... mai bine, zice el, după care dăm o limbă la vârf... s-o facem ca lumea, amice...

Io eram acolo ş-aşa, da' nu simţeam nimic. Nimic, pur şi simplu...

Şi-l aud pe Chizzie şi mă gândesc la tipu' care-a câştigat Oscaru', când zice el „Sunt regele lumii" doar pen' c-a făcut şi el un film de cinema, care-i cam lung aşa, mi s-a părut mie, că l-am văzut vara trecută ş-aşa, şi mă gândesc la Sick Boy şi pun pariu că şi el face la fel în oglindă, zice „Sunt regele lumii"... şi Chizzie continuă...

— ... După care-ncepi s-o iei în gură, uşor... uşurel... e nevoie de subtilitate, futu-i... nu-i un concurs, care poa' să-şi bage mai mult în gură... continuă să-ţi mişti limba... roteşte-o-n sus şi-n jos... mai bine... biii-neee...

— La dracu', Chizzie, frate, gâfâi io, în timp ce mă lasă stomacu', uitându-mă la faţa naşpa a lu' Chizzie aşa de aproape de pula mea şi dac-ar fi să fie-o mutră pe care să n-o vrei niciodată aproape de

pulă, ast-ar fi, şi-mi dau seama pentru prima oară
ce se-ntâmplă şi mă retrag...

Ochii îi scânteiază, aţintiţi spre mine, apoi spre
gagic-asta beată care continuă să i-o sugă.

— Ca să vezi! spune el victorios. Am făcut-o pe
pizd-asta... uha...

— Cădeam de pe cărămizi... cărămizile... îi spun
io.

Da' acum, când Chizzie o apucă violent de cap,
văd totu' printr-un fel de supă apoasă, subţire.

— Acuma-i timpu' să accelerezi ritmu', acuma-i
timpu' să sugi... sugi... SUGE, CURVA DRACU'!

Şi el o fute cu violenţă-n gură, o fute-n cap,
băgându-i-o cu forţa până în gât, după care face un
comentariu emfatic:

— Şi Chizzie intră pe ultimii două sute de metri,
îi dă o lecţie lu' curv-aia şi Chizzie... UHAAAAA!

O apucă puternic de coama roşcată, strivindu-şi
sexu' de faţa ei, după care se retrage, lăsând-o cu
gura plină de spermă, înecându-se, tuşind şi şter-
gându-se la gură. Apoi îi face un semn din cap.

— Felicitări, tocmai ai absolvit Şcoala de Sex a
lui Chizzie.

Asta n-a fost corect, frate, nu, nu, nu, aşa că
mă-ndrept spre ea şi-ngenunchez în faţa femeii.

— E OK, gen, spun io, liniştind-o, şi parc-amândoi
avem nevoie de asta, frate, şi io, şi ea, gen.

Ea spune dintr-odată:

— Atunci p-amândoi, p-amândoi, nenorociţilor,
spune începând să-mi frământe sexu', da' mie nu
mi se scoală, aşa că-ncep s-o sărut pe gură şi zic:

— Bine... bine, şi-i scot ciorapii şi chiloţii.

I le trag în jos şi îi dau la o parte rahatu-ăla
uscat, ca o minge maronie de golf, după care-i bag
degetu-n pizdă şi mi se scoală. Mă strofoc să-mi
scot un prezervativ din buzunar şi să mi-l pun, da'
tre' să... tre' să... tre' să... e o chestie lipicioasă,

360

puturoasă, un fel de globule vâscoase, bale d-alea care se scurg din ea, știi, și dintr-odată îmi alunecă înăuntru. Îl aud pe motanu' Chizzie; cum face mișto și zâmbește batjocoritor în timp ce se-ntâmplă toate astea, și ea mârâie ceva spre el, și io am impresia că nu sunt aici. I-o trag așa pentru câteva minute, da' e de căcat, nu e așa cum credeam io c-o să fie, și chiar sunt fraier c-am crezut c-o să fie ca și cu Ali și sunt furios, frate, furios pe mine și ea țipă, cumva la mișto, zice:

— Haide, bă! Mai tare! Numai atâta poți?

Și io-mping așa până-mi dau drumu-n prezervativ. Mă rostogolesc într-o parte și-ncerc să mă calmez, cu prezervativu' încă pe pulă. Acum a luat-o Chizzie-n primire și-o apucă ș-o-mpinge pe burtă și își trage nasu', cu flegmă d-aia din gât, la care ea zice:

— Ce pizda mă-sii...?

Dar el se scarpină-n nas, scoțând niște muci, pe care-i amestecă-n gură, făcând un cocktail. După care scuipă tot pe găozu' ei plin de rahat uscat. Chizzie e seropozitiv, în sensu' medical al cuvântului, da' doar în scenariu-ăla gen, că-n viața reală, gen, e un tip negativ așa, știi, nu se complică el cu prezervative. Într-un fel îmi imaginez că el știe că și ea s-ar putea să fie așa, da' probabil că nu-l deranjează din moment ce i-o trage rău de tot în cur. N-ar trebui s-o faci așa, ar trebui să-ncepi așa ușor... nu că io și cu Ali am face-o sau, mă rog, am face *ceva* acuma... dar ea geme și plânge încet, arătând ca o balenă balonată eșuată sau ca o focă încercând zadarnic să iasă din apă.

Când termină, Chizzie se ridică și-și șterge pula plină de rahat cu partea curată a colanților ei albi.

Ea se rostogolește, cu fața înroșită și cu muci care-i curg din nas și strigă:

— Pizda mă-tii de nenorocit!

Și-și trage la loc colanții.

— Taci în pula mea! izbucnește Chizzie, pocnind-o-n față.

Se aude un zgomot puternic, așa că io mă încordez tot, paralizez, chiar și cu toate bombonelele și băutura, ca și când pe mine m-ar fi lovit. După care ea scoate un schelălăit ascuțit, iar el îi trage un picior care-aproape-i întoarce țâța pe dos.

Reușesc să vorbesc ș-asta, doar că totu-i atât de aiurea, gen, frate.

— Hei, hai în pula mea, Chizzie... spun io, asta nu e-n regulă.

— Îți spun io ce nu e-n regulă, prietene, spune el arătând spre ea, care stă așa acolo și sughite-ncet, masându-și țâța, curvele-mpuțite care au nevoie de-o baie! Uite-aicea baie, îți dau io!

Și-ncepe să se pișe-n păru' ei, și e urină d-aia de bere-mpuțită și stătută, frate. Și ea nu se mișcă sau ceva de genu-ăsta, stă acolo și plânge. Arată așa de patetic, frate, așa de amărâtă, nu e ca o ființă umană și io mă gândesc, gen, oare așa mă văd pe mine oamenii, gen, când sunt terminat rău ș-așa? Un alergător solitar, îmbrăcat tot în alb, trece pe lângă noi, se uită, după care se-ntoarce repede, fără să se oprească. Îi aud pe muncitorii-ăia de la construcții cum strigă unu' la altu'. Chizzie e motanu' dracu', ș-asta știe toată lumea. Toată lumea care-ar face ce-a făcut el... da' Chizzie și-a primit pedeapsa. Și-a plătit datoria față de societate ș-așa. Da' oare de mine ce-or zice când mă văd cu el?

Și îmi pică fisa, frate; îmi pică fisa că și io sunt un nenorocitu' dracu' ș-așa. Da' parcă io n-am genu-ăla de... rea-voință, frate, rea-voința ca să fiu așa... inventiv. Ca majoritatea oamenilor din lume-asta, răutatea mea e cumva una pasivă, o răutate prin omisiune, prin faptu' că nu fac nimic pen' că nu prea-mi pasă destul de mult de cineva cât să intervin, în afară de oamenii pe care chiar îi cunosc, știi. De ce oare nu poa' să-mi pese de toată lumea aşa cum îmi pasă de oamenii pe care-i cunosc? Chizzie, ei bine, prea e un dement periculos ca să te-nhăitezi cu el, da-n puşcărie mi-a fost to'arăş şi m-a sunat cu pontu-ăla şi-asta tre' să-nsemne ceva... c-o să-i duc pe Ali şi pe Andy la Disneyland şi totu-o să fie marfă din nou şi totu' datorită lu' Chizzie...

Plecăm, io şi cu Chizzie, traversând parcu' pe la ieşirea Abbeyhill, ca să mergem în alt pub. O lăsăm pe fraier-aia-n nefericirea ei şi-n degradare-aia şi io mă uit înapoi spre ea, pen' că şi io mă-ndrept spre aceeaşi chestie, frate, ştiu asta, odată ce m-a părăsit Ali, s-a zis, sfârşitu'... şi ea deja a cam făcut asta sau poate că e... da' nu, că acum am bani ş-o să mă port cum trebe cu ea şi am şi cartea cu Leith şi mergem la Disneyland, frate...

O mai ardem un pic în oraş, după care ajungem la pubu-ăsta. Io-ncerc cumva să-i spun lu' Chizzie c-a fost cam în neregulă ce-a făcut şi el se-ntoarce spre mine şi zice:

— Să n-ai nici un fel de compasiune pentru pizde. Asta-i problema ta, Spud, tu eşti prea drăguţ cu pizdele. Muiştii ca tine cred că dacă la toţi d'alde muie le plac refugiaţii ş-aşa, atunci totu' o să se rezolve, da' lucrurile nu merg aşa. Ştii cum merg, prietene?

Deşi faţa lui e la câţiva centimetri d-a mea, abia mă pot concentra.

— Ştii cum? Pentru că ei se pişă-n sus, aşa se-ntâmplă. Ţine minte ce-ţi spun.

Sunt rupt, prăjit, ş-am şi un teşcălău de bani în buzunar. Da' e ceva-n faţa lu' Chizzie care mă enervează. Nu prea are legătură cu ce-a spus sau cu ce i-a făcut femeii ăleia şi nimic de genu-ăla. Îmi dau cumva seama că e felu-n care-şi ridică sprâncenele şi se holbează la tine, după care-şi dă capu' pe spate. Ştiu c-o să-l pocnesc pe motan, cu câteva minute bune înainte s-o fac. Astea două minute mi le petrec enervându-l, ca şi io, şi el să ştim cam ce va urma, gen.

După care mă reped aşa la el, şi cred c-am ratat pen' că n-am simţit nimic în mână sau în braţ, da' văd că-i curge sânge din nas şi aud strigăte din spatele barului.

Chizzie şi-a acoperit faţa cu mâinile după lovitura mea, după care se ridică-n picioare şi ia o sticlă de bere pe care-o goleşte. Mă ridic şi io şi se repede spre mine, da' ratează, şi barmanu-ncepe să strige la noi. Chizzie lasă sticla, da-ncepe să urle :

— AFARĂ!

Şi o iau spre ieşire, da' mă opresc un pic să mă gândesc ; io nu ies afară cu Chizzie, sub nici o formă, frate, aşa că mă opresc la uşă şi-l las pe el să iasă primu'. După ce iese, închid în urma mea uşa barului şi o-ncui. Chizzie-ncearcă s-o dărâme cu picioarele, ca să ajungă la mine, da' vin ăia doi barmani, deschid uşa şi strigă la el să se care dracului odată. Chizzie-ncearcă să intre, da' unu-l apucă, aşa că Chizzie-l pocneşte pe motan. Tipu' şi cu Chizzie se încaieră şi celălalt mă apucă pe mine şi mă dă afară. Şi acuma suntem cumva io şi cu Chizzie împotriva tipilor de la bar, ceea ce e destul de uşor pentru ei, pen' că io-s beat şi drogat şi Chizzie e şi el beat şi, pe deasupra, io nici nu prea ştiu să mă bat. Aşa că ne-o-ncasăm frumuşel, după care ei intră înapoi, lăsându-ne-n stradă văicărindu-ne, cotonogiţi bine.

Mergem separat unu' de altu', strigându-ne chestii şi-njurându-ne de pe-o parte pe alta a străzii, după care ne cam împăcăm aşa şi-ncercăm să ne continuăm băuta. Da' nu ne mai serveşte nimeni în puburi, în afară de văgăun-asta infectă, unde-i lasă pe toţi nebunii să intre, indiferent cât de beţi, de bătuţi şi plini de sânge ar fi şi după scurt timp mi se rupe filmu' şi când mă trezesc îmi dau seama că

l-am pierdut pe Chizzie. Mă ridic, mă duc la uşă şi
văd că sunt undeva în Abbeyhill şi nu po' să fac
nimic decât să plec de-acolo.

— ALISON! A-LI-SOOON... aud un ţipăt, dat
fiind că toţi copilaşii care se jucau pe stradă la
Abbeyhill Colonies se uită la mine îngrijoraţi, gen,
şi io alunec şi cad pe scări, după care mă prind de
balustradă. Ţipătul se aude din nou şi pentru prima
oară îmi dau seama că de la mine venea.

O iau pe la Rossie Place, trecând pe lângă clă-
dire-aia mare şi roşie din drumu' spre Easter Road
şi continui să strig, e ca şi când aş avea două creiere,
unu' care gândeşte, unu' care strigă.

Două gagici cu tricouri cu Hibs trec pe lângă
mine şi una din ele zice:

— Taci odată, nebunule!

— Plec la Disneyland, le spun io.

— Cred că deja ai ajuns, amice, îmi răspunde
una dintre ele.

46

Şmenu' # 18 747

Nikki e o zeiţă. Am urmărit-o; ştie cum să joace
oamenii, cum să-i facă să se simtă speciali. De
exemplu, nu te-ntreabă dacă ţi-ar plăcea să tragi un
fum, ci spune „Ţi-ar plăcea să fumezi o ţigară cu
mine?" sau „Bem împreună nişte vin?" şi întotdeauna
vin roşu, nu alb. Asta distinge o femeie cu clasă de
una nasoală cu permanent din Fife sau Manchester,
cu băşina ei de vin alb. „Să fac nişte ceai pentru
amândoi?" sau „Chiar mi-ar plăcea să ascult nişte
Beatles cu tine. *Norwegian Wood*. Asta ar fi gro-
zav". Sau: „Ce-ar fi să-ţi găsim nişte haine noi?".

În şmenu' nostru cu finanţarea ea se descurcă mai bine decât mine, iar eu sunt pe cale să mă îngrijorez de lipsa oricărui progres. Cel puţin merge bine filmarea, chiar dacă ieri-noapte am avut îndoielnica onoare de a-l filma pe Mikey Forrester dându-i o muie lui Wanda în lifturile de la Martello Court. Brian McCullen, un vechi tovarăş din Leith, este paznic la cel mai mare turn din Edinburgh, la Martello Court adică, nu scula uscăţivă a lui Mikey. Cu toate astea, fratele numărul patru e satisfăcut.

Şmenu' a început să mă îngrijoreze, dar din fericire rugăciunile mele primesc un răspuns, când primesc un telefon de la Skreel.

— Numai bine, frate, spune el, în timp ce eu îmi înăbuşesc un strănut, ca să nu stric bunătate de coca pe care tocmai am prizat-o.

Zilele-astea se pare că mare parte din praf îmi intră numai în carii şi în sinusuri. Când îmi suflu nasul, îmi rămâne mai mult în batistă decât în plămâni. Asta mă face să mă gândesc c-ar fi bine să-mi clătesc mucoasa. Mi s-a futut nasul, am nevoie de o ţeavă.

— Skreel. Tocmai mă gândeam la tine, derbedeule. Tocmai îi spuneam unui prieten : Skreel, tovarăşul meu din Glasgow, el e omul. Nu mă dezamăgeşte niciodată. Şi deci, ceva veşti ? Eh ?

— Ce pula mea ai luat, Sick Boy ?

— E chiar aşa evident ? zâmbesc eu cu înţeles. Pentru tine, nişte coca. Sunt în aceeaşi oală cu Satana, într-o călătorie foarte scumpă şi dementă spre iad.

— Nici pe jumătate, da' în fine, gagica pe care-o vrei se numeşte Shirley Duncan. E o pizdă-ndesată, stă cu mă-sa în Govanhill. N-ar nici un iubit. Genu' timid. De obicei iese să bea ceva cu prietenii ei vinerea după muncă, la All Bar One. O găseşti acolo toată noaptea.

Ce fiinţă este şi glasgowanul ăsta.

— Ne vedem la Sammy Dow's la şase.

— Zis şi făcut, barosane.

Sunt înţolit cu o geacă Armani şi nişte pantaloni largi, iar pe dedesubt, puloverul din lână de oaie Ronald Morteson. Pantofii sunt Gucci. Din nefericire, nu-mi găsesc o pereche de şosete ca lumea-n sertar, aşa că sunt nevoit să-mi pun o pereche' de şosete sport albe, Adidas, cu efect de-ăla deranjant, ca şosetele flauşate. Trebuie să scap de ele şi să găsesc un magazin de ciorapi pe Waverly înainte să mă sui în tren, altfel sunt futut.

Cumpăr o pereche de şosete subţiri bleumarin şi mă gândesc să le păstrez pe-alea Adidas pentru Skreel, dar s-ar putea să interpreteze greşit. Chiar înainte să mă sui în tren, îmi verific mesajele de pe mobil. Renton îmi spune că s-a-ntors în Scoţia. Muistul e paranoizat bine. Nici măcar nu vrea să-mi spună unde stă, în caz că m-ar lua gura pe dinainte de faţă cu vreunul din asociaţii lui François. Dar am să aflu în curând.

Sun la Malmaison în Glasgow, gândindu-mă că dacă îmi fac o rezervare la un hotel scump, asta o să mă ambiţioneze şi mai tare să joc.

Cobor din tren şi direct la Sammy's, unde-l găsesc pe Skreel stând la bar. Îmi dau seama că au trecut vreo patru ani. Încerc să nu tresar când mă prezintă drept Sick Boy altor doi zilieri *Weedgie* prezenţi.

— Sick Boy, ele e Embra, râde Skreel – cam contradictoriu, da' asta e.

Weedgies. Dacă le iei cuţitele şi-i înveţi igiena personală, ar fi nişte animale de companie perfecte. Totuşi Skreel e tăticul şi el a făcut afacerea, aşa că sunt perfect pregătit să mă mulţumesc cu puţin acuma şi să-l las să-şi facă jocul, anticipând marea lovitură.

— În fine, da' aia mică unde e? spun eu scăzând vocea şi începând să cânt, ca într-un desen animat pe care l-am văzut odată, cred că era Catnip din *Herman & Catnip*: „Aş avea chef de iubire...".

— Nici măcar nu vreau să știu ce șmen mai pui la cale, pușlama ce ești, zâmbește Skreel, ceea ce-nseamnă că *vrea* cu siguranță să știe.

Plicul pe care i-l strecor în buzunar îi închide gura.

— O să-ți zic într-o zi, dar nu chiar acum, îi spun eu categoric și rece.

Ieșim și traversăm George Square prin burnița anostă, ajungem la Merchant City, cum numesc *Weedgie* parte-asta împopoțonată a orașului. Un polițist îl oprește pe un bețiv pentru că bea alcool și îi spune să-și lase cutia. Ce rahat. Dacă Glasgow-ul ar fi serios în aplicarea unor măsuri de zero toleranță pentru bețivi, atunci ar putea foarte bine să bage toată populația orașului în niște camioane pentru vite și s-o transporte în Highlands.

Îi spun asta lui Skreel, iar el zice că, dacă nu i-aș fi fost tovarăș, m-ar fi-njunghiat pentru asta.

Îi spun că nu m-așteptam la altceva.

All Bar One este genul clasic, ar fi putut fi oriunde. Și lipsa de personalitate a acestor locuri pare să izvorască din clienții lor. Este un salon de expunere Ikea, unde oamenii vin să se-mbete cu colegii când se termină munca de birou și să găsească, printr-o întâmplare fericită, pe cineva suficient de beat și de disperat încât să-i ia acasă și să-i fută. Spionez prin marea de permanente de Manchester; mai multe decât ai avea parte într-o sâmbătă la Arndale Centre.

Mergem la bar și Skreel mi-o arată pe Shirley Duncan, urându-mi binedispus:

— Baftă.

Bună, iubito. Mi-aș fi dat seama din prima că ea este. Se află acolo cu alte două gagici, dintre care una e-n regulă, iar cealaltă e mai degrabă ca un cățeluș. Dar gagica noastră, Shirley a mea, e supraponderală bine. Un singur lucru în privința căruia sunt de acord cu Renton este dezgustul față de grăsime. Nu poate fi sub nici o formă considerată rezonabilă, este o malformație socialmente inhibatoare, care te duce cu gândul la lăcomie și la lipsa autocontrolului și, s-o recunoaștem pe-aia dreaptă, la o boală mintală. La femeie, asta înseamnă; la un bărbat poate arăta puțină personalitate și *joie de vivre.*

Aș spune că are cel mult douăzeci și ceva de ani (asta-i altă chestie cu grăsimea, cu cât e mai multă, cu atât vârsta contează mai puțin) și e îmbrăcată de o mamă dominatoare. „Rochia aia de retardă din material ieftin pe care am cumpărat-o prin anii '50 de la piață arată mult mai bine pe tine, puiule." Stau la bar îngrijindu-mă de un JD cu Cola și aștept să vină prietena ei, cățelușul. Îi arunc un zâmbet strălucitor la care ea îmi răspunde, dându-și la o parte bretonul, cu o expresie timidă, artificială. Dar starleta asta nu păcălește pe nimeni cum că n-ar fi disperată după dimensiunea coloanei, care contează pentru trecerea în preliminariile următorului stadiu al acestui măreț joc pe care acum trebuie cu toții să-l jucăm, cel cu „sunt viu, sunt cinstit".

— Aici e mereu așa aglomerat vinerea, la ora asta? o-ntreb eu, în timp ce Sting cântă despre cum e să fii un englez la New York.

— Ah, da, așa e la Glesca, spune ea. Tu de unde ești?

Oh, e o misiune așa de simplă. Măcar dac-ar fi fost ea în locul Grăsanei Odioase de-acolo.

— Din Edinburgh, am venit aici cu afaceri, dar m-am gândit să mă opresc să mai beau ceva înainte de întoarcere. Tu tocmai ai terminat serviciul?

— Da, cu puțin timp în urmă.

Mă prezint gagicii, pe care o cheamă Estelle. Se oferă să-mi cumpere ceva de băut. Eu insist să-i fac cinste. Ea îmi spune că e cu niște prietene, așa că, pentru a fi un gentleman perfect de Edinburgh, le iau de băut tuturor.

Gagica e impresionată și nu-i de mirare de ce.

— Jerseul ăsta e Ronald Morteson? întreabă ea, verificând calitatea lânii.

Eu îi zâmbesc enigmatic, confirmându-i.

— Mă gândeam eu că aşa e!

Îmi aruncă o privire tandră, apreciativă, pe care de obicei n-o vezi la femeile din Edinburgh sau Londra, decât dacă au de două ori vârsta ei. *Sunt o piele fină în Nespălandia, oh, oh...*

Când merg la ele cu băuturile, mă conving că toate sunt pilite bine, inclusiv Shirley Duncan. Estelle se uită la mine şi se întoarce spre Marylin, cealaltă gagică.

— Acuma e-n stare să seducă şi un urs, chicoteşte ea, tuşind şi scuipând câţiva stropi de băutură.

— A coborât pe gaura greşită, zâmbesc eu, dând ochi în ochi cu Shirley Duncan, de la care primesc o privire traumatizată.

Cu siguranţă este cea mai urâtă dintre cele trei surori.

— Ciudat, de obicei i se-ntâmplă să *urce* pe gaura greşită, râde Marylin, iar Estelle o înghionteşte.

Încerc să-mi domolesc instinctul natural de a o curta pe Marylin asta, şi chiar şi Estelle ar fi bună-n caz de urgenţă, dar aici e vorba de afaceri.

Shirley pare jenată, da, fără doar şi poate că ea n-are ce căuta-n schema asta.

— Tu în ce domeniu' lucrezi, Simon? mă întreabă ea timidă.

— Oh, PR. În principiu, publicitate. M-am mutat de curând de la Londra la Edinburgh, ca să fac nişte proiecte aici.

— Şi cu ce fel de clienţi lucrezi?

— Film, televiziune, chestii de genul ăsta, spun eu.

Continui să debitez rahaturi şi mai vin câteva rânduri de băuturi şi văd cum feţele li se umplu de pete, care se fac din ce în ce mai mari şi mai roşii, pe măsură ce alcoolul le pătrunde cu repeziciune în sistem, aprinzându-le ca pe faruri, în timp ce hormonii încep să inunde toată încăperea. Da, e ca o firmă luminoasă din Vegas, pe care scrie: PULĂ, VĂ ROG.

Şi îmi dau perfect seama cu Estelle aia; aş putea s-o pun să-mi cânte la King's Cross întinsă pe spate la vremea cinei timp de şase luni, dacă i-aş oferi un tratament complet. Oh, da, sunt unele gagicuţe la care se simt semnalele de avarie, unele cărora-ţi dai seama că vreun tătic rău sau vreun tătic vitreg le-a lăsat leziuni psihice, care pur şi simplu nu pot fi vindecate şi care, deşi pentru o vreme ar putea fi latente ca eczemă socială, abia aşteaptă să erupă. Pur şi simplu le poţi citi asta în ochi, latura asta pornită, devastată, se manifestă prin nevoia de a oferi iubire distructivă unei forţe malefice, pe care continuă s-o ofere până când le consumă. Gagicilor le place asta, întreaga lor viaţă este sub semnul abuzului şi, cu siguranţă, au fost programate să-şi vâneze următorul molestator cu aceeaşi îndârjire cu care şi prădătorul le caută pe ele.

Continuăm noaptea la Clatty's, iar eu mă desprind de Estelle şi de Marylin, asaltând-o pe Shirley Duncan, spre totala surpriză a celorlalte. E grasă şi fragedă şi imediat ce ne sărutăm şi ne îndreptăm spre Malmaison, mă simt ca o hermelină combinată cu un asistent social. Ea spune:

— N-am mai făcut asta decât o singură dată...

Când ajungem la pat, strâng din dinţi şi mă gândesc la şmen. E al dracului de greu, iar mâinile mele sunt pe sânii ei grei, de-a lungul coapselor moi, pe curul ăla ca un peisaj selenar. Nici bine nu intru-n ea, că ea e gata. Pentru mijloace de control, decid să nu-mi dau drumu-n cauciuc, dar scot un geamăt fals şi-mi încordez tot corpul, cu o smucitură puternică a pelvisului, simulând ejacularea.

Mă gândesc că este pentru prima oară când simulez orgasmul. E un sentiment destul de satisfăcător.

Când se luminează de ziuă, amploarea sacrificiului meu devine vizibilă, lucru care-mi dă o senzaţie de greaţă. După care se ridică din pat şi spune:

— Trebuie să plec, lucrez în dimineaţa asta.

— Ce? întreb eu, puţin îngrijorat. Lucrezi când cei de la Rangers nu joacă acasă?

— Oh, nu, eu nu lucrez la Ibrox. Am plecat de-acolo săptămâna trecută. Acum lucrez la o agenţie de turism.

— Tu nu...

— Noaptea trecută a fost minunat, Simon. Am să te sun! Trebuie să mă grăbesc acum, spune ieşind pe uşă, iar eu rămân aici întins, violat de o pizdă obeză, din cauza incompetenţei muistului ăluia de Skreel!

Iau micul dejun la hotel şi mă îndrept dezgustat de mine însumi spre Queen Street, de unde-l sun pe Skreel pe mobil. El protestează, susţinându-şi nevinovăţia, dar nespălatul ăsta mi-a făcut-o din-adins, ştiu eu.

— N-am ştiut, barosane. Da' las-o baltă, arde-o şi tu cu ea, o să-ţi spună ea dacă mai lucrează cineva acolo.

— Hmm, închid eu telefonul, sperând că Nikki se descurcă mai bine ca mine.

47

„...Chipsurile Omniprezente...“

Sunt obosită şi mă doare tot corpul. Mel şi cu mine a trebuit să facem scena cu Craig pe ringul de box. Cel puţin n-a trebuit să-l şi fut după aia. Scenariul fusese schimbat, ăsta a fost primul lucru pe care l-am observat când ne-am întâlnit cu toții la clubul de box din Leith, într-o dimineață friguroasă. Rab pregătea camera și îl văd că vine spre mine.

— N-ar trebui să faci asta, în scenariu nu scria. Nu-i răspund, dar îl abordez pe Simon.

— Asta la ce-ajută? „Jimmy scoate un *dildo* de patruzeci și cinci de centrimetri, cu câte un cap de penis la fiecare vârf. Pe toată lungimea este desenată o linie gradată."

— Da, spune el, făcându-i semn lui Mel, simțeam nevoia de mai multă tensiune între fete înainte de marea scenă lesbi. Era totul prea soft, prea fratern, prea comod. M-am gândit că ar merge mai bine un pic de duritate. Amândouă vor drepturi exclusive asupra sculei lui Tam, înțelegi?

O privesc pe Mel, iar ea mă mângâie pe braț.

— O să fie bine.

Dar nu e o scenă ușoară. Melanie și cu mine stăm în patru labe pe ringul de box, cu *dildo*-ul între noi, în noi. Trebuie să ne împingem una spre alta și cea care are *dildo*-ul înfipt mai adânc în momentul în care ne atingem fesele, câștigă și și-o trage cu Craig. Dar și mai rău e felul în care Simon a aranjat toată treaba; a adus oameni care să ne-ncurajeze, de la pubul unde se uitau cu toții la filmele porno vechi ale lui Terry.

E o senzație diferită. Pentru prima oară de când am început asta, mă simt folosită, mă simt dezumanizată, ca un obiect, din cauza tuturor bărbaților ălora urâți din jurul ringului, cărora li se contorsionează fețele în timp ce scandează și strigă. La un moment dat simt cum îmi curg lacrimile. Încurajarea lui Simon: „Haide, Nikki, haide, iubito... ești cea mai tare... cea mai sexy..." mă enervează la culme, făcându-mă să mă simt și mai rău. Simt cum mă usuc și mă încordez. Mă rog să tacă odată din gură. Orice-ar spune, nu mai aud decât: *în Marea Britanie ne place să vedem oameni futuţi*. După nenumărate duble, Mel şi cu mine ne prăbuşim una în braţele celeilalte. Mă simt slăbită, rănită, mă doare tot corpul.

— Luaţi o pauză, fetelor. Pentru montajul ăsta avem destule chestii tari, spune Simon.

Mel, „câştigătoarea", trece la prestaţia ei cu Craig. Simon îmi pune mâna pe umăr. Pare lipicioasă.

— Nu mă atinge, îi spun, dându-i mâna la o parte.

Când termină Mel, mergem amândouă la Grădina Botanică, unde ne dăm jos gecile şi ne uităm la bărbaţii de toate vârstele care trec pe-acolo, încercând să ne dăm seama dacă se uită sau nu la filme porno. După care jucăm chiloţi versus boxeri, arsenal de armăsar versus hamster, încercând să evaluăm calitatea materialului din chiloţi. Şi vorbim din ce în ce mai tare, fumate fiind, devenim din ce în ce mai sarcastice şi mai incisive şi, prin metoda asta de răzbunare, ne vindecăm.

Simon vine mai târziu la apartament.

— Te-ai descurcat foarte bine, Nikki, a fost o scenă foarte pretenţioasă.

— M-a durut, i-o retez imediat, a fost foarte neplăcut.

Simon mă priveşte ca şi când ar fi gata să izbucnească el în plâns.

— Îmi pare rău... n-am ştiut că va fi aşa... a fost din cauza adunăturii ăleia care s-a strâns acolo, muiştii-ăia de la clubu' porno al lui Terry... mă prăbuşesc în braţele lui.

— Te-ai descurcat foarte bine, Nikki, dar niciodată n-am să te mai pun la aşa ceva.

— Promite-mi, îi cer eu, privindu-l, plăcându-mi la nebunie senzaţia mâinilor lui în jurul meu, care mă fac să mă simt atât de mică.

— Promit, spune el.

— Oricum, îi spun eu, bănuiesc că asta-nseamnă că și fratele numărul cinci e rezolvat.

— Dar cu cealaltă chestie cum merge? întreabă Simon, iar eu îi explic că totul e sub control.

Pentru că știam că mă va suna. După serviciu, m-a dus la masă într-un loc numit Chipsurile Omni-prezente. Eu am insistat să mergem acolo, pentru că mi-a plăcut cum suna. Simon, Terry și ceilalți din Edinburgh par să disprețuiască Glasgow-ul și pe locuitorii lui, dar eu am fost acolo de vreo două ori, la *clubbing*, cu niște oameni de la universitate și, ca o persoană neutră, mi se pare că are mai multă atmosferă, că e mai prietenos și mai plin de viață decât Edinburghul.

La Chip a fost cea de-a doua noastră întâlnire. La prima, de la O'Neill's, l-am vrăjit cu ușurință și l-am întrebat dacă n-are chef să ne mutăm în altă parte. Am mers într-un pub mai mic, mai liniștit, iar el părea deja îndrăgostit lulea.

La sfârșitul serii, sărmanul parcă plutea și m-a condus pe Queen Street, la ultimul tren. Când l-am lăsat să mă sărute pe peron, i-am simțit erecția. N-ar fi fost prea drăguț din partea mea să-i atrag atenția.

M-am suit în tren și i-am făcut la revedere cu mâna, cât de ceremonios am putut. În timp ce-i priveam silueta îndepărtându-se, am început să mi-l imaginez mai slab, cu haine mai moderne și poate chiar cu lentile de contact și mi-am zis... nu.

Așa că următoarea noastră întâlnire e la Chip, unde fac prima mișcare. Simon îmi spune că ar trebui să joc atent, dar el nu știe cât de prostănac e Alan ăsta.

— Nu vreau decât o copie cu lista tuturor clienților filialei, Alan. Nu vor ști că de la mine a venit. Vreau s-o vând unei companii de marketing. Plus nume-rele de cont.

— Eu... eu... o să văd ce pot face.

Mă duc la toaletă şi-l sun pe Simon pe mobil şi-i dau vestea cea bună.

— Nu, Nikki, trebuie să pari mai timidă, să-i anticipezi obiecţiile.

— Dar e-nnebunit după mine! E de acord!

— S-ar putea să fie de acord acum, dar să se răzgândească, va trebui să stai în preajma lui tot timpul, douăzeci şi patru din douăzeci şi patru. Ce-ai zice de asta?

— Nu, dar...

— Pentru moment e totul bine, dar când va sta singur în pat, după ce-şi va fi făcut laba gândindu-se la tine, când îşi vor face loc amărăciunea şi sila de sine, o să-nceapă să aibă îndoieli.

Poate că Simon nu are o înţelegere foarte cuprinzătoare a naturii umane, dar cu siguranţă înţelege latura ei fragilă. Avea sens. Dar cine-ar refuza să facă ceea ce-i cere femeia din fanteziile lui de făcut laba? Ce bărbat s-ar scurtcircuita în asemenea hal?

Dar Simon avea dreptate, Alan chiar *avea* deja îndoieli. Când eram eu de faţă, era bine, dar odată lăsat singur părea să-şi revină imediat la realitate. Când m-am întors mi-a spus că de lista numelor şi adreselor mi-ar putea face rost, dar pentru numerele de cont s-ar putea să dea de necaz. De ce aveam eu nevoie de numerele de cont pentru marketing?

Ce puteam să-i spun?

— Vreau să i le vând unui *hacker* care să spargă sistemul şi să le lichideze conturile.

— Nu! N-aş putea!

— Glumesc, spun eu râzând.

Mă priveşte agitat, după care începe şi el să râdă.

— Nu ştiu nici un cod de autorizare. N-am nici o semnătură. Doar că economiseşte timpul companiei pentru baza lor de date. Doar să aibă cât mai curând posibil mai multe detalii despre viitorii lor clienţi, atâta tot.

Iau un chips din castronul meu.

— Minunate chipsurile-astea, îi spun, consolată să ştiu că aici chipsurile sunt foarte bune.

48

Curvele din Amsterdam Pct. 5

Edinburghul e la fel cum mi-l amintesc: rece şi umed, deşi în principiu iarna s-a sfârşit. Îl rog pe taximetrist să mă ducă la Stockbridge şi la apartamentul prietenului meu Gavin Temperley. Temps era unul dintre puţinii mei tovarăşi care nu s-a atins niciodată de droguri, aşa că am ţinut legătura cu el. N-a avut niciodată vreme pentru d-ăştia ca Begbie.

Când ajung acolo, o fată, la vreo douăzeci de ani, foarte arătoasă, tocmai pleacă. Temps pare puţin ruşinat. E clar că s-au certat.

— Eh, îmi pare rău că nu ţi-am prezentat-o, îmi spune el când intrăm. Ea era Sarah. Eh, acuma nu-s chiar favoritul de pe ordinea ei de priorităţi.

Îmi zic în sinea mea că m-aş cam abona la locul fruntaş.

Îmi las bagajele şi ies cu Gav la un pub, după care mergem la un curry. Restaurantul indian este bun şi ieftin şi e plin de cupluri, dar şi de grupuri de băieţi alcoolizaţi. În Dam sunt vreo două restaurante indiene drăguţe, dar nu e aceeaşi cultură a curry-ului ca aici. Când vezi grupul de ţicniţi gălăgioşi şi beţi de la vreo două mese de lângă noi, te gândeşti că poate e mai bine aşa. Din fericire, stau cu spatele spre ei, aşa că mă bucur mai mult de *brinjal bhaji* şi de creveţii *madras* decât Gav, care trebuie să le suporte glumele răsuflate şi zgomotoase. În scurt timp ne pilim prea tare ca să-i mai băgăm în seamă. Până când cobor să fac un pipi.

Mergând spre toaletă, simt cum îmi stă inima-n loc şi parcă-mi iese din piept, intrându-mi în gură. Un boschetar cu pumnii strânşi coboară scările în fugă şi vine direct spre mine. La dracu'... el e... o să-l blochez şi-o să-l plesnesc, am să-i dau la picioare şi...

Nu.

E doar un alt dement care se ciocneşte agresiv de mine, dar nu-i port pică. De fapt, vreau să-l sărut pe sociopatul ăsta pentru că *nu* este Begbie. Îţi mulţumesc, pula mea de bătăuş.

— Vrei o poză? mă-ntreabă când trece pe lângă mine.

— Îmi pare rău, credeam că eşti altcineva pe care l-am cunoscut aşa-n trecere, explic eu.

Ţicnitul mormăie ceva, după care o ia spre budă. Pentru o clipă mă gândesc să intru peste el, dar mă răzgândesc. Raymond, instructorul meu de *shotokan*, mi-a împuiat capul cu faptul că lucrul cel mai important despre artele marţiale pe care trebuie să-l înveţi este când să *nu* le foloseşti.

După ca halim, Gav şi cu mine mergem înapoi la el, unde stăm treji toată noaptea, bând, povestind, vorbind despre viaţă şi discutând despre tot felul de chestii. Ceva din comportamentul lui mă întristează. Mă simt îngrozitor pentru că am impresia asta despre el, şi chiar nu fac pe superiorul, pentru că mie chiar îmi place băiatu-ăsta, dar e ca şi când şi-ar fi acceptat limitele, fără să-nveţe să iubească ceea ce are. Îmi spune că are acelaşi post la Departamentul de Angajări şi că mai sus de atât nu va ajunge. Cererile de promovare i-au fost respinse de atâtea ori, încât nici nu le-a mai făcut. Crede că l-au luat ăia în evidenţă ca fiind beţiv.

— Ciudat, când am început să lucrez acolo, era obligatoriu să fii băutor. Reputația de om care o arde prin baruri arăta că ești sociabil, că interacționezi. Acum te cataloghează toți ca fiind un bețivan. Sarah... vrea să-mi bag picioarele-n tot și să merg să călătoresc cu ea, în India și chestii d-astea, scutură el din cap.

— Păi fă-o, îi spun eu, cu vocea plină de încurajare.

Îmi aruncă o privire ca și când i-aș fi sugerat să se-apuce de molestat copii.

— E normal ca ea să-mi propună asta, Mark, are douășpatru de ani, nu treișcinci. E o mare diferență.

— Fugi de-aici, Gavin. Ai să regreți asta tot restul vieții tale dacă nu mergi. Dacă nu mergi, o s-o pierzi și-n douăj' de ani tot în birou-ăla infect o să fii, un bețiv terminat, un trist de-ăia cum or să zică toți că nu vor s-ajungă. Și mai bine de-atâta nu se poate, s-ar putea oricum să-ți facă ei vânt, pentru cel mai mic motiv.

Ochii înfundați în orbite i se umezesc și conștientizez dintr-odată cât de umilitoare și abuzive sunt pentru urechile lui perorațiile mele de beție. Odată îți permiteai să vorbești așa, să-i faci pe oameni de căcat pentru serviciile lor, dar au devenit cu toții foarte sensibili la subiectul ăsta și, cu cât îmbătrânești, cu atât crește miza.

— Nu știu, spune el epuizat, ducându-și paharul la gură, uneori cred că sunt prea fixist cu ale mele. Că asta e, concluzionează el, uitându-se de jur împrejurul camerei bine decorate și renovate.

Este un excelent apartament de Edinburgh în stil victorian; cu ferestre largi, șemineu mare de marmură, cu podele nisipii, carpete, mobilă veche sau care imită vechiul, cu pereții decolorați. Totul e imaculat și-ți dai seama că adevăratul motiv pentru care vrea să rămână este ipoteca pe acest loc.

— Cred că poate-am pierdut trenul, declară el, cu veselia spânzuratului.

— Nu, trebuie s-o faci, îl îndemn eu. Poți închiria casa asta, îi spun eu, când te vei întoarce, tot aici va fi.

— Mai vedem noi, zâmbește el, dar cred că amândoi știm că n-o va face, muist prost ce e.

Gav se leagă de mulțumirea mea și spune:

— Ție ți-e ușor, Mark; eu nu sunt ca tine, spune el, aproape rugător.

Sunt tentat să spun, cum pula mea mi-e mie ușor? E totul numai în mintea lui. Dar trebuie să țin minte că el este gazda mea și prietenul meu, așa că mă mulțumesc să spun:

— De tine depinde, frate, tu ești singurul care poate să trăiască viaț-asta și tu știi ce-i mai bine pentru tine.

Pare și mai mohorât în fața acestei perspective.

A doua zi mă hotărăsc să ies prin oraș. Îmi pun o pălărie ca să-mi acopăr părul roșu, semn distinctiv, și o pereche de ochelari pe care nu-i port decât la meciurile de fotbal și la meciuri în general. Sper că asta, plus cei nouă ani și kilogramele pe care le-am pus pe mine vor fi o deghizare adecvată. În orice caz, mă țin departe de Leith, zona în care e cel mai probabil să fie asociații lui Begbie care mă cunosc personal. Am auzit că Seeker locuia în partea de sus a Walkului și, ca prostul, mă duc la el, la cea de-a doua mea întâlnire deprimantă.

Dinții de jos ai lui Seeker sunt prinși laolaltă într-un aparat dentar metalic. Asta îi înrăutățește mai rău ca niciodată zâmbetul sinistru, arată la fel ca tipul ăla, Jaws, din epoca în care Roger Moore îl juca pe Bond. Seeker îmi spune că a venit o gașcă din Fife sau Glasgow, depinde cu cine vorbești, care-a încercat să-i scoată dinții. Îmi pare bine că au dat greş, zâmbetul lui mortal era o operă de artă. Temps mi-a spus că Seeker s-a răzbunat cumplit pe toţi cei implicaţi, unul câte unul. S-ar putea să fie vrăjeală. Ceea ce este însă adevărat e că el ar cam fi singura persoană cu care ştiu că aş putea fi văzut şi care mi-ar putea dobândi vreun fel de asigurare din partea vechiului echipaj al lui Begbie. Poate.

Seeker mă tratează ca şi când n-aş fi fost niciodată plecat, încearcă imediat să-mi vândă droguri şi pare surprins când îl refuz. În timp ce stăteam aşa cu el, mă surprinde imediat idioţenia mea de a veni aici. Seeker şi cu mine nu fuseserăm niciodată prieteni pe bune; întotdeauna a fost vorba strict de afaceri. El nu avea prieteni şi nici inimă, doar un bloc de gheaţă. Şi, deşi e în continuare mare şi dur, mă surprinde cât de puţină frică fizică îmi inspiră acum Seeker şi mă-ntreb dacă şi cu Begbie ar fi la fel. Ce te linişteşte la Seeker este depravarea lui tăcută, melancolică. Scoate de sub canapea o chestie care pare să fie capacul unei cutii de Monopoly, întors pe dos. Şi aproape că nu-mi vine să cred ce văd pe el; nişte prezervative folosite, pline, dar întinse acolo, într-o poziţie strategică.

— Munca de-o săptămână, rânjeşte el cu privirea aia lentă, ca de mort, dându-şi părul la o parte din ochi. Asta a fost o gagicuţă pe care am adus-o din Pure, îmi spune el cu răceală, arătând spre unul dintre ele.

Arătau ca nişte soldaţi morţi pe un câmp de luptă, după un holocaust. Nu mi-aş fi dorit să mă aflu acolo când au fost folosite.

Niciodată nu ştiu cum să răspund în asemenea împrejurări. Mă uit la un fluturaş din perete cu David Holmes de la Vaults.

— Pariez c-asta a fost o noapte pe cinste, remarc eu, arătând spre el.

Seeker mă ignoră, indicându-mi un alt prezervativ.

— Asta a fost o studentă venită pe bursă. O englezoaică, adaugă el.

Și pentru o clipă am senzația că sunt chiar femei, topite și reduse la o fâșie de cauciuc roz de către un laser care provine din pula lui Seeker.

— Ăsta de-aicea, arată el spre altul, care are o culoare maronie, a fost o pizdă pe care-am cunoscut-o în Windsor într-o noapte. Am futut-o-n toate felurile și-n toate găurile, îmi spune el, înainte să rostească secvența standard: gură, pizdă, cur.

Mi-l imaginam pe Seeker deasupra unei gâsculițe proaste, el care-o futea-n cur și ea, strângând din dinți de durere, iar pe fondul durerii și suferinței ei se aud avertismentele părinților și prietenilor în legătură cu anturajul nepotrivit. Poate după asta chiar ar încerca să se cuibărească lângă muistu-ăsta, ca să se convingă de faptul că totul a fost alegerea ei, o înțelegere adevărată, nu ceva ce seamănă a viol. Sau poate că s-ar căra dracului cât de repede posibil.

Ochii lui Seeker, ca niște găuri lăsate de jetul de pișat în zăpadă, se îndreaptă spre alt prezervativ.

— Ast-a fost o curvuliță d-aia perversă, pe care-am futu-o la greu...

Era bine-cunoscut pentru că mereu încerca să găsească femei pentru orgii. Mikey Forrester și cu el le dădeau heroină și după aia, când se făceau varză, le futeau. Le plăcea să agațe gagici pe care să le fut pe bile. Mă uit la Seeker și mă gândesc la cum se lasă adoptați de răutate, la cum își îngustează și-și limitează posibilitățile pentru o răsplată atât de mică. El cu ce se-alege după toate astea? Sex cu un cadavru.

Deci asta este gașca mea acum: un funcționar public distrus și o veche cunoștință, un dealer de heroină, cu care Begbie n-a prea avut niciodată legătură. Nu, abia aștept să plec de-aici. Îi sun pe mama şi pe tata, care stau acum la Dunbar, şi stabilesc să merg să-i văd. Când tocmai ieşeam, Seeker zice:

— Nu uita, dacă te răzgândeşti şi vrei o doză...

— Da, dau eu din cap.

Ies şi arunc o privire în josul Walkului, spre Leithul care mă tentează şi în acelaşi timp mă respinge. E ca şi când te-ai afla pe o stâncă, unde te simţi obligat să urci până în vârf, dar în acelaşi timp eşti îngrozit de acest gând. Mă gândesc la un rulou cu ou şi o cană de ceai la Canasta sau la o halbă de Guinness la Central. Plăcerile simple. Dar nu, fac cale-ntoarsă. Şi în Edinburgh sunt cafenele şi puburi.

Îl sun pe Sick Boy, care încearcă în continuare să afle unde stau la Edinburgh, dar nu am deloc încredere în el şi nu vreau să-l pisez pe Gav. Îl întreb cum merg lucrurile, iar el e în al nouălea cer cu filmul şi cu progresul aranjamentului său. După care îmi dă o veste tristă despre Terry Lawson.

— Te duci să-i faci o vizită la spital? întreb eu.

Îmi scuipă în ureche răspicat:

— Mi-ar plăcea, dar joc cărţi la Jack Kane. Birrell se duce, spune el, şi-mi spune numărul lui Rab Birrell.

Mi-a plăcut de Rab când l-am cunoscut la Amsterdam. Îl ştiam vag pe frate-su, de acum mulţi ani, era un băiat bun, şi un bun boxer, de altfel. Îl sun pe Rab, care-mi repetă povestea cu ce i s-a întâmplat lui Terry. Rab se duce să-l viziteze, aşa că ne întâlnim la pubul Doctor's, unde vine cu două gagici trăsnet, pe care mi le prezintă ca fiind Mel şi Nikki.

Imediat îmi dau seama cine sunt şi, evident, şi ele ştiu câte ceva despre mine.

— Deci tu eşti faimosul Rents despre care am auzit atâtea lucruri, îmi zâmbeşte Nikki cu răceală, absorbindu-mă cu ochii ei frumoşi, cu dinţii ca perlele.

Când îmi atinge încheietura, simt o strângere de inimă şi un impuls electric. După care îşi ia ţigările şi spune:

— Hai să fumezi o ţigară cu mine.

— M-am lăsat, cu ani în urmă, îi spun.

— Atunci nu ai nici un viciu, mă provoacă ea.

Ridic din umeri cât de enigmatic pot, apoi îi explic:

— Păi sunt un vechi prieten al lui Simon.

Nikki îşi dă la o parte de pe faţă părul şaten, îşi lasă capul pe spate şi râde. Are un accent uşor nazal, de suburbie din sudul Angliei, fără să aibă tonul afectat al simandicoşilor şi nici bogăţia clasei muncitoare. Este o femeie uimitor de frumoasă, încât amabilitatea vocii ei e aproape jignitoare.

— Simon. Ce personaj. Şi o să lucrezi şi tu la film?

— Am să-ncerc, zâmbesc eu.

— Mark se va ocupa de finanţe şi de distribuţie. Are o mulţime de contacte la Amsterdam, explică Rab.

— Tare, spune Melanie cu un minunat accent de clasă muncitoare a Edinburghului, care ar putea să cutremure pereţii.

Mai iau un rând de băuturi. Sunt invidios pe Sick Boy, Terry, Rab şi pe oricine ar participa la scena de futai cu ele două şi mă hotărăsc să intru şi eu în acest club cât mai curând posibil. Nu am absolut nici o îndoială că Sick Boy şi-o trage cu una dintre ele sau cu amândouă.

Dar e ora de vizită, aşa că mergem la spital şi intrăm în salon.

— Salutare, Mark! spune Terry călduros. Cum e la Dam?

— Nu-i rău, Terry. Nasol ghinion cu bastonul nupţial, gen, îl compătimesc eu.

Terry e un alt tip pe care mi-l amintesc cu mult timp în urmă, mereu a fost un personaj.

— Da... se mai întâmplă accidente, eh. Tre' s-o ţin culcată şi nu-i chiar aşa de simplu cu toate asistentele-astea ţapene de-aici.

— Păi, gândeşte-te pe termen lung, Terry, îi sugerez eu, făcându-i semn spre fete, care sunt prinse într-o conversaţie – o să ai nevoie.

— Prea corect, doar e sarea şi piperu' vieţii. Un viitor fără sex... scutură el din cap, sincer speriat, şi chiar e un gând îngrozitor.

Îmi dau seama că Mel şi Nikki s-au tot hlizit între ele, punând la cale ceva. Au un aer complice. Apoi, dintr-odată, trag paravanele din jurul patului lui Terry. Spre uimirea mea, Nikki îşi arată ţâţele, iar Mel face acelaşi lucru şi încep să se sărute încet şi apăsat, mângâindu-se pe sâni. Sunt defazat, încercând să asociez asta cu Edinburghul pe care l-am lăsat.

— Nu... gata... schelălăie Terry, în timp ce cred că i se rup copcile din cauza erecţiei. ÎN PANA MEA, OPRIŢI-VĂ...

— Ce spui? întreabă Mel.

— Te rog... nu glumesc... se văicăreşte el, acoperindu-şi ochii cu mâna.

Până la urmă încetează, spărgându-se de râs, lăsându-l să scuipe, în agonie. După aia n-o mai lungim mult, pentru că Terry vrea să plecăm.

— Nu vii să bem ceva, Mark? propune Mel, în timp ce ieşim din salon.

— Da, hai să bem împreună un whisky, spune Nikki parcă torcând.

Am cunoscut tone de gagici ca ea prin cluburi: puse mereu pe flirt, emanând o sexualitate puternică. Îţi spune câteva chestii la ureche şi te face să te simţi special, după care îţi dai seama că sunt aşa cu toată lumea. Dar n-am nevoie de nici o încurajare ca să merg cu ele. Sunt nerăbdător să am ceva companie, deşi mă cam roade stomacul şi încep şi crampele.

— Trebuie să merg la toaletă.

Am uitat cum e cu toată cultura restaurantelor indiene și a halbelor de bere.

Plec și găsesc WC-ul bărbaților. E o baie mare; latrina, un rând de chiuvete și șase cabine partiționate de aluminiu. Intru în cea mai apropiată de perete, dându-mi jos pantalonii și chiloții, înainte să-mi vărs mațele. Ce ușurare. Încep să mă șterg la cur, când aud că intră cineva la budă, după care în cabina de alături.

În timp ce el se așază, iar eu îmi continui igienizarea găurii, aud o înjurătură, urmată de o bătaie în peretele de metal. Vocea îmi pare cunoscută.

— Hei, frate, aicea nu-i hârtie igienică. Pula mea, nu-mi dai și mie puțină pe dedesubt?

Sunt gata să spun, sigur, și să-i împărtășesc nemulțumirea pentru proasta îngrijire a budei, când îmi vine în minte o față și-mi îngheață sângele. Dar n-are cum să fie. Nu aici. Pula mea, n-are cum.

Mă uit spre partea de jos a peretelui despărțitor, o distanță de vreo douăzeci și cinci de centimetri. O pereche ca lumea de pantofi negri. Și șosetele.

Șosetele sunt albe.

Îmi trag instinctiv picioarele de lângă margine, încălțat în teniși fiind, când se aude o voce amenințătoare:

— Hai în pula mea, mișcă-te!

Tremurând, iau niște hârtie din suport și i-o strecor ușor pe sub ușă.

— Mersi, bombăne vocea grosolană.

Îmi trag pe mine chiloții și pantalonii și răspund pe un ton cât pot eu de simandicos, transpirat tot de groază:

— Pentru nimic.

Ies în grabă, fără să mă spăl pe mâini.

Îi văd pe Rab, Nikki și Melanie care m-așteaptă lângă automatul de băuturi, dar eu fac stânga-mprejur și o iau pe un coridor, tremurând. Trebuie să dispar de-aici. Ar trebui să stau calm, să mă uit de la depărtare să văd cine iese pe uşa aia, să mă asigur într-un fel sau altul, ca să pun punct torturii ăsteia, dar nu, trebuie să mă car cât mai departe de spitalu-ăsta infect. Muistu' e adevărat. Trăieşte. În libertate.

49

Singur acasă 2

Pula mea, iar m-a sunat June asta, ca să-mi spună c-ar trebui dracu' să trec pe la ea, că Sean l-a lovit pe Michael. Şi, pula mea, io mă gândesc că poate-aşa o să-i dea o lecţie lu' fraeru-ăla de Michael, să nu mai fie-aşa fătălău.

— În pula mea, tu să nu mă deranjezi pe mine-acuma, îi spun io.

Dac-ar fi avut grijă cum trebe de copii, acuma n-ar avea probleme, futu-i.

Ş-acuma o aud p-astălaltă care-mi zice :

— Ce e, Frank ?

Astup receptoru'.

— E June, fute-ma-ş. Zice ceva, că s-au luat copiii la bătaie. Păi pula mea, asta tre' să facă băieţii când sunt mici, spun io şi iau mâna de pe receptor.

— Tu vino dracu-odată, Frank !

Şi tot mă zgârie pe timpan urlându-mi în telefon, futu-i.

— E sânge peste tot !

Trântesc telefonu' şi-mi pun geaca pe mine.

— Da' noi trebuia să ieşim în oraş, zice Kate, uitându-se la mine c-o mutră acră.

— Păi pula mea de pizdă proastă ce eşti, fi-miu sângerează de moarte ! îi spun io, ieşind valvârtej din casă, gândindu-mă că ar cam merita o scatoalcă-n falcă pen' c-a fost aşa insensibilă.

Pân' la urmă cre' că chiar o să-i ard una. Începe să mă cam calce pe bătături. Aşa-i cu toate femeile. A, da, la-nceput e totu' bine: luna de miere, da', pula mea, niciodată nu ţine, ei bine, nu.

Dubiţ-aia-i fututtă, aşa că ies pe Walk şi primu' muist care-mi iese-n cale e Malky, care venea de la pariuri. Şi, pula mea, îţi dai seama-ncotro o ia dac-a venit d-acolo, adică fix la bodegă. N-am nici un dubiu. Nu l-am mai văzut pe muie de când a trebuit să-i fut o sticlă-n cap lu' fraeru-ăla, la şcoala de cărţi.

— Sal'tare, Franco! N-ai timp d-un păhărel?

Tre' să mă grăbesc, da' am o sete în mine, de mă sufoc.

— Ba da, da' doar d-una mică, Malky. Pula mea, crize domestice; o pizdă mă pisează la telefon, ailalt-acasă. Pula mea, mai bine-i la puşcărie.

— Mie-mi spui, zice Malky.

Bun băiat, Malky. Ce ciudat, când mă gândesc la Norrie, îmi vine-n minte cum i-am spart io capu' lu' Malky acasă la Goags Nisbet, cu ani în urmă, după ce ne-am certat pentr-o chestie de la televizor. De la ce era?... Tenis. Nu mai mi-aduc aminte cine juca, da' era la Wimbledon, pula mea. Da, i-am spart o sticlă de *sherry*-n cap. Da' acum-am uitat tot, eram cu toţi pilaf şi lucruri d-astea se mai întâmplă. Da, Malky e tare. Ia două halbe de bere şi-mi povesteşte de prostu-ăla de Saybo din Lochend.

— Muie-ăla de Saybo avea briceagu-n buzunar. Şi dementu' s-a pus pe scandal cu gaşca lu' Denny Sutherland ş-unu' din ăia a-ncercat să-i trag-un şut în cur, da' n-a nimerit, ş-a dat în buzunaru-n care-avea şişu'. Şişu' s-a deschis şi n-a fost tocma' ziua lui norocoasă, şi i-a intrat lu' muie drept în coaie.

Încerc să mă gândesc la cum i-am spart io sticla-n cap lu' Malky-atuncea. Să fi fost de la tenis sau de la *squash*? Era un joc d-ăla cu rachete. El ținea cu unu' și io cu ălălalt... dracu' știe, eram varză toți.

Malky-mi spune că Nelly s-a mutat înapoi din Manchester și că și-a scos tatuajele de pe față, cu tehnică d-aia chirurgicală. Nu-i de mirare, muistu-ăla era un distrus; pe frunte, o insulă pustie, p-un obraz, un șarpe, și p-ălălalt, o ancoră. Un dement, în pula mea; e-n stare să te pună capră la o paradă de poponari. La pizde le-a plăcut mereu de el când era mic. Da, ar fi bine să se-ntoarcă muistu', atâta vreme cât nu-ncepe să se creadă mare șmecher, că pula mea, nu e.

După vro două berici, mă duc acolo ș-o văd în capu' scărilor, certându-se cu nu ș' ce vacă, iar aia, când mă vede, face stânga-mprejur și intră-n casă.

— Unde-ai fost? Aștept să vină taxiu'! spune ea.

— Afaceri, zic io, uitându-mă la Michael. E tot plin de sânge.

Mă uit la Sean și mă duc spre el, iar el se dă-n spate și se face mic.

— Ce pula mea ai făcut?

Și-și bagă ea nasu'.

— Ar fi putut să-l rănească la gât! Ar fi putut dracu' să-i taie vro venă!

— Da' ce s-a-ntâmplat?

Îi ies ochii din orbite parc-ar fi pe ceva.

— A luat un pic de plasă de sârmă ș-a-ntins-o drept d-o parte și d-alta a ușii, așa, la nivelu' gâtu-lui lu' Michael. După care l-a chemat pe băiat în cameră, spunându-i că e ET la teveu, știi reclama aia la telefoane când tipu-ăla execută un penalty pentru Hibs, împotriva lu' Hearts. Michael a aler-gat nerăbdător. Noroc că n-a măsurat bine și că nu i-a ajuns la gât. Că altfel ar fi putut dracului să-i reteze capu'!

Mă gândesc așa, da' e chiar o fază tare, pen' că, pentru mine, pula mea, asta-nseamnă inițiativă. Și io cu Joe ne făceam chesti-asta când eram mici. Măcar arată c-are spiritu' să facă chestii, nu doar să stea-n pula mea, să joace toată ziua jocuri d-alea video, cum fac copiii-n ziua de azi. Mă uit la Sean.

— Am luat-o din *Singur acasă 2*, spune el.

Și-mi pun mâinile-n șold și mă uit așa la pizd-aia proastă de June.

— Deci e vina ta, îi spun io, că-i lași se uite dracu' la filmele-alea.

— Cum dracu' e...

— Că le-arăți filme d-astea care bagă idei violente-n mintea copiilor, mă răstesc io la pizd-asta, da' n-am de gând să mă cert cu ea, nu aici în stradă, pula mea. Pen' că dac-o fac, o să și-o-ncaseze la greu și noi d-asta ne-am despărțit în primu' rând, că vac-asta mă făcea-n așa hal cu nervii, că trebuia să și-o ia pe coajă. Vine taxiu' și ne urcăm în el.

— Am să-l duc io la spital, să-l coasă, tu cară-te dracu' d-aici, îi spun.

Fin'că nu vreau să mă vadă lumea cu distrus-asta. Ar putea crede oamenii că încă suntem împreună. Și ce sens mai are să sugi la aripioarele de pui de săptămâna trecută, când poți oricând să mergi la McDonald's, asta-i vorba mea.

Da, are mutr-aia de curvă drogată și să vezi dacă bagă ceva de față cu copiii... da' nu, ea nici nu știe ce-s alea droguri, pur și simplu e uzată rău.

Îl apuc pe Michael și-l bag în taxi și demarăm, lăsându-i pe fraieri în stradă. Mucosu-ăla mic încă-și mai ține o buca' de cearșaf la rană. Da' nu prea e-n regulă că Sean i-a făcut una ca asta.

— Se leagă des de tine? îl întreb io.

— Da... spune Michael, ș-are ochii-ăia umezi ca o fată.

Prăpăditu-ăsta are nevoie să i se spună câteva cuvinte de-nțelepciune, acuma să i se spună, că altfel crește ș-o să aibă o viață a dracu' de nefericită. Nimic mai sigur, pula mea. Și ea n-o să-și bată capu' cu asta, nu, nu e genu' ei. Ea n-așteaptă decât să se mai întâmple o chestie ca asta, după care să verse lacrimi de crocodil.

— Michael, acuma să nu-ncepi să plângi din cauz-asta. Io eram mai mic ca unchiu' Joe, și mi-am luat-o și io la fel de nasol. Tre' să-nveți să te aperi singur. Tre' pur și simplu să iei bâta de baseball și să-i faci capu' praștie la fraer, aștepți pân-adoarme, gen. Asta o să-l învețe minte. Cu Joe a mers, doar că io i-am dat-o cu juma' de cărămidă. Asta tre' tu să faci. O fi el mai puternic decât tine, da' nu-i mai tare ca juma' de cărămidă-n față.

Îți dai seama că prăpăditu-ăsta-ncepe deja să se gândească la asta.

— Și tu ai noroc că mă ai pe mine să-ți spun toate astea, fin'că io, la vârsta ta, eram doar io și cu unchiu' Joe, io n-am avut niciodată pe nimeni să mă-nvețe, a trebuit să mă descurc singur. Boșorogu-ăla muist de taică-miu, p-ăla-l durea-n cur.

Prăpăditu-ăsta mic nu-și găsește locu' pe scaun și pune-o moacă d-asta de prost.

— Acuma ce mai ai? îl întreb.

— La școală ni s-a spus să nu-njurăm. Domnișoara Blake spune că nu-i frumos.

Domnișoara Blake spune că nu-i frumos. Pula mea, nu-i de mirare că Sean a-ncercat să-l rezolve pe fraeru-ăsta.

— Știu io mai bine de ce-are nevoie-n pula mea domnișoara Blake, îi spun io. Profesorii nu știu nimica, asta s-o știi de la mine, spun io, arătând spre mine. Dacă l-aș fi ascultat io pe profesoru' meu, pula mea, n-aș fi ajuns nicăieri în viață.

Băiatu' se gândește la asta, pula mea, se vede. E ca mine, prăpăditu-ăsta, un profund gânditor, păi cum pula mea. Intrăm în spital, mergem sus la Urgențe și vine asistenta și-i face la prostu-ăsta evaluarea.

— Are nevoie de nişte fire.

— Da, zic io, ştiu asta. Da' ai de gând să-l coşi odată?

— Da, v-aş ruga să luaţi loc şi vă va chema cineva, zice ea.

Pula mea, după aia tre' s-aşteptăm o veşnicie. Ce căcat. Păi cât timp îţi ia să faci evaluarea, mai bine-i pui direct firele. Încep să-mi pierd răbdarea şi tocma' când sunt pe cale să-l iau pe mucos şi să-l tratez io ca la mam-acasă, ne cheamă. Pula mea, îţi pun atâtea-ntrebări, e ca şi când ăşti-ar crede că *io* i-am făcut asta la prăpădit. Sunt pe cale să-mi pierd calmu' la faz-asta, da' mă abţin, ca să m-asigur că nu-l toarnă pe Sean, chiar ş-aşa, din greşeală.

Când terminăm dracu-ntr-un sfârşit, îi şoptesc:

— Şi să nu-l dai de gol pe Sean nici măcar la şcoala aia infectă, la domnişoara Blake aia a ta sau cum o cheamă pe pizd-aia, aşa să ştii. Spune-le c-ai căzut.

— OK, tati.

— Lasă-mă cu OK-u', tu ţine minte ce-ţi spun io.

Îi spun să m-aştepte aici până merg io la budă să bag o ţigară. Că pula mea, în ziua de azi, nu mai po' să fumezi nicăieri.

Şi, futu-i, îmi ia o veşnicie s-o găsesc, pân' la urmă tre' să urc un etaj, pula mea. Când ajung acolo tre' să mă uşurez ş-aşa. Sunt sigur că coc-aia pe care-am băgat-o era-ndoită cu laxativ. Da, în mod clar cineva o să aibă falca umflată. Intru-n cabină şi-mi dau chiloţii jos, după care-mi dau seama că nu-i hârtie la budă. Pula mea, cic-ar trebui să le păstreze curate, da-i un focar de infecţie. Nu-i de mirare că toţi muiştii de la NHS mor pe capete. Noroc că mai e unu' care se cacă în cabina de lângă.

— Hei, frate, bat io-n peretele de aluminiu, aicea nu-i hârtie igienică. Pula mea, nu-mi dai şi mie puţină pe dedesubt?

Şi pentru câteva secunde, linişte.

— Hai în pula mea, mişcă-te, strig io.

Şi văd că strecoară pe dedesubt nişte hârtie. Era şi timpu-n pula mea.

— Mersi, zic io şi-ncep să mă şterg la cur.

— Pentru nimic, zice tipu', c-o voce d-aia fiţoasă. Probabil vrun doctor d-ăia care jefuiesc pe toată lumea, toţi plini de ei. Aud că se deschide o uşă, după care alta. Muist împuţit, nici măcar nu s-a spălat pe mâini. Şi-i spital ş-aşa, pula mea!

Noroc că infectu' nu mai era acolo când am ieşit. Şi mă frec bine de tot pe mâini, că io nu-s muist d-ăla jegos. Vezi, dacă muistu-ăst-a fost ăla care i-a pus firele lu' fi-miu cu mâinile pline de căcat...

50

„...peşte la cuptor..."

Ciudat tipul ăla, Mark. Mă-ntreb dacă l-am pus într-o situaţie jenantă când ne-am arătat ţâţele lui Terry. L-am aşteptat afară, lângă toaletă, dar el a dispărut pur şi simplu, fără să mai vină cu noi să bem ceva şi fără să-şi ia măcar la revedere.

— Poate s-a căcat pe el, râdea Mel, a trebuit să meargă acasă, ca să se schimbe!

Aşa că am mers doar noi, am băut vreo două pahare, după care m-am dus acasă şi am aşteptat să mă sune omul meu din Glasgow şi, în timp ce vorbeam cu Dianne, am gătit nişte peşte la cuptor. Le-a intervievat pe fetele de la saună, pe Jayne, Frida şi Natalie.

Dianne e mulţumită de felul în care merg lucrurile.

— Îţi mulţumesc pentru că m-ai pus în legătură cu fetele-alea, Nikki. Acum am suficient material pentru un grup valid din punct de vedere statistic, ceea ce dă testului meu un fel de credibilitate ştiinţifică.

E o fată deșteaptă și are o super etică a muncii. Uneori o invidiez.

— O să conduci lumea, draga mea, îi spun.

Mă-ndrept spre bucătărie și umplu stropitoarea, după care pun caseta cu Polly Harvey. Încep să ud plantele, dintre care una sau două par cam neglijate.

Aud că-mi sună mobilul în camera de zi și strig la Dianne, să răspundă ea. Pare că ascultă pe cineva pentru câteva clipe, după care spune:

— Îmi pare rău, cred că ați greșit persoana. Sunt Dianne, colega de apartament a lui Nikki.

Îmi dă telefonul și e Alan. Era așa de rugător și de disperat, că nu mai putea nici măcar să distingă un accent englezesc de unul de Edinburgh. Mă gândesc la el, cum lucrează acolo la bancă, așteptându-și ceasul de aur.

— Nikki... vreau să te mai văd... și trebuie să vorbim, se smiorcăie el, în timp ce eu mă îndrept spre cameră.

Sărmanul Alan. Înțelepciunea tinereții, împletită cu energia dinamică a vârstei de aur. O combinație mortală, dar imposibil de realizat. Cel puțin pentru el.

Ei întotdeauna au nevoie să vorbească.

— Nikki? se roagă el îndurerat.

— Alan, îi spun, asta însemnând că da, sunt încă pe fir, dar probabil că nu pentru prea mult timp, dacă va continua să-l irosească în felul ăla.

— M-am mai gândit... spune el cu importanță.

— La mine? La noi?

— Da, bineînțeles. La ce-ai spus...

Nu-mi aduc aminte ce-am spus. Ce promisiuni stupide și extravagante i-am făcut. Vreau ceea ce are el în acest moment.

— Ascultă, cu ce ești îmbrăcat acum, cu boxeri sau chiloți?

— Cum adică? se smiorcăie el. Ce întrebare e asta? Sunt la serviciu!

— Şi la serviciu nu porţi lenjerie intimă?

— Ba da, dar...

— Vrei să ştii cu ce sunt eu îmbrăcată?

Pauză, după care urmează un lung:

— Ceee...

Aproape că-i simt respiraţia fierbinte în ureche, sărmanul de el. Bărbaţii ăştia sunt aşa nişte... câini. Ăsta e cuvântul. Ei ne spun nouă câini sau căţele, dar asta este o proiecţie, pentru că ei nu-şi dau seama că ei asta sunt, de fapt, că asta e natura lor: nişte animale de turmă pline de bale, uşor excitabile, fără pic de mândrie. Nu-i de minune că se spune că cel mai bun prieten al omului e câinele.

— Nu am lenjerie sexy, ci una decolorată, spălăcită, nişte tanga de bumbac cu elasticul lăbărţat şi puţin găuriţi. Pentru motivul că sunt studentă şi lefteră. Sunt lefteră pentru că tu nu vrei să-mi dai o simplă listă cu numele şi numerele de cont ale clienţilor sucursalei tale. Nu am codurile lor pin, n-am de gând să-i jefuiesc. Nu vreau decât s-o vând unei companii de marketing. Mă plătesc cu cincizeci de *pence* pe nume. Asta-nseamnă cinci sute de lire pentru o mie de nume.

— La banca noastră avem mai bine de trei mii de clienţi...

— Dragule, asta înseamnă vreo mie cinci sute de lire, aşa mi-aş plăti toate datoriile. Şi aş fi foarte încântată să răsplătesc un asemenea gest.

— Dar dacă mă prind... expiră el adânc.

Nefericirea constantă a lui Alan dovedeşte ideea că ignoranţa e o binecuvântare.

— Iubitule, nu te va prinde nimeni, îi spun, eşti mult prea inventiv.

— Ne vedem mâine la şase. O să am listele.

— Eşti un înger. Trebuie să plec, am nişte mâncare la cuptor. Pe mâine, iubitule!

Închid telefonul şi mă duc la aragaz, în bucătărie. Dianne îşi ridică ochii din teancul ei de cărţi de pe masă.

— Probleme cu bărbaţii?

— Ei nu sunt o problemă, sărmanele creaturi, spun eu cu emfază, chiar nici o problemă, spun eu, flexându-mi şoldurile spre ea şi apucându-mă de pelvis.

— Forţa păsăricii cucereşte tot.

— Da, spune Dianne, lovindu-şi dinţii cu creionul. Ăsta a fost cel mai trist lucru pe care l-am aflat din cercetarea mea. Toate fetele cu care am vorbit, toate au puterea asta, toată forţ-asta a ţâţelor, a curului şi-a păsăricii, pe care şi-o vând prea ieftin. Practic, o dau pentru o nimica toată. Asta e-n pizda mă-sii tragedia, fato, spune ea, aproape ca pe-o ameninţare.

Sună telefonul fix şi porneşte robotul şi, până să recunosc vocea, îmi ia ceva timp.

— Bună, Nikki, am luat numărul tău de la Rab. Voiam să-mi cer scuze pentru c-am dispărut ieri. E puţin jenant, eh...

După care-mi dau seama că e Mark Renton şi ridic receptorul.

— Oh, Mark, nu-ţi face probleme, îngeraşule, spun eu, înăbuşindu-mi râsul, în timp ce Dianne mă priveşte ciudat, ne-am cam dat seama. Ziceai ceva de curry? Şi, ce mai faci?

— Acum? Nimic. Tipul la care stau a ieşit în oraş cu prietena lui, aşa că eu stau şi mă uit la televizor.

— Singur, singurel?

— Da. Tu ce faci? Ai chef să bem ceva?

Nu sunt sigură dacă am şi nu sunt sigură dacă-mi place de Mark.

— Oh, nu prea am chef de pub, dar vino la noi, să bem un pahar şi să fumăm nişte iarbă, dacă ai chef, îi spun.

Nu, nu e genul meu, dar îl cunoaşte bine pe Simon, care cu siguranţă este genul meu.

Aşa că Mark îşi face apariţia peste o oră şi sunt surprinsă, dar nu şocată, că el şi Dianne se cunosc de mult timp. Edinburghul poate fi în felul ăsta, cel mai mare sat din Scoţia. Stăm şi fumăm puţin, iar eu încerc să aduc discuţia la Simon, dar devine evident că Mark şi Dianne sunt absorbiţi unul de celălalt. Mă simt în plus. Până la urmă, el propune să mergem la Bennett's sau la IB.

— Da, tare, spune Dianne.

E ciudat; ea nu-şi abandonează niciodată munca în felul ăsta şi pentru astă-seară îşi planificase o altă sesiune de lucru la disertaţie.

— Pe mine nu mă convingeţi să ies, le spun. Credeam că aveai de lucru la disertaţie, râd eu.

— Nu e ceva urgent, zâmbeşte Dianne ipocrită.

Când Mark se duce să facă un pipi rapid, mă strâmb la ea.

— Ce? întreabă ea, cu un zâmbet fals.

Îmi încrucişez mâinile, simulând un futai. Îşi dă ochii peste cap cu indiferenţă, dar pe buze îi joacă un zâmbet prostesc. După ce se întoarce el, pleacă împreună.

51

Şmenu' # 18 748

Renton tot nu vrea să se apropie de portul din Leith. Şi nu pot să spun că-l condamn. Nici măcar nu vrea să-mi spună unde stă, deşi ştiu că ai lui locuiesc undeva în afara oraşului.

Nikki îmi spune că a ieşit cu scântei între Rents şi colega ei de apartament, Dianne. După câte se pare, şi-o trăgeau în vremurile de demult. Eu nu mi-o aduc aminte şi nu e ca şi când fostele partenere de futai ale lui Renton ar constitui o mare de oameni ca la reducerile de iarnă de pe Princes Street. Nu te supăra, dar el mereu a încercat să-şi ţină femeile departe de mine, ca să nu i le fur. Renton a avut dintotdeauna înclinaţia de a fi surprinzător de intens în relaţiile lui, uneori era chiar îndrăgostit lulea. Dar ce fel de femeie trebuie să fie, ca să iasă cu morcovu-ăsta?

Skreel mi-a făcut lipeala cu o altă tipă, pe care-o cheamă Tine, care are mai puţine defecte decât prima şi care mi-a dat fără probleme o listă a tuturor deţinătorilor de abonamente pe un sezon. Mi-a spus că ea era un suporter secret al lui Celtic. Asta se-ntâmplă când începi o politică a şanselor egale la angajare.

Sunt la pub, pe deplin satisfăcut, deşi ochesc un grup de tolomaci care se tot învârt lângă tonomat. Lui Philip ăla i-a mers gura la greu, l-am văzut vorbind cu Begbie de vreo câteva ori. E evident că se crede mare şi tare, dar măcar e mai respectuos când vorbeşte cu mine, de când ştie că Franco şi cu mine ne cunoaştem, într-un fel.

Acum Philip ăsta începe să pune la cale o partidă de miştouri la adresa partenerului său deşirat şi greoi, dobitocul de Curtis, cel cu defectul de vorbire care mereu pare să fie ţinta tuturor glumelor. Se dau mari în faţa tipelor cu care sunt, dar pe bune că n-au nimic în cap ăştia.

— Ăsta-i poponar, dă-l în pula mea, spune tipul, în timp ce un alt cretin scutură din umeri ca şi când ar avea o boală nervoasă.

Sigur nu eram şi noi la fel de neinspiraţi şi jalnici la vârsta aia?

— Nu-i adevărat! Io nu-s-s-s po-po-po-nar! urlă sărmanul Curtis şi se îndreaptă spre toaletă.

Philip vede că mă uit la ei şi se întoarce spre gagicuţe, după care din nou spre mine.

— Poponar n-o fi, da' e virgin. N-a dat nici o gaură. Ar trebui să-l ajuţi tu, Candice, îi spune el curvuliţei ăsteia prostuţe.

— Dă-te dracu', spune ea, privindu-mă ruşinată.

— Ah, virginitate, zâmbesc eu, să nu glumiţi cu asta. Majoritatea adevăratelor probleme ale vieţii apar abia după ce-am pierdut-o, le spun eu, dar până şi cele mai amabile mărunţişuri sunt o pierdere de vreme cu adunătura asta.

Mă duc la budă să mă piş şi-l găsesc pe băieţelu-ăsta acolo, pe Curtis, şi da, chiar că e cam încet. De fapt, simpla lui prezenţă pe această planetă este dovada falsităţii ideii anarhiste cum că nu există nici o lege bună; legislaţia noastră împotriva incestului, de exemplu, există tocmai ca să prevină apariţia mai multora ca el. E un şuţ şi mai e şi amic cu Spud, lucru care nu e tocmai greu de crezut. Un ucenic al lui Begbie şi un ucenic al lui Spud în acelaşi timp, care se dezvoltă sub acoperişul meu, pula mea. Se pare că nenorocitul ăla de Philip şi ceilalţi tovarăşi ai lui îl torturează tot timpul pe Curtis. Aşa cum făceam şi eu cu Spud la şcoală şi acolo, pe malu' râului şi la Links şi pe calea ferată. E ciudat, dar acum gândul ăsta mă face să mă simt aproape vinovat. Tipul se pişă fix alături şi se întoarce spre mine cu un surâs idiot, părând agitat şi intimidat. Dintr-un gest necugetat, îmi cobor privirea şi i-o văd.

Pe ea.

Este cea mai mare pulă pe care-am văzut-o vreodată; scula, zic, nu chesti-aia mică şi tristă la care e ataşată.

Termin de urinat şi-mi contemplu penisul, scuturându-l şi punându-l la loc, după care-mi închei şliţul. Nu pot suporta să-l văd făcând acelaşi lucru.

Pula mea, imbecilul o are mai mare ca a mea; mai mare ca a oricui altcuiva, la dracu'. Ce pierdere. După care, îndreptându-mă spre chiuvetă, întreb întâmplător:

— Care-i treaba, frate; Curtis te cheamă, nu?

Băiatul se întoarce și mă privește agitat. Vine lângă mine la chiuvetă, înspăimântat tot.

— Da... răspunde el. Nu-i r-r-r-r-ău.

Are ochii înlăcrimați și clipește des, iar respirația lui e îngrozitoare, ca și când și-ar fi supt singur pula nespălată – lucru care pentru el ar fi foarte posibil, chiar și dac-ar fi avut probleme cu spatele – umplându-și mațele cu o spermă rânezită de la băuturi ieftine și droguri proaste. E ca unul dintre ăia plini de chimicale pe care-i vezi pe la *rave*-uri sau pe la vreun concert și care are nevoie urgentă să fie curățat. Dar mă gândesc la dotarea tânărului.

— Tu ești amic cu Spud, eh, afirm eu și, fără să aștept un răspuns, adaug: Spud e un bun tovarăș de-ai mei. Suntem prieteni din copilărie.

Curtis ăsta mă privește ca să vadă dacă nu cumva e o capcană. Nu că și-ar fi dat seama dacă ar fi fost.

— Îmi p-p-place de Spud, adaugă el cu amărăciune, el e singuru' care nu-ncearcă să mă ia la m-m-mișto...

— Un băiat excelent... dau eu din cap și mă gândesc la bâlbâiala tipului și la versul din cântecul ăla vechi antirăzboi: „Vârsta medie a soldatului combatant american era no-no-nouășpe".

— El știe că uneori po' să te intimidezi, spune marele mic din umbră.

Tovarăș cu Spud. Doamne, parcă-mi și imaginez conversația ăstora doi. „Deci uneori sunt super timid." „Da, și io-s așa." „Nu-ți face griji, ia niște bombonele." „Da, tare."

Nu mă grăbesc, dau înțelegător din cap și mă spăl pe mâini și, Hristoase, bud-asta infectă are nevoie de-o curățenie ca lumea. Îi plătim sau nu pe oamenii de serviciu ca să facă curat? Nu, viața ar prea abruptă, pula mea, prea nescoțiană, dacă oamenii ar face munca pe care au fost meniți să o facă. Timiduțu-ăsta de-aici, oare el ce a fost menit să facă?

— Nu-i nimic în neregulă să fii timid, frate. Cu toții am fost la un moment dat, îl mint eu.

Îmi pun mâinile sub uscător.

— Lasă-mă să-ți iau ceva de băut, zâmbesc eu, scuturându-mi mâinile ude.

Tipul nu pare chiar atât de uimit de oferta mea.

— Io nu mai stau aici, spune el arătând furios spre bar, nu cu ei care mă iau la m-m-mișto!

— Uite ce e, frate, eu mă duc la Caley să beau o bere. Am nevoie de-o pauză. Hai cu mine.

— Bine, spune el și ne strecurăm amândoi pe ușa de serviciu, ieșind în stradă.

E al dracului de frig și cade lapoviță. Pula mea, ar trebui să fie primăvară! Ăsta mic este, vorba aia, numai pulă și coaste, e ca și când fiecare dumicat de hrană care-i ajunge-n corp ar fi absorbit de pula aia. Dacă ar fi cu o tipă, probabil că ar ejacula atât de mult, încât s-ar deshidrata în ultimul hal și ar sta la reanimare săptămâni bune. Mărul ăla al lui Adam, așa de proeminent, pielea lividă, plină de coșuri... e clar că nu e un star de cinema. Dar, în lumea pornografiei, dacă i se scoală la comandă...

Intrăm în călduroarul și primitorul Caley, unde e focul aprins, și iau două halbe și două pahare de coniac, după care ne găsim un colț liniștit.

— Și tovarășii-ăsti-ai tăi de ce se tot iau de tine?

— E pen' că io-s puțin mai timid... și mă b-bâlbâi...

Contemplu pentru o clipă această problemă, făcând eforturi considerabile să-mi stăpânesc indiferența, după care mă aventurez:

— Din cauza bâlbâielii ești timid sau ești timid din cauză că ești bâlbâit?

Şi Curtis ridică din umeri.

— Am fost la control şi mi-au zis că e de la ne-nervi...

— Păi de ce eşti nervos? Nu pari deloc diferit de restul tovarăşilor tăi. Nu ai două capete sau ceva de genul ăsta. Vă-mbrăcaţi cu toţii la fel, luaţi aceleaşi droguri...

Ăsta mic îşi pleacă capul şi e ca şi când nu s-ar întâmpla nimic sub şapca aia de baseball. După care şopteşte terorizat:

— D-d-da'... nu când tu n-n-n-ai făcut-o şi ei d-d-da...

Lungimea medie a labagiului scoţian plin de ghiuluri era de n-n-nouăşpe inci...

La asta nu mai pot să zic nimic. Doar dau din cap cât de înţelegător pot. Cu îngrijorare crescândă, îmi dau seama că muiştii-ăştia de cele mai multe ori nu sunt destul de mari încât să se futăi legal, ca să nu mai zic de băut. Mulţumesc Domnului pentru certificatul de pace de deasupra barului de la Lester, şeful poliţiei.

— Philip ăla se crede m-m-mare şi tare pen' c-o arde cu B-B-Begbie. Era t-t-to'arăşu' meu cel mai bun ş-aşa. Oi fi io timid cu gagicile, da' nu-s po-po-ponar. Danny.... Spud, el înţelege că-n faţa t-t-tipelor care-ţi plac po' să fii timid.

— Deci tu n-ai fost niciodată cu tipele-alea cu care erau ăia din gaşca ta?

Şi amărâtul se face roşu ca racul.

— Nu... nu... eh, nu...

— Cu-atât mai bine pentru ele. Le-ai despica-n două cu ce-ai tu acolo, spun eu, făcându-i semn spre zona de jos. Frate, n-am putut să nu observ. Pun pariu c-ai fost alăptat! Ceva sânge italienesc? întreb eu.

— Nu... eh, scoţian, eh.

După care se uită la *mine* ca şi când aş fi un găozar rablagit.

Muistul ăsta este complet pacifist în războiul sexului. Cu atât mai bine pentru gagici, pentru că, la ce armă posedă, până acum l-ar fi câştigat cu mâna lui.

— Dar sunt sigur că ţi s-au ivit ocazii, întreb eu.

Prăpăditul ăsta chiar că începe să se-agite tot, i se umezesc ochii şi-ncepe să scuipe şi să bâlbâie ceva despre o umilitoare experienţă din trecut.

— Eram cu... cu tip-asta odată şi ea spunea că-i prea mare, şi că io-s un d-d-dubios.

Săracul, a avut norocul ca prima lui ocazie de futai să fie cu o cretină.

— Nici vorbă, frate. Ea era dubioasă, a dracului vacă inaptă, scutur eu din cap, îmbărbătându-l.

Acum stă cu umerii aplecaţi, are privirea agitată şi-şi roteşte ochii încontinuu, iar cu respiraţia aia, orice femeie ar prefera mai degrabă să-l pupe-n găoz, şi se bâlbâie îngrozitor. Şi aş paria că şi asta se datorează vreunei creaturi fără pic de minte, care nu şi-a dat seama că-şi găsise perechea.

— Auzi, tu o ştii pe Melanie?

Tânărului încep să-i sclipească puţin ochii.

— Aia care face filme porno cu voi sus la bar?

— Pula mea, n-ar trebui să ştie nimeni chesti-asta, încep eu să-njur, trăgând aer adânc în piept şi rezistând tentaţiei de a-l întreba cine i-a spus despre clubul nostru. Da, ea e, spun însă liniştit.

— Eh, da, am v-v-văzut-o, gen.

— Îţi place de ea?

Micuţul devine tot numai un zâmbet gânditor.

— Da, tuturor le place... şi de cealaltă, tip-aia care v-v-vorbeşte frumos... spune el melancolic.

Hai să-l punem puţin pe picioare pe blegu-ăsta până când nu prinde aripi.

— Bun, pentru că şi ei îi place de tine. Amândurora le placi.

Amărâtul ăsta roşeşte.

— Foarte pe bune.

— Nu... tu f-f-faci m-m-mişto...

Pur şi simplu ziua nu e destul de lungă ca s-o scoţi la capăt cu băiatu-ăsta.

— Ascultă, prietene, eu sunt pe jumate italian, din partea mamei. Tu eşti catolic?

— Păi da, da' nu m-m-mă duc niciodată la bis...

Îl reduc la tăcere cu o mişcare a mâinii.

— N-are importanţă. Eu sunt şi jur pe viaţa mamei mele că lui Melanie îi place de tine şi că i-ar plăcea să şi-o pună cu tine într-unul din filmele-alea porno, mă ridic eu netulburat şi mă îndrept spre bar, ca să mai comand un rând. Când mă întorc, vrea să spună ceva, dar fiind în criză de timp, intervin.

— Şi mai primeşti şi bani. Primeşti bani ca să-i faci felul lui Melanie, şi ei şi celorlalte tipe şi-aşa. Şi nu într-un film de amatori, ci într-unul porno în toată regula. Ce zici?

— G-g-glumeşti...

— Ţi se pare că glumesc? Omul meu de bază, Terry, are o problemă şi avem nevoie de sânge proaspăt. Să ţi se dea bani ca să i-o tragi lui Mel? Hai, frate!

— Da' mie-mi place de Candice, pufăie el defensiv.

Pula mea, un alt romantic de dormitor. Ce trist. De păroas-aia mică de la Port Sunshine.

— Ascultă, prietene, eu ştiu că ăia de-acolo te iau la mişto, spun eu arătând spre lumea de afară, da' n-au să mai facă mişto de tine când o să fii vedetă porno şi-o să ţi-o tragi cu pizde de top. Gândeşte-te, îi fac eu cu ochiul şi, terminându-mi băutura, îl las pe amărât să facă exact chestia asta.

Când ajung înapoi la Sunshine, îl găsesc pe Spud într-un colţ, iar Ali îl ignoră. După puţin timp se ridică şi încearcă să îi dea nişte bani, dar ea îi spune să plece. E foarte furios şi arată de mai mare ruşinea. E chiar faţa aia de beţivan pe *speed*; părul neîngrijit, plin de unsoare, încât i-ar putea aproviziona pe toți tâmplarii din Leith, ochii așa de căzuți, că par în permanență închiși, cu cearcăne negre, ca două grote, vase de sânge umflate, toate acestea găzduite de o piele de culoarea și textura unei *chapati* râncede. Bună, frumosule! Ali, păpușico, uite că ți-a venit bărbățelul, mamă, ce mai partidă! Te scap din ochi vreo câțiva ani și uite ce se-ntâmplă. Nu-ți cobori atât de mult standardele încât să devii o actriță de comedie, cum s-ar spune. Dar nici o pizdă de-astea haioase, de la Marti Caine, la French și Saunders, până la Caroline Aherne nu au stârnit râsetele așa cum ai făcut-o tu intrând în bar cu chestia aia la braț. Acum el ridică vocea și simt că prezența mea nu va face decât să încingă și mai tare lucrurile, așa că mă uit la Ali și îi fac semn să-l dea afară.

Îl văd pe Curtis intrând și ignorându-i intenționat pe tovarășii lui. Trece nepăsător pe lângă unul dintre ei, Philip, care încearcă să-l ia prietenește de după umeri. În schimb, se duce la Spud să-l ajute să iasă și să plece. Noul meu om de bază. Noul Juice Terry! Mo și Ali par să se înțeleagă atât de bine, încât nici nu au observat când am plecat. Încerc să profit din nou de acest noroc și mă strecor pe ușa de serviciu, dau colțul și mă întorc la apartament. Sunt gata să-mi pun un film cu Russ Meyer, să mă inspire puțin, când mă surprind în oglinda din perete. Mă izbește imaginea pomeților mei, mult mai proeminenți. Da, chiar că încep să slăbesc ca lumea.

Șimon, felicitări pentru șuccesul aceștei inițiative cinematografice.

Dar vai, mulțumesc, Sean. Pornografia n-a fost niciodată ṣpecialitatea mea, dar apreciez un film bine făcut, ca șă nu mai zic de o bucățică bună.

Totul merge pe roze. Aproape totul. Îmi aduc aminte că Mo mi-a spus că Frank Begbie a întrebat din nou de mine.

Îmi verific mesajele de pe mobilul verde şi găsesc unul de la el, sau de la „Frank", cum se semnează el:

TB SĂ T VĂD IMEDIAT ÎN LEG CU CINEVA KRE ÎN CURÂND NU VA MAI EGZISTA

Îl şi vizualizez: „Frank". Pula mea de prost. Trebuie să fie vorba de Renton. Renton nu va mai „egzista". Mai am un mesaj de la Seeker. Dacă a fost vreodată inventat un sistem de comunicare pentru bărbaţi, acela este SMS-ul:

SUNT GATA ORICÂND

Droguri. Bun. Nu mai am decât o cantitate mică. Scot pacheţelul şi îmi pisez coca, iau o linie zdravănă, care-şi atinge ţinta bine de tot. Acum chiar că am nevoie de o ţigară şi-mi aprind una şi simt fumul în plămâni, atât de curat şi de proaspăt, după praful ăsta.

Mă uit în oglindă, adânc în oglindă.

— Ascultă, Franco, e timpul ca noi doi să avem o discuţie cu inima deschisă, o mică şedinţă de aerisire. E vorba despre obsesia ta pentru Renton. Adică, să fim sinceri, trebuie să recunoaştem, Franco, şi sunt sigur că vei aprecia candoarea la faza asta, că asta vine cu mult dinaintea fazei cu banii. Eşti ca un iubit refuzat. Bineînţeles, asta o ştie tot Leithul. OK, să acceptăm că eşti, în mod evident, nebun după el. Toţi băieţii ăia din închisoare, în timp ce făceai dragoste cu ei, ţi l-ai imaginat vreodată pe el în locul lor? Chiar îmi pare rău că n-au mers lucrurile între voi doi. E ciudat, dar credeam că tu erai ăla activ, iar Renton ăla pasiv. Dar acum mă cam îndoiesc de asta. Pur şi simplu îmi dau seama că tu eşti scorpia plângăreaţă, care behăie sub loviturile de bici ale roşcovanului, că tu eşti cel îmbrăcat în rochie care se apleacă, cu ochii înlăcrimați, în timp ce el îți vorbește vulgar și se-ngrijește de curul tău unsuros, și când ți-o dă, tu zâmbești prostește și scâncești ca o curvuliță de-aia travestită și-mpuțită care...

Soneria.

Deschid și-l văd acolo. Stă pur și simplu în fața mea.

— Franco... tocmai mă gândeam la tine... intră, frate, mă bâlbâi eu, la fel ca băiatul ăla, Curtis, de care tocmai m-am despărțit.

Și reacția din ochii lui îmi spune că parcă mi-a citit gândurile. Pula mea, oare cât de tare vorbeam? ... Cu siguranță nu... Dar dacă mai întâi o fi deschis cutia pentru scrisori, ca să spioneze... și m-a auzit din hol...

— Al dracu' Renton...

O pulă, Iisuse, te rog, nu-mi face asta...

— Ce? reușesc eu să bălmăjesc.

Begbie simte că e ceva în neregulă. Mă privește cu aerul ăla pervers, evaluator, și-mi spune încet:

— Pula mea, s-a-ntors Renton. A fost ochit.

Și ceva din creierul meu, în timp ce simțeam cum privirea lui pătrunzătoare îmi îngheța sângele-n vine, un fel de esență primordială începe să strige: Joacă teatru, Simon, joacă teatru. Joacă teatru în numele Scoției, nu, al Italiei.

— Renton? Unde? Unde pula mea-i muistu-ăla?

Și privesc fix în iad, înspre insula aia întunecată din spatele pupilelor lui de dement, la rândul meu cu ochii plini de ură, dar mă simt ca și când aș încerca să sting focul dintr-un cuptor cuprins de flăcări folosind un pistol cu apă, și ăla vechi de când lumea și pământul. Mă aștept să-l văd repezindu-se ca o cobră, aproape că încep să mă rog: te rog, fă-o acuma, curmă-mi chinurile, nici măcar blindat tot cu coca nu mai rezist mult.

Begbie continuă să mă privească în ochi, dar din fericire își subțiază vocea, până când ajunge un simplu șuierat abia simțit.

— Păi, pula mea, speram să-mi spui tu asta.

Mă plesnesc peste frunte, mă întorc și încep să mă plimb de colo-colo, gândindu-mă la toată agonia în care ne băgase Renton, mă băgase, mai bine spus. Mă opresc dintr-odată și arăt spre Franco și da, într-un mod acuzator, pentru că din cauza demenței lui fuseseră furați banii, el trebuia să fie considerat responsabil pentru asta.

— Dacă muistu-ăla s-a-ntors, io-mi vreau banii, pula mea... după care încep să mă gândesc la cum m-ar percepe Begbie și adaug, ducându-mi palma la frunte: Io-ncerc să fac un film aicea, și-s strâmtorat rău.

O găselniță excelentă. Franco chiar pare mulțumit. Își micșorează ochii.

— Ai număru' meu de mobil. Dacă Renton ia legătura cu tine, fă bine și sună-mă imediat.

— Și viceversa, Franco, îi spun eu aprins, plin de furie, simțind cum coca aia merge de minune, cum mă face să simt puterea și puritatea disprețului meu, simpla forță a nerușinării mele. Și să nu te-atingi de muistu-ăla până nu mi-am luat banii, plus compensația, după care poți să faci ce vrei cu el... atâta vreme cât îți pot da o mână de ajutor, bineînțeles.

Trebuie să fi părut suficient de exaltat, pentru că Begbie spune:

— Corect, după care se întoarce și se îndreaptă spre ieșire.

Renton. Nu pot să cred că-l protejez pe muistu-ăla. Dar chiar și-așa, n-o voi face pentru mult timp. Conturile bancare sunt toate pregătite. Odată ce filmul e aranjat, o luăm fiecare pe drumul nostru.

Îl urmez pe Franco pe scări, iar el se întoarce spre mine și mă-ntreabă:

— Tu unde pula mea te duci?

— Ăăă... mă întorc la pub, am ieșit doar așa puțin, iar acum trebuie să mă întorc.

— Drăguț, bem ceva, spune el.

Așa că specimenul idiot mă urmează acolo, iar eu trebuie să stau cu el la bar, să bem ceva. Și un bonus: îmi pasează o doză de coca, care-o să mă țină măcar pân-ajung la Seeker. Totuși nu e nici pe departe situația ideală. Măcar a plecat Spud, dar nu înainte de a o supăra pe Alison, care se vede de la o poștă că a plâns. Irlandezul ăla păduchios a început acuma să le dărâme moralul angajaților mei.

Begbie e lovit în continuare în lobul central al paranoiei, o ține una și bună cu niște colete, lucru care-mi cam ridică pulsul, cu Renton, care-i un poponar pervers, lucruri care nu fac decât să-mi desfete auzul. Oh, cât aș vrea să-l întâlnească Renton, în principiu doar așa, din curiozitate, ca să văd cât de departe poate merge Franco. Surprinzător, mă întreabă despre film.

— Păi, spun eu, temperându-mă, de fapt e doar o mică distracție, Frank.

— Da' vedetele-alea porno, tipii, gen, tre' să fie... adică, tre' să aibă o anumită lungime sau cum?

— Nu neapărat, vreau să zic că oricum, cu cât mai mare, cu atât mai bine, evident, îi spun eu.

Franco își înșfacă prohabul ca un urangutan, chestie care-mi cam produce silă.

— Deci io aș fi bun!

— Da, dar faza cea mai importantă este abilitatea de a și-o scula la comandă. O mulțime de tipi cu pula mare nu pot să și-o scoale în fața camerei, atunci când vine momentul. Abilitatea de a și-o scula la comandă, ăsta e elementul cheie, de-asta

Terry era atât de bun... moment în care o las mai moale, observând dintr-odată că Franco mă privește plin de ură și furie. Ești bine, Frank?

— Da... doar că mă tot gândesc la muie ăla de Renton... spune el, după care-și dă băutura pe gât și începe să peroreze, despre copiii lui, despre June, care n-are grijă de ei cum trebuie.

— Păi pula mea, în ce stare e, parc-ar fi un film de groază despre Belsen[1]. Arată ca și când s-ar autodistruge, pula mea...

— Da, zicea Spud că nu e-ntr-o stare prea bună. Păi seringa cam asta-ți face. Adică, na, și io bag coca așa, ca lumea, Frank, dar ce vreau io să zic e că seringa te distruge, îi explic eu, savurând felul în care l-am băgat pe Murphy în toată povestea.

Begbie mă privește cu atâta ură, încât văd cum i se albesc degetele pe pahar. Trag aer adânc în piept, când văd că muistul e pe cale să explodeze.

— Seringa... *crack*-ul... June... CU COPIII MEI, în PULA MEA?

Sesisez imediat oportunitatea și fac mișcarea.

— Hei, Spud spunea că n-au făcut decât să spele vasele-mpreună, îți spun toate astea doar fiindcă mă gândeam c-ar trebui să știi, cu copiii și-așa...

— Așa e, spune el, privind spre Alison, care pare desfigurată de la plâns. BĂRBATĂ-TU-I UN MUIST! E UN DROGAT DE DOI BANI, PULA MEA! AR TREBUI SĂ VINĂ ĂIA DE LA SOCIAL SĂ-ȚI IA COPILU'!

După care Franco dă buzna afară din bar, iar Alison rămâne acolo, nevenindu-i să creadă, după care explodează într-o repriză de sughițuri sfâșietoare, iar Mo vine s-o liniștească.

---

1. Lagăr de concentrare construit de naziști în Saxonia de Jos.

— Ce... spune ea înecată de lacrimi, ce dracu' tot spune... ce-a făcut Danny?

Trebuie să mă ocup de bar, în vreme ce ele continuă acest spectacol lacrimogen. Mă bucur că maimuțoiul de Begbie a plecat, mai nasol e că mi-a adus angajații în incapacitate de muncă. Cât despre următorul meu client de pe banda rulantă a sufletelor pierdute cu aer de berărie, nu este nimeni altul decât sărmanul Paul, tovarășul meu de la Afaceriștii din Leith împotriva Drogurilor, care arată ca și când ar purta pe umeri întreaga greutate a omenirii. Îl invit într-un colț mai liniștit al bodegii, iar el începe să se plângă de bani.

— Este vorba de gâtul *meu,* Simon!

Îi spun muistului verde-n față:

— O să-ți ții gura, pentru că altfel cariera ta se va duce pe apa sâmbetei, asta s-o știi de la mine!

După ce mi-am exprimat opinia, adopt o poziție mai maleabilă.

— Ascultă, Paul, nu-și face griji. Tu pur și simplu nu înțelegi mecanismele economice ale afacerilor. Din industria mea. Ne revenim noi, spun eu cu veselie, bucurându-mă că-mi pot ține capul sus când toți ceilalți și-l pierd.

Ce creatură nesemnificativă, un excrement.

— Iată pe cineva care înțelege economia, zâmbesc eu în timp ce bătrânul Eddie își face apariția în bar, ținându-și nasul pe sus ca un împărat roman.

— Cum merge, Ed, bătrâne?

— Nu-i rău deloc, mormăie Eddie.

— Excelent! zâmbesc eu. Ce bei? E din partea casei, Eddie, îi spun eu.

— Dacă-i din partea casei, atunci o halbă de Special și un Grouse mare.

Nici măcar luxul ostentativ pe care și-l permite boșorogu-ăsta bețiv nu mă poate scoate din pepeni azi.

— *Certainment*, Eduardo, zâmbesc eu, după care strig la această Marjory Proops[1] a Leithului : Mo, faci, tu, scumpo, onorurile, te rog ? îi fac semn spre acest Paul distrus, după care mă întorc la Ed. Trebuia să-l pun pe nemernicu-ăsta bătrân de Paul la curent cu tertipurile corecte ale comerțului. Tu ce linie de activitate ziceai că ai, Eddie ?

— Eu am lucrat pe o balenieră, îmi spune epav-asta veche și jalnică.

Un om al mării. Păi ziua bună, marinare. Sau, mai bine spus, ziua bună, balenierule ?

— Da, și deci pe Bob Marley l-ai cunoscut ?

Bătrânul lup de mare scutură puternic din cap.

— Nu era nici un Bob Marley pe bărcile de la Granton. Nu cât am fost eu acolo, îmi spune Ed cu mare sinceritate, terminându-și Grouse-ul.

— E rândul tău, Paul, zâmbesc eu strălucitor, și m-aștept să-i mai dai una mică și amicului nostru Ed. Acesta este semnul unei societăți civilizate, felul în care îi tratăm pe cei în vârstă, iar noi aici în Leith suntem la o depărtare de ani-lumină de toată acea distincție. Am dreptate sau pur și simplu spun un mare adevăr, Eddie ?

Eddie nu face decât să-l privească agresiv pe Paul.

— Eu vreau un whisky, dar neapărat să fie Grouse, îi spune el publicitarului nostru buimac, ca și când i-ar face nenorocitului un mare favor.

Mă hotărăsc să-l ignor pe acest *yuppie* plângăreț și le las pe Mo și pe Ali să se delecteze cu acest marinar amărât, pentru că Juice Terry tocmai intră pe ușă.

— Tel ! Te-ai externat ?

— Da, zâmbește el. Dar trebe să am grijă și să-mi iau pastilele-n continuare, eh.

---

1. Autoarea unei rubrici de sfaturi și consiliere din ziarul *Daily Mirror*.

— Excelent. Ce bei?

Acum sunt chiar în toane şi mai bune. În curând o s-avem echipa completă. Alex?

De o crucială importanţă, Simon. Din păcate, nu poţi câştiga nimic cu primii neaveniţi care-ţi ies în cale. Avem nevoie de vreo patruzeci de indivizi, cu toţii hotărâţi.

— Pula mea, nici nu pot să beau cât iau pastilele-astea, mormăie Terry, trecându-şi o mână prin bucle. Şi moaca lui amuzantă de popândău star porno se dezumflă cu totul.

— Mamă, Tel, ce coşmar. Nu tu futai, nu tu băutură, râd eu, arătând cu capul spre tovarăşii lui Ed care stau şi-şi văd fiecare de halba lui acolo-n colţ.

— Da, spune el îndurerat, în timp ce eu îl privesc pe labagiul de Paul, foarte conştient acum de faptul că pur şi simplu îl voi ignora toată noaptea, aşa că se hotărăşte să-şi revină şi pleacă deprimat.

Ca să-l binedispun pe Terry, îl iau cu mine în birou şi fac două liniuţe ca două picioruşe de pudel din gramul pe care mi l-a dat Begbie. Îi povestesc lui Tezzo despre vizita pe care am primit-o de la *mon* excoleg, *Monsieur* François Begbee.

— Îmi vin în minte cuvintele „umăr" şi „a fărâmiţa", spun eu în timp ce pisam liniile fin cu cartea de credit şi îi făceam semn lui Terry să mi se alăture – dar nu neapărat în această ordine.

Totuşi, de la el avem cocaina asta, aşa că băiatul îşi are şi el foloasele lui.

Terry râde, aplecându-se ca să poată trage pe nas.

— O fărâmiţă de pe umerii lui? Muistu-ăla are-un întreg cazino, spune el înainte să mai tragă o dată pe nas.

Îi urmez exemplul şi încep să bat apa-n piuă cu planurile mele cu filmul. Terry pare să se simtă din ce în ce mai puţin în largul lui.

— Eşti OK, Tel?

— Nu... e vorba de pula mea... cred că e de la coca, dar chiar dă semne de viață, palpită.

Săracul Terry se apleacă, aproape că îngenunchează de durere. E trist să vezi cum un bărbat care odată era așa de mândru este emasculat într-un asemenea mod. În vreme ce el rămâne acolo scos din uz, încep să-mi fac griji pentru viața sexuală a lui Melanie, așa că îi dau un telefon, gândindu-mă că ar fi mișto dacă s-ar întâlni cu tânărul Curtis.

52

Curv-aia drogată

Pula mea, simt cum fierb de draci. Pizd-aia, mamă denaturată ce e. Da, s-a zis cu ea... da' copiii mei n-au cum s-ajungă pe mâna asistenților sociali, dar dacă nu-i ia maică-mea... așa că va trebui să-l fută pe dement, fi'ncă io și cu Kate, pula mea, nu-i putem lua pe dracii-ăia... PULA MEA DE CURVĂ-MPUȚITĂ.

Din cauza ei mă prinde și ploaia, care mă face fleașcă. Și mi-a intrat apă și-n pantofi când am sărit peste o băltoacă, o țeavă-nfundată sau ce pula mea era. Când ajung acasă îmi pun imediat geaca pe mine și-mi dau dracu' jos pantofii-ăia vechi, îmi pun Timberlanzii-ăia noi. Kate zice:

— Un' te duci, Frank?

— Mă duc s-o văd pe curv-aia drogată care stă cu copiii mei.

Pula mea de ploaie, te scoate din minți. Toți strănută de la frig, da' nu te supăra, la cei mai mulți e din cauza gripei columbiene, care i-a făcut să tragă prea mult pe nas. Sick Boy e cel mai nașpa și nici io nu zic nu când vine vorba de o pufăială, dar nu aşa, s-o-ndoi cu amoniac, aia-i o chestie pentru fraieri, şi sub nici o formă de faţă cu copiii mei!

Aşa că ajung acasă la ea şi mă uit la ea, ea se uită la mine şi mai are şi tupeu' să nege. Io mă duc direct la copii:

— Îmbrăcaţi-vă, mergem la maică-mea.

Sub nici o formă nu-i las io-ntr-un loc ca ăsta. Futu-i. Mă gândesc c-o să vrea maică-mea să-i ia, când o să afle care-i treaba şi vede-n ce pericol sunt.

— Ce... ce s-a-ntâmplat? zice June.

— Tu, curvă-mpuţită ce eşti, nici să nu te văd, ascultă la mine, o ameninţ io. Am ajuns la capătu' răbdării şi n-o să mai răspund de ce-aş fi-n stare să fac dacă mai deschizi o dată fleanc-aia mare de drogată!

Mă cunoaşte destul de bine ca să ştie că nu glumesc deloc, aşa că-şi holbează ochii, iar faţa i se albeşte mai rău ca niciodată. Uită-te la ea, o epavă nenorocită, cum de n-am văzut asta mai devreme? Mă-ntreb de când s-o fi apucat. Copiii se pregătesc şi spun:

— Unde mergem, tati?

— La bunică-ta. Măcar ea ştie cum se cresc copiii, mă uit eu spre ea. Şi nu o arde-aiurea cu drogaţii.

— Ce vrei să spui? Ce tot zici acolo? zice scroaf-aia tupeistă.

— Negi? Negi faptu' că Spud Pula Mea Murphy a fost aici săptămâna trecută?

— Da... da' nu s-a-ntâmplat nimic şi oricum, spune ea, cu o strălucire cam dusă în ochi, nu-i treaba ta ce fac io.

— Să bagi în venă de faţă cu băieţii mei? Şi nu-i treaba mea!

Mă-ntorc spre ei.

— Voi doi, valea. Io şi cu mă-ta avem o discuţie privat-aicea. Ieşiţi pe scară şi aşeptaţi-mă! Hai, ştergeţi-o de-aici!

— Să bag în venă... da... dar... începe ea, aveam nevoie de puțin ajutor...

Și cum ăia mici ieșeau pe ușă, mă-ntorc spre ea. Las' că-ți dau io să bagi în venă! BAGĂ-ȚI ASTA! Îi dau o scatoalcă-n moacă și-i dă sângele pe nas. O apuc de păr, care-i atâta de slinos, că trebe să mi-l înfășor pe după pumn ca s-o apuc bine. Începe să strige când mă vede că pun dopu' la chiuvetă și dau drumu' la robinete, ca să umplu chiuveta. Și când s-a umplut, o vâr cu capu' sub apă.

— BAGĂ ASTA, PIZDĂ!

O trag afară și scoate numa' sânge și apă pe nas și se zbate ca un pește prins în undiță. Aud o voce și-l văd pe Michael în pragu' ușii, care spune:

— Tati, ce-i faci lu' mami?

— Ieși dracu' pe scară! O spăl un pic, că-i curge sânge din nas! Acu' valea! Acuma, când îți zic!

Și mucosu-o șterge imediat, iar io o mai scufund o dată cu capu-n chiuvetă.

— LAS CĂ-ȚI ARĂT IO BĂGAT, CURVĂ DRO-GATĂ, ÎȚI BAG IO ȚIE!

O scot din nou din apă, dar curva-mpuțită, psiho-pata, apucă un cuțit de tăiat legumele de pe uscător și mă lovește cu el! Mi l-a-nfipt fix în coaste. Îi dau drumu' și ea mă lovește c-o farfurie care mi se sparge-n cap. Îi mai dau una-n moacă și ea cade pe podea și-ncepe, pula mea, să țipe, asta-n timp ce io-ncercam să-mi scot cuțitu' dintre coaste. Pula mea, sânge peste tot. Îi trosnesc un șut ș-o las acolo pe jos, chircită, după care ies la copii, da' când ajung pe holu' blocului, o văd pe pizd-asta de vizavi, care-i ținea pe după gât.

— Hai să mergem, băieți, le spun io, da' ei rămân acolo nemișcați, după care nenorocit-aia de June se pune pe picioare și-ncepe să strige la mine, să strige la pizd-aia bătrână.

— CHEAMĂ POLIŢIA! ÎNCEARCĂ SĂ-MI IA COPIII!

— Mami! începe căcăciosu-ăla mic de Michael, Sean chiar ar fi trebuit să-i taie capu', probabil că nici nu-i al meu, un poponar pricăjit ca el, şi-l altoiesc discret cu dosul palmei, da' ea-l apucă de braţ şi e ca şi când amărâtu' ar fi prins în mijlocu' unui război.

El strigă şi io le dau drumu' la amândoi, şi se prăvălesc împreună pe scări. Vac-aia bătrână se pune din nou pe ţipat şi doi poliţişti urcă pe scări, iar unu' dintre ei zice:

— Ce se-nâmpl-aici?

— Nimic, vezi-ţi de treaba ta, îi spun io.

— Încearcă să-mi ia copiii! miorlăie ea.

— Aşa e? mă întreabă poliţistul mai în vârstă.

— Da-s copiii mei, ce dracu'! zic io.

Pizd-aia bătrână de pe scară zice:

— A bătut-o pe fată, l-am văzut eu! Şi pe-ăla micu', şi pe el!

După care se-ntoarce spre mine şi zice:

— Ăsta e omu' dracu', e stricat până-n măduva oaselor.

— Tu să taci în pula mea din gură, pizdă ofilită ce eşti! Ce treab-ai tu cu asta?

Poliţistul mai în vârstă zice:

— Domnule, dacă nu ieşiţi în stradă, vă voi aresta şi vă voi acuza de perturbarea liniştii. Dacă doamna depune plângere, veţi avea probleme serioase!

Aşa că după o partidă serioasă de strigăte, mă rezum să dau din cap, fi'ncă nu vreau să mă ia ăştia pe sus din cauza babei. Şi muiştii-ăia de poliţişti, pula mea, se uitau la mine, ca şi când aş fi fost un gunoi. N-ar fi trebuit totuşi să-l lovesc pe Michael, da' era din vina ei, pula mea, că iar m-a călcat pe bătături. Bine, las' că mă duc io la serviciu' social ş-atunci o să afle toată lumea că ea e de vină, că ea i-o curvă-mpuţită care bagă *crack* în faţa copiilor mei...

Vor s-aresteze pe cineva, lasă-i să-l aresteze pe fraieru-ăla din *Singur acasă 2*. Știu că atunci când a făcut filmele era doar un copil, da' nu știu cum un muist ca el mai poate-acuma să trăiască în propria piele.

53

„... chiar și flască, tot are mai bine
de treizeci de centimetri..."

Mă trezesc acasă la Simon. E totală dezordine, dar nu-mi fac griji, mă arunc peste el, îl trag spre mine și-mi strivesc buzele de ale lui. E încordat, rigid.

— Ei, avem musafiri, îmi spune el.

Ne ridicăm și pe canapeaua de piele stă un tip pe care-l recunosc vag de la pubul lui Simon. Una dintre prezențele acelea cenușii, vag insipide pe care le observi cu coada ochiului. Acum pare un băiat simplu, normal: șleampăt, urât mirositor, pistruiat, agitat. Îi zâmbesc și văd cum se aprinde la față, cum i se umezesc ochii și drăguțul de el întoarce privirea.

Mă uit la el și mă întreb ce se-ntâmplă. Simon nu zice nimic. Apoi se aude o bătaie în ușă, eu mă duc să răspund și sunt Mel și Terry. Ea mă sărută și intră, îmbrățișându-l pe Simon, după care se așază lângă băiat.

— Toate bune, Curtis?

— D-d-da, spune el.

Terry rămâne tăcut, supus. Se așază pe scaunul din colț.

— El e Curtis, îmi spune Simon. O să ni se-alăture, ca actor.

În timp ce băiatul se chinuie să schițeze un zâmbet firav, eu mă gândesc că trebuie să fie vreo glumă.

Apoi Simon îşi îndreaptă privirea dinspre mine spre Mel, explicând:

— Din acest material deloc promiţător, vreau ca voi, doamnelor, să sculptaţi cel mai tare tânăr armăsar pe care l-a văzut vreodată Leithul. Mă rog, al doilea cel mai tare, spune ironic, plimbându-se ţanţoş, dar cu modestie, şi făcând o plecăciune.

— Da-i băiat mare, chicoteşte Mel, dacă-nţelegi ce vreau să zic.

— Arată-i, Curt, nu fi timid, spune Simon, îndreptându-se spre bucătărie.

Lui Curtis i se umezesc din nou ochii, iar faţa i se face stacojie.

— Hai, mie mi-ai arătat azi-noapte, rânjeşte Mel.

Îi arunc o privire lui Mel, în timp ce el îşi descheie emoţionat nasturii şi-şi desface şliţul. Şi apoi începe să-şi scoată chesti-asta din pantaloni, care parcă nu se mai termină, chiar şi flască, tot are mai bine de treizeci de centimetri, atârnându-i aproape de genunchi. Rămân mută. Şi mai important, lăţimea... Niciodată nu m-am considerat o regină a dimensiunii, dar... Deci băiatul e acceptat. La treizeci şi ceva de centimetri, cum altfel? Un virgin (pun pariu că numai până a pus Melanie mâna pe el azi-noapte), o ciudăţenie aproape, dar este omul nostru.

Simon îi dă instrucţiuni să-şi radă părul pubian, ca să pară şi mai mare, aşa cum se face în filmele porno adevărate.

Terry spune:

— Uite ce faţ-a făcut bulangiu' când a auzit de bărbierit. Ai încredere-n el să se bărbierească având asemenea exemplar în dotare?

— Tocmai tu te-ai trezit să vorbeşti. Mai ai copcile?

Mă-ntreb cum o să-l facem să-şi intre-n rol, ca să-şi poată duce misiunea la bun sfârşit, deşi cred că Mel deja ne-a luat-o înainte la capitolul ăsta.

— Te ajut eu să te razi, spuse Mel.

Nu va fi nici o problemă, din punctul ăsta de vedere. Simon mă roagă să mă duc la bucătărie.

— Mel l-a dezvirginat azi-noapte și-o să-l instruiască ea, îmi confirmă el. Va trebui să-l deconstruim pe puștiul ăsta, spune el – după care să-l recompunem după imaginea noastră. Trebuie să-i facem un experiment Eliza Doolittle fraierului. Nu doar la tehnici de futai. Orice dobitoc poate să se futã, orice idiot cu un partener dornic se poate descurca în ceea ce privește pozițiile sexuale, și-i aruncă o privire lui Terry, aflat de cealaltă parte a ușii. Dumnezeule, cum ne prostește pe noi dragostea pentru sex. Dar aranjează-l complet, transformă-l într-o ființă simțitoare. Haine. Aspect. Ținută. Maniere.

Dau din cap aprobator, dar mai întâi trebuie să rezolv niște afaceri în toată regula. Le spunem celorlalți să ne întâlnim mai târziu la pub, iar la ieșire, Simon îi întinde lui Curtis o cutie împachetată.

— E un cadou, deschide-l.

Curtis sfâșie hârtia și scoate la iveală capul blond, vulgar și îngrozitor al unei păpuși gonflabile.

— O cheamă Sylvie. E pentru antrenamente în nopțile pustii, deși nu cred că vei mai avea parte de prea multe în viitor. Bine-ai venit în *Șapte futese*!

Sărmanul Curtis nu prea știe ce să-i facă lui Sylvie, în timp ce se-ndreaptă spre Port Sunshine. Simon mă roagă să mai rămân puțin, fiind foarte nerăbdător să discutăm progresul a ceea ce el numește „Șmenu'".

Am obținut cele două liste, ambele pe dischete diferite. Tatăl lui Rab ne-a ajutat să le punem laolaltă și să le aducem la același format. Sunt 182 de deținători de abonament sezonier la Rangers care au conturi la filiala Clydesdale Bank din Merchant City. Dintre aceștia, 137 au codul pin 1960. Nu-mi dau seama cum a aflat Simon asta, deși el mi-a explicat răbdător, la fel și Mark, dar tot n-am înțeles. În ciuda cursului de studii scoțiene al lui McClymont, tot n-am reuşit să-nţeleg câtuşi de puţin mentalitatea scoţiană şi nici cultura. Dintre toţi aceştia, optzeci şi şase au servicii bancare pe Internet.

Lucrul important este că banii din acele optzeci şi şase de conturi variază de la un mandat neacoperit de 3 216 £, la un credit de 42 214 £. Simon îmi explică cum că el şi Mark au intrat în sistemul bancar *online* de la Clydesdale. Folosind pinul 1960, au retras o sumă totală de 62 412 £ din conturile mai mari, pe care au depus-o într-un cont general pe care şi l-au deschis la Zürich, la Swiss Business Bank, mă pune el la curent, în timp ce-şi trasează două linii de coca.

— Eu n-am chef, spun, scoţându-mi foiţele, iarba şi tutunul din geantă.

— Da, ştiu. Amândouă sunt pentru mine. Am două nări, îmi explică el. Mă rog, măcar deocamdată. Da, în trei zile, toţi banii, mai puţin 5 000 £, vor fi transferaţi într-un cont pentru producţie pe care l-am deschis la Banque de Zürich, pentru Bananazzurri Films.

— Şi acum mergem la pub să sărbătorim?

— Nuuuu... spune Simon, beneficiarii suntem tu, eu şi cu Rents. Noi suntem singurii care ştim de chesti-asta. Să nu pomeneşti nimic nimănui, mă previne el – sau intrăm cu toţii-n puşcărie pentru multă vreme. Păstrăm banii în conturile alea, sunt mult mai mult decât ce avem noi nevoie pentru film. Ne vedem cu ceilalţi mai târziu. Acum, tu, cu mine şi cu Rents vom sărbători în particular.

Şi sunt binedispusă, nerăbdătoare şi mi-e destul de teamă întrebându-mă în ce am intrat. Aşa că mergem să ne întâlnim cu Mark la restaurantul Café Royal, unde ne bucurăm toţi trei de stridii şi de sticlele de Bollinger. Mark toarnă şampania în pahare şi şopteşte:

— Te-ai descurcat de minune.

— Şi voi v-aţi descurcat bine, spun eu, destul de înfricoşată, chiar îngrijorată de proporţiile fraudei noastre. Dar asta este afacerea noastră, rămâne strict între noi, îi implor eu agitată, iar Mark dă din cap serios, confirmând. Asta-nseamnă că poate să afle şi Dianne?

— Cum să nu, răspunde Mark posomorât. Pentru o chestie ca asta, putrezeşti în închisoare. Dar auzi, ce zici de Rab? El trebuie să ştie ceva pentru că a venit cu informaţiile despre programul de computer de la taică-su.

— Rab e-n regulă, spune Simon, dar poate deveni cam puritan şi s-ar căca pe el dacă ar şti la ce nivel e frauda. Dar el crede că-i vorba doar de cardul de credit al vreunui fraier. L-am recompensat pentru serviciile lui. Hai să nu mai vorbim niciodată despre asta, zâmbeşte el, după care începe să fredoneze vioi o melodie: un cântecel ciudat pe care nu-l mai auzisem niciodată.

La Boyne, pe dealurile cu iarbă înverzită
Unde William şi oamenii săi se-ntâlniră.
Luptându-se pentru naşterea noastră proslăvită
La Boyne, pe dealurile cu iarbă înverzită

Oamenii regelui loiali şi fideli musai să fie
Şi orice-ar putea calea să le-o aţie,
Să ţinem minte, „Nu ne predăm!" ne e cântul
Şi de partea noastră-i Dumnezeu blândul...

— Iubesc Scoţia, spune Simon, sorbind din şampanie. Sunt atâţia distruşi care cred în toate rahaturile, încât îi faci uşor de bani. Toată faza asta cu FC Celtic-Rangers este cea mai mare şmecherie inventată vreodată. Nu-i doar brevetul de a-i stoarce de bani pe fraieri, ci şi brevetul de a-i stoarce pe copiii lor şi pe copiii copiilor lor. Franciza o să meargă mai departe; Murray, McCann, băieţii-ăia ştiu ei bine ce fac.

Mark îmi zâmbeşte, apoi se întoarce spre Simon.

— Acum, că suntem toţi bogăţei, să-nţeleg că nu ţi-a scăzut deloc interesul de a face filmul ăsta?

— Deloc, răspunde Simon. Nu-i vorba de bani, Rents, acum îmi dau seama. Orice dobitoc poa' să facă bani. E vorba de a crea ceva care îţi *va aduce* bani. Este vorba de exprimare, de actualizare a sinelui, despre viaţă, de a le arăta bogătanilor ălora muişti care se jucau cu lingurile lor de argint că putem face tot ce fac fraierii-ăia, şi chiar mai bine.

— Mmm, spune Mark, am să beau pentru asta, ridicându-şi paharul pentru un alt toast.

Simon mă priveşte, fără să spună nimic, ţuguindu-şi buzele cu dureroasă sinceritate. Apoi spune mustrător:

— Fără răsfăţuri costisitoare, Nikki, am să ţin eu baierele pungii. Dacă rămâi fără bani, îmi ceri.

Nu ştiu dacă am încredere în Simon şi nici nu cred că el şi Mark au încredere unul în celălalt. Dar abia dacă-mi pasă de bani şi de toate înflorituriile. Îmi place pur şi simplu la nebunie. Mă simt în viaţă.

— În orice caz, dacă ne prind, nu trebuie decât să dai din gene în faţa judecătorului şi să-i spui că ai fost păcălită de doi borfaşi nenorociţi, şi-o să-ţi dea drumul, în timp ce Rents şi cu mine o să ne vedem de treabă, nu-i aşa, Mark?

— Clar, spune el, turnându-şi încă un pahar de şampanie.

După aceea, ne îndreptăm spre Rick's Bar de pe Hanover Street.

— Ăla nu-i Mattias Jack? afirmă Simon, arătând spre un tip din colţ.

— Posibil, contemplează Mark, comandând altă sticlă de şampanie.

Simon şi cu mine ne întoarcem acasă la el, în Leith, şi ne petrecem toată noaptea trăgându-ne-o ca nişte animale. A doua zi mă duc acasă satisfăcător de obosită, mă durea tot corpul şi parcă îmi jupuise cineva pielea, arunc un ochi pe cursuri şi apoi mă duc la saună. Când mă întorc, Mark e la noi, vorbind cu Dianne. Mă salută scurt şi pleacă.

— Ce-a fost asta?

— E un vechi prieten. Ieşim mâine din nou să bem ceva.

— De dragul vremurilor bune, nu?

Zâmbeşte timidă şi ridică o sprânceană. Are o strălucire aparte şi mă-ntreb dacă deja şi-au tras-o.

Mai târziu, Simon, Rab şi cu mine mergem la studioul de montaj de pe Niddrie, unde mă mai dusese înainte. Nu ştiam că în Edinburgh existau locuri de felul acesta, de fapt, nu mai văzusem niciodată ceva asemănător. Patronul de la Vid In The Nid este un vechi tovarăş de-ai lui Rab, de pe vremea când mergea la fotbal cu găştile de huligani. Mulţi dintre ei par acum genul de întreprinzător, iar tipul ăsta, Steve Bywaters, pare mai degrabă un asistent social decât un fost bătăuş microbist. Când vine vorba să împărtăşească resurse şi abilităţi, par să fie apropiaţi la fel ca masonii.

— Avem tot ce ne trebuie, putem să facem totul aici, spune el, arătând ca un creştin curat şi renăscut.

Când eram pe picior de plecare, Rab îi spune:

— Mişto, nu?

Sick Boy dă din cap.

— Da, dar putem s-o facem la Amsterdam. Probleme cu OPA, Rab, mai ţii mine?

— Ai dreptate, spune Rab, dar eu îl suspectez pe Simon că are alte intenţii.

54
Şmenu' # 18 749

City Café e plin de pre-clubberi atunci când Curtis
şi tovărăşii lui pricăjiţi intră şi mă roagă să le ţin
companie. Stăm lângă unii care par studenţi, plini
de teorii conspiraţioniste plictisitoare, care se con-
trazic entuziasmaţi despre cine nu a murit cu ade-
vărat : Elvis, Jim Morrison, Lady Di. Prea plini de
spiritul lor tineresc al nemuririi, ca să creadă că
unii chiar dau ortul popii. Înţepeniţi într-o lume de
vis burgheză care afirmă viaţa şi neagă moartea.

Unii dintre puştii de cartier, cum ar fi Philip, se
hlizesc şi râd de prostiile lor ; ei ştiu că sunt numai
aberaţii. Au văzut, de la o vârstă fragedă, destulă
moarte, cu toate şmenurile din jur şi cu epidemia
de SIDA din anii '80 care-a afectat oraşul, cât să fi
renunţat la asemenea noţiuni inocente. Ciudat, dar
sunt sigur că generaţia noastră se simţea la fel ca
puştii din suburbii. Dar acum nu mai e acelaşi lucru,
pentru mine cu siguranţă nu.

— Toţi fraierii-ăia-s morţi ş-aşa o să rămână, îi
spun eu unui student, iar puştii dotaţi cu ghiuluri
încep să râdă zgomotos şi mi se-alătură, făcându-i
să sară pişatu' din ei.

În timp ce se petrec toate aceste lucruri, îi atrag
atenţia lui Curtis.

— Ia aminte la tovarăşii tăi, cum îi fac praf pe
studenţii-ăia.

El pleacă uşor capul.

— Acum, să derulăm rapid înainte cu cinşpe ani :
cine-o să aibă casa drăguţă, slujba, afacerea, banii,
maşina şi cine-o să rămână-ntr-o mahala, cu ajutor
social ?

— Corect... dă Curtis din cap.

— Ştii cum ?

— Pen' c-au educaţie şi d-astea?

Nu-i rău.

— Da, şi de-asta. Alte motive?

— Pen' c-au pe mă-sa şi pe ta-su care le dau bani ca să-i ţină la-nceput? Şi relaţii ş-aşa?

Băiatul ăsta nu-i chiar aşa nătâng cum credeam.

— Isteţ, Curt, isteţ. Dar dacă pui la un loc astea două lucruri, ce obţii?

— Nu ş'.

— Aşteptări. Vor avea lucrurile-alea pentru că se-aşteaptă să le aibă. Cum ar putea să se-aştepte la altceva? Cei ca tine şi ca mine nu se-aşteaptă la chestii de genu' ăsta. Noi ştim că trebuie să muncim până ne spetim ca să le câştigăm. Acum pentru mine, un tip extraeducat, deşi fără competenţe suficiente, nu există nici o intrare adevărată în acea viaţă. De ce crezi că o ard cu economia subterană la periferia societăţii? Pentru că-mi plac personajele amuzante? Pentru că genul meu de oameni sunt vagabonzii şi curvele şi drogaţii şi dealerii? Pula mea, nici vorbă. Am făcut proxenetism, furt prin efracţie, jaf, fraudă prin cărţi de credit şi trafic de droguri, nu pentru că-mi plac, ci pentru că nu pot pătrunde în mod legitim în afaceri la nivelul, statutul şi remunerarea pe care le consider corespunzătoare cunoştinţelor şi abilităţilor mele. Sunt un gunoi tragic, Curt, un gunoi tragic. Dar asta se poate schimba şi chiar se va schimba, explic uitându-mă la ceas, şi acum e vremea să ne vedem cu ceilalţi. Auzi, spun eu asaltându-mi băutura, ţi-a folosit la ceva păpuşa aia?

— Ei, nu... spune el jenat. Mă jucam şi eu cu ea şi m-a pus în patru labe...

— Te-a pus în patru labe! Să-mi fut una, dac-aş fi ştiut asta, îmi luam şi eu! şi râd de nebunul ăsta.

Ne terminăm băuturile şi intrăm în cabina lui N-Sign, să filmăm câteva cadre cu nişte clubberi în acţiune. Curtis dansează cu tovarăşii lui, iar Rab îndreaptă camera spre ei. Apoi o ocheşte pe Nikki, care vorbise până atunci cu Mel şi acum se îndrepta spre el. Ea dansează puţin în faţa lui, apoi îl conduce în biroul clubului, pe care Carl îl golise pentru noi.

Apoi, când se închide clubul, trecem la munca serioasă şi ne pregătim să filmăm una dintre scenele noastre cheie. Rab şi tovarăşii lui instalează echipamentul în birou.

— Crezi că Melanie şi Nikki chi-chi-chiar mă plac? întreabă Curtis.

— Cum adică?

— Păi, eu cred că se poartă frumos cu mine doar pen' că le spui tu.

— Acuma, tovarăşe, nu te-aştepta să te uiţi cu privire-aia de căţeluş la o gagică şi ea să nu pice-n plasă. Puterea e în mâinile tale, îi explic eu.

— Dar f-f-fetelor nu l-l-le pla... faţa i se contorsionează... p-place de mine.

— Alora care-s fraiere, nu. Da' femeilor adevărate, da. O gagică care-a ieşit din Pilrig[1] învaţă cum să distingă lucrurile pân' la ultimu' fir de păr, mai ales dacă s-a mai lărgit cu vremea. Apoi e numai o cheştiune de raza cercului, zâmbesc eu, şi Del-del, del-del-del-del... începutul refrenului de la piesa clasică a lui Bowie.

Dar se pare că nu prea dă roade la Curtis. Cât timp pleacă el să mai facă un pipi de emoţie, o abordez pe Nikki.

— Încearcă să-l faci pe Curtis să se simtă dorit, e la pământ cu respectul de sine.

Când se întoarce de la toaletă, Nikki se duce spre el şi o aud cum îi spune:

— Curtis, abia aştept să mi-o tragi.

Prostănacul ăsta bâlbâit nu face decât să clipească des şi să roşească.

— Ce vrei s-s-să spui cu asta?

Nu mă pot abţine şi-ncep să râd în hohote.

---

1. Suburbie a Edinburghului.

— Eşti un geniu umoristic, Curtis! Asta o să intre-n scenariu!

Şi-ncep să mâzgălesc în grabă pe schiţa scenariului.

După ce ţin discursul de încălzire vedetelor mele, Rab îmi face semn din cap şi suntem gata de acţiune.

— Gata, băieţi, asta este scena-cheie din film. Aici „Joe" câştigă pariul cu „Tam". Curtis, aici personajul tău, „Curt", îşi pierde virginitatea în film. Aşa că nu-ţi face probleme dacă eşti agitat, chiar *trebuie* să fii agitat. Vreau ca amândoi să spuneţi ce aţi spus mai înainte. Aşa că, Nikki, condu-l tu în birou, trânteşte uşa, aşază-te cu spatele lipit de ea şi spune...

— Mi-ar plăcea la nebunie să ţi-o trag, spune Nikki tărăgănat şi lasciv, privindu-l pe Curtis.

— Şi acum tu, Curt, îi fac eu semn.

— Ş-ş-şi ce vrei să spui...

— Genial. După care tu îl întinzi pe birou, Nikki. Las-o pe Nikki să conducă, Curtis. Bun, hai să-ncercăm.

Bineînţeles, nimic nu se compară cu originalitatea spontană, dar după multe încercări, obţinem două scene utilizabile. Acum i-am aranjat pe cei şase fraţi, singura problemă rămâne scula paradită a lui Terry, care nu s-a întremat suficient pentru un futai anal. Dar nici o grijă, am o idee.

55

Curvele din Amsterdam Pct. 6

I-am anunţat pe Martin şi pe Nils că aveam nevoie de o pauză de la toată povestea cu clubul. Lui Katrin i-am spus că trebuia să merg acasă, să-i văd puţin pe ai mei. Dar indiferent ce aş fi crezut că mi-ar fi putut servi în acea stare de spirit, de *asta* era vorba cu adevărat. Era tot ce puteam face ca să mă desprind de ea. Dianne Coulston.

Am făcut dragoste mai toată noaptea, în patul liber al lui Gav. Eram plin de dorinţă, mă topeam după ea, mă simţeam sfârşit, parcă dincolo de limitele epuizării, dar mă excitam imediat din nou. Experienţa îmi spune că asta nu are nimic de-a face cu dragostea sau cu sentimentele, ci este o simplă reacţie între două corpuri străine aflate unul în apropierea celuilalt. Care nu se va epuiza niciodată. Dar dă-o-n mă-sa de experienţă.

În dimineaţa asta, e îmbrăcată cu tricoul meu, şi de fiecare dată când o fată face asta mă simt bine, suntem la bucătărie şi ne facem pâine prăjită şi cafea. Intră Gav, pregătit să plece la muncă. O vede, ridică privirea, şi dă să iasă. Îl strig, nevrând să se simtă străin în propria casă.

— Gav! Ia vino!

El se întoarce timid.

— Ea e Dianne, îi spun.

Dianne zâmbeşte şi întinde mâna. El dă mâna cu ea şi rămâne cu mine şi cu, da, prietena mea, să bem ceai şi să mâncăm pâine prăjită. Dar m-am tot gândit la Katrin şi la ce să-i spun lui Dianne. Chiar şi când ne despărţim şi eu o iau spre oraş, tot la asta mă gândesc.

Când lucrurile perfect normale par atât de ciudate, ştii că ai avut o viaţă de distrus. Sunt la grădinile de pe Princes Street cu Sharon, cumnata mea, şi cu Marina, nepoata mea, pe care n-am mai văzut-o niciodată. E prima oară după ani buni când o văd pe Sharon. Cred că ultima dată a fost când i-am tras-o la înmormântarea lui frate-miu, în toaletă, când era însărcinată cu Marina.

Nu numai că nu reuşesc să relaţionez afectiv cu ea, dar nici măcar nu-mi dau seama cum ar putea fi o persoană ca ea. Bineînţeles, poate mă înşel, nu poţi fi sigur niciodată, dar aşa mă simt. Eu, dacă aş fi rămas aici, aş fi rămas acelaşi? Probabil că nu.

Sharon s-a-ngrăşat. A făcut straturi de grăsime. Vechea Sharon, ţâţoasă, voluptuoasă, e înfăşurată acum în colaci de osânză. Nu mă gândesc la cum mă vede ea pe mine, asta-i problema ei, eu sunt pur şi simplu sincer cu reacţia mea negativă. De cum deschid gura, încep să mă simt vinovat pentru repulsia mea atât de superficială. E o femeie drăguţă. Ne aşezăm în piaţă, la o cafea, Marina se dă în carusel, făcându-ne cu mâna de pe un cal cu faţă sinistră.

— Îmi pare rău s-aud că nu ţi-a mers bine cu băiatu-ăla cu care erai, îi spun.

— Nu, ne-am despărţit anu' trecut, spune ea, aprinzându-şi o ţigară Regal, oferindu-mi şi mie una, dar o refuz. El voia copii, eu nu mai voiam altu', explică ea, după care adaugă: Da' cre' că a fost şi altceva la mijloc.

Stau şi dau încet din cap, simţindu-mă deconcertat şi nelalocul meu, aşa cum se întâmplă când oamenii îşi spun imediat totul despre ei şi se creează un fel de intimitate.

— Da' tu? Tu eşti cu cineva?

— Păi, e puţin mai complicat... M-am întâlnit cu cineva săptămâna trecută, şi explic, simţind cum mi se luminează faţa într-un fel ciudat şi cum încep să zâmbesc gândindu-mă la ea, o cunoşteam de mai demult. Şi mai e cineva în Olanda, dar acum nu e tocmai pe roze. Nu, de fapt, s-a terminat.

— Acelaşi Mark de demult, nu?

Mereu am fost mai degrabă tipul care avea relaţii, nu aventuri de o noapte, însă nu am excelat nici la asta. Dar când te întâlneşti cu cineva, indiferent de câte ori ai dat-o-n bară în trecut, întotdeauna te gândeşti... da. Avem prea multe speranţe ca să ne mai facem aşteptări.

— Auzi... bag mâna în geantă şi îi întind plicul, ăsta-i pentru tine şi Marina.

— Nu-l vreau, spune ea, împingând plicul.

— Deci ştii ce conţine.

— Îmi dau seama. Bani, nu?

— Da. Ia-i.

— Nu.

O privesc cât de cercetător pot.

— Ascultă, eu știu ce zice toată lumea din Leith despre mine.

— Nu vorbește nimeni despre tine, spune ea pe un ton care ar trebui să fie liniștitor, dar care, de fapt, îmi cam dezumflă *ego*-ul. Sigur că ei...

— Nu-s bani de pe droguri. Îți promit asta. Sunt de la club, îi explic, încercând să mă împotrivesc impulsului de a tresări la ironia afirmației mele.

Orice patron de club de dans din lume își datorează banii, chiar și indirect, drogurilor.

— N-am nevoie de ei. Vreau să fac ceva pentru... nepoata mea. Te rog, o implor eu, după care îmi formulez fraza, stânjenit. Frate-miu și cu mine eram complet opuși. Amândoi duși, dar în feluri diferite.

Sharon îmi răspunde cu un zâmbet, iar eu fac la fel, cu o afecțiune ciudată, amintindu-mi fața lui frate-miu Billy, cum îmi lua apărarea, dorindu-mi dintr-odată să mă fi purtat mai bine cu el. Mai puțin belicos, dogmatic și tot așa. Dar e un rahat. Ai fost ce-ai fost și ești ceea ce ești. Dă-le-n pula mea, toate aberațiile-astea cu regretul.

— Ciudat, dar ce-mi lipsește nu e felul în care eram împreună, ci faptul c-ar fi fost posibil să ne-nțelegem mai bine. Eu m-am schimbat din multe puncte de vedere. Cred că și el s-ar fi putut schimba.

— Poate, spune ea, sceptică și rezervată, și nu-mi dau seama dacă se referă la el, la mine sau la amândoi.

Ea se uită la plic, îl pipăie.

— Trebuie să fie câteva mii aici.

— Opt mii, îi spun.

Aproape că-i ies ochii din orbite.

— Opt mii de lire! Mark! își coboară vocea și se uită în jur, ca într-un film de spionaj. Nu poți să umbli cu atâţia bani după tine! Dacă te jefuieşte careva sau...

—Păi atunci mai bine să-i duci la bancă. Uite ce e, nu plec de aici cu ei, aşa că dacă nu-i vrei rămân acolo, pe masă.

Dă să spună ceva, dar i-o iau înainte.

—Trebuie să înţelegi, n-aş face-o dacă nu mi-aş permite. Nu-s aşa de tolomac.

Sharon şi-i bagă în geantă şi-mi strânge mâna cu lacrimi lucindu-i în ochi.

—Nu mai ştiu ce să zic...

Ăsta-i momentul s-o şterg. Îi spun că aş putea s-o duc pe Marina să vadă *Toy Story*, cât timp rezolvă ea lucrurile cu banca şi dă o tură prin magazine. Şi în timp ce mă plimb cu copilul de mână, mă întreb ce-ar face Begbie dacă ar da acuma peste mine. Sunt sigur că n-ar fi... şi-mi îngheaţă sângele în vine gândindu-mă c-ar putea să-i facă rău copilului sau lui Sharon, aşa că ne înghesuim într-un taxi şi-o luăm spre centru, către Dominion, pentru că totuşi nu mi-l imaginez pe Franco prin Morningside. După film o duc pe Marina înapoi, acasă la Sharon.

Mai târziu, în timp ce mă îndreptam spre podul George al IV-lea, zăresc o altă figură familiară, dar nu se poate să fie el, n-are ce să caute în faţa unei biblioteci! Mă strecor în spatele lui şi-l apuc de guler cu un deget, ca poliţiştii. Aproape că-şi sare afară din piele, înainte să se întoarcă şi privirea ostilă să i se topească într-un zâmbet strălucitor.

—Mark... Mark, frate... ce faci?

Ne retragem într-un bar din apropiere la un pahar. În mod ironic, un bar care se cheamă Scruffy Murphy, porecla cu care pe vremuri îl chinuia toată lumea pe Spud. Dar nu-mi amintesc mare lucru de pe-atunci. În timp ce aşteptăm să ni se aducă vreo două Guinness, mă gândesc că-i cam greu să nu observi că Spud e într-un hal fără de hal, ca întotdeauna. Ne aşezăm şi-mi povesteşte de proiectul lui cu istoria Leithului, la care lucrează, chestie care mă dă pe spate. Nu pentru că sună interesant, deși așa e, ci mai degrabă ideea în sine de a-l auzi pe Spud vârât într-o chestie ca asta. Dar vorbește despre el cu foarte mare entuziasm, apoi ne apucăm de depănat amintiri.

— Ce mai știi de Swaney? Sigur n-o mai arde pe aicea, îl întreb eu de vechiul nostru tovarăș.

— E-n Thailanda, zice Spud.

— Să mori tu, spun eu, și mai uluit.

Swaney își dorise dintotdeauna să ajungă acolo, dar nu-mi vine să cred că în sfârșit a făcut-o.

— Da... a făcut-o motanu', dă Spud din cap, dimensiunea improbabilului părând să-l dea și pe el pe spate. Doar c-un picior, și așa...

Mai vorbim despre Johnny Swan o vreme, dar e un lucru pe care într-adevăr aș vrea să-l aflu de la el și întreb pe un ton cât mai obișnuit:

— Da' ia zi-mi, Spud, Begbie a ieșit de la închisoare?

— Îhî, a ieșit de ceva luni bune, mă informează Spud și simt cum mă cuprinde o senzație ca atunci când te scufunzi. Ca și cum mi-au paralizat trăsăturile feței și am un țiuit în urechi. Mi-e greu să mă mai concentrez la cuvintele lui și începe să mi se învârtă capul... Cam după Anu' Nou. M-am trezit cu motanu' la mine acas', gen. Și-i mai dement ca niciodată, îmi zice el, serios. Ține-te departe de el, Mark, că nu-i numa' din cauza la bani...

Răspund aproape ca mortu':

— De ce bani e vorba?

Spud îmi aruncă un zâmbet cu toată gura, mare și blând și mă ia în brațe plin de entuziasm. Pentru un slăbănog ca el, mă strânge cu destulă forță. Când îmi dă drumul, are ochii în lacrimi.

— Mulțam' mult, Mark, îmi zice.

— Habar n-am despre ce vorbești, dau eu din umeri, păstrând tăcerea.

Dacă nu ştii nimic, nici n-au ce să scoată de la tine. Şi nu-l mai întreb nici de starea sistemului imunitar, al lui, al lui Ali şi al copilului. Sick Boy e un mitoman înrăit şi e chiar mai puţin priceput decât pe vremuri sau măcar mai amuzant. Arunc o privire la ceasul din pub.

— Ar cam trebui să plec, frate. Mă-ntâlnesc cu prietena mea.

Spud pare un pic întristat când îi zic asta, dar apoi parcă i-ar trece ceva prin minte:

— Ştii, motane, ce-ar fi dacă, eh... po' să te rog ceva?

— Da, sigur, dau din cap neîncrezător, încercând să ghicesc cam cu cât o să mă taxeze.

— Ei bine, Ali şi cu mine... eh, vrem să scăpăm de apartament. O să stau la nişte to'arăşi pentr-o vreme, da' nu pot lua şi pisica. N-ai cum s-o ţii tu un timp?

Încerc să-mi dau seama ce înseamnă „pisica", apoi mă trăsneşte că poate chiar vorbeşte de una adevărată. Şi detest din toată inima creaturile astea.

— Îmi pare rău, frate... nu prea le am eu cu pisicile... şi stau şi la Gav acasă...

— Ah, zice el şi arată aşa al naibii de patetic că tre' să fac ceva şi-o sun pe Dianne s-o întreb ce-ar zice dacă ar avea ea grijă de pisică un timp.

Dianne e de-acord şi-mi spune că oricum Nikki şi Lauren se gândeau să-şi ia o pisică, aşa că poate ar merge, măcar de probă, să-şi dea şi ele seama dacă într-adevăr s-ar descurca. Îmi zice că o să le întrebe, ceea ce şi face imediat, şi mă sună înapoi.

— Gata, pisica şi-a găsit temporar o casă nouă, spune ea.

Spud e încântat de veste şi stabilim când să ne vedem să ducem creatura până în Tollcross. Apoi îl las şi o iau tot în direcţia asta şi simt cum mă cuprinde o furie oarbă, cât am putut să fiu de cretin, o furie care îmi mănâncă ficaţii. Dar îmi revin şi-mi sun partenerul de afaceri pe mobil.

— Simon, cum mai merge?

— Unde eşti?

— Lasă asta. Eşti sigur că Begbie e încă la închisoare? Mi-a zis cineva că ar fi ieşit.

— Ş-adică cin' să-ţi toarne-asta?

Savantul de Sick Boy, care o dă aşa la comandă pe scoţiană de cartier, sună tare neconvingător.

— N-are nici o importanţă.

— Păi, cred că-i o tâmpenie. E încă bine la bulău, din câte ştiu eu.

Muist mincinos. Închid telefonul şi o iau în jos spre Grassmarket, apoi în sus pe West Port, înspre Tollcross, cu gânduri bolnave de febră zburându-mi prin minte şi emoţii oribile răscolindu-mi intestinele.

56

„... cu el încolăcit în jurul umerilor mei..."

Se pare că m-am ataşat de Zappa, motanul de care avem grijă. Am început să fac exerciţii de aerobic cu el, după ce am văzut asta săptămâna trecută pe Channel Four. Stau ghemuită şi mă ridic de treizeci de ori cu el încolăcit în jurul umerilor mei, asta fiind poziţia unu. Apoi trec la poziţia a doua, ţinându-l de stomac cu o mână, iar cu cealaltă îl ţin de piept, şi repet mişcarea de treizeci de ori pentru fiecare parte.

Lauren intră şi pare foarte surprinsă.

— Nikki, ce-i faci sărmanei pisici?

— Aerobic pentru pisici, îi explic îngrijorată că s-ar putea gândi că acum am dat-o şi pe bestialitate.

Când ai o viață ocupată, ai tendința să neglijezi animalele de companie, iar asta e o bună modalitate să-ți ții pisica în formă și să și socializezi cu ea. Te ajută să faci mișcare și mai e și partea aia tactilă, de comunicare. Ar trebui să-ncerci și tu, spun eu, lăsându-l jos.

Lauren scutură sceptică din cap, dar eu mă grăbesc să plec, pentru că trebuie să filmăm ultima scenă porno cu Mel și cu Terry, și cu invitatul special, Curtis, reprezentant pe probleme de futai. Plec spre Leith și mă întâlnesc cu ei în apartamentul lui Simon.

Curtis are un zâmbet tembel. E antrenabil băiatul, în materie de futai. Ne urmărește pe mine și pe Melanie ca un cățeluș bolnav care cerșește mâncare sau, în cazul de față, păsărică. Nu, nu e drept. Băiatul ăsta vrea ceva mai mult. Vrea dragoste, vrea sentimentul apartenenței, acceptare. De fapt, în felul lui sincer, deloc subtil, ne amintește tuturor de propriile noastre nevoi. La modul cel mai autentic, vrea să-l plăcem. Chiar să-l iubim. Cât despre noi, îl necăjim, oprindu-ne uneori la un pas de cruzime.

De ce? Să fie oare pentru că ne distrează să avem puterea asta sau, după cum ar susține Lauren, pentru că nu ne place ceea ce facem?

Nu, e cum spuneam mai devreme, el pur și simplu este o versiune nedemnă a noastră, a celorlalți: un aventurier trist care nu a găsit ceea ce caută. Dar el, nenorocitul, mai are timp. Poate că asta ne afectează comportamentul, atitudinea noastră față de el. Îmi imaginez că încă pot să-l simt între picioarele mele, în mine. Am o păsărică mică și strâmtă, n-aș fi crezut niciodată că poate să intre *atât* în mine. Dar uneori te surprinzi pe tine însăți.

— Îți place așa? întreb eu, apăsându-mi gâtul de fața lui.

— Da, miroase mișto, gen.

— Mi-ar plăcea să te-nvăţ câte ceva despre parfumuri, Curtis, să te învăţ multe lucruri. Ca atunci când voi fi bătrână şi înţeleaptă, iar tu vei fi încă tânăr şi arătos, şi-o să le spargi pe toate virginele din oraş, care vor avea jumătate din vârsta ta, aşa cum ar trebui să facă toţi bărbaţii serioşi trecuţi de prima tinereţe, să nu mă urăşti. O să-ţi aduci aminte de mine cu drag şi-o să mă tratezi ca pe o fiinţă umană.

Mel zâmbeşte şi soarbe dintr-un pahar de vin roşu, nedându-şi probabil seama cât de serios vorbesc.

Auzind asta, Curtis e absolut îngrozit.

— N-o să fiu niciodată rău cu tine! spune el, aproape schelălăind.

Băieţii ăştia, atât de drăgălaşi şi buni la suflet, cum se transformă ei în monştri. Şi totuşi adesea parcă anumite lucruri se ameliorează pe măsură ce îmbătrânesc; devin din nou blânzi şi tandri. Cu toate astea, nimeni nu i-a spus asta lui Simon Sick Boy. Curtis este discipolul lui vedetă, la fel cum este şi al meu. Iar mie nu-mi plac lecţiile pe care i le dă el.

Rab şi echipa coboară şi se apuc să instaleze camerele. Dar Curtis era drăguţ. Nu voia s-o sodomizeze pe Mel.

— E murdar, nu vreau s-o fac.

— Bine lucrat, Curtis, spun eu, în timp ce Mel insistă:

— Curtis, pe mine nu mă deranjează.

Ca din senin, Simon spune:

— OK, hai s-o lăsăm baltă pentru moment, şi se uită la ceas. Hai, mergem să facem poze!

Mă-ntreb ce-a pus la cale, în timp ce Rab începe să geamă, dar Simon ne scoate afară şi ne suie într-un taxi şi mergem cu toţii la cinematecă, unde se proiectează nişte filme de Scorsese. Acum e *Taurul furios*, cu De Niro.

După film, la bar, Curtis se întoarce încântat spre Simon:

— A fost genial!

Simon vrea să spună ceva, dar intervin eu:

— Ai vreun motiv? Pentru care ne-ai adus aici? îl întreb.

Simon mă ignoră și îi spune lui Curtis:

— Tu ești actor, Curt. Și De Niro e actor. A vrut el să se-ngrașe ca un porc și s-o ardă de colo-colo ca un sac de cartofi? A vrut el să și-o ia pe ringul de box?

Mă privește cu coada ochiului.

— N-am vrut să fac un joc de cuvinte. Nu. A făcut-o pentru că e actor. S-a dus el la Scorsese pe platou să-i spună „asta-i murdar" sau „asta mă doare" sau „asta e cam rece, impersonal și exploatator"? Nu. Pentru că el este un *actor*, accentuează el, adăugând: Nu la tine fac aluzie, Mel, tu nu ești primadonă.

Acum îmi dau seama că asta a fost spre binele meu la fel cum a fost spre binele lui Curtis. Tehnica lui manipulatoare iese în evidență la fel ca erecția lui Terry.

— Noi *nu* suntem actori, noi doar facem un film porno, îi spun eu. Trebuie să ne fixăm propria...

— Nu. Astea-s bășini de clasă mijlocie. Ăștia-s singurii care nu și-au dat încă seama că pornografia a devenit ceva *mainstream*. Virgin vinde filme porno. Gre Dark regizează videoclipuri pentru Britney Spears. Revistele porcoase sunt la fel cu toate celelalte reviste pentru bărbați și pentru femei. Până și televiziunea britanică, reprimată și cenzurată cum e ea, ne întărâtă cu aluzii pornografice. Tinerii consumatori nu mai fac acum distincția dintre pornografie sau divertisment pentru adulți și divertismentul *mainstream*. Și, exact în același mod, nu fac nici distincția între alcool și alte droguri. Îți rup capul bine, nu-ți rup capul, iarăși bine. Nimic mai mult.

— Nu ți se pare cam arogant din partea ta să-i spui lui Curt ce cred tinerii? spun eu, dar mă simt jalnic, îmi lipsește convingerea în fața certitudinilor lui de neclintit.

— Spun ceea ce gândesc. Eu încerc să regizez un film aici.

— Şi deci pentru tine consensul nu înseamnă nimic?

— Consensul e o chestie elastică, trebuie să fie aşa. Dacă n-ar fi aşa, cum ne-am maturiza? Cum am evolua? Trebuie să existe dezvoltare, o schimbare de perspectivă de-a lungul timpului, trebuie să existe o elasticitate a consensului.

— Simon, curul meu n-o să aibă parte de nici o elasticitate. Acceptă asta. Pentru totdeauna.

— Nikki, nu-i nici o problemă. Nu-i nimic dacă nu vrei s-o faci anal. Ai dreptul ăsta. Dar ca regizor al acestui film, îmi rezerv şi eu dreptul de a-i spune unuia dintre actorii mei principali că se poartă ca o mironosiţă lipsită de profesionalism, zâmbeşte el.

Aşa face el, spune lucruri serioase pe ton de glumă. Are impresia că a câştigat disputa asta nenorocită, dar nu e deloc aşa.

— Noi chiar prestăm activitate sexuală, nu simulăm activitatea sexuală. Şi pentru mine ceea ce contează în activitatea sexuală este consensul. Dacă nu există consens, intervine constrângerea sau violul. Prima întrebare este, oare voi fi violată ca să fac un film? Răspunsul este nu. Poate că asta li se va întâmpla însă celorlalte fete, spun eu fără să mă pot uita la Mel. Încă îl mai privesc pe Simon în ochi când ajung să spun: Cea de-a doua întrebare este, oare tu vei deveni un violator ca să faci filmul ăsta?

Mă priveşte, cu ochii mari.

— Eu n-am să forţez pe nimeni să facă ceva ce nu vrea să facă. De la asta pornesc.

Aproape că-l cred, până când trag cu urechea şi aud ce-i spune lui Curtis când ne întorceam cu taxiul spre Leith, într-o rafală alimentată de coca, în timp ce mai urla din când în când la Rab prin telefon.

— Tu te fuţi cu pula, dar faci dragoste cu trupul şi cu sufletul. Pula nu-nseamnă nimic. De fapt, o să merg şi mai departe: pula poate să-ţi fie cel mai mare duşman. De ce? Pentru că pula are nevoie de-o gaură. Asta-nseamnă că femeia deţine tot timpul controlul, atâta vreme cât relaţia se păstrează la un nivel pur fizic, i.e. de futai. Indiferent cât de mare ai pula sau cum pana mea ţi-o foloseşti, poate fi înlocuită. Există mii, milioane de pule care stau la coadă, mereu pe fază, şi orice femeie cu puţină minte ştie asta. Din fericire, majoritatea nu sunt conştiente de asta. Nu, singurul mod în care poţi prelua controlul într-o relaţie este să-i intri în minte.

Doamne, am fost prevenită. Nu pentru curul meu ar trebui să-mi fac griji, ci pentru minte.

Dar acum îmi fac griji pentru curul lui Melanie. Sunt la fel de protectoare cu el ca şi când ar fi al meu. Mă retrag, dându-mi seama că mă transform în Lauren. E jocul lui Mel; ea mi-a şi spus că-i place. Aşa că ne întoarcem la apartament şi pregătim din nou echipamentul.

Simon mai trage nişte coca şi, în timp ce Melanie se schimbă, îl aud vorbindu-i lui Curt.

— Curtis, frate, faci progrese cu arma ta din dotare. Respecţi femeile, da, foarte bine, dar pentru scena asta avem nevoie de ceva mai mult zvâc. Ai auzit vreodată expresia „fă-o pe târfă să sufere“?

— Nu, da' mie-mi place de Melanie...

Sick Simon scutură din cap.

— La-nceput o iei uşor, dar odată ce i-ai băgat-o, le place la nebunie durerea. Ele o suportă mai bine ca noi. Ele fac copii, pana mea.

— Dar nu prin cur, intervin eu.

Îşi dă seama că l-am ascultat şi se plesneşte peste frunte.

— Încerc să-i dau indicaţii de regie lui Curt, spune el şuierând, Nicola, draga mea, mă laşi, te rog, să-mi fac treaba?

— Fă-o pe târfă să sufere? Tu chiar crezi asta, chiar crezi căcaturile astea misogine?

— Nikki, te rog, lasă-mă să-mi fac treaba. Hai să terminăm filmul, ca să avem pe ce să ne contrazicem.

Slavă Domnului, nu e nevoie decât de o singură dublă pentru fiecare poziție la scena cu sexul anal: cu picioarele proptite înainte, Mel îl călărește în timp ce și-o ia pe la spate anal. Apoi ne așezăm cu toții lângă ea.

— Cum a fost? întreb eu.

— A durut, a durut ca dracu', spune ea, țuguindu-și buzele. Dar a fost bine. Tocmai când credeam că nu mai suport devenea plăcut și tocmai când credeam că era plăcut, devenea insuportabil.

— Uau, spune Sick Boy, punându-și brațul în jurul ei. Ați făcut treabă bună, băieți, așa l-am futut și pe Terry, ultimul dintre cei șapte frați. Mă duc să-l aduc și pe Terry al nostru, ca să simulezi cu el, Mel, pozițiile, iar la cadrele apropiate cu penetrare o să ne folosim de pula lui Curtis. Mai avem nevoie de chestii pentru scena de orgie, de câteva cadre de bază, dar măcar i-am rezolvat pe frați. *Șapte futese*, cu asta o să dăm lovitura!

57

Clarinet

A fost bestial că m-am văzut cu Mark și-a fost foarte mișto că m-a-ncurajat cu cartea. Stăteam așa bine cu moralu' când ajuns acasă că, deși eram cam distrus, mi-am scos manuscrisu' și-am mai trecut o dată prin ultimu' capitol. E ca și cum Rents m-a inspirat așa, frate. Ultima parte e toată despre dava și SIDA și d-astea, despre toți băieții care s-au curățat; și de vagabonții-ăia vai de steaua lor, da' și de motani de treabă, de băieți ca Tommy.

Şi după ce-am mai trecut o dată prin el, nu mi-a venit să cred, frate, nu prea le am io la ortografie, da' se ocupă ei de asta, nici n-o vreau prea şlefuită, că altfel nu le mai rămâne nimic de făcut la amărâţii-ăia de la editură.

Mi-am dat seama că aproape se făcuse dimineaţă şi io nu voiam decât să mă duc la poştă şi s-o trimit la editură, la ăia care se ocupă de toate alea cu istoria Scoţiei. După care voiam să mă duc la Ali şi să-i zic de bani, să-i zic că vreau să fac rezervări la Disneyland, pentru ăla mic şi-aşa, gen. Am încercat zilele trecute la Port Sunshine, da' ea era ocupată şi io eram cam beat, nu prea puteam să vorbesc ca lumea. Nu voia decât să mă car. Io credeam că era prea târziu ca să mă culc şi eram în mare formă, aşa că mi-am pus caseta cu Alabama şi am mai stat aşa un pic.

După aia am fost la papetărie să iau un plic mare dublu, după care direct la poştă. Am pupat pachetul şi l-am băgat în cutia poştală.

Frumosul de el!

M-am gândit că poate cel mai bine-ar fi să trag un pui de somn şi după aia să mă văd cu Ali şi cu Andy când se duce ea să-l ia p-ăla micu' de la şcoală, şi să le zic de vestea cu Disneylandu'! Şi poate după aia să mergem la Paris, poate în Florida! Da, acolo la soare-ar fi mişto, mai ales pe vreme-asta de căcat. Mi-a zis mie Terry Lawson c-a fost el acolo şi c-a fost tare.

După care ce mă gândesc io, acuma am şi io dreptu' să sărbătoresc, pen' că tocma' ce-am terminat cu cartea! Mi-am plătit toate datoriile, am bani la ciorap, plec în curând cu Ali şi cu Andy la Disneyland. Doar vreo două beri, gen. Aşa că ce mă gândesc io, un' să mă duc să sărbătoresc? Acuma tre' să fii atent în Leith, frate, că Leithu' nu-i Edinburgh. În Leith's o grămadă de puburi, unde vrei, nu vrei, găseşti mereu companie, şi uneori nu-i tocma' aia potrivită. Tre' s-ai grijă cu cin' sărbătoreşti.

De la Junction Street mă-ntorc pe Walk şi trec de Mac's Bar. Mă uit vizavi la Central Bar, după care-n sus pe Walk şi ştiu că-n spate-s Bridge Bar, EH6, Crown, Dolphin Lounge, Spey, Caledonian Bar, Morrison's, Dalmeny, Lorne, Vicky, Alhambra, Volley, Balfouru', Walk Inn sau Jayne's, cum îi zice-acuma, Robbie's, Shrubu', Boundary Bar, Brunswick, Red Lion, Old Salt, Windsoru', Joe Pearce's, Elm... şi astea-mi vin acuma-n minte, şi-s doar alea de pe Walk, fără să pun la socoteală străzile laterale şi-astea. Aşa că nu, frate, nu, în toate bodegile de pe Walk am toate şansele s-o fac lată. La fel pe Duke Street şi pe Junction Street şi chiar pe Constitution şi Bernard. Aşa c-o iau spre cartieru' Shore, frate, mai şmecher, liniştit şi curăţel, acolo unde-ar trebui să bea un om de litere din Leith.

Aice-arată altfel, frate, s-a reconstruit tot; pe docuri nu mai sunt decât baruri şi restaurante elegante, şi o grămadă de depozite refăcute de *yuppies*. Scria-n ziar că au mutat toate curvele de unde-au lucrat ele dintotdeauna din cauza plângerilor făcute de locatari. Asta mie nu mi se pare deloc corect, că ele-ntotdeaun-au lucrat acolo şi motanii-ăştia ştiu cum e locu' dinainte să se mute.

Intru-n baru-ăsta mare şi vechi, unu' cu ferestre mari, şi-mi comand o Guinness rece. Mă uit afară la pescăruşii care fac cercuri pe cer şi văd că trage la mal un vas de croazieră.

Faza e că, stând io acolo, intră Curtis.

— Mi s-a părut mie că te-am văzut intrând. M-m-m-i-am zis io c-c-c-ă... şi, săracu' băiat, începe să se strâmbe, să clipească des... n-ar intra S-Sp-Spud aicea.

Da, frate, mare greşeală am făcut. După ce azi-noapte m-am făcut praf cu Rents, mai aveam încă alcool în sistem şi, după câteva halbe, am început să mă simt cam matolit. Micuţu' Curtis sărbătoreşte şi el şi-aşa, că tocmai a fost la o orgie cu nişte gagici pentr-un film pe care-l face Sick Boy acuma. Chiar nu-mi place ideea că Ali lucrează în pubu-ăla cu toţi ăştia-n jur. Uneori cred că vrea s-o bage şi pe ea în poveste-asta şi-mi îngheaţă sângele-n vine. Pen' că el poa' să-i facă pe oameni să facă lucruri pe care-n mod normal nu le-ar face. Da' nu pe Ali, frate, nu pe Ali-a mea. Şi pur şi simplu nu am chef să mă duc acolo la şcoală s-o văd pe Ali cu Andy, amândoi nepăsători şi cu gura căscată, aşa că iau nişte *speed* de la Curtis şi-ncerc să mă refac.

Când ajung la şcoală, mă simt bestial, da' imediat privirea lu' Ali-mi spune că e unu' din momentele-alea când te simţi bine, da' de fapt eşti distrus. Are o haină cu glugă şi guler de blană pe care n-am mai văzut-o niciodată şi un pulover şi colanţi cu bocanci. Arată bestial. Ăla mic e-nfofolit bine, cu fular şi d-astea.

— Ce vrei, Danny?

— Bună, tati, zice ăla micu'.

— Salutare, soldat! îi zic io băiatului, după care-i zic lu' Ali: Am veşti bestiale. Am făcut rost de mălai şi vreau să vă duc la Disneyland... la Paris... sau în Florida, dacă vrei! Şi ieri m-am întâlnit cu Mark, cu Rents, gen! A fost la Amsterdam, da' am ieşit amândoi şi am băut câteva beri. El crede că-i o idee bestială, cu cartea şi-astea...

Da' nu i se schimbă expresia feţei deloc, frate.

— Danny... ce-nvârteli mai faci acum?

— Uite, hai să mergem la cafenea şi putem să vorbim despre asta, spun io, zâmbindu-i lu' ăla mic. Un *milkshake* la Alfred's, prietene?

— Da, zice el, dar la McDonald's. *Milkshake*-urile lor sunt mai bune.

— Nu, frate, nu, Alfred foloseşte numa' chestii bune, *milkshake*-urile de la McDonald's sunt numa' zahăr, nu-ţi fac bine, frate, sunt rele. Globalizarea şi toate alea, totu' e greşit... şi-mi dau seama că bat câmpii şi Ali mă sfâşie cu privirea... da' dacă vrei tu, mergem la McDonald's, gen...

— Nu, spune Ali cu răceală.

— Hai, mami, zice ăla mic.

— Nu, zice ea, avem prea multă treabă. Ne aşteaptă mătuşa Kath, iar eu lucrez la noapte, spune ea.

După care se-ntoarce spre mine şi s-apropie aşa mult, că pentru-o secund-am impresia c-o să mă sărute, da-n schimb îmi şopteşte la ureche:

— Eşti varză! Ţine-te departe de fiul meu cât eşti pe droguri!

După care se-ntoarce şi-l ia pe Andy de lângă mine şi pleacă.

El se-ntoarce şi-mi face cu mâna de câteva ori, iar io mă chinui să zâmbesc şi să-i fac şi io cu mâna, sperând să nu-mi vadă lacrimile din ochi.

Mă întorc în Shore, în alt pub. E plin şi e o trupă de jazz. Sunt la pământ, frate, parcă m-a omorât cineva. Şi mă gândesc ce rost are să ai ani, când oamenii cu care vrei să ţi-i cheltui nu vor să fie cu tine? Ce am io fără ei?

Nu, frate, s-a dus totu' pe pulă.

Mă uit în jur la trupă, la gagic-aia tinerică de la clarinet, care e chiar bună, scoate-un sunet aşa frumos, de-ţi vine să plângi, frate. În momentu' ăla m-a lovit un gând oribil, frate; toată lumea din baru-ăsta, toată lumea de-aici, chiar şi Ali şi Andy, cu toţii-or să moară-n curând. În zece, douăzeci, treizeci, patruzeci, cincizeci, şaizeci de ani sau cât o fi. Ah, oamenii-ăştia frumoşi, frate, şi toţi ăia dubioşi şi oribili n-or să mai fie-aicea, nici măcar n-or să mai existe. Aşa, cât ai bate din palme.

Deci, care pula mea-i faza pân' la urmă, gen?

Plec din Shore, mă-ntorc înapoi acasă. Nu ştiu ce să fac. Nu mai sunt acasă când mă sună Franco, zicându-mi să mă-ntâlnesc cu el la Nicol's la noapte. Zice ca tre' să-mi vorbească despre June. Poate că a văzut şi Franco că nu arată aşa de bine. Poate că pisicii poate chiar îi pasă, pân' la urmă. Îmi zice că e şi cu Premiu' Doi. Ar fi bine să-l văd pe Secks, gen.

— Să fii acolo la opt fix. Hai că ne vedem, pula mea.

Aşa că-ncep să mă gândesc la asta, da' acuma n-aş fi o companie prea bună, gen. După care mai sun-o dată telefonu' şi e Chizzie Bestia. Imediat după Franco şi-aşa. Tre' să fie ceva legat de perioada cât au stat în puşcărie. Da' pe Chizzie, pe mota-nu-ăsta al dracu', l-am cam evitat.

— A ieşit demenţă săptămâna trecută, nu? Nu ieşi să bem ceva, tovarăşe? zice el.

— Nu, frate, o las mai moale, eh, gândindu-mă că *oricum* n-o s-ajung în compania lui.

Şi, dintr-odată, pe o voce nazală şi sinistră, îmi spune:

— Am văzut-o pe nevastă-ta noaptea trecută, tovarăşe, lucra la bar la Port Sunshine. E cam bună. Da' am auzit că v-aţi despărţit, nu?

Simt cum îmi îngheaţă sângele-n mine, frate. Nu po' să zic nimic.

— Da, păi mă gândeam s-o invit în oraş la un moment dat. La un pahar de vin, la o cină, ceva. Ştiu io cum să-ntreţin o femeie, ce mai. Da, da, le cam am cu astea.

Şi-ncepe să-mi bubuie inima, frate, bum, bum, da-ncep să râd şi să mă detaşez, după care zic:

— Da, da, bine, hai că ies la o halbă. O să-mi prindă bine. Poate mai dau o tură prin oraş, ceva. Nu vrei să ne vedem la Nicol's, acolo pe Junction Street? Că acolo la bar lucrează vreo două bune. Una din ele tre' să pice, gen.

Şi muşcă momeala.

— Aşa mai vii de-acasă, Murphy. Când?

— La opt.

Da' io nu mă duc, nu la haznau-aia de pe Junction Street, io mă duc la Port Sunshine să văd care-i treaba.

58

Bonusul norocos

L-am târât afară, 'n pula mea, pe Premiu' Doi şi l-am sunat pe Spud Murphy, ca să lămurim odată rahatu-ăsta cu June. Cineva s-a pus cu cine nu trebuie-aicea sau cineva-ncearcă să mă calce pe bătături. Tovarăşii. Nimeni nu ţi-e tovarăş, vezi asta pe măsură ce-mbătrâneşti. Premiu' Doi, la masa de biliard, cu capsa pusă, încercând să bea un suc de roşii ca un poponar împuţit. Las că-i dau io lu' muie suc de roşii. Muist antisocial.

— Toată faz-aia cu alcoolismu-i un mare căcat. O bere-acuma po' să bei, doar n-o să te omoare. Pula mea, o halbă!

— Nu, nu po' să beau, Frank, a zis doctoru', spune el, cu ochii-ăia tălâmbi, cu privire-aia de spălat pe creier pe care-o iau d-alde muie ăia care se cred atinşi de lumina divină. Lumina Domnului în pula mea.

Mă fut pe tot căcatu-asta.

— Ce pula mea ştiu muiştii-ăştia? Lu' maică-mea i-au zis să se lase de fumat. Fumează cam trei pachete pe zi. Ce-mi zice ea: „Ce să fac, Frank, am nevoie de câte-o ţigară pentru nervi. E singuru' lucru care funcţionează, pastilele-alea nu-mi fac bine". Şi io-i zic: „Dacă nu te laşi de fumat, o să vezi tu". Lucru' care-o s-o dea pe spate şi-o să crape. Da' dacă nu-i stricat, în pula mea, ce nevoie-ai să-l repari, i-am zis io. Aşa că te ţine de-o halbă.

— Nu, nu pot...

— Uite ce-i, io o să-ţi iau o bere-n pula mea şi cu ast-am încheiat discuţia, îi zic io şi mă duc la Charlie la bar şi iau două halbe de blondă.

Cum mă duc io cu halbele-napoi, îl văd p-un muist că intră, da' nu-i Spud. Şi mă duc la Premiu' Doi şi-ncerc să scurm rahatu'.

— Corect, pregăteşte-te să fii măcelarit, bă, muie.

Mă gândesc la maică-mea şi la cum am încercat să-i fac un bine. Nu că pentru ea ar fi vreo diferenţă cât de mică. Atâta vreme cât îşi are bingou-ăla de căcat, pana mea. Dac-ar fi după mine, aş închide toate sălile-alea; pula mea, risipă de timp şi bani. Şi nu e ca la cursele de cai, nu e ca şi când ar fi ceva distractiv la el.

În orice caz, Premiu' Doi şi-o ia acuma. Facem un joc şi mai începem unu', iar io mă tot uit la uşă. Tot nici urmă de Murphy.

— Nici nu te-ai atins de bere-aia, bă, muie, îi zic io lu' Secks.

— O, Franco... nu pot, frate...

— Nu poţi sau nu vrei, zic io, uitându-mă fix în ochii lui.

După care, nu ştiu de ce, mă uit în spate la băiatu' care stătea acolo la bar, citind rubrica de curse din *Record*. E ceva cu el. Îl ştiu bine pe muist, îl cunosc de undeva. Era o bestie, pula mea. Îi cunoşteam pe toţi muiştii-ăia, asta era meseria mea, să ţin minte feţe. Toţi încercau să s-ascundă de mine, pen' că ştiau ei că io vreau să mă uit fix în ochii lor. Şi ce ziceam că făcuse ăsta? Să fi fost ăsta ăla care-a luat copilu' sau care-a violat-o pe-aia oarbă, sau o fi ăla care-a profitat de băieţelu-ăla? Pula mea dacă-mi amintesc. Tot ce conteaz-acuma e că ăsta, fix ăsta de-aicea, e o bestie. Îl văd pe muist, cum stătea el acolo, în acelaşi pub cu mine şi Premiu' Doi, acolo la bar în pula mea, cu *Record*-u-n faţă.

Charlie e la bar, le serveşte bere la muiştii-ăia, ca şi când ar fi fost normal, şi toţi muiştii-ăia bătrâni stau acolo-n colț, uitându-se la mine. Numa' zâmbețele vesele ș-așa, da' ei se uită la mine la fel ca și cum s-ar uita la muistu-ăsta. Ei nu văd decât un muist al dracu' care tocma' a ieșit din pușcărie. Io nu sunt ca muistu-ăsta și nici n-o să fiu vreodată. Muistu-ăsta, care stă și bea acolo, ăsta și face ce vrea! Umblă pe străzi, o arde prin școli, îi pândește p-ăia mici și-i urmărește-acasă...

Da, uite-l, cum se holbează la pișoarca lui, în pubu' meu, pula mea. O bestie. Care se face mangă!

— Uite-o bestie infectă acolo, îi zic io lu' Premiu' Doi care-și face o linie – o bestie în libertate, eh, îi zic io.

Premiu' Doi se uită la mine ca și când nici măcar n-avea de gând să miște un deget. Tot rahatu-ăla cu creștinătatea și iertarea i-a sucit mințile. P-aicea toată lumea a cam plecat cu sorcova, pula mea.

— A ieșit și băiatu' să bea una mică, Frank, lasă-l în pace. Hai, zice el, întinzându-mi pachetul, așa rapid, ca și când ar ști c-o să mă duc la muist.

Ce pula mea se-ntâmplă cu toți muiștii-ăstia?

Și se holbează la mine, clipind des, ca și când mi-ar fi văzut privirea, și-și pleacă capu' zicând:

— Ești zdrențe, Frank, da' io nu prea l-ascult, fin'că io tot mă uit la muistu-ăla de la bar.

— O bestie, îi zic lu' Secks, lungind sss-ul, după care m-aplec să-mi iau șișu' și m-apuc-așa o durere când m-aplec, de când m-a tăiat June.

Mă strâmb de durere și dau un bocanc în podea, imaginându-mi că era capu' muistului. Io-mi cam pierd răbdare-aicea.

— Tare asta, Franco, sau cam așa ceva, spune Premiu' Doi, da' io nu-l mai aud pe muist pentru că mă duc deja spre bar.

— Ar putea fi ăla cu copilu'. Poate chiar cu copilu' meu, pula mea, eh, zic io, și mă apropii de bar.

Premiu' Doi a-nceput să se văicărească tot:

— Franco... hai... şi pune mâna pe halba neatinsă şi spune: Hai să bem ceva, dar e prea târziu acuma pentru căcaturi d-astea, ştie că nu-l ascult, şi io mă-ndrept spre bar şi mă pun fix în spatele lui muistu-ăla prost.

— Şase pula şase pula şase. Numâru' bestiei, îi şoptesc uşor la ureche muistului.

Băiatu' se-ntoarce brusc. Pare surprins, ca şi când a mai auzit asta. După care mă uit fix prin el, ca şi când i-aş smulge sufletul, îi văd acuma toată frica, ba chiar vedeam ceva mai mult, stricăciunea din el, stricăciune-aia infectă din muistu-ăsta, da' e ca şi când şi el ar vedea acelaşi lucru în mine, ca şi când am avea ceva-n comun. Aşa că trebuie să mă prefac, înainte să se prindă toţi muie ăştia, pen' că io nu-s la fel, pula mea.

Oare ce văd io în muistu-asta...

Viziunea lui despre sine, filtrată toată prin brutalizarea altora; îl striveşte în timp ce el stă înaintea mea, băiatul vag cunoscut cu numele de Begbie. Da, este îngrozit, ameţit de frică şi durere; într-un mod al dracu' de pervers, delicios de bolnav. Mintea şi corpul îi joacă tot felul de feste. Şi muistul vede efectul puterii sale asupra altor oameni simţind impactul puterii mele asupra lui. Are sentimentul eliberării absolute, al predării, al capitulării totale şi complete în faţa voinţei unui alt muist. Şi pula mea, asta e dincolo de violenţă, e chiar dincolo de sex; e un fel de iubire, o bizară autoadoraţie vanituos-înălţătoare, care trece chiar dincolo de ego. Găsesc ceva... găsesc...

Nu... nu... încetează cu tâmpeniile...

Dar asta-nseamnă să fii un bărbat dur; e o călătorie, o aventură autodistructivă de a-ţi găsi limitele, pentru că, pula mea, limitele ţi se arată întotdeauna sub forma unui bărbat şi mai dur. Un bărbat mare, puternic, cu braţul ferm, care o poate face pentru tine, care te poate învăţa, îţi poate arăta unde te

situezi, unde-ți sunt parametrii, pula mea. Chizzie...
așa-l cheamă...

Chizzie.

Nu... muistu' deschide gura să vorbească, da, pula mea, io nu po' să-l las să vorbească. Simt cum ridic puțin din sprâncene, în timp ce halba mea se ridică spre bestie... cum am zis că-l cheamă... spre gâtu' muistului ăstuia de Chizzie.

Muistu' dracu' se ferește și se taie la gât și țâșnește sânge peste tot prin bar. Cre' c-a fost o venă sau o arteră, ceva. Faza e că io nici măcar n-am intenționat să-i fac asta lu' muie, a fost un bonus norocos. Norocu' lui, io voiam să fie mai lent. Voiam să-l aud schelălăind, în pula mea, să se roage și să se miloge ască, ca și copiii-ăia pe care probabil că i-a bestializat el. Dar singuru' țipăt pe care-l aud vine de la mui-asta proastă de Premiu' Doi, când începe să sară din ăsta sângele, și unu' din muiștii-ăia bătrâni zice:

— Iisuse Hristoase.

Mă-ntorc și-l pocnesc pe Secks în falcă, să nu se mai vaite-atâta ca o pizdă proastă.

— Închide-ți-o, pula mea!

Acuma bestia se-mpleticește spre bar și se prăbușește, cu sângele revărsându-i-se pe linoleumu' de pe jos. Premiu' Doi stă în spate lângă tonomat, turuind o rugăciune tembelă.

— Ești defect, Franco, zice Charlie, scuturând din cap, bestie sau nebestie, ăsta-i pubu' meu.

Io mă uit pur și simplu la muie și arăt cu degetu' spre el. Premiu' Doi continuă să-și spună rugăciunea, dementu'.

— Ascultă, îi zic io lu' Charlie și ălorlalți doi hodorogi, muistu-ăsta-i o bestie. Următoru' copil ar fi putut să fie al vostru sau al meu, zic io, și muistu' își dă sufletu' și moare și mă simt cumva împăcat, mă simt ca și când aș fi un sfânt sau ceva, pula mea. Și, Charlie, zic io, dă-mi zece minute, sună după aia la poliție. Erau doi muști tineri care-l acopereau pe băiat. Şi le zic io la toţi muie : Care ciripeşte... despre treab-asta cu bestia, ei bine, nu şi-o ia numai el, ci şi toată lumea pe care-o cunoaşte el. Ne-am înţeles ?

Charlie zice :

— Nu toarnă nimeni pe nimeni pentru nici o fază cu bestia, Franco. Nu zic decât că io-ncerc să ţin o afacere-aici, pula mea. Nu mai ţii minte, au trecut doar cinci sau şase ani de când Johnny Broughton l-a-mpuşcat pe baiatu-ăla care-a murit la mine-n bar. Ce imagine-mi face mie asta ?

— Pula mea, Charlie, ştiu asta, da' n-ai încotro. Ne mai vedem noi, să ştii, spun io, ducându-mă spre ieşire să încui uşa. Chiar n-aş vrea acuma să intre Spud sau vrunu' din ei.

Iau o cârpă din spatele barului şi şterg marginea mesei şi toate celelalte urme. Golesc halbele din care-am băut io şi le spăl. Mă-ntorc spre Premiu' Doi.

— Rab, noi ieşim prin spate. Hai. Ţine minte, Charlie, zece minute, după aia chemi poliţia. Noi n-am fost aici, nu-i aşa ?

Mă uit la hodorogii-ăia doi. Unu-i Jimmy Doig, ălălalt, Dickie Stewart. Ei n-or să zică nimic. Şi Charlie-o să aibă belea cu poliţia şi-aşa, da' n-o să ciripească.

— În locu' tău, aş face-o curăţenie ca lumea, Charlie, zic io, adică, vorb-aia, a trecut o bestie pe-aici, eh. Nu ştii cu ce era infectată, spun io, întorcându-mă spre boşorogi.

Unu' dintre ei e calm, ălălalt tremură.

— Sunteţi bine ?

— Da, Frank, da, băiete, nici o grijă, spune tipu' calm, Jimmy Doig.

Bătrânu' Dickie cam dârdâie, da' reuşeşte să bălmăjească :

— E-n regulă, Frank, băiete.

După care ieşim prin spate, într-o curticică care dă într-o alee laterală, asigurându-ne că nu e nimeni pe stradă şi că nu se uită nimeni de la apartamentele de deasupra.

Odată ieşiţi, o luăm spre Spud şi sper că muistu-ăla-ntârziat n-a plecat de-acasă. Îi spun lu' Premiu' Doi să se care-n pula mea, înapoi în oraş, că tremura ca Shakin Stevens, baiatu-ăla care l-a imitat aşa prost pe Elvis la *Topul vedetelor*.

Spud e pe scări, tocmai ieşea, şi când mă vede se-ngrijorează tot.

— Eh, Franco... scuze c-am întârziat, frate, am stat la telefon cu Ali... încercând să dreg lucrurile. Tocmai o luam spre Nicol's.

— Nici măcar io n-am mai ajuns acolo. Am fost prin oraş cu Premiu' Doi, muistu' n-a mai vrut să vină până-n Leith, n-a mai vrut, zic io. Zice că s-ar apuca din nou de băutură.

El se uită la mine şi zice:

— O.

După care mă-ntreabă:

— Voiai să afli ceva de June?

— Las-o moartă, nu-i nimic, zic io, după care-i mai spun: Auzi, io nu mai po' să vin cu tine la Nicol's. M-am cam certat cu femeia mea şi tre' să mă-ntorc s-o văd, da' mai întâi tre' să trec pe la frati-miu Joe.

— Bine... eh, atunci io o să mă duc la Port Sunshine să beau ceva, s-o văd pe Ali ş-aşa.

— Da, zic io, ale dracu' femeile-astea, nu?

Şi-l las la capătul scărilor şi o iau spre Joe, sperând că curv-aia tupeistă de nevastă-sa nu-i acasă, în timp ce o salvare şi două maşini de poliţie se-ndreaptă cu scârţâieli spre Walk, în pula mea.

III

Expunerea

59

Curvele din Amsterdam Pct. 7

M-am întors la Amsterdam, dar nu mă mai simt ca acasă. Mă-ntreb dacă e din cauză că nu mai sunt cu Dianne sau din cauză că sunt cu muistu-ăla mincinos de Sick Boy. Oricum ar fi, albă, neagră, Damul nu mai este refugiul de altădată.

Abia dacă m-am putut desprinde de ea, ca să urc în avion cu el. Felul în care dragostea ei mă făcea neînfricat; chiar şi paranoia mea legată de Begbie pălea periculos de mult. Muistu-ar fi putut să mă urmărească lejer cu un topor în mână în timpul plimbărilor ălora pe aleile înfrunzite din Clinton Cell, din partea mea. Când am cunoscut-o, era o puştoaică, o şcolăriţă precoce, cu mult mai mult decât eram eu. Eu eram un labagiu oarecare. Dar acum Dianne a devenit femeie; mişto şi inteligentă, nu-i deloc genul de raveriţă dementă cum m-aşteptam, e deşteaptă şi citită, deci mai sexy ca niciodată.

Dianne.

Nu sunt atât de fraier, încât să cred că e vorba de soartă sau de destin. Amintindu-mi de vremurile alea, dacă e să fiu sincer, nu o disting de toate celelalte tipe cu care-am fost. Pe mine prezentul mă interesează. Felul în care îşi lasă ochelarii mai jos şi se uită pe deasupra lor atunci când spun ceva care i se pare îndoielnic. Felul în care eu o numesc ochi de bufniţă, iar ea îmi spune coi roşcat, ceea ce e un semn îngrozitor. Şi mai înspăimântător este faptul că mie chiar îmi place. Oare suntem împreună de suficient timp cât să ajungem deja la acest tip de intimitate absurdă? Evident.

O iubesc, şi cred că şi ea simte acelaşi lucru pentru mine, cel puţin aşa spune, şi cred că e destul de sinceră cât să-şi cunoască sentimentele şi totodată să nu mintă în legătură cu lucruri de felul ăsta. Nu-ţi poţi minţi sufletul.

I-am lăsat mesaje lui Katrin, întrebând-o când ar fi cel mai bine să merg să-mi iau nişte chestii. Nu mi-a răspuns. Mă văd cu Martin şi mergem la apartamentul de pe Brouwersgracht. Intru şi încăr-căm dubiţa lui cu lucruri de-ale mele, pe care-o să le depozitez la birou. Restul le poate păstra ea. După ce-am încărcat şi ultima cutie mă simt minu-nat, ca şi când aş fi terminat cu tot.

Sick Boy, pe care l-am lăsat la hotel, mă tot hărţuieşte la mobil. Ajungem la studioul de montaj al lui Miz, unde el deja s-a pus pe lucru cu un tip de la tehnic pe care-l cheamă Jack, prieten cu Miz. Sick Boy se foloseşte de facilităţile lui Miz, dar e în continuare reticent şi se poartă urât cu tipul. E jenant. Ca să salvez situaţia, îl scot pe Miz la prânz. Sick Boy pare mulţumit de asta, deşi când ajunge mai târziu la întâlnirea de la Brown Bar, expresia feţei îl trădează.

Miz a fost tot timpul entuziasmat în legătură cu filmul şi o ţine pe-a lui, că ar trebui să-i dăm o copie a filmului prietenului său Lars Lavish, numă-rul unu' în materie de porno de amatori.

— Lars o s-ajungă la Cannes-ul pentru Filme de Adulţi, spune el, iar noi vom merge cu el.

Când îl iau pe Simon la o discuţie la bar, îl întreb :

— Ce-ai cu Miz? Ai prefera să faci montaju' în Niddrie? Pentru c-acolo o s-ajungem dacă nu-ţi rezolvi în pula mea problem-asta de atitudine.

— Jegosu-ăla mă face să mă simt ca un păduche, spune el răsuflând greu. N-are cum să aibă el vreo treabă cu un jucător de prima mână ca Lars Lavish...

— Nu mănâncă rahat. Ne poate ajuta să ne afişăm la festivaluri de pornografie de vârf, cum ar fi Cannes-ul.

— Da, clar, spune Sick Boy gâfâind. Eu n-am nevoie de ajutoru' nimănui ca să-mi expun filmele. Şi dacă are impresia că poate să se ţină tare de lozul norocos Bananazzurri, mai bine-şi ia gândul acum. Da, acum avem nevoie de muist, dar pulărău-ăsta olandez mă enervează şi nici cocaina lui nu-i prea bună. La norocul meu, o să fiu primul muist luat pe sus pentru c-am făcut contrabandă cu pule fix în Amsterdam.

Ziua următoare îl sun la el în cameră, dimineaţa devreme, dar deja plecase. După cum m-aşteptam, îl găsesc la studioul de montaj, iar acum e deja mult prea măgulitor cu Miz. Mă asigură că nu are nevoie de intervenţiile mele, aşa că mă duc la birou şi încerc să mai rezolv câteva chestii de la club. Îi spun lui Martin fără tragere de inimă că dizolvăm parteneriatul şi că-l poate aduce pe unul dintre ceilalţi asociaţi în locul meu. E OK cu asta, uşurându-mi situaţia: un om genial, în pula mea.

Mai târziu, ne întâlnim într-un club cu Miz şi cu Sick Boy, care acum se prefac, la modul ăla greţos, că sunt cei mai buni amici. Măcar e mai bine ca înainte, iar eu sunt amabil şi relaxat. După care, imediat, o văd pe Katrin lângă mine. Dau să spun ceva, când ea îmi aruncă băutura în faţă şi începe să mă-njure-n gura mare. Ba chiar încearcă să mă atace, numai că prietenii ei o ţin şi o îndepărtează de mine.

Tremur tot, dar muistului de Sick Boy i se pare amuzantă toată faza.

— O săpuneală ca lumea, asta a fost, o săpuneală ca lumea, fredonează el vesel cu un fals accent nazalizat de Glasgow, în timp ce se plesnește peste coapse.

Mă uit la fața lui batjocoritoare, amintindu-mi de ciudata relație pe care-am avut-o, ca să mă calmez, și de faptul că nu mai avem nici o legătură, după atâția ani de când nu ne-am văzut. Bănuiesc că seamănă oarecum cu mine, amândoi știm că decadența aia era un obicei prost pentru un șomer. Un obicei ridicol, de fapt. Clasa noastră avea ca unic *raison d'être* doar supraviețuirea. Da' mai dă-le-n pula mea; toată generația noastră de punkiști nu numai că a prosperat, dar a avut și tupeul să fie dezamăgită. Încă de la o vârstă fragedă, Sick Boy și cu mine am fost un fel de frați de cruce, dar într-un mod dubios. Scandalurile, grimasele, ironia, miștourile; ne construiserăm micuța noastră lume privată cu mult înainte să intre în schemă băutura și drogurile, care să ne ajute să ne rafinăm și care să ne dea permisiunea de a trăi în ea cu toată ființa. Am trecut peste tot, dobândind un cinism atât de adânc, de ofensiv și de profund, încât simțeam că nimic nu ne putea atinge; părinți, frați, vecini, profesori, tocilari, duri sau șmecheri. Dar nu a fost ușor să creăm un repertoriu al decadenței în Fortul de la Banana Flats. Drogurile erau cea mai ușoară opțiune. După care au început să distrugă, să dizolve toate visele pe care le hrăniseră și fortificaseră odată, fărâmițându-ne chiar lumea la care ne dăduseră acces. Și, pula mea, totul devenise un efort mult prea mare, iar efortul mare era ceea ce noi ne străduiam să evităm. Acum lucrul de care mă tem nu este heroina, nu sunt drogurile, ci relația simbiotică atât de ciudată pe care o avem unul cu celălalt. Mă îngrijorează faptul că dinamica ei ne va conduce înapoi la măcel, acum, mai mult ca niciodată, după tot ce mi-a spus Spud despre Franco.

Dar Sick Boy muncește mult la montaj, nu-ncape vorba. Mi-a dat ocazia să-mi rezolv o grămadă de căcaturi la club.

— Ai cu tine vreo copie pe care-aș putea s-o văd? îl întreb.

Scrâșnește ușor din dinți:

— Nuuu... nu prea cred. Țin totul pentru mine până când nu le arăt tuturor varianta finală, în pula mea.

— A, da? Și când o să fie asta, mă rog?

— Să sperăm că la-ntoarcere, dis-de-dimineață, primul lucru la pubul din Leith.

La pubul lui din Leith, doar pentru că muistul nu crede că voi fi acolo.

— Da' de unde, îl întreb, aplecându-mă în scaun, nevoia asta mare să ții totul secret?

Muistu-ăsta tupeist e îngâmfat până la ultima picătură.

— Pentru că în timp ce tu făceai pe Domnul Clubeanu și domnul Birrell a rămas acasă, jucându-se de-a familia fericită, fraieru-ăsta amărât – arată spre sine – stă la studioul de montaj până i se-nchid ochii, ca să pună filmul ăsta cap la cap. M-am dus dacă te las să joci pe Barry Norman cu mine, după care să-i arăți lui Birrell și să ai același tratament din partea lui, apoi a lui Nikki și a lui Terry. Nu, ia mai dă-te-n pula mea, de ce să-mi iau eu toate șuturile-n cur.

În mod evident, crede că eu *chiar* o să-mi încasez toate șuturile, dacă mă întâlnesc cu Begbie prin Leith. Dar lasă-l pe muist, să-ncerce numai să mi-o tragă.

„... un film de Simon David Williamson...“

Simt o pulsaţie adâncă şi tăioasă în orbită. Sunt la duş, încercând să mai curăţ din urmele mahmurelii, dorindu-mi oarecum ca jeturile care curg pe mine în valuri să poată fi absorbite, internalizate. Să se producă o rehidratare instantanee. Iau o sticlă cu gel de duş, îmi storc puţin în palmă din detergentul ăla vâscos, cu aromă vegetală sintetică, mă ung cu el pe corp, îngrijorându-mă din cauza stomacului, dacă îşi pierde fermitatea. Mă gândesc să merg la sală, să fac pătrăţele. Ajung mai jos, la păsărică, şi încerc să fiu funcţională, profesionistă. Încerc să nu mă gândesc la Simon, la sprâncenele lui întunecate, la chipul lui bine cizelat de italian, cu zâmbet glacial şi vorbe frumoase ieşindu-i dintre buzele acelea de şarpe. Dar, cel mai mult şi mai mult, la apele magnetice din ochii lui mari. Căprui, aproape negri, asemenea pupilei. Care nu se încruntă nici măcar când nu este de acord, îşi pierd pur şi simplu strălucirea, căpătând o expresie mată şi tocită, ca să nu te mai poţi reflecta în ei. Ca şi când n-ai mai exista, ca şi când ai fi fost eliminat.

Încerc să mă concentrez la radio, aşezată pe marginea căzii. Un crainic exaltat, pupincurist, o întreabă pe o femeie despre discurile ei preferate şi despre ce înseamnă aceste melodii pentru ea. Recunosc imediat vocea aia lăptoasă, insipidă, uşor răguşită care răspunde. Când spune numele discului, al discului ăluia de căcat, îmi dau seama că e ea înainte să-l aud pe crainic rostindu-i numele.

— Jive Bunny şi Mastermixers, *Swing the Mood*! Oh, cât iubesc melodia asta! Pur şi simplu... Nu știu... știi, atunci când ai un cântec și ești la vârsta când totul ți se pare posibil... ei bine, aveam paisprezece ani și cariera mea de gimnastă era în plină evoluție...

Carolyn Pizdulescu Pavitt.

Carolyn Pavitt și cu mine am fost odată, între ghilimele, cele mai bune prietene. Era eticheta pe care ne-o dădeau ceilalți; părinții, profesorii, cei din jur, dar, cel mai mult dintre toți, antrenorii. Totul din cauză că micuțele Nikki și Carolyn mergeau împreună la gimnastică. Dar, deși ne-am apropiat prin faptul că participam amândouă la activități sportive, noi n-am simțit niciodată această mare prietenie. Ca toate fetițele cuminți, eram considerate spirite înrudite. În realitate, de la bun început am fost rivale de moarte.

Adolescente gimnaste fiind, am fost în competiții serioase. La început eu eram mai bună decât bolovanul de Carolyn, deși rățușca cea urâtă s-a transformat mai apoi în lebădă, când a început să câștige. Problema a fost că, atunci când am ajuns la adolescență, eu m-am trezit cu țâțe, ea cu trofeele.

Iar acum îmi dau seama că am dat drumul la duș cât se poate de rece, și că nu-i mai pot auzi vocea acestei Carolyn Pavitt a Marii Britanii. Nu mai simt decât frigul ucigător, greutatea, greutatea din pieptul meu și am impresia c-o să leșin, dar ies din duș, închid radioul și mă șterg cu un prosop, pe măsură ce o lumină caldă, liniștitoare, se revarsă de undeva dinăuntrul meu, peste extremitățile pielii. Oh, ce pizdă mai ești și tu, Carolyn Pavitt.

Mă duc la mine în cameră și mă-mbrac, întrebându-mă ce pulover să-mi pun, cașmirul ăla strâmt sau angora aia fără formă. Mă gândesc că trebuie să fac gimnastică și mă hotărăsc pentru al doilea. Mă-ntreb ea pe care l-ar fi ales. Dar azi nimic nu mă poate deprima pentru prea multă vreme, pentru că sunt foarte nerăbdătoare. Simon m-a sunat azi-noapte foarte târziu şi mi-a spus să vin la pub la nouă jumate astăzi de dimineaţă pentru că ne arată o scenă din film! Mă gândesc la Carolyn. Poţi să-ţi bagi în cur bronzu' de la piscina publică, vacă artritică, în curând!

Când ajung în Leith, Simon e foarte însufleţit. E evident că a tot tras coca. Mă sărută pe gură, făcându-mi lacom cu ochiul când pleacă de lângă mine.

E şi Rab aici şi vorbim un pic despre cursuri. El s-a descurcat mai bine ca mine, cred. Îi spun că, după mine, am dat-o-n bară pentru că n-am muncit destul. Discutăm, la un nivel mundan, dar privirea lui, uşor moralizatoare şi compătimitoare în acelaşi timp, mă îngreţoşează. Mă aşez lângă Mel, Gina, Terry şi Curtis. Intră Mark Renton, care pare tensionat şi retras, iar Simon începe să strige:

— Rent Boy se-ntoarce în sfârşit în Leith! Ar trebui să reunim vechea gaşcă! O mică reuniune de pub!

Mark îl ignoră, mă salută dând din cap şi se salută cu ceilalţi. Simon s-a dus la bar, să mai pună câte ceva de băut, continuând să vorbească despre Mark.

— Mă-ntrebam dac-o să ai coaie ca s-apari azi aici. Te-a lăsat taxiu' în faţa uşii, nu?

— N-aş fi ratat debutul regizoral al bunului meu prieten pentru nimic în lume, spune Mark, aproape rânjind, mai ales când m-a asigurat că sunt în siguranţă.

Simt că se petrece ceva între ei, dar Simon se mulţumeşte să răspundă agresiunii evidente ale lui Mark cu un zâmbet superior.

— Da, bine... cine lipseşte... Miguel zicea c-o să vină... se întoarce şi-l vede pe Mike Forrester intrând, strălucitor din cap până-n picioare, într-un trening imposibil de alb şi lucios, blindat tot în aur, urmat de Wanda. Vorbeam de dracu'! Miguel! Fix la timp, hai, intră și stai cu noi! Ți-ai luat ținuta de glorie, observ, spune el sarcastic.

Forrester pare să nu observe, de fapt pare chiar flatat, asta până când dă cu ochii de Mark Renton. Urmează o pauză scurtă, neplăcută și rece, înainte să se salute dând din cap, distanți și fără tragere de inimă. Singurul care pare să nu observe atmosfera de gheață este Simon.

— Să-ncepem, băieți, strigă el triumfător în timp ce desface o cutie de casete și ne dă câte una fiecăruia.

Apoi, Simon face câteva linii, dar toată lumea, în afară de Terry și Forrester, îl refuză.

— Mai multă pentru noi, ăștia mai cu greutate, spune el, cu un amestec de ușurare și dispreț, dar nici unul dintre noi nu reacționăm, analizând neîncrezători copertele casetei.

Pentru mine, sentimentul dezamăgirii și al trădării este absolut dezgustător. Mă uit la copertă și primesc primul glonț în inimă. Fața mea cu machiajul ăla; mai grasă ca o balenă și, din cauza cernelii ieftine folosite, pare mai țipător și mai soios. Și mai important, a folosit poza pe care a promis că n-o va folosi, cea în care o țâță pare mai mare decât cealaltă. Arăt ca un travestit de doi bani sau ca păpușa gonflabilă pe care i-a cumpărat-o lui Curtis; poza aia urâtă și de prost gust și, pe deasupra, scris cu litere mari: NIKKI FULLER-SMITH în *ȘAPTE FUTESE PENTRU ȘAPTE FRAȚI*.

Dar ceea ce mă lovește cel mai tare abia urmează:

UN FILM DE SIMON DAVID WILLIAMSON
PRODUS DE SIMON DAVID WILLIAMSON
REGIZAT DE SIMON DAVID WILLIAMSON
DUPĂ UN SCENARIU DE SIMON DAVID WILLIAMSON,
NIKKI FULLER-SMITH și RAB BIRRELL

Şi ceilalţi, evident, se simt la fel ca mine.

— Ne-am prins cum stau lucrurile, spune Rab, scuturând din cap, aruncându-şi caseta în cutie.

— Nu, el s-a prins cum stau lucrurile, izbucnesc eu, uitându-mă când la carcasa casetei, când la Simon.

Simt cum mi se strâng plămânii şi cum mi se-nfig unghiile-n palme.

Cât de uşor îmi este să mă gândesc acum la Simon al meu, la iubitul meu, ca la Sick Boy. Nemulţumirile se intensifică, dar el se preface că nu aude, continuă să fluiere cu nonşalanţă în timp ce scoate o altă casetă din cutie.

— Ce pula mea de legătură ai avut tu cu scenariu'? întreabă Rab pe un ton presant. Şi unde-i calitatea de înaltă valoare a ambalajului? Arată ca un cur, spune el, dând un şut cutiei.

Şi... nu, Sick Boy n-are nici cea mai vagă intenţie să-şi ceară scuze.

— Sunteţi foarte nerecunoscători, copii, spune el pe un ton arogant şi imperativ. L-aş fi putut trece pe Terry co-regizor şi pe Renton, coproducător, dar ei nu vor decât un singur nume cu care să lucreze, ca să uşureze comunicarea, ca să nu se îngreuneze partea de business a întregii operaţiuni. Şi-n felul ăsta prostul satului – spune, arătând indignat spre sine – îşi fute nervii şi uite cum i se mulţumeşte, pula mea!

— Ce legătur-ai avut tu cu scenariu', întreabă Rab din nou, pe un ton calm, egal, privind spre mine.

— Avea nevoie de câteva schimbări. Ca regizor, producător şi editor de imagine, aveam acest drept.

Terry îi aruncă o privire fugară lui Renton, care ridică din sprâncene. Terry lasă capul pe spate şi inspectează tavanul îngălbenit de nicotină. Mă spulber pe dinăuntru, nu atât din cauza trădării, cât din cauza lejerităţii arogante cu care o tratează. Stă acolo, îmbrăcat tot în negru, tricou, pantaloni şi pantofi, ca un înger al întunericului, cu mâinile-n sân, privindu-ne de sus, ca şi când cu toţii am fi un rahat care i s-a lipit de talpă. M-am oferit unui nenorocit pursânge.

Stăm cu toţii-n tăcere, simţind cum pluteşte în aer o adiere prevestitoare de rău, în timp ce Sick Boy, cocainizat şi agitat, pune caseta în aparat. Sărută coperta casetei.

— Ne-am lansat. Avem produsul. Suntem vii, spune el încet. După care se duce la ferestre, priveşte spre strada aglomerată, plină de forfotă, de dedesubt, şi strigă:

— Aţi auzit asta? SUNTEM VII!

Mă uit la film, aşezată lângă Mel şi Gina, la prima variantă montată a muncii noastre. Începe aşa cum credeam, cu scena cu televizorul, în care Mel şi cu mine ne-o tragem. Nu mă pot abţine să nu mă gândesc că, într-adevăr, am un corp foarte frumos; suplu, bronzat, agil. Arăt mult mai bine decât Mel, care e cu cinci ani mai tânără decât mine! Arunc o privire în jur, să văd reacţiile. Terry pare acum libidinos şi îngâmfat, se lasă absorbit de pornografie. Curtis, Mel şi Ronnie aşteaptă cu nerăbdare ceea ce urmează, iar Rab şi Craig nu se simt în largul lor. Lui Renton şi lui Forrester nu li se poate citi reacţia. Gina pare dubios de entuziasmată, aproape că roşeşte.

După care se trece la scena de la bufet, în care fraţii stau de vorbă despre excursia lor la „Glasburgh". Pare un tribut amatorist, mecanic, adus scenei din *Reservoir Dogs*, dar, într-un fel sau altul, funcţionează. Pe măsură ce înaintează, continuă să arate OK, deşi Simon tot bombăne despre gradare şi copii ca lumea. Ajungem la scena în care Simon şi cu mine suntem în tren, după care ne-o tragem în ceea ce ar fi trebuit să fie o toaletă, dar care de fapt este buda de-aici.

— Pfua, zice Terry. Ia uite ce mai cur... după care se-ntoarce spre mine şi zâmbeşte, scuze, Nik.

Îi fac cu ochiul, pentru că încep să mă simt mai bine. În mare, este aşa cum ne aşteptam şi, ca să fiu corectă faţă de Simon, s-a descurcat chiar bine la montaj. Acţiunea se derulează într-un ritm rezonabil, deşi jocul actoricesc este slab, bâlbâiala lui Curtis făcându-se simţită de vreo două ori, şi-ţi dai seama că Rab este nemulţumit de calitatea imaginii. Cu toate astea, are ceva anume, o energie aparte. Abia când ajungem la ultimul sfert îmi dau seama că Mel este lividă ca dracu'. O aud spunând:

— Nu... nu... nu-i corect... aproape pentru sine.

Mă întorc şi o văd cum stă acolo tăcută, în timp ce noi ne uităm la ea cum îi suge uriaşa pulă a lui Curtis. Dar i-o suge *după* ce el tocmai o futuse în cur.

— Ce-i asta! strigă ea ascuţit.

— Ce să fie? spune Sick Boy.

— Felul în care ai montat scenele-astea, arată ca şi când i-am supt-o după ce el mi-a băgat-o-n cur, urlă ea la Sick Boy.

Iar acum mi-a venit şi mie rândul la acelaşi tratament de montaj. Un prim-plan cu faţa mea, după care o tăietură, trecând direct la pula lui Curtis, care arată ca şi când mi-ar intra şi mi-ar ieşi din cur, dar de fapt este tot curul lui Mel.

— Pe mine nu m-a futut nimeni în cur! Ce pizda mă-sii-i asta, Simon?

— Da, spune Curtis înţelegător, dar tu n-ai vrut să faci asta, nu, nu.

— E vorba doar de cum s-a făcut editarea, spune Sick Boy. Creativitate. Am folosit cadrele cu Mel care şi-o trăgea în cur şi la studioul de montaj am putut să modific culoarea fundului lui Mel astfel încât să se potrivească cu a ta.

Îmi repet, auzind o voce care se aude din ce în ce mai tare, trădând o panică îngrozitoare:

— Am spus că pe mine nu m-a futut nimeni în cur! De ce-au trebuit introduse scenele-alea în secvența asta? Nu sunt eu aia! E Mel!

Sick Boy scutură din cap.

— Uite ce-i, a fost o decizie editorială, o decizie creativă. N-ai vrut să te fuți în cur ca actor, și nici n-ai făcut-o. Tu chiar crezi că Ving Rhames a fost futut în cur de tipu-ăla care l-a jucat pe Zed în *Pulp Fiction*?

— Nu, dar ăsta e un film porno...

— E un film, spune Simon. L-am falsificat. Am făcut ce-a făcut și Tarantino cu Ving Rhames, pentru că și Ving a simulat. S-a dus el la Tarantino și-a zis, oooo, eu nu vreau să joc scen-asta pentru că oamenii-ar putea crede că sunt poponar? Pula mea, clar că nu!

— Nu, strig eu, pentru că ce facem noi e diferit! E un film porno și la filme porno lumea se așteaptă ca actorii să nu simuleze, ci chiar să *întreţină* raporturi sexuale!

— Ei bine, Nikki, am urmat sfaturile unor profesioniști ai pornografiei din Olanda și de-aici. Mark și cu mine ne-am gândit... păi, știi...

Mă întorc spre Mark care ridică mâinile.

— Nu mă băga pe mine-n asta, îi spune lui Simon, tu ești marele artist neînțeles aici. Așa scrie pe copertă, spune, aplecându-se și luând o casetă, pe care începe să o fluture.

Acum intervine și Rab, furios, de partea noastră, arătând spre Simon și spunând:

— Nu-i corect, Simon. Am avut o înțelegere. Și acolo-ai încurcat fetele.

Mel e gata-gata să facă implozie, stând acolo, strângând brațele scaunului.

— Ne face să părem niște parașute. Io nu cunosc nici o tipă care i-ar suge-o unuia după ce ăla tocmai i-a băgat-o-n cur!

Terry o priveşte neutru:

— Sunt pizde care-o fac şi p-asta, crede-mă pe cuvânt, declară el.

Pe ea nu pare s-o sensibilizeze.

— Da, dar nu pe video, Terry, nu să te vadă lumea!

Simon îşi îndeasă mâinile în buzunarele pantalonilor lui de piele neagră, ca să le curme lupta împotriva morilor de vânt.

— Uitaţi, oamenii ştiu că nu aşa stau lucrurile într-o secvenţă de film ca aia. Ei ştiu că, odată ce-ai futut pe cineva-n cur, te speli pe pulă înainte să i-o bagi în gură sau în păsă.

— Dar, în pizda mă-sii, nu aşa scria în scenariu, spune Mel, ridicându-se şi începând să ţipe. Ne-ai tras ţeapă, pizda mă-sii!

Sick Boy îşi scoate mâinile din buzunare.

— Nimeni n-a tras nici o ţeapă nimănui! strigă el, plesnindu-se cu palma peste frunte. Editarea este un proces creativ, este un meşteşug, o artă, creată pentru maximizarea experienţei erotice. Am stat la studioul de montaj patru zile şi patru nopţi, pula mea, mă înţepau ochii, şi uite ce rahat îmi iau! Am nevoie de libertate creatoare ca să editez materialul! Sunteţi nişte fascişti!

Acum ţipă unul la altul.

— Dă-te-n pizda mă-tii de muist aschilambic! urlă Mel.

— Calmează-te, spune Gina, dar se simte că se sufocă de atâta *schadenfreude*.

— Taci odată, primadona pulii, îi răspunde Simon lui Mel, iar acum pare urât, într-un fel în care n-aş fi crezut niciodată c-o să-l văd.

Nu aşa cum îl văd de obicei, rece şi întreprinzător, ci ca pe un porc de doi bani.

Dar Mel nu se lasă intimidată, pentru că deja a devenit altcineva, face un pas înainte şi începe să strige la el:

— Eşti un muist combinator!

Stau la câţiva metri unul de altul ţipând, şi nu mai suport, nici volumul ascuţit, care te zgârie pe creier şi nici lejeritatea cu care se comportă la acest nivel. E ca în coşmarurile din copilărie, în care părinţii tăi se transformă în caricaturi demonice ale lor înşişi.

Gina o prinde pe Mel, iar Rab îl plachează pe Sick Boy, care se loveşte singur la cap sau, mai degrabă, se plesneşte singur cu palma. Terry îl priveşte epuizat pe Mark. Mikey Forrester spune nişte tâmpenii în apărarea lui Simon, apoi îi spune lui Mark ceva de genul că ar fi cerşetor sau că se duce să se vadă cu nişte cerşetori. Mark izbucneşte furios:

— Ăst-a fost dintotdeauna stilu' tău, dă-te-n pula mea de muist alunecos şi turnător...

Mikey începe să-i urle lui Mark că s-a furat pe sine, iar eu mă cutremur, în caz că asta ar fi vreo referire la înşelătoria noastră cu 1960. Acum ţipă cu toţii şi se ameninţă şi se îmbrâncesc. Nu mai suport. Ies şi cobor la bar, după care ies în stradă. În timp ce merg grăbită pe Leith Walk, înghit cu poftă aerul fetid de primăvară, plin de fum de eşapament, vrând să mă îndepărtez cât mai mult de ei. Nici nu cred că m-a văzut cineva plecând.

Mă duc spre centru, înaintând cu greu prin vântul rece, înţepător, gândindu-mă că trăim vremuri tare plictisitoare. Asta e tragedia noastră: nimeni, în afară de exploatatorii distructivi ca Sick Boy sau de oportuniştii nesăraţi cum e Carolyn, nu are o pasiune adevărată. Toţi ceilalţi sunt teribil de dărâmaţi din cauza rahatului şi a mediocrităţii din jur. Dacă în anii '80 cuvântul de ordine era *eu*, iar în '90 era pe val impersonalul, astăzi este *-işor*. Totul trebuie să fie vag şi specializat. La un moment dat era importantă substanţa, apoi stilul era totul. Acum trebuie să simulăm totul. Credeam că ei sunt adevărați, Simon și tot restul.

Mă lovește în piept ca un pumn de fier faptul că, în sătucul ăsta bârfitor, taică-miu mă va vedea cumva, în vreun fel, cum îmi iau un futai în cur pe care de fapt nu mi l-am luat. Urăsc ideea de a face sex anal; ca femeie, înseamnă să-ți negi feminitatea. Pe majoritatea le urăsc, pentru că se prefac. Familia mea. Băieții de la universitate, unii din ăia mari, imaturi, cu care mi-o trăgeam odată, masturbându-se toți la vederea imaginilor cu mine în camerele lor de închiriat. Alții, care cred că știu totul despre mine, că-și dau seama de sexualitatea mea numai din imaginea aia. McClymont, imediat ce se duce nevastă-sa la culcare, va sta la televizor cu telecomanda și whisky-ul, făcându-și o labă în fața imaginii cu mine care mi-o iau în cur. Luați loc, domnișoară Fuller-Smith. Sau poate preferați să rămâneți în picioare... ha ha ha. O s-o vadă și Colin, poate chiar o să vină la mine acasă. Nikki, am văzut filmul. Acum înțeleg totul, de ce te-ai despărțit de mine. Era un strigăt care cerea atenție, pe care eu nu l-am auzit... ești, fără îndoială, rănită și confuză...

O mașină trece în viteză pe lângă mine, împroșcându-mă cu un val de mocirlă; se scurge de pe mine, rece ca gheața, intrându-mi în ghete. Când ajung acasă și o găsesc pe Lauren în cămașa de noapte, abia trezită, mă simt mizerabil. Am luat cu mine o copie a casetei și mă așez lângă ea pe canapea.

— Dă-mi o țigară, îi spun pe un ton aproape rugător.

Se întoarce spre mine și-mi vede lacrimile din ochi.

— Ce s-a-ntâmplat, iubita de tine?

Îi arunc caseta în poală. Încep să plâng cu sughițuri și mă prăbușesc în brațele lui Lauren, care mă ține strâns. Acum plâng cu lacrimi de crocodil, dar mă simt ca şi când altcineva ar face asta, eu nu-i simt decât căldura şi mirosurile proaspete pătrunzându-mi prin nările înfundate, pline de muci.

— Nu-i nimic, Nikki, o să fie bine, mă linişteşte ea.

Vreau să mă apropii mai mult de căldura ei, vreau să fiu parte din căldura aia, să stau chiar în mijlocul acelei flăcări, la adăpostul ei, departe de orice m-ar putea răni. Mă prind şi mai strâns de ea, atât de puternic încât aud un strigăt involuntar. Aş vrea să fie... ridic capul şi o sărut. Mă sărută şi ea, cu o privire temătoare şi ezitantă. Aş vrea să fie liberă, nu aşa de crispată cum e întotdeauna, vreau să se-ntindă şi să se-ndoaie... dar când îmi cobor mâna pe pântecul ei plat şi încep să o mângâi, devine dintr-odată rigidă şi mă împinge.

— Nu, Nikki, te rog, nu face asta.

Corpul meu devine la fel de rigid ca şi al ei. E ca şi când am fi tras amândouă o linie de coca foarte puternică.

— Îmi pare rău, credeam că asta voiai, credeam că asta ai vrut dintotdeauna.

Lauren scutură din cap şocată, neînţelegând despre ce vorbesc.

— Tu chiar ai crezut că eu sunt lesbiană? Că-mi plăcea de tine? De ce? De ce nu poţi să accepţi ideea că oamenii pot să te placă, pot chiar să te iubească, fără să vrea să ţi-o tragă? Stai chiar aşa de prost cu respectul de sine?

Aşa să fie? Nu ştiu, dar ceea ce ştiu e că n-am să accept aşa ceva din partea ei. Cine se crede? Cine pizda mă-sii se cred toţi ăştia: Carolyn Pavitt şi problemele sportului, Sick Boy Simon, fâţâindu-se de colo-colo, ca un mogul al cinematografiei. Acum şi Lauren, micuţa Lauren cea moralizatoare, care întărâtă până obţine ceea ce crede că vrea, după care afişează un zâmbet.

— Lauren, ai nouăşpe ani. Până acum n-ai făcut decât să citeşti cărţile greşite şi să vorbeşti cu oamenii greşiţi. Comportă-te ca la nouăşpe ani. Nu ca mama ta. Nu ţi se potriveşte.

— Nu-mi vorbi mie despre ce e potrivit, nu când asta încerci să-mi faci tu, îmi răspunde ea implacabilă, cu aroganţa castităţii.

Nu reuşesc decât să-i dau un răspuns prostesc :

— Deci sexul între femei nu este o chestie potrivită, asta încerci să-mi spui?

— Nu face pe proasta. Nu eşti lesbiană, şi nici eu nu sunt. Nu intra în jocuri tâmpite, spune ea.

— Dar chiar îmi place puţin de tine, spun încetişor, simţindu-mă de parcă Lauren ar fi sora cea mare, iar eu virgina cea prostuţă.

— Bine, mie nu-mi place de tine. Poartă-te cum trebuie şi trage-ţi-o cu cineva care vrea să şi-o tragă cu tine, preferabil nu pentru că ar fi la mijloc nişte bani, spune zâmbind superior, ridicându-se şi îndreptându-se spre fereastră.

Simt o lovitură puternică, înfundată în coşul pieptului.

— Ai nevoie de futai! îi spun, ridicându-mă şi îndreptându-mă spre dormitor, fix în momentul în care Dianne intră în casă.

S-a tuns ; arată ca un paj. Îi stă bine.

— Bună, Nikki, zâmbeşte ea, luptându-se cu cheile, cu câteva dosare şi cu geanta, ţuguindu-şi buzele uşor obscen, delectându-se, fără îndoială, de ceea ce tocmai a auzit.

În acel moment se aude vocea lui Lauren, care strigă după mine :

— Da, să ştii că ţie ţi-au prins foarte bine toate pulele-alea !

Dianne ridică din sprâncene.

— Oh ! Am pierdut ceva interesant?

Reuşesc să-i schiţez un zâmbet firav, îndreptându-mă spre camera mea, unde mă prăbuşesc pe pat. Nu mai fac niciodată filme porno; şi nici la sauna aia nenorocită nu mă mai duc vreodată.

61

Respingerea

Am trecut de pragu' durerii, e ca şi când aş avea o durere de măsea în tot corpu'. Din cauza lu' Chizzie, băiatu' care s-a dus. Aşa zicea în ziar. Şi ştiu cine l-a aranjat şi-aşa. Şi, mai nasol, ştiu cine-a pus la cale tot; amicu' Murphy, zis şi nu-tu-prieteni, nu-tu-femeie, nu-tu-nimic. Că nu-mi mai iese din cap. Domnul Murphy cu doamna Murphy şi copilu' Murphy pur şi simplu nu mai există, frate. Ne-ntoarcem la Spud, motanu' solitar, ratatu'.

Ali nu mai vrea să vorbeasc-acuma cu mine, frate, nici măcar nu mă mai lasă să-l văd pe Andy. Frate, lucrurile s-au dus din rău în mai rău. M-am dus noaptea trecută la Port Sunshine ca să-i mai explic odată, de data asta treaz mort. Mă gândeam c-o să-i facă plăcere s-audă de bani şi de planurile mele, da' ea n-a zis decât atât:

— Nu vreau să merg nicăieri cu tine-acum, Danny, şi nici nu vreau ca băiatu' meu să plece undeva pe bani câştigaţi din droguri.

— Da' nu-s bani din droguri... sunt... şi-i văd pe Sick Boy şi pe Juice Terry ieşind pe uşa de serviciu cu un teanc de casete şi plecând... sunt munciţi.

— A, da? Ce fel de muncă? *Asta* e munca, Danny, spune ea, aruncând o privire în jur, când intră un tip pe care îl serveşte, deşi era ora închiderii. Şi aş aprecia dacă n-ai mai veni pe-aici în timp ce io-ncerc să-mi văd de viața mea.

Şi-asta a fost, m-am întors în casa asta goală și pustie. Mă gândesc la tipu' ăla în costum, pe care l-am auzit azi din întâmplare pe Bernard Street: Mi-a picat computeru'. Am pierdut tot.

Mă simt ca tipu' ăla, frate, cu computeru' lui cu tot. Şi mai e și casa asta cam aiurea, gen. Te deprimi rău când stai singur. Tre' să-l iau înapoi pe Zappa, frate, credeam că n-o să-mi mai pese de el, acuma am nevoie de companie și-l sun din nou pe Rents, da' are telefonu-nchis.

Mai departe de Port Sunshine n-am ajuns de când am auzit de Chizzie. Adică, io mă gândeam c-o să iasă cu scandal, da' nu știam c-o să se-ntâmple una ca asta. Vreau să aflu povestea, da' nu de la Begbie, pur și simplu nu mai vreau să-l văd niciodată pe motanu-ăla, vreau să-ncerc să-l găsesc pe Premiu' Doi. Dar nu, frate, nu, n-o mai ard io prin Leith cât e Franco prin preajmă. Chizzie... ce i-am făcut io lu' Chizzie?

Trist, frate, trist.

Şi dintr-odată zăresc o rază de lumină și mă grăbesc spre ea. Vine poșta și chiar am primit o scrisoare, și nu-i vreo factură, îmi dau seama.

Era de la editură pentru c-avea pe ea o ștampilă mică de la Editura Scotvar. Şi mă gândesc că asta-nseamnă că au de gând s-o publice, să publice *Istoria Leithului*. U-hu-hu! Abia aștept să-i arăt lu' Ali! Aşa o să se mai gândească la faza cu Disneylandu'! O să intru pur și simplu-n bar și-o să flutur de colo-colo scrisoarea, mai ales când e Sick Boy acolo. O, da, frate, o, da! În curând o s-ajung la televizor, frate, mă gândesc c-ar fi mai bine să deschid plicu-ăsta cu mare atenție, în caz c-o fi vreun cec înăuntru. L-am ridicat la lumină, dar nu se vede nimic mai gros înăuntru. Aşa că-l deschid. Nu-i nici un cec, da' oricum, nu trimit ei cecurile cu scrisoarea. Faz-asta cu banii trebuie negociată mai încolo, știi?

Editura Scotvar Ltd
13 Kailyard Grove, Edinburgh, EH3 6NH
Tel: 0131 5674 Fax: 0131 987 3432 Website:
www.scotvar.co.uk

Către:
De la: AJH/MC
1 aprilie

Dragă d-le Murphy,

Re: Istoria Leithului

Vă mulțumim pentru manuscris, pe care abia l-am terminat de citit. Din nefericire, nu este tocmai ceea ce căutam noi în acest moment și, după mai multe deliberări, ne-am decis să nu-l publicăm.

Cu sinceritate,

Alan Johnson-Hogg

Cod fiscal: 671 0987 276. Directori autorizați: Alan Johnson-Hogg, Kirsty Johnson-Hogg, Conrad Donaldson DC

E nașpa, frate. Rămân încremenit, gen; mă simt tot golit și sfâșiat pe dinăuntru. E ca atunci când te respinge o gagică de care-ți place, nu că mi s-ar fi întâmplat asta de ceva vreme, dac-am fost cu Ali și-așa, da' e ca atunci când îți place de ea de-o viață și te duci la ea, gen, și, vorb-aia, ce-ai zice, gen, dacă tu și cu mine, eh, gen... și ea zice: Sub nici o formă. Dispari.

Respingerea, frate.

După care mă mai uit o dată la ea, gen. Și ce mă gândesc eu : da' oare-a fost vorba de-o respingere ? Adică, omu' zice că le-a luat ceva vreme să se decidă că n-o publică, după mai multe deliberări, ceea ce-nseamnă că au vorbit de ea, frate. După care, au zis că n-o vor în acest moment, și mie asta-mi sună că poate-or s-o vrea în vreo câteva săptămâni sau poate-n vreo două luni. Odată ce se schimbă cerințele pieței și-așa.

Așa că iau telefonu' și-l sun pe tip.

— E cineva pe-acolo Alan Johnson-Hogg ?

O voce de femeie, nu chiar fițoasă, ci mai degrabă mimând asta, zice :

— Cine întreabă ?

— Ei, sunt un scriitor care și-a exprimat interesul, și, eh, cum să zic, îi răspund la corespondență, știți ?

Păi, după aia nu se mai aude nimic și apoi o voce d-aia pe bune fițoasă zice :

— Johnson-Hogg. Vă pot ajuta cu ceva ?

Pisicile fițoase mă agită de moarte dacă stau să mă gândesc la asta, da' pur și simplu deschid gura și-i dau înainte :

— Bună ziua, frate, numele meu e Murphy, Danny Murphy, da' mi se spune Spud, știi ? V-am trimis un manuscris, gen. Și nu eram prea sigur ce voiați să spuneți în scrisoare. Știi ?

— Ah, da... spune el, parcă rânjind pe sub mustață, *Istoria Leithului*, nu ?

— Da... știu c-o să mă credeți prost, da' io încercam să-mi dau seama, gen, ce voiați să ziceți în scrisoare-aia, gen.

— Dar mie mi s-a părut destul de explicită.

— Poate-am înțeles eu greșit, tovarășe. Pentru că ziceți acolo că nu o vreți *momentan*. Și io-nțeleg din asta că s-ar putea s-o vreți mai încolo. Așa deci, când credeți că s-ar putea s-o vreți ?

La capătu' firului se aude un fel de tuse, după care omu' începe din nou:

— Îmi pare rău dacă a sunat ambiguu, domnule Murphy. Ca să fiu mai direct, este o lucrare foarte imatură, iar dumneavoastră nu prea vă aflați la standardele publicării...

— Ce vrei să spui, frate, cu asta?

— Păi, gramatica... ortografia...

— Da' ce, nu voi tre' să faceți asta?

— ... ca să nu mai spun că subiectul ales nu este potrivit pentru noi.

— Dar voi ați mai publicat cărți de istorie despre Leith și înainte... simt cum mi se subțiază vocea, pentru că nu e drept, pur și simplu nu e, nu-i drept, nimic nu e drept...

— Acelea erau lucrări serioase ale unor autori pregătiți, spune omu', aproape răbufnind, iar aceasta este o celebrare a culturii bădărănești și a oamenilor care nu au reușit niciodată să obțină ceva notabil în cadrul comunității locale și, pe deasupra, mai e și prost scrisă.

— Cine are dreptu' să spună...

— Îmi pare rău, domnule Murphy, cartea dumneavoastră nu este bună, iar acum trebuie să închid. La revedere.

Și tipu' îmi închide telefonu-n nas. Toate săptămânile, toate lunile-n care m-am amăgit singur că făceam ceva important, ceva măreț, și la ce bun? La nimic, totu-i o mare grămadă de rahat, la fel ca mine. Îmi iau exemplaru' original și-l arunc în cămin, aprind focu' și mă uit la partea-aia din viața mea cum se preface în scrum, la fel ca tot restu'. Mă uit la flăcări și mă gândesc la Chizzie... l-am omorât pe Chizzie... un motan rău, da' nu merita asta, deși, de fapt, a fost vina lu' Begbie, că Begbie trebe să fi fost... în ce stare era când a venit aici în noapte-aia... zicea că vine din oraș, da' io n-am crezut asta...

Şi stau pur şi simplu-aici, cu banii care mă ard în buzunar, aşa că mă duc în centru, pen' că Begbie nu iese niciodată să bea mai departe de Pilrig, şi intru la Old Salt, unde-l văd pe văru' Dode. Amărâtu' arăta la fel de dărâmat ca mine.

Nu mai e cu nasu' pe sus ca de obicei, arată de parcă i s-au înecat corăbiile.

— Nu înţeleg, Spud. Credeam că mi-au rămas o grămadă de bani din afaceri; aveam de gând s-o iau înapoi pe fie-mea. Da-s lefter, nu mai am nici o leţcaie. Nu mai pot nici măcar să-mi permit o săptămână la Butlins, în puii mei. Acuma nici măcar n-o să mă lase s-o mai văd p-aia mică. Şi, pula mea, nici măcar nu po' să-mi fac ipotecă, nu po' să acopăr cheltuielile de întreţinere. Am ştiut io c-am exagerat un pic, da' lipsesc o mie şi nu-mi dau seama cum. Pula mea, e o chestie diabolică, nu po' nici măcar s-o duc în vacanţă p-aia mică...

Săracu' Dode... un motan de treabă, gen, mereu m-a ajutat... n-a fost bine ce i-am făcut săracului om... lumea ar fi un loc mai bun fără inutilul, jegosul şi drogatul de Murphy... ucigaşu' lu' Chizzie, distrugătoru' vărului Dode... săraca Ali... şi Andy, sărmanu', la urma urmei...

Dode încearcă să protesteze când îi dau trei sute de lire.

— Nu, Spud, nu...

— Ia-i, frate, acuma am şi tu m-ai ajutat mereu, îi spun băiatului şi nici măcar nu po' să-l privesc în ochi în timp ce mă car.

Îl aud spunându-i bătrânului ăstuia:

— Îl vezi pe omu-ăla, omu-ăla-i un sfânt, asta e...

Şi io mă gândesc, dac-ar şti el, frate, dac-ar şti el că io tre' să mai fac o ultimă faptă bună, frate, doar o ultimă faptă bună...

... Şi ajung acasă şi primu' lucru pe care-l văd e cartea aia care zace-acolo, *Crimă şi pedeapsă* aia.

62

Curvele din Amsterdam Pct. 8

A fost ciudat de plăcut să o revăd pe Ali aici, la City Café. Ciudat, pentru că, deşi am fost în aceeaşi gaşcă, deşi amândoi eram pe dava, dintr-un motiv sau altul, nu ne-am combinat niciodată. Cred că ea s-a uitat mereu prin mine, că mereu a simţit că sunt un ipocrit, un câştigător care făcea pe ratatul. Da, un muist cu traiectorie ascendentă care într-o zi se va căra, lăsând în urmă un munte de rahat, pe care să-l cureţe ceilalţi. Poate că ea s-a prins de natura mea chiar dinainte să-mi dau eu seama.

Sau poate că totuşi am surprins-o, aranjându-l în felul ăsta pe Spud. N-am crezut niciodată că vor ajunge să fie împreună, deşi „vor ajunge" nu este cuvântul potrivit, dat fiind că acum lucrurile nu mai stau aşa.

— Mark, spune ea, şi mă îmbrăţişează cu o căldură atât de naturală, încât mă face să mă simt ciudat.

— Bună, Ali, ea e Dianne. Dianne, el e Simon.

Dianne o salută călduros pe Ali şi ceva mai rezervată pe Sick Boy, şi mi se pare că informaţia din interior pe care i-am dat-o despre Simon a funcţionat, deşi ea îşi formează singură părerile în chestiuni de genul ăsta. Şi probabil că Nikki a fost cea care a lămurit-o în privinţa lui. Dat fiind că el aproape se ruga:

— Hai să bem ceva în oraş, Mark, s-a supărat Nikki. Nu-mi răspunde la telefon.

Aşa-ţi trebuie, bă, muie, mi-am zis eu. Doar atunci când mi-a spus că o să vină cu Ali am consimţit.

— Ce bine e, spune Sick Boy, acum că ne-am adunat mai mulţi din vechea gaşcă. Ar fi trebuit să-l invit şi pe François, rânjeşte el, uitându-se la mine.

Încerc să nu reacţionez. Dar am început să mă gândesc că, dacă Begbie e în continuare la fel de dement cum se spune (şi, din câte-am auzit, e mai nebun ca niciodată), atunci vechiul meu prieten Sick Boy, partenerul meu de afaceri, muistul cu care-am împărţit banii, încearcă efectiv să mă omoare. Asta e mai presus de trădare, e mai mult decât o răzbunare. Iar acum e surescitat tot, în mod evident cocainizat. Ali mă ia deoparte, dar abia aud ce-mi spune, dat fiind că mă chinui să-l ascult pe Sick Boy, care se apleacă la urechea lui Dianne.

— Ştii, Dianne, Nikki vorbeşte foarte frumos despre tine.

— Îmi place foarte mult de ea, spune Dianne răbdătoare, şi de Lauren îmi place.

— Aia, în limbajul rapperilor, este o târfă cu probleme, rânjeşte Sick Boy, ridicând din umeri, după care adaugă: Ai chef de-o linie, Di? Îţi dau folia asta şi tu cu Ali puteţi merge în toaleta domnişoarelor...

— Nu, mersi, spune Dianne pe un ton calm, detaşat.

Nu-l place pe Sick Boy. Iar asta e minunat, pula mea, nu-l place deloc, la modul cât se poate de sincer. Şi acum văd că i-au slăbit puterile. Are faţa mai plină, scânteia din ochii lui e mai puţin evidentă, mişcările decisive au început să-i fie mai nesigure şi mai puţin fluide din cauza... vârstei?... cocainei?

— Mie-mi convine, rânjeşte Sick Boy şi ridică palmele.

Mă bucur că orice joc mental pe care îl încearcă cu Dianne va fi cu uşurinţă parat, acum pot să-i acord lui Ali atenţie deplină. Trebuie spus, totuşi, că muistul ăsta îmi îngreunează situaţia când îl aud că-i spune lucruri de genul:

— Nu cred că-l poţi compara pe un ratat ca Robert Burns cu marii poeţi scoţieni contemporani.

Dianne scutură din cap, păstrându-şi calmul, dar, cu toate astea, reacţionează:

— Asta-i o prostie. Care-s marii poeţi de azi? Spune-mi unul care-i mai bun decât Burns.

Sick Boy scutură cu putere din cap şi flutură din mână, spulberându-i obiecţia.

— Eu sunt italian, prefer mai degrabă să mă gândesc într-un mod feminin, afectiv, decât să intru în faze din alea cu referinţe în care se complac bărbaţii nordici. Nu ţin minte nume, nici nu vreau, dar odată am citit o carte de poezie scoţiană modernă şi se cacă pe orice scrisese Burns vreodată.

Dar este evident din vocea lui ridicată şi din privirile aruncate pe furiş că vrea să mă implice şi pe mine, aşa că încerc să rămân concentrat la Ali şi mă gândesc că şi ea se gândeşte la acelaşi lucru.

— Arăţi mai bine ca niciodată, nu te-am mai văzut aşa, Mark, spune ea.

— Mersi, îi răspund şi îi strâng mâna, şi tu arăţi fantastic. Ce face ăla mic?

— Care din ei? Andy e bine. Pe celălalt tocmai l-am părăsit, scutură ea tristă din cap.

— Nu s-a luat iar de dava, nu? întreb, simţindu-mă realmente stânjenit de perspectiva asta. Când ne-am întâlnit să bem ceva, părea OK, mă rog, era varză, dar nu era pe heroină. Săracul Spud. N-o să mai întâlnesc niciodată un tip mai bun, un om mai vulnerabil, dar care să aibă o inimă aşa bună; dar s-a distrus atâta vreme, încât e greu să-ţi mai dai seama care este esenţa lui acum, când nu mai ia droguri. Intenţiile bune vor exista în continuare, construindu-i drumul spre Hades. El chiar este o formă de umanitate care, odată cu noua ordine, s-a demodat, dar rămâne o fiinţă umană. Ţigări, alcool, heroină, cocaină, *speed*, sărăcie şi media care-ţi fut creierul: armele de distrugere ale capitalismului sunt mult mai subtile şi mai eficiente decât ale nazismului, iar el nu le poate opune rezistenţă.

— Nu ştiu şi începe să nu-mi mai pese, spune ea pe un ton neconvingător.

Pentru că asta e problema cu căţeluşul ăla prăpădit şi bolnav, trebuie doar să-ţi pese de el şi o s-o dea imediat în bară şi-o să te dărâme şi pe tine. Probabil că el a cauzat, în felul lui, mai mult rău decât Begbie, Sick Boy, Premiul Doi şi cu mine la un loc. Şi, deşi n-am mai ars-o cu el ca lumea de mult timp, ştiu asta, ştiu că întotdeauna va fi la fel. Dar lui Ali încă îi pasă suficient, de-asta-mi striveşte acum mâna între palmele ei şi-i văd cearcănele din jurul ochilor căprui, care sunt încă înflăcăraţi, şi tot frumoasă a rămas, nu-ncape îndoială, Ali e adorabilă şi asta ar trebui să-i fie de ajuns lui Murphy.

— Vorbeşte cu el, Mark. Tu erai prietenul lui cel mai bun. Şi el te-a admirat mereu... întotdeauna zicea Mark aşa, Mark pe dincolo...

— Doar pentru c-am fost plecat, Ali. Şi nu era vorba de mine aşa cum sunt de fapt, am fost o simplă fantezie salvatoare. Ştii cum gândeşte.

Nici măcar nu încearcă să mă contrazică, ceea ce mă deranjează ca dracu'. Acum mă simt vinovat că-l subminez când ar trebui să-l susţin.

— Acum e mai rău, Mark. Nici măcar nu cred că-i de la droguri, asta-i partea cea mai tristă. E aşa de deprimat şi e cu moralul la pământ.

— Dacă nu stă bine cu moralul cu o femeie ca tine alături, înseamnă că-i nebun, spun eu, simţind nevoia să mai destind lucrurile.

— Exact! spune Sick Boy în gura mare, întrerupându-ne, după care se întoarce spre ea: Mă bucur că tu şi cu Murphy v-aţi despărţit, Ali.

Apoi, cu o mişcare bruscă şi violentă, se ridică în picioare şi se duce la tonomat. Spre oroarea mea, pune *Alison* a lui Elvis Costello şi-şi îndreaptă privirea spre ea. E foarte jenant, pula mea, şi Dianne şi cu mine nici măcar nu ştim ce să facem.

Se duce la bar şi mai comandă un rând de coniac, moment în care ne uităm unii la alţii, gândindu-ne să evadăm. După care se îndreaptă spre toaletă, făcându-mi semn, mă ridic şi-l urmez jos şovăind, unde s-a baricadat într-o cabină.

— Calmează-te, frate, îi spun în timp ce el face patru linii pe bazinul WC-ului, o pui pe Ali într-o situaţie jenantă.

Mă ignoră, trăgând prima linie.

— Eu sunt italian, sunt o fire pasională, pula mea. Dacă muiştii-ăia, toate pulele-alea pietrificate de pe vremea strămoşilor noştri nu suportă pasiunea asta, sunt o mulţime de puburi în Leith unde să meargă să bea. Ea şi cu mine... u-haa!... Cu ea şi cu mine e mâna destinului. Hai, Renton, hai, olandez futăcios ce eşti, nu-ţi mai băga degetele-n pizde de lesbiene, mai bine trage asta pe nas...

Fără să mă gândesc, aproape urmând tonul poruncitor al vocii sale, le trag pe nas, câte una pentru fiecare nară. Sunt nişte linii groase ca nişte borduri şi simt cum îmi bate inima-n piept ca o tobă. Am făcut o tâmpenie.

— ... Pentru că noaptea se lasă. Fără doar şi poate. Pe ce vrei să punem pariu că i-o pun? Pariem pe ce vrei tu. Domnu' Budă nu i-a transmis mesaju', încă vreo două pahare şi-o s-o ceară singură... hai, ia aminte de la un expert în acţiune, Rents... tu nu i-ai tras-o niciodată, nu, pe vremuri... ia aminte...

Cocaina îi transformă pe bărbaţi în adolescenţi de optişpe ani, în varianta lor cea mai nasoală. Încerc să-mi păstrez controlul, încerc din răsputeri să nu las drogurile să mă transforme în cel care eram la optişpe ani.

Se duce la bar, iar eu mă aşez lângă fete, transpirând tot, când el se îndreaptă spre noi cu o tavă de coniac și bere. Să-mi fut una, văd cum pe fețele lui Dianne și a lui Ali se așterne groaza când el pune băuturile pe masă.

— Nu vreau să devin foarte sentimental, fredonează el făcându-i cu ochiul, tu și Spud n-aveați un viitor împreună. Însă tu și cu mine am fost făcuți unul pentru altul, spuse el, împărțind paharele.

Ali e furioasă, dar încearcă să-și păstreze calmul.

— Oh, da, și de ce, ca să mă bagi și pe mine în joc?

— Ali, am încercat eu vreodată să fac așa ceva cu tine? Întotdeauna te-am tratat ca pe o doamnă, rânjește Sick Boy.

Dianne îmi face semn cu cotul.

— Ai luat cocaină?

— Doar o liniuță, ca să-l mai potolesc pe Sick Boy, să nu mai fie așa enervant, îi spun foarte patetic, șoptindu-i printre dinții încleștați.

— A funcționat, cu siguranță, spune ea caustică.

Între timp, Sick Boy, cu o mutră de papițoi continuă să sondeze terenul cu Ali.

— Nu-i așa? Nu-i așa?

— Doar pentru că nu știi și tot ți-aș spune să dispari, spune Ali, ridicându-și paharul.

După care, cu un rânjet îngust, el zice:

— Cred că nu m-ai iertat niciodată c-am lăsat-o cu burta la gură pe Lesley.

Lui Ali și mie abia ne vine să credem că a spus asta. Dawn, fetița lui Lesley, a murit când era încă în scutece, cu ani în urmă, iar asta este prima oară când îl auzim recunoscând că era copilul lui.

Pare să-și dea seama că a spus ce nu trebuia și o rază de regret îi străbate fața, înainte să fie exterminată de cruzimea unui rânjet.

— A, da, am auzit de la Skreel că s-a măritat cu unu' așezat. Trăiește în suburbii. Doi copii. Ca fetița noastră, Dawn, care nici măcar n-a existat vreodată, pula mea, scuipă el dezgustat.

Ali îi răspunde furioasă:

— Ce spui? E prima oară când recunoşti că acel copil chiar a existat! Ai tratat-o de căcat pe Lesley!

— Pentru că ea era de căcat... nu era-n stare să aibă grijă de copil, spune Sick Boy scuturând din cap.

Ali rămâne cu gura căscată, nevenindu-i să creadă, în timp ce eu mă stresez să găsesc un răspuns.

Sick Boy se uita la ea ca şi când era gata să ţină o lecţie importantă.

— Dar să-ţi spun io ceva, Ali, nu-ncerc să fac pe deşteptu', da' voi două sunteţi exact la fel, pula mea. Dacă rămâi cu Murphy, copilu-ăla al tău o s-ajungă la asistenţa socială, mai mult ca sigur. Asta dacă săracu' nu se târăşte deja cu...

— DĂ-TE-N MĂ-TA DE DEMENT! ţipă Alison, aruncându-i coniacul în faţă.

El clipeşte des şi se şterge cu mâneca. Ea rămâne câteva secunde în picioare în faţa lui, strângând din pumni, după care iese valvârtej pe uşă, moment în care Dianne se ridică şi o urmează.

O fată din spatele barului, cea care a turnat coniacurile, se apropie de noi cu o cârpă, ca să-l ajute pe Sick Boy.

— O să se-ntoarcă, spune el, şi aproape că-i simţi tristeţea în voce.

După care adaugă zâmbind:

— Lucrează pentru mine şi are nevoie de bani!

Dă pe gât coniacul. Dintr-o teamă ciudată, de la care mi se face greaţă, mă tot uit la uşă, aşteptând să intre Franco. Situaţia e aşa de disperată, încât apariţia lui mi se pare aproape inevitabilă. Mi-era teamă nu pentru mine, nu cu toată coca asta, ci pentru Dianne. Păduchel-ăla infect de Forrester cu gura lui pupincuristă. Doar că l-am văzut pe muistu-ăla la Port Sunshine şi m-au apucat durerile de cap. Se prea poate ca acuma să-l caute pe Begbie, ca să-i trăcănească cum m-a văzut el pe mine. După care mă gândesc că, dacă puterile lui Sick Boy au pălit, atunci se prea poate ca și cu ale lui Begbie să se fi întâmplat la fel. Îmi imaginez deja cum îmi ridic palma, proiectându-i-o lui Franco în nas, și-ajungându-i până-n creier.

Se întoarce Dianne, dar fără Alison.

— A urcat într-un taxi, explică ea, adăugând: Aș vrea să plec acum.

— Sigur, am spus eu din scurt.

Uitându-mă la ea, nu mi s-a părut atât jenată sau dezaprobatoare, cât plictisită, lucru care m-a impresionat. M-am gândit că ea n-are nevoie de tot rahatu-ăsta. Găsesc la repezeală o scuză și plecăm. Sick Boy nu protestează la plecarea noastră.

— Spune-i lui Nikki să mă sune, o roagă el, cu dinții albi și proeminenți, o caricatură a lui rânjind.

Ieșim și o luăm spre Hunter Square, apoi urcăm în taxiul care ne așteptă. Am pulsul foarte ridicat, de la droguri, lucru care mă deranjează. Zbor ca un zmeu și noi nu mergem nicăieri. Știu că am să mă întind lângă ea în pat, țeapăn ca o scândură, sau că o să mă uit toată noaptea la o emisiune de căcat acasă la Gav, până când îmi trece efectul.

Dianne nu spune nimic, dar îmi dau seama că, pentru prima oară, am dezamăgit-o. Nu o să devină o obișnuință. După o vreme, liniștea devine deranjantă și mă văd nevoit să intervin.

— Scuze, iubire, îi spun.

— Prietenul tău e un muist, îmi spune.

N-am mai auzit niciodată acest cuvânt ieșind din gura ei. Să-mi fut una, am îmbătrânit. Drogurile asta mă făceau odată invincibil, ca și când aș fi fost de fier. Scheletul ăla de fier e încă prezent, doar că acum mi se pare că accentuează starea în care mi se află corpul: rece ca gheața, cu piele de găină, fărâmițat și, pe deasupra, mortal.

Taxiul trece de Meadows și-l văd pe Begbie de cel puțin trei ori înainte să ajung la Tollcross.

63

„... dacă ai lăsa-o puţin
mai moale...“

Iată-mă, la sauna unde am spus că nu voi mai merge niciodată. Şi iată-l pe Bobby, care-mi face din nou morală. Asta-i faza cu ei, prădătorii, bătrâni sau tineri, frumoşi sau urâţi. Sunt implacabili sau, mai bine zis, implacabili în ceea ce priveşte futaiul. Mă păstrează aici pentru că mă place, spune el. E adevărat; tehnica mea de masaj e rudimentară şi nici măcar nu ştiu încă să fac o labă ca lumea, dar majoritatea clienţilor sunt disperaţi să-mi experimenteze apatia şi lipsa abilităţilor mele tehnice. Dar acum Bobby susţine că a venit vremea să îmi iau diploma la masturbare şi să avansez la supt pula.

— Clienţii te plac. Ar trebui să scoţi bani ca lumea, iepuraş, îmi spune el.

Ar fi prea ciudat să-ncerc să-i explic că fac mult mai mult de-atât cu iubiţii şi că uneori o fac cu străini în faţa camerelor de filmat. De ce atâta reticenţă în faţa unei mui scurte în spatele uşilor închise de la Miss Argentina? În primul rând, nu vreau ca zonele din viaţa mea care nu implică tranzacţii comerciale bazate pe sex să se extindă mai mult decât au făcut-o deja. Toate la locul lor, iar loc există pentru toate, după cum zice taică-miu. Există alte lucruri pe care să le faci şi la care să te gândeşti că le-ai face toată ziua în afară de supt pula.

În al doilea rând, trist, dar adevărat, majoritatea clienţilor sunt nişte câini infecţi şi numai gândul de a-şi băga organele genitale la mine-n gură este mai mult decât respingător.

Bobby, spre marele lui noroc, se pare că are destul simţ estetic şi întreprinzător ca să ştie că propria lui prezenţă în ceea ce el numeşte comitetul casei scade cota. Când atingem subiectul cotelor scăzute, îi pomenesc în treacăt că îl cunosc pe Mikey Forrester. Figura lui capătă un aer ostil şi-mi răspunde:

— E un mitocan. Un ţăran şi-un drogat. Are un bordel, o speluncă şi-o saună. Care ne tratează cu-aceeaşi monedă.

— Nu i-am văzut niciodată salonul de masaj.

— Salon de masaj, o pulă! N-are nici un pic de discreţie, nu există nici măcar o tentativă de masaj. Gagicile de-acolo habar n-au ce-i ăla masaj! Face trafic fără perdea, coca. Dac-aş putea, le-aş băga pe toate scârbele ca el în puşcărie. Da, i-aş închide!

După care începe să vorbească mai încet, cu o seriozitate gravă şi confidenţială.

— N-ar trebui s-o arzi cu gaşca aia, o fată aşa drăguţă ca tine. Ţi-o cauţi cu lumânarea. Şi mai e ceva cu adunătur-aia: mai devreme sau mai târziu, o să te coboare la nivelu' lor. Şi n-am nici un interes să-ţi spun asta.

Zâmbindu-i politicos, îmi zic: *deja au făcut-o*. Nimănui nu pare să-i placă de domnul Forrester şi sunt convinsă că pe bună dreptate. Când mă întorc acasă, îi menţionez asta lui Mark, care e cu Dianne în bucătărie, gătind paste. El dă capul pe spate şi râde:

— Mikey...

— Ăsta e peştele? întreabă Dianne.

— Are o saună, spun eu. Nu asta la care lucrez eu, adaug imediat.

Mark nu-şi poate ascunde dezgustul la acest gând.

— Nu prea-l cunosc, îi spun ei.

După care mă întorc spre Mark:

— Parcă ţin minte că între voi doi a ieşit un scandal la un moment dat la bar?

— Mikey şi cu mine n-o să ne avem niciodată la inimă unul pe celălalt, n-o să ne trimitem felicitări de Crăciun, rânjeşte Mark, călind nişte ceapă tăiată cu usturoi şi ardei gras într-o tigaie şi amestecând frenetic în timp ce conţinutul sfârâie.

Se întoarce spre Dianne şi spre mine şi, ca şi când ne-ar fi citit gândurile, începe să râdă:

— Dacă v-aţi putea vreodată imagina că trimiteam felicitări.

Nu cred ca Mikey ar primi vreodată vreo felicitare de la Bobby şi, din acest motiv, nici unul dintre noii mei prieteni. Cu toate astea, probabil că eu voi primi. Dacă Simon tot e acum *persona non grata*, petrec mai mult timp la saună, lucrând cât mai multe ture posibil, încercând să-mi pun deoparte nişte bani. Nu vreau să-i cer lui Simon, dat fiind că ostracizarea lui, de când cu dezastrul cu filmul, a fost completă şi atotcuprinzătoare: în termeni wildeeni, şi-a rupt singur craca de sub picioare. Ca să-mi exprim solidaritatea faţă de colegii mei de lucru în domeniul sexului, îi ignor mesajele pe care mi le trimite pe telefon: probleme ciudate, îngrijorătoare, care indică faptul că îşi cam pierde răbdarea. Bineînţeles, pactul tacit dintre Mark şi mine este cum trebuie să ne limităm această înstrăinare faţă de el. La urma urmei, suntem parteneri de afaceri.

El şi Mark au o relaţie atât de ciudată, sunt prieteni şi totuşi par că se dispreţuiesc reciproc. În timp ce mâncăm lasagna – eu, Dianne, Lauren şi Mark – nu pot să nu mă plâng de el. Încep să vorbesc pe un ton emfatic despre zgârcenia lui la bani şi despre duplicitatea lui. Mark se rezumă să răspundă furiei mele spunând încet:

— E mai bine să te răzbuni decât să te înfurii.

Are dreptate, dar, cu toate astea, trebuie să recunosc că, oricât aş face eu pe grozava, ostilitatea mea faţă de Simon păleşte ameninţător. Îmi lipseşte intriga. Lauren, în schimb, continuă să-şi verse furia faţă de el ca un furnal:

— E un profitor, Nikki, mă bucur că nu te împaci cu el. E dus, ascultă-l când îţi lasă mesajele-alea dubioase pe robot. Nu-l suna, spune ea tuşind, cu o voce răguşită îngrozitoare. Lauren arată îngrozitor, iar vocea ei e la fel.

Chiar şi Dianne, care nu critica niciodată pe nimeni şi nici nu se baga în treburile nimănui, reacţionează la această remarcă.

— Nu cred că e o idee foarte rea, după care, întorcându-se spre Lauren, o întreabă: Ai gripă?

— E doar o tuse, spune Lauren, după care se întoarce spre mine spunând: Eşti prea bună pentru el, Nikki.

După puţin timp, Lauren ia nişte Lemsip şi merge la culcare, arătând cu adevărat îngrozitor, după care Mark şi Dianne pleacă, nu ştiu unde, probabil înapoi la Mark, să şi-o tragă. Seara mă găseşte citind, de plăcere mai degrabă decât muncind din greu pentru maşinăria de cârnaţi a vieţii academice. Sunt aşa de uşurată că am terminat examenele. Bucurându-mă de *Mandolina căpitanului Corelli*, mângâindu-l pe Zappa care s-a cuibărit la mine-n poală, încerc să nu mă gândesc la Simon când recitesc pasajul în care căpitanul Corelli îşi face prima apariţie. E o prostie, personajul nu seamănă deloc cu el... doar că... a trecut deja o săptămână.

Se aude o bătaie în uşă, iar eu mă ridic, făcându-l pe sărmanul Zappa să zboare pe nepusă masă. Sunt emoţionată şi exaltată pentru că ştiu că e el. Trebuie să fie. Ies în hol, la uşă, făcându-mi tot felul de joculeţe stupide, genul de jocuri „dacă e el, înseamnă că suntem făcuţi să fim împreună", sperând în acelaşi timp şi că este, şi că nu este.

Şi este. Face ochii mari când deschid uşa, dar nu-şi mişcă buzele.

— Nikki, îmi pare rău. Am fost cam egoist. Pot să intru?

Mi se pare că de-a lungul vieţii mele sexuale lungi de o decadă sau aşa, am mai trecut prin asta de un milion de ori.

— De ce, spun eu cu răceală, să-nţeleg că vrei să vorbim ?

Răspunsul lui mă lasă mască.

— Nu. Nu vreau să vorbim, spune el, scuturând empatic din cap.

Mă izbeşte faptul că Simon arată bine ; îngrijit, bronz de solar proeminent, cu faţa puţin mototolită, lucru acceptabil la un bărbat matur, dacă e aranjat cum trebuie.

— Am vorbit destul, spune el, afişând aerul acela rănit, îndurerat, despre care ştii că este, de fapt, un scut manipulator, dar... Şi toate au fost numai rahaturi, afirmă el energic. Vreau să ascult. Vreau să te aud vorbind. Asta dacă şi tu crezi că merită să-mi vorbeşti şi, ca să fiu sincer, n-am să te învinovăţesc dacă nu vrei.

Mă uit la el, fără să spun nimic.

— OK, spune ridicând mâinile şi zâmbind trist. Voiam doar să-ţi spun că-mi pare rău pentru tâmpenia pe care-am cauzat-o. Dar, în adâncul meu, am crezut în acelaşi timp că fac totul pentru binele tuturor, spune el îndurerat, după care se întoarce şi pleacă înapoi pe scări.

Simt cum mă loveşte un atac de panică în piept şi nu pot controla deloc ceea ce urmează să spun. Îmi vâjâie capul, aşteptările mele au fost întoarse cu fundul în sus.

— Simon... stai... intră puţin.

Deschid larg uşa, iar el ridică din umeri, se întoarce, rămânând în faţa uşii, dar nu face nici o încercare de a intra în casă.

În schimb, ridică mâna ca un copil care încearcă să-i atragă atenţia învăţătoarei. Faza e că merge, nu-mi vine să cred, dar nenorocitul ăsta chiar vrea să-mi doresc să-l strâng la piept și să-i spun, „gata, puiule, gata, hai la pătuț, hai să te fut".

— Nikki, încerc să mă îndrept, spune el, cu ochii licărindu-i trist. Până atunci, nu sunt bun pentru tine. Mă credeam mai departe pe drumul cel bun, dar îmi dau seama, după privirea ta, că mai am mult de parcurs.

— Simon... mă aud spunând pe un ton plângăreț, de parcă sunetul ar fi venit de la altcineva, ce-ar fi dacă ai lăsa-o puțin mai moale o vreme? Cu coca, de exemplu? Mereu se-ntâmplă să scoată la iveală ce-i mai rău din tine?

Mă gândesc la ceea ce tocmai am spus și îmi dau seama cu groază că nu l-am cunoscut niciodată fără să fie pe coca.

Iar acum, evident, nu face excepție.

— Exact, corect, latră el din senin.

După care face ochii mari, însuflețindu-se din nou și spune:

— Nikki, mă înec. Mă faci să-mi doresc să devin o persoană mai bună și, cu dragostea ta, știu că pot fi acea persoană, spune el încet, și-i văd scurgându-i-se de pe frunte broboanele de sudoare provocate de droguri.

Urmează momentul ăla frumos-oribil, impasul acela dulce-amar, când știi că cineva te aburește, dar face asta cu atâta nonșalanță și atâta convingere... nu, asta se datorează faptului că îți spune exact ceea ce vrei să auzi, ceea ce ai nevoie să auzi, la un moment dat. Stă în pragul ușii, cu brațul întins, în toată măreția lui. El nu seamănă cu Colin, nu e ca toți ceilalți. El nu este la fel ca toți ceilalți pentru că este al dracului de irezistibil.

— Intră, îi spun aproape șoptind.

64

Mă jucam şi eu

Mahmureal-asta mă termină şi ies la o plimbare prin oraş ca să mă mai limpezesc la cap. Până mai sus de St Andrews, unde se construieşte o nouă staţie de autobuz. Aia veche era o cocină, şi ultima oară am fost la ea acum mulţi ani. De fapt, a fost atunci când eu, Rents, Sick Boy, Franco şi Premiu' Doi plecam cu toţii la Londra, cu toată davaua aia la noi. Paranoia curată, frate, paranoia curată. Şi o tură sănătoasă la bulău pentru trăsnaia aia, dacă era să fim prinşi, chiar aşa!

Nici pic de soare; toată lumea e înfofolită bine din cauza burniţei monotone şi a vântului rece, dar chiar şi-aşa, parcă din toate cotloanele vin oameni spre tine cu plasele lor de cumpărături. Da, toată febra asta lacomă a cumpărăturilor iese acum la iveală mai bine ca niciodată, frate.

Mă plimb ca să mă gândesc, frate, să mă gândesc la Dostoievski, la crima lui perfectă. Cămătăreasa aia bătrână şi prăpădită pe care n-o plăcea nimeni, de care nimănui nu-i era dor, la fel ca jegosu' de Chizzie. Noroc chior c-au dat la ziar, ştii, doi băieţi tineri, zicea Charlie de la Nicol's Bar. Pun pariu ca Begbie i-a pus gheara-n gât, frate. Nu, n-o să-i ducă nimeni doru' lu' Chizzie, nici măcar un animal, la fel cum n-o să simtă nimeni lipsa unui drogat. Fi'ncă aici a dat-o-n bară Raskolnikov. Că el a rămas în zonă, pe-aproape, gata să cedeze la presiunea psiho-logică, pentru c-a omorât pe altcineva. Da' io n-o să mai fiu prin zonă ca să cedez nervos, crima asta n-o să-mi aducă nici un beneficiu mie, ci celor mai apro-piaţi şi mai dragi.

Mă trezesc pe Rose Street şi îl văd; e agitat tot, dă din mâini şi râde ca un cal, azvârlindu-şi capul pe spate. Acuma îşi duce o mână la cap şi cu cealaltă o ia de umăr pe gagică-sa.

Am încercat să-l sun pe om pe mobil, să bem o bere, să-i spun că trebuia să-l iau înapoi pe Zappa fi'ncă mi-e dor de el. Femeia lu' Rents şi tip-aia care-o arde Sick Boy; la ele stă. Da, ei sunt două cupluri foarte unite şi d-astea. Nu te supăra, da' nu prea-i văd io pe Rents şi pe gagică-sa băgându-se la sex în grup, da' nu se ştie niciodată. Poate Rents, da, dar tip-aia pare cam hetero pentru faze d-astea. Te gândeşti: poate da, poate nu. Faza e că Rents o ştia pe-asta mică de pe vremuri, sunt sigur. Acum merg împreună de braţ. Lu' Rents nu prea pare să-i pese sau să creadă c-ar fi vrun pericol cu Cerşetoru'. Probabil că nici măcar nu ştie de zvonurile despre ce i s-a întâmplat lu' Chizzie.

— Spud! Ce faci, frate, spune el îmbrăţişându-mă. Ea e Dianne.

Ea se uita la mine ca şi când ar încerca să mă cataLogheze, după care face un pas în faţă şi mă sărută pe obraz, şi fac şi io la fel.

— Eşti bine, păpuşă? Cum îţi merge? o întreb pe tipă.

— Nu prea rău. Dar ţie? mă întreabă veselă, şi da, asta mică-i o dulceaţă, frate.

Nu-i genu' de femeie pe care-ai asocia-o cu Rents. Mereu mi s-a părut că el s-ar da la genu' de femeie cu probleme: genu' de pipiţă gotică sau *new age* cu urme de lamă la încheieturi, d-alea care vorbesc tot timpu' de vindecare şi de creştere. Motanu-ăsta a fost mereu atras de latura întunecată.

— Bine, frate, încă mă-nvârt în vârteju-ăla vechi din Leith, îi turui io.

Frate, da' Rents s-a cam schimbat. Mai demult s-ar fi luat de mine pentru un răspuns d-ăsta, acuma doar un zâmbeţel indulgent pentru prietenu' lui mai sărac cu duhu'.

— Ai mai fost la fotbal în ultima vreme? întreabă.

— Da, i-am luat abonamentu' lu' cumnatu-miu. Băiatu-ăla, Sauzee, e excelent, îi spun motanului.

Pentru câteva momente, Renton pare gânditor.

— Da, da' nu ştiu dacă-mi place ideea de a susţine o echipă câştigătoare. Prea tembelă, prea demodată, spune el pe un ton care nu ştiu dacă e sau nu serios.

— Da, d-asta ţin io cu Hearts, râde Dianne, uitându-se spre el, cumva indulgentă.

E o pisicuţă tare drăguţă, care zâmbeşte cu toată faţa.

— Aia s-a cam terminat acum, iubito, zilele-alea întunecate au luat sfârşit. Gândeşte-te că albatrosu-ăla Jambo de la gâtul tău e mort şi-ngropat, râde Renton şi-ncep să se-mbrâncească unu' pe altu' acolo-n stradă.

— Cât vrei să rămâi aici? îl întreb.

— Eh, trebuia să stau vreo două săptămâni, da' mă gândesc să mai rămân o vreme. N-ai chef de-o bere?

Aşa că mergem la baru' pentru turişti şi corporatişti să bem vreo două. Când Dianne se duce la tonomat, Rents îmi şopteşte:

— M-am tot gândit să te sun ca să bem ceva, dar na, nu voiam să, vorb-aia, s-ajung în anumite zone de pe teritoriu' ştim noi cui, zice el strâmbându-se.

— Frate, fii atent, ştii la ce mă refer, îi şoptesc io.

Rent Boy zâmbeşte ca şi când nu i-ar păsa. Poate chiar nu-i pasă. Da' mie mi se pare că nu-şi dă seama cât de ţicnit e Franco. Plecăm, luând-o în direcţii diferite, ei cine ştie unde, din câte se pare, spre o locaţie secretă, iar io o iau spre port, fix la tovarăşu' meu Begbie. Pentru c-acuma încep să mi se lege-n minte toate lucrurile; staţia de autobuz, şmenu', Dostoievski, Renton şi Begbie. Deşi e ciudat, frate, că Renton a obţinut ceea ce vreau io. L-a adus pe Begbie exact în punctu' în care-l vreau io.

Aşa c-o iau în jos spre Leith, gândindu-mă cum, dacă eşti din Leith, chiar aparţii de două oraşe, Leith şi Edinburgh, nu de unu' singur. Vechiul port se întinde înaintea mea, murat şi îmbibat tot, odată cu aprinderea primelor lumini, care acoperă culorile-alea închise, maroul, cenuşiul şi bleumarinul, cu sclipiri albe, galbene şi portocalii. Mă gândesc că noi ne aflăm doar puţin mai la sud de Sankt Petersburg şi că poate-aşa s-a simţit şi Raskolnikov ăla.

O iau în jos pe Walk, trec de puburi, care te invită practic când mai iese câte cineva, pline de gălăgie şi de muzică, de râsete şi de fum, de strigăte ciudate. Trec de casele de beţivi şi cupluri, în faţa cărora stau găşti de copii. Trec de staţiile de autobuz în care-aşteaptă băbuţe agitate, care poate că se-ntorc la ele acasă, la kilometri distanţă, după o partidă de bingo, şi beţivani bătrâni, tipi care n-au mai locuit în Leith, da' care-s încă atraşi de locurile-astea, în adâncul lor tot oameni de Leith sunt.

Dau în Lorne Street, ajung la casa lu' Begbie şi bat la uşă. Înăuntru se aude zgomot, ca şi când cineva s-ar pregăti de plecare. Uşa se deschide şi e motanu' ăla uriaş de Lexo, care pleacă.

— Ţine minte ce-ţi zic, îi strigă Begbie, cu faţa crispată toată, la care Lexo dă din cap, împingându-mă la o parte, gata-gata să mă dărâme.

Begbie se uită la el cum coboară scările, făcându-mi semn să fac acelaşi lucru. Îl urmez şi închid uşa după mine.

— Muistu-ăla ar face bine să fie atent unde calcă. O să-l omor pe muistu-ăla mare şi prost, Spud, îţi zic io, spune intrând în bucătărie.

Deschide frigideru' şi scoate două cutii de bere, dându-mi mie una.

— Noroc, motane, zic io, uitându-mă-n jur. Tare casa.

Am impresia că simt miros de copil; e un damf de pișat și pudră. După care o tipă mai tineric-așa, care n-arată rău deloc, da' cu o față îngrijorată, intră și mă salută din cap, da' Begbie nu ne face cunoștință. O lasă să-și ia un fier de călcat din dulap și așteaptă până iese.

— Pula mea, Lexo-ncearcă să-și plătească datoriile cu dulciuri. Da' i-am explicat io lu' muie, i-am zis, io și cu tine am fost asociați până când io am aflat altceva...

Franco face câteva linii de coca.

— N-a mai venit să mă vadă la-nchisoare, nu mi-a zis niciodată nimic de nenorocire-aia de Thai Café sau că, pula mea, s-a-ncheiat parteneriatu' nostru. Asta-nseamnă că jumate din cafeneau-aia-i a mea. Și el vine la mine și-ncepe să-i dea cu toate datoriile pe care-a trebuit el să le plătească pentru cafeneau-aia, da' și io i-o-ntorc lu' muie și-i zic, aici nu vorbim, în pula mea, de bani, vorbim de prietenie. Pula mea, ăsta e principiu' la toată faz-asta.

Mă uit la un cuțit mare de tăiat pâine aflat pe tocătoru' de pe blatu' de bucătărie. Ast-ar fi perfect, frate, da' nu aici... nu cu tip-aia și cu copilu-n casă. Trag o linie.

— Asta-i tot ce-a mai rămas din coca, zice el și-și scoate mobilu', da' mai fac io rost.

— Nu, că mai am și io acasă, hai cu mine, o luăm și după aia bem o bere.

— Tare, bă muie, zice Franco, punându-și geaca.

Îi strigă gagică-sii:

— Vezi că ies în pula mea un pic, așa că vezi tu, și ieșim pe ușă, io în urma lui.

El o ține una și bună cu Lexo.

— Muistu-ăla... mai bine-ar avea grijă pe unde calcă sau, pula mea, îl omor pe muistu-ăla mare și prost.

Io cam dârdâi pe dinăuntru, da' nu de frică, poate că-i de la coca, aşa că-i zic:

— Da, chiar că poţi să faci asta, Franco. Pe Donnelly ăla l-ai aranjat.

Franco se opreşte pe loc în mijlocu' străzii şi-mi aruncă o privire de-a dreptu' arctică, frate. Ast-a fost condamnarea lui pentru omor. Era el sau Donnelly, toată lumea zicea asta, şi Franco a avut răni grave, a plonjat de două ori, fi'ncă băiatu-a-ncercat să bage-o şurubelniţă ascuţită-n el.

— Ce pula mea zici acolo?

— Nimic, Franco, hai acuma, hai să luăm coca asta şi te scot la o bere, frate.

Begbie se uită la mine o clipă, după care o ia din loc şi ne-ndreptăm spre casa mea. Urcăm scările şi io-ncep să-mi fac numãru', căutând coca prin buzunare. Mă duc la bucătărie şi scot nişte cuţite. Sper că băiatu-ăsta-i rapid.

— Ia vino, Franco, un pic, strig io.

Franco vine la bucătărie.

— Unde pula mea-i cocain-aia, muist retard ce eşti?

— Da, pe Donnelly ăla l-ai aranjat, zic io.

— Tu nu ştii decât juma' de poveste, Spud, râde el sinistru şi pune mâna pe mobil. Fac io rost de marfã, fraier inutil ce eşti, după care formează numãru'.

— Animalu' de Chizzie, spun io.

Franco închide imediat telefonu'.

— Tu ce pula mea unelteşti?

Begbie s-a cutremurat şi acum se uită la mine de parc-ar putea să răcească şi Hadesu' cu privire-aia, frate. Te uiţi în ochii lui şi e ca şi când n-ai mai avea piele pe tine, frate, nici haine, ca şi când ai fi o masă de sânge care palpită şi pompează, gata să-şi piardă forma şi să se verse pe podea.

Poate că e de la coca şi de la nervi, da' io-i spun lu' Begbie toată povestea, îi spun tot planu', o să-mi facă el un serviciu. Da' e livid, frate, e livid de tot, aşa că mă hotărăsc să trec la planu' B. Îi fac semn spre cuţitele de pe masă şi-i sic:

— Hei, Franco, frate, am uitat să-ţi dau ceva...

— Ce...

Şi-l pocnesc pe nebun în faţă, frate, da-n loc să-i dau în falcă, nimeresc în gură. Pentru o fracţiune de secundă, mă simt aşa-n căcat şi aproape că-nţeleg ce vede Begbie în filmu' lui cu violenţa. Rămân acolo, în poziţie de luptă, privindu-l fix. Spre surprinderea mea, nu mă pocneşte. Îşi pipăie buzele şi vede sângele pe degete. După care rămâne uitându-se la mine câteva momente.

— PULA MEA DE MUIST DEMENT! scuipă Begbie, după care face un salt şi-mi dă un cap în faţă.

Mă prăvălesc pe spate în timp ce un val de durere pură, ca un curent electric, mi se pare că-mi ajunge până-n creier. Mai primesc o lovitură şi mă trezesc pe podea fără să-mi dau seama când am căzut. Ochii mi se umplu de lacrimi, iar bocancu' lui se asmute asupra mea, nu mai pot să respir şi încep să borăsc, îmi tremură tot corpu' din cauza şocului şi simt cum înghit sânge. Nu vreau asta... termină repede...

— ... Fă-o repede... gem io.

— Pula mea, că nu te omor! N-o să mori! DACĂ-NCERCI să mă FACI să TE OMOR, EŞTI MORT!... PULA MEA, EŞTI...

Begbie încremeneşte pentru un moment, în timp ce io mă chinui să ridic privirea şi-ncerc să-l focalizez, iar lui parcă-i vine să râdă, da-n schimb face o strâmbătură şi dă un pumn în perete.

— PULA MEA DE MUIST CE EŞTI! NOI NU RENUNŢĂM! NOI SUNTEM HIBS, PULA MEA! NOI SUNTEM LEITHU'! NOI NU FACEM RAHATURI D-ASTEA! spune el parcă rugându-se, după care adaugă încet: I-ai dezamăgit pe toţi... Spud...

După care îşi ia din nou faţa de dement.

— Îţi înţeleg jocul! Îţi ÎNŢELEG JOCU'! BĂ
MUIE, TU-NCERCI, în PULA MEA, să TE FOLO-
SEŞTI DE MINE!

Încerc să mă ridic sprijinindu-mă în cot, încerc
să înţeleg ce se-ntâmplă.

— Da... vreau să mor... că mie mi-a dat Renton
banii-ăia, nu ţie... ţie ţi-a dat ţeapă. I-am cheltuit
pe toţi. Pe droguri.

Deşi nu po' să-l văd, nu văd decât lumina palidă
din bucătărie, îi simt privirea.

— Tu... ştiu io ce-ncerci să faci...

— I-am cheltuit pe toţi, frate, îi zâmbesc cu toată
durerea, îmi pare rău, motane...

Franco gâfâie de parcă l-am lovit în stomac şi
am de gând să spun mai multe, când simt o lovi-
tură-n faţă şi se-aude o trosnitură oribilă, frate,
oribilă, ca şi când mi-ar fi rupt falca. E o durere
mortală, de la care mi se face greaţă. După care-i
aud vocea şi, din nou, tonu-ăla rugător, frate.

— Tu o ai pe Alison, ai un copil! Pe ei cum o să-i
afecteze dacă mori, muist egoist ce eşti?

Îmi cară şuturi, dar io nu le mai simt şi mă
gândesc la tot... la Alison, la Andy... şi mi-aduc
aminte de vara aia, când am mers amândoi la Shore,
la Water of Leith, ea purta rochia aia subţire de
gravidă, io o mângâiam pe burtă, simţindu-l p-ăla
mic cum loveşte. Cum îi spuneam, amândoi cu ochii
plini de lacrimi de bucurie, că ăla mic o să facă
toate lucrurile pe care noi nu le-am făcut niciodată.
După care se făcea că eram la spitalu' unde l-am
ţinut prima oară-n braţe. Zâmbetu' ei, primii lui
paşi, primu' cuvânt, care a fost „tati"... văd toate
astea şi vreau să trăiesc, Franco are dreptate, frate,
are dreptate... ridic o mână şi spun gâfâind :

— Ai dreptate, Franco... ai dreptate, gem io, da
din toată inima. Mersi, prietene... mersi că m-ai
ajutat. Vreau să trăiesc...

Nu-i văd fața lu' Franco, de jur împrejur numa' întuneric, nu-l văd cu ochii, ci cu mintea... și când îl aud vorbind, e rece și malefic:

— Acuma-i prea târziu, bă muie, ar fi trebuit, în pula mea, să te gândești la asta înainte să faci pe deșteptu' și să-ncerci să...

Și-mi mai cară un bocanc...

Io-ncerc să gem, frate, da' e ca și când aș fi în altă parte, nu mai funcționează nimic, iar io alunec... e-ntuneric... după care se face frig și simt niște palme care încearcă să mă trezească și mă gândesc că sunt la spital, da-i văd fața lu' Franco.

— Hai, trezirea, băi coaie, n-aș vrea să ratezi distracția! Pentru c-o să mori, bă muie, numa' c-o să mori al dracu' de-ncet...

Și mai primesc un pumn în față și-așa, și-o văd pe Alison cum îmi zâmbește și pe-ăla micu', și mă gândesc la cum o să-mi fie dor de ei, după care-o aud pe Ali țipând:

— DANNY! CE SE-NTÂMPLĂ... CE-I FACI, FRANK!

A venit acasă cu copil cu tot... și Begbie începe să urle la ea:

— PULA MEA, E DEMENT! E UN MUIST DE-MENT! IO SUNT SINGURU' NORMAL DE-AICEA? SPUNE-I TU!

După care pleacă, iese pe ușă, iar Alison plânge, îngrijindu-mi capu'.

— Ce s-a-ntâmplat, Danny? De la droguri?

Scuip sânge.

— O neînțelegere... atâta tot...

Mă uit la copil, care plânge și el acuma, de frică.

— Unchiu' Frank și cu mine ne jucam doar, prietene, ne jucam și noi...

Încerc să-mi țin capu' ridicat, încerc să fiu curajos pentru ei, dar durerea s-a întins pretutindeni și totu' se-nvârte-ncet, iar io simt că mă sting și leșin, rostogolindu-mă în vârteju' ăla negru ca tăciunele...

65
Şmenu' # 18 750

Beau ceva cu vechiul meu prieten şi noul meu asociat la City Café, aducându-i vestea cea bună. Renton, care mi se pare că a mai pus pe el nişte osânză, se holbează la scrisoarea pe care i-am dat-o, sincer uimit:

— Pula mea, Simon, nu ştiu cum ai scos-o p-asta.

— Totu' a pornit de la înregistrarea pe care le-am trimis-o, îi explic.

Îmi dau seama, după privirea lui, că are impresia că totul i se datorează muistului ăluia de Miz, care şi-a folosit influenţa. Să creadă ce vrea.

Renton ridică din umeri şi zâmbeşte admirativ.

— Păi, până acum am mers pe mâna ta şi n-a ieşit rău deloc, îmi spune el, examinând din nou scrisoarea. Maximă expunere la Festivalul Cannes pentru Filme de Adulţi. Ăsta e un rezultat notabil, oricare ar fi standardele.

Normal, când cineva te flatează, ăsta este cel mai bun balsam pentru *ego*, iar când aşa ceva vine din gura lui Rent Boy, trebuie întotdeauna să te pregăteşti pentru lovitura în coaie care va urma. Discutăm despre realizarea unei pagini de internet pentru filmul nostru, www.saptefutese.com, şi despre ceea ce vrem să punem pe ea. Obiectivul meu principal rămâne, totuşi, să-i asigur că avem un produs de vânzare. Asta înseamnă că un fraier trebuie să stea într-un depozit la Amsterdam şi să-ndese casete în cutii. Şi nu cunosc decât o singură persoană care susţine că are multe de făcut la Dam...

Aşa că plecăm în mica noastră călătorie, dar care e departe de a fi plăcută, dat fiind că trebuie să stăm într-un depozit, făcând muncă de sclavi.

Locul ăsta are un aer îngrozitor, claustrofob. Când mă întorc la Edinburgh, am nevoie de o repriză la Băile Porty, aşa că înghit în sec şi suport preţul hidos de mare al taxiului care mă duce până acolo. Renton mă însoţeşte până în centru şi-mi dă, bombănind, zece lire.

Stând rezemat în bazinul de hidromasaj de la Portobello, bucurându-mă de apele calde şi de masajul jeturilor, mă gândesc că ăsta este unul dintre lucrurile care mi-au lipsit cel mai mult la Londra în ultimii zece ani. Ah, băile cu hidromasaj de la piscina Porty. Este imposibil să-i explici unui neiniţiat starea euforică, apropiată de transă, în care te cufunzi aici, e dincolo de orice saună sau baie turcească. Bazinul ăsta mare de tinichea, ca din Jules Verne, este delicios de demodat. Tuturor care vin aici în timpul zilei le place la nebunie.

Mă gândesc că asta este starea de spirit potrivită să anunţi o veste bună, aşa că, fără tragere de inimă, ies din apă şi-mi înfăşor un prosop în jurul taliei, mă duc la vestiar şi-mi iau mobilul. Este semnal puternic înăuntru. Sun pe toată lumea care-mi vine-n minte şi le spun vestea despre selectarea noastră la Cannes. Nikki chirăie de bucurie, Birrell bombăne ceva de genul: „Da, bine", ca şi când i-aş fi spus că sentinţa de zece ani de puşcărie pe care-abia ar fi primit-o a fost scurtată cu două luni. Terry reacţionează în maniera lui caracteristică.

— Abia aştept. Toate pizdulicile-alea franţuzite şi toate gagicile-alea fiţoase care-o să se-ngrămădească.

Mă duc spre Leith şi apoi la pub. Sunt gata să mă furişez sus la mine în birou, ca să verific mesajele pentru Bananazzurri, când Morag mă prinde în ambuscadă la cotitură, cu ochii ăia de nebună privindu-mă de sub claia recent făcută permanent, care mă face să mă opresc şocat.

— Mo. Ţi-ai făcut părul. Îţi stă bine, zâmbesc eu.

Mo nu se bucură, părând total insensibilă la farmecele mele.

— Lasă coafura mea, Simon, a venit un tip de la *Evening News*. Pune tot felul de-ntrebări despre tine şi dacă ştiu că tu faci filme aici sus şi-aşa.

— Şi tu ce i-ai spus?

— I-am spus că nu ştiu nimic despre asta, spune ea, scuturând din cap.

Morag nu e turnătoare, sunt sigur de asta.

— Mersi, Mo. Pula mea, asta-i hărţuire Dacă mai vine păduchel-ăla pe-aici, spune-mi. O să pun oamenii să-l împuşte şi-o să dau foc la casa asta, îi spun io furios, lucru care o şochează.

Sunt gata-gata să evadez şi să urc în birou, când vaca bătrână mugeşte:

— Am nevoie de ajutor jos, Simon. Ali tre' să meargă la spital, bărba-su e rănit.

— Cine, Spud?

— Da.

— Ce s-a-ntâmplat?

— Nu se ştie, da' e cam devastat, după câte-am auzit.

— Bine, lasă-mă cinci minute... spun eu, dubios de îngrijorat în legătură cu Murphy.

Adică, nu că am mai fi în continuare prieteni la cataramă, dar nu mi-aş dori activ să-l rănesc pe amărâtul asta. Urc pe scări, făcându-i cu mâna mutrei cutremurate de sub mine.

— Trebuie să verific poşta...

— A sunat şi Paula din Spania, se-ntreba cum merge treaba. Io i-am zis că bine, da' ea e prietena mea, nu mai pot să te acopăr, Simon. Nu vreau s-o mint pe Paula.

Mă opresc din drum.

— Ce vrei să zici?

— Păi, domnul Cresswell ăla de la fabrica de bere, bun băiat, spune că nu şi-a primit banii pentru comanda de luna trecută. I-am spus c-o să-l suni tu și vă rezolvați.

Înainte să-i răspund lui Mo, mă gândesc puțin.

— Cresswell își face prea multe griji: un corporatist. Nu înțelege că afacerile funcționează și pe bază de lichidități și pe bază de credit. Nu, el doar stă acolo în biroul lui șmecher de la Fountainbridge, prefăcându-se că înțelege adevărata lume a afacerilor. O zi pe teren l-ar omorî. O să vorbesc cu el, spun io grăbit, înaintând spre birou pentru o linie rapidă, fortifiantă, înainte să mă ocup de îndatoririle de la bar.

Am aranjat o întâlnire astă-seară la pub. Dracul știe de ce, ca să-i mențin în formă pentru roluri. Cel mai probabil pentru că îmi curge coca prin vene și ar fi mult mai bine să am cui face capul calendar decât să le servesc alcool fraierilor de jos, tineri sau bătrâni. Am decis să-l țin departe pe Forrester, gândindu-mă că ar ieși cu scandal dacă s-ar afla sub același acoperiș cu Renton. Bineînțeles, Renton nici măcar nu are bunul-simț să-și facă apariția. Rab Birrell intră îmbufnat, sosește și Terry, care cere imediat să fie plătit. Se pare că toată lumea a înnebunit cu banii în perioada asta. Cine pula mea mă cred ei? Asta-i mâna lui Renton; pun pariu ca i-a sunat pe toți și le-a băgat tot felul de idei în cap.

— Îmi pare rău, Tel, ne confruntăm cu o penurie de resurse sau, dacă preferi: nu se poate.

— Și gata? Io nu primesc nimic pentru ce-am făcut?

— Tu nu ești pe lista de profit, Terry, îi explic. Ai fost plătit ca futangiu. Eu am fost dintotdeauna cel care a condus totul.

— Mi se pare corect, spune cu un rânjet care mă face să mă simt, fără îndoială, incomod. Așa merg lucrurile, nu?

Terry, cu entuziasmul lui, a fost un tovarăş de călătorie foarte util la un moment dat. Lipsa lui de ambiţie înseamnă că n-o să fie niciodată un jucător al industriei. Faci tot ce-i mai bine, le oferi şansa să înveţe şi să crească, dar restul depinde de ei.

Deci hai să vedem cum reacţionează muistul.

— Avem o problemă, anunţ eu scurt. E evident că nu putem merge toţi la Cannes, din pricina costurilor. Aşa că vom fi eu, Nikki, Mel şi Curtis. Talentele. Şi Rents, am nevoie de el pe partea de afaceri. Restul? Avem de-a face cu o situaţie supra-aglomerată de pule.

— Eu oricum nu pot să merg, spune Rab, nu acum, cu copilul şi cursurile şi-astea.

Terry se ridică brusc şi se îndreaptă spre uşă.

— Tel, îl strig, încercând să îmi reprim bucuria.

Se întoarce şi spune:

— De ce pula mea mă chemi aici dacă nu-mi dai banii şi nici nu mă iei la Cannes?

Ca să fiu cinstit, mie nu-mi vine-n minte nici un motiv ca lumea, aşa că mă lasă fără replică, literal vorbind, în timp ce el continuă:

— Mă faci să-mi pierd vremea. Io mă duc la spital să-l văd pe Spud, şuieră el şi pleacă.

— Şi io la fel, îl susţine Rab, ridicându-se şi urmându-l.

Ăştia-s dobitoci sau ce? Mă gândesc că Rab nu-l cunoaşte pe Spud, aşa că din asta înţeleg că pur şi simplu pleacă, şi nu că se duce să-şi facă vizita de rigoare.

În momentul acela intră Nikki şi-şi cere scuze că a întârziat. Îi priveşte îngrijorată cum pleacă. Mă întorc spre ea.

— Să-i fut în cururile-alea pline de căcat. N-avem nevoie de ei, n-am avut niciodată. Pur şi simplu nu mai trebuie să facem numai noi eforturi, şi m-am săturat să le alimentez sentimentul adecvării.

Craig pare tensionat şi Ursula începe să râdă, în timp ce Ronnie rânjeşte. Nikki, Gina şi Mel se uită la mine ca şi când ar trebui să mai adaug ceva.

— Când încep să meargă vânzările, o să-i împărţim între noi, explic. Ei bine? Nu putem împărţi banii când, pula mea, n-avem nici un ban!

Le ţin celor rămaşi o lecţie de economia industriei, care trece pe lângă urechile majorităţii celor prezenţi. Până la urmă, se cară, până rămâne doar Nikki. Îmi dau seama că nu e prea încântată de felul în care i-am tratat pe Rab şi pe Terry. Simt o strângere de inimă când mă cuprinde un uriaş dispreţ pentru ea, ceea ce e oribil, pentru că, probabil, sunt îndrăgostit de femeia asta. Acum începe să miroasă ceva, spunându-mi că se gândeşte să plece de la saună. Îi spun că nu e o idee rea, dat fiind că locurile astea aparţin unor libidinoizi. Încep să mă întreb dacă se pregăteşte de încercarea de a-mi stoarce nişte bani. Până la urmă pleacă la serviciu şi stabilim să ne vedem mai târziu.

Deci se pare că echipa mea s-a redus, dar nu-mi pot bate capul momentan gândindu-mă la amintiri insignifiante, ca Terry. Mă duc în birou şi-mi fac o linie sănătoasă, pe care o trag în timp ce mă sună un pulifrici de la ziar.

— Aş putea vorbi cu Simon Williamson?

— Domnul Williamson nu este aici în acest moment, îi spun. După câte se pare, joacă cărţi la Jack Kane... sau poate la Portobello.

— Şi când credeţi că se-ntoarce?

— Nu ştiu sigur în acest moment. Domnul Williamson a fost ocupat în ultima vreme.

— Cu cine vorbesc acum?

— Eu sunt Francis Begbie.

— Bine, dacă puteţi, rugaţi-l pe domnul Williamson să mă sune când se întoarce.

— Am să-i transmit mesajul, dar Simon este un spirit liber, afirm la receptor în timp ce folosesc o bancnotă de cincizeci de lire ca să trag niște coca.

— Vă rog, asigurați-vă că mă sună. E important. Sunt niște lucruri pe care vreau să le clarificăm, spune lălăit vocea simandicoasă.

— Poți să-mi sugi pula jegoasă de pușcăriaș, îi spun, trântind receptorul, în timp ce linia de coca îmi arcuiește coloana. Desfac bancnota nou-nouță, delectându-mă cu frumusețea ei. Banii îți oferă luxul de a nu-ți păsa de nimic. S-ar putea să vi se pară jignitor și vulgar acest lucru, dar să vedeți ce jignitor și vulgar e să n-ai un ban în buzunar.

Dar, în primul rând, să ne ocupăm de lucrurile importante. Hai să facem niște Cannes-Cannes-uri.

66
Curvele din Amsterdam Pct. 9

M-am săturat de relații care necesită o întreținere constantă. Cu toate astea, iată-mă la Amsterdam, înapoi la exact așa ceva. Pentru că Sick Boy traversează una dintre crizele lui de nervi.

Ne aflăm într-un depozit umed și rece din Leylaand, la periferia orașului, punând casetele în carcase și carcasele în cutii. Asta este locul lui Miz și e o adevărată hazna, cu tot felul de gunoaie atârnate de stâlpi la nivelul tavanului. Are neoane fluorescente, de un galben-albăstrui bolnăvicios, care se leagănă suspendate de suporturile de aluminiu, prinse în grinzi metalice de un roșu ruginit. Încerc să calculez costurile marginale; $2\,000 \times 10$ £ : $2 = 10\,000$ £, dar asta îmi ia prea mult timp, lucru care pe Sick Boy îl nemulțumește. Uitasem ce capacități are muistul ăsta de a se plânge, de a se văicări în gura mare despre lucrurile enervante care ar trebui să fie destul de pasagere cât să le ții pentru tine. Dar până și asta este de preferat în fața acestei liniști misterioase, care face ca aerul să devină dens ca smoala. E evident că simte că asta nu este o ocupație suficient de pretențioasă pentru el, dar uită că, odată ce-am simțit că e nervos, pot să mă relaxez și să mă bucur de văicărelile și de lamentările lui.

— Avem nevoie de personal, Renton, spune el, bătând cu palmele într-o cutie goală pe care o ține pe picioare. Unde-i Kraut aia a ta? A ieșit de tot din schemă acum că a câștigat teren Dianne?

Nu spun nimic, aplicând vechiul meu principiu că Sick Boy și viața ta sentimentală ar trebui să stea departe una de cealaltă. Nimic din ce-a făcut muistul ăsta în ultima vreme nu mă face să-mi reevaluez filosofia.

— Hai, gata. Pula mea, nu te mai văicări atâta și dă-i înainte la împachetat, îi spun, întrebându-mă tot timpul oare unde o fi; departe, sper. Țin capul jos în caz ca mi-ar citi asta în ochi.

Simt cum mă ard felinarele lui mari.

— Ai grijă dacă te-mpaci cu Dianne asta, spune el. În Italia avem o vorbă despre cum e cu ciorba reîncălzită. Nu merge niciodată. E varză încălzită, prietene. *Minestra riscaldata!*

Vreau să-mi înfig pumnul în fața muistului. În schimb, îi zâmbesc.

După care pare să se gândească la ceva, așa că dau serios din cap, aprobator.

— Dar măcar are vârsta corespunzătoare. Îmi plac la nebunie femeile de vârsta ei. Nu ies niciodată cu femei de treizeci de ani. Sunt toate niște vaci amare și veninoase și toate au câte-un interes. De fapt, sub douăzeci și șase, dacă se poate. Dar fără adolescente, sunt puţin cam imature şi după o vreme te scot din sărite. Nu, douăzeci, douăzeci şi cinci e perioada de glorie pentru femei, explică el, după care începe să-şi turuie obsesiile. Am parte de o selecţie a preferaţilor de demult; film, muzică, Alex Miller, Sean Connery, dar şi de unii noi: permanentul nereuşit de Manchester, curvele care iau *crack*, Alex McLeish, Franck Sauzee, prezentatorii de televiziune, filmele proaste.

Şi-i tot dă înainte, dar pe mine nu mă poate perturba. Nici picat cu ceară n-o să m-auzi spunând ceva de genul: *Solaris* se cacă pe tot *2001*, după care să-l ascult contrazicându-mă vehement. Sau, alternativ, să-l aştept pe el s-o spună, după care să se aştepte să susţin părerea opusă. Astfel, ne uităm unul la altul atât de provocator, ca şi când a fi de acord, chiar şi când suntem într-adevăr de acord, este un semn că suntem nişte poponari laşi. Pe mine nu mă deranjează şi nici măcar nu mă deranjez să-i spun că nu mă deranjează.

Îmi dau seama, în timp ce mai ambalez în carcase încă o reprezentare a bucilor lui Nikki, că nici nu mai aud. Nikki are un cur adorabil, nu-ncape îndoială, dar când îţi trece prin faţa ochilor de trei sute de ori, tipărit pe hârtie, devine mai puţin atrăgător. Poate că imaginile pornografice nu trebuie văzute în mod repetat; poate că te desensibilizează, îţi erodează sexualitatea. Bălmăjeala lui Sick Boy ia proporţii: planuri, trădări, omul raţional înconjurat de drogaţi, masoni, gunoaie, distruşi, curve şi gagici care nu ştiu să se îmbrace ca lumea.

Mă aud spunând:

— Mmmm, până aici suntem de acord.

Dar după puţin timp Sick Boy mă scutură strigând:

— Renton! Pula mea, tu chiar eşti Lee Van? întreabă el.

M-am cam dezobişnuit de argoul din Leith, aşa că mi-a luat ceva să mă prind.

— Nu.

— Atunci ascultă, în pula mea, muist nesimţit ce eşti! Conversaţie!

— Ce?

— Am zis că vreau să beau ceai din ceşti de porţelan chinezesc, îmi spune el.

Vede că mi-a captat atenţia, să mă ia naiba dacă ştiu despre ce-i tot merge gura. După care aruncă o privire în jur, clarificându-şi afirmaţia.

— Nu, ceea ce vreau cu adevărat să fac este să beau ceai într-un mediu unde lucrul ăsta iese în evidenţă, porţelanu-ăsta de căcat, spune ridicând o halbă cu Ajax, şi amestecul ăsta de porţelan cu, naiba ştie, ciolane nu face asta, izbucneşte el, aruncând pe jos o casetă şi ridicându-se în picioare. Mărul lui Adam i se vede în gât ca un porcuşor în burta unui şarpe.

După care azvârle ceaşca de perete şi, când se face fărâme, mă trec fiorii.

— Termină, aia e ceaşca lui Miz, bă muie, îi spun.

— Scuze, Mark, spune el pe un ton tembel, de la nervi. Prea multă coca zilele-astea. Tre' s-o las mai moale.

Cocaina nu mi-a plăcut niciodată cu adevărat, dar mulţi spun la fel şi tot o trag pe nas. Doar pentru că se află la îndemână. Oamenii consumă tot felul de căcaturi care nu le fac deloc bine, cel mai adesea pentru că pot. Ar fi naiv să te-aştepţi ca drogurile să fie eliminate prin legile capitalismului consumist modern. Mai ales când, ca produs, ei ajută cel mai bine la definirea lui.

Ne mai ia două ore tensionate, greţoase, până să ne îndeplinim plictisitoarea sarcină. Am mâinile amorţite şi mă dor degetul arătător şi încheieturile. Mă uit la maldărele de cutii cu casete, stivuite în spate. Da, acum avem produsul, cum îi place lui la nebunie să-l numească, gata să fie distribuit imediat după Cannes. Tot nu-mi vine să cred că ne-a făcut loc la Festivalul de Film de la Cannes. Nu tocmai la *acel* Festival de Film de la Cannes, ci evenimentul cu filme pentru adulți, care se desfășoară în paralel. Când menționez asta, de obicei când încearcă să vrăjească o femeie, ceea ce pare să facă întotdeauna, se enervează de moarte.

— E un festival de film și chiar *e* la Cannes. Așa că, pula mea, care-i problema?

Mă bucur să părăsesc depozitul și să mă întorc în oraș. De data asta ridicăm nivelul, cazându-ne la American Hotel de pe Leidseplein. Beau câteva pahare la barul de jos, deși n-aș fi crezut în vecii vecilor că voi sta acolo. Stăm la bar, plătind prețurile-alea nebunești. Dar acum ni le putem permite și ni le vom putea permite încă o vreme. Mă rog, unii dintre noi.

67
Fotbal pe Sky

Aștept să iasă Kate cu copilu', să-mi facă-n pula mea ceaiu', înainte să mă duc la pub să mă uit la fotbal pe Sky. Ar face bine să-și miște curu-odată, că timpu' trece. Așa că iată-mă cum stau și mă uit la teve, care merge încontinuu-acuma. Pula mea, mi-am făcut și io abonamentu' ăla cu Sky și-așa, da' diseară văd meciu' la bodegă. E atmosfera mai bună.

Mă tot gândesc la Paști și la animalu-ăla de nimic. Atunci s-a făcut ceva tam-tam, da' nimic ieșit din comun: a văzut cineva un grup de tineri ieșind din pub, bla bla bla... Momentu' potrivit să-i faci felu' cuiva, când e sărbătoare publică. Oamenii au lucruri mai bune la care să se gândească decât un amărât de vagabond. Deși uneori mă gândesc că mai bine m-aș mai vedea o dată cu Charlie și cu muiștii-ăia bătrâni, să mă asigur că nu ciripește nimeni.

Pentru că io am făcut din lume un loc mai bun, pentru că toate creaturile-astea merită să moară, io așa văd lucrurile, pula mea. Prea corect. Și poliția, dac-ar fi ei băieți cinstiți, ți-ar spune-același lucru. Io-s de acord cu ce zicea la ziar, la *News of the World*. Spuneți-ne unde locuiesc toți muiștii-ăia și mergem, în pula mea, să-i exterminăm. Ca să rezolvăm odată cu problem-asta. Ca și muistu-ăla scrântit de Murphy... cic-am fi fost tovarăși... ca și cu Renton... o să-i smulg inima-n pula mea și-o să mă piș în el.

După care-ncepi să-ți faci probleme. Că devii unu' dintre ei. Din dubioșii-ăia și-așa, ca-n America. Ăia așa vorbesc.

După care te uiți la carte-aia nenorocită, la Biblie, pula mea. La bulău găsești o grămadă. Io nu știu cum poate cineva să citească rahaturile-alea ; fă asta, ferește-te de aia, și nici măcar nu-i scrisă-n engleza reginei, pula mea. Da' nouă ni se zice că Biblia spune că Dumnezeu l-a făcut pe om după chipu' său. Și io din asta-nțeleg că, dacă încerci să *nu* fii ca Dumnezeu, asta ar fi o mare insultă adusă muistului, io așa văd lucrurile. Așa că da, m-am jucat de-a Dumnezeu cu muistu-ăla distrus. Și-atunci ce pula mea ?

Schimb canalele, da' peste tot la televizor e la fel ; proști, pedofili, târâturi, și din astea. E și-un muist, un psiholog d-ăla dement, care spune că toți au fost la rându' lor abuzați, că d-asta o fac. Hai mai dă-i în pula mea. Sunt droaie de d-ăștia abuzați și uite că ăia nu fac la fel. Așa că s-ar putea spune chiar că mi-am făcut pomană cu muistu-ăla,

fi'nc-acuma o să fie din nou abuzat, la bulău şi-aşa.
Cea mai tare afacere.

Casa asta mă face cu nervii, pula mea, şi dracu'
ştie unde-a plecat şi-asta, aşa că dau o tură până
jos să-mi iau ziaru'. Pula mea, aici e un frig de te
congelezi, aşa că mă-ntorc imediat cu ziaru'. Raha-
turile-obişnuite, până când dau ochii de ceva care
mă face să mă opresc.

MUISTU'.

Inima-mi bubuie-n piept în timp ce citesc:

NOUĂ ANCHETĂ ÎN CĂUTAREA
ASASINULUI DIN ORAŞ

Poliţia, care încă mai caută indicii despre incidentul de
luna trecută, când un cetăţean al oraşului a fost ucis
într-un local public din Leith, a dezvăluit faptul că a
primit un telefon anonim de la o persoană care deţinea
informaţii promiţătoare. Poliţiştii l-au rugat pe cel care
a telefonat să revină cu noi amănunte.

În joia dinaintea sărbătorilor de Paşti, un bărbat din
Edinburgh, Gary Chisholm (38) a fost găsit sângerând
mortal pe podeaua unui pub din Leith, aflat în proprieta-
tea lui Charles Winters (52). Domnul Winters coborâse
în pivniţă ca să schimbe butoiul, când a auzit ţipete şi
un strigăt venind de la bar. A urcat în fugă şi l-a găsit
pe domnul Chisholm zăcând cu gâtul tăiat pe podeaua
pubului, gol la ora aceea, şi i-a văzut pe doi tineri, cu
vârste cuprinse între 15 şi 20 de ani, fugind de la faţa
locului. I-a acordat primul ajutor domnului Chisholm,
dar a fost prea târziu.

Despre noile informaţii aflate, ofiţerul de investigaţii
Douglas Gillman a declarat: Este adevărat că am primit
informaţii suplimentare despre acest caz, care s-ar putea
să ne fie sau nu folositoare în acest moment. Îl rugăm
pe bărbatul care ne-a telefonat joi seara să ne con-
tacteze din nou.

Între timp, familia îndoliată a victimei susține poliția, rugându-i pe cei care au asistat la scenă să vorbească. Sora lui, doamna Janice Newman (34), a spus : Gary a fost un om minunat care nu știa ce înseamnă răul. Nu înțeleg cum cineva l-ar putea acoperi pe monstrul care mi-a ucis fratele. Dacă cineva are informații despre acest caz, numărul de contact este 0131-989 7173.

Pula mea, ce de căcat. Ăsta-i primul lucru care ți se spune la bulău, dacă polițiștii încep să facă d-astea, înseamnă că-s disperați, e doar ca să încălzească atmosfera. După care-ncep să mă gândesc la muistu' de Premiu' Doi, la cum muistu' n-a mai dat nici un semn. Cu gur-aia a lui mare de bețivan nenorocit, pula mea, debitează numa' rahaturi... încă un așa-zis tovarăș....

DOAMNE, CE CĂCAT...

Nu c-aș crede io-n rahaturile-alea religioase, muiștii-ăstia au pricinuit mai multe belele decât ăia săraci cu duhu', mai ales în Irlanda și-așa. Și s-a demonstrat că muiștii-ăia de preoți sunt cei mai săraci cu duhu' dintre toți, așa că se pupă totu' dacă stai să te gândești mai bine. S-a zis cu Murphy. Asta-i problema cu unii : că, pula mea, nu stau să se gândească la chestii. N-au creier, în pula mea.

Intră Kate, după care face niște ceai și adoarme copilu', și merge să se spele pe cap. Acuma și-l usucă. Nu știu de ce pula mea vrea să se spele pe cap dacă tot stă în casă. Poate că-i pentru mâine-dimineață, pentru când intră-n tură la magazinu-ăla infect de haine. Pun pariu că-i vrun muist care lucreaz-acolo sau la un alt magazin din centru-ăla, care-a pus ochii pe ea. Vrun muist fraier care crede că s-a scos. Unu' din băieții-ăia drăguți, genu' de afemeiat ca Sick Boy, muiști fără conștiință care nu vor decât futai.

Atâta vreme cât nu pune *ea* ochii pe vrunu' din ăia. Şi asta mă pune pe gânduri.

— Mai ţii minte ce s-a-ntâmplat cu tine şi cu mine, când ne-am combinat la început? zic io.

Ea ridică ochii spre mine şi opreşte uscătoru'.

— La ce te referi? spune ea.

— Nu mai ţii minte, în pat, şi-aşa?

Acum mă priveşte ca şi când ar şti la ce mă refer. Asta-nseamnă că şi ea se gândeşte la asta şi-aşa.

— Asta a fost acu' multă vreme, Frank. Tocmai ieşiseşi din închisoare. Nu contează, zice ea, strâmbându-se puţin.

— Nu, acum nu contează, da' pe mine mă interesează ce ştie lumea despre asta. Nu ai spus nimănui de faza aia, nu?

Îşi scoate o ţigară şi şi-o aprinde.

— Ce... bineînţeles că nu. E o chestie între tine şi mine. Nu-i treaba nimănui.

— Prea corect, zic io. Da' n-ai zis nimic, nu?

— Nu.

— Nici măcar lu' Evelyn aia? o-ntreb.

Înainte să raspundă, îi zic:

— Că ştiu io ce se-ntâmplă când se strâng femeile laolaltă. Vorbiţi. Nu? Da, asta faceţi.

Îţi dai seama că asta a pus-o pe gânduri. Ar face bine să nu mă mintă, spre binele ei.

— Da' nu despre asta, Frank. Asta-i o chestie privată ş-aşa, care-a fost acu' o mie de ani. Nici măcar nu mă gândesc vreodată la asta.

O, deci nici nu se gândeşte la asta. Nici măcar nu se gândeşte că a stat două săptămâni cu unu' care nu putea s-o fută. Pula mea, că nu se gândeşte.

— Deci voi nu vorbiţi atuncea, tu şi cu Evelyn aia, şi tovarăş-ailalt-a ta, aia cu păru-ăla...

— Rhona, zice ea atentă.

— Rohna, pula mea. Tu-ncerci să-mi zici că voi nu vorbiţi. Despre bărbaţii voştri, gen?

Face ochii mari, ca şi când i-ar fi frică. Da' de ce pula mea să-i fie frică?

— Ba da, vorbim, zice ea, da' nu despre genu-ăla de chestii, gen...

— Care gen?

— Despre chestii intime, ce facem în pat şi d-astea. O privesc direct în ochi.

— Deci voi nu vorbiţi despre ce faceţi în pat, gen, nu vorbeşti despre asta cu tovarăşele tale?

— Bineînţeles că nu... ce-i asta, Frank, ce s-a-ntâmplat? întreabă ea.

Las că-i spun io ce s-a-ntâmplat, pula mea.

— Bine-atunci, da' ce zici de când am ieşit atunci, la Black Swan, mai ţii minte? Era şi Evelyn aia acolo şi mai era şi aia cu păru', cum ziceai c-o cheamă p-aia?

— Rhona, spune ea, îngrijorată. Dar, Fran...

Îmi trosnesc degetele.

— Rhona, aia e. Bine, acum, îl mai ştii pe muistu-ăla cu care erai înainte să fii cu mine, muistu-ăla pe care l-am aranjat io bine atunci în oraş? o întreb, iar ea face ochii şi mai mari. Io ţin minte că eram la bar atunci, la Black Swan, şi tu ai spus că oricum era de căcat la pat, mai ţii minte că asta mi-ai zis atunci de băiatu-ăla?

— Frank, e o prostie...

Arăt spre ea.

— Răspunde-n pula mea la-ntrebare! Ai zis sau n-ai zis asta?

— Da... da' ziceam şi io aşa... că eram uşurată să nu mai fiu cu el... uşurată că te am pe tine!

Uşurată că mă are pe mine, pula mea. Uşurată să nu mai fie cu muistu-ăla.

— Deci o ziceai doar de formă. Ca să mă impresionezi pe mine şi pe prietenele tale.

— Da, aşa e! spune aproape miorlăind, ca şi când ar fi scăpat.

Pula mea, nici nu-şi dă ea seama că tocmai se dă de gol cu căcaturile-alea. La fel ca toţi muiştii, care nu ştiu să-şi ţină gura; se afundă şi mai tare.

— Bine. Deci nu era adevărat, nu era de căcat la pat. Era genial. Era mult mai bun ca mine, pula mea. Deci ăsta-i adevăru', nu?

Acum parc-aproape-a-nceput să plângă.

— Nu, nu... vreau să zic... nu contează cum era el la pat, am spus asta pentru că-l uram... că mă bucuram c-am scăpat de el. Nu contează cum era el la pat...

La faz-asta storc un zâmbet.

— Deci, spuneai asta doar pentru că vă despărţiserăţi, pentru că se terminase tot.

— Da!

Mănâncă căcat. Nu ţine.

— Deci ce-o să se-ntâmple când o să ne despărţim *noi*? Dacă ne dăm noi papucii? O să-ncepi să spui chestii d-astea despre mine, în fiecare pub din Leith? Asta o să faci, nu?

— Nu... nu... nu-i deloc aşa...

Şi m-apuc io să-i zic câteva.

— Păi pula mea, aşa să fie-atunci! Că, vezi tu, dacă sufli o vorbă despre asta, s-a zis cu tine. N-o să mai rămână nici o urmă c-ai existat vreodată... bine?

Se uită mai întâi la copil, după care se uită la mine. După care izbucneşte-n lacrimi. Crede c-o să-i fac rău la copil, ca şi când aş fi un ticălos.

— Uite, zic io, nu plânge, Kate, hai... uite, nu vorbeam serios, spun io, ducându-mă la ea şi punându-mi braţu-n juru' ei, şi-i zic: E doar că sunt mulţi oameni care mă urăsc, ştii? La unii dintre ei se pare că le-a cam mers gura, m-au vorbit pe la spate... am tot primit chestii... prin poştă... nu le da arme... asta-i tot ce vreau să zic... nu le da arme cu care să se repeadă asupra mea...

Ea mă ia-n braţe şi-mi zice:

— De la mine, nimeni n-o s-aud-o vorbă rea despre tine, Frank, pentru că tu ești drăguț cu mine și nu mă bați, da' te rog, Frank, nu mă mai speria așa, pentru că și el făcea la fel și nu mai suport, Frank... tu nu ești ca el, Frank... el era un gunoi...

Stau drept și-o trag spre mine, așezându-i capu' pe pieptu' meu.

— E-n regulă, zic io, da' tot mă gândesc: pula mea, iepuraș, tu nu mă cunoști deloc.

Și, pula mea, simt cum începe să mă doară capu' și cum începe să-mi bubuie inima. Mă gândesc la tot: la Premiu' Doi, cu gura lui spartă, la Lexo, la muistu-ăla de Renton, la nenorocitu' de Murphy.

Da, muistu-ăla a avut noroc că nu și-a-ncasat-o definitiv. A-ncercat, în pula mea, să-mi dea țeapă! Asta-nseamnă să gândești ca un cur. Mare noroc a avut.

Și muistu' se pare că știe de animalu-ăla de Chizzie. Aflu io de unde știe el și-l snopesc în bătaie p-ăla. Crede că e salvat dac-am plecat.

E salvat, o pulă.

Da' nu mă mai întorc acuma, o să mă duc ziua. Numa' că tre' să fiu atent la asta. E ca și când ar ști toți și, deși numa' io știu, îmi joacă mintea feste, îți dai seama când se retrag toți. Și o mângâi pe Kate pe cap, numa' că-s încordat tot și am nevoie să ies în pula mea d-aici, fi'ncă nu vreau să fiu responsabil de ce s-ar putea întâmpla. Așa că mă ridic și-i spun că ies să văd meciu'.

— Bine... zice ea, uitându-se spre televizor, ca și când ar fi vrut să spună, da' poți să-l vezi și-aici.

Îi fac semn spre ecran.

— E mai bine la bar cu băieții. Tre' să intru-n atmosferă, pula mea.

Se gândește la asta un moment, după care zice:

— Da, o să-ți prindă bine, Frank. Mai bine ieși, decât să stai mereu pe fotoliu.

Încerc să-mi dau seama ce pula mea vrea să zică cu asta. Poate că i se pare cam dubios să stau acasă tot timpu', da' l-am pus pe muistu-ăla de Philip să spargă o casă din Barnton pentru mine. I-am mai dat două ghiuluri pentru deranj. Da' ar trebui să ies și io. Nu te supăra, da' prea insistă să mă trimită la plimbare. Ea nu poa' să iasă, din cauza copilului, da' cu toate astea, poa' să-l cheme pe vrunu' pe la ea.

— Și tu... o să ai o seară liniștită, nu?

— Da.

— Nu vine nimeni p-aici? Rhona aia?

— Nu.

— N-ai chemat-o pe-aici nici pe Melanie aia? E tot timpu' în Leith.

— Nu, o să rămân să-mi citesc cartea, spune ea, arătându-mi o carte.

Pula mea, citește cărți. Sunt toate de căcat, nu fac decât să le dea idei la toți muie.

— Și nu vine nimeni?

— Nu.

— Bine, ne vedem mai încolo atunci, zic io punându-mi geaca și ieșind în frig.

Numa' bine, că nu-i nimeni în zonă. Oameni ca Sick Boy, știi cum le merge lor mintea. I-am zis io lu' Melanie aia, tre' să fie mulți băieți ca lumea acolo unde faceți voi filmu-ăla, cu care te fuți...

FUTU-I...

Pula mea, mă izbesc de peretele din hol...

Muistu' știe ce-l așteaptă dacă i-ar trece vreodată prin cap să-ncerce...

În drumu' spre bodegă o văd pe pizd-aia de June, mergând pe Walk, și o ajung din urmă, traversând în dreptu' ei. Am să-i dau restricție lu' pizd-asta; dă-o-n pula mea de tupeistă, nu m-aș apropia mai mult de zece metri de scroaf-aia. O să-ncerc doar să-i spun c-a fost vina lu' Murphy și-a lu' Sick Boy, pentru c-am dat-o-n bară, da' pizda se-ntoarce și-o ia la fugă! Strig după ea, să se oprească-n pula mea, ca să po' să-i explic, da' pizda proastă a dispărut deja. Futu-i să-i fut de curvă nenorocită!

Pun mâna pe mobil și le-aduc aminte la muiști să vină, lu' Nelly și lu' Larry, pentru că Malky știu c-o să fie deja acolo; o să sprijine baru'. Malky-sugativa. Mai mult ca sigur, muistu-ăsta e deja acolo, iar Larry și Nelly nici n-au ajuns în zonă măcar. Faza-i că aici e aceeași atmosferă. Mi se pare că toată lumea îți aruncă priviri care-ți spun da, las' că te cunosc io, bă muie. Și-aici e vorba de tovarăși, sau, mă rog, de așa-zișii tovarăși.

Ne uităm pe Sky la meciu' cu Hibs. Care acuma sunt într-o super ofensivă, și ei nu, n-au pierdut niciodată la Sky. Și Zitelli ăla dă un gol mișto dintr-o minge care-i trece pe deasupra capului. Trei-unu, e prea ușor, pula mea. Cu toate astea, se pare că toată lumea vorbește încă de animalu' ăla. Și mă trezesc doar io singuru' care-și dorea să se schimbe subiectu', da-n același timp, îmi place la nebunie, pula mea.

— Pun pariu c-a fost unu' din gașca tânără, din ăia plini de ghiuluri, zice Malky. S-o fi atins nemernicu' de vrunu' dintre ei sau ceva de genu-ăsta, când era mic, și acuma s-a făcut mare și bang! Ia de-aici, bă animal ce ești!

— Poate, zic io, uitându-mă la Larry, care are un zâmbet larg și tâmp pe față. Pula mea știe de ce-o fi ăsta așa de fericit.

Acum muistu' ne spune un banc.

— Ăla de la aprozaru' de pe Five era omu' la el în magazin, și se congela acolo, așa că stătea lângă baru' electric, să se-ncălzească. Intră o băbuță, se uită la tejghea și-i zice, asta e costiță Ayrshire? Și vânzătoru' se uită la ea și zice, nu, îmi încălzeam și io mâinile.

Nu m-am prins deloc de poanta lu' muie. Malky e singuru' care râde.

Nelly se-ntoarce spre mine şi zice:

— Vezi, dacă m-aş întâlni acuma cu ăla care l-a omorât pe animalu' ăla, i-aş face cinste c-o bere.

Ciudat, da' din felu-n care-a zis-o, îmi vine să strig în gura mare: păi atunci bagă mâna-n buzunar, bă muie, că se află chiar aici, da' tovarăşi, netovarăşi, cu cât ştie mai puţină lume, cu atât mai bine. Mă tot gândesc la Premiu' Doi. Vezi, dacă s-a-ntors iar la băutură şi-a-nceput să ciripească... Larry continuă să zâmbească, iar io mă cam plictisesc aicea, aşa că mă duc pân' la budă şi trag o linie.

Când mă-ntorc şi m-aşez, cineva a mai comandat încă un rând de bere. Malky-mi face semn spre paharu' plin.

— Aia-i a ta, Frank.

Îi fac semn lu' muie, iau o gură, uitându-mă pe deasupra halbei la Larry, care se holbează la mine, cu rânjetu-ăla tembel pe faţă.

— La ce pula mea te uiţi aşa? îl întreb pe muie.

El scutură din umeri.

— La nimic, zice.

Pula mea, stă acolo şi se uită fix la mine, ca şi când ar şti tot ce-mi trece mie prin cap. Şi s-a molipsit şi Nelly, după cum văd când îi întind pe sub masă folia cu coca.

— Ce pula mea se-ntâmpl-aicea? întreb.

Îi fac semn lu' Larry.

— Muie ăsta stă şi se holbează la mine cu o moacă tembelă, ca şi când aş fi vrun fraier, zic.

Larry scutură din cap şi zice, ridicând palma, în timp ce Nelly se încruntă:

— Ce?

Malky se uită-n jur, înspre bar. Acolo beau Sandy Rae şi Tommy Faulds, şi mai sunt vro câţiva muişti la masa de biliard.

— Şi ia zi, Larry, ce pula mea ai de zis? îl întreb io.

— N-am nimic de zis, Franco, zice Larry, cu un aer nevinovat. Mă gândeam la golu' ăla, spune făcând semn spre ecranul din spatele meu, tocmai când dădeau o reluare.

Şi mă gândesc, bine-atunci, o las baltă, da' uneori muistu-ăsta poa' să fie prea deştept pentru binele lui.

— Păi bine, nu te mai uita la mine cu rânjetu-ăla tembel pe faţă, ca un muist prost. Dacă ai ceva să-mi spui, păi spune-mi, în pula mea.

Larry ridică din umeri şi se-ntoarce, în timp ce Nelly se duce la budă. Nu-i rea coca asta, e d-aia de top d-a lu' Sandy. Pentru mine, oricum, numai d-asta are. Muiştii care-mi vând mie droguri ştiu ei mai bine că nu tre' să-mi dea ţeapă.

— Tovarăşu' tău Sick Boy e un mare muist, nu-i aşa, Franco? Cu filmele lui porcoase şi-aşa, rânjeşte Larry.

— Nici să nu-mi pomeneşti numele lui. Muistu-a făcut şi el rost de câteva păroase care se fut în birou' lui de la pub şi acuma se crede mare producător de Hollywood. Ca Steven Spielberg ăla sau cum îl chema.

Nelly se-ntoarce de la budă şi Malky se uită la el zicând:

— A cui pula mea e voce-asta?

Da' Nelly îl ignoră pentru că-ţi dai seama că aşa se-ntâmplă când ai fost la budă şi te-ai gândit la ceva şi vrei să vorbeşti cu toată lumea despre asta.

— Ştii ce mă calcă pe mine pe bătături cel mai tare, zice el, şi, înainte s-apuce vrunu' să zică ceva, adaugă: Toţi muie-ăştia de-aici au fost la pârnaie, spune, după care ia o ditamai gură de bere.

Îi curge puţin pe cămaşa albastră de la Ben Sherman, da' nu observă. Ce muist jegos.

Ne uităm unu' la altu' şi dăm din cap.

— Știți cine n-a fost niciodată-n pârnaie? Tu știi, se uită el la mine, și io știu, și arată spre sine, și tu știi, se uită spre Malky acuma, și tu știi, îi spune lu' Larry, care-ncepe din nou să zâmbească.

Și faza e că mă gândesc la Lexo, e primu' care-mi vine-n minte, da' Nelly mă ia prin surprindere zicând:

— Alec Doyle. Cât a luat? Un an? Opșpe luni? O nimica toată, pula mea. Muistu-ăla duce-o viață de basm.

Malky se uită serios la Nelly.

— Și ce vrei să zici cu asta? Că Doyle e turnător? Nelly se-ncruntă tot.

— Io n-am zis decât că duce-o viață de basm. Larry devine serios.

— Să știi că nu te-nșeli, Nelly, spune el încet.

— Păi, pula mea, normal că nu mă-nșel, spune Nelly, părând nervos ca dracu'.

Malky se-ntoarce spre mine și-ntreabă:

— Tu ce zici de asta, Frank?

Mă uit la toți așezați în jurul mesei, fix în ochii lor.

— Pula mea, Doyle a fost mereu pe lista mea neagră. Nu vii așa și zici de unu' că-i turnător dacă n-ai pe ce să te bazezi. Cu fapte, nu așa. Cu fapte solide, pula mea.

Lu' Nelly nu-i place asta, da' nu zice nimic. Nu, nu-i pică bine deloc. Tre' să ai grijă cu muistu-ăsta, că poa' să i se pună pata dintr-odată uite-așa, da' am io grijă de el cum trebe.

— Bine spus, Frank, zice Larry, dând din cap cu un aer viclean, da' și Nelly are dreptatea lui, spune el, luând folia de coca de la Nelly și ducându-se la budă.

— Io n-am zis niciodată de nimeni c-ar fi turnător, îmi spune Nelly când pleacă Larry, da' gândește-te-așa la ce spun, zice el, după care se-ntoarce spre Malky dând din cap.

Da, Larry-ar face mai bine să se gândească și el la chestii. Dă-l în pula mea de muist intrigant. Asta pune mereu la cale câte ceva, și-ar fi bine să se-asigure că nu aflu io despre ce-i vorba.

Și-așa suntem toți cocainizați și ne hotărâm să ne mutăm. Mai luăm o bere la Vine, vreo două la Swanneys. Aicea-i încă Leithu-ăla adevărat, da-n rest se schimbă tot, în pula mea. Ce mă trăsnește e ce-au făcut cu Leith. Nu-mi vine să cred, acolo am avut io câteva nopți de pomină. Mai dăm o raită prin vreo două bodegi, după care ajungem de unde-am plecat.

Muistu-ăla amărât de Philip o arde și el p-aici. Fix aici, pula mea, în pubu' asta. N-am chef ca amărâtu-ăsta și tovarășii lui s-o ardă-n bodega unde mă duc io.

— Tu dispari, în pula mea, îi zic.

— Hei, îl aștept pe Curtis, vine-aicea cu motoru', zice el.

După care zice, plin de speranță:

— Auzi, tu n-ai putea să-mi faci rost de niște coca, nu?

Mă uit la prăpădit.

— De unde pula mea faci tu rost de bani de coca?

— De la Curtis.

Da, pula mea, așa mai înțeleg. Gașc-aia nenorocit-a lu' Sick Boy, muiștii-ăia par să aibă mălai tot timpu'. Mi-au zis vreo doi că l-au văzut din nou pe Renton prin zonă, în centru ș-așa. Deci, dacă Sick Boy l-a văzut și nu mi-a zis, pula mea...

Da' prăpăditu-ăsta de Philip tot p-aici o arde. Îi fac semn din cap lu' Sandy Rae, care stă lângă Nelly la bar. Larry și Malky sunt beți și se joacă de-a banditii. Sandy vine la mine. Îl rezolvă pe prăpădit cu vreo două grame. Intră muistu-ăla șleampăt, ăla cu pulanu', după care ies și-ncalecă motoru' și-i aud cum pornesc.

Nelly vine la mine și ne uităm amândoi vizavi, la Larry și Malky.

— Muistu-ăla de Wylie mă calcă pe nervi de la-nce-putu' serii, spune Nelly.

— Da, zic io.

— Ascultă la mine, Franco, are noroc că-i tova-răş cu tine, că pân-acuma-l trosneam de nu se vedea.

Se uită la Larry.

— Găozar prost.

— Da' nu lăsa chesti-asta să te-mpiedice, îi zic.

Aşa că Nelly se ridică şi traversează baru' şi-l dă pe Larry cu capu' de jocurile mecanice de vro' două ori. După care-l întoarce cu faţa spre mine şi, pula mea, şi-i mai trosneşte una, o frumuseţe, nu alta. Larry se bagă şi el, da' Nelly îl pocneşte. Malky-şi pune mâna pe umăru' lu' Nelly şi zice:

— Ajunge.

Nelly se opreşte şi Malky-l ajută pe Larry să se ridice, scoţându-l afară. Ăsta-i arunc-o privire lu' Nelly şi zice ceva, ridică mâna, cu chiu, cu vai, şi-ncearcă să-i arate muie, da' Malky-l târăşte afară din pub.

— Dă-l în pula mea de prost, spune Nelly uitân-du-se la mine.

Şi io mă gândesc că io şi cu Nelly suntem tova-răşi, da-n curând o să ne vină şi rându' nostru, nimic mai sigur.

— Muistu' şi-a căutat-o cu lumânarea toată noaptea, spun io dând în cap.

Se-ntoarce Malky.

— L-am suit într-un taxi şi i-am dat zece lire, i-am spus să dispară. N-avea nimic, era doar un pic ameţit.

— Da' gura i-a mers? întreabă Nelly. Că po' să i-o mai dau o dată, oricând.

— Da, da' ai grijă cu muistu-ăsta, Nelly, zice Malky, că ăsta-i cuţitar şi nu uită niciodată.

— Pula mea, nici io nu uit niciodată, zice Nelly, da-ţi dai seama că a cam căzut pe gânduri. După care, dimineaţa, când o să se trezească, o să zică, o, futu-i, am băgat prea multă coca şi l-am caftit pe Larry. Pen' că ăştia de teapa lu' muistu-ăsta au nevoie de coca şi de câteva pahare ca să facă d-astea. Asta-i diferenţa dintre mine şi el.

68

Şmenu' # 18 751

De fiecare dată când mă duc acasă la Nikki să o văd, îl găsesc acolo, fâţâindu-se şi învârtindu-se în jurul lui Dianne aia, ca şi când ar fi un tembel lovit în freză de dragoste. E bizar faptul că noi suntem cu două tipe care locuiesc în acelaşi apartament. E cam ca pe vremuri. Acum Rent Boy stă întins pe canapea, aşteptând-o pe domnişoara Dianne să se pregătească, citind o carte despre pornografie şi angajaţi din industria sexului, orice-ar însemna asta. Şi-a găsit femeia potrivită; mi-i imaginez cum stau şi poartă discuţii intelectuale despre futai, fără s-o facă vreodată pe bune. I-am oferit şi lui şi noii sale păsărici ocazia să aibă parte de puţină acţiune adevărată, cu jucători adevăraţi, iar el zice, îmi iubesc prietena. De ce-aş vrea să intru în rahatu-ăla? Mă scuzaţi, domnule Elevat şi Căcăcios.

Stă sprijinit în cot, ţinându-şi în palmă capul ridicol şi roşcat.

— Auzi, Si, încerc să iau legătura cu Premiu' Doi. Tu l-ai mai văzut prin oraş?

Sunt chiar înfricoşat la auzul acestei întrebări.

— De ce pula mea ai vrea să te vezi cu el?

Rents se ridică în capul oaselor, se apleacă spre mine, după care pare să stea puţin pe gânduri, şi se hotărăşte să se întindă la loc. Vezi cum i se mişcă rotiţele.

— Vreau să-l rezolv cu banii. De-atunci de când cu Londra. M-am achitat față de toată lumea, mă rog, în afară de știm noi cine.

Renton e idiot. Orice fărâmă de respect am avut odată pentru el se spulberă rapid. Eu, jefuit de un fraier ca ăsta? Nu, era pur și simplu disperat, era un drogat nebun care-a avut noroc o dată-n viață.

— Ești nebun, în pula mea. E risipă de bani. Mai bine scrie un cec pentru fabrica de bere Tennent Caledonian.

Rents se ridică atunci când intră Dianne și Nikki.

— Am auzit că e curat. Se spune că e bigot.

— Nu-mi dau seama. Încearcă la fundație sau la adăposturi. Sau la biserici. Se adună toți la Scrubbers Close, toți credincioșii-ăia din Glasgow, nu?

Trebuie să recunosc că Dianne e sexy, deși, evident, nu se ridică la înălțimea lui Nikki. (Mă rog, iese cu Renton.)

— Arătați superb, doamnelor, zâmbesc eu. Înseamnă că am fost băieței cuminți într-o viață anterioară, ca să le merităm, nu, prietene? îi rânjesc lui Rents.

Renton îmi răspunde cu o mutră ușor afectată, și se duce la Dianne să o sărute.

— Păi bine-atunci... ești gata?

— Da, spune ea și, când ies amândoi pe ușă, le strig:

— Ca un cuțit de măcelar. Folosește-te de lucrurile evidente de sub nasul tău, Renton!

Nu primesc nici un răspuns. Dianne aia nu mă place deloc și îl întoarce pe Renton împotriva mea. Mă uit la Nikki.

— Cuplul ăsta chiar că e o figură, punctez eu, încercând să-mi păstrez grația.

— O, Doamne, exclamă ea dramatic, sunt atât de în-dră-gos-tiți!

Îmi vine să-i spun: ai grijă de prietena ta câtă vreme e-n preajma șarpelui ăluia veninos, nord-european slăbănog. Dar mi se pare o poantă deloc spirituală, trebuie să încerci din greu să-ți păstrezi grația la poalele Muntelui Grației. Nikki a devenit atât de îngâmfată de când cu veștile despre Cannes, e afectată și teatrală, ca un star hollywoodian de modă veche. Și s-a observat asta. Terry a început să se refere la ea ca la Nikki Fuller-Fița.

E atât de îmbătată de ea însăși, încât decide să se schimbe din nou, punându-și o rochie albastră cu negru pe care n-am mai văzut-o înainte. Nu e atât de incitantă ca aia pe care tocmai și-a schimbat-o, dar eu simulez un entuziasm major, doar ca să nu rămânem acasă toată noaptea, pula mea. Continuă să bată apa-n piuă despre Cannes.

— Dumnezeu știe cu cine-o să ne-ntâlnim! Eu!

Așa că intru în camera lui Dianne aia și arunc o privire. Și găsesc referatul ăsta la care lucrează ea, din care citesc puțin.

... odată cu amploarea pe care consumerismul a luat-o în industria sexului, ca și în toate celelalte, s-au creat acum noi nevoi de marketing. Deși este adevărat că încă există o legătură între sărăcie, abuzul de droguri și prostituția de pe străzi, acest fapt reprezintă doar o foarte mică parte din ceea ce este în acest moment una dintre cele mai mari și mai diversificate industrii din Marea Britanie. Cu toate acestea, imaginile noastre populare despre angajații și industria sexului sunt în continuare determinate de stereotipul târfei de la colțul străzii.

Ce pula mea îi învață pe-ăștia acum la universitate? Își iau diplome în teoria curvăritului? Ar trebui să mă duc şi eu la ei, să-mi pretind titlul de doctor onorific.

Ieşim să bem ceva la City Café şi îl surprind pe Terry încercând să vrăjească o barmaniţă studentă. Se pare că el şi-a făcut o a doua vizuină în spelunca asta. Mă duc să-i semnalez lui Nikki că ar trebui să plecăm şi să mergem la EH1, dar ea nu observă şi acum dă Lawson cu ochii de mine.

— Sicky şi Nikki! strigă el, după care se întoarce la barmaniţă.

— Bev, dă-le bunilor şi vechilor mei prieteni ce vor ei, zâmbeşte el şi o ia pe Nikki de fund. Tare ca piatra, păpuşă, ai făcut mişcare. Nici urmă de celulită.

— De fapt, în ultima vreme am fost chiar leneşă, spune ea, pe un ton de gâsculiţă fumată.

Cum pula mea îl lasă s-o pipăie în halul ăsta? Următorul pas ar fi să-l lase să-şi ducă bursucul la veveriţa ei în timp ce el îi spune: „Hmm, ce pereţi vaginali fermi ai. Ai făcut exerciţii pentru pelvis?". Mă uit la Terry ca şi când i-aş spune: pula mea, Lawson, asta-i femeia mea, bă, muist onanist ce eşti.

El nici măcar nu mă vede.

— Ei, la corp nici nu se vede, ascultă-mă pe mine. Nu vreau decât să îngenunchez în patru labe şi să-ţi venerez curu' ăsta. Aşa că, dacă muistu-ăsta norocos, spune, binevoind să-mi arunce o privire fugitivă, te supără, ştii pe cin' să suni.

Nikki zâmbeşte, strângându-l pe Terry de mânerele dragostei şi spune:

— La cum te ştiu, Terry, n-ai vrea să faci ceva mai mult? Decât să venerezi?

— Că bine zici. Şi apropo de asta, ce zici de un pornoşag astă-seară? Am fost la spital şi sunt vindecat total.

— În pantaloni? Înseamnă că ai fost la pavilionul 45, la boli venerice.

— Aşa că sunt gata, doritor şi capabil, spune el, ignorându-mă din nou.

— Ei bine, Terry, avem o mică problemă.

Îi explic despre *News* şi despre cum vreau să o las mai moale până când iese filmul.

— Atunci va trebui să mergem la mine-n apartament. Totuşi, să bem pentru Cannes. O să fie mortal acolo!

Mulţumit de asta, îmi zâmbeşte într-un fel care mă îngheaţă. După care îmi trece un braţ pe după umăr.

— Scuze că am exagerat mai devreme, tovarăşe. Sunt doar puţin gelos. Da' nu poţi să-i porţi pică unui vechi partener de succes.

— N-aş fi reuşit fără tine, Tel, îi spun, rămas mască de mărinimia lui. E foarte frumos din partea ta să-ţi păstrezi tactul după toată povestea. E doar o chestie de bani, prietene. Costă o avere să duci pe cineva la Cannes, chiar şi pentru câteva zile. Dar ne vedem când vin banii.

— Nu-i bai. Trebuie să fac vreo două, trei chestii cât sunteţi voi plecaţi. Nici cu Rab nu-i bai. Am vorbit cu el zilele trecute. E prea prins cu copilu' şi cu facultatea şi-aşa.

— Ce mai face Roberto? întreb.

— Bine, se pare. Deşi io nu m-aş descurca cu o viaţă domestică plictisitoare, insistă el. Am încercat odată. Nu, n-a fost pentru mine.

— Nici pentru mine, confirm eu, temperamental sunt nepotrivit pentru relaţii de lungă durată. Cu responsabilitatea mă descurc, de fapt, pe durată scurtă, reacţionez chiar bine, dar nu şi pe termen lung.

— Ne-a mai tras el pe sfoară din când în când, bombăne Nikki sfidătoare, urcându-i-se băutura la cap, la un loc cu toată iarba pe care-a fumat-o de dimineaţa până seara.

O drogată, şi se mai întreabă cum de n-a ajuns gimnastă!

— Şi, cu toate astea, noi tot îl iubim.

— Mă rog, uneori, spune Terry.

— Da. Dar de ce-i aşa? De ce-i aşa de manipulator? Cred că e din cauză că a crescut într-o casă plină de femei. Da, e din cauza laturii italiene. Poate să trezească instinctul matern latent dintr-o femeie, spune ea în gura mare.

Nikki începe să mă enerveze. Nu-ncape nici o îndoială. Nu ştiu, tendinţa asta de a psihanaliza se cam uzează după o vreme. Fosta mea soţie făcea asta şi, un timp, mi-a plăcut. Îmi dădea senzaţia că îi pasă. După care mi-am dat seama că era un lucru pe care-l făcea cu toată lumea, o obişnuinţă. La urma urmei, era o evreică din Hampstead a cărei familie lucra în mass-media, aşa că la ce te-ai putea aştepta? Şi până la urmă mi s-a luat.

Şi acum Nikki face la fel. Încep să caut motive ca să nu mai fiu cu ea. Ştiu care sunt semnele care indică pericolul; când încep să mă uit la femei mai urâte, mai puţin rafinate, mai puţin graţioase şi mai puţin inteligente, dar care au un sex-appeal de zile mari. Îmi dau seama că e doar o chestiune de timp până când îi voi da papucii lui Nikki pentru o alta pe care-o voi detesta după cinci minute. Şi, pula mea, ea nici nu e atât de bună pe cât se crede, cu toată gimnastica ei de căcat. E o vacă leneşă, unu' la mână. Mereu adoarme repede, stă toată ziua tolănită, pula mea, o studentă tipică, în timp ce eu mă trezesc dis-de-dimineaţă. Niciodată nu le-am avut cu somnul: două, trei ore pe noapte îmi ajung. M-am săturat să mă trezesc în toiul nopţii cu erecţie şi să fiu nevoit să fut un sac de cartofi, cald, ce-i drept.

Dar e atât de frumoasă; de ce oare acum aş face orice altceva decât s-o duc acasă şi s-o fut? Au trecut doar câteva luni. Să mă fi săturat deja de ea? Să am pragul de rezistenţă atât de jos? Sigur că nu. Dacă aşa stau lucrurile, înseamnă că sunt blestemat pentru totdeauna.

Ne întoarcem la ea şi îmi arată nişte poze din revistele-alea de bărbaţi numai bune pentru labagii, alea care nici nu se mai disting de revistele cu clasă. Pe copertă e cealaltă fostă gimnastă, Carolyn Pavitt aia. Aia pe care o ştia Nikki, aia de care este obsedată.

— E urâtă, remarc eu sec. Doar pentru că ea a fost la Olimpiadă şi că apare la televizor, mulţi bărbaţi vor să i-o tragă. Un futai de palmares, atâta tot.

— Dar şi tu ai fute-o. Dac-ar intra acum pe uşă? Pe mine m-ai ignora şi te-ai sui pe ea, spune, cu o amărăciune sinceră.

Nu mai pot să fac faţă la toate rahaturile astea. E geloasă de moare, mă acuză că am fantezii cu cineva pe care nu-mi amintesc să-l fi văzut, conştient, nicăieri, până când nu mi-a înfipt ea pozele în faţă acum câteva secunde. Mă ridic şi mă pregătesc de plecare.

— Fă-ţi un control, spun eu meditativ, ieşind.

Ea trânteşte uşa după mine şi aud, de cealaltă parte, o suită chiar impresionantă de înjurături.

69

Poliţia

Muistu-ăla de Donnelly are un cuţit cu care mă sfâşie şi io nu po' să ridic mâinile să-l lovesc, e ca şi când m-ar trage-n jos, ca şi când m-ar ţine cineva sau ar fi de plumb, pula mea, şi-acum animalu-ăla,

muistu-ăla de Chizzie se repede şi el la mine şi,
când io-ncerc să dau din picioare, zice: Te iubesc,
prietene... mulţumesc, prietene...

Şi io-i zic:

— *PLEACĂ DE LÂNGĂ MINE, ANIMALULE,*
SAU TE OMOR, în PULA MEA... da' tot nu po'
să-mi mişc braţele şi muistu' se tot apropie... şi se
aude o pocnitură...

Mă trezesc în pat şi ea stă cu capu' pe braţu'
meu şi e doar un vis nenorocit, da' bubuitur-aia tot
s-aude, şi da, bate cineva la uşă, iar ea se trezeşte
şi zice:

— Mă duc să răspund...

Şi se ridică somnoroasă, da' când se-ntoarce-i
alertată toată şi-ngrijorată şi-mi zice în şoaptă:

— Frank, poliţia, e pentru tine.

POLIŢIA, în PULA MEA..

Cineva a ciripit de faza cu bestia... Murphy...
poate că muistu-a murit la spital sau poate că m-a
turnat Alison aia... Premiu' Doi, pula mea... muiştii-ăia
bătrâni...

— Bine... mă pregătesc imediat, tu ţine-i de vorbă
pe muişti, îi spun şi ea iese imediat.

Îmi trag hainele pe mine cât de repede pot. Da,
muistu-ăla de Premiu' Doi a ciripit de faz-aia cu
bestia! Să nu ucizi sau un căcat de genu-ăsta... sau
Murphy... părea că ştie o grămadă...

MUIE... MUIE... MUIE... MUIE...

Mă uit pe geam, aş putea să cobor pe burlanu'
de scurgere până în spate şi s-o iau pe altă scară.
Da' s-ar putea să mai fie câţiva jos în dubă... nu,
dacă fug, s-a zis cu mine... aşa aş mai putea s-o scot
la capăt... să-l sun pe Donaldson ăla, avocatu'...
unde pula mea mi-e telefonu'?

Mă caut în buzunaru' de la haină... mobilu' e
mort, nu l-am încărcat niciodată... pula mea...

Se aude o bătaie-n uşă.

— Domnule Begbie?

E chiar poliţia, pula mea.

— Da, imediat.

Dacă muiştii-ăştia zic ceva, io nu suflu o vorbă, îl sun imediat pe Donaldson ăla. Trag aer adânc în piept şi ies. Sunt doi poliţai: unu' cu nişte urechi clăpăuge care-i ies de sub şapcă şi o gagică.

— Domnule Begbie, zice gagica.

— Da.

— Am venit în legătură cu incidentul de pe Lorne Street, din cursul acestei săptămâni.

Mă gândesc: Chizzie nu era lângă Lorne Street.

— Fosta dumneavoastră soţie, doamnna June Taylor, a depus o plângere împotriva dumneavoastră. Ştiţi că există un ordin intermediar de restricţie care vi s-a impus până când această chestiune va fi rezolvată la tribunal, zice poliţista ciufută.

— E... da...

Mă uit la hârtia pe care mi-o dă asta.

— Aceasta este o copie a condiţiilor impuse de acest ordin. Ar fi trebuit deja să primiţi unul. Ca să vă reamintesc conţinutul, zice poliţista asta de parc-ar cânta, vi se interzice în mod expres să aveţi orice fel de contact cu doamna Taylor.

Intervine poliţistu-ălălalt.

— Doamna Taylor susţine că v-aţi apropiat de ea pe Leith Walk, aţi strigat-o şi aţi urmărit-o pe Lorne Street.

SLAVĂ DOMNULUI!

A fost doar vac-aia muistă de June! M-am uşurat, în pula mea, şi-ncep să râd, iar ei se uită la mine ca şi când aş fi ultimu' prost, după care le zic:

— Da... scuze, domnule ofiţer. Doar am întâlnit-o întâmplător pe stradă şi voiam să-mi cer scuze pentru cum m-am purtat cu ea, să-i spun c-a fost o neînţelegere la mijloc. Am înţeles ce nu trebuia, de-asta am exagerat. Nu te supăra, zic io, ridicându-mi cămaşa şi arătându-le rana, m-a-njunghiat c-un cuţit, şi-acu mai are şi tupeu' să facă reclamaţii.

Kate dă din cap şi zice:

— Aşa e! L-a-njunghiat pe Frank. Uitaţi-vă!

— Da' io n-am depus plângere, ridic io din umeri, de dragu' copiilor, ştii.

Gagica poliţist zice:

— Bine, dacă doriţi să faceţi plângere împotriva soţiei dumneavoastră, o puteţi face. Între timp, trebuie să respectaţi aceste condiţii şi să staţi departe de ea.

— Nu vă faceţi griji în privinţa asta, râd io.

Poliţistu-ălălalt cu urechile clăpăuge încearcă să facă pe duru', ca şi când ar vrea s-o impresioneze pe gagic-aia.

— Este o chestiune serioasă, domnule Begbie. Aţi putea avea parte de multe necazuri dacă vă hărţuiţi fosta soţie. M-aţi înţeles?

Mă gândesc c-ar trebui să-l privesc drept în ochi pe pişatu-ăsta vai de capu' lui, până-i dau lacrimile şi-ntoarce capu' şi ştiu c-aşa ar face, da' nu vreau să creadă că fac pe deşteptu' şi să s-aprindă şi mai tare, aşa că îi zâmbesc şi zic:

— Am să mă ţin departe de ea, nu vă faceţi griji în privinţa asta, domnule ofiţer. Aş vrea să fi fost aici să-mi fi spus asta cu zece ani în urmă, m-ar fi scutit de toată telenovel-asta.

Ei continuă să se uite serioşi la mine. Adică, încerci să ai şi tu simţu' umorului, da' unii, muişti mizerabili, ce mai, nu se prind. O să stau departe de June, bine mersi, da-s alţii de care n-o să mă ţin departe.

70

Cu maşina

Ali a fost minunată, frate, zilele-astea, tre' să recunosc. Lu' ăla mic i-am spus c-am avut un accident de maşină şi că unchiu' Frank m-a salvat. S-a dus să vorbească cu Joe, fra-su lu' Frank, şi i-a spus că nici nu se pune problema să sufle cineva vreo vorbă despre toată faza. Asta era de la sine-nţeles, da' la cât de para e Franco... I-am spus lu' Ali să ia banii şi să şi-i bage-n cont. Sunt pentru ea şi pentru ăla mic, poa' să-i cheltuiască ea cum vrea.

Am o falcă ruptă şi e cusută toată, aşa că nu po' să mănânc nimic solid, trei coaste fracturate, nasul rupt şi o fractură la femur. Şi mai am vânătăi zdravene şi opşpe copci la cap. E ca şi când chiar aş fi avut un accident de maşină.

În curând o să ies, şi Ali zice că s-ar întoarce. Da' io pur şi simplu nu vreau să fie prin preajmă nici ea şi nici Andy, acum că Begbie e pus pe răfuială. Mai întâi tre' să-mi rezolv io treburile cu el. E dezastru, dezastru total, da' faza ciudată e că am învăţat ceva din asta, frate. Acu' mă simt mult mai concentrat. Îi spun lu' Ali cu vocea mea subţire de tembel :

— Te vreau înapoi mai mult ca orice pe lumea asta, dar ai dreptate. Mai întâi tre' să mă îndrept, să-ncep să-nvăţ să mă descurc, să mai fac una, alta prin casă, să gătesc şi chestii d-astea până vii tu. Mi-ar plăcea să vin înainte pe la tine, să-l văd p-ăla mic, să te duc în oraş ş-aşa.

Ea a râs şi mi-a sărutat faţa scâlciată.

— Asta ar fi foarte mişto. Da' cu toate astea, Danny, nu po' să mergi singur acasă, nu în halu' ăsta.

— Da-s numa' chestii superficiale. Io am zis mereu că, de fapt, Franco e o pisicuță, bălmăjesc io printre fire, poticnit mai rău ca Denis Law[1].

Ali tre' să plece să-l ia p-ăla mic, da' când îmi fac externarea, vin maică-mea, cu Shaun și cu Liz să mă ia acasă. Aprind focu' și fac ceva de haleală, după care se pregătesc să plece, cam fără tragere de inimă, gen.

— Asta-i o prostie, Danny, spune Liz, vino să stai la noi.

— Da, băiete, hai cu noi acasă, spune maică-mea.

— Nu, mi-e bine, le spun, nu vă faceți griji.

Și pleacă, și bine fac, pentru că mai târziu, noaptea, se aude o bătaie-n ușă. Nu răspund sub nici o formă.

— Pula mea, Murphy, ești acolo? strigă motanu', deschizând cutia de scrisori.

Deși stau cu lumina stinsă, pur și simplu simt cum privirea lui diabolică scanează tot holu'.

— Ar fi indicat să nu fii, că, dacă ești și nu deschizi ușa-n pula mea...

Mă cam cac pe mine, da' ce mă gândesc io, iar o ia Franco de la capăt. Ce s-ar întâmpla dacă io *chiar* i-aș deschide ușa? Da-ntre timp pleacă.

Adorm pe fotoliu, pen' că mă simt comod acolo, da' după un timp mă târăsc pân' la pat și nu mă mai trezesc până dimineața, când se aude din nou ușa. Cred că-i tot el, da' nu e.

— Spud, ești acolo?

E Curtis. Deschid ușa, așteptându-mă să-l văd pe Begbie cu un cuțit la gâtu' ăstuia.

— Hei, Curtis, frate, io, cum să zic, 's cam la pământ acuma.

— B-B-Begbie ăla, nu? Știu de la Ph-philip, că o cam arde cu el.

---

1. Fotbalist scoțian.

— Nu, frate, au fost nişte băieţi răi la care-aveam io să le dau nişte bani. Franco a fost ăla care m-a scos, gen, îi spun, iar el ştie că-s un mincinos de căcat, da' ştie şi că mint ca să-l protejez, ca să-l ţin la distanţă.

— Deci, zic io, am auzit că pleci la festival, la Cannes. Nu-i rău deloc.

— Da, zice el, entuziasmat, da' nu uita că nu-i ăla adevărat, e ăla de porno... adaugă el, da' chiar şi-aşa, îi urez baftă.

Curtis e un motănel tare bun. Adică, băiatu' a venit regulat la spital, ştii. Se distrează de minune cu pul-aia a lui, da' nu-şi uită prietenii şi mie-mi spune asta foarte des, gen. Prea mulţi oameni uită de unde-au plecat, ca Sick Boy aşa, acuma se crede mare celebritate, da' mai bine nu zic nimic de asta, pentru că lu' Curtis îi place de Sick Boy. La ce viaţă duce-acuma, cred şi io; fute numa' bunăciuni, şi mai şi primeşte bani pentru asta. Nu-i o afacere proastă, dacă stai să te gândeşti. Adică, există moduri mai naşpa de a-ţi câştiga traiu', tre' să recunosc. După care-mi zice:

— Hai afară, mi-am luat maşină. Hai să dăm o tură. Nu-i ciordită sau aşa.

Aşa că o luăm cu maşina asta veche pe A1, spre Haddington, şi io-i zic să meargă mai repede, şi chiar merge, şi io mă gândesc să-mi desfac centura şi s-apăs pe pedala de frână, ca să zbor prin parbriz. Da' la norocu' meu, aş rămâne doar paralizat pe viaţă sau ceva. Şi n-ar fi drept faţă de Curtis, iar io chiar vreau să mă-ndrept, fi'ncă-i am pe Ali şi pe Andy, sau măcar am ocazia să mă-mpac cu ei. Dostoievski. Afacerile cu asigurări. Câte absurdităţi, gen.

Mergem la un pub mic, de ţară, la doar câţiva kilometri de Leith, da, cu toate astea, e o lume complet diferită. Aicea n-aş putea să stau, frate. Uneori mă gândesc: toţi trei într-un sătuc, ce frumos ar fi, da' după aia-mi dau seama că m-aş plictisi, nu cu Ali şi cu Andy, ci din cauza lipsei generale de stimuli, gen.

Împrumut mobilu' de la Curtis ca să-l sun pe Rents şi stabilesc să mă văd cu el în noapte-aia la un pub din Grassmarket. Nu mi-l imaginez pe Begbie în Grassmarket şi nici unu' dintre noi nu vrea de nici o culoare să dea ochii cu Begbie, gen.

71

Curvele din Amsterdam Pct. 10

Spud arată rău. Are falca umflată, de parcă ar fi un al doilea cap care încearcă să-i crească din faţă şi a obosit de la urcat scările până acasă la Gav. Tot nu vrea să vorbească despre cine l-a aranjat, se aud doar nişte bălmăjeli prin falca ruptă despre nişte demenţi cărora le datora bani. Sarah pare deosebit de şocată de gravitatea rănilor lui. Dacă într-adevăr *a fost* Begbie, înseamnă că nu s-a înmuiat deloc, nici măcar un pic. Gav şi Sarah ies cu noi să bem ceva, după care se duc la cinema.

— Când apar io, se evaporă toată lumea, spune el cu o voce înăbuşită, cre' că e din cauza temperamentului meu. Da', cu toate astea, mă bucur c-am reluat legătura, Mark, bombăne el, nerăbdător şi plin de speranţă.

Urăsc să fiu eu ăla care-i sparge mica bulă pe care şi-a creat-o, dar ridic halba, o pun la loc pe masă şi trag aer adânc în piept.

— Ascultă, Spud, eu n-am să mai fiu multă vreme-n zonă.

— Din cauza lu' Begbie? întreabă el, pe măsură ce viaţa din priviri îi pălea.

— În parte, confirm eu, dar nu e numa' din cauza lui. Vreau să plec cu Dianne. Ea a stat toată viaţa la Edinburgh şi i-ar plăcea o schimbare.

Spud se uită cu tristeţe la mine.

— Bine-atunci... va trebui să-l iau înapoi pe Zappa înainte să pleci. Faci tu asta pentru mine, Mark ? E greu să cari coşul pentru pisici când ai toate coastele bandajate şi o singură mână, spune arătând cu amărăciune spre bandaj.

— Da, nici o problemă, îi spun. Da' ai putea şi tu să faci ceva pentru mine.

— Da ? spune Spud într-un mod care arată că nu e obişnuit ca oamenii să-l creadă capabil de aşa ceva.

— Spune-mi unde po' să-l găsesc pe Premiu' Doi.

Mă priveşte ca şi când aş fi înnebunit, lucru care cred că s-a şi întâmplat, după rahatul în care deja m-am implicat. După care-mi zâmbeşte şi spune :

— OK.

Mai bem câteva pahare, după care-l las cu taxiul pe Spud, fără să mai cobor din maşină. Mă duc la Dianne şi mergem la culcare. Facem dragoste şi lenevim până a doua zi, când facem, în mare, acelaşi lucru. După un timp îmi dau seama că e puţin încordată şi distrată. Până la urmă, spune :

— Trebuie să mă trezesc şi să mă mai uit o dată pe disertaţie. Pentru ultima oară.

Ies fără tragere de inimă din casă şi mă duc la Gav, ca s-o las în pace. Ghinionul e că afară e frig şi burniţează. Se apropie vara, o pulă ; vremea e-n continuare ca la munte, pula mea. Îmi vibrează mobilul în buzunarul hainei. E Sick Boy, care devine foarte suspicios când îi spun că voi merge direct la Cannes. Îl informez că Miz va fi oricum acolo şi că eu trebuie să mă duc mai întâi la Dam ca să mai rezolv nişte chestii la club.

Când ajung la Gav, îmi spune că a dat nas în nas prin oraş cu Sick Boy şi i-a invitat la cină, alături de mine şi de Dianne. Îmi cade faţa numai la acest gând şi oricum mă-ndoiesc că Dianne va fi bucuroasă. Dar când o sun, pare să fie de acord, probabil pentru că Nikki este prietena ei.

Când ne întâlnim, Sick Boy se comportă cum poate el mai bine sau, mă rog, pe-aproape. Flirtează cu Sarah într-un mod atât de evident, dar pe Nikki nu pare să o deranjeze, la rândul ei, care nu face decât să-l ameţească pe Gav, care pare uimit, ca şi când i s-ar propune un sex în patru, ceea ce, cu ăştia doi, se prea poate.

După puţin timp, Sick Boy vine la bucătărie şi mă ia de gât.

— Am nevoie de tine la Cannes! se văicăreşte el.

El o tot ţine mereu una şi bună cum că încearcă să economisească bani cu excursia asta; şi muistul poate să înceapă chiar cu mine.

— Io nu pot să mă ridic aşa şi să plec. Toate lucrurile mele sunt în Olanda şi vreau să le iau cu mine, nu vreau să pună Katrin mâna pe ele, ceea ce va face dacă nu mă mişc repede.

Exclamă şi şuieră mai ceva ca Deirdre din *Coronation Street*.

— Şi deci când termini cu asta?

— O să fiu în sudul Franţei joi.

— Aşa să faci, ţi-am rezervat cameră, spune el răstit, după care cască ochii cu poftă şi-şi roteşte coniacul în pahar.

— Hai, Mark, e momentul nostru ăsta, prietene. Toată viaţa l-am aşteptat. Băieţii din Leith ajung la Cannes, în pula mea! Suntem celebri. O să fie o super experienţă, pula mea!

— De-asta n-aş rata-o pentru nimic în lume, pula mea, îi spun, doar că trebuie să rezolv mai întâi prolema cu Katrin. E cam volatilă... nu vreau să-mi distrugă lucrurile. Şi nici pe Martin nu-l pot lăsa să bâjbâie de unul singur. Îmi pare rău, prietene, ştiu că am condus împreună un club timp de şapte ani, la bine şi la greu, dar acum a revenit în peisaj vechiul meu prieten Simon şi vrea să produc cu el filme porno.

Când intră Sarah cu nişte vase murdare, ridică mâinile şi lasă capul în pământ.

— Bine, bine...

Profitând de ocazie, adaug:

— Pula mea, în ultimii nouă ani am avut o super viaţă, nu pot s-o închei aşa, ca şi când aş apăsa pe un întrerupător, doar pentru că tu mă consideri din nou *persona grata*, spun uitându-mă la Sarah care iese ca şi când ar merge pe cioburi de sticlă.

El îmi răspunde ceva şi începem amândoi să ne luăm peste picior, până când ne trezim într-un impas, dar, văzându-ne unul altuia privirea, izbucnim în râs.

— Nu mai putem face asta, Simon, spun eu, sincer jignit de această posibilitate.

— Singurul lucru care ne mai poate salva este să avem a) mulţi bani şi b) gagici tinere după noi. La douăzeci de ani, le poţi avea cu aspectul fizic, la treizeci, cu personalitatea, dar la patruzeci ai nevoie de bani ca să devii celebru. Matematică elementară, pula mea. Toată lumea mă consideră un idealist, dar nu sunt. Pentru mine e o chestiune de menţinere, un fel de management în situaţii de criză.

Mă nelinişteşte faptul că se deschide în felul ăsta, pentru că, dincolo de fanfaronada nihilistă, îmi dau seama că este absolut sincer. Pot să-i iau oare abilitatea asta? Mi se pare atât de greu. Dar ce mi-ar fi luat *el* mie, dacă m-ar fi găsit Begbie? Nu, Sick Boy e un muist. Nu că ar fi un tip atât de rău, doar că este un ultraegoist, pula mea. Câtă vreme trăieşti printre rechini, supravieţuieşti doar dacă eşti cel mai mare dintre ei.

Dar, lucru ciudat, îmi apreciază motivaţia, spunându-mi că am dreptate să mă car din Britania.

— S-a cam fumat şi, dacă nu ai avere sau bani, eşti un cetăţean al clasei de jos. America este locul cel mai bun, susţine el, acolo ar trebui să mă duc, să-mi fac propria biserică şi să-i fac pe yankeii-ăia fraieri şi naivi să le meargă fulgii.

Nikki vine la mine şi-mi spune, cu sprâncenele arcuite:

— Simon şi bucătăria? Nu-i o combinaţie bună? ... Te porţi cum trebuie? îl întreabă apoi pe el.

— Exemplar, spune el. Da' hai, Rents, să ne adunăm şi noi la bisericuţă. Doar nu vrem să-l lăsăm pe Temps cu toate gagicile.

Ne întoarcem la masă şi Sick Boy, Gav şi cu mine începem să ne contrazicem ca pe vremuri despre versurile de la *Giving It All Away* a lui Roger Daltrey.

— Aşa e, *Mai bine-aş afla totul acum, renunţând la tot*, e de părere Sick Boy.

— Nu, scutură Gav din cap, este *mai bine aflu totul acum*.

Dau din mână, ca să-i potolesc pe-amândoi.

— Poziţiile voastre opuse nu sunt decât nişte ciorovăieli minore şi pedante, care nu schimbă înţelesul esenţial al piesei. Dacă asculţi, adică dacă asculţi pe bune, o să vedeţi că este *mai bine nu-s deloc acum*, adică *nu* sunt mai bine. Sunt acelaşi. Nu am aflat nimic.

— Rahat, pufăie Sick Boy, cântecu' ăsta e despre cum priveşti înapoi după tot ce-ai acumulat prin înţelegere şi maturitate.

— Da, e de acord Gav, ceva de genul dac-aş fi ştiut atunci ce ştiu acum.

— Nu. Aici vă înşelaţi amândoi, susţin eu. Ascultaţi-l pe Daltrey, se lamentează, are ceva de om înfrânt; povestea unui tip care, în sfârşit, şi-a conştientizat limitele. *Mai bine nu-s deloc acum*, pentru că sunt acelaşi muist distrus dintotdeauna.

Dintr-odată, Sick Boy pare foarte reticent la ideea asta, implicându-se ca și când ar fi ceva important.

— Habar n-ai despre ce pula mea vorbești, Renton, spune, întorcându-se spre Gav. Spune-i tu, Gav, spune-i!

Domnul Williamson al nostru se pare că ia cam personal toată discuția. Cearta continuă până când intervine Dianne.

— Dar voi cum puteți să vă aprindeți așa de la niște rahaturi triviale?

Scutură din cap și se întoarce la Nikki și la Sarah.

— Mi-ar plăcea să pot petrece o singură zi în mintea lor, doar ca să simt cum e să fii înconjurat de tot rahatu' ăla, spune mângâindu-mă cu o mână pe frunte și pe cealaltă lăsându-mi-o pe coapsă.

— Mie mi-ar ajunge o oră, continuă Sarah.

— Da, se aventurează Sick Boy, care-și dă imediat seama de gestu' lui necugetat și-mi zâmbește. Pe vremuri îl aveam pe Begbie care spunea: Pula mea, 's numa' rahaturi ș-asta-ncepe să mă calce pe bătături, așa că taci în pula mea dacă nu vrei să-ți fut una-n moacă.

— Da, uneori prea multă democrație poate ucide, râde Gav.

— Dar Begbie ăsta se pare că e un adevărat personaj. Mi-ar plăcea să-l cunosc, declară Nikki.

Sick Boy scutură din cap.

— Nu, nu ți-ar plăcea. Adică, lui nu prea-i plac fetele, chicotește el, iar eu și Gav ne trezim că facem la fel.

— Dar nici băieții, adaug eu, și ne pișăm pe noi de râs.

După un timp, Nikki începe să vorbească despre Cannes, care am înțeles de la Dianne că e subiectul ei principal în ultima vreme, iar Sarah și Gav încep să se tot împungă. Dianne și cu mine profităm de asta ca să putem pleca, spunându-le că trebuie să-şi mai printeze un exemplar din disertaţie. Din nefericire, Nikki şi Sick Boy se hotărăsc să împartă taxiul cu noi.

— Sarah asta e bună rău, afirmă Sick Boy.

— Dumnezeule, nu-i aşa? spune Nikki enervată, cu faţa roşie şi transpirată de la băutură.

— I-am propus o partidă-n patru, dar nu i-a surâs, îmi confirmă Sick Boy bănuielile. Cred că şi Gav s-a cam dezumflat, adaugă el.

După care se întoarce spre Dianne.

— Pe tine nu te-am întrebat, Di, nu pentru că nu mi-ai plăcea, ci pentru că tu vii la pachet, şi doar gândul la curul lui Rents...

Eu chiar îi mărturisisem ei că muistul *chiar* mă descususe în privinţa asta. Ea îl priveşte palidă şi începe să vorbească cu Nikki, care pare trotilată bine. Urcăm scările şi mergem fiecare la camerele noastre, după care îi aud pe Nikki şi pe Sicky, cum le spune Terry, certându-se, amândoi beţi.

Când Dianne se duce la baie, mă apuc să-i citesc ultima ciornă din disertaţie. Nu înţeleg eu mare lucru din ea, ceea ce mi se pare un semn bun, dar mi se pare, vorb-aia, destul de academică: documentare, referinţe, note de subsol, bibliografii extinse etc., şi se citeşte chiar bine.

— Mi se pare excelentă, îi spun când se întoarce, mă rog, la cât de mult mă pricep eu la din astea. Dar se citeşte bine, ca să folosesc o expresie a profanului.

— E rezonabilă, probabil că nu e cine ştie ce, spune ea fără nici cea mai mică urmă de îngrijorare.

Ne-apucăm să vorbim despre ce are de gând să facă acum că a terminat-o, iar ea mă sărută şi-mi spune:

— Dacă tot ai adus în discuţie profanii, şi îmi desface şliţul, scoţându-mi penisul care începe să se-ntărească.

Apucându-l zdravăn, şi-l freacă de limbă şi de buze.

— Asta o să fac, îmi spune. Şi multe, multe altele de felul ăsta.

Ce mă gândesc eu: mai mult decât ceea ce facem acum nu prea avem cum să facem.

Adormim şi nu ne trezim decât a doua zi după-masă. Aduc două căni de ceai la pat şi mă hotărăsc să-i povestesc lui Dianne tot, absolut tot. Şi chiar asta fac. Nu sunt sigur cât ştia sau cât îşi dăduse seama, dar nu pare prea surprinsă. Ea nu pare niciodată surprinsă. Mă îmbrac, punându-mi o bluză şi pantalonii, iar ea se ridică în capul oaselor.

— Deci tu vrei să-ţi găseşti un prieten alcoolic, pe care nu l-ai văzut de ani de zile şi să-i dai trei mii de lire *cash*?

— Da.

— Eşti sigur că te-ai gândit bine la asta? mă chestionează ea căscând şi întinzându-se. Nu se-ntâmplă prea des să fiu de acord cu Sick Boy, dar s-ar putea să-i faci mai mult rău decât bine tipului ăstuia dacă îi dai atâţia bani la un loc.

— E mălaiul lui. Dacă alege să-i bea până crapă, aşa să fie, îi spun, ştiind că, de fapt, mă gândesc numai şi numai la mine, la nevoia mea de a regla conturile.

Frigul se pare că s-a întipărit în toată ţesătura oraşului. E ca o boală de care bătrânul oraş nu se poate descotorosi pe de-a-ntregul, vremea ameninţând mereu să revină la o iarnă în toată puterea cuvântului, în faţa vânturilor crude şi îngheţate din Nord. Royal Mile pare bântuită, dar întunericul abia a început să se lase. Îmi târâi picioarele pe drumul pietruit şi ajung la Close. Înaintez pe aleea strâmtă, îngustă, care se deschide într-o curte mică şi întunecoasă, înconjurată de turnurile vechi ale clădirilor. O cărare micuţă coboară spre New Town.

Curtea e plină de oameni; stau toţi şi-l ascultă pe un tip bătrân, cu privire sălbatică, traumatizată, care predică din Biblie. Sunt o grămadă de oameni din Glasgow, dar și o mulțime ieșiți de la alcoolicii anonimi sau de la dezintoxicare, unde nevoia ingestiei de droguri este înlocuită cu obsesia efluviilor evanghelice. După ce analizez mulțimea, îl văd, mai slab, proaspăt bărbierit, arătând totuși precum cineva care se recuperează după ceva, pentru că așa și este, starea aceea încremenită a recuperării, statutul ăla pe care abstinența îl imortalizează. E Rab McNaughton, Premiu' Doi, căruia trebuie să-i dau trei mii de lire.

Mă apropii de el ezitând. Premiu' Doi era apropiat de Tommy, un vechi prieten al nostru care-a murit de SIDA. M-a învinuit pe mine pentru că Tommy s-a apucat de droguri și odată chiar m-a agresat fizic pentru asta. Omul ăsta a fost dintotdeauna înzestrat cu o natură neechivocă.

— Pre... Robert, mă corectez rapid.

Mă privește scurt, mă recunoaște disprețuitor, după care se întoarce la predicator, cu privirea arzătoare, sorbindu-i fiecare cuvânt și rostind toate aminurile de rigoare.

— Cum îți merge? îl îndemn eu.

— Ce vrei? întreabă el, relaționând cu mine pentru un moment.

— Am ceva pentru tine, îi spun. Banii pe care ți-i datorez...

Bag mâna în buzunarul hainei și pipăi teancul, gândindu-mă că, într-adevăr, e o fază absolut ridicolă, pula mea.

Premiu' Doi se întoarce spre mine.

— Știți voi ce puteți să faceți cu ei. Voi sunteți răi; tu, Begbie, fotografu' ăla, Simon Williamson, Murphy drogatu'... toți sunteți răi. Sunteți niște criminali și faceți lucrarea diavolului. Diavolu' locuiește în partea aia din Leith, iar voi sunteți servitorii lui. E un loc rău... spune el, ridicând ochii spre cer.

Mă inundă o senzaţie incertă, un amestec între bucurie şi furie, şi trebuie să mă împotrivesc tentaţiei de a-i spune că mănâncă rahat.

— Uite, vreau să-ţi dau ăştia, ia-i şi ne mai vedem noi într-o viaţă viitoare, îi spun, vârându-i teancul de bani în buzunar.

O femeie robustă cu părul creţ şi un puternic accent de Belfast vine şi spune:

— Ce s-a-ntâmplat? Ce s-a-ntâmplat, Raburt?

Premiu' Doi scoate banii din buzunar şi mi-i flutură în faţă.

— Asta! Asta s-a-ntâmplat! Crezi că mă poţi cumpăra cu gunoaiele-astea? Crezi că po' să-mi cumperi tăcerea, tu şi cu Begbie? Să nu ucizi! spune el, cu ochii arzători, după care-mi strigă în faţă, zgâriindu-mă pe creier şi scuipându-mă:

— SĂ NU UCIZI!

Aruncă banii în aer şi bancnotele sunt duse de vânt. Mulţimea îşi dă dintr-odată seama ce se petrece. Un individ acoperit de un strat de jeg, cu o manta soioasă, apucă o bancnotă de cincizeci de lire şi o ridică la lumină. O altă bancnotă cade pe aleea pietruită şi în scurt timp toată lumea e cuprinsă de frenezia lăcomiei, ignorându-l pe bătrânul predicator care, văzând banii plutind în aer, uită de slujbă şi începe să scotocească, alături de ceilalţi. Mă retrag şi iau câţiva pumni de bani, pe care mi-i îndes în buzunare. Îmi spun că i-am dat lui, să facă ce vrea cu ei, dar dacă alegerea lui a fost să-i împrăştie, atunci mă bag şi eu. O iau înapoi pe alee, ies prin gura de la Close, trec prin Mile, gândindu-mă că, probabil, am decimat jumate din populaţia de glasgoweni a oraşului şi am distrus tot detaşamentul de alcoolici şi drogaţi.

Mă întorc la Dianne şi văd că Sick Boy e tot acolo, ud din cap până-n picioare, înfăşurat într-un prosop.

— Cannes-u' e mâine, zâmbeşte el.

— Abia aştept să ne vedem acolo, îi spun. E cam aiurea că trebuie să merg la Dam, dar trebuie s-o fac. Voi când aveţi avion?

Îmi spune că la unsprezece, aşa că aranjez pentru a doua zi să împart cu Nikki şi cu el un taxi până la aeroport. După micul dejun trage nişte cocaină şi mai ia o linie pe bancheta din spate a taxiului, vorbind încontinuu despre Frank Sauzee.

— Omu' e bun al dracu', Renton, e un zeu absolut, pula mea. L-am văzut zilele trecute ieşind de la Valvona and Crolla cu o sticlă de vin scump şi mi-am zis, asta mi-a lipsit mie, în pula mea, în Easter Road, ani de zile, clasa, declamă el, cu ochii bulbucaţi şi scrâşnind din dinţi. Nikki e atât de fumată şi atât de lovită de febra Cannes-ului, că abia dacă îşi dă seama în ce stare se află. Îi conduc, spunându-le că eu am avion spre Amsterdam la doişpe jumate. Dar, de fapt, eu mă duc la Frankfurt, ca să iau un avion spre Zürich.

Elveţia este un loc al dracului de plictisitor. Mi-am pierdut tot respectul pentru Bowie când am auzit că a trăit aici, dar băncile sunt excelente. Chiar nu te întreabă nimeni nimic. Aşa că atunci când semnez formularele de transfer al fondurilor de la Bananazzurri într-un alt cont pe care l-am făcut la Citibank, nu clipeşte nimeni. Mă rog, tipul ochelarist şi rotunjor, îmbrăcat la costum, care lucrează la bancă mă întreabă:

— Mai doriţi să păstraţi deschis acest cont?

— Da, îi spun, pentru că avem nevoie de acces imediat la bani, dat fiind că intrăm în producţia filmului. În orice caz, fondurile vor fi imediat acoperite, pentru că avem deja investitori pentru următoarea producţie.

— Noi avem câţiva experţi în finanţare pentru filme. Poate că v-ar fi de ajutor dumneavoastră sau partenerului dumneavoastră, domnul Williamson, să vorbiți cu Gustave data viitoare, domnule Renton. Putem deschide un cont pentru producția filmului din acest cont al companiei, care vă permite să scrieți cecuri instant, cu care să vă plătiți creditorii.

— Hmmm... interesant. Asta ne-ar scuti cu siguranță de multe bătăi de cap, dacă le-am putea face pe toate de sub un singur acoperiș, ca să spun așa, zic eu, uitându-mă la ceas, fără să vreau însă să creez suspiciuni, și totuși îngrijorat că aș putea fi reținut mai mult decât trebuie. O să discutăm despre asta, dar, pe termen scurt, eu trebuie să prind un avion...

— Sigur... mă iertați... spune el, și tranzacția se precipită.

Și a fost cum nu se poate mai ușor. Când mă întorc la Edinburgh, nu mă pot gândi decât la Sick Boy, care e la Cannes.

72

„... valurile înspumate...“

Ne îndreptăm spre Coasta de Azur, la clasa business de la British Airways, zbor direct de la Glasgow. Pe măsură ce ne apropiem de aeroportul din Nisa, văd cerul albastru și limpede și valurile înspumate ale Mediteranei izbindu-se de nisipul auriu. S-au aprins semnalele care indică prinderea centurii de siguranță dinaintea aterizării, dar Simon s-a dus, pentru a patra oară, la toaletă, de unde a venit, cum se spune, îmbujorat de emoție și de apropierea aventurii.

— Asta e, Nikki, asta e. Vrei să vezi afaceri, șmenuri, șușanele, învârteli și socoteli?

— Nu neapărat... spun eu, ridicându-mi ochii din *Elle* și uitându-mă cum îi iau foc nările.

Văd că i-au rămas fire de cocaină în părul din nas.

— Muiștii-ăștia nici măcar n-o să-și dea seama ce i-a lovit. N-au mai avut ei niciodată parte de afaceri adevărate, spune trăgându-și nasul și scărpinându-se.

După care îmi aruncă cea mai îndurerată privire și mă sărută ușor pe obraz.

— Tu ești o operă de artă, iubi, spune el înainte să-și rotească privirea cameleonică și să observe o fată cu bucle lungi, ondulate, cu meșe decolorate pe cap, îmbrăcată cu o jachetă Prada.

— Uite-o și pe-aia, spune el în gura mare și arată cu degetul, s-a dus pe apa sâmbetei tot efortul cu permanentul ăla prost de Manchester. Dar ce să-i faci, lucrează în publicitate. Ar trebui să-și concedieze coafeza... nu, ar trebui s-o-mpuște pe pizd-aia! spune el, scoțându-și falca în afară provocator, în timp ce vreo câteva persoane exclamă indignate și întorc privirea.

Zâmbesc calmă, știind că este inutil să-l rog să vorbească mai încet. Acum m-a luat pe mine la rând, spunându-mi povestea vieții lui.

— Begbie aruncă un pahar, de-i crapă capu' lu' gagic-asta... Odată-i împușcam pe muiști cu pușc-aia cu aer comprimat... Renton era crud cu animalele când era mic, avea el ceva... ai fi crezut c-o s-ajungă un criminal în serie... Murphy mi-a furat echipa de la Coventry City Subbuteo... am găsit-o la el acasă și el zicea că *tocmai și-o cumpărase*, asta imediat după ce-a dispărut a mea... ai mei nu erau bogați... aia a fost o mare achiziție... maică-mea, o femeie decentă, o sfântă, zice el. Unde e echip-aia nouă pe care ți-am cumpărat-o, fiule? Ce pot să-i spun? E acasă la jegos, mamă. Și acum, când îți povestesc, jucătorii ăia se dau pe linoleumul vechi și uzat din casa hoțului ăluia jegos, striviți sub picioarele unor țigani nesimțiți și bețivani, care intră-n dormitoare, căutând copii pe care să-i abuzeze... Cum aș fi putut să-i spun asta maică-mii? Ce casă are şi Murphy ăsta, o groapă de gunoi...

Sunt de-a dreptul încântată să cobor din avion. Ne luăm bagajele, iar Simon se-ndreaptă imediat spre staţia de taxiuri.

— Nu-i aşteptăm şi pe ceilalţi, care vin cu *low cost*? mă interesez eu.

— Nu prea cred... spune el epuizat. Ascultă, Nikki, la Carlton era plin, aşa că pe ei a trebuit să-i cazez la Beverly. Care e tot în centru.

— E mai ieftin?

— S-ar putea spune, rânjeşte el. Apartamentul nostru e cam patru sute de lire pe noapte, iar camerele lor sunt cam douăzeci şi opt pe noapte fiecare.

Scutur din cap, mimând dezgustul, sperând să nu-mi observe prefăcătoria.

— Dar pentru afaceri am nevoie de o casă elegantă... protestează el. Îţi creezi o imagine greşită dacă stai într-o gaură de şobolan... nu că Beverly ar fi o gaură de şobolan, bineînţeles.

— Pun pariu că asta e, spun eu. Asta e o chestie foarte separatistă, Simon, iar noi ar trebui să fim o echipă.

— Noi vorbim aici de Lochend şi Wester Hailes. Pentru ei o să fie lux! Eu mă gândesc la ei, Nikki, nu s-ar simţi în largul lor. Sincer acum, tu l-ai vedea pe Curtis la Carlton? Pe Mel, cu tatuajele ei? Nu, nu m-aş face de râs nici pe mine, nici pe ei, spune el infatuat, cu capul sus, în timp ce împingem căruciorul cu bagaje spre staţia de taxiuri.

— Eşti un mare snob, Simon, îl anunţ, chicotind în gura mare.

— Prostii! Eu vin din Leith, cum aş putea fi snob? Dacă e să fiu ceva, atunci sunt socialist. Nu fac decât să joc după politica din lumea afacerilor, atâta tot, spune el scurt, după care repetă: Renton ar face bine să nu-mi tragă clapa, pentru c-ar fi o mare risipă cu camera lui... ce bine că am fost prevăzător și i-am anulat rezervarea la Carlton și i-am luat una tot la Beverly... muistul oricum nu merită ceva mai bun.

— Mark e OK. E cu Dianne, iar ea e o dulceață.

— Clar, e înșelător ca dracu', dacă vrea. Dar tu nu-l cunoști la fel de bine ca mine. Nu te supăra, eu am crescut cu Rents. Îl cunosc. E o jigodie. Toți suntem.

— Ce prost stai cu respectul de sine, Simon! N-aș fi zis.

Scutură din cap ca un câine ieșit din mare.

— În sensul pozitiv, spune el. Dar îi cunosc esența. Dacă Dianne aia îți e prietenă, i-aș spune să-și păzească geanta.

Luăm un taxi până la Carlton, coborând pe drumul de coastă. Am vrut să stăm la Hotel du Cap, explică Simon, dar e mult prea departe de centrul acțiunii și ar fi însemnat multe drumuri cu taxiul. Ăsta e chiar pe La Croisette, mă informează, în timp ce-l bodogăne pe taximetristul sud-american apatic, într-o franceză impresionantă.

— *Vite! Je suis très pressé! Est-ce qu'il y a un itinéraire de dégagement?*

Până la urmă ajungem și coborâm din taxi. Doi ușieri vin să ne ia bagajele.

— Vă cazați la noi, *Monsieur, Mademoiselle*?

— *Oui, merci*, răspund eu, dar Simon rămâne afară, privind spre mare, uitându-se la mulțimile care se învârteau de-a lungul bulevardului La Croisette, după care se întoarce spre clădirea impunătoare, de un alb strălucitor, a hotelului edwardian.

— Simon, ești bine?

Își scoate ochelarii de soare Ray Ban și și-i pune în buzunarul de la pieptul jachetei de pânză galbenă.

— Lasă-mă să savurez momentul ăsta, pufăie el, strângându-mă de mână, și văd că ochii i se umplu de lacrimi.

Intrăm în foaierul hotelului, care iradiază o opulență gata să-ți taie respirația, dominat de coloane negre și argintii. Ies în evidență trei nuanțe de marmură : cenușiu, portocaliu și alb, toate finisate cu ornamente generoase în formă de frunze aurii. Toate candelabrele de cristal care atârnă impunător de lanțuri de aramă, podeaua de marmură, pereții albi și portalurile arcuite, toate acestea denotă bogăție și clasă.

În cameră, covorul gros îți dă senzația că mergi prin melasă. Patul este colosal și avem cincizeci de canale de televiziune. Baia uriașă e dotată cu tot felul de obiecte de toaletă și, pe deasupra, găsim o sticlă de Rosé de Provence în frapieră, pe care Simon o deschide, turnând un pahar pentru fiecare și ducându-le pe balconul cu vedere spre mare. Mă uit afară, unde se vede că oamenii sunt foarte impresionați de acest hotel. Se plimbă de-a lungul falezei, uitându-se la noi cu gura căscată. Simon, cu ochelarii de soare pe nas, le face obosit cu mâna unor turiști care se uită la oameni, iar ei se înghiontesc și se reped cu camerele spre noi ! Mă-ntreb cine cred ei că suntem.

Ne relaxăm pe balcon, în centrul lumii, plini de mulțumire, bându-ne Rosé-ul, iar eu mă simt foarte moleșită din cauza căldurii, combinate cu eliberarea din avion și cu vinul de aseară de la Gav.

Dar iată-ne aici. Sunt aici. Sunt o actriță, un star, pizda mă-sii, aici, la Cannes.

— Mă-ntreb oare cine-o mai sta acum aici ? Tom Cruise ? Leonardo DiCaprio ? Brad Pitt ? Poate chiar în camera de-alături !

Simon ridică din umeri și se repede la telefonul mobil.

— Cine-o fi. Cu toții vor trebui să intre în planurile noastre, spune el leneș în timp ce formează un număr.

— Mel ! Ați ajuns... excelent. Curtis e băiat cuminte ?... Bun... distrați-vă și vă sunăm noi la șapte.

După proiecție o să fie o petrecere la care fac eu rost de invitații... să nu vă matoliți prea tare... da, bine... păi, o să mergem la plajă și-o să ne uităm la televizor... ne vedem în holul hotelului vostru la șapte... Bine, spune el, închizând telefonul. Ce ingrată, geme el, după care, imitând-o pe Mel: Io și cu Curtis n-avem bani, Simon, știi cumva de unde putem face cumpărături fără bani?

Încep să mă simt foarte obosită.

— Mă duc să mă-ntind vreo oră, Simon, îi spun, îndreptându-mă spre cameră.

— Da, spune el, urmându-mă.

Simon pune un film porno dintr-o listă care apare pe ecran, la canalele pentru adulți. Alege unul intitulat *Intrarea din dos: Pe ușa din spate.*

— Ăsta-i tare, nu m-am gândit niciodată că albumul ăla de la Led Zeppelin era o referință la sexul anal. Asta-mi confirmă impresia că Page a fost un vizionar, știi, cu faza de la Crowley și tot rahatul ăla.

— De ce ne uităm la asta?... mormăi eu somnoroasă.

— Unu, ca să ne excităm, doi, ca să verificăm concurența. Uită-te la asta!

O femeie stă întinsă pe spate și un tip i-o trage. Mai departe, vedem că stă cu picioarele sprijinite de umerii lui. Implicația ar fi că el își forțează accesul spre anusul ei și că i-o trage în cur, dar, din unghiul ăla, este imposibil să-ți dai seama dacă i-o bagă în fund sau în pizdă. Ce observ este că femeia are vânătăi adânci la încheieturi, unele dintre ele îngălbenite. Nu mă deranjează foarte tare, dar mi se pare de prost gust, ceea ce mă face să-mi pierd până și vagul interes pentru film și încep să moțăi. Adevărul e că nu prea mă interesează să-i văd pe alții trăgându-și-o, mă plictisește. Salteaua asta e confortabilă, la fel ca halatul din partea hotelului, iar eu mă afund...

Mă trezesc şi mi-e puţin răcoare, halatul mi-a fost descheiat, cordonul desfăcut, şi-l găsesc pe Sick Boy aşezat peste mine, masturbându-se furios. Îmi trag imediat halatul pe mine.

— Pula mea... acuma ai stricat tot, gâfâie el amărât.

— Ce... faci laba pe mine!

— Da?

Mă ridic în capul oaselor, alarmată.

— Nu vrei să-mi dau cu ruj albastru şi să fac pe moarta pentru tine?

— O, nu, spune el, nu e vorba de necrofilie, e mult mai inocent. Trebuia să fie un omagiu! Pana mea, tu n-ai auzit niciodată de *Frumoasa din pădurea adormită?*

— Nu vrei să faci dragoste cu mine, dar vrei să faci laba şi să te uiţi la nişte porno de căcat. Ce fel de omagiu e ăsta, Simon?

— Nu înţelegi... bombăne el şi îşi trage nasul, care îi curge, după care spune scurt: Am nevoie de... de nişte deschidere, pula mea.

— Tu ai nevoie de mai puţină coca, strig eu, dar cu jumătate de gură, pentru că eu *chiar* trebuie să dorm puţin.

Încercând să adorm îi aud vocea monotonă:

— Hei... fumezi prea multă iarbă şi vorbeşti prostii, spune el, dar te iubesc pentru asta. Să nu te schimbi niciodată. Iarba e un drog bun pentru gagici, iarba şi Ecstasy-ul. Mă bucur foarte tare că nu iei coca. Ăsta e un drog pentru băieţi, fetele nu-l pot lua. Ştiu ce-o să spui, că asta e o chestie misogină. Dar nu, este o observaţie susţinută de conştientizarea diferenţelor dintre bărbaţi şi femei, ceea ce înseamnă o conştientizare a anatomiei feminine, care e un punct de vedere feminist. Aşa că aplauze, iubito, aplauze... spune ieşind din cameră.

Aud uşa trântindu-se şi mă gândesc: slavă Domnului.

73

Şmenu' # 18 752

Străbat strădutele lăturalnice, întorcându-mă pe La Croisette, cercetând totul, imprimându-mi pe creier imagini de neuitat cu întinderea orașului. Evaluez fetele așa cum face un fermier foarte experimentat de la Royal Highland Show din Islington cu cireada lui. Ascult piuitul puicuțelor de pe piața sexuală, și e de-ajuns o singură privire cercetătoare ca să-mi formez o opinie comprehensivă și evaluatoare. PR-uri care scuipă tensionate, printre buzele încremenite în rânjete paralizate, la telefoanele mobile, cumpărătoare îngâmfate și femei cu rucsacuri, animate de speranțe, toate cad pradă privirii vorace, degajate.

Jocul producției e un pișat. De ce să ne oprim la porno, de ce să nu facem un film ca lumea? Câștigăm niște bani la loto și gata. Se bagă toată lumea. Orice gangster de primă mână își dă seama că cei mai buni infractori sunt foștii infractori. Capitalizezi și intri în legalitate cum apare ocazia. Nu ai nevoie de stres, închisoarea e pentru cei ca Begbie, care toată viața sunt niște ratați și niște victime. Dacă intri puțin la răcoare, în tinerețe, șase luni, să zicem, foarte bine, puțină experiență prinde bine. Dar, dacă după șase luni la răcoare, nu ți-ai dat seama că nu erai tu, atunci chiar că te-ai futut. Nimănui nu-i place închisoarea, dar unora, niște muiști prăpădiți, nu le displace îndeajuns.

Cannes-ul este locul unde vreau să fiu. Reprezintă opțiunile. Dar nu e vorba doar de faptul că nu e Leith sau Hackney; nu e vorba de locul fizic, ci de mine. Acum nu mai sunt un simplu escroc disperat, care nu are nimic de dat în schimb. Îmi dau seama că, indiferent cât am făcut eu pe durul în trecut, nu am reuşit niciodată să scap de acea uşoară doză de previzibil, de culmea disperării. Şi nu puteam pentru că, atunci când venea momentul, aveam totul la îndemână, dar nu aveam ce să dau la schimb. Într-un final, adunând laolaltă câteva corpuri şi filmând rezultatele, am ceva de vânzare, ceva pe care ei pun preţ. Ceva făcut de mine. Simon Williamson are un produs, care nu este Sick Boy. Asta este o afacere, nu e nimic personal. Promovez un film de Simon David Williamson.

Mă întorc la hotel, cu intenţia să mă bronzez şi să încerc să mă relaxez puţin, poate chiar să conversez cu nişte gagici. Nu avem mult timp, iar domnişoara comediantă de la hotel m-a enervat la culme, patru sute de lire pe noapte şi tot trebuie să plăteşti cincisprezece lire pe zi ca să foloseşti plaja privată din faţă, la fel ca toată plebea aia pârlită nerezidentă, care, în orice caz, ar trebui ţinută deoparte.

Când ajung în cameră, Nikki s-a trezit, dar, cum suntem presaţi de timp, ne rezumăm la nişte potol în cameră. E OK după ce m-a prins făcând laba peste ea. Aproape am convins-o că îi aduceam un omagiu. Gagicile: ce altceva ar putea fi? În orice caz, după ce mâncăm satisfăcător, plecăm spre hotelul căcăcios, ca să-i luăm pe Mel şi pe Curtis la proiecţia filmului *Şapte futese pentru şapte fraţi*.

Cinema-ul la care rulează se află într-o clădire mică, dar elegantă, pe una din străzile lăturalnice. Se zvoneşte că Lars Lavish, Ben Dover, Linsey Drew şi Nina Hartley (eroina lui Nikki) vor asista şi ei la proiecţie, dar eu nu recunosc pe nimeni. Prezenţa e satisfăcătoare, fără supărare, şi se mai strecoară câţiva după ce se sting luminile. Încerc să examinez publicul, să măsor reacţia cinema-ului pe jumătate plin.

Sunt atât de surescitat, că nici nu mai am nevoie de coca, dar, pentru orice eventualitate, mai trag o liniuță de pe card. La fel fac și Mel și Curtis. Nu mă pot abține să nu spun:

— Pfua, când Melanie apare pentru prima oară goală pe ecran.

Ea îmi dă un ghiont jucăuș în coaste. Totuși Nikki este cea care dă lovitura de grație. Din momentul în care își scoate topul ăla mulat din lycra și-și arată păsărica aia epilată, traversând arogantă ecranul, simți aerul electrizându-se. Din mulțime se aud una sau două persoane care aclamă și mă întorc spre ea, e îmbujorată toată, și o strâng de mână. Dar lovitura fatală o dă Curtis sau, mai bine spus, pula lui Curtis. Primul cadru cu stâlpul ăla produce câteva uau-uri și mă întorc să văd dinții uriași strălucind în întuneric.

Afară, după spectacol, oamenii se bulucesc în jurul nostru, ni se dau cărți de vizită și suntem invitați la mai multe petreceri. Dar eu știu la care vreau să merg și nu e una porno, este cea a adevăratei industrii, de la marea marchiză de pe La Croisette. Toți actorii porno vor să meargă la aia, dar eu chiar reușesc să produc patru invitații și intrăm.

După câteva pahare, Nikki se trotilează și începe să mă calce pe nervi.

— De ce vorbești pe vocea aia ridicolă, Simon? mi-o retează ea când mă găsește conversând cu păpușa asta cu păr blond, lung și drept, care, după câte se pare, e ceva sculă pe la Fox Searchlight.

— Mă acuză pe mine că vorbesc cu accent de provincie, dar imediat cum se suie în avion, începe și el imediat să vorbească la fel.

Fata de la Foxy ridică o sprânceană, iar eu afișez un zâmbet crispat.

— Ce accent, Nicola? Așa vorbesc eu, spun eu rar.

Nikki o înghiontește pe Mel și-i spune:

— Așa vorbesc io, Nicola. Mă numesc Williamșon. Șimon David Williamșon.

— Sau Sick Boy! hohoteşte Mel, iar vulpoii ăia perverşi şi geloşi, lucru total nepotrivit, râd pe înfundate ca vrăjitoarele-alea din *Macbeth*, pula mea, în timp ce un muist dubios vine şi o apucă pe Fox Searchlight de braţ, luând-o de lângă noi.

Lipsa lor de caracter mă face să fierb de furie.

— S-ar putea să fie ceva de câştigat de pe urma încercărilor voastre de a-mi submina încercările pe care le fac ca să ne integrăm într-un circuit şi să vând filmul ăsta nenorocit, la realizarea căruia ne-am petrecut cea mai mare parte din ultimele şase luni, în pula mea, spun apăsat şi furios, cu dinţii încleştaţi, dar să-mi fut una dacă-mi dau seama ce.

Pentru o fracţiune de secundă se uită unul la altul tăcuţi. După care Melanie spune:

— Ohhh... şi redevin isterici.

Îmi bag pula, mă retrag în mulţime, iar farul meu e bine antrenat, începând deja s-o caute pe vulpiţa de la Fox[1] pe care o tot vânez.

Mă duc la budă şi tocmai mă pregătesc să-mi fac o linie, când văd nişte tipi intrând într-o cabină, aşa că mă îngrămădesc şi eu cu ei şi trag vreo două linii din marfa lor. Reapar superschimbat şi le găsesc pe Nikki şi pe Mel flirtând într-un mod revoltător cu nişte găozari sinistri. Curtis parcă s-a evaporat. Mă îndrept spre fete. Unul dintre tipi, care o tot vrăjeşte pe Nikki, mă vede apropiindu-mă şi îmi spune arogant:

— Şi tu eşti...

Mă apropii şi mă aplec spre el.

— Io-s muistu' care-o să-ţi spargă ţie nasu' pen' că o vrăjeşti pe femeia lui, spun eu, punând un braţ în jurul lui Nikki.

---

1. Joc de cuvinte: *fox*, în engleză, înseamnă „vulpe".

Labagiul face puţin tămbălău, după care iese timid. Din păcate, la fel fac şi Nikki şi Mel, sub pretextul că se duc să-şi mai ia ceva de băut, nici una dintre ele impresionată de prestaţia mea.

Mă duc înapoi la budă, unde mă abordează plin de speranţă unul dintre tipii care îşi împărţise mai devreme cocaina cu mine.

— Îmi pare rău, prietene, e petrecere privată, îi spun.

— Dar nu prea e corect... se plânge el.

— Postdemocraţie, tovarăşe. Acum dispari, bubui eu trântindu-i uşa în faţă şi pudrându-mi nasul.

Mă întorc imediat şi mă plimb de colo-colo, în elementul meu, când mă întrerupe un accent tărăgănat pe care-l aud în ureche.

— Si-mon! Ce mai faci, prietene?

Este muistul ăla revoltător de Miz şi sunt gata-gata să-i răspund deplasat, ba chiar obraznic, acum că nu mai e de nici un folos, când îmi spune:

— Vreau să cunoşti pe cineva, şi-mi face semn spre un tip înalt cu mustaţă din spatele lui, care mi se pare cunoscut.

— El e Lars Lavish.

Lars Lavish este unul dintre actorii porno de primă mână ai Europei, devenit producător. Abilitatea lui de a şi-o scula la comandă devenise legendară şi era cunoscut drept naşul porno-ului *gonzo*[1], acostând gagici pe străzile din Paris, Copenhaga şi Amsterdam şi ademenindu-le la el în studio, la o improvizaţie scurtă de porno. Darul omului pentru abureală este renumit. Nu se folosea decât de farmecele lui, de persuasiune, bani şi de forţa de convingere a pulii. De curând a semnat un contract

---

1. Gen de film pornografic, în care actorii recunosc prezenţa camerei de filmat, interacţionând cu ea şi cu echipa de filmare.

mare cu un distribuitor major, iar acum îşi face singur filmele şi are control editorial complet. Cu alte cuvinte, sunt absolut trăsnit. El este eroul meu, mentorul meu. Abia dacă mai pot gândi, pula mea, de vorbit nu mai zic.

Lars Lavish.

— Lars, îi strâng mâna, iar acum nu mă mai deranjează nici că-şi ţine braţul în jurul lui Nikki.

— Îmi pare bine să te cunosc, Simon, rânjeşte el, aruncându-i o privire lui Nikki. Fata asta e tare. E cea mai tare, frate, cea mai tare! *Şapte futese*, frate, este atât de bun! Mă gândesc că va fi necesar să necesite să avem o discuţie serioasă despre distribuţia acestui film. Mă gândesc chiar la o lansare într-un circuit limitat de cinematografe.

Am murit şi am ajuns în Rai.

— Oricând, Lars, oricând, tovarăşe.

— Uite cartea mea de vizită. Sună-mă, te rog, spune el, după care o sărută pe Nikki şi se afundă în mulţime cu Miz, care se întoarce şi se uită la mine scuturând satisfăcut din cap.

Nikki şi cu mine ajungem din nou la o discuţie ciudată care devine puţin agresivă.

— De ce toate revistele pentru bărbaţi, ca *Loaded, FHM, Maxim,* sunt la fel ca revistele porno cum sunt *Mayfair, Penthouse* şi *Playboy,* cu coperţi sărăcăcioase şi înăuntru nuduri? Pentru că revistele pentru bărbaţi sunt pentru bărbaţi care fac laba, adică pentru toţi bărbaţii, dar cărora le place să pretindă că n-o fac. Cum să-ţi cultivi imaginaţia şi sexualitatea dacă nu faci laba? Rahatul cu care ar veni cineva ca Renton este că el se excită la anumite chestii, aşa că se duce şi poartă o discuţie drăguţă şi matură cu prietena lui drăguţă şi matură, şi negociază raţional şi-şi împlineşte fanteziile într-un mod iubitor, înţelegător şi profitabil de ambele părţi...

— Dar...

CE MARE PIŞAT! Nu, avem nevoie de ţâţe şi de cur pentru că astea trebuie să fie disponibile pentru noi; să fie pipăite, futute, să faci o labă pe ele. Pentru că suntem bărbaţi? Nu. Pentru că suntem consumatori. Pentru că alea sunt lucruri care ne plac, lucruri despre care simţim intrinsec sau despre care am fost păcăliţi să credem că ne vor da valoare, satisfacţie, că ne vor face să ne simţim uşuraţi. Le preţuim, aşa că avem nevoie măcar de iluzia disponibilităţii lor. În loc de ţâţe şi cur, poţi să pui Coca-Cola, chipsuri, ambarcaţiuni de viteză, maşini, case, computere, etichete de designer, cămăşi care le imită pe cele originale. De-asta publicitatea şi pornografia sunt asemănătoare; pentru că vând iluzia disponibilităţii şi non-consecvenţa consumului.

— Conversaţia asta mă plictiseşte, spune Nikki, plecând.

— Dă-o-n pula mea. Acum sunt foarte pe val şi oricine altcineva, orice altceva, va trebui să joace după regulile mele, pula mea.

74
„... cistita criminală..."

Lars Lavish încearcă să-mi intre în chiloţi. Băieţii ăştia din lumea pornografiei sunt cam din topor, dacă li se pune pata într-un mod brutal. E plictisitor, dar e mai interesant decât compania lui Simon. E o pacoste anostă şi cocainizată. Nu vreau să fiu prea dură cu el, pentru că acesta este momentul lui şi ar trebui să-l savureze, deşi trufia te poate duce la pierzanie. Dar pur şi simplu este imposibil. Vrea să fută tot ce apare la orizont, ca şi Curtis, care chiar fute tot ce apare la orizont. Toate fetele simandicoase stau la coadă, toate îngrozitoare, mofturoase și drăgălașe, la o porție din penisul *ăla*, veste care se răspândește imediat printre bârfele de pe La Croisette. Iar felul în care se plimbă țanțoș îți arată că, în sfârșit, tânărului flăcău i-a rămas mic penisul. De la *burger bar*, la *porno star*.

S-a evaporat pentru scurt timp cu o parteneră, iar acum au reapărut.

— Cum te simți, Curtis?

— Bestial, spune el, trăgând-o pe fată după el.

Ea are ochii ieșiți din orbite și abia dacă mai poate să meargă.

— Nu m-am mai simțit niciodată așa de bine-n viața mea!

Și mie mi-e greu să-l contrazic.

Îl trag spre mine și-i șoptesc la ureche:

— Mai ții minte ce spuneai despre tipii ăia? Ăia cu care ai fost la școală? Care te necăjeau pentru că te credeau un ciudat? Ei bine, cine s-a-nșelat și cine-a avut dreptate?

— Cu toții s-au înșelat, io am avut dreptate, spune el. Dar... e păcat că Danny, Philip și-ăștia n-au putut să fie aici să vadă toate astea. Le-ar plăcea la nebunie.

Simon a auzit asta și intervine.

— E la fel ca metroul din Londra, tovarășe. Se bazează pe destui oameni care să-i asculte orbește. Nici măcar n-au coșuri de gunoi, știi, se așteaptă să cari gunoiu' cu tine. Io nu fac asta, io-l arunc peste tot. Da' o fac destui oameni, ca ei să fie plătiți să *nu* pună coșuri.

— Nu te-nțeleg...

— Ce vreau să spun, prietene, e că tre' să arunci gunoiu', nu să-l cari cu tine, iar aici e excelent fără gunoi, spune el plin de sine.

Sick Boy, Doamne, el asta este, tot o ține una și bună cu fata asta pe care o cheamă Roni, despre care spune el că este de la Fox Searchlight.

— Roni ne-a invitat mâine la petrecerea de la Fox Searchlight, spune el radiind.

Îl iau deoparte.

— Simon, du-te acum şi fute-o, abia aşteaptă. Sau nu e decât o idilă nazală?

— Nu fi obtuză, Nikki, surâde el dispreţuitor. E doar un mijloc de a pune mâna pe biletele pentru gala asta.

E plin de băşini. Petrecerea se termină şi mergem într-un club, dar e aşa de plin, că abia ne putem mişca, aşa că ne hotărâm să ne întoarcem în apartamentul nostru de la hotel.

— Ce tare, spune Curtis, impresionat de opulenţa locului.

Mica noastră petrecere e sabotată de un portar care ne întreabă pe un ton mai degrabă poruncitor:

— Sunteţi oaspeţi ai acestui hotel?

— Nu, nici să nu-ţi imaginezi să spui aşa ceva, îi răspunde Simon apretat.

Când angajatul neinformat este gata să ne dea afară, scoate din buzunar cheia de la cameră.

— Fiind oaspeţi, asta ar presupune să avem parte de vreun fel de ospitalitate, de o formă rudimentară de curtoazie. În orice caz, stăm la acest hotel, dar nu, nu ne puteţi numi oaspeţi.

Portarul dă să spună ceva, dar Simon o ia înainte, închizându-i gura cu un gest pe care l-ar face cineva vrând să îndepărteze un miros neplăcut. Îl urmez, cu o grimasă care cere oarecum scuze, iar ceilalţi fac la fel. Urcăm în cameră şi bem tot ce găsim în bar, până la ultima picătură, iar Simon mă enervează cu toată atenţia exagerată îndreptată spre domnişoara Fox Searchlight. Felul în care trag amândoi coca mă înspăimântă.

— Un film pornografic... şi Curtis este starul? întreabă ea, holbându-se la el.

Curtis stă întins pe canapea, iar Mel scutură din cap.

— Da, bine, Curtis, şi Mel şi Nikki, bineînţeles, catadicseşte Sick Boy să clarifice. Fetele vor întotdeauna să fie campioane la porno. Dar Curtis are o anumită dotare care îl propulsează dincolo de actorii standard cu zece centimetri! Bineînţeles, am şi eu un rol...

— Serios... spune domnişoara Searchlight, mângâindu-l pe braţ, în timp ce se devorează reciproc din priviri.

Flirtul lor siropos îmi dă senzaţia că am mâncat prea multă vată de zahăr. Îl ascult puţin cum o linguşeşte, după care mă întind în pat, să dorm. Când mă trezesc în toiul nopţii, cu vezica plină, mă reped la toaletă, pentru un pipi lung, dureros şi cu întreruperi, care vesteşte începutul unei cistite criminale. Minibarul e gol, Simon şi Fox Searchlight au plecat, iar Curtis şi Mel, amândoi îmbrăcaţi, sunt prăbuşiţi pe şezlong, îmbrăţişaţi.

Mă aşez pe vasul de toaletă, încercând să-mi storc pipiul toxic din vezică. Sun la *room service* şi îi rog să-mi trimită nişte Nurofen. Din fericire, am nişte Cylanol în geantă şi îmi fac un pliculeţ. Cu toate astea, durerea e agonizantă; nu pot să dorm, transpir mult din cauza febrei. Intră Simon, care vede în ce stare sunt.

— Ce s-a-ntâmplat, iubito?

Mă apuc să-i povestesc, când tocmai intră tipul de la *room service*. Simon îmi aduce Nurofenul.

— Or să-şi facă imediat efectul, iubito, nu-ţi face griji... ţi-ai luat Cylanolul?

Fac un semn vag din cap.

— Nu i-am tras-o lu' Roni aia, ştii, explică el în grabă, am făcut o plimbare pe plajă pentru că tot restul lumii a cedat. Zilele-astea sunt monogam, iubito, mă rog, cel puţin în viaţa privată.

O plimbare pe plajă. Sună aşa de romantic, încât îmi doresc s-o fi futut la repezeală în camera de hotel. Văzându-i pe Mel şi pe Curt, se duce să-i trezească.

— E aproape dimineaţă. Oameni buni, vă duceţi şi voi înapoi la Beverly, ca să ne lăsaţi şi pe noi singuri? Vă rog?

Mel se strâmbă, dar se ridică.

— Bine... hai, Curtis.

Curtis se ridică şi mă vede plângând.

— Ce-a păţit Nikki?

— Probleme femeieşti. O să fie bine. Ne vedem mai încolo, spune Simon.

Dar Curtis nu acceptă asta şi vine spre pat.

— Eşti bine, Nikki?

Îi mulţumesc pentru grijă şi-mi încolăcesc braţele în jurul taliei lui osoase, iar el mă sărută dulce pe fruntea febrilă. După care se apropie şi Mel, pe care o îmbrăţişez şi o sărut.

— Sunt bine, cred că medicamentele încep să-şi facă efectul. E cistita asta. Prea mult vin şi prea multe spirtoase. Şi cred că nici şampania aia corozivă nu e tocmai bună.

Când pleacă amândoi, Simon şi cu mine ne băgăm în pat, spate-n spate, ţepeni şi încordaţi, eu de la durere, el de la cocaină.

Până la urmă, încep să mă mai relaxez şi mă întind în pat. Cred că e după-amiază când mă trezesc din cauza lui, care se tot învârte prin cameră. Vine şi se aşază pe pat, cu o tavă de la *room service*: croasanţi, cafea, suc de portocale, chifle şi fructe proaspete.

— Te simţi mai bine? întreabă el, sărutându-mă.

— Da, mult mai bine, şi mă uit în ochii lui, fără să spunem nici unul nimic.

După puţin timp, mă strânge de mână şi spune:

— Nikki, m-am comportat abominabil azi-noapte. Nu numai din cauza băuturii sau a cocainei, ci din cauza momentului ca atare. Am vrut să meargă totul atât de bine şi eram atât de obsedat să deţin controlul, un fascist.

— Ceva nou? remarc eu.

— Vreau să mă revanşez diseară, înainte să mergem cu toţii la petrecerea de la Searchlight, spune el, cu un rânjet cât toată faţa.

După care adaugă:

— Am nişte veşti geniale.

Radiază. Trebuie să întreb.

— Ce veşti?

— Tocmai am fost nominalizaţi pentru cel mai bun film la Festivalul de Filme pentru Adulţi! Am primit un telefon azi-dimineaţă!

— Uau... e aşa de... minunat, mă aud spunând.

— Păi normal că e, pula mea, observă Simon bucuros. Iar eu, tu şi Curtis am fost nominalizaţi la categoriile pentru cei mai buni debutanţi. Pentru actriţe, regizori şi actori.

Mă cuprinde un asemenea val de exaltare, încât aproape că mă lipesc de tavan.

Ca să sărbătorim nominalizările, Simon mă duce la cină într-un loc despre care spune:

— Unul dintre cele mai bune restaurante, nu doar din Cannes, ci din întreaga Franţă. Ceea ce înseamnă, bineînţeles, din lume.

Port o rochie strălucitoare de la Prada, verde-mazăre, cu nişte pantofi cu toc de la Gucci. Mi-am prins părul şi mi-am pus o pereche de cerceluşi de aur, un colier şi nişte brăţări. Simon, care poartă un costum galben de bumbac şi o cămaşă albă, mă priveşte şi scutură din cap.

— Eşti însăşi esenţa feminităţii, spune el, părând aproape trăsnit de admiraţie.

Sunt tentată să-l întreb dacă i-a spus acelaşi lucru şi lui Fox Searchlight noaptea trecută, dar mă răzgândesc, pentru că nu vreau să stric momentul. Ne aflăm aici şi acum, iar eu ştiu că nu va fi mereu aşa.

Şi chiar *este* minunat, genul de restaurant intim provensal, unde gătitul este ridicat la rang de artă. De la *amuses-bouche*, la sublimul *homard bleu, suc lie de truffe noire et basilic pilé* şi piept de pui *demi-deuil* cu sos de trufe negre, până la *pièce de résistance*, o salată verde fragedă, acoperită cu o grămăjoară de trufe. Adorabil.

La desert, am luat o *coupe glacée* cu ciocolată, cafea cu o duşcă zdravănă de ciocolată lichidă şi o *brioche* de înmuiat în ea. Toate acestea le-am stins cu o sticlă de şampanie, „Cristal" Louis Roederer, un Chardonnay Clos du Bois şi două coniacuri mari Rémy Martin.

Ameţiţi de toate astea, gângăvim seducător, vorbind într-o franceză stricată, când lui Simon îi sună telefonul verde. Mă enervează că nu şi le închide niciodată.

— Alo?

— Cine e? şuier eu, mai mult decât vag deranjată că ne-a tulburat cineva momentul.

Simon pune mâna pe receptor. Pentru un moment pare destul de îngrijorat, după care zâmbeşte răutăcios.

— E François. Veşti delirant de importante despre o partidă de cărţi din Leith despre care am uitat. Ce neglijenţă din partea mea să-mi programez două activităţi în acelaşi timp.

Vorbeşte calm la telefon.

— Sunt în Franţa, Frank, la Festivalul de Film de la Cannes.

La celălalt capăt se aude o voce ascuţită. Simon îşi îndepărtează telefonul de ureche. După care-mi face cu ochiul, făcând pe grozavul, şi spune, acoperindu-şi urechea cu cealaltă mână:

— Frank, mai eşti acolo? Alo?

Acoperă microfonul cu mâna şi chicoteşte.

— Nu prea te poţi înţelege acum cu François. Nu pot să cred că am uitat că Festivalul de la Cannes şi partida de cărţi se suprapun. Ar trebui să iau imediat un elicopter până la Leith, râde el pe înfundate, ridicând din umeri, moment în care încep şi eu să râd.

— Frank, mai eşti acolo? Alo? strigă el în telefon.

După care zgârie cu unghia plasticul de pe microfon.

— Nu te mai aud, se întrerupe. Te sun eu mai târziu, spune el, după care îşi închide de tot telefonul. E atât de josnic, încât nici nu-l poţi urî. E dincolo de asta, spune el cu gura căscată de admiraţie. Omu-ăsta e dincolo de iubire şi de ură... pur şi simplu... *este*.

După care întinde braţul peste masă şi mă ia de mână.

— Cum se poate ca un om ca el şi unul ca tine să existe în aceeaşi lume? Cum poate planeta Pământ să producă o gamă atât de variată de fiinţe umane?

Şi ne-am întors numaidecât unul la celălalt. Simon aruncă o privirea arogantă, nimicitoare, în jur, dar în cea mai mare parte, ochii noştri complici se devorau reciproc, dansând şi răscolindu-ne unul altuia sufletele. Ca să ne fi bucurat de asemenea intimitate, futaiul ar fi fost chiar un anticlimax. Pe-aproape.

— Mai avem timp să trecem prin cameră înainte să ne-ntâlnim cu ceilalţi? îl întreb.

— Ne facem timp, spune el, fluturând mobilul.

Mă duc la toaletă şi îmi bag degetele pe gât, vomitând toată mâncarea şi clătindu-mă cu apa de gură pe care o aveam în geantă. E o mâncare absolut delicioasă, dar mult prea consistentă şi prea grasă ca să poată fi şi digerată. Ca majoritatea femeilor moderne şi inteligente, eu sunt o jungiană, dar ştia ce ştia Freud, care ura oamenii graşi. Probabil pentru că ei erau fericiţi şi bine poziţionaţi şi nu-i umpleau lui buzunarele ca toţi slăbănogii ăia nevrotici. Dar acum, în acest moment, sunt fericită. Mi-am mâncat prăjitura, după care am dat-o afară înainte să-mi poată face rău.

Când mă întorc în restaurant, văd că are loc o ceartă şi, spre neliniştea mea crescândă, îmi dau seama că este la masa noastră.

— Acest card nu se poate să fi depăşit limita, pur şi simplu nu are cum să fie aşa, strigă Simon, cu faţa roşie de la băutură şi probabil de la cocaină.

— Dar vă rog, *Monsieur*...

— NU CRED CĂ M-AI AUZIT! PUR ŞI SIMPLU N-ARE CUM SĂ FIE AŞA, PULA MEA!

— Dar, *Monsieur*, vă rog...

Vocea lui Simon se transformă într-un şuierat.

— Pe mine să nu mă iei cu d-astea, bă broscar muist ce eşti! Îl vrei pe Cruise aici? Vrei să-ţi mănânce DiCaprio aici? Eu tre' să mă văd mâine cu Billy Bob Thornton aici, ca să discutăm despre un proiect major, pula mea...

— Simon! strig eu. Ce se-ntâmplă?

— Îmi pare rău... OK, OK. A fost o greşeală. Încercaţi cu ăsta.

Îi dă un alt card, care funcţionează imediat. În ciuda expresiei acre pe care o afişează *le maître*, Simon pare răzbunat şi plin de el, şi nu numai că refuză să lase bacşiş, dar, în drum spre ieşire, strigă în gura mare:

— *JE NE REVIENDRAI PAS!*

Afară, oscilez între a lua toată povestea asta drept una enervantă sau una amuzantă. Dat fiind că sunt în continuare foarte exaltată, optez pentru ultima, izbucnind într-o criză de chicoteli agitate, nervoase.

Simon mă priveşte, după care scutură din cap şi începe să râdă şi el.

— A fost o prostie, e din cauza cardului de la compania Bananazzurri cu care am încercat să plătesc. Pe care sunt o groază de bani. Toți banii de la șmenul cu unu-nouă-șase-zero sunt acolo și numai Rents și cu mine suntem beneficiari, iar el este la Da...

Se oprește încremenit și un fior rece de panică îi străfulgeră privirea.

— Dacă... Muie... Ăla...

— Nu fi atât de paranoic, Simon, râd eu. Mark o să vină mâine, așa cum am stabilit. Hai să ne-ntoarcem, îi șoptesc în ureche, și să facem dragoste...

— Să facem dragoste! Dragostea, pula mea! Când un muist roșcat ar putea să ia toți banii pentru care-am muncit eu?

— Nu fi prost... îl implor eu.

Simon, ca și când ar fi încercat să se controleze și să se revigoreze, întinde brațele.

— OK... OK... probabil că sunt eu naiv. Uite cum facem, te întorci tu și îmi dai un sfert de oră, să mă adun și să dau câteva telefoane.

Îi răspund cu o grimasă bosumflată, dar care-l lasă rece. Plec, întorcându-mă fără tragere de inimă în camera de hotel, unde îmi pun ceva de băut, gândindu-mă la nenorocitul ăla, pe plajă, cu scorpia de la Fox Searchlight.

Când se întoarce, e calm și în toane mai bune.

— Ai dat de Mark, să-nțeleg?

— Nu, dar am vorbit cu Dianne. Mi-a spus că tocmai o sunase din Amsterdam. O sună mai târziu, așa că i-am spus să-i transmită să mă sune imediat, explică el, după care începe să se roage: Îmi pare rău, iubito, eram nervos. Prea multă coca...

Mă duc spre el și-l apuc cu putere de coaie, prin stofa pantalonilor, simțind cum i se întărește pensiul. Îi înflorește un zâmbet larg.

— Vacă perversă ce ești, râde el, și imediat e pe mine și în mine, și facem dragoste cu frenezie, mai tare chiar decât primele noastre partide.

Mai târziu, avem rendez-vous cu Mel şi Curt, după care pornim spre petrecerea de la Fox Searchlight. La început e cam plictisitor, dar un DJ excelent revitalizează atmosfera şi iar ne facem muci. Când se termină, ne lansăm spre petrecerea de pe vaporul *Private*, o veche ambarcaţiune de croazieră ancorată la Mediterană, transformată în studio de film. Este o petrecere cu staruri porno, cu un Eurotechno zgomotos şi ieftin şi băuturi gratis. Simon este, în mod evident, un pachet de nervi, vorbeşte tot timpul la mobil, încercând să dea de Mark. Încearcă să pară detaşat.

— Dacă nici muzic-asta nu-ţi face poftă să ţi-o iei în fund, Nikki, atunci nimic n-o să-ţi facă.

— Ai dreptate, îi spun, nimic n-o să-mi facă.

Eu, Mel şi Curtis mergem pe ringul de dans, dar Curt tot dispare, întorcându-se de fiecare dată cu un rânjet larg pe faţă şi o starletă nebună după el. La mine şi la Mel se dau tot felul de tipi, inclusiv Lars Lavish şi Miz, dar ne bucurăm amândouă de acest simţ al puterii, respingându-i pe toţi, dar flirtând într-un mod revoltător şi aţâţându-i îngrozitor. La un moment dat mergem într-o cabină de toaletă şi facem dragoste şi avem amândouă orgasm, deşi este a doua oară când ajungem la asemenea intimitate fără camera de filmat.

Când ne întoarcem pe ring, surescitate, dar satisfăcute, hlizindu-ne una la alta, îl vedem pe Simon, încercând în continuare să afle câte ceva vorbind la telefonul mobil. Mai sosesc oameni şi se umple tot vaporul. Văd cu coada ochiului o fată suplă, blondă, cu părul lung, ceea ce nu mă surprinde, dar vocea pe care o aud vorbind cu ea mă face să mă uit la ea a doua oară. Până şi Simon îşi închide telefonul, şocat.

— ... Da, da' oamenii cred că i se spune Juice Terry din cauza tonelor de sucuri[1] pe care le dau la

---

1. Joc de cuvinte: *juice*, în engleză, înseamnă „suc".

scenele cu sloboz pe față. Da' nu, e de pe vremea când făceam livrări de sucuri, alea la care voi, americanii, le ziceți *soda*, deși termenul tehnic este băuturi carbogazoase, eh. Auzi, păpuşe, n-ai avea chef să facem o tură până jos, să explorăm şi noi vaporu' ş-aşa? Poate chiar ceva mai mult decât vaporu'?

— Lawson? strigă Simon.

— Sicky! rage Terry, după care ne vede pe Mel şi pe mine. Nikki! U-huu! Mel! Ce faci, frumoaso!

Se întoarce la tovarăşa lui.

— Ea e Carla, e şi ea din industrie, din San Fernando Valley, gen. Cum se numea filmu-ăl-al tău, păpuşe?

— *Aventurile lui Dau-la-Buci în Pizdeea*, spune zâmbind blonda asta cu accent american.

— Da, e şi Birrell aici, la Birrell senior mă refer. Mi-a zis că se duce s-o vadă pe gagică-sa la Nisa, aşa că m-am autoinvitat şi io. Am luat trenu' pân-aici şi m-am infiltrat în cortu' cu festivalu' de film. Le-am spus la toţi muiştii-ăia că io-s Terry Juice din *Şapte futese* şi m-am ales c-un permis de acces, spune arătând spre un ecuson portocaliu pe care scrie FILME PRIVATE PENTRU ADULŢI, JUICE TERRY LAWSON, INTERPRET. Abia aştept să mă-ntorc la Edinburgh şi să mă duc în Ţara Curvelor din West End cu asta-n piept.

— Îmi face o deosebită plăcere că ai reuşit să vii, Tel, spune Simon scurt. Mă scuzi o secundă, şi se-ndreaptă spre tribord, butonând tastele de pe mobilul verde.

Terry se-nfige cu mâna în fundul meu, repetând exerciţiul şi cu Mel şi, făcându-ne viclean cu ochiul, se evaporă cu Carla, care se gândeşte, fără îndoială, mulţumită editării pe care a făcut-o Simon la *Şapte futese,* că pula lui Terry este cea a lui Curtis.

— O să fie dezamăgită, râde Mel, dar nu *chiar* atât de dezamăgită.

Eurotechno-ul ăsta e atât de ritmat, că aproape-mi doresc să fi avut o pastilă, deşi eu nu prea le am cu chimicalele. La scurt timp, mă abordează un Simon agitat, care-mi face alt buletin informativ.

— Nici urmă de Renton, aşa că ar trebui să fie pe drum încoace, dar ochelarist-aia de Lauren spune că şi Dianne a plecat! Sau măcar asta cred că a spus. Curvuliţ-aia ciufută nu vrea să vorbească cu mine, Nikki. Sun-o tu, spune el, dându-mi mobilul alb. Te rog, insistă el.

O sun pe Lauren şi vorbim un minut sau două, o întreb de sănătate. Apoi o întreb de Dianne. După care mă întorc la Simon.

— Dianne a plecat la maică-sa pentru câteva zile, asta-i tot. Nu se simte prea bine.

— Care-i telefonul maică-sii? Trebuie să vorbesc cu Dianne.

— Simon, vrei te rog, să te linişteşti? O să te vezi cu Mark mâine, gen? La hotel? N-ar rata asta pentru nimic în lume! îl rog eu, întorcându-mă la muzică, alături de Mel.

Dar Simon scutură din cap, fără să asculte un cuvânt din ce spun.

— Nu... nu... geme el, după care se plesneşte cu pumnul peste palmă, muistu-ăla de Renton... bine, muie, asta e!

Îşi scoate mobilul verde.

— Acum pe cine mai suni?

— Pe Begbie!

Melanie mă priveşte uimită.

— De ce-l sună pe Begbie de pe telefonul verde şi pe Lauren de pe ăla alb?

Mi-a explicat chestia asta odată, dar anumite lucruri sunt atât de triste, încât nici nu trebuie să vorbeşti despre ele. Acum Simon ascultă la telefon un soi de tiradă, pierzându-şi încet, încet răbdarea, în timp ce soarele apunea în spatele lui. Până la urmă, izbucneşte în receptor:

— Lasă căcaturile-astea. S-a-ntors Renton. La Edinburgh!

Urmează o scurtă pauză, după care Simon spune neîncrezător:

— Ce? Vizavi? Ce pula mea... ține-l acolo, Franco! NU-L LĂSA SĂ PLECE! MI-A FURAT BANII, PULA MEA!

Se holbează la telefonul închis pe care-l ține-n mână, după care îl scutură cu violență.

— MUIST FĂRĂ CREIER!

Se apropie Miz cu Lars Lavish. Îl atinge ușor pe Simon pe braț.

— Știi, Simon, noi ne gândeam la o...

Spre groaza mea, Simon se întoarce și îi dă un cap puternic în gură unuia dintre ei, iar acum e călare pe sărmanul Miz, țipând și urlând:

— VOI, MUIȘTI OLANDEZI, VOI MI-AȚI LUAT BANII, ASTA SUNTEȚI, NIȘTE MUIȘTI HOMO-SEXUALI PORTOCALII...

E nevoie de noi toți și de vreo șase namile de suedezi ca să-l luăm pe Simon de pe el. Terry se întoarce pe punte și începe să râdă când Simon este aruncat în apă.

— Ai noroc că nu vrem s-avem de-a face cu poliția pe vaporul ăsta, îi spune o gorilă lui Simon, în timp ce Curtis, Mel, două fete, Terry, Carla și cu mine îl urmăm. Când pășește precaut pe punte, Terry îi arde una-n față suedezului, așa, pe furiș.

— Păi hai atunci, bă, muie, îl invită el.

Tipul se ridică înrăit, frecându-se morocănos la falcă, arătând de parcă era gata să izbucnească în plâns, în timp ce pasarela se desprinde de vas. Îl auzim pe Miz țipând agitat:

— E nebun! E un om nebun, și o luăm spre țărm.

Terry se întoarce spre Curtis.

— Pul-aia a ta mi-a fost de folos, tovarășe, spune el, punându-și un braț în jurul lui Carla.

Apoi îl contemplă pe Curtis, care avea câte o fată de ambele părţi.

— Şi nu te supăra, nici ţie nu-ţi prinde prea rău.

Îl privesc pe Simon, care stă cu ochii strâns închişi, tremurând, cu braţele încrucişate, repetând în şoaptă, gâfâind:

— ... *tolleranza* zero... *tolleranza* zero... la nesfârşit.

— Simon, ce s-a-ntâmplat?

— Sper doar ca Francis Begbie să-l omoare pe Mark Renton. Mă rog să se-ntâmple asta, spune el făcându-şi cruce.

75

Şcoala de cărţi

Băutura de după-masă: te face, da' n-ai cum să te pui cu ea. Da' uneori cre' că-i văd intrând pur şi simplu-n bar. Muie ăla de Donnelly sau bestia aia de Chizzie. Asta-i problema: n-ai de făcut nimica-n pula mea şi ai prea mult timp să te gândeşti, mai ales în casă. D-asta tot ies io şi mă duc la cârciumă. Şi nu te supăra, nu e ca şi cum ai avea parte de prea multă conversaţie p-aicea.

Nelly nu mai scoate o vorbă şi-ncepe să se joace cu halba.

— Ce pula mea ai? zic io.

— M-a sunat Larry ăla azi-noapte. Când eram în oraş cu voi, spune arătând spre Malky. Era ea singur-acasă, cu copiii. El zice: Vin după voi. După voi toţi. După care zice: Dacă ai vrun pic de minte, te-ntorci frumuşel la Manchester sau de unde-oi veni...

— Gagică-ta-i irlandeză, nu? zice Malky.

— Da, din Swansea, zice Nelly cu capsa pusă, dar el nu ştie asta. Io am cunoscut-o la Manchester.

Da' ştii ce-a zis muistu-ăla bolnav mai târziu, în mesaju' pe care l-a lăsat pe robot?

Pula mea, io şi cu Malky scuturăm din cap.

— Las' că v-arăt io-n pula mea, spune Nelly. V-arăt io cu ce rasă de muist am băut noi, zice el, uitându-se la mine jignit aşa, de parcă io l-aş fi pus să bea cu Larry.

Da' nu mai zic nimic, pula mea, că vreau să ies din asta.

Aşa că mergem la Nelly-acasă şi găsim un mesaj pe telefon. Îl pune şi chiar e vocea lu' Larry, care şopteşte-aşa-ncet, sinistru.

— Părăseşte oraşu'. Părăseşte oraşu', fi'ncă vin după voi. De la Muirhoose vin fix la voi acasă. Şi pe toţi vă pup de noapte bună.

— Muistu-ăsta s-a uitat la prea multe filme, râde Malky.

Nelly se uită la el cu asprime.

— A făcut-o să se cace pe ea de frică. Zice că vrea să-i ducă pe copii la maică-sa, în Ţara Galilor. Zice că d-ast-am plecat din Manchester în primu' rând.

Mă uit la el, da' nu zic nimic. Şi nici Malky nu zice o pulă.

— Tre' să rezolv treab-asta, zice el. Dacă o mai ţine-aşa cu rahaturile-astea, s-a dus pe copcă, ascultaţi la mine.

Pe cine pula mea fraiereşte el? El n-a trosnit pe nimeni în viaţa lui. Toate aberaţiile-alea cu ce zice el c-a făcut la Manchester cu gaşc-aia din Ceetham Hill. Dacă era aşa de bine cotat acolo, atunci ce pula mea caut-aicea?

— Uite, zice Malky, lucrurile au cam scăpat de sub control. Franco, vorbeşti tu cu Larry, ca să rezolvi treab-asta.

Deci acuma Malky zice la toată lumea ce să facă şi ce să nu facă, nu-i aşa? Lasă că mai vedem noi.

Da' după care-mi zic, nu, hai să jucăm aşa, şi mă uit la Nelly.

— Dacă vrei...

După care Malky se-ntoarce spre el şi-i spune:

— Da' va trebui să-i spui lui muie că ai luat-o razna atunci şi să-ţi ceri scuze pentru ce i-ai făcut la pub.

Nelly nu spune nimic o vreme şi amândoi rămânem şi ne holbăm la muist. După care zice:

— Dacă-şi cere scuze pentru telefoanele-alea bolnave pe care le-a dat la mine-acasă, o să-mi cer şi io scuze că l-am bătut.

— Bine, zic io. Gata cu căcatu-ăsta. Cic-ar trebui să fim prieteni. Chesti-asta tre' să fie rezolvată. La noapte, la partida de cărţi de la Sick Boy.

— Da' vine şi Larry? se-ntreabă Malky.

— Dacă-i spun io să vină, pula mea, zic io.

Aşa că mi-am făcut fapta bună pe ziua de azi şi tot io am fost pacifistu', pula mea. Fraierii-ăştia s-ar omorî-ntre ei dacă n-ar fi d-ăştia ca mine care să-i rezolve. Da' de la tot rahatu-ăsta-mi vine-o migrenă, aşa că mă opresc la capătu' de la Walk, să-mi iau nişte Nurofen Plus pe reţetă. Îl sun pe Sick Boy pe mobil, ca să-i aduc aminte de partida de cărţi de la noapte.

— Sunt în Franţa, Frank, la Festivalul de Film de la Cannes, spune muistu-ăla slugarnic.

Mă prind că muistu' nu glumeşte ş-aşa.

— Păi pula mea, şi partida noastră de cărţi? Ţi-am zis c-avem seară de cărţi la tine, pula mea!

— Frank? Mai eşti acolo? Alo?

— PĂI PULA MEA, ŞI PARTIDA NOASTRĂ DE CĂRŢI? MI S-A ZIS CĂ RENTON A FOST VĂZUT! VREAU SĂ AM DOUĂ VORBE CU TINE, BĂ MUIE!

— Mai eşti acolo, Frank? Alo?

Ce pula mea face ăsta...?

— PARTIDA NOASTRĂ DE CĂRȚI, FUTU-I! TE OMOR, BĂ MUIE!

La celălalt capăt se aude o trosnitură. După care muistu' zice:

— Nu te mai aud, se-ntrerupe. Te sun io mai târziu, după care se-nchide!

FUTU-L SĂ-L FUT DE MUIST!

Muistu-ăla crede că poa' să mă trateze ca p-un rahat, s-a cărat în Franța cu toți tovarășii-ăi-ai lui de la clubu-ăla de perverși, Juice Terry ăla și toți perverșii-ăia-mpuțiți, niște fraeri fără coaie și niște lichele... las' că-i arăt io la muistu-ăsta mincinos și șmecher...

Așa că după ceai îi sun pe Nelly și pe Malky și pe Larry și le spun că muistu' ne-a lăsat baltă, așa că să ne-ntâlnim la Central Bar. Ajungem acolo și nu-s decât Malky și Nelly, da' Larry n-a apărut, pula mea. Mă sună pe mobil să-mi spună c-o să-ntârzie puțin, da' c-o s-ajungă fără doar și poate. Cre' c-o face doar ca să-i mai bage-un ghimpe-n coastă lu' Nelly. Îți dai seama că muistu' e-ncordat tot. În orice caz, scoatem cărțile, iar halbele de Guinness se duc imediat pe gât. Io nu prea mă duc așa des la Central, da' de fiecare dată când vin aici îmi place să beau o halbă de Guinness.

Mai trece puțin timp, da' tot nici urmă de Larry.

Aud că-mi sună mobilu', e muistu ăla de Sick Boy. Îl sparg... chiar o să-l sparg pe muistu-ăsta... Ies în fața pubului, ca să prind semnal mai bun. Da, chiar muistu' de Sick Boy e. A făcut bine muie că m-a sunat înapoi.

— Unde pula mea ești? zic io. Tre' să vorbim niște chestii, pula mea! Partida noastră de cărți! Lasă căcaturile-alea, și aproape că mi se pune pata când îl aud spunând:

— S-a-ntors Renton. La Edinburgh!

Deci e adevărat, pula mea... încerc să mă gândesc ce să spun şi ridic ochii, vizavi, şi iată-l, futu-i! Hoţu-ăla roşcat, muistu', e la bancomatu' de peste drum de mine!

— E... şi ţip în telefon, pula mea, E PESTE DRUM DE MINE, PULA MEA!

Îl aud pe Sick Boy spunând ceva de genu', ţine-l, vreau să-l văd când mă-ntorc... da' imediat muistu' de Renton se uită fix la mine şi io-nchid telefonu'.

76

Curvele din Amsterdam Pct. 11

Nenorocita de pisică a lui Spud! Îmi aduc aminte imediat cum ajung la Edinburgh. Când îl sun, îmi spune că i-a dat toţi banii lui Ali şi, foarte previzibil, mă roagă să-i împrumut nişte bani, trei sute de lire. Ce pot să spun decât da? E la el acasă, i-e frică să iasă.

Aşa că iau un taxi de la aeroport până la Dianne, ca să iau pisica. Îmi ia o veşnicie să bag chestia aia nenorocită în cuşcă, am alergie la ele, strănut ca dracu'. Îmi pierd calmul şi-l apuc pe nemernic de coadă, după care, drept răzbunare, primesc o zgârietură pe braţ.

— Să nu-l loveşti, Mark, se repede Dianne, în timp ce eu îndes în cuşcă masa asta de rahat care scuipă şi închid uşiţa.

Am împachetat-o şi o duc la Gavin acasă. Stabilim să ne întâlnim la aeroport la ora opt, înainte de zborul de la ora nouă, ultimul spre Londra şi zborul nostru de legătură spre San Francisco.

Ştiu cum se simte Spud, căruia îi e frică să iasă din casă, dar iată-mă, în taxi, în drum spre Leith cu tot cu pisica muistului. Îmi vâjâie capul şi mă gândesc că aşa-mi trebuie, dacă l-am jefuit pe Sick Boy. Cobor la Pilrig, la bancomat.

Ăla de la Clydesdale e futut şi un tip grizonat îi tot cară şuturi, frustrat. Nu se vede nicăieri nici picior de taxi. Aşa că, puţin agitat, îmi trag şapca pe ochi şi o iau pe jos, lovindu-mă peste picioare cu cuşca, o iau spre Halifax, până în josul Walkului. Pisica miaună ameninţător, ca şi când ar încerca să atragă atenţia pe care eu încerc să o evit. La bancomatul ăsta acceptă Link : ce ciudat cum îţi aduci aminte de lucrurile-astea după toţi anii ăştia. Odată mă simţeam atât de acasă, atât de în siguranţă, cu cât înaintam mai mult prin Leith. Acum mi se pare o coborâre în Hades. Dar nu voi mai sta mult aici, pentru că imediat ce livrez pisica asta nenorocită, m-am făcut imediat nevăzut, să mă întâlnesc cu Dianne, după care înapoi la păsăroiul metalic alb.

Îmi scade moralul imediat cum văd coada de la bancomatul de la poalele Walkului. E un beţiv care-ncearcă să-l folosească. Mă apropii de muist cu atenţie, emanând nelinişte. Aud câţiva tipi care se ameninţă în gura mare pe Junction Street. La Amsterdam ţi se face dor de atmosfera asta, atmosfera violenţei întâmplătoare abia reprimate şi a agresiunii, ţi se face dor de aceste ritualuri paranoice. Acolo pur şi simplu nu există.

Hai, prietene, rezolvă.

După care aud o voce cunoscută care mă sfâşie în două şi, printr-un efort dureros de voinţă, mă uit vizavi, în direcţia de unde venea.

Begbie.

Ţipând la un telefon mobil.

După care mă vede şi rămâne cu gura căscată, în faţă la Central Bar. E momentan paralizat din cauza şocului. Amândoi suntem.

După care închide telefonul şi rage :

RENTUUUN!!!

Mi-a înghețat sângele-n vene și nu-l mai văd decât pe Frank Begbie traversând strada spre mine, cu fața contorsionată de furie și e ca și când o să treacă pe lângă mine și-o să i-o tragă altuia, pentru că acum nu mă mai recunoaște, iar eu nu mai am nici o treabă cu el. Dar știu că pe mine mă vrea și că va fi una nasoală și că ar trebui să fug, dar nu pot. Într-o secundă, viața mi se sfâșie într-un milion de gânduri. Reflectez la cât de deznădăjduite și ridicole sunt pretențiile mele de arte marțiale. Tot antrenamentul acela și toată practica nu vor conta deloc acum, s-au spulberat toate la vederea expresiei de pe fața lui. Nu mai pot abstractiza nimic, pentru că o bandă veche din copilărie mi se derulează neîndurător prin minte: Begbie înseamnă Rău, deci Frică. Voința mi-e complet paralizată. Părțile din mine care preconizează adoptarea poziției *wado ryu*, ca să-i parez lovitura, înfigându-i nasul în creier cu palma, sau să trec pe lângă el și să-i dau un cot în tâmplă, da, sunt prezente. Dar sunt niște impulsuri anemice, lesne copleșite de teama chinuitoare care mă invadează.

Begbie vine spre mine, iar eu nu pot face nimic.

Nu pot striga.

Nu pot să cer îndurare.

Nu pot face nimic.

77

Acasă

Sor-sa lui Ali, Kath, nu prea m-a plăcut niciodată, frate, și chiar nu-i place deloc că Ali iar o arde cu mine. Ali vrea să se-ntoarc-acasă cu Andy. Pen' că mie mi-era frică să ies, a venit ea şi ne-am dus amândoi la film. Mi-am scos firele din falcă, aşa că m-am întors la mâncare solidă, deşi tot mi-o mai simt ţeapănă. Ali şi cu mine nu ne-am mai lins aşa de ani buni, iar falca nu e singura parte a corpului ţeapănă. Mă gândesc să-i spun, hai, vino pe la mine, da' mi-amintesc că stabilisem să mă văd cu Rents acasă.

Aşa că abia mă desprind, tot amărât, da' o iau vioi pe Walk, în al nouălea cer, da' stresat în caz că dau peste Franco. Am auzit tot felul de zvonuri, da' s-ar putea să fie numa' vorbărie. Nu prea ai cum să ştii pe bune. Rents spunea c-ajunge pân-acuma, şi-mi fac griji că l-am ratat. Când ajung la capătul Walkului, văd ceva agitaţie, o salvare şi o maşină de poliţie, şi-n jur oameni adunaţi. Mă apucă frisoanele de parc-aş avea o criză de abstinenţă, c-atunci când vezi o maşină de poliţie sau o salvare în Leith, mă rog, cre' c-ar putea să-ţi vină-n minte câteva nume, da' acuma io nu mă gândesc decât la unu' singur. Nu văd în faţa ochilor decât ACASĂ, da' mă gândesc, şi dacă Begbie l-a prins pe Mark?

Îmi bubuie inima, frate.

PULA MEA, NU...

Pe el l-am văzut primu'. Pe Begbie. E la pământ. *Begbie* a fost răpus! Franco e K.O. Franco! E futut, pen' că e-ntins pe jos şi lângă el sunt băieţii de la salvare, iar deasupra lui stă un tip cu păru' roşu care seamănă cu... drace... e Rent Boy, şi chiar pare-n regulă. Ăstia-s Rents şi Begbie... şi e...

Nu.

Nu...

Se pare că *Rents* l-a făcut pe *Begbie*, şi l-a făcut nasol... După care mă trece un fior rece, da' pisica mea unde-o fi, frate, unde-i Zappa al meu?

Sub nici o formă... sub nici o formă nu mă opresc şi nu mă bag în treab-asta, frate. Nici gând, pula mea. Da' tre' să găsesc pisica. Îmi ridic guleru' şi-mi

îndes pe ochi şapca de baseball şi trec prin mulţime.
După care-l văd pe Nelly care iese din gloată şi-i
trage una-n faţă lu' Rents.

Rents se clatină un pic şi-şi pune mâna la falcă,
iar Nelly strigă ceva şi se-ntoarce-n mulţime. Un
poliţist se duce la Renton, da' Mark dă din cap, că
nu vrea să-l toarne pe Nelly, după care se suie-n
salvare cu Begbie.

Şi atunci îl văd; e Zappa, biata mea pisică, lăsat
acolo, lăsat acolo-n stradă! Aşa că mă duc la el şi
ridic cuşca, cu braţu-ăla bun. Gagic-asta care se
aplecase şi care-l mângâia printre gratii îmi aruncă
o privire perversă.

— Ştiu a cui e pisica asta, îi spun, o să le-o duc
io înapoi.

— Nu e-n regulă; nu po' să laşi o pisic-aşa-n
stradă, zice gagica.

— Da, ai dreptate, spun io, vrând doar s-o şterg
de-acolo, pen' că e dubios rău, îmi zbârnâie nervii, ştii?

După care mă vede Nelly, care vine fix la mine.
Îmi arată muie şi-mi zice printre dinţi:

— Dă-te-n pula mea de muist drogat.

Nu mi-a plăcut niciodată muistu-ăsta şi nici nu
mi-e frică de el, nici măcar aşa paradit cum sunt.
Dau să spun ceva, când îl văd pe băiatu-ăsta, un
băiat pe care l-am mai văzut înhăitat cu Franco, şi
care vine lângă Nelly şi-l loveşte-n spate, nu foarte
tare, după care dispare, amestecându-se printre
gură-cască. Nelly se-ntoarce să se scarpine pe spate,
ca şi când l-ar mânca, şi vede că are sânge pe mână.

Văd în ochii lui frica, în timp ce băiatu-ălălalt
înaintează prin mulţime cu un zâmbet larg pe mutră.
Îmi face cu ochiu', după care se evaporă. Şi la fel
fac şi io, frate. Mă duc fix acasă cu Zappa. Mă
gândesc că n-a fost frumos din partea lu' Mark să
lase pisica în drum, asta-i cruzime, frate, da' nu te
supăra, era sub presiune, cu Franco ş-aşa.

Nu, acuma faza e cu mine, l-am luat înapoi pe Zappa, după care-or să vină și Ali și Andy și totu-o să fie bine iar, asta-i sigur.

78
Curvele din Amsterdam Pct. 12

Nu am putut să fac nimic.

Chiar nu s-a putut face nimic. Nu puteam să strig, să cer îndurare sau altceva.

Iar băieții din mașină nu l-au văzut.

Nu puteam face nimic.

Mașina l-a lovit din plin pe Franco, la doar câțiva metri de mine. A fost aruncat peste capotă, după care zdrobit de asfalt. A rămas acolo nemișcat, cu sângele curgându-i din nas.

Mă duc la el, fără să știu, conștient, ce fac. Mă aplec lângă el, sprijinindu-i capul, privindu-i ochii arzători, din care se revarsă răutatea înăbușită. Nu vreau să-l văd așa. Chiar nu vreau. Vreau să mă pocnească, să-mi tragă șuturi.

— Franco, frate, îmi pare rău... nu e-n regulă... îmi pare rău, frate...

Plâng. Îl țin pe Begbie în brațe și plâng. Mă gândesc la vremurile bune de demult, la toate momentele plăcute și-l privesc în ochi, din care se risipește ranchiuna, ca o cortină neagră care se trage, făcând loc unei lumini senine, pe măsură ce strâmbă din buze, zâmbind cu răutate.

Îmi zâmbește, futu-i. Apoi încercă să vorbească, spunând ceva de genul:

— Mie mi-a plăcut de tine tot timpu', sau poate aud ceea ce vreau să aud, poate că am auzit greșit.

După care începe să tușească și din colțul gurii i se scurge o dâră de sânge.

Încerc să spun ceva, dar îmi dau seama că stă cineva deasupra noastră. Ridicând ochii, zăresc o față care mi se pare cunoscută și străină în același timp. Îmi dau seama că e Nelly Hunter, care și-a înlăturat tatuajele faciale și, tocmai când sunt gata să-i spun ceva, recunoscându-l, pumnul lui îmi strivește falca.

Corpul mi se zdruncină din cauza șocului și simt în față o durere surdă. Să-mi fut una, asta a fost criminală. Ridicându-mă nesigur în picioare, îl văd cum țâșnește înapoi în mulțimea de hiene. Simt o mână pe umăr și mă întorc brusc, temându-mă c-o să fiu bătut măr de gașca lui Franco, dar nu e decât un paramedic îmbrăcat în verde. L-au urcat pe Franco pe patul mobil și l-au suit în ambulanță. Vreau să-l urmez, dar un polițist se așază-n calea mea și-mi spune ceva, nu-mi dau seama ce. Un alt polițist îi face semn paramedicului, apoi primului polițist. Acesta îmi dă voie să trec și mă sui în spatele ambulanței, iar ei trântesc ușa și pornesc. Mă aplec deasupra lui Franco, spunându-i să reziste.

— E OK, Franco, sunt aici, frate, îi spun, sunt aici.

Mă frec la falcă, care s-a futut de la pumnul lui Nelly, unul sănătos. Bine-ai venit la Leith. Mai bine zis, bine-ai venit acasă. Dar unde-i casa mea acum? În Leith... nu. La Amsterdam... nu. Dacă acasă este acolo unde ți-e inima, atunci Dianne este casa mea acum. Trebuie să ajung la aeroport.

Îi strâng mâna lui Franco, dar el e inconștient, iar paramedicii i-au pus o mască de oxigen pe față.

— Vorbește-i în continuare, mă roagă unul dintre ei.

Futu-i, asta n-arată bine deloc. Faza dubioasă e că, de-a lungul anilor, am crezut că-mi doresc acest moment, ba chiar am sperat să apară unul, mi l-am imaginat, dar acum îmi doresc orice altceva. Tipul de la salvare nu trebuie să se roage de mine, pentru că n-aş putea să tac nici dac-aş vrea.

— Da... am vrut să mă-ntâlnesc cu tine, Frank, ca să reglăm lucrurile. Chiar îmi pare rău pentru faz-aia de la Londra, da, Frank, nu gândeam limpede, trebuia să plec, să mă las de dava. Am fost la Amsterdam, da' pentru moment m-am întors în Leith, Frank. Am întâlnit o gagică mişto... ţi-ar plăcea. Mă gândesc mult la cum ne distram, la fotbalu' de la Links, la cum maică-ta era mereu foarte amabilă cu mine când veneam pe la tine, mereu mă făcea să mă simt bine-venit. Fazele-astea le cam ţii minte. Mai ţii minte cum mergeam la State pe Junction Street sâmbătă dimineaţa, să vedem desene animate, sau la cinematografu' ăla prăpădit şi jegos de sus, de pe Walk, cum se numea?... la Salon! Dac-aveam bani, mergeam dup-amiaza pe Easter Road, mai ţii minte, că uneori mergeam la ia-mă, nene... După care ne-au prins când ne scriam cu spray-ul numele, apoi YLT, în spate la Leith Academy Primary şi n-aveam decât unşpe ani şi-aproape plângeam, aşa că poliţia a plecat şi ne-a dat drumu'! Mai ţii minte? Eram io, tu, Spud, Tommy şi Craig Kincaid. Mai ţii minte când am futut-o amândoi pe Karen MacKie? Da' atunci la Motherwell, când tu l-ai caftit pe muistu-ăla mare şi m-au luat pe mine la secţie?

Şi faza dubioasă e că, spunând toate astea şi aducându-mi-le aminte, retrăindu-le, o parte din mine se gândeşte la altceva. Mă gândesc că Sick Boy e un exploatator înnăscut, instinctiv, este o creatură a timpului său. Dar eficienţa lui este diminuată de faptul că este mult prea implicat; în intrigă şi în latura ei socială. Crede că este important, că înseamnă cu adevărat ceva. Aşa că se afundă în tot, nu se opreşte niciodată să se gândească şi să-şi aducă aminte că trebuie să alegi calea cea mai simplă.

Cum ar fi să ia banii şi să fugă.

N-o să-i pice deloc bine când o să vadă că nu mai sunt banii, şi am dispărut şi eu cu ei. Ura lui faţă de sine când îşi va da seama că a fost făcut de două ori probabil că-i va precipita un fel de cădere nervoasă. Poate c-o să sfârşesc trăgându-le ţeapă şi lui şi săracului Franco... Franco... în afară de masca de oxigen, arată neschimbat. După care se aude o sonerie şi-mi dau seama că este mobilul, care-i sună din buzunarul hainei. Îi arunc o privire paramedicului, care-mi face semn din cap. Îl scot şi răspund. În ureche îmi răsună un urlet:

— FRANK!

E vocea lui Sick Boy.

— L-AI PRINS PE RENTON? RĂSPUNDE-MI, FRANK! SUNT IO, SIMON! IO! IO! IO!

Închid şi opresc de tot telefonul.

— Cred că era prietena lui, care-ncerca să ia legătura cu el, mă aud spunându-i paramedicului. O sun eu mai târziu

Ajungem la spital, iar eu sunt într-o ameţeală tâmpă, când un doctor tânăr şi slăbănog, care pare agitat, îmi spune că Franco e încă inconştient, lucru de care deja îmi dădusem seama, şi că îl duc la reanimare.

— Încercăm doar să-i stabilizăm starea, după care îi vom face analizele, să vedem ce leziuni a suferit, spune el, aşa de ezitant, ca şi când ar şti despre cine e vorba.

Nu mai pot face nimic, dar urc până la reanimare, unde o surprind pe o asistentă care îi punea o perfuzie în braţ. Dau uşor din cap, iar ea îmi răspunde cu un zâmbet îngust, economic şi profesionist. Mă gândesc la cât aş vrea să fiu cu Dianne la aeroport şi la cum nu-mi doresc neapărat să fiu aici când vor veni Nelly sau vreun alt tovarăş al lui Frank, trântind uşa.

— Îmi pare rău, Frank, spun, înainte să mă pregătesc de plecare, după care mă întorc imediat şi adaug: Fii tare.

Trecând pe lângă paznic, o iau la pas pe coridor, cobor pe scara de marmură, aproape alunecând pe suprafaţa lucioasă, trec prin două rânduri de uşi batante şi traversez în grabă curtea din faţă, spre taxiul care mă aşteaptă. Ne ia destul de puţin până la aeroport din cauza semafoarelor, dar tot am întârziat. Foarte mult.

Oprim în faţa terminalului de Plecări şi o văd pe Dianne care-mi face cu mâna, iar eu alerg spre ea. Ea rămâne nemişcată, dar se înmoaie când mă apropii, supărarea ei lesne de înţeles evaporându-se când vede starea în care mă aflu.

— Doamne... ce s-a-ntâmplat? Am crezut că m-ai lăsat baltă pentru vreo veche iubire sau ceva.

Pentru o secundă aproape că-mi vine să râd.

— N-a fost nici o secundă pericolul ăsta, spun eu, tremurând atunci când o îmbrăţişez, când îi simt parfumul.

Încerc să mă stăpânesc, pentru că trebuie să prind avionul, cu o dorinţă mai mare ca niciodată de a-mi băga-n venă.

Ne grăbim la *check-in*, dar nici măcar nu ne mai lasă să trecem. Am pierdut zborul spre Londra şi, prin urmare, avionul de legătură. L-am ratat la câteva minute, secunde chiar. Din fericire, avem bilete deschise şi ne facem rezervări pentru primul zbor spre San Francisco via Londra, care este mâine la vremea prânzului. Suntem amândoi de acord că nu mai putem da ochii încă o dată cu oraşul şi ne decidem să ne cazăm la un hotel din apropierea aeroportului, unde-i explic tot ce s-a-ntâmplat.

Stau pe patul acoperit cu un *quilt* roşu cu verde, alături de Dianne, care e încă şocată, ţinându-i mâna în mâna mea, urmărindu-i venele albe şi subţiri de pe interior, şi îi spun povestea.

— E nebunie curată, dar dementul m-ar fi omorât... am îngheţat... mă-ndoiesc c-aş fi putut măcar să mă apăr... Şi cea mai dusă fază, până la urmă, a fost că... după... era ca şi când am fi fost încă prieteni, ca şi când nu l-aş fi jefuit sau ceva de genu-ăsta. E atât de bizar, futu-i, dar o parte din mine încă-l mai place pe muistu-ăsta... Mă rog, tu eşti psihologul, ce-i cu toată faz-asta?

Dianne îşi ţuguie buzele şi deschide şi mai larg ochii, contemplativă.

— E parte din viaţa ta, mă gândesc. Te simţi responsabil pentru partea ta de vină din tot acest accident?

Mă cuprinde o răceală subită, concentrată.

— Nu. N-ar fi trebuit să traverseze strada aşa.

Camera are încălzire centrală, dar Dianne ţine cana de cafea cu amândouă mâinile, ca şi când ar fi vrut să se încălzească, şi mă uimeşte că şi ea este şocată de faza cu Franco, deşi nu l-a cunoscut niciodată. E ca şi când s-ar transmite de la mine la ea.

Încercăm să schimbăm subiectul, să ne remontăm privind înainte. Îmi spune că nu crede că teza ei despre pornografie este foarte bună şi că, oricum, i-ar plăcea să-şi ia o pauză de un an. Poate chiar să caute o facultate în State. Ce-o să facem la San Francisco? O s-o ardem de colo-colo. Poate c-am să mai deschid un club, dar probabil că nu, e prea mare agitaţie. Poate că Dianne şi cu mine-o să intrăm în ceva rahat cu website-uri, să devenim „dotcomişti". Am plănuit şi am visat la asta destulă vreme, dar acum nu mă pot gândi la nimic, nu-l am în minte decât pe Begbie, şi pe Dianne, bineînţeles. A devenit o femeie mişto, dar aşa a fost

dintotdeauna. Eu eram ăla prea tânăr și imatur
ca să facem lucrurile cum trebuie la vremea aceea.
De data asta o să reușim, dacă ne țin dragostea și
banii.

În dimineața următoare, ne trezim devreme și
luăm micul dejun în cameră. Sun la spital, să aflu
vești despre Franco. Nu e nici o schimbare, e tot
inconștient, dar radiografiile confirmă gravitatea
leziunilor; are un picior rupt și un șold spulberat,
câteva coaste rupte, un braț fracturat și niște leziuni
craniene, precum și câteva interne. Ar fi o ușurare
să fi rămas handicapat, dar tot mă simt groaznic
pentru ce i s-a întâmplat lui Franco. Și da, acum
chiar că mă simt vinovat.

Ne întoarcem la aeroport, ea entuziasmată că
pleacă, eu doar mai neliniștit din cauza consecin-
țelor pe care le-ar putea aduce orice secundă în
plus petrecută aici.

79

„... easyJet...“

Simon dă telefoane ca nebunul de azi-dimineață.
Ajungem la aeroport dis-de-dimineață, să prindem
cursa easyJet înapoi spre Edinburgh, primul zbor
disponibil. Terry și actrița lui porno americană,
Carla, ne conduc, doar pentru că Terry vrea să ia
cheile de la camera noastră, care mai este rezervată
pentru două zile, iar Simon n-a vrut s-o-mpartă cu
el până-n ultima clipă. Se tot uită la Terry, care
tocmai a apărut dintr-un magazin de la aeroport,
cu o suspiciune nedisimulată.

— Chiar apreciez faptul că te-ntorci cu mine,
Nikki, spune el. Pentru că tu ai mai putea rămâne

două zile cu Curtis şi Mel, să te distrezi la petrecerea de premiere. Probabil c-ai să şi câştigi. Este momentul tău, Nikki.

— Trebuie să rămânem împreună, iubitule, îi spun luându-l de mână.

— Nu-ţi face tu griji, Sick Boy, Carla şi cu mine-o să ne bucurăm din plin de apartamentu-ăla, nu-i aşa, păpuşe? spune Terry, uitându-se la noua lui prietenă, apoi la mine, evident îngrijorat că m-aş putea răzgândi.

— Da... foarte frumos din partea voastră... murmură ea fericită.

Simon pare profund deranjat, iar Terry, profitând de ocazie, spune foarte sincer:

— Am să fiu un ambasador perfect pentru *Şapte futese* şi n-am să-mi iau băutură pe banii de hotel.

Dar Simon nu-l aude. A sunat la pub, iar acum vorbeşte cu Alison şi pare chiar mai dezumflat ca niciodată.

— Pula mea, tu glumeşti acuma... nu-mi vine să cred... se întoarce spre mine şi spre Terry. Acum au venit la bar muiştii de poliţişti, Poliţia Vamală, pula mea, şi äia de la Accize. Au confiscat casetele... îmi închid toată afacerea... Ali! se răsteşte el în telefon, să nu spui nimic la nimeni, spune-le c-am plecat în Franţa, ăsta-i adevăru'. Nici o urmă de Begbie sau de Renton?

Urmează un moment de tăcere, după care Simon latră:

— CE! după care spune gâfâind: L-a băgat în spital? Cum pula mea, în comă? Rents?

Inima îmi bate gata să-mi iasă din piept. Mark...

— Ce s-a-ntâmplat!

Simon închide telefonul.

— *Renton* i-a tras-o lui *Begbie*! L-a băgat în spital. Begbie e-n comă, din care doctorii spun că n-o să mai iasă! I-a spus Spud lu' Ali, el a văzut tot, azi-noapte, jos la Walk!

— Slavă Domnului că Mark e OK... spun cu voce tare, iar Simon mă sfredeleşte cu o privire înspăimântătoare. Păi, Simon, spun în şoaptă, banii noştri la el sunt...

— De care bani e vorba? întreabă Terry ciulind urechile.

— Nişte bani pe care i-am împrumutat eu, scutură Simon din cap. În orice caz, Terry, uite cheile de la hotel.

Le scoate repede din buzunar şi i le-aruncă, spunând cu amărăciune:

— Distrează-te.

— Noroc, spune Terry, apucând-o pe Carla de talie. Nu-ţi face probleme-n privinţ-asta.

După care se gândeşte puţin.

— Ciudat că Renton i-a făcut felu' lu' Begbie. Un armăsar pursânge. Şi io care credeam că toată faza cu kung fu-u' era un căcat. Da' uite că ţi-a demonstrat-o. Cu toate astea, zâmbeşte el, ne vedem noi, şi pleacă, traversând holul cu starleta lui porno, specialistă-n futai.

Îl privesc îndepărtându-se, o muscă de rahat cu toate nevoile satisfăcute, care se distrează de minune, în timp ce Simon, care-ar trebui să fie şi el la fel, are o expresie îndurerată, rănită. Faptul că Terry o să mai stea două zile la Cannes pe banii lui îi mai dă un motiv de-ngrijorare.

În timpul zborului, Simon e cuprins de ranchiună la adresa întregii lumi şi, când aterizăm pe aeroportul din Edinburgh, continuă să clocotească de furie.

— Încă nu ştii dacă Mark ne-a jefuit sau nu, aşa că las-o mai moale. Ne-am distrat de minune? A mers bine filmul? La ambele răspunsul e da!

— Hmmmf, bălmăjeşte el, cu ochelarii de soare aşezaţi pe cap, alungindu-şi gâtul, uitându-se nerăbdător de jur împrejur, timp în care ne recuperăm bagajele şi ne îndreptăm spre controlul paşapoarte-lor şi spre vamă.

Imediat se opreşte locului pentru că la doar cinci-zeci de metri de noi îi vedem pe Mark şi pe Dianne, pregătindu-se să treacă prin terminalul de plecări.

Dianne trece prima, dar când Mark îi arată actele celui de la ghişeu, Simon începe să ţipe cât îl ţine gura :

— REHHNNNTUHNNN!

Mark se uită la el, zâmbeşte vag şi-i face cu mâna, după care trece de terminal. Simon se îndreaptă alergând spre el şi încearcă să treacă de porţi, dar cel de la ghişeu şi gardianul nu-l lasă.

— OPRIŢI-L PE HOŢUL ĂLA! strigă el, în timp ce Mark şi Dianne se îndepărtează.

Îi urmăresc cu privirea, uitându-mă la ea şi între-bându-mă dacă se va-ntoarce, dar nu o face.

— SPUNE-LE ŞI TU, NIKKI! mă imploră Simon.

Rămân pe loc, mută de uimire.

— Ce pot să le spun?

Se întoarce spre funcţionarul de la ghişeu şi spre gardian, căruia încep să i se alăture mai mulţi.

— Ascultaţi-mă, se roagă el, chiar trebuie să-mi daţi voie să trec.

— Aveţi nevoie de un bilet de îmbarcare valid, domnule, îl informează funcţionarul.

Simon gâfâie, dar încearcă să-şi controleze res-piraţia.

— Ascultaţi-mă, omul ăla a furat ceva ce-mi apar-ţine. Trebuie să trec de terminalu-ăsta nenorocit.

— Asta este fără-ndoială o chestiune de com-petenţa poliţiei, domnule. Dacă vreţi să iau legătura cu poliţia aeroportului...

Simon scrâşneşte din dinţi şi scutură din cap.

— Lăsaţi-o baltă. Bal-tă!

Trage o flegmă şi pleacă. Îl urmez la panoul de plecări.

— Să-mi fut una, acuma i-a apucat pe toți să se-mbarce: Heathrow Londra, Londra City, Manchester, Frankfurt, Dublin, Amsterdam, München... unde s-ar putea duce... RENTON ȘI VAC-AIA LUI PRE-FĂCUTĂ! țipă el ascuțit, rezervându-și din nou un moment în care ține cu tot dinadinsul să se facă de rușine-n public, după care se ghemuiește în mijlocul sălii aglomerate, cu capul în mâini, perfect nemișcat.

Îi pun o mână pe umăr. Cineva, o femeie cu părul roșcat, făcut permanent, mă întreabă:

— E bine?

Îi zâmbesc, mulțumindu-i pentru grijă. După un timp îi spun în șoaptă lui Simon:

— Trebuie să mergem, Simon. Atragem prea mult atenția.

— Oare? spune el cu vocea unui băiețel. Oare?

După care se ridică și se îndreaptă cu pași mari spre ieșire, deschizându-și telefonul mobil.

Mergem spre stația de taxiuri, iar el închide telefonul, privindu-mă cu un zâmbet crispat.

— Renton... și izbucnește într-un plâns cu sughi-țuri, plesnindu-se singur peste față... Renton mi-a luat banii... i-a ras pe toți din bancă... Renton își are propriile copii masterizate la Amsterdam, toate casetele din depozitul lui Miz. Cine are masteri-zările, are filmul. El are și masterizările, și banii! Cum a pus el mâna pe informație? se tânguie el nefericit.

O sun pe Lauren, să aflu dacă Dianne și-a făcut bagajele. Ne suim într-un taxi de la aeroport și-i spun cu tristețe șoferului:

— Leith.

Simon își sprijină capul de banchetă.

— Ne-a luat toți banii, pula mea!

Nu vorbește decât de bani. Neapărat trebuie să știu de unde i se trage asta.

— Şi cu filmul cum rămâne? îl întreb.

— Dă-l în pula mea de film, se răsteşte el.

— Păi şi misiunea noastră? mă aud întrebând. Cum rămâne cu rolul revoluţionar al pornografiei în...

— Dă-le-n pula mea pe toate. Alea n-au fost decât nişte rahaturi pentru labagii care nu-s în stare să se fută cu femei şi un mod prin care noi toţi am reuşit să ne terminăm treaba la timp, ca să ieşim pe piaţă cu păsărică tânără şi fragedă. Există două categorii. Categoria unu: eu. Categoria doi: restul lumii. Pe ceilalţi poţi să-i împarţi în două sub-grupuri: cei care fac aşa cum spun eu şi cei inutili. N-a fost vorba decât de sport, Nikki, doar de puţin sport. Noi de bani avem nevoie. DE BANI, PULA MEA! FUTU-L SĂ-L FUT PE RENTON!

Mai târziu, ne aflăm acasă la Simon şi citim *Evening News*-ul pe care l-a adus Rab. Ne spune că au confiscat toate casetele şi înregistrările de la pub, precum şi registrele de contabilitate de la bar. Articolul spune că atât poliţia, cât şi cei de la Vamă şi de la Accize îl caută şi că este posibil să i se aducă acuzaţii. Într-un material suplimentar i se face un profil deloc măgulitor, atât lui, cât şi „scandalului cu drogurile şi pornografia" şi se menţionează o anchetă pe care poliţia o desfăşoară în legătură cu afacerile lui.

— Pula mea, ăştia pe mine mă vor! Pe mine! Da' pe voi nu, bă, muiştilor?

— S-ar putea să aibă legătură cu creditele de pe copertă, remarcă Rab sarcastic, iar eu încerc să-mi înăbuş un zâmbet.

Se pare că Simon, care deschide acum o sticlă de whisky, e un om distrus. Rab vrea să îi dea în judecată.

— Eu cred c-ar trebui să rămânem uniţi. O să pregătesc eu un discurs, bolboroseşte el dând pe gât băutura.

Îmi dau seama că Rab e pilit, iar el se prinde de asta.

— Tu ce zici de asta, Nikki? mă întreabă.

— Vreau să văd mai întâi cum merg lucrurile, îi spun, sorbind din pahar.

Simon îmi smulge ziarul din mână și mai are și infatuarea de a contesta faptul că a fost catalogat drept pornograf.

— Un termen destul de prost ales pentru cineva care a luat decizia artistică de a face un efort creativ în sfera erotismului pentru adulți, spune el, cu emfază.

După care, cu un aer abject de nefericit, mormăie:

— Asta o s-o omoare pe maică-mea.

Își verifică îngrozit mesajele de pe telefon. Unul dintre ele e de la Terry.

— Niște vești bune și niște vești proaste, băieți. Curt a câștigat premiul pentru cel mai bun debutant. Acum a ieșit să sărbătorească. Dar premiul pentru cel mai bun regizor debutant l-a luat un francez. Și pentru cea mai bună gagică, l-a luat una din filmul lui Carla.

Simt cum mă dezumflu, dezamăgită, iar Simon îmi aruncă o privire încordată care spune „Vezi, ți-am spus io c-ar fi trebuit s-o faci anal". Terry continuă să bată câmpii.

— Dar nu toate-s vești proaste, pentru că premiul l-a luat filmul lui Carla, *Aventurile lui Dau-la-buci în Pizdeea*. Sunt o echipă mișto, n-am nimic cu ei.

Simon scuipă cu amărăciune și vrea să spună ceva, dar următorul mesaj îl reduce la tăcere. Este de la mama lui, care este foarte supărată și țipă în telefon. Se ridică și își trage haina pe el.

— Trebuie să lămuresc treb-asta cu maică-mea.

— Vrei să vin cu tine? întreb.

— Nu, e mai bine dacă mă duc singur, spune el, ieșind, iar Rab, care e nerăbdător să se-ntoarcă la nevasta și copilul lui, îl urmează.

Sunt uşurată şi mă aşez pe canapea, simt cum îmi plesneşte capul şi, gândindu-mă la ceea ce sunt pe cale să fac, aproape că încep să tremur.

80

Şmenu' # 18 753

Sunt şocat. Mi se pare că tot ce era bun s-a dus, iar restul s-a întors cu fundul în sus. Maică-mea îmi lasă pe robot mesaje în care plânge, întrebându-mă cum au scăpat basma curată cei de la ziar, după ce au scris nişte lucruri atât de îngrozitoare despre mine. Trece pe la mine Rab, care, în mod evident, se simte foarte bine, dar sunt prea varză ca să-mi mai pese. Şi apoi îi fac maică-mii o vizită şi aproape o conving că toate acestea nu sunt decât invenţiile invidioşilor şi că avocaţii mei s-au pus deja pe treabă.

A fost un spectacol pe cinste, furia solicitând resurse de energie pe care nici nu ştiam că le am. Plec, gândindu-mă la Franco, la cum a stricat laba-giul ăla combinaţia şi pentru mine, şi pentru el.

Mă întorc la Nikki, gândindu-mă cine ar fi putut să mă toarne. Lista din mintea mea se face din ce în ce mai mare – Renton : ATÂT DE EVIDENT, FUTU-I ; Terry : MUISTU-ĂLA, PENTRU CĂ L-AM SCOS DIN SCHEMĂ! Paula : S-A PRINS EA, VACA OBEZĂ, DE CE ÎNVÂRTEAM IO ! Mo : VOIA PUBUL ; Spud : UN MUIST DROGAT ŞI GELOS ; Philip şi gaşca lui : NIŞTE NENOROCIŢI ! Begbie : PULA MEA, IO NU-S TURNĂTOR, IO CRED CĂ DOAMNA PROTESTEAZĂ CAM MULT ; Birrell : ĂST-AR FI PRIMUL DINTRE ĂŞTIA CARE S-AR BUCURA ; Renton din nou : O LOVITURĂ DIABOLICĂ DE LA NEMERNICU-ĂLA MUIST...

Îi sun pe Mel și pe Curtis la Cannes, spunându-le că imediat o să mai pun io ceva la cale, dar că deocamdată am nevoie de puțin timp ca să-mi ling rănile și ca să i-o plătesc unui căcănar care mi-a tras clapa.

— După care reluăm legătura. Dar pân-atunci, mergeți tot înainte și profitați de fiecare dată când aveți ocazia. Dar aveți grijă ce semnați, îi previn eu.

La capătul Walkului, cumpăr niște flori pentru Nikki și mă gândesc s-o duc diseară la restaurantul Stockbridge, pentru că a fost o super fată, după care să plecăm la Londra. Când ajung eu, ea a plecat deja, probabil că s-a dus la cumpărături, ca să ia ceva pentru cină. Nici nu se pune problema, dă-i în pula mea pe toți ăia de la poliție și de la vamă, eu vreau să mâncăm la restaurant, să le-arăt că nu sunt distrus. Este doar o chestiune temporară.

Văd un bilet pe măsuța de cafea.

Simon,

Am plecat să-i vizitez pe Mark și pe Dianne. N-ai să ne găsești, asta-ți garantez. Promitem să ne bucurăm de bani.

Cu dragoste, Nikki

P.S.: Când am spus că erai cel mai bun amant pe care l-am avut vreodată, să știi că exageram, dar atunci când te străduiai, nu erai nici tu rău. Nu uita, cu toții ne prefacem.

P.P.S.: Cum spuneai tu despre englezi, sportul nostru preferat a devenit acela de a vedea oameni futuți.

Îl citesc de două ori. Mă privesc tăcut în oglinda din perete. Apoi, cu ultimele forțe pe care mi le pot aduna, îi dau un cap în gură fraierului pe care-l văd reflectat. Sticla se sparge şi cade din ramă, făcându-se fărâme pe podea. Mă uit la cioburile sparte şi văd cum cade peste ele o burniţă de sânge.

— Oare mai există cineva mai prost ca tine pe lumea asta? întreb încet mutra aia acoperită cu sânge pe care o văd în cioburile de oglindă. Asta-nseamnă c-o să ai parte de ghinion şapte ani de-acum, râd eu.

Mă aşez pe canapea şi iau din nou biletul, îl las să-mi tremure între degete, după care-l mototolesc şi-l arunc în cealaltă parte a camerei.

Oare mai există cineva mai prost ca mine pe lumea asta?

După care îmi apare în minte o singură faţă.

— François e rănit, îmi spun cu cruzime, imitându-l pe senatorul trădător, ăla romano-hollywoodian din *Spartacus*; trebuie să merg la el.

Îmi bandajez fruntea şi-mi pun o bandană deasupra. După care mă duc la Royal Infirmary, ca să găsesc pe cineva la camera de gardă. La intrare, dau o raită pe la papetăria spitalului şi mă gândesc să iau o carte poştală, dar în schimb cumpăr un Magic Marker negru.

O iau pe un coridor lung, părăsit, din partea victoriană a clădirii, gândindu-mă la toată nefericirea şi tortura care s-au petrecut în această casă a durerii. Simt că mă apasă ceva în piept, iar locul mi se pare îngheţat. Acum au construit un sediu modern, acolo la Little France, şi pe-ăsta au cam început să-l închidă. Cred că luminile din partea asta a spitalului s-au cam stins şi, pe măsură ce urc pe scară, pantofii scârţâindu-mi tare la fiecare pas, îmi dau seama că mi-e frică. Lucrurile încep să mi se amestece în minte şi mă terorizează ideea că va veni el.

Când ajung la salon, mă simt uşurat. Se pare că nu este de gardă decât o asistentă, într-un salon unde se află şase oameni, cinci boşorogi care par terminaţi şi Franco, zăcând inconştient. Pare de ceară, cum stă acolo inert, ca şi când ar fi deja un cadavru. Nu respiră prin aparate, dar e greu să-ţi dai seama cu ochiul liber că respiră. Are trei tuburi conectate. Două par să intre, pentru glucoză şi sânge, şi unul iese, e cel pentru pişat.

Sunt singurul vizitator. Îmi aşez un scaun lângă el.

—*Pauvre, pauvre* François, îi spun trupului adormit, învelit în bandaje şi ghips.

Acolo, undeva, sub toate astea, se află Begbie. S-a zis cu el, pula mea. Şi citesc fişele.

— Cam nasol, Frank. Asistenta a spus „Este într-o stare foarte gravă, va avea nevoie de multă voinţă ca să reziste". Şi eu i-am spus: „Frank e un luptător".

Mă uit la săculeţul de plasmă de deasupra furtunului care-i intră în venă. Ce muist prost. Ar trebui să mă piş într-o sticlă de lapte şi să-i bag perfuzia-n aia. În schimb, iau Magic Marker-ul şi, în timp ce-i vorbesc, scriu un graffiti afectuos pe platoşa de gips.

— M-a făcut din nou, Frank. Am dat-o-n bară, am uitat o lecţie importantă: niciodată să nu te întorci. Mergi mai departe. Trebuie să mergi mai departe, altfel ajungi ca... mă rog, ca tine, Frank. Îmi face bine să te văd aşa, Franco. E bine să afli că mereu există un muist distrus care-i mult mai nasol ca tine, zâmbesc eu, admirându-mi îndemânarea: GĂOZ DE GĂOZAR... Mai ţii minte, Frank, când ne-am cunoscut, când ai vorbit prima oară cu mine? Eu da. Eu jucam fotbal la Links, cu Tommy şi cu alţi tipi de la bloc. După care vii tu cu gaşca ta. Cred că erau şi Spud şi Rents acolo. Noi eram încă la şcoala primară. Era în weekendul ăla după ce Hibs mâncaseră bătaie cu 4-2 de la Juventus pe Easter Road. Altafini a obţinut un *hat-trick* pe naşpa. Ai venit la mine şi m-ai întrebat dacă sunt un italian împuţit. Şi eu ţi-am spus că sunt scoţian. După care Tommy, încercând să ajute, zice: „Doar mama lui e italiancă, nu, Simon?". Şi m-ai apucat de păr, m-ai tras, spunând ceva înţelept, de genul: „Scoţia-i cea mai tare, pula mea" şi „Aşa facem noi cu nenorociţii-ăştia fraieri din Italia", timp în care mă trăgeai după tine, la o plimbare a umilinţei, strigându-mi în faţă: „A pus-o-n timpu' războiului" şi chestii de genul ăsta. Încercam să strig, să spun că eu sunt un Hibs, că eu cu ei ţin, că am înnebunit când Stanton ne-a dus pe primul loc cu 2-1, dar degeaba, a trebuit să îndur, să-ţi înghit toate umilinţele brutale şi cretine, până când te-ai plictisit şi ţi-ai ales altă ţintă. Şi ghici cine te întărâta pe vremea aia, cine te încuraja să fii ăla rău, cu ochii sclipindu-i de cruzime? Da, rânjetul lui Renton era la fel de larg ca Victoria Dock, muist ce e.

Dar Franco rămâne nemişcat, cu gura lui de prost strânsă, contorsionată într-o grimasă plină de ură.

— Totul mergea atât de bine, Frank. Tu ai simţit asta vreodată, Franco? Că erai în filmul tău, că erai pe felie, după care vine un muist şi te face de tot ce ai? Pentru că trebuie să existe nişte reguli, în pula mea, Franco. Nici măcar tu nu i-ai face una ca asta unuia de-ai tăi. Ştiu că n-ai face-o. Dacă ai o afacere adevărată, o chestie ca lumea, ai nevoie de încredere. Eu mă joc, Frank; tu nu vei înţelege asta niciodată, dar eu sunt un războinic aşa cum tu n-o să fii niciodată. Eu cred în războiul de clasă. Cred în bătălia sexelor. Cred în tribul meu. Cred în grupul de oameni inteligenţi şi corecţi din clasa de mijloc care se împotrivesc maselor cretine, cu creierele netede, precum şi a burgheziei mediocre şi lipsite de suflet. Cred în punk rock. În sufletul nordic. În acid. În modernitate. În rock'n'roll. Mai cred şi în rapul şi hip-hop-ul corect, pre-comercial.

Ăsta a fost manifestul meu, Franco. Tu abia dacă te-ai încadrat vreodată în acest manifest. Da, îți admir instinctele de proscris, dar fazele de psihopat molestator mă lasă rece. Crasele sale banalități îmi jignesc bunul-simț. Cât despre Renton, credeam că el mi-a înțeles viziunea. Dar ce este el? Un Scruffy Murphy cu creier și chiar mai puțină morală.

Mă-ntreb dacă muistul mă aude. Nu se poate, nu se mai trezește ăsta niciodată și chiar dac-o va face, va rămâne complet legumă.

— Sunt foarte dezamăgit, Frank. Știi ce mi-a luat muistu-ăla? Să-ți spun simplu: șaizeci de mii de lire. Da, așa, alea trei mii ale tale ți se par o nimica toată. Dar banii nu-nseamnă nimic. Mi-a luat visele, Frank. Înțelegi? Pricepi? A-loo? E cineva acasă? Nu. Mă gândeam eu.

Alex McLeish?

Raportul disciplinar al tânărului Begbie este nici mai mult, nici mai puțin decât deplorabil și nu văd cine i-ar mai putea da acum o a doua șansă.

Sunt sigur că toți cei cu mintea limpede vor înțelege aceste înțelepte comentarii, Alex, și, ca să fiu sincer, eu aș merge mai departe: l-aș acuza pe Francis Begbie că a adus afacerii o reputație proastă. Și, dacă tot vorbim despre Frank, să-l mai ascultăm pe un bine-cunoscut Frank care își desfășoară de asemenea activitatea în Leith. Frank Sauzee?

Asta-i, zi-i să-i zic, adevărat. Monsieur *Begbee* e un *luptător, da' n-are* savoir faire. *Și n-ai cum să scoți agresiunea din schemă, că altfel n-ar mai fi el.*

Continui să mâzgălesc aiurea pe ghipsul lui, petre-cându-ne ziua împreună. *ÎMI PLACE SĂ SUG PULA.*

— Dar l-am ajutat pe nenorocitul ăla de Renton. L-am ținut departe de ghearele tale. De ce? Poate din cauza fazei ăleia de atunci de la Londra, când te-ai panicat și m-ai acuzat că eram în cârdășie cu el. Atunci m-ai pocnit și mi-ai spart dintele. M-ai desfigurat. A trebuit să mi-l îmbrac. Şi nici măcar nu ţi-ai cerut scuze, pula mea. Dar m-am înşelat, nu trebuia să-ţi ascund nimic. Nu se va mai întâmpla niciodată. Îl voi găsi, Frank, şi jur că, dacă reuşeşti să ieşi din comă şi să-ţi repari corpul paradit, vei fi primul, dar absolut primul, care va şti pe unde este.

Mă aplec spre măscăriciul ăsta legumizat.

— Să te faci bine repede... Cerşetorule. Mereu am vrut să-ţi spun aşa în fa... şi inima îmi sare din piept când cineva mă prinde de încheietura mâinii. Cobor privirea şi-i văd mâna strânsă ca o menghină. Iar când ridic ochii, văd că a deschis şi el ochii, iar tăciunii aceia duşmănoşi îmi sfredelesc sufletul sfâşiat, penitent...

Cuprins

La Editura Polirom

au apărut:

Amy Tan – *Salvând peștii de la înec*
Jonathan Coe – *Ce hăcuială!*
Graham Greene – *Al zecelea om*
José Saramago – *Eseu despre luciditate*
Attila Bartis – *Plimbarea*
György Dragomán – *Regele alb*
Wojciech Kuczok – *Mizeria*
Amos Oz – *Fima*
Christian Haller – *Vremurile mai bune*
Bret Easton Ellis – *Glamorama*

în pregătire:

Augusten Burroughs – *Alergând ca apucații*
Anchee Min – *Împărăteasa Orhidee*
Arturo Pérez-Reverte – *Soarele de la Breda*
F. Scott Fitzgerald – *Cei frumoși și blestemați*

www.polirom.ro

Redactor: Ana-Maria Lişman
Coperta: Radu Răileanu
Tehnoredactor: Luminiţa Modoranu

Bun de tipar: mai 2008. Apărut: 2008
Editura Polirom, B-dul Carol I nr. 4 • P.O. Box 266
700506, Iaşi, Tel. & Fax: (0232) 21.41.00; (0232) 21.41.11;
(0232) 21.74.40 (difuzare); E-mail: office@polirom.ro
Bucureşti, B-dul I.C. Brătianu nr. 6, et. 7, ap. 33,
O.P. 37 • P.O. Box 1-728, 030174
Tel.: (021) 313.89.78; E-mail: office.bucuresti@polirom.ro

Tiparul executat la S.C. LUMINA TIPO s.r.l.
str. Luigi Galvani nr. 20 bis, sect. 2, Bucureşti
Tel./Fax: 211.32.60, 212.29.27, E-mail: office@luminatipo.com

Valoarea timbrului literar este de 2% din preţul
de vânzare şi se adaugă acestuia. Sumele se virează
la Uniunea Scriitorilor din România,
Nr. RO44RNCB5101000001710001 BCR-UNIREA